刑事科学技术室
痕迹检验师

九滴水

著

尸案调查科

第二季 2

一念深渊

— 新版 —

刑事科学技术室
痕迹检验师
九滴水 著

CNS PUBLISHING & MEDIA 中南出版传媒
湖南文艺出版社
HUNAN LITERATURE AND ART PUBLISHING HOUSE
博集天卷 CS-BOOKY
· 长沙 ·

初版自序

不知不觉中，“尸案调查科”这个系列已经被我写到了第5本。起先写这个系列时，完全是因为猎奇，因为我自己也不知道这种纪实性的罪案小说到底有多少人喜欢，而随着《尸案调查科》一本一本被出版，我不光收获了大批读者的称赞，同时也遭到了另外一些读者的批评。因为我不是专业作家，繁忙的工作让我没有太多时间阅读和提升，也正是因此，我的短板也十分明显。为了能让读者有更好的阅读体验，我每次写作都会总结上一本的经验教训，以寻求自我突破。

很多人可能注意到，第4本《尸案调查科.第二季.1，罪恶根源》和前3本比在叙事结构上有了巨大的改观。之所以改动如此之大，是因为我想让读者在了解精彩案情的同时也能寻求更深层次的东西，那就是“罪恶的根源”到底是什么。在第4本小说的序言中，我写了这么一句话：“这本书（中）……所有出场的人，都有一个属于他的故事，而这些故事中，又隐藏了你所见过的或者没见过的方方面面。希望每位读者在翻开这本书的时候，都能在‘罪与非罪’之间找到自己想要的答案。”因为写作思路发生了转变，所以在行文的时候笔墨有所偏重，然而让我没想到的是，这却成了第4本最大的败笔。

我有一个好朋友，也是我的忠实读者，叫老瓜。《尸案调查科.第二季.1，罪恶根源》可以算得上是我的转型之作，所以我很想知道读者的反馈。当出版社把样书邮寄给我时，我第一时间就给老瓜送了去。老瓜熬夜读完，第二天我俩约在一家韩国烤肉店吃消夜。

烤肉前，老瓜给我端来了两份小菜，我吃得差不多时，老瓜又去端了两份。他的行为让我有些不解，我就问他：“老瓜，肉都上齐了，为什么老吃小菜？抓紧烤肉啊。”

老瓜嘿嘿一笑，他说：“对啊，来烤肉店就是吃肉的，就算小菜免费，吃多了也会招人讨厌。”

我一时间没听懂他的意思，老瓜解释道：“看完《尸案调查科》第4本，感觉案件深度、叙事能力确实有了不小的提高，但是有几个案子开篇故事太过冗长，而且与后面的案子无关，完全可以删掉。”

我解释说：“因为我想把所有人的故事说丰满。”

老瓜说：“我明白你的意思。还有，一本书的字数最好控制在二十万以内，你的每本书都超出七八万字。你的初衷是用更多的笔墨去描写出场人物不为人知的一面，而读者更关心的却是案子本身。这就好比吃烤肉，来店里的顾客没有一个人会为了小菜而来，虽说小菜是免费的。”

俗话说，“当局者迷，旁观者清”，老瓜的话让我受益颇深。当我提笔写下第5本书的大纲时，我再一次意识到了自己的短板，所以在这一本中，我在注重对案件、人物、故事核心的表达的同时，省去了大量累赘性的描述。

《尸案调查科．第二季.2，一念深渊》沿用了第4本的写作风格，在案件中穿插更多的元素，让读者在阅读案件的过程中能有所思考。我个人认为，罪案小说绝对不能为了描写案子而去写案子，更不能为了追求刺激和悬念故意捏造和夸大，它的宗旨是要给人以警示，让善者心安，让恶者丧胆。

从2012年开始构思这个系列，2013年《尸案调查科》的初稿定稿，至今已过去了十二年。这是我以“鉴证科学”为切入点的第一个长篇系列，主要是描写“现发案件”的侦破全过程。里面囊括了“凶杀案件”接案、取证、侦查、告破的方方面面。

写这个系列的初衷，只是想把我的个人经历以及心中的故事分享给大家。加之我是非专业写手，没有能力像专业作家那样把故事写得跌宕起伏，我只能按照我的工作方法去记录案件，以至于有不少读者在看完“尸案调查科”系列后都说，仿佛看到了《今日说法》的《故事会》版。

截至今日，再回头看这个系列，真的是有诸多不足。但一路上，我还是收到了很多读者的鼓励和赞赏，这是我笔耕不辍最强大的动力。借着这次再版的机会，我要对一直以来喜爱这个系列的小伙伴们表示感谢，另外，我还要向对这个系列提出宝贵意见的读者表达谢意，你们的批评和指正，让我一直在写作的道路上不停地反思，不停地纠错，最终使得我的每一个系列都有极大的飞跃。

其实从2023年5月份开始，我便始终有一种很不真实的感觉，我依稀记得是去年5月初时，有读者给我推送了一条关于《尸案调查科》要拍成影视剧《风过留痕》的消息，虽然我很早就知道这件事，但出于工作的原因，我一般把版权授权出去后，就不太会过问项目进展。所以当我知道这个消息时，我也是处在很蒙的状态。直到5月27日，项目官宣开机。7月18日，剧组顺利杀青，并公布了龚俊、姜武、孙怡、贾冰、王迅、李建义等诸多优秀演员的超强阵容。而在文学圈一群朋友的恭喜声中，这种不真实感在我心里越来越强烈。

2024 年 5 月 19 日，《风过留痕》的总制片人跟我沟通了项目进展，并且告诉了我播放预告片的确切时间。紧接着 5 月 20 日，喜马拉雅白夜剧场的负责人告诉我，他们把“尸案调查科”系列做成了精品有声剧，已经上线。5 月 21 日，也就是今天，我便开始忙着准备“尸案调查科”系列第五本的再版感言。

直到把这些文字敲进文档后，这种不真实感才稍稍缓解了一些。于是我不禁会想，“尸案调查科”这种纪实类的小说，在人物、文笔都不尽如人意的前提下，为何大家还会喜欢？

我曾看过一个读者的评论，他说：“老九虽然其他方面写得不咋的，但是案子却是无敌的存在！”我想，这应该是大多数读者的想法，不仅仅代表他一个人。

可往深了想，“案子”究竟代表了什么？在我看来，它代表的不单单是严谨缜密的推理，更是大家对“警方惩恶扬善”的期待。很多读者每每看到警方不放弃任何细枝末节，抓住一切可以破案的线索，穷尽办法，将罪犯绳之以法后，都会大呼过瘾，从而感叹一句：“法网恢恢，疏而不漏。”

不过，在读故事的过程中，少部分人也会存在疑问，有些破案手段写出来，难道就不怕犯罪分子学会了，增加破案难度？

有这个担忧其实再正常不过，别说大家，就是有些不参与破案的警种都有类似的疑惑。“尸案调查科”系列，写的是“鉴证科学”，包括理化检验、痕迹检验等技术在侦查破案中的运用。这些技术，都是建立在自然科学以及现代科学技术理论和方法之上的。因为公安所参与的均是刑事案件现场的勘查，所以为了区分，我们又称其为刑事科学技术。

而除了公检法，还有司法鉴定机构可以承接法医鉴定、痕迹检验等项目（我以此为切入点，还写了一个以“非自然死亡”为主题的“真探”系列）。但无论是刑事技术员还是在司法鉴定机构工作的鉴定人，所持有的都是司法鉴定人执业证，并且参加的也都是同一个鉴定人资格考试。本质上没有区别，运用的技术也没有区别，区别就在于勘查现场的种类。

我先告诉大家一个结论，那就是大部分用于案件证据的司法鉴定意见、结论其实没有什么“秘密”可言。为什么？因为法律有规定。

根据《中华人民共和国刑事诉讼法》第一百四十八条之规定，侦查机关应当将用作证据的鉴定意见告知犯罪嫌疑人、被害人。如果犯罪嫌疑人、被害人提出申请，可以补充鉴定或者重新鉴定。

什么意思？比如说，我在案发现场提取到了一枚指纹，怎么认定这枚指纹就是犯罪嫌疑人留下的？那么就要对指纹进行鉴定，并且出具指纹鉴定报告书，这份报告需要附在卷宗之内。

办案民警拿到这份报告，要把鉴定的结论告知犯罪嫌疑人，并且制作《鉴定意见通知书》，一式三份，嫌疑人一份、被害人一份、附卷宗一份，若是嫌疑人或被害人的代理人需要，也可以复印。

还是以“提取指纹”为例，在签署《鉴定意见通知书》的同时还要制作笔录，告知嫌疑人，指纹是在现场什么地方提取的，然后通过何种检验鉴定认定是他的，嫌疑人若是有疑问可以补充鉴定或者重新鉴定。

若案子是他干的，他自然是心知肚明；若不是他干的，他必然存在疑义。这样可以有效防止冤假错案的发生，这也是《中华人民共和国刑事诉讼法》如此规定的初衷。若是不告知，随便在现场找个物证就能定罪，那后果可想而知。

我们再回到嫌疑人身上，当他拿到鉴定结论之后，他会怎么办？毋庸置疑的是，这件事对他来说必然是刻骨铭心的。而他在等待判刑期间，先是要在看守所羁押，判决下来之后，才会被押送到监狱。

无论是在哪个场所羁押，进号房的第一件事，就是遭到同号房人的询问：“你是怎么进来的？”而从此刻开始，他们之间的“犯罪经验交流会”就正式拉开了序幕，并且这种经验很快会在他们的圈子里传开，这是人性使然，不可避免的。

我举的只是“指纹鉴定”的例子，然而在实际操作中，只要涉及“鉴定意见”，绝大部分是要告知的，否则不符合法定程序。而且这些鉴定意见不仅嫌疑人，被害人、律师、法官也都可以看到。

根据《中华人民共和国刑事诉讼法》第一百九十二条规定：公诉人、当事人或者辩护人、诉讼代理人对鉴定意见有异议，人民法院认为鉴定人有必要出庭的，鉴定人应当出庭作证。

在出庭的过程中，鉴定人要详细介绍物证的来源，提取的过程，以及鉴定的过程。对于可公开审理的案件，这些过程都是可以通过直播的形式传播出去的。

既然法律有所规定，那么很多人担心的所谓“泄密”其实不可避免。该怎么去弥补？方法很多，简单举几个例子。

其一，《中华人民共和国刑事诉讼法》规定的证据种类其实有八类，包括：物证；书证；证人证言；被害人陈述；犯罪嫌疑人、被告人供述和辩解；鉴定意见；勘验、检查、辨认、侦查实验等笔录；视听资料、电子数据。

认定犯罪事实，需要形成证据链，很多疑难复杂的案件，并非一份“鉴定意见”就能决定，还需要对证据进行综合考量。只不过，很多小说作品在创作的过程中有所侧重，这会让大家误认为，破案仅靠法医或仅靠痕检，实际上并非这样。破案永远是靠一群人的智慧，不是某个警种的单打独斗。

其二，提升破案科技水平。比如当下，随着科技的飞速发展，网络摄像头已经很普及，加之电子支付的兴起，很多人家中不再放置现金，这就让嫌疑人的犯罪成本增加以及犯罪回报率降低，从而使得传统型侵财案件呈断崖式下降。

与此同时，科技水平的进步，也会让侦查技术有质的提升，比如，现场微量物证采集检验，如今已成为常态。再比如一些很前沿的大数据侦查技术等等。

其三，提升法治意识。从很早开始的《今日说法》《天网》等大众型普法类节目，到后来央视陆续推出的更专业的《法医密档》《足迹密码》，

"共和国刑侦专家"系列，其实都只有一个目的——提高大家的法治意识。

为何要提高法治意识？首先，最直接的就是进行普法宣传教育，扼杀犯罪念头。其次，对守法的公民来说，要强调证据观念。

所以，在确保司法公平的前提下，普法教育就显得尤为重要，因为只有这样，才会增强公民的法制意识，给存有犯罪念头的人以威慑，同时整个社会才能进入一个有序的良性循环，这就是诸多普法栏目和"尸案调查科"系列这些纪实类小说的意义所在。

说了这么多，我要在最后郑重感谢一下我的出版公司以及各位编辑老师，是你们的辛苦付出，使得这个系列能再次呈现给更多的读者。各位编辑老师的专业和耐心，让我在写作的过程中受益良多。

在未来的日子里，我将会继续努力创作，以更好的作品回报大家的厚爱，再次感谢大家对我的支持和喜爱！祝愿各位小伙伴：事事顺心，一切安好！

九滴水 敬上

2024 年 5 月 21 日

照例申明

小说对涉及的案例、人名、地名等均进行了大量的模糊处理，如有雷同，纯属巧合，切勿对号入座，否则后果自负。

尸案调查科

一念深渊

尸案调查科

一

《西游记》曾这样记载：孙悟空大闹天宫，玉帝请来西天如来与悟空斗法，孙悟空翻不出如来掌心。后如来翻手将其压在五指山下。五百年后，唐僧西天取经，观音点化唐僧在五指山揭去如来压帖，收孙悟空为徒，保护唐僧西天取经。这便有了西游一说。根据史料记载，当年的五指山如今就坐落于山西省晋城水章村地界，是一处纯天然的景区，每年吸引着大量的游客驻足游玩。巧合的是，在云汐市西郊，也坐落着一座雄伟的山峰，也叫“五指山”。虽然此山的文化背景没有前者那么广为人知，但这座山的名称的由来，也不能被历史淡忘。

1911年10月10日，革命党人在武昌发动起义，各地纷纷响应，宣布脱离清政府。清朝统治迅速瓦解。1912年1月1日，中国第一个共和制政府——中华民国临时政府在南京宣告成立，孙中山就任临时大总统。1912年2月12日，清朝最后一位皇帝宣统帝下诏退位，清朝覆亡。而这一年，赵玉海刚满十六岁，对在大山中长大的他来说，“革命”两个字太过陌生。此时的他，正扛着家里仅有的5担粮食，迎娶隔壁村比他小两岁的王凤珍。洞房花烛的第二天，村里又传来一件喜事，从今年开始不用再向清政府缴纳“皇粮”，至于原因，没有一个村民会去在意，只要不交粮，管他娘娘爷爷。

相比山外的烽火连天，山中的生活像是一处不被打搅的世外桃源，赵玉海婚后的日子，过得滋润又惬意，一双儿女被他养得又白又净。可好景不长，不知从什么时候开始，以前被村民们熟知的县衙换上了县政府的黑字牌匾，县令的称呼也被“县长”代替，直到村主任把一张写满毛笔字的告示贴在村头时，少数村民才发觉，好像事情已经不再那么简单。

告示的内容被一位戴着斗笠帽的官员逐条“翻译”出来，条文的内容复杂而烦琐，就在所有人都丈二和尚摸不着头脑之时，最为重要的一条被单独拎出来做了细致全面的解释：“从今往后，耕种的土地均要按亩纳粮一石。”此话一出，在村民之中引起了不小的骚动。

从清朝执政开始算起，山里的土地被分为“天、地、人”三个等级，按照以往大清的田赋，最优质 的“天”字号地，每年的农业税也不过每亩8斗（1石=10斗=100升），次之的“地”字号，每年为5斗，最差的“人”字号地每年仅为3斗。那时候并没有杂交水稻技术，更没有所谓的农药，地里所有的庄稼都是靠天收。顾炎武的《日知录》中曾记载：“吴中之民……岁仅秋禾一熟，一亩之收不能至三石。”“吴中”也就是享有“鱼米之乡”美誉的苏南一带，在当时绝对可以算得上最为肥沃的土地。而赵玉海村子中的“天”字号地最高亩产也不过2.3石。如果按照这个交法，多户人家一年到头基本上都是在给政府忙活。

“照这么个交法，我们这一家老小还怎么养活？”

不知谁说的一句话，在人群之中迅速引起了共鸣，叫喊和抱怨愈演愈烈，没过多久，嘈杂在“斗笠男”的一声枪响之后变得安静起来。

村民的强烈反抗并没有改变残酷的现状，一个月后，十五位手持火枪的“斗笠男”开始进村收税，那场面就好似影视剧中的“鬼子扫荡”，一轮下来，“斗笠军”满载而归，村民却被逼上了绝路。村中富农尚有一丝喘息，而贫农却根本经不起新一轮的折腾，为了寻求一条活路，最穷的几户村民开始举家躲进山中，终日以山菜野果为食。

一年，两年，三年，上山的人越来越多，有限的资源已经快无法支撑人们的口腹，为了生存，其中一些人有了大胆的想法，膝下有四个儿女的赵玉海便成了第一个敢吃螃蟹的人。

那是一年秋收后的深夜，赵玉海纠集了同村的四位兄弟，手持镰刀劫了三辆印着“税”字的独轮车，首战告捷，赵玉海一行人共得粮食24袋，火枪3把。

粮食刚扛上山，便被赵玉海均分了下去，尝到了饭香的村民再也吃不下树叶草果，越来越多的人开始加入赵玉海的队伍。有了第一次的经验，第二次、第三次就变得得心应手起来，虽然当地政府组织过多次围剿，但是由于对山头地形不熟，均被赵玉海等人打得节节败退；从那以后，赵玉海被列为头号通缉犯，画像贴满了大街小巷。

政府的这一举动非但对赵玉海没有丝毫影响，还让他的地位得到了空前的提高，越来越多走投无路的穷苦村民开始上山投靠他，一年之后，一面写着“替天行道”的红底黑字大旗挂在了山头，赵玉海与最先劫粮的四位兄弟在旗下结拜，按照年龄排序分别封为“大拇指”“二拇指”“三拇指”“四拇指”和“小拇指”，赵玉海坐上了象征最高领导权的木椅，从那以后，一直无名无姓的山头有了一个响亮的名号——“五指山”。

日本自1931年在东北发动“九一八”事变起开始侵华，霸占中国东北三省，1937年“七七”事变掀开了日军全面侵华的序幕，从那时起，善良的中国人才深刻地认识到，原来这世上还有比魔鬼更可怕的人，他们身穿土黄色军装，留着方块胡，说着一口谁也听不懂的“鸟语”，他们只有一个沿用至今的代号——“日本鬼子”。

五指山地处要道，易守难攻，自从立山为王之后，赵玉海接触了形形色色的军阀，也看清了许多是是非非，他心里清楚，窝在山头不是长久之计，打劫度日终究有完结的那一天，当年上山是被逼无奈，下山务农才是他最迫切的企盼。赵玉海虽然大字不识几个，但是经历得多了，眼界也就跟着开阔起来，他深知要想把内忧外患的中国解救出来，必须要依靠一支正规军。

“此山是我开，此树是我栽，要想从此过，留下买路财。”这是赵玉海开张做买卖的依仗。然而在众多途经的部队中，却有一支并没有遵循这个规则。

根据赵玉海后人的回忆，那是10月下旬的一天晚上，三位身穿军装的男子走进了山寨，对这种“军队买路”的场面，山上的人早已见怪不怪。在守卫的带领下，几人空手走进了山寨，当晚，三人在赵玉海的木屋内足足待了一夜，没有人知道那一夜屋子里到底发生了什么，只听一个进屋更换油灯的守卫说：“当天‘大拇指’和那三个人一直在谈事，从大拇指的表情看，应该是一件天大的事情。”

就在众人都眼巴巴地企盼这支部队能给山寨带来多少牛羊、稻谷之时，令人大跌眼镜的事发生了，“大拇指”非但没有收取任何“买路财”，还破天荒地打开粮仓，把原本就不多的粮食分给了数百名衣衫褴褛的军人。

“大拇指”在山上有着绝对的威望，虽然有很多人在背地里议论，但没有一个人敢违抗“大拇指”的命令。

众人的猜测和不满在一周之后被完全击溃。

一支武装到牙齿的日本鬼子军队把山寨团团包围，附近的村子几乎均被烧杀抢掠，当时的惨状把前去的探子都吓得面如土色。在探子得到准确消息之后，山上的数百名军人连夜下山，当他们朝着日本鬼子打响第一枪时，山寨里的众人才恍然大悟。

开弓没有回头箭，这场仗没有想象的那么轻松，武器和人数的悬殊让参战的八路军损失惨重，两百八十多人的队伍最终撤回到山上的不足五十人。

得知战况的赵玉海一夜未眠，他的胸口始终有一股热血在时上时下地涌动，按照探子得到的可靠消息，山下的日本鬼子已不足百人，山寨里有将近二百个能拿枪的弟兄，就算两个打一个，他也有绝对的把握，一想到这儿，他的心里就有一股子冲动，可一想起这些弟兄的妻儿，他又多了一丝顾虑。

夜半时分，他把结拜的其他四人喊到身边。

“大哥，我觉得打还是不打，不妨听听兄弟们的意见。”“二拇指”的一句话让赵玉海茅塞顿开。

天际刚刚露出鱼肚白，山寨的议事厅内已经点起了一排火把，屋内只有壮丁，妇女老弱均不准踏进一步，待房门紧闭之后，赵玉海扫视一圈乌泱泱的人头开了口：

“今天找大家来是有一事相议。”

山寨从建立至今，就从来没有如此大规模地召开过会议，赵玉海凝重的表情瞬间让所有人都交头接耳起来。

“大家都静一静，听‘大拇指’训话。”“二拇指”喊停了骚动。

赵玉海坐在木椅之上抽了两口旱烟，当众人的目光全部集中，室内鸦雀无声之时，他吐出一口烟雾，缓缓地说道：“这些天兄弟们也看到了，山寨里住的那些军人就是专干日本人的八路军，那天在我的木屋，他们的领导告诉我，因为五指山易守难攻，这些日本鬼子准备把咱们这里改造成军事基地，要不是死在山下的八路军替我们挡了子弹，估计寨子早已血流成河了。”

此话一出，比刚才更大的骚动几乎掀掉了议事厅的屋顶。

“静一静，大家都静一静。”其他四个“拇指”费了九牛二虎之力才让嘈杂声再次平息。

赵玉海吐出旱烟："日本鬼子是什么货色我想不用我再说了，现在八路军损失惨重，只剩下五十多人，还都受了伤，人家是来帮咱们的，我们不能让人家在咱的山头绝了种，现在山下的鬼子不足百人，我们有枪，有人，如果不跟鬼子决一死战，我赵玉海死了也没脸去见列祖列宗！"

"跟他们干！"台下一呼百应，从零星的声音凝聚成一股力量。

赵玉海压了压手掌，示意大家安静。

呼喊声渐渐平息。

"虽然我们在人数上有绝对的优势，但武器不占优势，此次一去，九死一生。杀鬼子是我赵玉海一人提议，兄弟们没有必要意气用事，就算有人不参加，我也不会责怪，我希望大家考虑清楚之后再回答我。"

话音一落，人群之中没有了刚才的气势。

赵玉海微微一笑："就算是打日本人，我们山寨也不能缺了男丁，小于十六岁和大于五十岁的全部留下，剩下的如果愿意跟我去打鬼子，今晚太阳落山的时候在山寨大门口集合。"

散会后，山寨里少了平时的欢声笑语，每个人表情都很凝重。日落渐渐临近，赵玉海坐在木屋之中有些担心，他看着"二拇指"送来的花名册，一共一百六十七人，这是山寨中所有符合条件的男丁。到底能来多少，他不得而知，他已经做了最坏的打算，就算只剩下他一人，今天晚上他也要和日本人决一死战。

赵玉海在惴惴不安中过完了一天，约定的时间如期而至，他推开木门，"二拇指"嘴角上扬，把画满对钩的名单递到他面前。

"当家的，一百六十七人，一个不少。"

"好！"赵玉海感觉自己的血液都在燃烧，他双手抱拳，心潮澎湃，声音无比洪亮："赵某在此谢过各位兄弟！"

人若是直面死亡，就不会有那么多豪言壮语，所有人都知道，这次可能是有去无回。

赵玉海和八路军领导做了简单交接之后，自己走下台子，站到了队伍之中，这次突袭由作战经验丰富的八路军指挥，五指山的帮众全力配合。

细致地分工之后，战役在凌晨1点正式打响。损失惨重的日本鬼子早已是惊弓之鸟，他们利用民房当掩护架起机枪，发疯似的扫射，剩下的鬼子则全部蜷缩在屋内，轮流交替扣动扳机。

“这他娘的怎么办？”赵玉海蹲在墙根下不敢露头。

“日本人本来就是要在这里建军事基地，枪支弹药很充足，这样下去不是办法。”组织偷袭的八路军面露难色。

赵玉海抬头瞄了一眼：“一共四间民房，每间民房内一挺重型机枪。”

“领导，如果把民房给炸了，咱这突袭的成功率有多大？”赵玉海小声问道。

“没了这四挺重机枪，这些鬼子就成不了气候了。”

“那就妥了！”

“赵大当家的，你要干啥？”

“这样下去不是办法，必须要走野路子。”赵玉海撂下一句不知所云的话，起身喊来数十名帮众。

“老二，老三，老四，老五，咱们五个这次就别回去了，我们要是能赶在鬼子援兵赶来之前把枪支弹药抢到手，以后咱方圆百里也就清净了。八路军会打仗，人家是正规军，那些军火只有在他们手里才能保护咱妻儿老小，他们必须活着，鬼子的枪子儿就由我们这些野路子来挡吧。”

赵玉海说完，把一箱箱土雷分发下去，他自己带头把雷管拴在腰间。

“四间屋子，分为四组，一组十个人，拴上雷管的兄弟，在死之前一定要引火，炸完一个上一个，我们一定要把机枪口给堵住。”

计划疯狂到让参与其中的人都倒吸一口冷气。

赵玉海扫视一周，用仿佛拉家常一样的口吻说道：“我们几个当家的第一个上，兄弟们一定要跟上，晚上到阎王爷那儿，我请各位吃酒。”

话一说完，四组人全部散开，各自找到了攻击的目标。

突然，一声口哨从人群中吹响，紧接着另外三声口哨在天空中汇合，这是山寨的所有帮众都通晓的哨音，意为“替天行道”。

伴着机枪“突突突突”的声响，赵玉海铆足了劲头冲了出去，就在转瞬间，他感觉自己身体的多个地方均在灼烧，他甚至可以闻到一股烧焦的煳味，他的双眼紧盯着那泛着火光的枪眼，他想近一点，再近一点，因为只有走得近，后来的兄弟才有一丝生还的可能。快速穿梭的子弹，早已把他打成了筛子。

“也许只能到这里了。”他抬起右脚的千层底，向前重重地落了最后一步，接着拉开了护在胸前的引线。

“砰！”十几秒后，赵玉海的身体爆裂开来，血肉喷满了整个墙面。

鬼子还在愣神之际，第二个人肉炸弹也拉开了引线。

参加战斗的日本兵很多都是初出茅庐的青年，虽然在“二战”中，日本军队也采取过自杀式爆炸的袭击方式，但自杀分队大都接受了药物和精神催眠，是人都惜命，鬼子也是如此，接连的自杀式爆炸已经让日本人乱了阵脚。

在鬼子慌乱之际，八路军带领帮众展开了激烈的反攻，五个小时之后，战役终于结束，驻守的日本鬼子被全部歼灭，大批的武器装备被缴获。

也因为这场战役，鬼子一直到1945年投降，也没敢再踏进五指山半步。

新中国成立，生活在山上的村民纷纷下山，原本的山寨也被拆除，但五指山赵玉海的故事还在老一辈中口口相传，过上安稳日子的村民，为了感恩赵玉海等人，自发筹钱在五指山上修建了一座山神庙，当年参战人员的灵位全部摆放在庙宇的正厅，接受山神的庇护。

五指山下的八个村落，几乎每个村子都有当年山寨的后人，山神庙也成了这八个村子的宗族祠堂，除了逢年过节的祭拜以外，后人们的婚丧嫁娶也要按照礼数上山“通知”先人一声。

赵茂山作为赵玉海一脉的直系后人，这礼数的要求就更加严格，明天就是他的大喜之日，按照祖上的规矩，他必须在今天傍晚之前，带上供品上山祭拜祖宗灵位，以求得庇护。遵从红事标准，香案要摆上馒头（蒸蒸日上）、红枣（早生贵子）、苹果（平平安安）、生菜（和气生财）、鲤鱼（顺顺利利）、公鸡（吉祥如意）。供品码齐，全家人要三跪九拜才算礼成。

“走吧，咱们上山！”赵茂山的母亲认真清点了一遍供品，确定无误之后，她带着喷呐队，敲锣打鼓地往山神庙步行而去。

五指山有一条后期修建的盘山公路，路面平坦，走起来相当轻便，再加上喜事连连，不一会儿的工夫，一行人便来到了庙门前。

“‘仙娘’。”赵茂山母亲示意喷呐队安静之后，朝门内唤了一声。

她口中的“仙娘”已年过古稀，非云汐本地人士。“仙娘”的身世无人可知，也无人去问过，当年修庙时，一位先人从外地将她请进庙中修行，没人知道她的本名，只知道那位先人喊她“仙娘”，后来这个称呼被村民一直沿用至今。

见无人应答，赵茂山又提高嗓门喊了一句：“‘仙娘’！”

还是杳无回音。

“咦？‘仙娘’平时足不出户，怎么会没人答应呢？”

“妈，不行我进去看看？”

“咱们私自进入，怕打搅了‘仙娘’休息，茂山你先进去通报一声也好。”

“好嘞！”赵茂山抚了抚别在西装口袋上的大红花，挺直了腰杆推门走了进去。

“‘仙娘’！”声音随着赵茂山的脚步逐渐远去。

“‘仙娘’‘仙娘’‘仙娘’……”没过多久，喊叫声像是被用力击回的棒球，快速地朝门外飞来。

母亲看着茂山额头上渗出的汗珠，诚惶诚恐地问道：“‘仙娘’怎么了？”

“‘仙……娘’……死……死……死了！”

二

距离上次命案结束，日子已经安安稳稳地过了近一个月，从明哥那里得知阿乐有事请假后，这家伙就像凭空消失了一般，我也曾试图从明哥那里打听阿乐的下落，可令人喷血的是，明哥竟然冷不丁地回了我一句：“干好自己的本职工作，别人的事最好少问。”

看着明哥不耐烦的表情，我对阿乐的好奇也烟消云散，不过考虑到阿乐之前的卧底身份，他的失踪也就见怪不怪了。

叶茜现在已经完全融入了刑警队的生活，她那天不怕地不怕的性格，也让她在刑警队如鱼得水，市局网页上的表扬通报栏几乎被她包了，像什么“叶茜同志破获××抢劫案件”“叶茜同志破获××流窜盗窃案件”“叶茜同志荣立××年度个人三等功”，诸如此类的报道简直多如牛毛。

现在的科室又变回了我刚参加工作时的样子，一人一屋，各行其是。明哥上班研究各种千奇百怪的法医理论，胖磊则眯着眼睛摆弄他那价值十几万的单反相机，老贤除了吃饭上厕所就是趴在实验室。当年为了撮合我跟叶茜，明哥还把最大的一间留给了我，现在倒好，只剩我一人独守空房。

“嘀嘀嘀……”办公桌上的串线电话突然响起，我心里猛然一紧。

就在我刚想去接听时，电话声戛然而止，不用猜，肯定有人先我一步拿起了电话。

我举起听筒，明哥有些冰冷的声音传来：“五指山，好，我们马上就到。”十分钟后，胖磊驾驶勘查车载着我们朝案发现场驶去。

五指山位于云汐市西南侧，距离市中心有百十公里的路程，就算胖磊一路将油门踩到底，也要近一个小时才能到达。

明哥抬手看了一眼手表，简单做了介绍：“根据辖区派出所民警的初步调查，今天下午1点30分，一个叫赵茂山的年轻人跟着家人上山祭拜，发现庙中修行的‘仙娘’被人杀死，徐大队已经在我们之前赶了过去，具体情况我们到了现场再碰。”

“仙娘”“山神庙”“修行”，这一个个带有迷信色彩的词语在我的耳边一一划过，同时一股不好的预感也油然而生。

通往现场的路并没有我想象的崎岖和艰难，沿着一条双车道水泥路行驶至终点，便是我们此行的目的地——五指山山神庙。

我刚一下车，叶茜便走了过来：“阿乐师兄呢？”

“鬼知道他又野到哪里去了，都一个多月没见他了。”

插科打诨之际我已经穿好了勘查服，叶茜也心照不宣地拿出了属于她的那套。

我从勘查箱中掏出了指南针确定方位，叶茜、胖磊跟着我作为一组，率先走进了中心现场。

庙宇坐东朝西，红色漆面木门，未安装锁具，推门便可以进入，油漆面的指纹杂乱无章，由于接触的人太多，基本上失去了提取的价值。

推开正门，是面积约100平方米的前厅，矩形分布，中间摆放了一尊高5米的铜质神像，一排香炉立于前方，炉内拇指粗的焚香早已熄灭，香炉下除了几个金黄色的蒲团再无他物。

前厅北墙嵌入10层木板，每层供奉着棕色的灵牌，从上到下的数量分别是1块、4块、13块、15块、17块……以此类推，呈金字塔分布，摆在顶端的灵牌上刻着“先人赵玉海”的字样。

灵牌下方的香案上摆满了各式各样的供品，从香案上的浮灰和早已熄灭的焚香来看，这里已经有一段时间没人打理。

前厅南墙靠门的位置摆了一张方桌，桌面被仙鹤图案的黄色绸布完全包裹，方桌东侧是一炷1米高的功德香，五本功德簿整整齐齐地码在那里。

前厅的地面为坑洼不平的水泥地，除非用静电吸附仪，否则很难用肉眼发现足迹。让我心累的是，室内除了山神像和几件稀稀拉拉的摆设，其余的地方均可以供人行走，吸附地面鞋印，简直是一项无比巨大的工程。

静电吸附和用足迹灯勘查的原理刚好相反，足迹灯是利用漫反射观察地面的加层鞋印，而静电吸附的原理是把地面的所有浮灰吸在静电纸上，行人走过，地面的浮灰便被鞋底吸走，这样就在浮灰层上留下了减层鞋印，当把室内整个浮灰层吸附在黑色的静电纸上时，减层鞋印就可以清晰地显现出来。

好在明哥平时都喜欢未雨绸缪，勘查车上配了多套静电吸附仪。常年出勘现场，这种使用频率较高的仪器，科室所有人基本上都会使用，在所有人的共同协作下，短短二十分钟，地面上所有的鞋印均被采集完毕。

沿着勘查路线一直往东，是一个露天四合院，地面铺满山石，这种情况，就算再牛的痕检专家也无能为力。

院内的房屋呈平行排列，正东是一间灰色瓦房，北为茅厕，南为厨间。

瓦房的木门虚掩，不用怀疑，那里应该就是中心现场。

走近观察，木门漆面掉落严重，从本色木上附着的油渍层看，已经有一定年头了。对这种木门，使用荧光显影效果最佳。但由于长期开关，油脂附着严重，第一次尝试就以失败而告终。

伴着门框挤压门板的“吱呀”声，我率先走进了室内，地面依旧是青色的山石铺设，高低起伏，无法提取足迹。

室内的摆设并不复杂，靠东墙摆放了一张南北向的双人床，南墙和西墙均立着一组衣柜，北墙则堆砌着几袋粮食，从散落在地上的零星谷物颗粒来看，袋子中盛装的应该是小麦。

此刻，死者头南脚北仰面躺在床上。9月，室外气温依旧20摄氏度开外，死者薄如蝉翼的上衣被一根大拇指粗细的树枝刺穿，尸体上的鲜血早已干枯泛黑，一只只蠕动的蛆虫在死者的七窍安家落户，虽然戴着防毒面罩，但一股浓烈的尸臭味依旧难以抵挡。

“尸体充气肿胀，看来死亡有些时日了。”胖磊收起相机示意原始现场拍摄完毕。

痕迹检验方面，只剩下屋内家居摆设的处理，就目前来看，这并非要紧之事。我收起勘查设备，把明哥和老贤喊了进来。

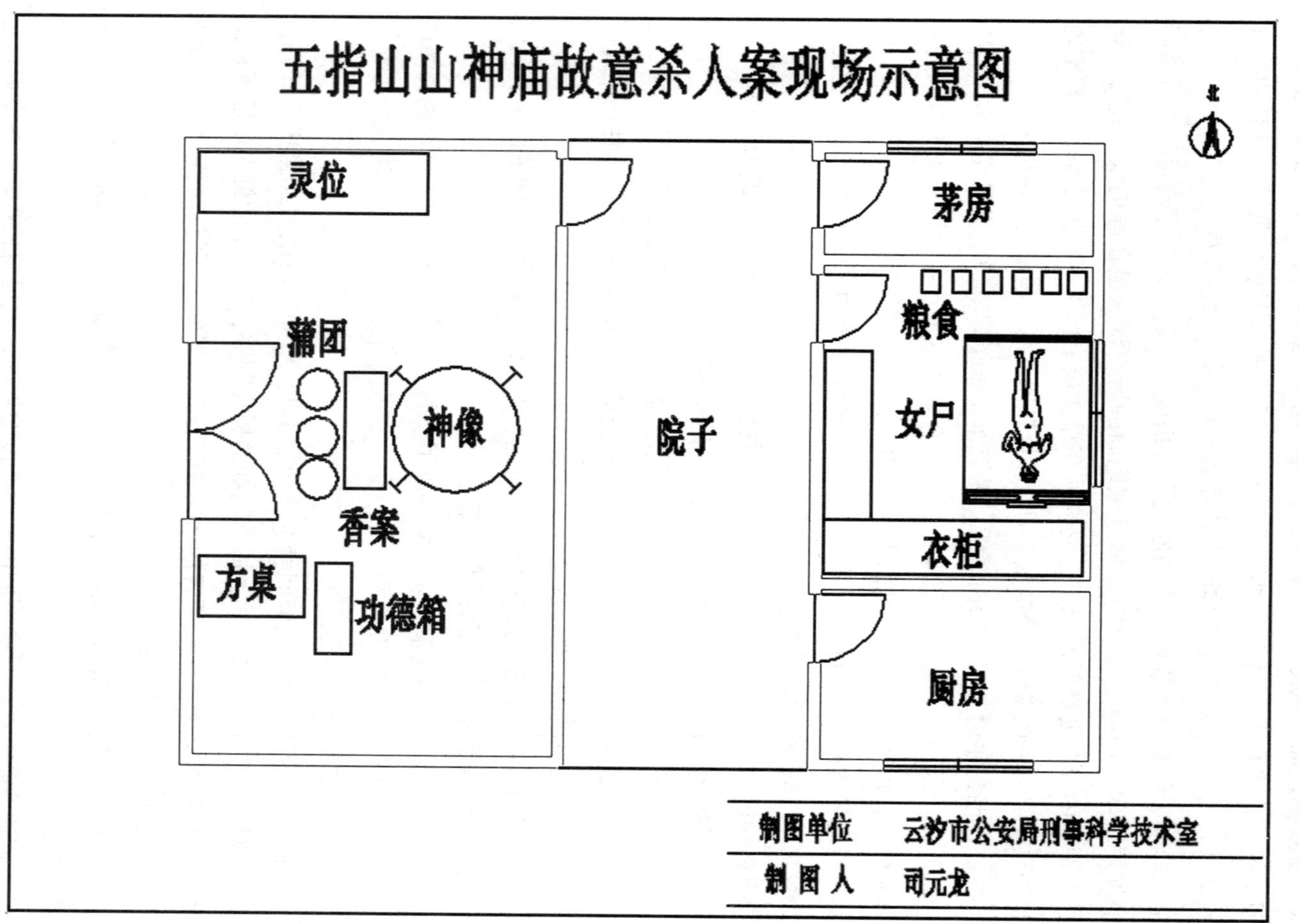
五指山山神庙故意杀人案现场示意图
北
灵位
蒲团
神像
香案
方桌
功德箱
院子
茅房
粮食
女尸
衣柜
厨房
制图单位　云汐市公安局刑事科学技术室
制图人　司元龙

“门有没有撬别痕迹？”明哥问道。

我摇摇头：“内置木插锁，锁体牢固笨重，上锁后，除非是自己开门，否则从外面撬开的可能性不大。由此推断，嫌疑人应该是软叫门进入室内，就这个现场而言，软叫门的方式有两种，一是敲门，二是尾随入室。”

“不可能是尾随入室。”明哥走到床前解开死者上衣，“布料单薄，没有文胸，下身着四角裤，其被害时应该正准备睡觉或已经入睡。”

明哥仔细检查了一遍尸表特征：“头部钝器伤不足以致命。”说着，明哥把那根刺入心脏的树枝用力拔出，一股腥臭的血水顺着圆形的伤口喷射而出。

“凶手先是用钝器击打其头部，接着用事先准备好的树枝刺入心脏位置。”明哥低头看了一眼脚下，“死者的鞋尖朝东，遇害时，她是背对着门，也就是说，凶手在其转身的瞬间偷袭了死者。”

“还有，据我推测，凶手应该是一位和死者年纪相仿的女性。”明哥没有停顿，接着说，“死者衣着单薄，呈入睡状态。如果男性叫门，其不可能穿着如此随意。根据派出所的初步调查，死者是隐居深山的修行者，年过七十岁。测量尸长，其身高仅为158厘米，且瘦骨嶙峋。”

“凶杀现场是一座前不着村、后不着店的庙宇，除非是特殊节日，否则基本上不会有人前来。凶手杀人时，就算是死者喊破喉咙也不会有人听见。

“如此情况下，凶手还是选择先偷袭再杀人的作案手法，表明嫌疑人在力量上不占优势，其不能保证一击致命，所以才采取了最为稳妥的办法。

“叶茜，把我的解剖刀拿来。”

明哥的一句话，把我的注意力拉回到他的指尖。

只见他按压伤口，挤出多余的黑褐色血水，紧接着在圆形的孔洞上划了十字。

“酒精！”

明哥伸出了右手，叶茜将标注着“纯度99.5%”的乙醇溶液递了过去。

“棉球！”

“给，冷主任！”

清洗之后的伤口变得清晰起来，明哥扒开创口：“多次重叠伤，凶手曾多次用树枝刺入，直至将其杀害，从重叠上的深度看，凶手的力气并不是很大。”

“冷主任，能不能确定具体的死亡时间？”

明哥扫了一眼尸体上的蛆虫："都还没有进入蛹期，可以通过测量平均长度计算出死亡时间。"

利用蛆虫推断死亡时间在法医学上已经是一项十分成熟的技能。根据研究，蛆虫的个体发育会经历卵、幼虫、蛹、成虫四个阶段。人一旦死亡，只要温度合适，苍蝇就会蜂拥而至，并在尸体的眼角、耳郭、口鼻、腋窝、会阴等阴暗湿润的部位产卵，蝇卵经过一天发育成幼虫，再过一天发育成一龄虫，疯狂啃食尸体，一天后变成二龄虫，接着疯狂进食一天变成三龄虫，四至六天后，三龄虫就会结蛹，化蛹五天后，成虫破壳，至此，苍蝇就完成了整个完全变态过程。

根据测试，室内温度在22摄氏度，卵发育成成虫需要历时十九天，如果气温在25摄氏度以上，则为十二天。

这起案件的蛆虫并未化蛹，死者最长的死亡时间并未超过九天，云汐市最近平均气温在25摄氏度以上，正是蛆虫成长的黄金气温。

依照明哥的指示，老贤在尸体的多个部位选取了十只蛆虫逐一测量长度，叶茜则在一旁小心记录。

"明哥，平均长度2厘米。"老贤紧接着报出了一个数字。

明哥此时拿出对照表开始计算。

法医昆虫学是一个相当成熟的学科，不管是国内还是国外，都有深入的研究，国外的一些科学家为了能得出准确的实验结果，不惜冒着道德审判的风险，建造"尸体农场"。

通过多方的研究证实，尸蝇来到诱饵上的时间为五到十分钟，因为时间过短，所以在实际的计算中不予考虑。

忽略这一点，这样我们就可以列出公式：

死亡时间=苍蝇产卵时间+蝇卵孵化时间+蛆虫成长时间

根据实验数据（以下数据为了方便理解，并非采用真实实验数据），苍蝇产卵时间和蝇卵孵化时间根据月份的不同，基本接近固定值，按照云汐市的平均气温来算，9月份苍蝇产卵时间为十六个小时，蝇卵孵化时间为十三个小时，已知了这两个时间，只要再知道蛆虫成长时间，就很容易计算出死亡时间。

蛆虫破卵时的长度基本一致，长约0.175厘米，这起案件中蛆虫的平均长度为2厘米，也就是说，蛆虫从破卵到目前生长了1.825厘米。

同样，在温度相同、食物充足的情况下，蛆虫的成长速度有一定的规律可循，在高于25摄氏度时，蛆虫成长时间与蛆虫长度变化的系数为85小时/厘米（假设数值，并非真实数据），即：

系数=蛆虫成长时间/蛆虫变化长度

换算到我们这起案件中来，就是85=蛆虫成长时间/1.825厘米，通过计算可以得出蛆虫的成长时间为85×1.825=155.125小时。

因此，死者的死亡时间=16+13+155.125，总时间为184.125小时，勘查时间为15时整，减去现有时间，得到的数值则为169.125小时，约为7.047天，也就是约为7天零1.13小时，换算成精确时间，就是9月7日的凌晨1点08分。

明哥瞅了一眼计算结果："凌晨1点多，死者应该在熟睡之中，生人不会将死者叫醒，来的应该是熟人。"

"还不是一般的熟。"叶茜很适时地补了一句。

换位思考，如果你深夜熟睡，你与对方不是相当熟悉，定不会轻易开门，尤其还在这深山之中，所以叶茜的推测不无道理。

"凌晨1点，褪黑素分泌旺盛，死者起床开门时估计还处于未清醒状态。"老贤放下有手臂粗细的门闩，"上面粘连血迹，死者头上的钝器伤应该是门闩所致。"

"小龙，屋内有没有被翻动的痕迹？"明哥问道。

"家具还没来得及处理，暂时还不清楚。"

明哥问话的目的其实就是判断杀人动机。死者年迈，凶手是一名和其年龄相仿的女性，情杀的可能性不大。是财杀还是仇杀？室内有无被翻动迹象，刚好可以作为佐证。

尸表检验告一段落，我则继续对室内的家具摆设做进一步处理，在刷显完衣柜表面的指纹后，一个被拧掉锁鼻的铁盒被我从柜中取了出来。

这是一个骨灰盒大小的铁皮容具，绿色油漆锁扣、小号三环锁，便是所有的防盗措施。

这种搭配，稍微用点力气，徒手便能拧开，锁与不锁根本没有意义。

"这是装什么的？"明哥有些疑惑地看向我。

我会意掀开盒盖，内层是一个戒指盒大小的黄色锦盒，从盒内凹陷的椭圆撑底来看，它的用途可能是盛放某种直径在3厘米左右的球状物。

“难不成是放珍珠的？”叶茜好奇地打量着。

“不管是盛什么的，屋内确实有财物损失，凶手的主观动机会不会是侵财？”

“现在判断还为时过早，接下来有两件事需要你们刑警队去办。”明哥望向叶茜，示意其记录。

“第一，调查死者的社会关系。

“第二，找到现场周围可能存在的视频监控，结合嫌疑人的作案时间进行调取，视频分析则由焦磊负责。”

“好的，记下了，冷主任。”

“焦磊，你和我去殡仪馆解剖尸体，小龙、国贤把各自手头的物证抓紧时间处理。”明哥抬手看了一眼手表，“晚上12点，准时开碰头会，有没有问题？”

“没有！”

四

下午6点钟，死者社会关系的调查告一段落，一位关键证人被传唤至刑警队的审讯室，因为其他人手头都还有活儿，于是明哥指派我和叶茜给此人做一次细致的讯问。

“简单地介绍下你自己。”我坐在审讯桌前仔细打量着一副“老实人”面孔的中年男子。

“我叫陆三，今年四十六岁，就住在山下的姚村。”

“你对庙里的‘仙娘’是否了解？”

“嗯，我平时会定期上山帮着‘仙娘’打扫神像。”

“你多久上山一次？”

“平均十天左右。”

“她平时有没有得罪过什么人？”

“‘仙娘’心地善良，哪儿会得罪什么人，反正我没有听说过。”

“那跟她熟识的人有哪些，你知道吗？”

“那多了去了，我们这儿附近八个村子的村民，基本上都认识‘仙娘’。”

“认识归认识，有没有关系特别好的，和‘仙娘’年纪差不多，类似于闺密那种。”叶茜冷不丁地冒了一句。

“闺密？”陆三眯起眼睛，好像对这个名词十分陌生。

陆三已经快五十岁，又生活在农村，不知道闺密是什么意思也在情理之中，于是我换了一种方式：“你回忆一下，有谁能半夜叫开‘仙娘’的房门？”

“都能叫开啊。”

我本想着陆三能给我一个惊艳的回答，可他这句话，差点让我一口老血喷出来。我看着他一脸人畜无害的表情，有些疑惑：“打个比方，如果咱俩的关系不算熟，凌晨一两点，我敲你家门，你会给我开吗？”

“那肯定不会，但是‘仙娘’会。”

“哦？怎么说？”

“这是咱们五指山附近村民多年的习惯，我记得那时候山神庙刚刚建好，‘仙娘’前脚进庙，后脚就有老人驾鹤西游，于是就有人请‘仙娘’给老人作法。到后来发展到只要村子里有人去世，家里人就要去请‘仙娘’。

“我们农村人习惯在晚上搭灵堂，所以三更半夜去叫‘仙娘’的情况时有发生。”陆三接过我递的水杯猛灌了一口，“‘仙娘’年纪大了，平时没有用电话的习惯，夜里山路也不好走，所以只能上山去请，别人不说，半夜叫门这事我就干过好几次。”

“你亲自敲门？”

“那倒不会，毕竟后院是‘仙娘’的闺房，而且超度需要带很多仙器和符文，要有人搭把手拎着，虽然‘仙娘’已经上了年纪，但我一大老爷们儿也不能愣头愣脑地闯进去不是？体力活儿我们男的干，去后院叫门肯定是女的去。”

“对了，你平时帮着打扫山神像，工钱怎么算？”

“我不要钱。”

“不要钱？”

“我祖宗的牌位也摆在山神庙里，怎么能要钱？我就图个心安。”

“那‘仙娘’平时的衣食怎么解决？”

“都是村委会管着，柴米油盐定期会有人送上来。”

“也就是说‘仙娘’平时基本上不会用到钱？”

“钱倒是会用，庙里有一个功德箱，村里来上香的人都会往功德箱里塞个块儿八毛的，一年下来，也没有多少。不过这些钱要么被修庙用掉，要么就是拿给一些穷苦人家。”

“‘仙娘’有没有值钱的东西？”

“我认识‘仙娘’这么多年，要有我早知道了，肯定没有。”

“你也别回答得那么绝对，我给你个提示，这个东西是个球形，放在一个锦盒中，你回忆回忆。”

“难道是仙丹？”

“仙丹？”

“我是听人瞎掰的，说‘仙娘’在山上炼了一颗仙丹，吃了能延年益寿，死后还能成仙。现在火箭都上天了，估计也只有鬼迷心窍的人才会信，反正我是不信。”

“行，今天我们就问到这里。”

送走了陆三，叶茜拿起笔录长叹一口气：“看来这次调查走访的工作量真不是一般的大。”

半夜12点，专案会如期举行，叶茜代表刑警队参加了会议。

“我先说说尸体解剖的情况。”明哥开门见山，“根据测算骨龄，死者年纪约在七十二岁，除了头部钝器和胸口的锐器伤外，并没有其他的外伤。测量蝇卵得出的结论是，凶手作案时间为9月7日凌晨1时左右。我这边就这么多，刑警队那边怎么说？”

叶茜从公文包中抽出陆三的笔录递给了明哥。

“我们暂时还不掌握嫌疑人的体貌特征，走访没有实质性的进展。”

明哥快速扫了一眼，接着把笔录又递给了叶茜：“行，小龙说说。”

我点点头说：“我在现场提取了两种痕迹，指纹和鞋印。

“鞋印太过杂乱，无法分清楚哪枚鞋印有涉案嫌疑，我暂时还没有处理。

“指纹附着在被撬开的铁皮盒上，可以确定为嫌疑指纹，我所提取的多枚指纹均属于衰老期指纹，虽然人一生当中指纹的纹线不会改变，但是随着年龄的增长，指头弹性会逐渐减弱，指纹纹线变浅、变粗糙，间断点增多，小犁沟变宽，脱皮增多，皱纹增多，指节褶纹向两侧延伸，而且分支增多，这些衰老期的纹线特征在嫌疑指纹上均有体现，由此推断，凶手的年龄已超过六十岁。”

明哥见我已经合上笔记本，及时地插了一句：“陆三的笔录曾提出山神庙的功德箱中存放有现金，这个情况你和叶茜有没有去核实？”

明哥的意思很简单，如果嫌疑人是侵财杀人，那功德箱中的钱她不会不碰。

“核实了，功德箱上的锁芯完好，没有撬别的痕迹，从锁扣上的浮灰层看，已经很久没有人触碰过了。”

明哥“哦”了一声，没有再问，他接着把目光对准了老贤。

“理化检验是什么情况？”

老贤抽出两份报告：“室内门闩上的血迹检出了死者的DNA，因此凶手击打死者头部的钝器就是门闩。

“锐器伤为桃木枝所致，我在上面提取到了脱落细胞，经检测，基因型为XX，凶手是女性，我这边就只有这么多。”

“焦磊，视频监控有没有进展？”

胖磊没精打采地打开投影仪，把一段录像拖进了播放器中：“这是刑警队的兄弟在山脚下的小卖部调取的视频监控。”

“焦磊老师，怎么这么黑，你点播放啊。”叶茜把脖子抻了抻。

“小卖部用的是最老式的监控，一到晚上就瞎了，根本啥都看不见。”

“这……”

“不过叶茜你别急，嫌疑人一会儿就出来了。”

“真的？”叶茜打起十二分精神，双眼放光地盯着投影仪。

三十秒以后，一个模糊的光斑出现在视频监控之内，大约又过了一分钟，光斑消失，胖磊在此时点击了暂停键。

“没啦？”叶茜疑惑地看着胖磊。

“结合凶手的作案时间，当天晚上就只有一个人上山，视频上的光斑应该是嫌疑人手中的手电筒。”

“能不能处理出嫌疑人的长相？”

胖磊苦笑：“这已经是处理过的视频了，别说我没能耐，就算是顶级的视频专家来也无能为力。”

“磊哥，你能不能把视频再放一遍？”

“小龙，你不会吧，这么黑的视频你能发现什么？”

“磊哥，再放一遍。”我表情严肃地重复着刚才的话。

胖磊看我一脸认真，把视频播放条又拖到了开始的位置。一分多钟的视频很快播放完毕。

“再放一遍。

“再放一遍。

“再放。

“再放。

“再放……”

…………

接连十几遍，其他人受我情绪的影响已经变得异常紧张。

“好了，可以停了。”

胖磊见我长舒一口气，赶忙问道：“小龙，你这葫芦里卖的什么药？”

“有头绪了！”

“什么？当真？”

所有人都有些不可思议。

“明哥，我需要做一个侦查实验。”

“可以，需要我们做什么？”

“只要一把卷尺就行。”

第二天一早，胖磊按照我的指示驱车赶往调取视频的小卖部门前。侦查实验只有两项工作，一是测量监控的覆盖路段的距离，另外就是计算出视频中光斑晃动的次数。

我们都知道，行走是大脑控制下有意识的行为，整个行走过程必须在肢体的协调下才能完成，视频中光斑晃动的次数，实际上就是嫌疑人每跨一步手臂摆动的次数，也就是步数。

视频监控的覆盖范围是固定值，那么我们通过计数，便可以确定凶手在这个固定距离上走了多少步，套用公式：

嫌疑人每一步的步长=固定距离/步数

按照这个方法，我很快得出了结论：“24.5厘米。”

这个数值符合我的预期，接着我拿出了一张照片："你们看这个！"

"这个是什么？"叶茜望着照片上有些像三角形的浮灰痕迹问道。

"鞋印！"

"鞋印？难不成是高跟鞋？"

"不是，这种鞋子市面上没有卖，只能是纯手工制作。"

"三寸金莲？"明哥第一个反应过来。

"三寸金莲"跟我国古代妇女缠足的陋习有关。缠足始于五代，在宋朝广为流传，当时的人们普遍将小脚当成美的标准，而妇女们则将缠足当成一种美德。甚至有史料记载，小脚还是女人除阴部、乳房外的"第三性器官"。

人们把裹过的脚称为"莲"，而不同大小的脚是不同等级的"莲"，大于四寸的为"铁莲"，四寸的为"银莲"，而三寸则为"金莲"。"三寸金莲"是当时人们认为妇女最美的小脚。在《金瓶梅》中就有"罗袜一弯，金莲三寸"的说法。

当年，孙中山还曾发布令文说：

"夫将欲图国力之坚强，必先图国民体力之发达。至缠足一事，残毁肢体，阻阏血脉，害虽加于一人，病实施于子孙，生理所证，岂得云诬？至因缠足之故，动作竭蹶，深居简出，教育莫施，世事罔问，遑能独立谋生，共服世务？以上二者，特其大端，若他弊害，更仆难数。曩者仁人志士尝有天足会之设，开通者已见解除，固陋者犹执成见。当此除旧布新之际，此等恶俗，尤其先事革除，以培国本。为此令仰该部速行通饬各省，一体劝禁，其有故违禁令者，予其家属以相当之罚。"

在强大施压之下，当时的妇女逐渐摒弃了这个陋习，时至今日，缠足早已成为一段不可提及的历史。

虽然陋习已经被彻底废除，但是《足迹学》依旧把这类特殊的足迹囊括在研究之列。

按照1寸等于3.33厘米来计算，"三寸金莲"最长也不过10厘米，这个长度最多和两岁儿童的脚长旗鼓相当。

我们都知道，人行走的动力来自地面的作用力，人的脚一旦变小，地面所提供的作用力也会随之变小，这就会导致步子迈不开，步长明显小于正常值。

见众人还有疑惑，我解释道："昨天在观察视频时，我就发现光点晃动的频率相当高，于是我就突然联想到山神庙前厅内的几十枚特殊印记。

“印记呈三角形，比照足迹学图谱，极有可能是缠足鞋印，于是我测量了数值，鞋底总长14厘米，去掉放余量，她的脚长应该在12厘米左右，为正常女性的一半。按照正常成年女性平均步长52厘米来算，凶手只能勉强达到一半，通过这两个数值，基本上可以判定嫌疑人缠过足。”

叶茜打了个响指：“那剩下的就简单了，国贤老师提取了嫌疑人的DNA，咱们只要把附近村子有缠足的人全部筛选出来，一一比对DNA就可以破案了。”

泗水河南岸，一间破旧的平房内，云雾弥漫，男人坐在床边若有所思，口中吐出的烟雾在阳光的照射下露出它本来的颜色。忽然，一阵急促的手机振动打破了这一切。

男人拿起身边那个有点像砖块的手机，按动了接听键。

“阿乐，我们见一面吧！”

“你是谁？”

“见面你就知道了，半个小时后，我在泗水河边等你。”

阿乐拔出烟卷，用力在床头碾灭，起身走出了门。

平房距离泗水河很近，步行不超过二十分钟，对方约定在半个小时后见面，显然他知道阿乐的藏身之处。阿乐的手机是设定波段的卫星电话，对方能打进来，至少说明他也是局内人，他确实没想到，“行者计划”除了“老板”、阿雄和老孟，居然又多出了另外一个人，所以这个人他没有理由不见。

几支烟的工夫，阿乐在约定时间到达了泗水河凉亭，此时一位中年男子正背对着他望向河面。

阿乐忽然停住脚步，虽然这个背影他接触时间不长，但却是无比熟悉。

“来了？”男子没有转身，说话的语气像平常一样冰冷。

“冷……冷……冷主任，你……”

“是，你的‘老板’找过我了。”冷启明转过身来。

“你究竟是站在哪一边？”面对冷启明的威压，阿乐竟然有些透不过气。

“我只站在正义这一边。”冷启明回答得铿锵有力。

“这么说，你不相信我了？”

“你有让我信服的理由吗？”

“我……”

“事情的原委我都知道了，一直想找你谈谈，无奈案件缠身。”

阿乐没有作声。

冷启明双手背后，重新转过身去，沉默良久之后，他缓缓地开了口：“从我穿上警服那天起我就明白，从来就没有真正的岁月静好，只不过是有一些无名英雄替我们负重前行。这些人牺牲后没有墓碑，没有荣誉。面对任务，他们无法过正常人的生活，他们随时随地都会面临死亡的威胁，甚至有些人死后，连档案都会被删除，就好像这世上从来没有这个人一样。”

话从冷启明嘴里说出，没有夹杂一丝的情感，但字落在阿乐心中，却激起了千层波澜。

“我虽然也身穿制服，但我有幸活在阳光之下。遇到困难，上有领导，下有兄弟，就算是天大的事情，也不会危及生命，我们和他们不同的是，我们是为自己而活，他们则是为我们而活。”

阿乐双拳紧握，发出“咯咯”的声响。

“如果有一天，我可以成为他们，那将是我莫大的荣幸，你呢，阿乐？”

“冷主任，不管你站在哪一边，我会给你一个交代。”

冷启明缓缓地移动脚步，朝远处凉亭的另一端走去，皮鞋敲击地面的声响渐渐远去：“我不需要你的交代，你应该给你自己一个交代。”

七

刑警队只用了一天时间，便把五指山下的所有村落全部走访完毕，结果比我们想象的还要痛快，八个村落，三千多号人，符合条件的只有三个人，两个卧床不起，另外一个叫周玉芝，七十六岁，身体硬朗，无儿无女，是村里的五保户，每年6000元的土地租金是她唯一的经济收入。

“周玉芝现在人在哪里？”明哥在电话里问道。

“根据周围邻居反映，已经有一个多礼拜没见到她了，我们的人去她的住处，门是锁上的，周玉芝没有用手机的习惯，行动技术支队也没有办法查到她具体的下落。”电话那头的徐大队有些为难。

“先不管人在哪里，最重要的是要确定她的嫌疑身份，我现在就申请搜查令，强行破门，马上对她的住处进行勘查。”

“好，我现在就派人去科室给你们带路。”

周玉芝的住所并不难找，从山神庙出发，沿着盘山公路下行，接着再上一条水泥路徒步走到头，正对路口的四合院便是她的栖身之所。胖磊把勘查车直接停在了院子的红色大门前。

院子坐西朝东，正对大门的是一间堂屋，堂屋南侧是一间呈“L”形的厨房，堂屋北侧为一间瓦房，此屋房门紧锁不知用处，这是我透过门缝所能观察到的所有布局。

在液压钳的帮助下，一把小拇指粗细的三环锁被剪开，因为这次前来的目的是提取生物样本与凶手的进行比对，所以我并没有启动命案现场勘查机制。

老贤胸有成竹地推开大门，朝厨房的方向走去。要提取生物样本，从经常使用的碗筷下手最为便捷。就在我和胖磊准备点支烟偷个闲时，老贤突然停住脚步，转身沿着墙根小心翼翼地又折了回来。

“贤哥，咋了？难道是忘带东西了？”

老贤擦了擦额头的汗珠：“厨房有具尸体，脑子被人挖走了，我没看清，不知道是不是周玉芝。”

“什么？”在场的所有人全部惊掉了下巴。

“小李，”明哥把一位跟我年纪相仿的侦查员喊到身边，“快去通知徐大队，派人来保护现场。”

命案现场勘查程序立即启动。我和胖磊赶忙丢掉烟卷，穿戴整齐，重新站在了那扇双开的红色大门前。大门脱漆严重，指纹刷显效果不佳。就在我收起毛刷准备走进院内时，一阵摩托车的轰鸣声由远及近，如此风风火火，不用猜，除了叶茜再无旁人。

和明哥简单说几句后，叶茜也换上勘查服跟在我和胖磊身后走进了现场。

地面是平坦的土层，一串强壮有力的成趟足迹遍布整个院落，除了老贤以外没有其他人进入，所以这一串足迹可列入嫌疑，简单测量相关数值后，我得出了初步的结论：“男性，身高在一米七五左右，青壮年，脚穿抓地力很强的大头皮鞋，从鞋底的材质分析，售价在200元左右，推断嫌疑人的经济条件在本地并不是很差。”

院子处理完毕，我紧接着走进堂屋，室内以光滑平坦的花岗岩为地板，凌乱而又清晰的泥土鞋印踩得满屋都是。

虽然看起来有些杂乱，鞋印却只有两种，一种为三角形缠足鞋印，另外一种就是室外的大头皮鞋印。

“屋内鞋印如此凌乱，说明嫌疑人和死者曾经发生过争执。”我调整足迹灯对准皮鞋印，“鞋底泥土附着量大，说明其曾去过潮湿的环境，对了，叶茜，最近两天这里下雨了没？”

“没有啊，这几天我一直都在这里，天天都是艳阳高照。”

胖磊掏出手机：“不光是这几天，按照天气软件显示，五指山附近半个多月都是晴天。”

“看来这种潮湿环境应该是在某个特定区域。”

“咱先不考虑这么多，抓点紧。”

在胖磊的催促下，我加快了手中的动作，等勘查灯扫过室内为数不多的家具之后，我得出了结论：“浮灰层完整，并没有翻动过的痕迹，嫌疑人侵财动机不明显。”

“走，去厨房看看！”

在胖磊的提议下，我们三人朝中心现场走去。

打开门的一瞬间，我的视觉和嗅觉受到了一万点暴击。

厨房的面积约20平方米，呈东西走向，靠西墙是一座支起的土灶台，灶台的南侧堆满了柴火。厨房的东北墙角摆放了一个老式的菜橱，紧贴东墙的是一个用水泥砌起的橱案。

此时室内的景象惨不忍睹，死者的面容已无法辨认，但她脚上的一双浸满血迹的手工布鞋，基本可以证实她的身份，她就是周玉芝。

“小龙，你看那里！”

在叶茜惊慌失措的提醒下，我这才注意到，灶台的柴火堆旁还扔了一个瓷碗，滚成团的蛆虫正在愉快地享用碗中猕猴桃大小的人脑组织。

“没有处理的必要了，快去喊明哥。”

叶茜应声而出。

我则揉了揉太阳穴，有些疲惫。

接连的两起命案，让所有人都有些吃不消，唯独明哥还依旧能保持清醒，他进门后认真观察了一遍尸表。

“颈动脉有锐器伤，作案工具应该是菜刀。”说着，明哥开始在厨房内搜索，“叶茜，灶台北面的地上。”

叶茜瞅了好一会儿，才在明哥手指的方向找到了那把被木屑完全包裹的菜刀。

“冷主任！给！”

明哥仔细观察刃口：“这就是作案凶器。”

菜刀随后被老贤收入物证袋，明哥又把注意力集中在了死者被掏空的脑壳之上：“颅骨边缘有锐器砍切痕迹，重叠伤较多，嫌疑人开颅用的也是菜刀。”

“对了，小龙，死者的身份你确定了没？”

“嗯，指纹和脚印都比对上了，周玉芝就是杀死‘仙娘’的凶手。”

明哥点点头，继续观察颅腔。

“颅底有半圆形的按压痕迹，小龙，能不能看出是什么留下来的？”

“像是调羹。”

“是不是这一把？”说着，叶茜从柴火堆中扒出了一根长约20厘米的银白色饭勺，勺子表面还残留着少量血迹。

我从叶茜手中接过勺子，小心地贴于颅腔内半月形痕迹之上：“没有误差，是这把勺子。”

“冷主任，嫌疑人难不成是把死者的脑子挖走了？”

“没有取走。”我打开勘查灯，将光线对准调羹，“勺子上有唇纹重叠的痕迹，凶手的嘴部曾不止一次接触过勺面。”

“小龙你是说……”

“我怀疑死者的脑组织被嫌疑人给生吃了。”

“哕！”叶茜终于扛不下去，拽掉防毒面具跑到院子中干呕起来。

明哥默认我的推断，表情严肃：“嫌疑人的行为无法用正常人思维去理解，我们务必抓紧时间，我担心嫌疑人还会作案！”

八

按照分工，明哥和胖磊解剖尸体，叶茜负责带着刑警队挨家挨户地走访，我和老贤则分别处理各自物证，一切忙活完毕，已是凌晨2点钟。

简单吃过消夜后，第二起命案的碰头会由明哥主持召开。

“通过测量蝇蛆长度，推算出死者的死亡时间在9月8日晚7时30分左右，也就是周玉芝杀死‘仙娘’的第二天。尸体解剖证实了我的推断，嫌疑人先是用菜刀从周玉芝背后将其颈动脉划开，紧接着用刀砍开颅腔，最后食脑。

“这种非常规的杀人方式，证实了嫌疑人变态的主观目的，一般只有精神失常的嫌疑人才会有此怪异的举动。”

“叶茜，”明哥话锋一转，“刑警队在走访的过程中有没有发现类似的情况？”

“没有！”

“行，那你把走访的情况介绍一下？”

“我们主要是围绕周玉芝的社会关系展开调查，根据村民反映，周玉芝平时很少和人来往，整天神神道道，而且她这个人十分迷信，不管哪路神仙佛祖她基本上都曾拜祭过，听她邻居反映，只要谁说哪里的神仙能显灵，她绝对是不惜一切代价去祭拜，周玉芝平时连肉都舍不得吃，但在这方面却舍得花大价钱。”

“周玉芝有没有什么仇家？”

“村子里跟她年纪相仿的没几个，她辈分很高，而且平时无所事事，经常是来无影去无踪，基本没有仇家。”

明哥“嗯”了一声，接着说：“小龙，你那儿什么情况？”

“我提取到两种痕迹，指纹、鞋印。

“指纹分布在勺子、刀把、瓷碗之上，为成年男性所留。鞋印我在现场已经分析过，只能得出一些笼统的体貌特征，没有什么指向性的结果。”

“焦磊，视频有头绪吗？”

胖磊有些尴尬地一摊手。

“国贤你来说说吧！”

老贤自信地推了推眼镜，一副胸有成竹的模样：“我先从死者周玉芝说起，她的DNA和‘仙娘’被杀案桃树枝上的脱落细胞可以做同一认定，她就是杀害‘仙娘’的凶手。”

老贤把上一起案件一笔带过，继续说道：“接下来是目前这起案件，我先是化验周玉芝的胃内容物。”

老贤伸出两根手指："被害前，她吃了两种正常人不会食用的东西。

"第一种，皂土。也叫膨润土，外形似黏土，是含有硅酸铝、氧化镁和氧化铁等物质的矿物石，化学成分很稳定，遇水膨胀，可吸附8～15倍于自身的含水量，因为具有这样的特性，可作为黏合剂、吸附剂、乳化剂的组分，广泛应用于造纸业和制酒业。在旧社会或者灾荒年间，穷人靠吃观音土活命，观音土也就是皂土，这种土可以充饥，但不能被人体消化吸收，吃了以后会导致腹胀，难以排泄。"

皂土介绍完，老贤又说道："第二种是一个球状物，直径3.6厘米，跟'仙娘'被杀案锦盒底座的直径刚好吻合，球状物含有磷酸盐和碳酸盐成分，检出人骨成分，并有煅烧痕迹。"

此时明哥接过了话茬儿："长期食素者，摄入大量的纤维素和矿物质，经过人体代谢很容易形成大量的磷酸盐、碳酸盐，这些物质最终以结晶的形式沉积于体内，人体骨骼在烧灼时可能出现各种形状的重结晶现象，如指骨、趾骨等，这也是僧人圆寂之后舍利子的由来，根据国贤所说，这个球状物很像舍利子。"

"难怪村民都说周玉芝是个疯狂的信徒！真是什么都吃！"

明哥说完，老贤又拿出几份检验报告："接下来就是本起案件的嫌疑人——食脑者。

"首先，我在室内地面上刮取了鞋印上的泥土，经过分析，泥土中含有很多以下两种物质：第一种是花粉（孢子），花粉是植物的生殖细胞，花粉壁分为外壁和内壁。根据研究，成熟的花粉外壁表面形态不一，如黄瓜、油菜、玉米等都是光滑的，南瓜、蜀葵是多刺的，等等。花粉粒的形态微小，一般直径在5～200微米，据统计，一个花药可以产生3万个甚至更多的花粉粒。因为花粉微小，又极易传播，所以在一般的土壤中很容易产生交叉感染的现象，而奇怪的是，我只在泥土中分离出了清一色的番茄花粉。"

老贤接着说："泥土中的第二种物质是碳酰胺，俗称尿素，是由碳、氮、氧、氢组成的有机化合物，又称脲，是一种白色晶体，也是最为常用的氮肥。土壤中没有其他花粉的交叉感染，说明西红柿种植在一个封闭的空间内。一般农村自家种植少量的西红柿不会施化肥，最多也就上点农家肥料。大批量种植，又是封闭的空间，那只能是蔬菜大棚。"

我插了一句："接连半个月都没有下雨，现场地面却留有大量的泥土鞋印，照这么说，嫌疑人杀人之前应该刚从蔬菜大棚中出来。嫌疑人所穿的皮鞋价值200元左右，从本地的消费水平看，其经济条件并不差，我怀疑种植番茄的蔬菜大棚应该是嫌疑人私有。”

“嗯，小龙说的不无道理。”明哥很赞同我的观点。

老贤换了一份报告接着说：“厨房的瓷碗和勺子上提取到了男性的唾液斑，检测出的DNA图谱和死者周玉芝指甲内的皮屑吻合，这一点和小龙在现场推断的一样，两人在堂屋曾发生过激烈的争执。

“接着，我在周玉芝紧握的拳头中找到了14根头发，其中8根带有毛囊，基因型为XY，和嫌疑人的DNA图谱吻合，这些头发应该是双方争执时，死者从嫌疑人头上扯下的。除此以外，我还有意外收获。

“嫌疑人头发表面含有大量油脂，这种情况下，皮肤分泌旺盛的油脂会引起毛囊口角化过度，从而影响毛囊的营养，致毛囊逐渐萎缩、毁坏。一般男性只要头发上油脂含量巨大，99%都有脱发的可能。”

“难不成嫌疑人是个秃子？”我问。

“不能那么绝对，脂溢性脱发和秃顶不能画等号。”老贤否定了我的猜测，“如果是老年，变成秃子的可能性很大，但是青壮年不好说。”

“那这个结论能有什么指向性？”

“你先别着急，后面还有。”老贤翻开最后一份报告，“因为嫌疑人头发油脂含量很大，所以黏附性很强，在显微镜下观察发现，其头发上附着有大量的黑色物体，经化验，成分有硝酸钾、木炭、硫黄等。”

“火药？”对身为理科生的我来说，“一硫、二硝、三木炭”的配比公式是再熟悉不过。

“准确地说应该是未燃烧完全的火药。”

“贤哥，你是说，嫌疑人有可能是个打猎者？”

“八九不离十！”

得出这个结论，并没有什么难度。因为我们本地人都知道，几十年前，云汐本土的山里人要想开荤，都是靠上山打猎，所以不少山民都有制枪的手艺。虽然现在非法持有枪支的罪名已被列入《刑法》，但天高皇帝远，还是有不少山民喜欢铤而走险。打猎使用最多的就是土枪，子弹则为黑火药与弹珠的填充物，这种枪的后坐力很大，一次只能射出一发子弹，只适合近距离射击，每次射击都会放出大量烟雾，烟雾的成分就是火药残留物，其中未完全燃烧的火药是主要成分。

“今年年初，市局刚开展过一次灭枪行动，相信家里还能找到土枪的村民，绝对屈指可数，再加上他自己有番茄大棚，有了这两条有指向性的线索，排查基本上没有什么难度。”叶茜回答得很自信。

专案会刚一结束，刑警队便组织全部警力展开拉网式搜查，十二个小时后，犯罪嫌疑人周孟落网。

九

虽然从先秦便开始有人钻研玄学命理，但不得不说，就算是算命大师也不敢拍着胸脯保证某个人的命运走向。陈大喜时至今日回想起当年，依旧感觉有些不可思议。

1970年9月25日，一个男娃在丰收之日呱呱坠地，父亲陈大福是个粗人，想着庄稼丰收又来个男娃，简直是双喜临门，于是前来道贺的村民就建议给娃取名“陈双喜”。

尽管那时候电视机还没有普及，但半导体已不是什么稀罕物，陈大福最喜欢体育节目，他经常听到收音机里的“红双喜乒乓球”广告，于是他潜意识就把“双喜”和“球”画上了等号，“陈双喜”按照他的翻译，就是“陈球球”。

“老子头一胎是个男娃，怎么能是个球？”于是他顶着所有人的反对，硬是给儿子取了一个更土的名字——“陈大喜”。

紧接着第二年、第三年、第四年，陈二喜、陈三喜、陈四喜相继出世。

陈大喜作为家中的长子，不得不过早地挑起养家的大梁，为了缓解经济压力，十五岁的他便开始走街串巷，当起了货郎。一根扁担，两个木箱，陈大喜每天要步行几十里兜售糖果针线，辛苦忙碌一整天，也只能赚个十来块的血汗钱。

1986年7月5日，酷暑。陈大喜挑着扁担途经李嘴村，烈日之下，一位光头和尚正倚着树干大口地喘着粗气。

“和尚，和尚，你怎么了？”陈大喜见状，急忙走了过去。

“水，水，水……”和尚舔了舔干裂的嘴唇。

陈大喜并没有急着掏出水壶，他把手紧紧地贴在对方光亮的脑门上：“和尚，我看你八成是中暑了。”

“水，我想喝水……”

“中暑不能急着喝水，你等等。”说着陈大喜把拴在腰间的麻布袋打开。常年奔走于田间地头，什么紧急情况都能遇见，袋子中装的全是他未雨绸缪的药品，有治蚊虫叮咬的，有治感冒发烧的，常规疾病的药品基本是应有尽有。

就在和尚正痛苦呻吟之时，陈大喜从布袋中找出写有“十滴水”的塑料小瓶。他剪开封口，接着又把水壶摆在和尚面前：“先喝药再喝水。”

和尚艰难地把两瓶苦涩的“十滴水”咽下，紧跟着又“咕咚咕咚”喝了整整一壶凉白开。

看着和尚脸上渐渐恢复了些血色，陈大喜笑眯眯地接过水壶：“我戴草帽都顶不住这日头，你个光头和尚咋能受得了。”

“多谢施主！”和尚双手合十行了大礼。

陈大喜也跟着作揖：“不谢，不谢。”

两人寒暄之后便没了下文，气氛多少有些尴尬，于是善于交际的陈大喜率先打破了僵局：“和尚，你来这农村是干啥的？”

“哦，贫僧法名慧心，是受师父之命，下山来寻有缘人。”

陈大喜把一根稻草从耳根上取下，叼在嘴巴中，半开玩笑地说道：“有缘人？你看我像有缘人吗？”

慧心眼珠一转，并没有回答。

“好了，不和你开玩笑了，我要赶在天黑前把这两箱糖果卖掉，鬼天气热死人，要是化了，我就赔死了。”

“施主请留步。”

“咋？难不成你要买？”陈大喜没有因为慧心的劝阻而停下手中的动作，只见他吆喝一声，把扁担重新挑在了肩头。

慧心见状，有些急切，赶忙拦在陈大喜面前。

“咦，你这个和尚，这前不着村，后不着店的，若不是我救了你，你早就死在这里了，咋还要拦住我的去路？”

“我问你，你卖糖果一天能赚多少钱？”刚才还文绉绉的慧心，此时却像个讨价还价的商人。

“好的话，一天十五六元，差一点也有个十一二元。”

“一天十几元，刨去吃喝拉撒，一个月给你算顶天了也就300元！”

“300元还少？你知道现在工人一个月才拿多少吗？100元都不到！”

“施主，实话跟你说吧，我这次下山就是寻一个俗家弟子跟我上山，我看在你救了我的分儿上，这好事就便宜给你了。”

“我呸，当和尚还好事？我情愿累死，也不愿打一辈子光棍儿，我可是家里的长子。”

“俗家弟子可以结婚，而且我保证你每个月有1000元的收入。”

“什么？1000元？和尚，你吹牛的吧？”

“阿弥陀佛，出家人不打诳语。”

“我能不能先当一年试试？”

“当然，如果你不愿意，随时可以下山，我绝不阻拦。”

面对如此优厚的条件，陈大喜根本没有拒绝的理由，第三天一早，他打着出门打工的幌子，跟着慧心乘火车来到了清尘山下。

陈大喜看过电影《少林寺》，一路上他都在幻想，此行的寺庙是否跟电影中一样宏伟，可当他费了九牛二虎之力到达目的地时，心里瞬间凉了半截。和尚口中的寺庙，不过就是并排的四间瓦房。

陈大喜刚一走进院中，就被强行收走了所有的随身物品。

“师父，人我给你带来了。”慧心把陈大喜领到一位五十多岁的老和尚面前。

“嗯，好，你叫什么名字？”

“陈大喜。”

“嗯，大喜，不错，不错。”老和尚绕着他打量了一圈，“既然皈依我佛，老僧就赐你一个法名，常喜。”

“得，你愿意叫什么就叫什么吧，我今后要干什么？”

“你不需要做什么，跟着慧心就行，他让你做什么你就做什么。”

穿上僧服的陈大喜，本以为当和尚就是敲敲木鱼、念念经，直到他过了半年考验期后，慧心才将这座“寺庙”的老底和盘托出。

其实清尘山上，正规寺庙只有一座，像陈大喜所在的“寺庙”就是一座相当隐蔽的违章建筑，因为很多拜佛的香客都深信“得道高僧居于深山”，所以像陈大喜所在的假寺庙也不乏香客前往。

但这种假寺庙不能像真正的寺庙那样开门迎接香客，加上隐蔽的地理位置，所以就需要一个像陈大喜这样的“引路人”，美其名曰“俗家弟子”。为了防止被本地香客识破，“俗家弟子”必须从外地寻觅，这也是慧心不远千里跑去云汐市的原因。

打个不恰当的比方，这种假寺庙就像一个单位，最高领导是方丈，正式员工是出家弟子慧心，而陈大喜就属于编外人员；单位的上级是投资商人，商人以获取利益为核心，而寺庙的利益就是香火。

如何增加香火，里面也大有门道。山上的多座假寺庙本着和平共处的原则，在山上划定势力范围，一旦有香客踏入，先是由“俗家弟子”领进寺庙，免费进香，接着再由正式的出家弟子出马接应，一旦发现是肥肉，再由方丈出面应对。

寺庙中的香火分为下、中、上三个等级，每个等级又分为三六九等，下等香的价格分别为30、60、90元；中等香则为300、600、900元；上等香为3万、6万、9万元。

能让香客烧上哪一级别的香和最先接触香客的“俗家弟子”的能力成正比，毫不客气地说，一个优秀的“俗家弟子”对假寺庙来说，绝对是一块致富的敲门砖。可巧陈大喜就是这么一个人。

几年的货郎生涯，让他最擅长的就是察言观色。前来的香客本来准备烧下等香，经过他一忽悠，烧个中等香根本不费事。

一般的“俗家弟子”通常第一眼习惯去观察香客的穿着，而陈大喜却跟别人不一样，他喜欢打量香客的气质，真正的大老板绝对不会戴着大粗链子到处晃悠，因为有钱人都懂得“财不外露”的道理。

这么多年来，最让他引以为傲的还是2000年那次辉煌战绩。

当天陈大喜正在通往寺庙的小路口佯装扫地。忽然一位气宇轩昂的中年男子迎面走了过来，从衣着上看，男子全身行头总价不超过300元，但他一眼便认定，这是一位有钱人。

锁定目标后，他提着扫把漫不经心地走到男人面前：“施主，请留步。”

男人上下打量着僧服打扮的陈大喜，礼貌地回道：“大师，有何事？”

“今日我与你有缘，施主不妨把心中的苦恼述说一二，小僧愿为施主排忧解难。”

“哦？那不知大师是否知道本人因为何事上山？”

陈大喜微微一笑：“为一个‘情’字！”

男人大惊失色，赶忙作揖：“大师，您真是神了！”

陈大喜暗自窃喜，其实能猜到此人为情并不困难。从男人的气质看，他并不缺钱，因为气质这个东西，离不开钱的滋润。这个社会，只要有了钱，就等于有了权，钱和权在一定程度上可以画上等号。

不在良辰吉日上山烧香，也不会是给家人祈福，那剩下只有一种可能，他是为自己的问题而烦恼。四十多岁成功人士，独自一人上山，是不想让别人知道自己隐私的表现。俗语云，男人有钱就变坏，现如今包二奶已经不是什么新鲜事，所以陈大喜就把宝押在了“情”字之上。

从男人推开假寺庙大门之时，他就成了趴在流水线上的肥猪，陈大喜先开第一刀，接着慧心开第二刀，如果身上还有油水，剩下的就由方丈开那致命的一刀。

一般能挺住三刀者，无一例外都会留下10万以上的家财。可令陈大喜咋舌的是，那天这个男人捧走了庙中最大的一个法器，由方丈“开光”的玉佛，成本价1万，售价160万。

陈大喜一战成名，他的地位也在十数名“俗家弟子”中再也无法被撼动。

2012年，假寺庙的老方丈因病去世，慧心接替了他的位置，那天陈大喜做了人生中最为艰难的决定，剃度为僧，法号慧明。

回想出家的二十多年来，家人因为他的资助过上了超小康的生活，虽然他也曾有还俗娶妻的想法，但慧心劝过他，还俗之后怎么办？钱从哪儿来？

在假寺庙中做和尚钱来得太容易，容易得就如同大水冲来的一般，所以他舍不得放弃现在的生活。

“就当牺牲我一个，造福全家人了。”陈大喜想通之后，毅然决然地加入了“商僧”的行列。

“商僧”虽然是假和尚，但为了使自己酷似真正的僧人，他们也修行佛法、不能结婚，但他们修行的目的可不是像僧人一样普度众生，赚钱才是他们的最终目的。

进入“正规编制”的陈大喜，按照惯例也要出门踅摸一个“俗家弟子”给自己打杂。这个不成文的规定也是为了保证“商僧”的“良性发展”，试想如果“商僧”们都跟站街小姐一样强拉硬拽，有哪位香客还敢跟你走进深山？

为了能找到一个优秀的“俗家弟子”，陈大喜是煞费苦心。可希望越大，失望越大，出门晃荡了几个月，也只找到了一个凑合能与人沟通的小伙儿。

半年“试用期”里，陈大喜几乎没开过张，弟子的木讷已经超出了他的底线。被逼无奈之下，一个埋藏在他心底的想法又悄然浮出水面。

在陈大喜眼里，现在的清尘山已经不能和二十年前相比，投资商人为了增加收入，把假寺庙建得漫山遍野到处都是，如此一来，就增加了假寺庙间的相互竞争，时间一久，为了利益，难免有些“商僧”不按照规矩办事，为了圈钱，各种新鲜出炉的另类法事不胜枚举，有给车子开光的，有给别墅开光的，更有甚者，还能跑去给墓地开光。

激烈的竞争已经让清尘山变得乌烟瘴气，“少小离家老大回”的他已经年过四十，心里有了回家的打算。

“与其在这儿苟延残喘，不如回家当我的一山之王。”回家修建庙宇，是他多年来一直在构思的宏伟蓝图。

为此他还多次回家做过考察，最终云汐市五指山成了他的上上之选。

当了这么多年假和尚，陈大喜积累了不少资本，修建一座庙宇绝对是绰绰有余，而云汐市为重工业城市，人傻钱多的煤老板到处都是，寺庙修在山上，要么一年不开张，要么开张吃一年。

就在万事俱备之时，一件令他无比烦躁的事却摆在面前。

负责打点关系的人告诉他，山林为国家资源，没办法开坑建庙，现在唯一可行的方法，就是把山上原先的山神庙推倒重建，否则要在五指山上建庙基本不可能。关系人的说法，让他的心沉到了谷底。

而他准备单干一事，早已传到了假寺庙的新方丈慧心耳中，陈大喜之前的信心满满，成了现在的骑虎难下，进退两难。

“如果自己灰溜溜地回去，肯定不招人待见，但是如果留在五指山，就必须拆庙。”

被逼无奈之下，他只能硬着头皮推开了山神庙的大门，接待他的是一位七十多岁的老妪。

“阿弥陀佛，贫僧有礼了。”

“大师不必多礼。”

陈大喜用余光瞄见了老妪手中的拂尘。

“不知大师前来，所为何事？”

“修行至此，见有庙宇，便进来参悟。”

“我虽是修道之人，但四十年前也与佛结缘，当日一位高僧赠予贫道一颗佛舍利，我一直珍藏至今。”

“既然仙姑与佛有缘，可介意贫僧借风水宝地宣扬佛法，为山下百姓开光去灾？”

“开光去灾？”

“正是！”

“那好，敢问大师，何为‘开光’？”

对陈大喜来说，这是最为基础的考题，他想都没想，便躬身回答道：“开光是得道高僧通过持印诵咒，赋予物品特殊的灵力，消除灾难，造福一方。”

“虽然我不是佛家弟子，但在我看来，大师所言差矣。如果按照大师所说，您开的光可以消除灾难，那众人信的应该是您，而不是佛。四十年前的高僧说过，佛家的开光是用菩萨的形象和名号清净我们的内心，开启我们内在的智慧，引发我们的慈悲之心，在生活中帮助他人，爱护他人，平等慈悲对待一切，这才是真正意义上的开光。”

“仙姑所言甚是，贫僧告辞。”陈大喜听完，不再逗留，躬身辞别之后便离开了山神庙。

他虽然是个“商僧”，但也浸淫了多年佛法，刚才老妪说出的那一番话至少证明了人家是个真正的修行之人。

这种人淡泊名利，视金钱如粪土，除非是使用极端的方法，否则就算他磨破嘴皮子、开出各种优厚的条件也不会起到一点作用。所持观念不同，根本没有说下去的必要。这就好比人家已经看出你是骗子，你还在侃侃而谈，最后只能自讨没趣。

碰了一鼻子灰的陈大喜有些懊恼地朝山下走去，就在拐弯处，一位着急忙慌的老妇，正好和他撞个满怀。

“老人家，您没事吧？”

听到对方彬彬有礼的声音，老妇抬头一看，原来是一位僧人，这让她喜出望外：“大师，您是大师？上山遇到大师，这是吉兆啊！”

陈大喜没有作声，而是目不转睛地打量着表情夸张的老妇。

老妇依旧一口一个“大师”地叫喊着，陈大喜开始揣测她的身份。

“裹脚，年龄应该接近八十岁，穿着廉价，出身穷苦，思想封建，这种人最喜欢求神拜佛，对他们来说，没有东西可以依靠；在他们看来，唯一能让命运发生改变的就是神佛。她一口一个‘大师’，对僧人很尊敬，和那些逢山就跪的老妇应该是一类人。”

陈大喜在心里快速给老妇做了一个定位，忽然，一个邪恶的念头出现在他的脑海，他很不友好地瞥了一眼山顶，不紧不慢地开口道：“我本是千里之外的清尘山的僧人。”

“清尘山，我去过，听说那里的佛像很灵验。”

陈大喜微微欠身，掏出了自己的假戒牒。

要说大学毕业证老妇可能不认识，但高僧的戒牒她可不只见过一次。

“真是大师，您真是大师。”老妇说着就要跪拜下去。

“老人家，这可使不得。”陈大喜双手将老妇扶起，“不知老人家如何称呼？”

“我叫周玉芝，就住在山下，最近有些烦心事，正要上山烧香化解，没想到就遇到大师您了。”

“嗯，看来我与老人家注定有一次缘分，既然这样，不知道可否借一步说话？”

眼前的场面曾在周玉芝的梦里上演过无数回，她多么想能有一位高人带她脱离苦海，然而，就在今天，这个梦近在咫尺。

周玉芝跟着陈大喜的脚步，眼睛都不敢眨一下，她生怕面前这位百年不遇的大师忽然消失不见。

步行百余米，两人在一个清静的凉亭内停步。

“阿弥陀佛，”陈大喜双手合十，“我本在千里之外修行，前几日深夜参佛之时，忽然一道灵光从贫僧眼前滑过，夜晚佛祖托梦，此灵光是大吉之兆，按照佛祖指引，我一直追到此地，今早便在山头的庙宇附近发现了佛光。”

“佛光？”周玉芝激动得浑身颤抖。

陈大喜点点头：“佛光落于庙宇后院，我只身前往拜见，一位道教仙姑隐于庙中修行。”

“山神庙，‘仙娘’？”

“正是。”

“后来呢？”

“我道明来意之后，仙姑告知庙中珍藏了一枚得道高僧的佛舍利。”

“佛舍利？”周玉芝听到这个名词，双眼立刻射出光芒。

“佛舍利是高僧圆寂后的佛法结晶，蕴含无边法力，而且这颗舍利能引起佛光，想必它的主人绝非凡人。”

“难道是……”

周玉芝刚要把“活佛”两个字喷出口，便被陈大喜断然阻止。

“佛法无边，施主若非有缘人，切不可妄加猜测，阿弥陀佛，善哉，善哉！”陈大喜当了几十年假和尚，这故弄玄虚、点到为止的把戏，他已经玩儿得炉火纯青。

他本想着在五指山建庙，狠狠地在煤老板身上敲一笔，甚至都想到了拉“仙娘”入伙，可无奈“仙娘”却是真正的修行之人，柴米不进，眼看到嘴的鸭子飞了，说不生气那是放屁。

武侠小说很多人都看过，说要坑害一个门派，最简单的方法就是告诉江湖众人，这里有失传的武功秘籍。陈大喜现在的做法就有异曲同工之处，你“仙娘”不是想清净修道吗？我偏要抓几个虱子放在你头上让你挠。

“不让我建庙，我也不会让你好受。”陈大喜望了一眼山顶，冷笑了一声。

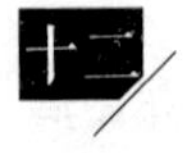

十二

周玉芝目送大师离去，直至消失在视线尽头，确定周围再无他人之后，她慌忙迈起小脚抄近路上了山。当咬牙跑到山顶时，体力不支的她有些头晕眼花，9月的日头照得人睁不开眼睛，她下意识把手放在眉前，忽然，她仿佛感觉到眼前有一圈七彩日晕。

“这难道就是佛光？

“对，这一定是，大师没有骗我，山神庙中肯定有宝物。”

强大的心理暗示让她瞬间回到了巅峰状态，她拍了拍屁股上的尘土，迈着大步走进了庙内。

大厅之中，“仙娘”座在蒲团之上。

“你来了！”因为经常上山烧香，“仙娘”跟前来的周玉芝很是熟络。

“我……”周玉芝一时语塞。

“你有事？”

“没……没……没有。”周玉芝矢口否认。

“有事尽管说来，咱们认识几十年了，跟我你不必客气。”

“当真？”

“当真。”

“‘仙娘’，你是不是有一个佛舍利？”

“你是听谁说的？”

对方异常的反应，给周玉芝吃了颗定心丸。

“那就是有了？”

“有。”

“能不能给我看上一眼？”

“这可使不得，我这颗舍利是多年以前一位高僧转托于我的，此物非比寻常，不可随便公示于人。”

“看在我上山烧了这么多年香的分儿上，看一眼都不行？”

“你说的这是哪里话？烧香是你自己的修行，和佛舍利有何干系？不管是佛还是道，讲究的是个人品行，容不得讨价还价。”

“‘仙娘’，咱俩年纪差不了几岁，我从小就到处烧香拜佛，为此我一辈子没有婚嫁，我本以为老天会可怜我这个老太婆，可到头来，还是竹篮打水一场空，你可以出去打听打听，山下的人哪个不说你用咱们山上的灵气炼仙丹，你已经修行这么多年，就算是死了估计也能驾鹤西游，可我呢？我这七十三的坎儿刚刚迈过来，能不能挺到八十四还两说，你就当可怜可怜我，把舍利子让给我，好让我死后荣登极乐，也不枉我信了一辈子神佛。”

“荒诞至极！”“仙娘”甩出拂尘，关门送客。

面对“仙娘”的举动，周玉芝非但没有生气，反而还有一丝窃喜，因为她已经打心里确信，这颗佛舍利一定是个至宝。

“最近不逢节气，应该不会有人上山，我要赶紧搞清楚佛舍利到底怎么用。”周玉芝边走边盘算，神神道道地走进了村子。

因为注意力过度集中，她完全没有发现一个男人正悄悄地跟在她身后。

大门刚一打开，男人便快速闪进了院子。

“小孟，怎么又是你？”

“你要是不把我脑子里的虫子取出来，我这辈子都会跟着你。”

说话的人叫周孟，二十多岁，家住村子东面，按照辈分来算，他应该喊周玉芝一声“奶”。

周玉芝一辈子没有子女，平时对村子里的孩子都很疼爱，像周孟这么大的孩子，从小几乎都喜欢溜进周玉芝的四合院讨点零食，周玉芝对孩子也是来者不拒。但不是所有的孩子都乖巧可人，周孟就是个例外，他生性顽劣，每次都把周玉芝家里搅得鸡犬不宁。

曾有一次，六岁的他翻出了周玉芝求来的神符，按照道长的说法，神符不能见水见光，可作为熊孩子的他哪儿会在意这些，等周玉芝反应过来时，他已经蘸着唾沫把神符贴得到处都是了。

周玉芝气得浑身发抖，为了这几道符文，她在道门前足足跪了一天，为了让周孟长点记性，她转身走进屋内，把一根大头钉藏在指缝中，接着一巴掌打在周孟的头皮上。

忽然一阵刺痛，让周孟“哇”的一声哭了出来。

“我告诉你，我刚才在你的脑子里放了一只虫子，你下次要敢再调皮，我就让虫子吃了你的脑子！”

面对周玉芝的恐吓，周孟的哭声戛然而止，六岁孩童本该清澈透明的眼睛，也因这句话开始变得有些混浊不堪。

周玉芝还沉浸在那几张符文的悲痛之中没缓过劲来，她哪里会去理会周孟的变化，她看对方还愣在原地，心里的火“腾”的一下又烧了起来：“还不快走，要不然我让虫子咬你了！”

周玉芝说完又拍了一下周孟的脑袋。

和刚才相比，周孟冷静得有些可怕，那本不应该在孩童脸上出现的镇定，却那么真切地浮现在周孟的脸上。

周玉芝也感觉到了一些异样，但是她就是不知道哪里不妥：“还不走？”她又抬起手扎了一次。

周孟还是刚才的样子，纹丝未动。

俗话说再一再二不再三，面对一个孩子，接连扎了几次，周玉芝自己都觉得有些过了，她本着得饶人处且饶人的想法，连拖带拽地把周孟送出了大门。

从那以后，周孟二十年都没有再走进这座四合院半步，就连平时打个照面，周孟都故意躲闪。

每当这个时候，周玉芝都感到一丝歉疚，但跟一个孩子，她不知该如何去沟通。

其实周玉芝看到的只是表面，她哪里知道当年周孟回到家里就害了一场大病，他经常在半夜大喊大闹，说自己头疼，当父母问他为何头疼时，他总是欲言又止。无奈之下，父母带他辗转多家医院，可都没有查出个所以然。

周玉芝因迷信神佛，一辈子没有嫁人，很多人背地里都喊她“神婆”，说是被鬼迷了心窍。

周孟之所以对“放虫之事”闭口不谈，主要还是担心“神婆”会对自己的父母妹妹下手。

就这样，噩梦从六岁开始就一直伴随着周孟的成长，强大的心理暗示就好比在白纸上涂鸦，从点到线再到面，逐渐扩大，他始终觉得他的脑子里就是有条虫子，只要有个头疼脑热，他都会感觉是那条虫子在啃食自己的脑子。

他隐忍着，敢怒不敢言，以至在村中见到周玉芝，他都要躲着走，他想营造一个假象，好让周玉芝认为他真的害怕了，只有他装可怜，这个“神婆”才能放过他的亲人。

周孟从小行为古怪，小学未上完便辍学在家，好在妹妹没有步他的后尘，反而学习成绩优异，考取了重点大学，毕业后嫁给了一个高级工程师，在北京安家落户。他们的父母也跟着沾光，住进了京城的套房之中。

妹妹曾多次要求周孟一同前往，但均被他拒绝，他觉得这样挺好，家人都不在身边，正好可以卸掉他的思想包袱，周玉芝折磨了他那么多年，他终于有底气去当面说道说道。

为了防止其他村民说闲话，周孟总是悄悄前往。

可每次争论都是以周玉芝的“我当年只是吓唬你的”这句话收场。

整整二十年的折磨，周孟怎么可能相信周玉芝的信口雌黄，可不相信又有什么办法？这一年多的时间里，他来了不下十次，可每次都是同样的结果，他甚至有些心灰意冷。

“估计等她死了，我的头疼病就能好了吧。”周孟总是这样劝自己。

十三

摆脱了周孟的纠缠，周玉芝急匆匆地跑进屋内，打开了一个安有五八挂锁的木盒。

黄的、红的、白的法器被她一一取出，什么佛教的开光玉石、道教的转运神符等，简直包罗万象，应有尽有。

在翻箱倒柜之后，她终于找出了一本写满毛笔字的手抄佛经，这本佛经来自一位僧人的赠送，因为是毛笔手抄本，所以她觉得是个宝物。

刚才在山上听陈大喜提及“佛舍利”时，她就隐约想起了这本书，虽然她认字不多，但还算略知一二。

周玉芝把书握在手中，在指尖蘸上唾沫，一页页翻开品读，当翻到一半时，她终于找到了想要的东西。

“舍利……佛土……佛法无边……极乐净土……”

周玉芝竭尽所能，大致认出几个常用名词，随后她开始绞尽脑汁参悟其中的奥秘。

“佛法无边”“极乐净土”很好理解，“佛土”她也不陌生，因为她曾听说“佛土”服用之后可以增加修行，所以她也弄了一块放在了百宝箱中。

“舍利……佛土……

“舍利……佛土……”

她小心地琢磨两样物品中的奥秘，忽然，她灵光一现：“难道意思是说，佛土和舍利一同吃下，可以获得无边法力，然后荣登极乐净土？”

“对，一定是这个意思！”她合上佛经开始闭目意淫。可如何获得那颗佛舍利，成了她无法逾越的鸿沟。“荣登极乐”是她毕生的追求，面对如此大的诱惑，一个极端的想法在她的脑子里浮现。

“要想寻来，怕是没有希望，若是硬抢，难免‘仙娘’会施法对我不利，干脆一不做二不休，用桃木枝钉死她！只要舍利到手，我用佛土服下，一切就能功德圆满。”荒诞的杀人动机，就这样在周玉芝的心里挥之不去。

山神庙她再熟悉不过，“仙娘”的生活习惯她更是了如指掌，为了能保证计划顺利进行，她特意选择在深夜上山。在骗开“仙娘”的房门之后，周玉芝将门闩砸在了她的后脑勺上，紧接着用桃木枝一顿狂刺，直至“仙娘”已经没有了呼吸。

屋内的摆设十分简单，杀人后的周玉芝很容易就找到了那颗令她魂牵梦绕的佛舍利。

回到家中，她先是沐浴更衣，接着便翻开皇历，选了一个良辰吉日来完成自己人生中最重要的时刻。

第二天早上6点，周玉芝选定的时间终于到来，她恭敬地把佛舍利双手举过头顶，在一句“阿弥陀佛”之后，乳白色的舍利被她整颗吞下，就在食道中缓慢蠕动的舍利刚刚到达胃内时，几块云糕状的佛土被她大口大口地接着咽下。

没有液体引流，服用的过程十分痛苦，她只能靠食道中少量的唾液缓慢地将佛土蠕动至胃中。

而这个点，也正是周孟雷打不动的起床时间，为了增加收入，他自己在村西边承包了3亩塑料大棚种植番茄，而大棚距离周玉芝的四合院不足百米，清晨吸入的冷空气，让他的脑袋又有些刺痛，就在他想方设法要把脑袋中的“虫子”取出时，他忽然发现四合院的门缝射出暖黄色的灯光。

“她不该起这么早啊！”

周孟每天都要从此经过，他对周玉芝的作息时间十分了解。

出于好奇，他推门走了进去。

周玉芝虽然听到了动静，但口中的佛土还没有咽下，她只能紧闭双眼，不去理会。

周孟指着盘坐于地面的周玉芝：“好哇，你这个神婆子，又在害人，说，你是不是在给人下咒？”说着，周孟一把将周玉芝拎起。

“咕咚。”在巨大的外力下，最后一口佛土竟顺利到达胃中，周玉芝感到了空前的轻松。

“你这个害人精，快把虫子从我脑子里取出来！”

有了佛舍利的庇护，周玉芝也变得相当有底气：“你知道我是谁吗？我现在是神，你敢对我不敬？”

周孟见对方开始胡言乱语，气就不打一处来，他一把揪住了周玉芝的头发。

已经成“神”的周玉芝，肯定不甘示弱，她也揪住了周孟的头发，两人推搡着在堂屋中扭打起来。

周孟本以为七八十岁的老太太不会有多大力气，可他哪里想到，周玉芝正在兴奋点上，正是因为周孟的大意，周玉芝趁机一把将他推倒在地。

占了上风的周玉芝信心倍增，她相信是佛舍利起了作用，自认为现在已经完成了“从凡人到神的蜕变”，而与“神”对抗的周孟，就是妖魔的化身。

“上仙正在催我荣登极乐。”她抬头看了一眼天际，转身走进了厨房，再次走出时，一把菜刀已经握在手中。

“你个神婆，你想杀我？”

周玉芝冷笑，因为在她的眼里，周孟已经不再属于人的范畴。

而她的这个表情，忽然让周孟想起了21年前噩梦开始的瞬间。

渐渐地，周孟有些失去了理智，他一脚踹在了周玉芝持刀的手臂之上，只听“当啷”一声，菜刀被踢进了厨房，见状，两人同时冲进屋内，因为体力的悬殊，周孟还是抢先将菜刀抓到手中。

他捡起菜刀，抬手就朝周玉芝脖子上砍了过去，鲜血像决堤的洪水般喷溅在他的脸上，周玉芝也在瞬间重重地摔倒在地面。

“死了？”

一切结束得太快，周孟还没有缓过神来，他走到尸体旁，使劲地踢了踢，见对方没有反应，他沾满鲜血的脸笑得有些狰狞：“哈哈，神婆死了！神婆真的死了！哈哈哈……”

周孟感到了前所未有的解脱，多年的头疼也瞬间消失得无影无踪。

沉重的思想枷锁被卸下后，他竟然感觉自己的脑袋有些空荡荡的。

“被虫子啃了这么多年，不空才怪！”

农村人都讲究以形补形，吃哪儿补哪儿，为了弥补脑袋的空缺，周孟举起菜刀，朝周玉芝的脑壳使劲砍了过去……

十四

离开五指山的这十多天，陈大喜忙得不亦乐乎，建庙的事情已经打了水漂，他只能走街串巷再寻一个“俗家弟子”，虽然他能想到回去要看慧心的脸色，但好死不如赖活着，他已经做好了“不要脸”的准备。

而在离开之际，他还是想再看一看曾让他魂牵梦绕的五指山。

可他刚来到山下，就发现时不时有警察从他身边走过。

“五指山怎么突然变得这么热闹？”陈大喜带着疑惑往人群密集处走了过去。按照他的回忆，那里应该是一个小型的停车场，可现如今已经被乌泱泱的人群围得水泄不通，看热闹的有男人，有女人，有小孩儿，有老人，他们自发地站成一个圈，然后一个个抻长了脖子、竖起耳朵，全神贯注地盯着圈内的一举一动。

陈大喜爬到了半山坡上，高度的落差让他看清楚了圈内的情况。一排桌椅，五名警察，外加一条横幅。

横幅上的一串大字很是扎眼，“‘9·7’山神庙杀人案、‘9·8’周玉芝被杀案，案件办理通报会”。

看清楚内容的陈大喜，忽然有了一丝不好的预感，尤其是当他看到“山神庙”三个字时，这种不安就变得更为强烈。

全部准备就绪，一位年纪稍大的警察拿起了话筒。

“喂，喂。”话筒的试音声在山间回荡。

“大家请安静一下，我是林北区公安局局长，我姓李。”

简单的开场白让吵闹声顿时安静了下来。

“最近在我们这里接连发生了两起性质恶劣的凶杀案件，给社会带来了极大的负面影响，尤其是五指山的山神庙里，还供奉着抗日先辈的灵位，案件发生后，云汐市公安局各级领导高度重视，最终两起案件在一周内成功破获，为了澄清一些被歪曲的事实，今天，我们在这里召开案件通报会，并请来市级媒体对通报会进行全程报道，下面，我代表林北区公安局将两起案件的具体情况通报如下……”

通稿以简要案情、受害人情况、办案情况以及嫌疑人最终处理结果的顺序展开，当李局长读出“经鉴定，犯罪嫌疑人周孟患有精神疾病，属完全无刑事责任能力人”时，台下引起了不小的骚动。

“周孟杀人食脑，作案手段如此凶残，这种人如果不用负刑事责任，公安局能保证他不再害人吗？”电视台的记者代表围观的老百姓提出了疑问。

“嫌疑人周孟不用负刑事责任，这是法律的明文规定，不过大家不用担心，因为按照办案程序，他将会由法院执行强制医疗。”

一个问题解决后，记者又接着提出了第二个、第三个、第四个问题。

话筒中的问答内容，对远处的陈大喜来说，已经不再重要，他直愣愣地站在那里，目光空洞无神，他哪里会想到，一个小小的恶作剧竟然酿成如此悲惨的结局。

他是一名“商僧”，最擅长利用人的信仰谋取钱财，在他的眼里，那些不惜花重金烧香之人看似是对佛的虔诚，而实际上他们更爱的是自己，所谓的“佛”只不过是他们花钱买回去的“平安”。

他们有的自私，有的贪婪，有的为了达到目的不择手段，当他们的良心感到不安时，他们就想着能花钱请一尊佛像消灾解难。所以陈大喜这么多年来一直都心安理得，他没觉得利用不古人心去谋取钱财有何不妥。

可时至今日，他才彻底悟透一句话：“这世上，人若是没有了信仰，终究会沦为魔鬼的信徒。”

尸案调查科

第二案

鱼塘魅影

1989年的春晚小品《懒汉相亲》在当年可谓是火遍大江南北。该小品由雷恪生、赵连甲、宋丹丹三人参演。主要是描述了村主任（赵连甲扮演）做媒帮助懒汉（雷恪生扮演）介绍对象（宋丹丹扮演）的故事。小品从相亲一桩小事，从侧面反映了改革开放后的十年中国农村家庭发生的巨大变化。

小品最让人熟知的一句台词莫过于："俺叫魏淑芬，女，二十九岁，至今未婚。"

从那天晚上之后，"魏淑芬"这个名字可谓家喻户晓，她的扮演者宋丹丹也因此被全国的观众熟知。

同样，在云汐市王巷村也住着一位待嫁的姑娘，名为"魏树芬"。因"树"和"淑"发音相似，稍微有些吐字不清，便很容易喊成"魏淑芬"。

小品的播出，使得魏淑芬的农妇形象深入人心，以至有人一听魏树芬的名字就很容易和扎着绿头巾的村姑联想到一起。

相亲时的多次碰壁，让魏树芬都有了改名的念头，可想想这个名字已经跟了自己二十年，就这么随便地改了，多少还有些于心不忍。

在魏树芬那个年代，结婚就像是完成任务，只要到了待嫁的年龄，多数父母就开始焦急地张罗，男孩儿还稍微好一些，女孩儿如果成了"大龄剩女"，很容易引来闲言碎语。所以魏树芬的母亲为了防人口舌，只能忍痛割爱，“不拘一格降人才”。

就这样，长相还算不错的魏树芬便宜了穷得叮当响的陈翔。

陈翔小名二狗，在家中排行老二，上有哥，下有妹，在这种家庭，二狗的地位最为尴尬。为什么这么说？只要稍微一分析就能完全明白。

站在其父母的角度，头胎是个男娃，这已经满足了传宗接代的条件，接着第二胎还是男娃，尚可以理解为人丁兴旺，一旦第三胎是个女娃，父母本着物以稀为贵的原则，指定会对女娃照顾有加。

虽说手心手背都是肉，可家庭资源有限，能做到一碗水端平，何其困难！所以陈二狗理所当然地成了左右不受待见的“夹生饭”。

魏树芬和陈二狗的婚后生活并没有像影视剧放的那样美好。他们先是外出打工，接着下海经商，俩人前后折腾了十年，最终以赔得底儿掉的结果汗颜回乡。

一家三口没了收入，只能靠家中的十亩田地艰难度日。

在外浪荡多年的陈二狗不甘心现在的生活，他不顾魏树芬的极力劝阻，卖掉了家里仅有的几亩水田换回了一辆二手长途货车，从那以后，魏树芬和陈二狗过上了聚少离多的生活。

这人哪，不经一事，不长一智，陈二狗的人生已经翻了一次船，他再也经不起第二次翻船了。虽然在车轱辘上讨生活艰辛无比，但陈二狗只能咬牙坚持。

凭着一股不服输的狠劲，陈二狗很快便把经济上捉襟见肘的家拉回了正轨。

风雨兼程的生活平淡而温馨，每次出车，魏树芬都会焖上一整锅咸鱼，好让陈二狗远在异乡也能尝到家的味道，这个习惯她一直保持了二十多年。

在陈二狗眼里，媳妇做的咸鱼那叫一绝，就算是整个车程顿顿都来，也不会有任何腻口之感，可他从来都不知道，魏树芬为了做好这一顿咸鱼，究竟花了多少心血。

腌制一条上好的咸鱼讲究颇多：先从选料下手。鱼的种类以肉质粗糙的鲩鱼（俗称“混子”）为上选。鱼不能太小，否则肉质在腌制的过程中容易缩水变硬，影响口感；当然也不能太大，否则盐无法及时浸入鱼肉，这样会容易导致内层的肉腐败变质，无法食用。

按照魏树芬多年的经验，4斤左右的“混子”，腌制起来口感最佳。可无奈的是，这种大小的鲩鱼市面上很难寻觅。因为按照鲩鱼的养殖周期，长到4斤多需要两年，而这时的鱼苗正值成长期，只要稍加饲料，来年的重量便可以翻上一番，所以商家为了利益的最大化，一般菜场出售的“混子”基本上都有七八斤了。

食材选好，剩下的就是工艺，在魏树芬手里，看似普通的咸鱼却被她腌制出了“梅香”“实肉”两种口味。

腌制“梅香”咸鱼之前，需要把鱼肉涂上八角粉和茴香，让鱼在阳光下自然发酵一天，接着再码粗盐，等到第三天，用清水冲洗，再换井盐腌制，如此反复一周，“梅香”咸鱼便完成了。这种口味的咸鱼肉质松软，最适合清蒸。

“实肉”咸鱼的工艺就相对简单许多，只需要把食材打理干净，在鱼肉肥厚处划上横竖十六刀，接着码上井盐腌制一周便可。“实肉”咸鱼的肉质相对结实，最适合加辣子、姜片大火红烧。

一般陈二狗出车时，魏树芬会准备一大盒“梅香”、两大盒“实肉”给他带上。“梅香”比较清淡，适合早餐；“实肉”比较重口，是午餐和晚餐下饭的首选。对陈二狗来说，能吃到媳妇亲手做的咸鱼，就好像有了一种莫名的动力。

陈二狗货车的运输路线往返均在6000公里，车程最少也要一周，按照他和副驾驶的饭量计算，出一趟就要干掉七大条咸鱼。

为了能满足丈夫的口腹之欲，每到周六，魏树芬便会骑着电动三轮车赶最早的一趟鱼市，接着精挑细选一番。

在魏树芬看来，赶早市也颇有讲究，一般有门脸的鱼贩因经营时间长，所以开门较晚；私人鱼贩为了避免和门店鱼贩竞争，往往都会选择早起摆摊。而两者最大的不同就是货源。

有门脸的鱼贩为了满足一整天的销售，进货渠道都是来自大型的养殖场；私人鱼贩销售时间短，销量小，大多为野生或散养。

和大多数主妇一样，魏树芬始终认为“大锅饭”肯定没“小锅饭”好吃，鱼还是野生的营养价值高，所以她情愿起早，也不愿去鱼店选料。

“‘混子’便宜卖啦，‘混子’便宜卖啦！”

早上5点半，天还没有亮透，魏树芬刚骑到菜场大门前，便听到了鱼贩的叫卖声。

“小伙子，你这鱼怎么卖？”

“大姐，鱼塘清仓，全部亏本卖，5元钱一斤。”

魏树芬只是随口一问，没想到对方给出了比市场价低了近一半的价格，于是她赶忙按下了刹车。

“大姐，您看看，都是今天早上刚抓的鱼，我这儿都卖了好些条了！”鱼贩指着地上堆积成小山的鱼肠，示意自己没有撒谎。

魏树芬停好三轮，几步走到鱼摊前，当她看清楚每条鱼的大致分量时，心里早就乐开了花，但为了能讨到一手好价钱，她还是故意装作不满地说：“小伙子，你这鱼都不大啊。”

“大姐，不是跟您说了吗，我们这是新鱼塘清仓，鱼塘挖了才两年多，都是三四斤的种鱼，回去红烧绝对赞！”

“咋没一个活的，用电打的？”

“没办法，种鱼喜欢沉底，难抓，只能用电打。”鱼贩拍着胸脯，“但我保证，都是早上刚打的活鱼！”

魏树芬不放心地将一条放在鼻尖闻了闻，在确定没有腥臭味后，她擦了擦手说道：“4斤多的我来十条，给个最低价。”

“大姐这样，我这儿4斤多的鱼您尽管挑，零头我不要了，收您200，再低我们就赔本赚吆喝了！”

“得得得，大姐看你小伙儿也实在，就按你说的办！”

魏树芬说完便稳准狠地把所有4斤半以上的“混子”全部扔在了车斗里。

“按照每条多出半斤来算，十条就是5斤，再加十条，就能省50元钱。”魏树芬边挑鱼，边在心里盘算。没过多久，打定主意后的她，侧身掏出五张百元大钞：“再多买二十条，能送两条不？”

鱼贩笑嘻嘻地接过：“就依大姐的意思办。”

“小伙子，你真会做生意，以后大姐买鱼就找你了。”

“得嘞！”

说完，鱼贩也加入了挑鱼的行列，很快，摊位上差不多重量的鱼基本被魏树芬包圆了。

鱼贩低头瞅了瞅剩下的那几只“虾兵蟹将”，试探性地问道：“大姐，这剩下的少说也有三四十斤，要不您再给我多加100，便宜给您了咋样？”

剩下的个头都在3斤左右，勉强也能腌制，她看着两名鱼贩有收工的打算，于是又很适时机地压了压价格："80元怎么样？"

"80？大姐，您这有点……"

"我买完了你们好回家啊，就便宜点呗。"

"这……"鱼贩用询问的目光看了一眼身边岁数稍大的男子，男子扔掉烟卷，吐出一口烟雾，接着朝鱼贩点了点头。

"行，卖给你了！"

魏树芬喜出望外，交了钱后，鱼贩开始搭手把盆中鱼全部倒到三轮车上。

"小伙子，鱼肠子还要吗？"

"大姐，您要这干啥？"

"我家里养了几只猫，回去正好可以喂猫！"

"得得得，我给您用塑料袋包起来。"鱼贩把血淋淋的鱼肠全部收拢在一起，装了满满一塑料袋递给魏树芬，"大姐，您还真会过日子。"

"钱又不是大水冲来的，能省一分是一分。"

"确实，大姐您慢走！"

鱼已提前被电死，如果再拖，就要错过最佳腌制时间，魏树芬来不及寒暄，使出吃奶的力气驮着一车鱼往家里赶去。

半个小时后，一车鱼被卸在了四合院的水池边，魏树芬熟练地取出各式工具。

剖腹，刮鳞，去鳍，也就三四分钟，一条鱼就被洗干扒净。

两个小时后，圆形的塑料盆内已经堆满了鱼肠，闻到荤腥的四只花猫早就跃跃欲试。

"瞧你们几个馋猫。"魏树芬把满盆的鱼肠放进了猫窝。

"吃吧！"

接到指令的花猫迫不及待地扑了上去，嘴里发出"呜呜呜"的叫声。

"抢什么抢，今天管够！"

魏树芬话音刚落，就听见"喵"的一声惨叫。

"怎么了？"她赶忙从厨房探出头来，此时一只猫的嘴巴上早已模糊一片。

"这是吃到什么了？"魏树芬心疼地捏开猫嘴，把一个肉乎乎的东西从猫嘴中扒出。

"鱼肚子里怎么还有骨头？"她好奇地用水冲掉血污，"这……这……

这……这是……”眼前的东西，让魏树芬受到了极大的惊吓。

“呜呜呜呜……”其他几只花猫的觅食声一直在她的耳畔回响，当她看清楚盆中被猫嘴撕开的鱼肠时，整个人如丢了魂儿一般：“手……手……手指头，鱼肠里有手指头……”

接到明哥电话时，我正在送父亲去往疗养院的路上。父亲早年因公负伤，加之卧床期间还心系工作，所以经省厅特批，父亲每年可以到指定的疗养院接受康复治疗，之前的几年，因为父亲伤势较重，一到夏秋之交就要送往省城，好在这几年经过明哥的悉心照料，父亲已经勉强可以拄着拐杖到处溜达，康复训练的地点也从省城搬回了云汐。

正值周末，这时候接到明哥的电话指定没有好事。父亲心里更是一本清账，他执意要自己打车前往，好让我抓紧时间回科室。我见实在拗不过父亲，只能在电话里对明哥道明实情，可明哥给我的答复却是：“把师父安全送到，你再开车过来，地点在孔集镇，你到了镇中心再电话联系。”

为了让父亲听得清清楚楚，我还特意按下了免提键。

“别管启明怎么说，你现在就给我回去。”

“爸，这眼看就要到了。”

“到个屁，最少还要半个小时，你到底回不回去？”

“可……”

“你是痕检，是第一个进入现场的技术员，你不在，全队的人都要等你，现场的物证一分钟一变，优秀的技术员，一定要有强烈的证据意识。”

“道理我都懂，你连拐杖都没带，我把你扔在路边，你怎么去？”

“没事，我可以喊出租车。”

“得了吧，你坐在马路牙子上，人家还以为你是讹人的呢，谁敢载你？”

“混账，你小子是不是翅膀硬了？我让你停车你听见没有？”

面对父亲的无理取闹，我并没有理会，而是一脚油门，加快了前进的速度。

“司元龙！你小子要是我司洪章的儿子，就给我停车！”父亲吼叫着就要推开副驾驶的车门。

“危险！”我猛地一脚踩下了刹车，“老爸，你不要命了?！”

“你到底回不回去？”看着父亲不容拒绝的表情，我只能妥协：“得，我服了你了，我在前面公交车站靠边停车！”

听我这么说，父亲把手从车门锁上拿开，不再说话。

就在这时，明哥的电话又打了过来。

“喂，明哥，怎么了？”

“你现在在哪里？”

“快到三里街公交站牌了。”

“我让你磊嫂去接师父了，你抓紧时间去现场，别跟师父赌气。”

“你是不是早料到老头子会半路让我回去？”

“情况太紧急，给你打电话没想到师父在旁边，以他的性格，肯定不会让你把他送到疗养院，你国贤嫂子有事，只能麻烦你磊嫂去一趟。”

“明哥，你真不愧是我老爸的关门大弟子，对他这个臭脾气简直是了如指掌。”

“小兔崽子，你就这样说你爹的？”老爸在旁扬起了拳头。

“我的司科长，您儿子要去现场了，麻烦您在前面的公交站牌下车，一会儿磊嫂就开车过来。”

“对，这才像话！”

因为情况紧急，放下父亲后，我赶忙掉转车头，朝目标现场飞速驶去。

刚到达镇子中心，叶茜便骑着一辆摩托车在路口等候。

“什么情况？”

“今天早上接到的报案，报案人叫魏树芬，住在镇子西边的四合院内，她今天早上去鱼市买鱼用来腌制，回家破开鱼肠，发现了其中几条鱼的肠子中有少量的碎肉块，其用水冲洗之后，发现是半截手指。”

“鱼肠？碎尸？”

“差不多就是这个意思。”

“现在发现多少人体组织了？”

“暂时还不清楚，冷主任也刚到。”

“行，我们先去现场再说。”

在叶茜的指引下，我把借来的奇瑞轿车停在路边，接着乘叶茜的红色公路赛车飞奔至现场。

前后也就半支烟的工夫，摩托车急停在了一栋坐南朝北的四合院门前。

摩托车的轰鸣声吸引了所有人的注意，明哥穿戴整齐朝我走了过来："小龙，这里不是第一现场，我带着国贤解剖鱼肠，你和焦磊、叶茜给报案人做个系统的讯问，看看能不能核实鱼贩的身份。"

我点了点头，把受到惊吓的魏树芬带进了勘查车。

从面相来看，她已年近五十，于是我客气地开口问道："阿姨，我们有几件事情要问一下您，希望您能如实地回答我们。"

礼貌的称呼让她心情平复了不少，她频频点头："嗯嗯，你们问！"

我给叶茜使了个眼色，示意她打开车内的同步录音录像。

因为情况紧急，时间不允许我们用笔记录问话，同步录音录像就成了最佳的选择。

"您是几点钟去的鱼市，回来时是几点钟？"

"早上5点去的，回来时大约6点钟。"

"您能不能记起鱼贩长什么样子？"

"有两个鱼贩，我只记得跟我做买卖的那一个，另外一个人我没有注意。"

"那您能不能形容一下这个人的体貌特征，是胖是瘦，长发还是短发？"

"很瘦，八字胡，短发，本地口音，二十五六岁，左肩膀还有一个虎头的文身。"

"您记得这么清楚？"

"不光是这个，他们还开了一辆蓝色的农用车，牌照我没有看清，他们的鱼摊就摆在镇中心菜市场的西门口。我走的时候，他们也就收摊了。"

"别的还有没有什么可以提供的？"

"没有了，只记得这么多。"

我转头望向胖磊，他点头示意我可以结束。

把魏树芬送下车，明哥已经把满满一大盆鱼肠放在了一个临时搭建的解剖台上，说是解剖台，其实就是一块实木板垫了两个移动支架，这是明哥自己琢磨出来的户外装备，以备不时之需。

此时老贤和明哥都身穿解剖服站在台前。两人的分工也很明确，老贤负责剪开鱼肠，明哥则用镊子一点点地把分离出来的人体组织用水冲洗干净，接着按组织特征拼接在一起。看着两人面前堆成山的鱼肠，估计没有三四个小时很难搞定。

“问得怎么样？”明哥一边把嫩黄色的尸块码放整齐，一边问道。

“按照报案人的描述，大致掌握了些情况。”胖磊用简洁的语言把刚才所掌握的情况做了一个精练的复述。

“有三件事需要去办！”明哥没有停下手中的动作，“焦磊，先去城管局，菜市场周围的监控设备基本上都是他们安装的。”

“好！”

“叶茜，你和小龙去农机局，对方驾驶的是农用车，如果焦磊从视频中发现了车牌号码，你们第一时间去农机局看看车辆的登记情况。”

“明白！”

“前两件事办完，你和小龙再去派出所查出车主信息，打出户籍照片，让报案人辨认，如果车主就是鱼贩，联系行动技术支队，让他们定位追踪。如果不是，再想其他的办法！”

“收到！”

“我说，冷主任这侦查思路也真是没谁了，如果是我，我估计只能想到找辖区派出所帮忙。”叶茜刚一出门，嘴巴就喋喋不休。

“现在找派出所真的是没啥用，菜市场都以小商贩为主，城管局为了防止有人乱摆乱放，在菜市场周围都装满了监控，所以咱这起案件找城管比找派出所好使。”

“之前办理的案件中都没有涉及农用车，冷主任要是不说，我还真不知道还有农机局这个单位。”

“见得多了，知道的肯定就多了呗，这很正常。”我有一句没一句地搭着腔。

“哎，我说司元龙，是不是本姑娘不在科室了，你这尾巴就翘上天了？”

“翘你妹啊，抓紧点时间，现在连第一现场都不知道在哪里呢。”一想到嫌疑人用这么另类的方法抛尸，我就一个头两个大，哪里还有时间跟叶茜在这里插科打诨。

叶茜撇撇嘴，扔给我一个头盔，接着猛踩几下油门，摩托车发疯似的朝镇子外驶去。

调查结果比我们想象的顺利，一个小时后，两张可疑人员的户籍照片便被送到了魏树芬的面前。

“他们是不是鱼贩？”

“对对对，就是他，他是卖给我鱼的那个小伙儿。”魏树芬指着其中一张照片确定地说道。

“那这张呢？”

魏树芬眯起眼睛看了几分钟，有些犹豫：“有点像，但是不敢肯定。”

“有点像就差不多了！”胖磊收起照片，走到明哥面前，“根据报案人提供的时间点，再结合城管局的视频监控，我调取了农用车的车牌，根据农机局的登记信息，农用车车主是一个叫王腾的男子，就是这个一直和魏树芬交流的鱼贩；接着我们又查询了王腾的户口底册，发现他还有一个哥哥叫王奔，比王腾大五岁，我用视频截图和户籍照片做了人像比对，重叠率达90%，所以另外一名鱼贩应该就是哥哥王奔。”

“目前这两个人找到了吗？”

胖磊摇摇头：“这两个人是网上通缉的逃犯。”

“什么？逃犯？”显然这个结果出乎我们所有人的意料。

“对，因为涉嫌多次盗窃鱼塘中的鱼，被列为网上通缉犯。”

“盗鱼贼？”这个名词对我来说相当新鲜。

“嗯，而且办案单位我也联系了，这两个人经常是在半夜用电瓶电鱼，然后清晨早起拉到早市贩卖，从目前掌握的情况来看，已经涉案十多起了。”

“盗窃了十多起还没落网？”叶茜开始怀疑对方的办案能力。

“兄弟俩只选择农村作案，侦破条件有限，而且贩卖的地点不固定，所以很难捕捉到行踪。不过好在咱们这起案件给原办案单位提供了清晰的影像，他们已经组织人员沿着视频监控一路搜查，行动技术支队那边出动了一辆装备车，估计抓住他们两个只是时间问题。”

胖磊刚一说完，老贤便插了句嘴：“明哥，如果这两个人是盗鱼贼，我的疑惑就解释通了！”

“疑惑？什么疑惑？”

老贤用镊子夹出十几片鱼鳞摆放在一起："报案人魏树芬买来的所有鱼均为生长期在两年左右的二鳞鱼，按理说还不到贩卖的年份，所以我刚才就纳闷儿，如果鱼贩是鱼塘的经营者，他要财迷到什么程度才能把种鱼拿来出售？"

"国贤老师，照你这么说，两名鱼贩只是单纯的盗鱼者，和咱们这起案件没有关联？"

"差不多是这个意思。"

"不过也是，如果这兄弟俩利用鱼处理尸块，也不会这么着急把鱼卖出去，如果我是抛尸嫌疑人，怎么也要等鱼消化完以后才善后，这才符合常理。"

"嗯，小龙说的是这个理儿。"胖磊捏着下巴上的肥肉，"如果鱼贩不是凶手，那鱼塘的经营者跟这起杀人抛尸案就脱不了干系了。"

"接下来的事情就简单了。"我学着胖磊的动作开始分析，"咱们这起案件嫌疑人有碎尸的行为，从贤哥取出的尸块看，这尸块几乎被剁成了肉末，由此看来，嫌疑人的分尸地不可避免会留下生物检材。让鱼贩兄弟带我们找到鱼塘的位置，接着再去鱼塘主家勘查一番，如果这件事是他干的，就一定会露出马脚。"

"嗯，有道理。"胖磊在旁边应和。

我转身面向叶茜："你能不能打电话问问，刑警队那边有消息了没？"

叶茜双手一摊："不用打，有消息肯定会第一时间传过来。"

虽说办案思路是有了，但我不得不承认，这是我参加工作以来最为难搞的一个现场，从报案到目前为止已经过去了近三个小时，除了一堆鱼肠，我们几乎一无所获。

明哥和老贤依然马不停蹄地拼接尸块；叶茜则像个指挥官，一个电话接着一个电话询问着前方的"战况"；唯独我和胖磊蹲坐在墙根前无所事事。

时间一分一秒地流逝，四合院的墙根下已经围坐得满满当当，警戒圈外成了众人最佳的吞云吐雾之所。

也不知过了多久，所有人身上都已吃干扒净，再也续不上一根烟，正当有人提议要去小店买几包烟过瘾时，明哥忽然走出院子，对我和胖磊招了招手。

我和胖磊相视一眼，赶忙丢掉烟头，拍拍屁股走进了院子。解剖台上已经整整齐齐地码放了一整面尸块。

“有没有发现什么？”明哥问道。

我皱起眉头，抓起了几个带有皮肤组织的尸块。

“难道有什么问题？”叶茜把脑袋凑了过来。

“叶茜，把放大镜给我拿来！还有物证软标尺！”

叶茜“嗯”了一声，接着蹲在地上打开我的勘查箱，把工具一一取出递到我手中。

我把放大镜对准尸块边缘位置，在放大镜的作用下，细小的痕迹尤为清晰，再仔细测量一番后，我终于明白了明哥话中的潜在意思，我放下手中的工具，介绍道：“尸块被切割得很精细，基本上长宽都在2厘米左右，如果一个成年人照这种方法分尸，就要被切割成好几千块，这不符合人为碎尸的特点。”

说着，我指着解剖台上其他的人体组织继续介绍：“从鱼肠中取出的尸块，有的连着大块的皮肤组织，有的则只有脂肪和肌肉。刚才我用放大镜细致地观察过，这些尸块上的皮肤组织上均没有锐器切割痕迹，相反，很多皮肤组织边缘不规则，有明显的外力撕扯痕迹，由此我可以判断，嫌疑人应该是把尸体分割后，放在某个绞肉机中绞碎的。”

话音一落，除了叶茜表情有些异样外，其他人并没有太大的反应。

“能不能判断是什么种类的绞肉机？”明哥问出了最关心的问题。

我接着回道：“一般市场上最为常用的绞肉机均为家用，多是做一些肉馅儿之类的食材，这种绞肉机功率并不是很大，很难造成皮肤组织大面积的撕扯。咱们从鱼肚子里提取的尸块长宽平均在2厘米左右，这种尺寸的分割，只有大型的绞肉机才可以办到。而且大多数的绞肉机都是把肉绞成圆柱状的肉粒，很少有哪种机器能把尸块打成如此平均的小方块。

“从这一点来分析，嫌疑人使用的很可能不是专门的绞肉机，而是具有类似功能的机器。比如煤矿上经常使用的矿石切割机，还有石场上的碎石机，都能完成类似的碎尸。”

“也就是说，你也不知道嫌疑人是使用什么工具碎尸的？”

我双手摊向叶茜，老实回答：“我只能判断，嫌疑人使用的是大型设备，至于是什么设备，我暂时不得而知。”

“嗯，既然是这样，我们先回科室。”明哥拽下乳胶手套，“叶茜，鱼贩兄弟的追捕还要抓点紧，我担心时间一长，现场物证也跟着没了。”

“放心吧，冷主任，我们刑警队这边一有消息我就通知您。”

叶茜的信誓旦旦并没有换来任何实质性的进展，案件调查进入暂时的僵局，为了最大限度地节省时间，我们首次在没有找到第一现场的情况下召开了案件碰头会。

“虽然现在原始现场还是个未知数，但案情紧迫，我们先把现有的物证细致地分析一下。”明哥说完开场白直奔主题，开始介绍法医方面的情况，“除了手指、脚趾外，我在鱼肠中并没有发现任何其他人骨的残渣，由此可见，嫌疑人有可能是把骨头和肌肉组织分开做了处理。假如嫌疑人的抛尸点只有一处，那么人骨被沉入鱼塘的可能性很大。”

明哥点了支烟卷，猛吸了一口提提神，他接着说：“从鱼肠中分离出来的尸块总重量为15.2千克，要远远低于正常人的体重，说明还有大量的尸块不知去向。

“尸块除了少量的消化痕迹，并没有发生明显的腐败，由此判明，嫌疑人刚一碎尸完毕，就选择抛尸鱼塘。被切碎的尸块被鱼吞入肚中，而鱼又不像人一样有饱腹感，只要有食物它们会一直吃，直到把腹部撑起，再也吃不下，才会选择静止在某个地方，慢慢消化。

“按照鱼的消化速度，成年鱼要想完全消化掉肚中的尸块，最少需要四十八小时，我在解剖鱼肠时，发现鱼腹内并不是很饱满，说明盗鱼者把鱼打上来时，尸块已经被消化了一段时间。通过消化程度我推断，应该不超过二十四个小时。

“盗鱼者基本上都是在夜间作案，那么嫌疑人也极有可能在夜间抛尸，两者的时间间隔最多为一天。”

明哥把烟头按灭在烟缸中：“我们再来分析一下，嫌疑人为何会选择如此另类的抛尸方式。我们试想，鱼贩兄弟俩如果没有盗取鱼塘中的鱼，会是什么结果？”

“尸块被鱼消化，再也找不到把柄。”

“小龙说得没错。”明哥点点头，继续说，“从案发到现在，死者被害早已超过六十个小时，但到目前为止，我们还没有筛选到一条符合条件的失踪人口报案，这是其一。其二，就算派出所接到失踪人员的警情，发现不了尸体，也只能按照正常程序登记一个失踪人口信息。除非有一天尸骨重见天日，我们才能通过DNA比对，核实死者身份，但时过境迁，物证消失殆尽，就算知道死者是谁，侦破的难度也可想而知！很显然，嫌疑人选用这种方法抛尸，肯定是经过深思熟虑的。根据目前所知的情况，嫌疑人应该具备以下特点——

“第一，嫌疑人对抛尸鱼塘相当了解，他知道鱼塘中的鱼还处于成长期，不会拿去出售，所以他才大胆地选择用碎尸喂鱼。

“第二，鱼肚中的尸块相对新鲜，没有明显的腐败迹象，说明嫌疑人杀人后立即分尸，紧接着就抛尸鱼塘，中间几乎没有时间间隔。

“第三，嫌疑人作案分为杀人、分离骨肉、碎尸、抛尸四个过程，且整个犯罪经过一气呵成，完全是有预谋的杀人行为。

“嫌疑人手段残忍，一般侵财杀人的可能性不大，按照我的分析，嫌疑人的作案动机要么是为情，要么是为仇。”

我插了一句：“从杀人到抛尸，能考虑得如此清楚，而且熟知鱼塘中鱼的养殖周期，排除外人，那符合条件的就只有鱼塘的经营者。”

明哥对我提出的假设没有反驳，他继续说道：“就算是老渔农也不可能从外观去判断一个池塘的新旧，更不可能知道鱼塘中鱼苗的生长情况。能对鱼塘拿捏得如此准确，要么就是鱼塘主，要么就是知情人，而且这个知情人对渔业养殖肯定有所了解，但不管怎么说，一定是鱼塘主生活圈内的人，所以找到这个鱼塘的经营者，是下一步办案的关键所在。”

明哥说完，我接了一句：“刑警队那边已经全力在寻找鱼贩兄弟的下落，相信很快就会有结果。”

“嗯，好！”明哥说完看向老贤，“我目前就掌握这么多情况，国贤你来说说看。”

老贤会意，抽出报告：“到目前为止，我提取了两种生物检材：人类DNA和另外一种混合物。

“我先说说DNA。我们从鱼肠中分离出大量的尸块，因为条件有限，不可能逐一检验，于是我随机抽取了10组样本，得出同一个DNA图谱，也就是说所有尸块均来自人类，且是同一人，基因型为XX，死者是一名女性。

“接着是鱼肚中的混合物，物理特征为棕黄色颗粒，经过水解，可检验出豆饼、稻草粉、面饼、玉米面、骨粉、食盐、维生素以及铁、硒、铜、锌等矿物质，按照成分推断，这种混合物是鱼饲料。

“从鱼肠中取出尸块时，我发现有大量的黄色物附着，‘混子’虽然是杂食性鱼，但是它对单纯的尸块并不是很感兴趣，所以我怀疑嫌疑人为了保证尸块能在短时间内被鱼群食入肚中，他还在绞碎的尸块中拌入了鱼饲料。”

明哥“嗯”了一声：“嫌疑人连鱼的食性都知道，说明其对渔业养殖不是一般地了解。”

“我这边暂时就这么多。”老贤收起了检验报告。

“焦磊，你有没有补充的？”

“暂时没有。”

“好，小龙你来说说。”

我应声道：“在鱼肚中，我勉强找到了6节断指，其中有4节为指根部位，没有纹线，无任何鉴定价值；另外的两节，一节为右手食指指肚，另外一节为右手小指指肚。

“两枚指肚虽然经水浸泡有些褶皱，但是经过处理，我还是取到了清晰的指纹。经过观察，我发现，提取的两枚指纹，指头轮廓较小，纹线密度较大，边缘较光滑完整，纹线比较清晰和均匀，皱纹少而短小，形态多呈长圆形；也就是说，死者的指纹还未到彻底发育成熟的年龄，所以我怀疑死者的年龄在20岁以下。”

“二十岁以下，女性，失踪时间不到三天。”胖磊边记录边念叨。

“一个不到二十岁的小女孩儿失踪，除非是没人管、没人问，否则不会长时间没有人报案。小龙，通知叶茜，让她按照这个条件在全市搜索失踪人口报案。”

“明白！”

五

焦急地等待到天亮，总算有好消息传来，鱼贩兄弟在老家的柴火房被抓获。根据两人交代，他们每次作案之前会提前一个星期踩点，以自然村为单位，白天把所有的鱼塘全部标注出来，然后经风险评估选择作案目标，人口聚集区的鱼塘首先会被他们排除在外，剩下的那些村外野塘才是他们的最终选择，因为野塘的地理位置偏僻，基本不会有人看守，所以兄弟二人频频得手，且没有多少人发现。

两人在孔集镇作案的时间是9月25日的凌晨1点左右，当晚他们把自制的打鱼电瓶深入水塘底部，接连按动三次开关后，便开始用网兜捞鱼，整个作案时间不超过一个小时，随后两人便驾驶自己的小型农用车离开了池塘。

临近中秋，鱼贩兄弟最近一直没闲着，经常穿梭在各大菜市场贩鱼，城管监控刚好证明了他们不具备杀人的作案时间，所以这起碎尸案我们暂时并没有把工作重心放在他们兄弟俩身上。

根据鱼贩的指认，我们在柳树村一片偏僻的芦苇地中找到了这个传说中的鱼塘。鱼塘主身在上海，为了不打草惊蛇，刑警队在第一时间派人前往。而我们科室接下来的所有工作都要围绕鱼塘展开。

鱼塘并不是电视里经常播放的那种正规的养殖塘，根据测量，鱼塘长约20米，宽不足5米，四周长满了一人多高的草苇，而且从鱼塘到乡村的主干道只有一条斜插过来的土路，路面坑洼不平，从土路到达鱼塘还要穿过一片颇为茂密的玉米地。

“他奶奶的，嫌疑人要不是知根知底，怎么会发现这么个鸟不拉屎的鱼塘？”胖磊费力地拨开面前的玉米秆，抱怨道。

“磊哥，你就别嚷嚷了，还好鱼塘不容易被人发现，否则你还准备找个啥物证？”我在一旁安慰。

“嘿，要不怎么说你小子会聊天呢，照你这么说还真是。”

为了方便现场勘查，刑警队征得老乡的同意后在玉米地中开辟了一条临时通道，一切准备就绪，明哥制订了详细的勘查计划。

明哥顺着安全梯爬上车顶，鸟瞰了一眼四周，然后说道：“附近就这一处水塘，嫌疑人分散抛尸的可能性很小，尸块中除指骨和趾骨外，并没有发现其他的人骨成分，所以我有理由怀疑，死者的骸骨可能被沉入了鱼塘底部；鱼肚中发现的尸块重量远远低于成年人的体重，为了弄清楚受害人是否只有一人，鱼塘中剩下的活鱼也要全部宰杀。”

“叶茜。”

“冷主任您说。”

“池塘中的水需要抽干，尽快让徐大队联系一下。”

“明白。”

“另外，让分局技术科再抽调几名技术员过来，一会儿解剖鱼群还需要他们搭把手。”

“好的，我这就去办。”

趁着明哥和叶茜对话的空隙，我也攀上安全梯观察鱼塘周围的情况。

鱼塘东西长、南北窄，边缘有将近半米宽的泥土塘岸可供人行走，可能是修建鱼塘之时，鱼塘的主人就已经规划好了它的用途，所以整个塘岸打理得还算平整。靠近鱼塘东西两头各有一个砖石斜坡深入塘中，这个设计估计是为了方便投饵、抓鱼之用。

外围现场观察完毕，按照勘验计划，由我和胖磊率先进入现场。

因为白天的光线强烈，加上是软土地面，所以观察地面鞋印并不是很费劲。我和胖磊沿着塘岸细致地观察一圈后，终于有了新的发现。

“小龙你看，这个泥土鞋印中有被踩碎的鱼饲料。”胖磊透过相机镜头仔细观察之后，对我说道。

我拿出手机，确定这枚鞋印不是鱼贩兄弟所留之后回道：“塘岸上目前只有这一种鞋印无法排除，看来它是嫌疑鞋印的可能性非常大。”

胖磊使劲按动着相机的上翻按钮，随着“嘀嘀嘀”的声响结束，他开口说道：“从鱼塘的全貌照片来看，这种鞋印我一共拍了二十几张，分布在鱼塘的四周，而且有不少鞋印中混有鱼饲料，哪儿有那么巧合的事？”

我点了点头：“那就错不了了。”说着，我抽出足迹尺，开始测量数据。

几十分钟后，明哥走上前：“小龙，有了什么发现？”

“找到了嫌疑人的鞋印。”

鱼塘很空旷，起不到隔音的作用，而且胖磊又是个大嗓门，所以我和胖磊刚才的交谈并没有逃过明哥的耳朵，为了节省时间，明哥直接问出了重点：“从鞋印上能不能分析出什么？”

我眉头紧锁地摇摇头：“鞋印很奇怪，鞋子的号码一直在变，所以我无法得到精确的数值用于计算。”

明哥显然是第一次遇到这种问题，不禁有些纳闷：“号码一直在变？”

“对，左右脚都是，鞋印的长度是一会儿变大，一会儿缩小。”

“出现这种情况的原因是什么？”

“我也不是很清楚。”

“那……除此之外还有什么发现？”明哥不喜欢在一个问题上纠缠太多时间，所以他又问道。

“鞋印无鞋底花纹，我只能从鞋印的压痕深浅大致推断嫌疑人是男性、青壮年，模糊身高在一米七五上下。另外我还通过鞋印轨迹找到了嫌疑人进出现场的路线：按照鞋尖的朝向，他是从鱼塘西边的玉米地进入，随后沿着鱼塘步行一圈，最后原路返回，离开了现场。”

“嫌疑人的心理素质真不是一般的好，还有心思绕鱼塘溜达一圈？”胖磊对嫌疑人怪异的举动表示难以理解。

“如果凶手是鱼塘主也就不难理解了，他或许是借着这个机会查看一下自己家的鱼塘也说不定。”我提出了一个假设。

“所有推测都要建立在客观物证的基础上。”老贤拉了拉自己的乳胶手套，紧接着进入了现场。熟悉老贤的人都知道，如果手里没有确凿的物证，他是不会轻易给出任何一个假设性的结论的，这种对物证几近偏执的态度，也让他从警多年来，从未做出过一份有误的鉴定。

老贤的勘查刚进行到一半，徐大队便找来了十几位村民，做好了抽水前的准备。

比起鱼塘岸边的微量证据，水底的尸骨才是最直观的物证，孰轻孰重，老贤心里有杆秤，于是他加快了手中的动作，十几分钟后，他捏着三个物证袋走出了警戒圈。

见老贤撩开警戒绳索，明哥迎了上去：“有没有什么发现？”

老贤“嗯”了一声：“我在鱼塘周围提取到了三种物证：第一种是血迹，经过试剂检测，为人血。第二种是鱼饲料，碾碎后和我们在鱼肠中取出的成分相近。第三种就是这个。”

老贤说着把一个透明的物证袋举到我们的视线范围内。

“这是什么？”我望着物证袋中有些像碎瓷片的物体问道。

“如果我没猜错的话，应该是珐琅碎片。”

“珐琅？什么鬼？”

“珐琅，又名搪瓷，是将石英、长石、硝石和碳酸钠等通过熔融凝于基体金属上，并与金属牢固结合在一起的一种复合材料。我们小时候用的瓷盆表面镀的就是这个。”

“现场怎么会有这个？难道嫌疑人带着瓷盆？”明哥目光一聚。

老贤点点头："刚才小龙已经分析过，嫌疑人是从鱼塘西侧进入就近抛尸，鱼塘西边的下坡上血迹和鱼饲料都比较集中，这个推断基本没有偏差。

"可除了这个地方外，鱼塘别的地方再无血迹和鱼饲料出现，由此可以判断，嫌疑人整个抛尸过程，基本上都是在鱼塘西侧完成。而搪瓷片却是我在池塘的东侧斜坡上发现的。"

"难道瓷盆另有用处？"我好像捕捉到了一些信息。

老贤没有接话，而是瞅了一眼成竹在胸的明哥。

"是这样的。"明哥会意，接着解释道，"鱼和人一样，当外界光线变暗时，就会进入休眠状态，嫌疑人将尸块抛撒在鱼塘之中，如果不进行外界刺激，很难让鱼群快速食入尸块。如果我猜得没错，嫌疑人带的这个瓷盆用处有两个，他先是将尸块拌入鱼饲料，抛撒在鱼塘西侧，然后再跑到鱼塘的东侧敲打，这样便可以惊醒鱼群。鱼群受到惊吓，则往相反的方向游动，这样集中的鱼群便可以快速地将漂浮在水面上的尸块吞入腹中。鱼塘东侧斜坡上的搪瓷片，应该是敲打之后脱落的。"

"他奶奶的，这个嫌疑人还不是一般的专业啊！考虑得面面俱到的。"胖磊差点就要骂街。

"嫌疑人抛尸携带大量物品，他肯定会使用装载能力很强的交通工具，趁刑警队抽水之际，我们要再扩大勘查的范围。"明哥说着把我和老贤的勘查记录本仔细翻阅了一遍，随后他指着标注有图标的现场平面图手稿说道，"关键物证均集中在鱼塘西侧，而西边的玉米地连接主干道，咱们先从嫌疑人进入现场的来去路线寻找，看看有没有什么发现。"

六

有了嫌疑鞋印，再加上明确的来去路线，对外围现场的勘查进展还算顺利，我前脚刚踏出玉米地，后脚便在泥土路上有了发现。

"间断性血迹轮胎印！"我兴奋地喊出了声。

明哥则淡定自若，问道："能不能推断出是何种交通工具？"

"光看还不行，还要测量一些数据。"说着我匍匐在地，把眼睛贴于印记之上，仔细地观察轮胎印的细微之处。

在以往的现场勘查中，轮胎印算是最为常见的痕迹物证，痕迹学对此也有十分详尽的研究，通过现场轮胎痕迹我们可以得出很多信息。

我们熟知的有以下几种：

第一，现场轮胎印的数量。痕迹数量往往反映出交通工具的轮胎数，而轮胎数又决定了车辆的类型，如独轮车、两轮车、三轮车、四轮车等。

第二，现场轮胎痕迹的宽度。我们国家自主生产的轮胎宽度都有固定的国家标准可参考，所以轮胎的宽度也有重要的研究意义。比如普通自行车的轮胎印痕宽度在2.5至3厘米之间（假设数值，非真实数据），普通两轮摩托车则是在10至12厘米，普通小型汽车在15至20厘米，等等。

第三，现场轮胎花纹的类型。虽然轮胎的花纹种类繁多，千变万化，但大体上可以分成四种：方块花纹、纵向花纹、横向花纹以及纵横混合花纹。方块花纹一般为越野车、建筑用车所留；纵向花纹一般为轿车、轻型客车所留；横向花纹一般为大客车、载货车所留；纵横混合花纹则一般为吉普车、土建车所留。

现场复杂多变，就算《痕迹学》上已经归纳出如此多的数值，但仍然需要特殊案件特殊对待。

目前这起案件就是特例，我在现场观察到的不是传统意义上的连续性轮胎印，而是有大量的间隔，有可能是嫌疑人在运尸的过程中，血迹只是间断性地滴落在轮胎上，从而在路面上留下了这种印记。

如果是在柏油马路或者水泥路上，间断性轮胎印也可以直接套用上面的研究结论，可在这起案件上就完全行不通。

首先，本案地面是坑洼不平的土路，白天日照充足，水分蒸发量大，路面较硬，很难留下立体泥土轮胎印，如果土质稍微松软一些，我还能判断出到底是几轮车，但是就目前情况来看，基本无从下手。

其次，这条土路和鱼塘封闭的环境还有所不同，白天有大量的行人经过，就算是案发当晚留下了几处印记，经过几天的破坏，估计也难以寻觅。

最让我头疼的还不光如此，因为嫌疑人在抛尸时，只有极少量的血迹滴落在轮胎边缘，所以在地面上只留下了一些残缺的边缘花纹，而我目前要做的，就是要从这间断残缺的花纹中，得到我想要的答案。

这种情况，靠常规办法基本上是死路一条，这不由得让我想起父亲经常挂在嘴边的一句话："痕迹学的很多知识，不能只停留在表面，你要往深了钻。”也正是父亲不厌其烦的教诲，让我改变了之前那种对待物证的草率态度。

在我看来，轮胎印说白了就是交通工具的“鞋底”，和分析“鞋印”特征有着异曲同工之妙，我们都知道，鞋子穿时间长了，鞋底会有磨损特征，轮胎印也是一样，由于交通工具在使用的过程中会因人而异，所以不同车辆的轮胎磨损特征也是千差万别。

本案现场留下的轮胎印虽然花纹极为有限，但我只要找到某个明显的磨损特征，就可以对车辆类型做一个大致的推断。有的人可能会惊叹，一个磨损特征就能分析出车辆类型，是不是玄了点？实不相瞒，当初我也曾抱有同样的疑惑，可在得知原理以后，我才彻底地领悟父亲话中的深意。

先不管本案轮胎印有多少间断，只要我锁定某一个磨损特征，在间断的印痕中，找到相邻的两处磨损特征，接着测量两者之间的距离，便可以得到一个数值，而这个数值就是轮胎的周长。

我们都知道，圆的周长=πd=2πr，我们用这个数值除以π，很容易得到轮胎的直径。

因为1英寸=25.4毫米，我们用轮胎直径除以这个数值就可以推断出轮毂规格。

另外，再分析磨损特征占轮胎花纹的比例大小，还可以估算出轮胎印痕的大致宽度，按照轮胎花纹的抓地力设计，轮胎越宽，轮胎花纹图案就越大，反之亦然。

有了轮毂的尺寸，又有了轮胎的大致宽度，基本上就可以给交通工具下一个结论了。

按照这个方法，我很快得出了结论。

“算出了什么？”明哥看我停下笔，把头凑了过来。

我在一行数字上画了一个圈，回答：“轮胎的宽度是4厘米，轮毂是24英寸。”

“这能说明啥？”胖磊紧接着问了一句。

“可以说明很多问题。”我顿了顿，整理好思路接着说，“嫌疑人在抛尸的过程中携带了大量的物品，他的抛尸工具必须有一定的装载能力，然而市面上最常见的电动三轮车、摩托车，它们的轮胎宽度都远远大于这个数值，基本上可以排除。目前和这个计算结果相近的就只有自行车。”

“自行车？这怎么可能？”胖磊有些诧异。

众所周知，自行车的装载能力相当有限，胖磊之所以如此惊讶，也是情有可原的。我不紧不慢地接着说：“自行车显然不可能，因为我算出的轮毂只有24英寸，这种轮毂用在自行车上有些偏小。”

“那到底是什么车？”胖磊追问道。

“人力三轮车。”

“人力三轮车？那东西骑起来可是相当费劲，难道嫌疑人就居住在这附近？”

“也不能这么武断。”明哥打断了胖磊，“很多景区的观光车都是人力三轮车，有的车夫驮上三个成年人，一口气骑上一天也不是什么新鲜事。三轮车能骑行多远，与车夫的体力有关，以此来推断抛尸距离，没有实际意义。”

“冷主任！”正说着，叶茜一路小跑到了我们跟前。

“鱼塘中的水这么快就抽干净了？”

“还没……”叶茜深吸一口气调整呼吸，“一位同事在上厕所途中偶然发现鱼塘西北侧的玉米地里有一堆篝火，里面还有一些没有烧干净的衣服。”

“篝火？衣物？”明哥皱眉自语，很快，他好像是捕捉到了什么，接着对叶茜说道，“带路，我们过去看看。”

叶茜应了一声，在前方带路，我们科室一行人则紧随其后，按照路线，我们先是到达鱼塘，接着又向西北边步行了100多米，最后走到一处田埂附近，而在田埂和玉米地的交界处有一深约30厘米的土坑。叶茜指着坑里一堆黑乎乎的燃烧残留物说道：“就是这里。”

顺着叶茜的指尖，我突然有了发现：“明哥，田埂上有嫌疑鞋印。”

“这里还有血迹。”胖磊也跟着喊了出来。

老贤没有作声，不紧不慢地掰了一根玉米秆，从坑中挑出燃烧残留物，明哥则戴上乳胶手套开始分拣，几分钟后，衣服残片、未烧完的鞋底都整齐地摆放在田埂上。

明哥确定坑中再无遗漏，开口说道：“看来嫌疑人是在这里烧毁的死者衣物，火坑中只有一双鞋底，而且衣服残片并不是很多，基本上可以断定，死者为一人。小龙，能不能从鞋底看出死者穿的是什么鞋子？”

我拿起那双已经烧得有些变形的鞋底仔细观察：“鞋底材质为高档橡胶，因为添加了填充剂，所以硬度很高，这种鞋子很耐磨，当然，价格也不低。

“从跟底的厚度看，有点像坡跟的女士高跟鞋，不过，这只是我的猜测，现在女鞋的款式一天一变，要想从鞋底厚度来确定鞋子的种类，难度很大。不过这双鞋子的磨损特征并不明显，应该是新鞋子。别的情况暂时还看不出来。”

“嗯，好。国贤，知不知道助燃剂是什么？”明哥又问。

老贤用镊子夹起了一块布条在鼻子前嗅了嗅：“不是油类，像是醇类。”

“是不是乙醇？”

“闻着味道比较像。”

“小龙，你看那里！”叶茜忽然兴奋地喊出声来。

闻言，我把眼睛眯成一条缝仔细寻觅，很快我在田埂东北角五六米的地方发现了一个静静躺在泥土中的透明空酒瓶。从土坑的深度来看，酒瓶应该是被大力抛掷于此。

虽然在田地里发现空酒瓶并不是什么奇怪的事，但巧的是，酒瓶的瓶口竟然有一道烟熏痕迹，这就不得不引起我们的注意。

胖磊迈着大步走到酒瓶跟前，用相机拍下了酒瓶的原始位置，我则小心翼翼地把酒瓶取了回来。

观察一圈，玻璃瓶上无任何标签，暂时无法确定属于哪种酒类品牌。

就在我刚打开强光灯准备观察酒瓶上是否留有指纹时，几处隐约的淡红色在强光灯下显现出来。

老贤用棉签稍稍擦拭一下，随后取出鲁米诺喷剂，接着他把棉签放在一个暗箱内加热，淡蓝色的光斑很快在棉签上散发出来。

“人血。”老贤得出了结论。

“那基本可以确定，这就是嫌疑人使用的酒瓶。”我心中一喜，指着酒瓶上密密麻麻的指纹又说道，“那么酒瓶中的白酒就是助燃剂，酒瓶上的指纹便是嫌疑人所留。”

听我这么一说，叶茜长舒了一口气：“终于找到一个可以认定嫌疑人的物证了！”

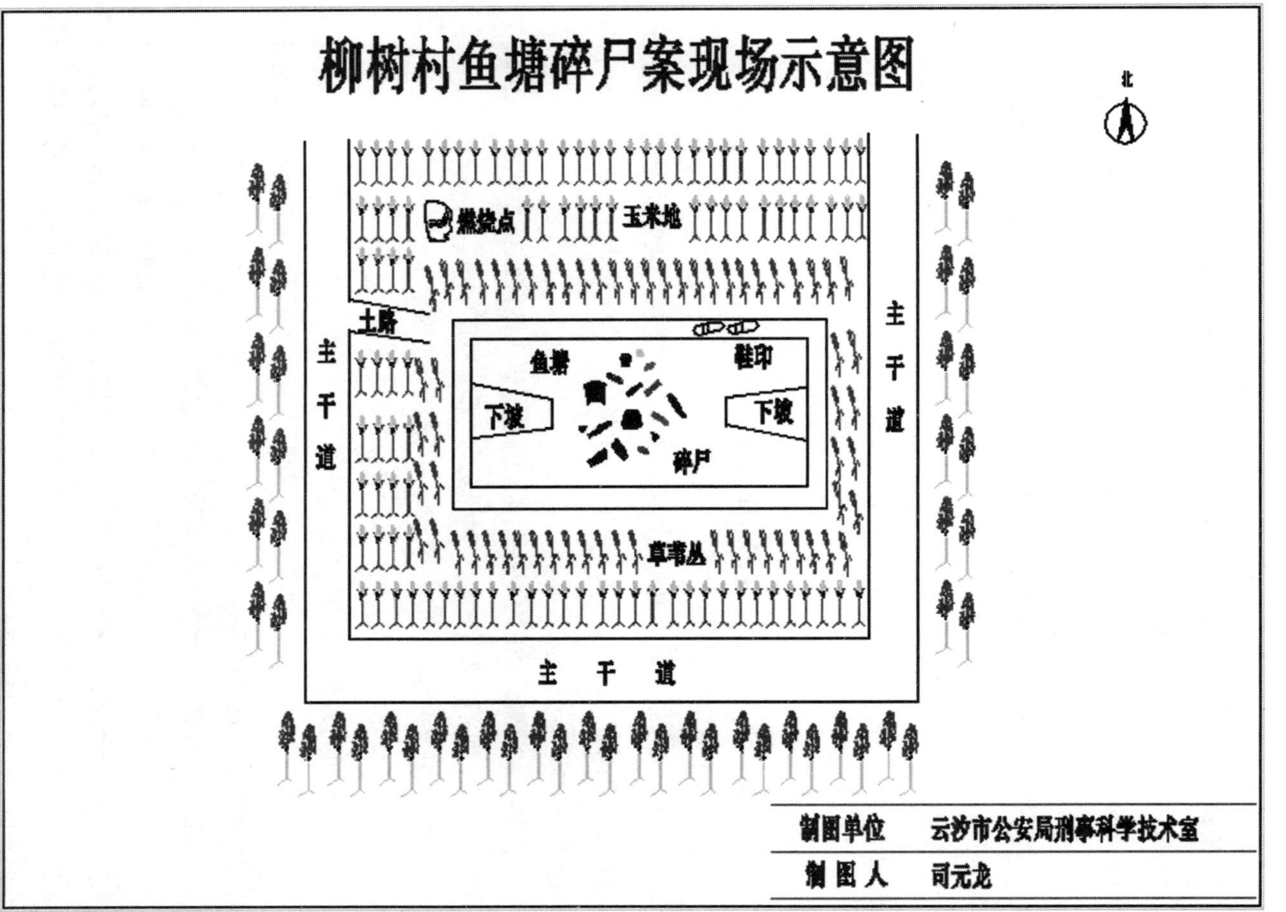
柳树村鱼塘碎尸案现场示意图
北
燃烧点
玉米地
土路
主干道
主干道
主干道
鱼塘
鞋印
下坡
下坡
碎尸
草苇丛
制图单位 云汐市公安局刑事科学技术室
制图人 司元龙

七

傍晚，夕阳西下，废弃的厂房内射入一缕金属质感的阳光。一名男子站在窗前目视远方，若有所思。很快，厂房的金属门发出“咔嚓”一声轻响，屋内地面上的阴影，随着门缝渐渐拉大，很快变成一个人的形状。

“老板。”男子刚一进门，便恭敬地喊了一声。

“回来了。冷启明那边有行动了？”“老板”没有转身，依旧淡定地站在那里。

阿雄几步走到“老板”面前，“嗯”了一声说道：“冷启明和阿乐已经见过面了。”

“怎么说的？”

“这个……”

“老板”微微一笑：“是不是什么都没有说啊？”

阿雄点了点头回了声：“是。”

“好个冷启明，果然跟我预料的一样。”“老板”从窗前走到一张办公桌前拿起一份签有“冷启明”字样的“保密条约”仔细端详。阿雄有些莫名其妙地站在他身边。

突然，“老板”将“保密条约”扔进了旁边的碎纸机，伴着“咔嚓、咔嚓”的声响，那份“保密条约”瞬间变成了粉末状的纸屑。

阿雄本想上去阻止，但为时已晚。“老板，您这是……”

“你了解冷启明的为人吗？”“老板”打断了他，反问一句。

“冷启明的为人？您为什么这么问？”

“老板”嘿嘿一笑：“因为我了解，而且太了解了。我让你去请他过来，就已经猜到会是这个结果。”

阿雄眉头紧锁：“老板，我不明白您的意思，请您明示。”

“别以为我们顶着公安部的大旗，冷启明就能唯我们马首是瞻，他是干什么的？是一个刑事技术室的带头人，他已经把‘眼见为实’这四个字刻在了骨子里，没有客观物证做基础，他对任何事都会抱有一丝怀疑，包括我们。所以我们谁也左右不了他的思想。”

“那为何他要在条约上签字？而且还表现出很满意的样子？”

“如果非让我解释，我只能认为是‘好汉不吃眼前亏’，在没有判明情况之前，他只是暂时地屈服于我们。”

“老板，既然您知道是这个结果，为何……”

“这件事必须让冷启明知道，要不然阿乐永远都会倚着刑事技术室这棵大树，如果阿乐天天朝九晚五地这么上班，我们怎么会知道毒品到底在哪里？现在‘行者计划’出了问题，如果不尽快查出毒品的下落，我们对上面根本没办法交代。”

“老板，您是说，您故意让冷启明赶阿乐走？”

“对，依照冷启明的性格，在没查清阿乐是敌是友之前，他不会让阿乐再留在科室，所以我料到冷启明会直接见阿乐，现在孟伟副厅长那边已经不再给阿乐提供帮助，冷启明也就等于婉言把阿乐请出了刑事技术室，我就是想看看阿乐在孤立无援的情况下会有什么动作。”

“阿乐现在整天把自己关在港口的出租屋里，难道我们就这样陪他耗下去？”

“不会，阿乐是我见过的最为出色的卧底，他不会想不到其中的缘由，再这样耗下去，对他没有好处，他一定会有所行动，最近你要密切观察他的行踪，有情况随时跟我汇报。”

“明白，老板。”

八

勘查工作从朝霞满天一直持续到日上三竿，简单吃完盒饭之后，鱼塘中的水终于见了底。

在打捞队和分局技术员的通力合作下，我们终于赶在太阳下山前把死者的尸骨以及活鱼肚中未消化完的尸块摆在了殡仪馆的解剖台上。

尸块与尸骨均已取出，接下来要做的便是尸骨拼接。因为这项工作太过专业，我们这些对法医知识一知半解的人根本插不上手，所以一般都是明哥单独完成。

明哥的目光如射线般快速地扫视了一眼解剖台，接着他便胸有成竹地开始了手中的动作，明哥按照躯干骨、四肢骨、颅骨的顺序逐一拼接，当一副完整的骨架整齐地摆放在解剖台上时，挂钟的分针也仅仅走了半圈。

明哥捧起那颗已经被撕掉脸皮的头骨，用力掰开嘴巴，接着他又打开强光手电对准死者的口腔：“舌骨骨折，舌根周围有大量的出血斑，为扼颈窒息死亡。”

“也就是说，嫌疑人是先将死者掐死，然后再碎尸。”我补了一句。

明哥点点头，继续说道：“杀人毁容，死者和嫌疑人熟识，确定为熟人作案。尸骨断面痕迹显示为刀斧砍切所留，所有尸骨切面不管是方向还是力道均基本相同，符合一人分尸的特点，由此可知，嫌疑人为一人，且有独立的居住空间。

“尸体被砍切的部位随意性很强，多处骨骼较硬的部位有明显的重叠砍切伤口，嫌疑人在分尸的过程中几乎都在使用蛮力，不具备相应的分尸技能，可以排除专业人士作案的可能。

“测量尸骨长度，套用公式计算，得出死者身高在一米六五上下。尸块的脂肪层厚度适中，其为中等身材，体重在50公斤左右。从头皮附着的少量毛发看，死者生前为过肩长发。

“基本体貌特征得出，我们还要分析出死者的年龄，因为关键部位的尸骨都有人工破坏的痕迹，所以我要找到多个点进行测量，这样才可以得出准确值。”

明哥说完便开始拿着放大镜观察骸骨，挂钟在“嘀嗒嘀嗒”地响个不停，我们都屏息凝神，等待他的结果，也不知过了多久，一丝困意袭来，解剖室内响起了我和胖磊此起彼伏的哈欠声，解剖台上的明哥依旧聚精会神，我和胖磊对视了一眼，出门点了支烟提神。解剖室依山而建，从山顶墓地上吹来的阵阵阴风，让我瞬间清醒不少，就在烟刚刚熄灭时，明哥那边终于有了确定的结果，我和胖磊丢掉烟头再次走进解剖室，刚好赶上明哥介绍、老贤记录的场景：

“两侧髂嵴的骨骺脱落，边缘呈锯齿状，坐骨结节骨骺开始闭合，难以脱落，但骨骺和骨干间仍有裂隙，耻骨下支骨骺尚未闭合，考虑为二十岁以内。

“耻骨联合面圆突，以中部突出为甚，整个面由隆嵴和沟组成，嵴高2至3毫米，无界限边缘形成。考虑为十七岁左右。

“颅骨的矢状缝、冠状缝、人字缝、顶颞缝均未见明显闭合，呈明显的锯齿样裂隙，基地缝见愈合残痕，考虑为十八岁左右。

“全口第三磨牙均无萌发迹象，共计二十八颗，第一、第二磨牙尖顶部边缘有磨耗，但牙本质未暴露，余齿稍有磨耗，考虑为十五至二十岁。

“综合所有因素，按照最为准确的耻骨联合面计算，死者的年纪应该在十六至十八岁之间，不过我个人偏向于十七岁。

“因此，我的最终结论是：女，十七岁，身高165厘米，体重50公斤，长发。”

老贤刚一停笔，结论便被我用手机拍下，用微信发给了叶茜。有了如此精确的结论，刑警队的调查将会少走很多弯路。

九

在殡仪馆忙活完，已经是凌晨1点钟，目前只剩下我和老贤还有物证要处理，其他人则抽空稍做休息，第二次专案会定在早上8点准时举行，叶茜也被通知准时参加。

“国贤，小龙，你们两个谁先开始？”明哥虽然只睡了不到两个小时，但在开会时他总能把自己调整到最佳的状态。

“贤哥，你先来，我冲杯浓茶提提神。”我打了个哈欠，依旧无法赶走困意。

老贤也揉了揉布满血丝的双眼，回了声“好的”，随后翻开检验报告开口说道：“这第一份是血液检测报告。我在现场提取的所有血迹均检测出同一种DNA图谱，基因型为XX，死者为一人。

“第二份是助燃剂检测报告。经过成分分析，酒瓶内盛装的是纯粮固态发酵白酒。”

“那是什么酒？”一向千杯不倒的胖磊对这个问题很感兴趣。

老贤耐心地解释道：“白酒按照生产工艺可分为两种，一种是以纯粮固态发酵的白酒，另一种是以少部分粮食酒做基酒，加入适量食用酒精勾兑而成的酒，具体来说这两种酒一种是粮食酒，另一种是勾兑酒。

“纯粮固态发酵白酒以高粱、大麦、稻米等粮食酿造，通过制曲、酿酒、陈酿、勾兑等几个环节制成。由于纯粮固态发酵工艺所遵循的是自然发酵、自然老熟的酿造规律，加之曲药、老窖中微生物的作用，酒体中除了乙醇外，还蕴含了丰富的乙酸、乙酯等营养成分。

“液态发酵白酒是以甘蔗和甜菜渣、薯干、玉米等制造出来的优质食用酒精为基础酒，加入增香调味物质模拟传统粮食白酒的口感，经调配而成的液态白酒。业内称为‘新工艺白酒’，也就是通常所说的酒精勾兑酒。

“虽说粮食酒从工艺和营养价值来看都比勾兑酒要强很多，但凡事都有两面性。”

老贤卖了个关子继续说道：“经过检验，现场酒瓶内残留的液体可以证实是纯粮食酒，可是其中的甲醇含量却超标严重。”

“甲醇？怎么会有甲醇？难道是假酒？”

“并不是。”老贤摇摇头，“白酒在酿造过程中，由于原料的植物细胞壁及细胞间质的果胶中含有甲醇酯，在曲霉的作用下放出甲氧基，形成甲醇。换句话说，甲醇是在发酵过程中从原料内释放出来的。”

“甲醇本身具有麻醉作用，对神经细胞有直接毒性作用，它可以损害视乳头和视神经，导致视乳头水肿、视神经髓鞘破坏和视神经损害，大量饮用，可以使人失明。

“酿酒的过程中产生甲醇不可避免，要将甲醇等有害物质过滤，就需要一整套的处理系统，白酒的生产销售有着一整套严格的国家标准，正规酒厂生产的白酒不会出现这种情况。

“因此，嫌疑人购买的白酒，应该是无证无照的小作坊生产的。但是，能生产出这种工艺白酒的小作坊绝非一般意义上的小酒厂，按照我的推测，应该是某个保持传统工艺，以粮食烧酒为主打产品的酒窖。”

“如果真是酒窖，或许还真有了一点抓手。”明哥的一句话，让我们的耳朵全部都竖了起来，老贤也很自觉地没有再继续往下说，见会议室内重新变得鸦雀无声，明哥分析道，“首先，酒窖既然能保持传统工艺，说明酿酒技艺肯定有所传承，所以这样的酒窖应该是有一个常年固定不变的地址。

“其次，酒窖生产出的白酒含有超标的甲醇，而并没有惊动工商部门，说明酒窖的所在地相对较隐蔽，不被人熟知。

“再次，酒窖能经营下去，表明其有一定的市场，而这个‘市场’如果太大，很容易引起有关部门的注意，所以这种白酒的销售有一定的区域限制，有可能仅为一个村或者几个村。所以接下来的调查工作很重要。”

摸排工作均由刑警队去完成，叶茜头也不抬地“唰唰”记录，生怕漏写一个字。

见叶茜在笔记本上画上最后一个句号，明哥再次开口："国贤，还有什么情况？"

老贤又抽出一份两页纸的报告："还有最后一条，我在酒瓶口提取到了唾液斑，为男性DNA，身份不详，我这边暂时就这么多。"

"好，小龙，你来说说。"

趁着老贤陈述的空隙，我已经休息得七七八八，我把杯中最后一口浓茶灌下肚，丢开水杯说道："我这边有三个方面要谈，第一是指纹。我用粉末在酒瓶上刷显出了十分清晰的右手五指指纹，通过纹线的清晰度可以推断，嫌疑人为男性青壮年，年纪约二十岁。右手老茧较厚，平时可能从事大量的体力劳动。

"第二是鞋底。经过比对显微镜，我在死者鞋底上找到了残缺的品牌标志，通过还原，这种品牌叫'TT'，在全国均有连锁店，在我们云汐市这种品牌的鞋店不少于十家。

"最后就是嫌疑人的鞋印为何会时长时短，这个问题我暂时没有解决，我已经把情况发给了公安部几位权威的足迹专家，但不知道会不会有指向性的结果。"

"好，我来说两句。"

就在明哥刚想做总结性发言时，叶茜的手机在会议桌上"嗡嗡嗡"地振动起来。

叶茜本想挂断，可看了一眼手机屏幕上的号码，她只能抱歉地说："冷主任，不好意思，是队里打来的。"

"接。"

叶茜点点头，按动了接听键，顺势把手机贴在了耳边："嗯，好，好，好，我知道了，行，那就这样。"

通话时间很短暂，叶茜收起电话，明哥开口问道："是不是案件有了新情况？"

叶茜苦笑一声："鱼塘主找到了，他在上海开了一家小吃店，已经有一年多的时间没有回来了。抛尸的鱼塘原本是他的一块耕地，因为常年无人种植，地理位置又不好，很难租出去，所以就挖成了鱼塘。

"鱼塘平时都是交给他外村的表弟陈魏打理。陈魏以养鱼为生，把他表哥的耕地挖成鱼塘也是他的主意，他和表哥约定，鱼塘的收益两人对半分，他负责出功夫，他表哥则出成本。这几年鱼塘都是陈魏在打理，可不巧的是，陈魏在半个月前因为醉酒驾驶被交警队抓获，后来涉嫌危险驾驶罪被判处了六个月的拘役，人现在还在看守所里服刑。”

“什么？一个没回来，一个在看守所里？”我怎么都不愿意相信这个结果。

“负责调查的侦查员已经提取了两人的指纹和血液样本，正在送来的路上，是不是嫌疑人，估计一比对就能有结果。”

“叶茜。”

“冷主任你说。”

“刑警队那边有没有说，陈魏平时是不是一个人打理鱼塘，他有没有帮手？”

“除了他老婆，没有其他人。”

明哥若有所思地点点头：“两个人都有正当的不在场证明，估计是嫌疑人的可能性不大。咱们还要另寻办法。”

明哥眉头隆起，喃喃自语，一支烟的工夫，他又说道：“嫌疑人从杀人到抛尸的整个过程很连贯，而且他选择的抛尸工具是人力三轮车，如果嫌疑人没有足够的体力，很难完成整个抛尸过程。我们已知死者抛尸的时间在凌晨时分，按照农村人的生活习惯，早上6点就会有人下地做农活儿，嫌疑人能对抛尸鱼塘如此熟悉，他不可能不知道这一点。所以嫌疑人的黄金抛尸时间应该介于0点到6点这个时间段内。按照成年人蹬三轮的平均速度每小时10公里计算，他从住处到抛尸现场单程不可能超过六小时车程，也就是60公里，当然这个距离是极限数字，我们还要去掉体力消耗、抛尸的时间、焚烧衣物的时间，所以我给嫌疑人划定的单程抛尸距离在40公里以内。

“从嫌疑人住处到抛尸点距离估算出来以后，我们再分析死者和嫌疑人的关系。

“凶手年龄约在二十岁，死者十七岁上下，凶手杀人后毁容，说明他担心一旦查明尸源，就可能把他给牵扯出来，这间接证明两人的关系不一般，那么情杀的可能性逐渐上升。

“假如我们的假设成立，那死者的居住地或许距离凶手的住处并不远，极有可能也在这40公里的范围内。”

说到这里，有人就有些纳闷儿了，如果凶手和死者是异地恋，该如何解决？其实要回答这个问题，就要套用我父亲的一句话："破案就是不断假设、不断求证的过程。"本案是否存在异地恋的可能，答案是肯定的。但如果仔细一想会发现，还是本地恋的可能性较大。比如，凶手杀人毁容。若是异地恋，两者之间的情感纠葛相对较隐蔽，尸体最终沉入水底，毁容的意义不大。可本案，凶手却把死者的脸皮全部撕下，说明其内心其实是恐惧周围的人能认出死者的，也就是说，凶手知道死者的生活圈也在附近。由此深入分析，明哥得出的结论就显得有理有据。

见大家没有提出异议，明哥接着说："接下来我们要尽快解决三件事。

"第一，按照死者的体貌特征继续梳理失踪人口报案。

"第二，小龙、焦磊，你们两个负责把这40公里范围内'TT'女鞋的专卖店全部找出来，看看死者穿的是店里的哪种鞋子，调取店内近一个月的视频监控。

"第三，叶茜，你通知刑警队，让他们摸排案发现场周围的酒窖，并确定销售范围。"

"明白！"

工作进展比我们想象的要顺利。按照明哥划定的范围，我和胖磊找到了两家"TT"鞋店，通过一双双比对鞋底材质，死者脚上的鞋为该店刚上市不久的新款，售价为700元一双。因为价格较高，所以根本就没有售出几双，根据收银电脑上的销售记录，我和胖磊准确地调取了两家店的监控录像，依照死者体貌特征，众多购鞋者仅有一人符合条件。

接着便是酒窖的摸排。

因为传统酿酒工艺有很多极为苛刻的条件，所以具有传承技艺的酒窖别说在案发现场附近，就是在整个云汐市也屈指可数。

刑警队只用了一天时间便找到了距离抛尸鱼塘不足10公里的李氏酒坊。

老贤通过检验白酒样本，基本确定了嫌疑人使用的助燃白酒就是出自这里。

李氏酒坊并不大，为两兄弟共同维持，日产出有限，仅在自己的村子出售，鲜有外村人前来购买。

调查至此，侦查范围从40公里的辐射范围瞬间缩小到只有两百多户人家的李嘴村。

为了不打草惊蛇，徐大队直接杀到了村委会，有了胖磊从监控中截取的照片，我们很快核实了死者的身份，一名叫马梅的外来女子。

马梅作为外乡人，之所以被人熟知，主要还是因为她的姐夫郭亮。

郭亮在李嘴村绝对是个名人。他早年做饲料起家，赚了不少钱，在他的带动下，村里很多户都跟着沾了光，虽然他现在早已不是村中最富有的那个，但他在经商方面的领头意识还是经常被人津津乐道。

在农村，只要你是个名人，那你的一举一动也就会像明星一样受人关注，所以郭亮家只要有个风吹草动，用不了一顿饭的工夫，全村人都能知道得七七八八。

郭亮平时经常不着家，村里人一个月也见不到他几面，马梅的表姐叫崔娟娟，是郭亮的老婆，平时负责打理饲料厂，找不到郭亮，找他老婆并不困难。

按照村主任的指引，我们一行人来到了村子最南端的一个小型厂区内。

接待我们的是一位年约四十岁的中年女子，短裙、丝袜再加上丰满的身材，用“风韵犹存”来形容也不为过。

村主任从上到下打量了女子许久，可能是碍于我们在一旁的原因，他不舍地把视线从女子身上挪开，对我们介绍道：

“各位领导，他就是你们要找的崔娟娟。”

“他们是……”崔娟娟用询问的目光望向村主任。

只是短短一句话的工夫，村主任又被崔娟娟胸前的“事业线”吸引住，面对崔娟娟的提问，村主任木讷地站在那里没有搭腔，此时的气氛瞬间冷场，崔娟娟忽然感觉到村主任的视线火辣辣地落在自己的胸口，她猛然双手一捂，被打断的村主任这才回过神来，尴尬无比地干咳一声：“那个……这个……哦……他们是公安局的，有些事情想问你。”

没等崔娟娟再次发问，村主任赶忙补了句：“领导，地点我给你们带到了，我就先回去了。”说着，村主任转身、抬腿，动作一气呵成地消失在众人的视线中。

“你们有什么事？”崔娟娟有些警惕地打量着我们。

“这个人你认不认识？”明哥把处理后的视频截图照片递了过去。

崔娟娟双手接过眯起眼睛认真端详，可能是视频截图有些模糊，崔娟娟眉头紧锁，有些不敢确定：“有点像……有点像我表妹……马梅……”

“马梅现在人呢？”明哥问道。

“她……她……她……不在厂里。”崔娟娟有些闪烁其词。

“你是她表姐，她来投靠你，人在不在你都不知道？”明哥语气有些冰冷。

“不是不知道，我只是不确定她是不是被我丈夫带出去了。”

“你丈夫出门多久了？”

“一个多礼拜了吧。”

“干吗去了？”

“去外地的饲料厂学习了。”

“他去学习，带着你的表妹？”胖磊冷不丁地插了一句。

“我……这个……”崔娟娟不敢直视我们，嘴巴也如同打了结一般。

崔娟娟的反常，让明哥捕捉到了一丝异样，他用略带命令的口吻说道：“这样，你打个电话给你丈夫，求证一下。”

“那个……”崔娟娟依旧吞吞吐吐。

明哥的语气已经没有了刚才的随和：“现在就打。”

“那……那……那……那好吧。”崔娟娟掏出手机，拨打了丈夫郭亮的电话，在明哥的要求下，两人的交谈在免提下进行。

“喂，老郭，你走的时候带小梅一起了吗？”

“没啊，我这出来学习的带她干吗？”

“那最近你和小梅有没有通过电话？”

“好像有吧，我记不清了，你问这个干吗？”

崔娟娟突然有了一种不祥的预感：“你看看手机通讯录，你最后一次和小梅通电话是什么时候？”

“着什么急啊，我看看就是。”

电话那边传来“嘀嘀嘀”的手机键盘声。

“9月23日中午我们还通过电话，之后就没有了。”

“你们两个是不是每天都通电话？”

“我们俩通不通电话关你屁事，你搞你的男人，我搞我的女人，不都说好了的吗？！”

崔娟娟脸一红，大声喊道：“郭亮，现在公安局的就在我身边，我没工夫跟你扯那么多，小梅可能出事了！”

“什么？小梅出什么事了？”

“让你丈夫抓紧时间回来，我们有事找他。”明哥小声插了一句。

“公安局的人让你赶快回来，说有事找你。”

“好，我现在就坐飞机回去。”对方赶忙挂了电话。

从两人之间的对话中不难看出，郭亮、崔娟娟、马梅三人之间一定有不可告人之事。

“警官，小梅到底怎么了？”崔娟娟心急如焚。

“几天前，在孔集镇下饶村的鱼塘中，发生了一起性质恶劣的杀人碎尸案，我们怀疑死者就是马梅。”

“什么？这怎么可能？你们公安局是不是搞错了？”崔娟娟惊得连忙往后退了好几步。

“我们有马梅的指纹样本和DNA样本，你把她的私人物品找出一份给我，是不是，比对一下就知道了。”

崔娟娟抱着不见棺材不掉泪的态度，从厂区的休息室内找来了一个玻璃瓶：“这是她的化妆品，你们验验。”

我拿出磁性粉，几次刷显之后，一枚枚指纹显现了出来，因为指纹比较清晰，所以比对起来没有多大的难度，我从相机中翻出指纹照片，借助放大镜，找到了多处特征点，经过判断，化妆品上的指纹与死者指纹的重合度可达90%，于是我很肯定地说道：“基本可以断定，死者就是你的表妹马梅。”

“什么？”崔娟娟面如死灰，嘴中不停地重复，“这怎么可能，这怎么可能……”

“我们怀疑马梅遭遇了情杀，所以我想知道她平时和谁来往比较密切。”案件已经进行到这一步，明哥也没有必要隐瞒什么。

“情杀？”崔娟娟听到这两个字有些错愕。

“对，按照我们的分析，嫌疑人情杀的可能性较大。”

崔娟娟知道这个结果后，面目变得狰狞起来：“郭亮，你个王八蛋，你搞我表妹也就搞了，你为什么要杀了她？你个王八蛋！你个王八蛋……”

面对崔娟娟突然的情绪失控，明哥并没有上前阻止的意思，崔娟娟在偌大的厂区中抱头痛哭，这种悲伤之情似乎是发自内心的，这不免让我有些心生怜悯。

明哥没有发话，我们谁也没有作声，也不知过了多久，我发现自己的影子在地面由垂直变成倾斜后，崔娟娟的情绪才稍稍平复，明哥见缝插针地问了句："你为什么怀疑是你丈夫郭亮作的案？"

"唉！"感情得到宣泄的崔娟娟长叹一口气，"事已至此，我也不瞒你们……"

她蹲坐在地上，眼睛直视地面，缓缓地开口："我和郭亮的感情早就名存实亡了，日子是各过各的。郭亮现在跟我表妹过，我和我男朋友过。饲料厂我平时负责打理，郭亮则外出找关系、拉客户，赚的钱我们平分。"

"郭亮平时对马梅怎么样？"

"比对他闺女还好，刚才你们也听到了，一说马梅出事，你看他紧张成了什么样子？"

"你和郭亮有几个孩子？"

"就一个女儿，在市里上初中，平时住校，一个月才回来一次。"

"你和郭亮之间的事情，你女儿知不知道？"从逐年攀升的青少年犯罪率来看，其女儿雇凶杀人的可能性也并非不存在，所以明哥才问出了这个问题。

好在崔娟娟的回答很肯定："我女儿绝对不知情，大人之间的事情，我从来不跟女儿说。"

一个假设被排除，明哥又问："那除此以外，马梅还有没有跟谁有过接触？"

"肯定没有，她平时要么就在厂里待着，要么跟我丈夫一起出去，没听说她跟谁有过接触。"

"嗡嗡嗡……"

问话正在进行中，我的手机突然振动起来，当看到手机屏幕上显示的区号为"010"时，我心生疑惑，拿着手机走到了一旁。

"喂，您好，请问是哪位？"我按动接听键，试探性地问了句。

"请问是司元龙司警官吗？"对方的声音有些苍老，从音质推断，他的年龄绝对在我父亲之上。

"对，您是……"

"哦，我是公安部物证鉴定中心的，我姓赵。"

“赵胜华教授？”我一下便报出了他的名号。

“对，是我。”

“真的是您？”我此时的喜悦之情无以言表。很多人有所不知，赵教授在足迹学领域绝对有着至高的威望，我只是抱着试一试的心态，把这起案件现场鞋印照片发到了他的邮箱，没想到竟然真接到了他的电话。

“案件有头绪了没？”赵教授关切地问道。

“尸源刚找到，嫌疑人是谁暂时还不清楚。”我老实回答。

“碎尸案找到尸源，案件就等于破了一半。对了，你给我发的鞋印照片我看了。如果我分析得没错，这种时大时小的鞋印应该是手工编织的草鞋留下的。”

“草鞋？”

“对。司警官，听你的声音，你没有超过三十岁吧？”

“赵教授，我到今年10月份才满二十五周岁。”

“也难怪，像你这种年纪，根本没有见过草鞋，所以你不知道也情有可原。”

“嗯，希望赵教授能给我答疑解惑。”

赵教授听出我有打破砂锅问到底的意思，在电话那头微微一笑：“行，如果你有时间，我就多说两句。”

“有，有，有，赵教授您说。”

赵教授停顿了一会儿，张口说道：“草鞋大多数是用龙须草、稻草编织，少部分用麻、葛条、玉米苞皮、废布条等混合编织。

“不管在什么地方，编织草鞋的方法都大同小异，有的使用4根经绳，有的则使用6根。但不管是哪种方法，都是以经绳为主，缠上一束一束的纬绳。而经纬绳就是利用稻草、废旧布条拧制而成。

“草鞋的样式可以分为偏耳和满耳两种。满耳款式有点像僧鞋，鞋底肥大，前圆，底厚，足弓的内外边缘凹凸一致，走起路来很跟脚，舒适度很好，但制作工艺相对复杂。

“偏耳款式有点像现在市面上售卖的夹趾拖鞋，它的特点是鞋底瘦长，前尖，在行走的过程中容易和地面发生摩擦，这种鞋子穿时间长了，脚底容易打滑，再加上草鞋鞋底十分松垮，旧的偏耳草鞋在每次脚底打滑的过程中，就会把鞋底给拉长，这样踩出的鞋印也会随之拉长。

“变大的原因解决了，咱们再来分析一下鞋印为什么还会变小。

“按照正常人的行走习惯，脚底一旦打滑，脚趾便会滑出鞋底，出现这种情况，我们的本能反应就是把脚趾再缩回来，脚趾缩紧时有个往回的作用力，在这个过程中，草鞋底受力便会挤在一起，所以鞋印的长度也会随之缩小。”

“原来是这样。”

“不过单凭这一点还不能完全判断你发的照片就是草鞋鞋印。草鞋的编织有一定的规律，虽然现场的鞋印磨损十分严重，但是放大之后，还是可以看到草绳编纬痕迹，我是结合这两点才得出的结论。”

“谢谢，赵教授，我真是受益匪浅。”

“不客气，有需要再给我打电话。”

寒暄之后，我挂断了电话，而此时门口就只站着叶茜一个人。

“明哥他们呢？”

“去厂区里找饲料搅拌机了，冷主任让我在这里等你，怕你不认识路。”

“饲料搅拌机？”

“对，崔娟娟说他们厂区打饲料经常会用到搅拌机，冷主任怀疑嫌疑人碎尸的工具跟这个有关，就跟着崔娟娟到库房内了。”叶茜抬起手腕，看了一眼时间：“刚走五分钟。”

“走，我们也去看看。”

“哎，奇怪了，明明这里还有一个旧的啊，你们要是不翻开雨布，我都不知道什么时候不见的。”伴着崔娟娟的疑惑声，我和叶茜已经来到了跟前。

“明哥。”

“嗯，来了。”

“这个是什么？”我对着一台外接皮带转轮的机器问道。

“饲料厂常用的饲料搅拌机。”明哥说着闪开身子，我这才看清这台机器竟然有半人多高，明哥随后俯身在我的耳边轻声说，“这种机器可以加工多种饲料，分为低、中、高三个挡，我刚才观察过饲料机的口径，如果调节成最高挡，完全可以把尸块碎成2厘米左右的小块。这台搅拌机很新，齿轮上没有血迹，也没有冲洗过的痕迹，嫌疑人碎尸用的不是这台新的，我怀疑碎尸案和那台被盗的旧机器有关。”

我点了点头，接着把视线对准了崔娟娟：“你最后一次看见旧机器是在什么时候？”

“记不住了，因为那个机器的排挡有问题，已经闲置了很久了，几个月前，我用雨布盖在仓库拐角就再也没有问过。”

“排挡有问题？有什么问题？”

“哦，旧机器中、低挡拨不上去，没办法打鱼饲料，只能拨动高挡，可这个挡用得很少，修机器的师傅说，是内部切割齿轮坏了，如果更换新的，价格太高，不划算。”

“看来这不是巧合。”我蹲下身子，打开了足迹灯，雨布下一串灰层鞋印让我惊在那里。

“崔老板，你们这个仓库平时还有谁会来？”

“除了买饲料的就是搬运工，别的人就没了。”

“搬运工？”我仿佛抓到了救命稻草般，赶忙问道，“我问你，你一定要想清楚了再回答我。”

“警官，你问什么我都说。”崔娟娟头点得如同捣蒜一般。

我快速用手机百度了一张偏耳草鞋的照片，举到了她面前。“有没有见过有人穿这种鞋子？”

“怎么会是他？这么长时间，难道小梅和他还有瓜葛？”崔娟娟答非所问。

“他是谁？”

“经常给我们家干活儿的一个搬运工，叫陈浮生，就住在隔壁村。”

“多大？”

“二十出头。”

“具体住在哪里你可知道？”

“知道，去过一次。”

“带路！”

崔娟娟不敢怠慢，回到门口的接待室，取出汽车钥匙，发动了车棚中的黑色帕萨特。勘查车紧随其后，两辆车在乡村土路上一路颠簸，当我们快马加鞭赶到陈浮生的住处时，院子早已大门紧锁，人去楼空。

在液压钳的破坏下，那把小拇指粗细的三环锁应声而断，当我们的视线随着门缝逐渐打开时，门那边浓重的血腥味扑鼻而来，本就不大的四合院，如同人间炼狱。

我们确定一定以及肯定地判断，嫌疑人就是这个院子的主人——陈浮生。

十一

据《四时食制》所叙："郫县子鱼，黄鳞赤尾，出稻田，可以为酱。"郫县是四川省川西平原的腹心地带，属都江堰自流灌溉区，蜀王杜宇就在此建都。子鱼即小鱼，黄鳞赤尾指的是鲤鱼。这是最早记载中国渔业发展的文献，距今已经有1700余年。

利用稻田之水养鱼，既可获得鱼产品，又可利用鱼吃掉稻田中的害虫和杂草，排泄粪肥、翻动泥土、促进肥料分解。截至1990年，中国稻田养鱼面积已达67万公顷。

中国有句吉祥话叫"年年有余"，因"鱼"和"余"谐音，所以在咱们中国人的宴席上，鱼有着无可替代的重要分量，"无鱼不成席"早已是一种心照不宣的"潜规则"。不仅如此，在中国人的餐桌上，吃鱼还有颇多讲究，比如：鱼眼给领导，叫"高看一眼"；鱼梁给贵客，叫"中流砥柱"；鱼嘴给好友，叫"唇齿相依"；鱼尾给下属，叫"委以重任"；鱼鳍给后辈，叫"展翅高飞"；鱼肚给新识，叫"推心置腹"；鱼臀给失意者，叫"定有后福"；鱼肉随意吃，叫"年年有余"。

正是因为"鱼文化"已经深入民心，所以渔业养殖从古至今都未曾停歇。

在早些年，只有逢年过节，寻常百姓才会缩衣节食买条鱼，图个好兆头。而现如今，鱼早已成为再普通不过的家常菜。正是因为需求量逐年攀升，单靠从野塘中抓鱼早已满足不了人们的口腹之欲，随之而来的渔业养殖也就跟着蓬勃发展起来。

而我们这起案件也要从"养鱼"开始讲起。

郭亮的老头子名叫郭琨，绰号"琨爷"，在当地也算是响当当的一号人物。1983年"严打"，郭琨为了掩护自己的一个兄弟逃跑，跟警察干了一架，后来为这件事吃了几年牢饭。从监狱释放后，郭琨的名声非但没有受到任何影响，"琨爷够兄弟"的美名还传遍了十里八乡。

郭琨刚回家的头一年，有人想请他出山，在当地建立势力。可郭琨心里清楚，这不是长远之计，总是踩在黑白线上，迟早还是要进去。他婉拒了很多人的"好意"，在家中干起了自己的实业——养鱼。

郭琨养鱼最初的动机就是解馋，蹲大牢的那几年郭琨最盼望的就是周日晚上的那顿“瓦块鱼”。1987年，郭琨带着刚满十岁的儿子在村里承包了20亩鱼塘，当起了第一批鱼贩。

凭着多年的社会关系，郭琨的渔业养殖干得风生水起，方圆几十里的饭店大排档几乎都成了他的常客。

郭琨的成功让村里的人都跃跃欲试，前后不到一年的时间，鱼塘已是遍地开花，由于产量过剩，这鱼的售价也一低再低。

虽说看起来都是鱼塘，可郭琨家和别家还是有着本质的区别，郭琨的鱼塘属于村民组所有，每年要上交不菲的租金，因为刚干那几年，郭琨尝到了甜头，所以大笔一挥，和村民组一次性续签了十年。可谁知天有不测风云，按照他和村民组签订的租约，刨去所有的费用，剩下的八年基本是要喝西北风。

俗话说“老子英雄儿好汉”，刚满十六岁的郭亮也看到了家里的窘况，摆在他和父亲眼前的只有两条道，一是继续养鱼，二是寻找新的出路。

继续养鱼虽然可以保本，但扣除租金，已经无法维持生计；第一条路走不通，那剩下就只有另谋出路。

郭亮虽说年纪不大，但脑子却相当灵光，他平时除了跟着父亲养鱼以外，还喜欢关注一些其他的渔业信息，其实他早就发现，做鱼饲料可能比养鱼更赚钱。

为何这么说？仔细想想其实不难理解。

养鱼一是周期长，从鱼苗到成鱼需要近三年的时间。二是受环境影响较大，鱼塘中都是死水，稍有污染，就会造成鱼群大量死亡。三是养殖技术因人而异，有经验的渔农一塘鱼出栏能赚得盆满钵满，但有的人则亏得血本无归。四是销售渠道，大饭店如果没有一定的社会关系，根本没有办法打入，小饭店用量较少，只能是杯水车薪；所以渔业养殖在如此激烈竞争的情况下，已是在夹缝里求生存。

而鱼这种食材最讲究“鲜活”二字，加上运输成本较高，因此鱼的销售有较大的地域限制。当地市场有需求，渔业的竞争就会一直存在，而不管渔农之间怎么个竞争法，鱼肯定不能饿着，那鱼饲料的生意就有文章可做。

郭亮的提议，让父亲郭琨眼前一亮，父子二人当即决定南下考察。也就在两人刚回村还不到一个星期以后，一个刻着“郭氏饲料加工厂”的木牌便挂在了郭琨家的院墙外。

饲料厂刚开张，很多人都持观望态度，销量并不是很好。为了缓解这种窘境，郭琨赔本赚吆喝，挨家挨户免费赠送，这一举动，率先在李嘴村打出了名号。

因为郭琨的口碑一直很不错，村里人本着“肥水不流外人田”的态度，开始陆陆续续地从郭琨这里购买饲料。

郭氏饲料加工厂以加工半成品为主，他们从南方批量购买原材料，然后根据当地水质，按照一定的比例加工。有的人要问了，鱼饲料不是都大同小异，为何还要根据当地水质加工？

其实很多人不知道，这里面可大有学问。众所周知，南方人爱吃米而北方人爱吃面，造成这种差异的原因是什么？其实说白了还是生活环境决定了人的饮食口味，而水对鱼来说就是它们的生活环境，水质的差异，也决定了鱼的口味。

鱼只有吃到自己爱吃的东西，长膘的速度才会加快。

可目前李嘴村方圆百里的鱼塘，都是使用外地加工好的饲料，这种饲料均是按照一定的比例配置的，说得好听点是综合营养，说得不好听就是浪费食材。这就好比你去食堂吃饭，给你一次性打了四个菜，结果三个菜不合口，虽说营养够了，你就是不往肚子里吃，谁也没招儿。

而郭氏饲料加工厂做的就是改良饲料，根据当地鱼的口味，在鱼的餐盘中多加几个它们爱吃的“菜”。

这种创新的理念，很快在渔农之间产生了共鸣，看着鱼苗“噌噌”地长个儿，郭氏父子的腰包也跟着涨得鼓鼓囊囊。

两年后，郭琨在村里购置了一片土地，盖起了厂房，成规模的饲料加工也正式拉开序幕。

郭琨曾经算过命，自己这一生命运多舛。他先是父母早亡，紧接着老婆跟了别人，留下一个独子，他原本以为现在腰包鼓了，可以过两年安稳日子了，可没想到一次酒醉之后，把自己摔成了植物人，在床上挣扎了两年，便一命呜呼。

父亲去世后，郭亮接手了饲料厂，但没有父亲的社会关系，厂子经营远不如以前。父亲去世的第二年，他经人介绍认识了外村的崔娟娟，半年之后，俩人手牵手完成了人生中的第一件大事。

有了婚姻的枷锁，郭亮开始重整旗鼓，为了增加销售，他广辟渠道，把饲料厂从之前单一加工鱼饲料发展到加工鸡饲料、鸭饲料、牛饲料、羊饲料，甚至还有鳄鱼饲料等。

全方位的发展让郭亮整天风里来雨里去，而独守空房的日子，开始让崔娟娟有些寂寞难耐。

孙远见是郭氏饲料加工厂的老主顾，他也是整个云汐市最早把蛇、肉龟以及鳄鱼送上餐桌的养殖户，因为郭氏饲料加工厂可以根据他自己的要求定制饲料，所以孙远见的养殖区基本上都是从这里进货。

当然，这只是原先订货的初衷，而现在还有一个更大的动力，让他无法和郭氏饲料加工厂断了联系，那就是让他整天魂牵梦绕的崔娟娟。

崔娟娟身材丰满，穿着性感，这让孙远见头一次见面就有了冲动。有句话叫“妻不如妾，妾不如妓，妓不如偷，偷不如偷不着”，就很符合孙远见此时的心理。

虽然孙远见已有妻室，而且老婆面若桃花、长相可人，但在他眼里，老婆的长相已经让他有些审美疲劳；面对整天超短裙黑丝袜的崔娟娟，他每次都有就地推倒的冲动。

有了欲望，就有了动力，有了动力，便有了行动。在一系列的连锁反应之后，孙远见开始以各种名义创造和崔娟娟单独在一起的机会。

什么“邀请参观养殖区”“共同品尝新产品”等，各种借口五花八门、千奇百怪。

崔娟娟从开始的拒绝，到后来的来者不拒，再到殷切期盼，只用了一年的时间。

有句话说得好，成年男女之间，没有单纯的友谊，或多或少都夹杂着一丝暧昧，俩人频繁的接触更是让这种暧昧如汇聚的星星之火，越烧越旺，当火势难以控制之时，便形成了燎原之势。

那是一次醉酒之后，孙远见把崔娟娟扶进了养殖区的休息室，借着酒力，两人几乎没有过多的渲染便纠缠到了一起，偷腥的味道就好像突然尝到了心仪已久的美食，那种急于将对方吃下肚的心情，让双方的私欲都得到了无比的满足。

一次，两次，三次，两人感受到了前所未有的疯狂，从那天起，他俩几乎是变着花样厮混在一起。

越是暴露的场合，越能勾起两人的欲望，公园、树林、公共厕所，都曾成为二人欲望的战场。

而这一切，郭亮都被蒙在鼓里。

十二

说到这里，很多人会觉得郭亮有些可怜，虽然崔娟娟在不知不觉中给他戴了一顶绿帽子，可他本人却乐在其中。

“男人有钱就变坏，女人有钱就变态。”这句话总结得相当到位。

郭亮常年在外跑生意，酒肉应酬必不可少。古谚云：“饱暖思淫欲，饥寒起盗心。”在郭亮心里，吃饱喝足没有美色陪衬，那这一天过得就不完整。

“有人五行缺水，有人五行缺木，可到了我这儿，就是五行缺色。”这是郭亮醉酒之后，给自己做出的终极评价。

长年累月地奔波，让他觉得“找女人”只是一种生理需要，所以他也心安理得。

烟花之地的花样百出，已经让郭亮有些厌倦了崔娟娟的一成不变，有时候面对崔娟娟深夜的要求，他甚至找各种理由去搪塞，时间一长，两人便在“偷情”和“找女人”的道路上越走越远。

2014年的大年初二，崔娟娟按照往常的惯例回老家过年，在亲戚眼里，崔娟娟俨然已经是一个成功者，所以年里年外，她和郭亮都成了亲朋关注的焦点。

记得那是初五的早上，崔娟娟的四姨拉着自己的闺女马梅找到了她。

“娟儿啊，你四姨这辈子没本事，家里吃饭的嘴又多，你现在混发财了，能不能帮衬帮衬你四姨？”

“四姨，您这说的是哪里话，有什么我能帮的，尽管开口。”

“你表妹，马梅，你还记得吗？”

崔娟娟上下打量着四姨身边长相清秀的女孩儿，家里亲戚众多，虽然她早就对不上号了，但还是笑嘻嘻地回答：“记得，记得，怎么可能不记得。”

“记得就好，记得就好。”女人欲言又止。

“四姨，跟我还有什么不能说的。”

听崔娟娟这么说，女人瞬间表情释然：“你表妹现在辍学在家，你四姨家吃饭的嘴太多，我这个经济情况，也供不起她上大学，听家里人说，你现在不是搞了一个饲料厂吗，干得也挺大，不行就让马梅去给你搭把手？”

“这个……”崔娟娟用询问的目光看向郭亮。

郭亮觉察到了崔娟娟的细微动作，于是赶忙收起贪婪之色，义正词严道：“四姨家有困难，咱们都是亲戚，肯定要帮衬帮衬，只要娟儿没问题，我这里也没问题。”

郭亮是饲料厂的大权掌控者，既然他没意见，崔娟娟当然乐得自在：“既然亮子没意见，那就让马梅回去收拾收拾，我们两天后动身。”

“哎哎哎，小梅，赶快谢谢你表姐。”

马梅脸颊绯红，不敢正视他们，她略带忸怩和娇羞地回了一句：“谢谢表姐。”

回去的路上，三人同车，崔娟娟想着马梅回去能替她照看饲料厂，心里早就乐开了花，偷情的日子，饲料厂成了她最大的累赘，她现在恨不得赶紧回去把这一好消息告诉自己的情人孙远见。

郭亮则在崔娟娟窃喜之际，抽空从后视镜中打量着还带着“土腥味”的马梅。对他来说，马梅就像是未开苞的花骨朵，到处散发着异香。吃惯了“大鱼大肉”的郭亮，对还带着“泥土气息”的马梅有着别样的嗜好。在开车的过程中，他无数次地幻想和马梅香艳的场景，但他心里很清楚，“兔子不吃窝边草”，有崔娟娟在，他最多也只能停留在意淫的层面。

就这样，夫妻二人各怀鬼胎，把马梅带进了厂区。

饲料厂因为经营范围扩大，品种繁杂，为了节省成本，郭亮改变以往生产加工的经营模式，开始与大的厂商合作。如今的郭氏饲料加工厂除了肉食类饲料还有生产线外，剩下的空间全部都变成了转存仓库。

饲料厂的销售模式也变成了“本地客户下订单—列出饲料配比成分—外地加工厂代工—打上‘郭氏饲料’的品牌标志—送入厂区堆放—由客户付钱提走”的简化流程。

而之所以保留肉食类饲料的生产线，主要是因为这种饲料使用范围较窄，用量小，除非有固定的客户，否则一年也卖不了一车，这与其他饲料一年上千车的供货量根本不能相比。而且肉食类饲料的加工，只需用搅拌机在定制好的半成品中绞入几种肉类即可，如果有订单，临时聘请几个工人加工一夜就能完事，所以权衡利弊，郭亮还是把这条生产线保留了下来。

而提到工人，就不得不说住在隔壁村的陈浮生，因为随喊随到，所以他成了郭亮常年聘用的搬运工兼饲料加工员。

没有饲料订单时，陈浮生就负责在厂里上货卸货，有了订单，他才会换上饲料加工员的身份。

一般装卸工基本上都是哪里有活儿就去哪里，而陈浮生不一样，他今年满打满算才二十岁，他不甘心出一辈子苦力，所以他想在饲料厂寻找更多的机会。

他自己幻想着，有一天学到郭亮的所有技术，然后也像郭亮一样开一家属于自己的饲料厂，也正是为此，陈浮生有事没事就喜欢去饲料厂转悠。

崔娟娟没和孙远见勾搭上之前，也曾对陈浮生抱有极大的性幻想，可不管崔娟娟怎么挑逗，陈浮生就像个木头疙瘩，根本不买账。倒不是因为崔娟娟没有姿色，而是陈浮生对浓妆艳抹的女人有着本能的抵触。他的父亲在他小的时候就被野女人勾了魂儿，母亲后来也随之改嫁，最后只剩下自己跟着爷爷奶奶讨生活，前几年二老去世以后，家里只剩下陈浮生孤苦伶仃，所以崔娟娟的挑逗非但没有勾起他的欲望，反而还让他觉得恶心。

直到马梅出现在他的视线中，这一切才有了微妙的变化。和崔娟娟相比，马梅在陈浮生眼中就像是洗掉黄泥的咸鸭蛋，外表洁白如玉，内心娇艳欲滴，在这个懵懂的年纪，陈浮生对马梅产生了一种说不出的好感。

饲料厂的经营，依旧是“外甥打灯笼——照旧（舅）”。郭亮还是一个月出差二十八天，而崔娟娟在马梅进厂之后，就将厂里的业务全部甩给了马梅，她也学郭亮玩儿了一手“神龙见首不见尾”，这简直给陈浮生创造了绝佳的机会。

不管有活儿没活儿，陈浮生总是有意无意地留在厂里，其实为的就是多找一些和马梅单独相处的机会。

马梅出生在农村，和外界接触甚少，对陌生人始终心存芥蒂。虽然她心里对陈浮生并不反感，但她依旧不敢主动和陈浮生搭上半句腔。

直到一个月后发生的一件事，两人的这层窗户纸才彻底被捅破。

那是4月中旬，李嘴村阴雨连绵，潮湿阴冷的空气让不少人都“中了枪”，村里的卫生所变得人满为患，咳嗽、发烧、感冒，三大主力病源像瘟疫一样在村里传播。马梅也没有逃过一劫，那天下午，崔娟娟以带车送货为由，和孙远见在养殖区翻云覆雨，郭亮依旧不见踪影，整个厂区就剩下马梅在办公室内坚守。

忽冷忽热的身体让马梅有些招架不住，她很想去卫生所，可刚一抬脚，身体便如同散架的木偶般重重地摔在地上。

好在陈浮生及时赶到，抱起马梅冲进了卫生院，接连输了三天液后，马梅的脸上这才有了血色。

人们常说，女人心如止水，一旦有了波动就会掀起涟漪，陈浮生“英雄救美”般的举动，让马梅对他产生了极大的好感。

从那以后，俩人几乎无话不谈，再也没有了隔阂。

当所有的话题都聊得差不多时，马梅把好奇心放在了陈浮生特制的鞋子上。

“浮生哥，你脚上的草鞋是你自己编的吗？”

“是我爷爷教我的，他以前打过仗，那时候条件差，都穿这个！”

“现在条件不是好多了，你怎么还穿这个？”

“整天搬运饲料，运动量太大，有点费鞋，穿这个往死里蹬也不心疼。”

“你可真节俭。”马梅随声附和的一句话，在陈浮生耳朵里却变了味道，他不觉得别人说他节俭是在夸他，他更多地还是觉得别人在说他穷。

“浮生哥，你怎么了？”马梅察觉到了异样。

“没怎么，对了小梅，你喜欢什么鞋子？”陈浮生岔开话题。

“上次跟表姐去商场，有一个叫‘TT’牌的鞋子好漂亮，就是太贵，一双都要好几百，我也只能看看。”

“小梅，你上次不是跟我说，你还有一个月就过生日了吗？到时候哥送你一双。”

“不不不，浮生哥，你赚钱不容易，我不能要你的。”

“放心，你哥自有办法，这钱有人出。”

“有人出？谁出？”

陈浮生微微一笑：“保密。”

十三

陈浮生作为厂里的老员工，对老板娘崔娟娟糜烂的私生活了解得一清二楚，如果崔娟娟不曾招惹过陈浮生，他也不会想到借此敲诈一笔。他永远无法忘记崔娟娟在勾引不成后对他破口大骂，骂他是“野种”“穷鬼”，说他“一辈子沾不到女人”。再穷的人都有尊严，他虽然一直忍气吞声，但这件事始终是他心中解不开的结。要不是马梅提到“买鞋”，他可能永远都不会想到去报复一把。

陈浮生心里有自己的小九九，他觉得如果崔娟娟偷情的事情被郭亮知道，郭亮肯定会休了这个女人，到时候厂子里没了崔娟娟，郭亮再常年外出，那自己就可以放心大胆地和马梅在一起，永远不用担心崔娟娟对他指桑骂槐了。“没活儿干不要来厂里”“不要惦记我表妹”之类的话，他早就听得耳朵起了茧子。

“是报仇的时候了！”陈浮生考虑再三，开始了自己的计划。

他先是用了一周的时间摸清了崔娟娟和孙远见固定的偷情地点，接着在镇上的手机摊位上买了一张“太空卡”，最后学着谍战剧的桥段，在话筒上贴上报纸，拨通了郭亮的电话。

“喂，是郭老板吗？”

“对，是哪位老板，有何贵干啊？”因为生意关系，郭亮经常接到陌生电话，所以他礼貌地回了句。

“郭老板，我不是找你做生意的，我是想卖给你一条情报。”

“情报？你是不是电视剧看多了？”郭亮说着就要按挂机键。

“郭老板，你听我把话说完，这条情报可非同小可，是关于你老婆崔娟娟的。”

“我老婆？我老婆怎么了？”郭亮听着对方报出了妻子名号，顿时有些紧张。

“你老婆给你戴了一顶绿帽子。”

“什么？你确定？”郭亮非但没有觉得气愤，反而有了一丝窃喜。

“1000元，告诉你崔娟娟经常偷情的地点。”

“你是谁？我凭什么相信你？”

“放心，我站在你这边，1000元对郭老板你来说，根本还不够一顿饭钱，你何不赌一把试试呢？”

多年的分居生活，让郭亮对崔娟娟已经提不起半点兴趣，他现在所有的性幻想都落在她表妹马梅身上，假如崔娟娟偷情是真，他绝对会把崔娟娟扫地出门，到时候他就可以名正言顺地把心思花在马梅身上，真是想想都有点小激动。此时的郭亮，已经有些按捺不住心中的喜悦，他假装抉择，磨叽了有半支烟的工夫，才“艰难”地说出口：“好吧，钱我怎么给你？”

“挂掉电话，我会给你一个银行卡号，你马上转1000元钱到上面，收到钱，我就会把你老婆偷情的具体时间和地点发给你，你直接去捉奸即可。”

“好！”

按照对方的要求，1000元钱很快被打进了指定的账户，一条短信紧接着出现在郭亮的手机上。

“明天下午3点，巨鑫养殖场办公室。”

“巨鑫养殖场？难道是老孙？”

郭亮收到消息便悄悄地买了一张回家的机票，他在约定的时间内赶到了巨鑫养殖场。

下午3点，养殖场内空无一人，他小心翼翼地绕到办公室的后窗，透过窗户的缝隙，他发现崔娟娟果真和孙远见缠绵在一起。

如果换成别人，郭亮肯定是一脚把门踹开，打得这对狗男女满地找牙，但郭亮没有这么做。

孙远见是他在当地最大的客户，现在生意越来越不好做，如果没了这个大客户，一年要损失不少钱，在他心里，孙远见的分量绝对要比崔娟娟重上许多。

经过强烈的思想挣扎，郭亮没有轻举妄动，他把手机打开，悄悄录下一段视频，随后便悄无声息地离开了那里。

当天收到钱的陈浮生直接找到了马梅。

“小梅，钱到手了，哥带你到镇里逛商场怎么样？”陈浮生在马梅面前晃动着十张百元大钞，像是勇士炫耀着自己的战利品。

“啊，这么快？你这钱是从哪里弄的？”马梅也是眼前一亮。

“你就当我中彩票中的。”

“啥，中彩票？”

“哎呀，你就别磨叽了，给你表姐打个电话，说去医院，这厂子是她的，整天把你拴在这里算怎么回事？”

“浮生哥，这……”

“你就别犹豫了，我回家换身衣服，在村口等你。”

“那……那……那……那好吧！”

为了避嫌，就算是在镇上，两个人也不敢走在一起，陈浮生和马梅逛了整整一个下午，正所谓，不是挣来的钱，花着不心疼，在陈浮生的一再坚持下，马梅颤颤巍巍地捏着他递过来的700元钱，在鞋店买了一双刚上市还不到两个小时的最新款。

陈浮生在商场外等候，马梅则享受着鞋店服务员贴心的至尊服务，结账时迎宾把腰弯成90度说："贵宾请慢走，欢迎下次光临。"让她的心里久久不能平静。这么多年，就因为自己穷，所以做事处处小心，投靠表姐的这些日子，她更是如履薄冰，她心里清楚，与其说她母亲把她托付给表姐，还不如说就是把她扫地出门。她在家中排行老三，有两个姐姐一个弟弟，这种家庭出身，容不得她有一点退路，所以她很自卑。而今天，她却用钱买回了自信，这种心情上的落差，让她打心眼儿里感觉"做个有钱人真好"。

十四

9月1日，郭亮和崔娟娟把女儿送进了学校，在对女儿叮嘱一番之后，俩人驱车赶回家里。一路上郭亮绷着脸，这让崔娟娟心里有些忐忑。

一个小时后，郭亮把车停在院子内。

"下车，我有事情要找你谈。"郭亮面若寒霜。

"亮子，你今天是怎么了？"崔娟娟没了底气。

"怎么了？你自己干的好事，你还问我怎么了？"郭亮一把将崔娟娟推进屋内，接着掏出手机把自己偷录的视频当面播放了出来。

郭亮指着视频拐角上的日期："这才过去两天，你不会不记得自己干的龌龊事吧？"

"亮子，我……"视频都有了，崔娟娟已经是百口莫辩。

"怎么不说话了？我天天在外累死累活，你就在家里给我戴绿帽子？"

"亮子，对不起，我对不起你！"崔娟娟"扑通"一声跪在郭亮面前。

"别整这没用的。"郭亮不以为然，"你说，这件事怎么解决？"

"亮子，我发誓，我今后一定和老孙断绝关系，咱们两个以后好好过日子，亮子，你相信我！"崔娟娟拽着郭亮的裤脚哀求。

郭亮一脚把她踢开，破口大骂："过你妈的好日子，把家里的户口本拿给我，我们现在就去民政局！”

“亮子，你不能和我离婚，孩子还小，她是无辜的，她不能没有妈妈。”崔娟娟声泪俱下。

“老孙比我有钱，你跟了他比跟我快活，有什么舍不得的？”郭亮开始冷嘲热讽。

崔娟娟心里跟明镜一般，如果只是出来玩玩，孙远见绝对是乐意奉陪，如果让孙远见娶了她，那是想都别想，人家也是老婆孩子一大家，日子过得幸福美满，她只不过是孙远见吃腻了家常菜偶尔点的外卖，崔娟娟自从上了孙远见的床，就一直以不破坏双方家庭为底线，也正因为这样，他俩的鱼水之欢才能保持得这么长久。现在自己这边已经露了马脚，那只能听天由命了。

“亮子，你想怎么解决，你说吧。”崔娟娟知道哭闹已经没有任何用处，干脆起身用一副商量的口吻问道。

郭亮冷哼道：“两条路，要么离婚，要么……”

崔娟娟一听有两条路，耳朵突然竖起来：“要么怎么样？”

“你现在身子被人占了，我郭亮不可能搞别人的破鞋，咱俩要是凑合过也可以，但我的感受你要考虑……”

“你的感受……”崔娟娟眯起眼睛，回味着郭亮这句话，“怎么，你难不成也要找一个？”

“这是你说的，我可没说。”郭亮见坑下套。

“好，是我犯错在先，你以后要是出去找女人，我绝对睁一只眼闭一只眼。”

“我不出去找！”郭亮摇摇头，“我就在家找。”

“在家找？你想找谁？”崔娟娟一时间没有明白郭亮的意思。

“马梅！”

崔娟娟一听郭亮竟然惦记自己的表妹，气得浑身发抖：“郭亮，你个王八蛋，你是不是早就惦记小梅了？她才十七岁，你怎么下得去手？”

郭亮不依不饶：“那行，那我们就离婚，有了这段视频，离婚后你别想拿到一分钱，到时候我再去找孙远见算总账，你不要脸，我也就不要脸了，看到头来谁吃亏！”

“郭亮，你这个卑鄙的小人……”此时的崔娟娟恨不得把郭亮给生吞活剥了。

“我卑鄙？要不是你先给我戴绿帽子，我能这样做？我也懒得跟你说这么多，要么你帮我把马梅搞到手，要么就一拍两散，你自己选。”

崔娟娟的牙关咬得“咯咯”直响，她心里清楚，自己根本没的选，自私是人的天性，关键时刻她只能考虑自己的利益，当天晚上，按照郭亮的要求，崔娟娟在马梅的饭里下了催情药，在药力的作用下，马梅和郭亮当着崔娟娟的面就发生了关系。

崔娟娟正处在如狼似虎的年龄，还从来没有感受过这么刺激的场面，没过多久，她也加入了这场欲望的“战争”。翻云覆雨之后，郭亮和崔娟娟都得到了极大的满足。

清醒后的马梅，怎么也无法接受这么惨烈的现实，她看着床单上还没有完全干涸的血迹，眼泪像是拧开的水龙头，在脸上串成了线。

郭亮本想安慰两句，可崔娟娟连推带搡把他给轰出了门，对他说了句“一切有我”，随后便亲自下厨给马梅做了一碗红糖鸡蛋馓子茶端进了卧室。

马梅愤恨地看着自己的表姐，她牙关紧咬，有种要吃人的冲动。

崔娟娟平静地看着马梅，脸上没有一丝多余的表情，她轻轻地把碗放在床头柜上，接着又很有耐心地把筷子码放成一条平行线，一切做好之后，她缓缓地开了口：“小梅，你比我幸运，我甚至有些羡慕你。”

马梅听崔娟娟这么说，眼神里多了一丝疑问，她显然没有弄明白，崔娟娟葫芦里到底卖的什么药。

崔娟娟没有理会马梅，她像是叙述着别人的故事一样，娓娓道来：“你我都是出自农村，算我命好，遇到了你姐夫，他能干、有钱，供得起小孩儿上名校，能让我有花不完的钱，你有没有想过，如果我没遇到你姐夫，我现在是什么样子？”

见马梅沉默不语，崔娟娟接着说：“按照我们农村人的规矩，到了结婚的年龄，嫁给一个庄稼汉，然后生娃、种地、干一辈子农活儿。如果生了男孩儿，累了一辈子挣的钱，还不够娶个媳妇；如果生了女孩儿，父母没本事，又要走我们的老路。再找个庄稼汉，如此循环，这就是我们农村女人的命……”

崔娟娟直愣愣地望向窗外，继续往下说：“四姨把你托付给了我，其实就没打算让你再回家，我想你心里也清楚。四姨临走的时候曾跟我说过，你要是到了待嫁的年龄，给你找个人家，凑合过下半生，她也不求你嫁得大富大贵，能过日子就行。你觉得你一个农村出来的小丫头，将来能找个什么样的？

“我能看出来，厂里的搬运工陈浮生好像对你有意思，但你知道他家里的情况吗？父母离异，从小跟着爷爷奶奶长大，而现在就剩下他光棍儿一条，他平时连5毛钱的汽水都不舍得买，就连脚上穿的鞋，都是八百年没见过的草鞋，你觉得以后要是跟他好了，能过成什么样子？

“好，就算你能忍饥挨饿，以后你俩的小孩儿怎么办？大人能吃糠咽菜，小孩儿呢？奶粉钱从哪里弄？学费从哪里弄？小孩儿长大了结婚钱又从哪里弄？”

崔娟娟接连抛出的一系列问题让马梅有些不知所措。

崔娟娟趁热打铁：“我给你算笔账，陈浮生一天24小时不停地扛麻包，最多赚100元钱，一个月不吃不喝撑死赚3000元，一年就是36000元，但你知道你姐夫一年赚多少吗？”

马梅摇摇头。

“最少50万元。”

马梅的瞳孔忽然放大，很显然，她已经被这个数字给吓到了。

“有时候‘人比人，气死人’，你姐夫两年赚的钱，陈浮生一辈子也别想赚回来。”崔娟娟说到这儿，忽然变得有些伤感，“你姐夫喜欢你，他早就和我说过，我虽然心里是一万个不同意，可谁让你是我表妹，我也是考虑了很长时间才想通，男人有钱就变坏，他喜欢你也是好事，总比他出去包二奶强。”

听着崔娟娟嘴里这催人泪下的故事，马梅忽然有了一丝动容：“表姐，你别说了，是我对不起你。”

见马梅的态度有了巨大的转变，崔娟娟心中虽然窃喜，可脸上却依旧显得很伤感，她沉吟道：“我们姐妹没有谁对不起谁，你姐夫是个好人，昨天晚上也是喝多了酒，干了错事，你现在才十七岁，就算跟你姐夫过十年，姐还能给你找个老实人嫁了。如果你姐夫有点良心，这十年怎么都会给你个百八十万的，到时候你也就有了独立生活的能力，姐不嫌弃你，姐愿意和你共用一个老公。”

“姐！”马梅不知怎的，竟然被崔娟娟的话感染，哭喊着把崔娟娟揽入怀中。

“小梅不哭，有姐在，你姐夫不会欺负你，姐给你撑腰。”

“嗯嗯！”马梅含泪使劲地点了点头。

崔娟娟推开马梅，用手擦掉她脸上的眼泪，深情地说：“把馓子茶吃了，第一次很伤身子，以后慢慢就好了。”

“嗯。”

崔娟娟不舍地拍了拍马梅红扑扑的脸蛋，悄悄地走出了门。

“怎么样了？”崔娟娟刚把房门带上，郭亮就猴急地跑了过去。

崔娟娟把食指放在嘴唇边“嘘”了一声，接着把郭亮推进厨房：“搞定了，咱俩两清了。”

郭亮兴奋地拍了拍手掌：“行，你和老孙的事，我就当没发生过。”

“咱俩可说好了，饲料厂赚的钱，平分，马梅的工资也从你的那份里扣。”

“行行行，你把老孙那儿安抚好，他可是咱们的财主。”

“这还用你说？”崔娟娟拽住郭亮的领带，用力将他拉到怀里，然后小声在他耳边说道，“你昨天可真有劲！”

从那天以后，三人之间的苟且之事开始变得冠冕堂皇起来。

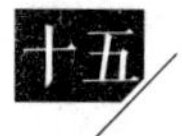

十五

陈浮生这一周过得有些惴惴不安，他一直在等着郭亮和崔娟娟的爆发，可左等右等，依旧不见任何动静：“难道郭亮没有抓到现行？”

陈浮生为了确定自己的想法，还多次拨打过郭亮的电话，但总是以对方拒绝接听而告终。

比起郭亮和崔娟娟，最让他难以接受的还是马梅的转变。

不知从什么时候开始，马梅开始有意无意地躲闪他，就算是偶然撞见，她说话的语气也变得比以前冰冷了许多。

“小梅，你最近是怎么了？”

“没怎么。”

“那你怎么对我这个态度？”

“我能对你有什么态度？”

“你怎么好像变了一个人？”

“陈浮生，我告诉你，请你不要再来纠缠我，否则我告诉我姐夫！”

“你……”

陈浮生话没说完，马梅便“嘭”的一声关上了房门。

如果不是关门时震掉的水泥块崩到了他的脸上，他怎么也不愿意相信事情会发展到现在这个地步。

他一遍又一遍地在脑海里回放这些天和马梅之间的种种，可他怎么都想不出是什么原因让马梅对他的态度变得如此恶劣。

直到两天后，郭亮意外出现在厂区时，才让他知道了真相。

那天正好是饲料交货的时间，陈浮生和其他搬运工早早地被通知到厂房，令他没想到的是，打电话的竟然是平时扔棍子都打不着人的郭亮。

“今天有三百袋鱼饲料要装车，一会儿货车就开过来，大家辛苦一下。”

“得嘞！”

郭亮吩咐完，便一头钻进了厂房北侧的办公室，再也没有出来。

其他搬运工并没有觉得有什么不妥，可陈浮生却始终忐忑不安，因为那间办公室里除了郭亮，还有马梅。如果换成以前，马梅肯定会出来监工，可今天却破天荒地没有露头。

陈浮生越想心里越不得劲，他放下麻包，轻声走到办公室门前，他刚把耳朵贴在门上，就听见一个女人的呻吟声从门的另一侧传来：“姐……夫……姐……夫……”

陈浮生慢慢地推开窗户，眼前的一幕让他彻底愣在了那里。

此时的马梅正赤身裸体，紧紧地把郭亮抱在怀里，她一边喊着“姐夫，姐夫”，一边坐在郭亮怀里来回蠕动。

陈浮生一开始还在气头上，他本想着一脚踹开房门，好当场揭穿这一对奸夫淫妇，可看着马梅如此陶醉地享受着男欢女爱，陈浮生的心像是掉进了冰窟窿，彻底地寒了。

他落寞地关上窗户，身体如同丢了灵魂的躯壳，缓缓地走出厂区大门。

工友的喊叫声在他的耳朵里变得扭曲嘈杂，他像是失聪一般，听不进任何声响，他现在就只有一个想法：回家。家才是他避风的港湾。

陈浮生躺在床上，感觉不到任何情感波动，他两眼大睁，盯着写有“升栋大吉”的木质房梁愣神，整个人仿佛被掏空了一般。

他怎么都想不明白，是什么原因能让一个纯朴的农村丫头在短短的一周内，变成一个恬不知耻的荡妇。

陈浮生把自己关在家中足足7天，他依旧想不出个所以然。

“我对小梅付出过真心，她必须给我一个合理的解释。”

缓过劲来的陈浮生，决定找马梅当面对质。

厂房他去过，电话也打过。可马梅就是“只给米吃，不给面见”。

无奈之下，他只能想到一条下下策。那天夜里，陈浮生提前埋伏在路上，趁着马梅从厂区离开之际，将她击昏，接着用三轮车拉回了自己的住处。

他知道他和马梅已经不可能了，所以他下手很重，重到他连泼了几盆冷水，马梅都还没有任何清醒的迹象。

陈浮生把手指放在马梅鼻子前，确定她还有呼吸后，他又将马梅的双手捆绑起来。他心里早就打定主意，如果马梅不给他一个合理的解释，那她今天休想轻易离开。

接连几次掐过人中后，马梅挣扎着从剧痛中苏醒。

“浮生哥，我这是在哪里？”

“我不是你哥！”

剧烈的疼痛感让马梅逐渐清醒，她眉头紧锁，努力让自己在短时间内习惯这种不适，她的视线也从开始的模糊逐渐变得清晰，她这才发现自己已经被五花大绑在床上。

“你要干什么？”马梅尖叫了一声。

“你放心，郭亮搞过的破鞋，我陈浮生才不稀罕！”

陈浮生的不屑，深深刺痛了马梅的内心，在她的眼里，陈浮生只不过是一个穷得叮当响的“下等人”，他有什么资格骂自己是破鞋？马梅越想心里越生气，她扫视了一眼周围的环境，用一种轻蔑的语气质问陈浮生：“这就是你住的地方？”

“怎么啦？有问题？”

马梅冷哼一声，从牙缝里蹦出两个字：“穷鬼！”

陈浮生怎么也没想到，在他心里曾经单纯善良的马梅竟然用这两个字去贬低他。他感觉自尊心受到了极大的伤害，咆哮着：“穷怎么了？我有手有脚，钱我可以挣，别以为有钱就了不起，钱能买来真情吗？能买来幸福吗？能吗？”

“别再骗自己了，对，你是有手有脚，可是你累死累活能赚多少？你就算累到死，也不可能把这里变成别墅，也不可能让院子里停上汽车，今后你的老婆孩子也只能生活在农村！”

“我可以让我的孩子读书，只要他学习好，我就不信摆脱不了贫穷！”

说到学习，马梅忽然想到了一次交欢之后，她与郭亮的一段对话。起初马梅是担心郭亮不戴套，自己会怀孕，两人扯着扯着，就说到了培养孩子上。可以说，郭亮的一番话，让马梅很受“启发”。她正愁没人可以让她高谈阔论，陈浮生正好撞上了枪口，于是马梅言辞犀利地反驳道：“你别傻了，如果换成二十年前，你的想法完全可以实现，可现在，我只能说你是异想天开。我问你，现在要把一个孩子培养成大学生，你知道要投入多少钱吗？

“好，就算你供得起他上大学，上清华，上北大，孩子毕业了怎么办？你有钱买房吗？你到时候大可以告诉孩子，找到好工作，什么都会有了。但是你有没有想过，他就算是累到死，也只是个房奴，他一辈子都要为生计打拼。咱们退一万步，就算他这一辈子勉强过完了，他的孩子怎么办？钱又从哪里来？你能保证你的每一代都能考上名校？有钱人在北京买房，孩子400多分就能上北大，穷人的孩子就要拼死拼活，为了每年全省那几十个名额，争得头破血流！”

“难道在你眼里穷人活得就那么下贱？”

“我不否认鸡窝里能飞出金凤凰，但全国十几亿人，一年才能飞出几个？”

“这些都是你姐夫告诉你的？”

“对！”

“我就不信我陈浮生就要卖一辈子苦力！”

“对，你是不用出一辈子苦力，你还可以当个小偷！”

“你说什么？你再说一遍？”

“别以为我不知道，你从饲料厂偷机器的时候我都看见了！”

“我是小偷？你骂我是小偷？我哪里是小偷，我他妈就是傻×！”陈浮生恼羞成怒，真想扇自己一个大嘴巴。

从厂里借用搅拌机是事实，但他这么做也是为了能增加收入，好让马梅不再跟着自己受罪，他无时无刻不在研究饲料配方，厂里的那个废旧搅拌机他压根儿就没想占为己有，他所做的一切都是为了马梅，可现在却被马梅骂得如此不堪，他怎么能不生气？

可马梅怎么会知道陈浮生的良苦用心，见陈浮生没有反驳，她嘴上依旧不依不饶："人可以穷，但不能没有志气，知道我最近为什么不理你吗？因为我瞧不起你，我没有把你偷东西的事告诉姐夫，已经够对你手下留情了，你还癞蛤蟆想吃天鹅肉！告诉你，我马梅情愿做有钱人的婊子，也不愿做你这种下等人的老婆！"

"你说谁是下等人，你说谁?！"陈浮生已经完全失去了理智，他用力捏住马梅的脖颈咆哮着，"你这个婊子，你说谁，你说，你说啊……"

马梅试图挣脱陈浮生的双手，可她瘦弱的身躯哪里是陈浮生的对手，陈浮生用足了十二分力气，直到他清晰地感觉到手中传来几声脆响，他忽然心中一颤，猛然清醒，当他慌张松开手时，马梅早已没了呼吸。

看着马梅冰冷的尸体，他第一个感觉就是："这辈子完了。"但他又一想，好像他和马梅之间的种种经过并没有外人知道。就算是马梅失踪，也不一定会怀疑到他的头上。

"只要把尸体处理掉，谁能想到是我？"

就在他苦思冥想如何处理尸体时，同村人之前说过的一句玩笑话让他得到了启发："哎，浮生，如果我把你绞碎，扔进池塘里喂鱼，你说谁能发现？"

他看着院子中那刚驮回来的机器，有一种"天助我也"的兴奋。

这台机器的操作要领，他再熟悉不过，但因为机器有了些故障，第一次尝试并不成功。

反复调试之后，他发现是排挡出了毛病，当他把机器拨片推到"MAX"（高）挡时，一切便恢复了正常。

一个多小时后，陈浮生将粉碎后的尸体装在两个袋子里，放在三轮车上。为了不让血迹沿途滴落，他还特意在车斗中铺上了一层塑料薄膜。

"究竟扔在哪个鱼塘好呢？"陈浮生边清洗身上的血污，边在脑海里搜索鱼塘的信息。他经常给十里八乡的鱼塘送饲料，哪家鱼塘什么情况，他心里是一本清账。

"老鱼塘每天都有渔农捕捞，肯定不行。

"新挖的鱼塘种鱼太小，吃不下这么大的饵料。

"两年期内的鱼塘最好。"

陈浮生眯起眼睛开始在脑海里筛选，忽然，他打了个激灵："有了，没有比那里更适合的了！"

他选定的这片鱼塘为农田改制，四周种满了玉米，隐蔽性很强，而且据说鱼塘的主人远在上海，鱼塘平时由他的亲戚负责打理。他曾去那里送过饲料，知道那是一片还未出栏的新塘，如果把尸块丢在那里，绝对是神不知鬼不觉。

打定了主意，陈浮生趁着夜幕飞快地蹬起三轮车朝目的地驶去。为了勾起鱼群的食欲，他还特意在尸块中拌入饵料，如此精心的准备，就是为了确保万无一失。抛尸结束，他紧接着又在远处的玉米地中点燃了马梅的衣服鞋袜。

一切做完，天边已经露出鱼肚白，如释重负的陈浮生缓缓地骑行在崎岖不平的泥土路上，而此时，马梅的话又在他的耳旁萦绕。一路上，他始终在考虑一个问题。

“像自己这样的农村人，究竟如何才能彻底改变自己的命运？”

尸 案 调 查 科

在云汐市，生活在矿区的孩子算是赢在了起跑线上。因为他们根本不需要为工作发愁。在矿区有个不成文的规定：矿井打在哪个村，挖矿的工人就必须从哪个村找。假如有人敢破坏这个规矩，不管你是国营还是私营，也不管你后面有多大的靠山，当地的村民绝对有信心让你的矿井无法经营。上访、静坐、围堵，只有你想不到的，没有人家做不到的。那有人要问了，警察难道就不管？法律的尊严就能被这样践踏？如果你能亲身经历一次，你就会发现法律在他们的身上真的行不通。

上访、静坐、围堵这些行为，除非是造成恶劣的影响，否则根本不适用于《刑法》条文，但是按照《中华人民共和国治安管理处罚法》第二十一条的规定，行为人“已满十四周岁不满十六周岁的”，或“七十周岁以上的”，或“怀孕或者哺乳自己不满一周岁婴儿的”，“依照本法应当给予行政拘留处罚的，不执行行政拘留处罚”。也就是说，满足这三个条件的行为人，虽然触犯了法律，但是不允许行政拘留。

如果你是警察，看到某某矿井门口坐着清一色的老人、妇女和小孩儿时，你会是什么心情？批评教育，没人理你；强行驱散，人家告你“警察打人”，法律上又对这三种人没有强制约束力。那么要想解决这个问题，就只有矿井的经营者做出妥协。很多朋友看到这里，或许觉得这对矿井的经营者不公平，但咱们可以换个角度想想，过度的开采，造成环境的破坏，这对生活在附近的村民是否公平？其实从来就没有绝对的公平，有时候只是看待问题的角度不同罢了。

俗话说“万事开头难”，可一旦有人起了这个头，那规矩就等于是定下来了，很多矿井的老总本着“用谁都是用”的原则，就默许了这条潜规则。所以矿区的孩子年满十八岁后可以有两个选择，一是继续读书，二是下井挖矿。

面对这两条出路，矿区孩子的家长会算一笔账。

一名井下工，每个月上24天班，根据工种的不同，每个班可收益300至500元，一个月下来就是7200到12000元；一个孩子从十八岁开始干，到了二十五六岁的适婚年龄，手头再不济也能存个八九十万，有了这笔钱，在云汐市这座房子均价只有每平方米4000元的城市，买个花园房再弄辆轿车绝对是轻而易举。就算是生活在矿区的女孩子，在矿里当个地面工，打打杂，一个月也有个小2000元的收入，虽然工资不高，但活儿也不累，而且很稳定。但如果选择上学，起码要二十二岁才能大学毕业，二十五六岁可能还是两眼一抹黑，别说车房，就是找个稳定的工作都是奢望。

所以矿区的孩子，除非学习成绩相当优异，否则基本上都是以矿井为生。

按照我们国家的规定，矿产属于国有资源，矿井的开采权都由国家掌控。像云汐市这种以煤炭为主要能源的重工业城市，只要国家允许开矿，那矿区周围的村民几代人都可以“靠山吃山，靠矿吃矿”。

但高风险与高收益永远都是并驾齐驱，在暗无天日的井下，每一次掘进都有着致命的危险。学过地理的都知道，煤是地壳运动的产物，它是亿万年前的植物残骸经过复杂的生物化学、地球化学、物理化学作用后转变而成的。也就是说，植物变煤是一个十分复杂的过程，你永远不知道煤层中到底潜藏着什么样的危险。

其中最令矿工谈虎色变的就是“瓦斯突出”，当地人称之为“气鬼”。“瓦斯突出”主要是随着煤矿开采深度的增加，瓦斯含量增加，在煤层中形成了高压，在外力的作用下，使软弱煤层突破抵抗线，瞬间释放大量瓦斯和煤的一种地质灾害。这就好比煤层中藏了一个充满气的高压气球，你一不小心把它给戳破了，那么随之而来的就是剧烈的喷射，在强大的压力下，站在第一排的掘进工人，绝对没有活命的可能，由于这种情况很难预测，所以一般只能听天由命。

有的人可能一辈子都遇不到，但有的人却没有那么幸运。

刚满十八岁的陈笑雨就是一个悲剧的代表，他6月入职，接着参加了三个月的工人培训，9月正式上岗，跟师傅实践了半个多月，将将才学会自己动手，紧接着就遇到了“气鬼”，等他被工友扒拉出来时，尸体早已冰冷僵硬。陈笑雨的死，也刷新了矿难年龄底线。

三天以后，矿井的事故勘查组给出的结论是“天灾意外”，希望陈笑雨的父母选择私了，并承诺给予50万元的死亡抚恤金。在矿区发生矿难，已经不是什么稀罕事，通常情况下，死者的家属都是选择收钱了事，50万元一条命，早就是明码标价，可陈笑雨的情况不同，他连一毛钱工资都还没拿，就出了事，他的父母死活也不同意只赔50万元。后来经过几次磋商，矿井老总终于做出让步，同意再加10万元，并且为了防止以后还有人坐地起价，老总对外宣布了一条死规定，凡是未满二十岁的矿工遇难，赔偿标准最高为60万元，二十岁以上的矿工还是50万元。

最终，陈笑雨的父母提着60万元现金，把尸体从矿井的停尸间里拉了回来。

而就在很多工友都已经准备好喝丧酒给陈笑雨送行时，他的家人却没了动静。倒不是因为陈笑雨的父母不想操办丧事，而是陈笑雨的爷爷陈世元那里出了问题。

“爹，笑雨的尸体已经抬回来一天了，现在钱也赔了，你还不让办丧事，你到底想干啥，你说啊！”说话的是陈笑雨的父亲陈忠良。

“再等等，再等等！”

“你等谁你倒是说啊，不行我打个电话问问他到哪儿了。”

“不用。”陈世元抬头看了一眼黑黢黢的门外，“如果明天鸡一叫还没有信儿，就给我孙儿下葬。”

“爹，你这闹的是哪一出啊？”陈笑雨的母亲王琴终于忍不住开了口。

“你个妇道人家，跟着插什么嘴？”陈世元曾经当过地主，男尊女卑的思想在他脑子里根深蒂固。

“爹，你……”

“行了，别说了，天也快亮了，爹说等，就等！”陈忠良喝止了王琴。

因为有了不和谐的音符，几个人都没有再张口，陈笑雨的爷爷陈世元、父亲陈忠良、母亲王琴都悲痛欲绝地围坐在屋内的棺材旁。

棺材前一盏送行的油灯忽明忽暗，气氛很是诡异。

就在这时，一个声音从门外传来："陈老爷子在吗？"

陈世元忽然打了个激灵，已是杖朝之年的他，突然从木椅上起身，步履轻快地走到院外，他循声问道："是何大仙吗？"

"正是，正是。"

"快快快，赶紧进屋里说。"陈世元一把将对方拉进院子，紧接着神色诡秘地朝门外左右望了望，确定周围没有人后，他紧紧地把大门从里面锁死，并把钥匙贴身收好。

身穿长褂的何大仙踏着祥云鞋走进了灵堂，这个陌生人引起了陈笑雨父母的猜疑，他们试探性地问道："你是……"

"这是我专门托人找来的仙人。"陈世元的声音从何大仙身后传来。

何大仙抖了抖长褂："本人乃精通风水玄理的大师何云华老先生的关门弟子，我也姓何，单名一个贵字。"

"何云华？"陈忠良夫妻俩显然没有听过这个名字。

"你们两个晚辈，哪里知道何上仙的名号，想当年这方圆百里之内，谁不知道何上仙的法力？"陈世元恭敬地举起双手朝天作揖，以示尊敬。

"不好！"何贵忽然一个大踏步走到油灯前一脚站住。紧接着他从随身的包裹内取出一个黑色瓷瓶拧开，一滴晶莹剔透的黏稠物被滴入碗中，不明物体的加入，让灯芯忽然明亮起来。

何贵收起瓷瓶时，额头已经渗出了虚汗，他反复念叨着一句话："有惊无险，有惊无险。"

"大仙，这是怎么了？"陈世元慌忙问道。

"魂魄要散，还好让我给定住了！"

"什么？"陈世元大惊失色。

"孩子咽气多久了？"

"快四天了。"

何贵得到时限后，赶忙掐指，嘴巴中不停地念叨着："子丑寅卯……"

几分钟后，何贵的声音戛然而止，他停下手中的动作："我们还有12个时辰，明天晚上的这个时候，孩子必须下葬，否则极有可能被阎王爷挡在地府门外，变成孤魂野鬼。"

“大仙，你可要救救我的孙儿，救救我的孙儿啊……”陈世元已经顾不上什么脸面，“扑通”一声跪在了何贵的面前。

“爹，你这是干什么！”陈忠良眼眶湿润地把自己的父亲从地上拽起。

“陈老爷子，不必担忧，我已经给你的孙儿找到了人家。”

“当真？”

“千真万确，对方和你们家孩子的生辰八字均能匹配，你们准备好10万元钱，随后我就托人把‘灵儿’给请过来。”

当陈忠良听到“10万元钱”和“灵儿”时，才明白自己的父亲在等什么。不光是他，在矿区生活的人几乎都知道“灵儿”的含义。

当了矿工，就意味着随时把脑袋拴在了裤腰带上，矿工没有结婚就出矿难也不是什么稀罕事，按照当地人的传言，如果男孩儿没有结婚就遭天灾，这是老天有意要收了他的命，这样的人从出生就带着怨念。如果死者的家人不帮其化解，强烈的怨气很有可能会让死者变成厉鬼，搅得家人祖祖辈辈不得安宁。

通常遇到这种情况，最为常用的解决方式就是“配阴婚”，在死者下葬之时，给其找个“伴儿”合葬，好让死人在黄泉路上有个依托，这样便可以化解死者的煞气。而这个“伴儿”就是和死者生辰八字匹配的女尸，统称“灵儿”。早在十年前，一具“灵儿”的价格就已经炒到了5万，按照目前的行情，涨到10万也不是没有可能。

“忠良别愣了，跟我进屋。王琴，你给我好生招待先生。”陈世元说完，一把将儿子拉到一边，“笑雨是我孙儿，我是含在嘴里怕化了，捧在手里怕掉了；但是他天生短命，死了也不能复生。我孙儿的命是老天收的，天意难违，我们也没有办法。但死后的事，我这个当爷爷的必须管，否则过两年我去了下面，怎么有脸见我的孙儿？难道眼睁睁地看着他在阴曹地府当个孤魂野鬼？”

在矿区，给男孩儿配阴婚也不是没有先例，至于阴婚到底有没有效果，陈忠良也是半信半疑，但他还是跟大多数人一样，抱着“花钱买平安”的态度，默认了这种陋习。在陈忠良看来，如果儿子在下葬时，没人提这事，他绝对不会主动托人去找“灵儿”。一来是“灵儿”不是你有钱就能请来的，他以前就听说过，某家为了请“灵儿”，把孩子尸体都放臭了也没等来；二来是因为担心，毕竟合葬的是尸体，这万一来路不正，怕是要惹上大麻烦。

“爹，这个何大仙到底靠不靠谱？”基于第二点，陈忠良问出了这个问题。

“这个你不用担心，他的师父何上仙，我年轻的时候就跟他打过交道，口碑好得很，经他手送走的阴婚有上百对，从来没出过问题，要不是熟人，人家还不愿帮这个忙呢。”

看着父亲信誓旦旦，陈忠良悬着的心也就放了下来，自古至今，中国人最看中的事莫过于“生死”二字，既然陈忠良的疑虑已经打消，那这10万元钱他就没有不拿的理由。

“爹，你告诉何大仙，我现在就给他包钱，让他抓紧时间请‘灵儿’。”

陈世元听儿子这么一说，放心地拍了一下大腿：“好，我等的就是你这句话。”

几分钟后，当父子二人提着布包从屋内走出时，大仙何贵就已经知道了答案。

“大仙，这里是10万元钱。”

“嗯。”何贵点点头，接着掏出四张黄纸，用朱砂在上面胡乱画上了图案，“陈老爷子，你膝下有几个男丁？”

“3个。”

“请‘灵儿’需要4名男丁，如果直系血亲不够，那家里还有没有其他较为亲近的男丁可以陪同？”

“我儿的堂兄弟行不行？”陈世元试探性地问道。

“那自然是没问题。”

“忠良，去喊你几个兄弟来。”

“爹，你又不是不知道，我那几个堂兄弟都住在市区，这半夜三更的，就是喊也来不及啊。”

“传仁不是在村里住吗？”

听父亲提到“传仁”二字，陈忠良有些犹豫。陈传仁是他的堂哥，比他大十岁，生性好赌，本来好好的一家四口，硬是因为他，被弄得妻离子散；也是因为赌，周围亲戚几乎都被他借了个遍。陈传仁现在就是个瘟神，人见人躲。

“陈老爷子，时间不等人！”何贵急忙催促道。

“笑雨的事情要紧，你要拉不下脸，我亲自去找传仁。”陈世元推开大门，双手一背，消失在了夜幕中。

半个小时后，一副落魄模样的陈传仁跟在陈世元身后走进了院子，此时陈氏三兄弟已经到齐，随后何贵拿出纸符，分别让四人藏于腰间。

“四位乃孩子长辈，此次请‘灵儿’与孩子结阴亲，还望各位多多操劳。”何贵双手抱拳，躬身行礼。

“大仙，您费心。”众人照葫芦画瓢，以礼还之。

待几人重新直起腰杆，何贵掏出摇铃左右晃动，清脆的铃声在深夜的巷内显得格外阴森。

何贵喊了一声：“天眼开路，起！”四个人便在他的带领下钻入了门外的面包车内。

“各位，按照规矩，请戴上这个。”何贵拿出黑色布袋，示意4人套在头上。

一般这样的提议不会遭到反对，尤其是陈笑雨父亲还在场的情况下。

一切就绪，何贵拍了拍司机的肩膀，朝村外驶去。

“直行。

“左转。

“右转。

“直行。”

一路上众人除了耳朵能听见何贵对司机下达的口令外，剩下的就是面包车时而平稳时而摇晃给身体带来的颠簸感。

行驶了约一个小时后，何贵让司机把车停在了一个山村的岔路旁，接着他独自一人摸黑朝山沟深处走去。

就在这时，何贵感觉到手机在口袋中不停地振动，他赶忙将手机取出，直接按了接听键：“喂，是‘三眼’吗？”

“是我。”对方回答得很小声。

“这次在哪里交易？”

“你往村子里走，有一座没人的破庙，我的牲口车在那里，老规矩，把钱放在牲口车上给我电话。”

“好嘞。”

何贵环视一周，确定无人之后，他悄悄地从布袋中抽出2万元钱塞进长褂内的口袋，随后他又拍了拍胸口确定钱已落袋，一切做完，他这才惬意地哼着小曲朝指定地点进发。

十几分钟后，何贵看到了对方所说的牲口车，他几步向前，把手中的8万元钱拴在了牲口的脖子上，随后又拨通了对方的电话。

电话那头只说了句“好的”，就挂断了电话。紧接着，一阵清脆的口哨声传来，面前的牲口像是通了灵性一般，朝哨音的方向飞奔。前后又折腾了大约二十分钟，牲口车再次返回。和刚才不同的是，这次的车斗中多了一个捆扎好的棉被包裹。

何贵小心翼翼地走上前，解开了棉被上的麻绳，一具身穿丧服、头盖红头巾的女尸直挺挺地睡在其中。

何贵先是掀开头巾，接着从上到下摸了一圈，这才放心地把棉被又重新捆绑好。

这也是这一行当的规矩，名曰“探灵”。“探灵”大致可分为三个步骤，第一个步骤是“探面”，就是要观察“灵儿”的面容是否完整，长相是否标致，死人和活人一样，谁都不愿意娶个丑媳妇；第二个步骤是“探骨”，这是要确定“灵儿”有没有残疾，是不是全尸；最后一个步骤，也是最关键的步骤，是“探身”，就是要通过触摸“灵儿”全身，确定她的大致年龄，打个比方，陈笑雨死亡时十八岁，你要是给他找个快三十岁的“灵儿”，估计其家人也不会愿意。所以“探灵”的步骤相当重要，一旦在此过程中有了缺憾，双方一来可以终止交易，二来也可以降价处理。

好在，这次“探灵”何贵相当满意。

“这么好的灵儿，也不知道‘三眼’从哪里弄的，8万元钱绝对值。”何贵笑嘻嘻地把牲口车牵到路口，待尸体被抬上车时，一场泯灭人性的交易，就这样顺利完成。

在回去的路上，何贵已经吩咐陈忠良家人挖好土坑。配阴婚必须土葬，但这不符合国家政策，所以只能偷埋，等人入土为安之后，再操办丧事。

请到“灵儿”之后，陈笑雨的葬礼可谓神速，一家人兵分两路，陈笑雨的母亲先是找人挖好土坑，接着又把儿子的尸体早早地抬到土坑前等候，载着“灵儿”的车则直接开到了土坑旁边。

何贵成了这场“婚礼”的“司仪”，他让四位男丁把陈笑雨的尸体从棺材中抬出和“灵儿”摆放在一起，接着又取出红花绸布，将两具尸体捆绑在一起。

“陈老爷子，接下来要掀开‘灵儿’的红盖头，不是孩子至亲的都要离开。”

“这里都是自己人，何大仙费心了。”

何贵会意，左手摇动天铃，右手掀开了“灵儿”的红盖头，嘴里念念有词：“陈笑雨，生于丁丑年癸丑月己卯日，死于丙申年丁酉月甲寅日，一生坎坷，劳心劳力，终，英年早逝，尚有仁心父母，在此喜结连理，还望早日化解怨气，投胎做人。”

陈忠良夫妇跪在儿子的尸体旁，早就痛不欲生，但为了顾全大局，他们只能强忍着不哭出声。

“何大仙，下葬吧！”死者的爷爷陈世元下了指令。

何贵收起法器，喊来了围观的其他人。

按照当地合葬的规矩，“灵儿”的尸体要放在棺底，陈笑雨的尸体则“叠罗汉”放在上方，这种“男压女”的葬法，喻为男方要掌握绝对的主动权。

尸体被放入棺柩，一家人绕着棺材逆时针走三圈，接着便合上棺盖。

随着一声“入土”的叫喊声，所有劳力抄起铁锹，把两具尸体埋入了土中。

丧事办完，陈世元长舒一口气，心中的一块巨石也随之落了地。“我这次总算有脸下去见我孙儿了。”

“爹，这次辛苦你了。”作为陈笑雨的母亲，她也曾想过给儿子配个阴婚，可无奈没有门路，没承想，自己的公公却办成了这件大事，她是打心眼儿里感激。

“琴啊，笑雨是我的孙儿，没有谁能比我更疼他，他生是你的事，我管不了，但既然他死在了我前面，我就必须管。都是自家人，别说两家话，赶紧操办丧酒吧。”

“哎！”

依照当地习俗，“红事”下喜帖，“白事”则下丧帖。两帖之间最大的不同就是颜色，前者为红，后者为白。丧事不像喜酒，谁都可以去凑热闹，尤其像陈笑雨这样夭折的年轻人，丧酒更不是谁都敢乱去。

在村民们看来，只有带着怨气的年轻人，才会过早地夭亡。这种丧宴，有三种人是绝对不能参加的：第一是老人，人到老年都惜命，谁都害怕被怨气缠身；第二是孩童，孩子最容易被吓掉魂魄，这是村民们公认的；第三是年轻女子，未破阳（娶妻）的男子死后煞气重，容易找女子上身。虽说有这么多的禁忌，但有一种人却必须参加，那就是帮着下葬之人。这些人亲眼见证了整个葬礼的过程，等于送了死者最后一路，这些人不光要请，而且在丧酒上都要坐在主位，以贵宾之礼待之。

忙活了一天的陈传仁，回到家里便躺在床上呼呼大睡，他本想着第二天能参加侄子的丧宴，好混点烟酒解解馋。可谁承想，他一觉醒来，宴席早就结束了。按理说他还是上客，这下倒好，混到最后连一口茶水也没喝到。

“妈的，陈忠良这个小王八蛋，也太看不起人了吧?！”陈传仁骂骂咧咧地前去理论。

“传仁，你干啥？”他刚一跑进院，陈世元就把他挡在了门外。

“叔，你啥意思？笑雨的丧宴你干啥不通知我？”

“通知你？你以为这酒是好喝的？给你下帖子，你哪儿来的钱奔丧？”

“咋，没钱这亲戚还就不走了？”

看着陈传仁和自己的公公争吵，在一旁干活儿的王琴一把将抹布甩在水盆中，掐着腰走了过来，说：“传仁大哥，话可不是你这么说的，咱先不说你欠我们家的那5000元钱什么时候还，笑雨作为你的侄子，你总不能空着手来奔丧吧？我就是因为考虑到你拿不出一个子儿，才没给你下帖，咱这本来就是照顾你。咋？你还真想连你侄子的丧酒都要白吃白喝？”

“弟妹你……”陈传仁的脸涨得通红，一时语塞。

王琴略带鄙视地看了他一眼，接着她指了指堆满残羹冷炙的圆桌，说：“知道你昨天晚上累了，桌子上还有几个馒头，要不你先吃点垫垫？”

陈传仁就算是脸皮再厚，也不能眼睁睁看着对方在自己头上拉屎，他咆哮着喊出对方的名字：“王……琴，我陈传仁今天记住你了，以后你没有我这堂哥！”

“嗐，我当是多大的事呢，我也从来没拿你当过哥，既然话都说开了，那就这么着吧。”王琴说完便不再理会，转身继续干活儿。

受尽羞辱的陈传仁转头离开，因为他好赌，在亲戚中饱受冷眼，这些他都已经习惯了，也无话可说；但侄子的葬礼这件事和以往不同，请“灵儿”他在场，配阴婚他在场，下葬他也在场，可唯独吃酒时他不在。虽然王琴说得在理，他是拿不出大钱奔丧，可一百两百还是能凑得出来。在他看来，给侄子奔丧，拿多拿少是他的心意，但没有收到丧帖，这绝对触碰到了他的底线。既然王琴把话都说到这份儿上，他也不能忍气吞声，就算是对不起死去的侄子，这件事他也必须做，否则这口恶气一辈子都咽不下去。

配阴婚当夜，何大仙是让他掀开了“灵儿”的红盖头，女尸的容貌，他看得清清楚楚。虽然尸体的脸上化着“丧妆”（下葬时给死人化的妆），但他还是注意到了“灵儿”的嘴唇紫得厉害。

这一幕，让他想起前年他老婆喝农药自杀时的场景，当他老婆一口把农药喝下肚时，嘴唇也是紫得如同葡萄皮，不过好在他老婆是当着他的面喝下的农药，抢救还比较及时，保住了一命。

有了前车之鉴，他可以断定，下葬的“灵儿”极有可能是中毒而死。而且从“灵儿”的面相看，也就二十多岁，这个年纪不至于想不开喝农药自杀，所以陈传仁也犯起了嘀咕：那个给他侄子陪葬的女孩儿，会不会是被人故意给害死的？

陈传仁一想到这里，心里猛然一惊，正所谓“当局者迷，旁观者清”，这万一真的是命案，到时候追查起来，他也脱不了干系。和刚才在气头上相比，此时的陈传仁冷静了许多，在仔细地权衡利弊之后，他最终还是掏出手机，嘴中喃喃自语：“笑雨啊笑雨，你千万别怪大伯，你的爹妈糊涂，你大伯我可不糊涂，这万一陪你下葬的是个冤死鬼，你在下面也不得安生，大伯这是帮你解脱。”说完，陈传仁在手机键盘上按下三个数字——110。

云汐市五店派出所值班室内，两名民警正目不转睛地盯着天网监控，忽然“叮咚”一声响，报警平台发出了声音：“110指令请签收。”

民警毛伟动作麻利地走到电脑前查看。

“什么警情？”另一位值班民警郑翔松了松腰间的单警装备，也走到了跟前。

“有人举报，在夹沟村陈忠良的玉米地里有人配阴婚，女尸怀疑是被人毒害。”

“什么？阴婚？”郑翔突然一惊。

“对，翔哥，这种警情要怎么处理？”

“这可是大事，你刚上班没两年，不知道这里面的厉害，你现在通知所长，让所里的兄弟全部过来加班，我打电话给民政局。”

看着从警快二十年的郑翔如此紧张，毛伟只能战战兢兢地照他说的办。

电话刚挂断没多久，几十名全副武装的干警便在派出所内集结，所长、值班局长全部参与其中。

“翔哥，至于这么大阵势吗？”毛伟看着乌泱乌泱的人群有些不解。

“你这就有所不知了，我刚上班那会儿也出过类似的警情，当时就是因为出警民警人数太少，没有经验，警车被砸不说，差点连命都搭上。”

“什么？这么严重？”毛伟有些难以置信。

郑翔叹了口气：“俗话说，‘没有文化，不知道害怕’，有时候跟他们讲不通道理。如果咱们这回接的是假警还好说，可万一情况属实，那就必须扒坟。咱中国人最讲究入土为安，人都埋了，你要把坟给重新扒开，你说谁受得了？”

毛伟听了连连点头，郑翔继续说：“配阴婚这事有两种情况，第一，女尸死因无争议，只是通过非法途径购买后下葬，这种情况涉及《刑法》中的‘盗窃、侮辱、故意毁坏尸体’，可判处三年以下有期徒刑；第二，女尸死因有争议，那就有可能涉及故意杀人。所以不管是第一种还是第二种，配阴婚都不是小事。只要查实，这坟还必须扒开。如果咱们的人去少了，别说扒坟，就是进村都难。”

“原来是这样。”毛伟恍然大悟。

郑翔接着说：“我早就听说矿区里盛行配阴婚，无奈这种事是‘周瑜打黄盖，一个愿打一个愿挨’，根本不会有人报警。不瞒你说，这5年里，今天算是头一起举报阴婚的警情呢。”

“啊？这些人做事这么隐蔽？”

“他们越是不敢见光，越是让我觉得，现在这些所谓的阴婚绝对有大问题。”

“翔哥，这怎么说？”

“据老一辈人说，配阴婚这种陋习多发生在旧社会，那时候人穷，吃不上饭，把死了的家人送去给别人配阴婚，可以赚点嫁妆钱养家糊口，而以现在的生活条件，就算是再穷也不至于吃不饱饭。”

“翔哥，难道说……”毛伟好像听出了弦外之音。

郑翔眉头紧锁，沉沉地点了点头，叹息道：“我之所以让你通知这么多人来，就是怕尸体来路不正。”

“难不成还真有故意杀人卖尸体的？”

郑翔面若寒霜地回了句：“有些人为了钱，多么丧尽天良的事情都能干出来，等你穿这身制服到我这个年纪时，就见怪不怪了。”

两人你一言我一语相互攀谈之际，三位身着便装的中年人走进了派出所大院。

“陈局！”一位年纪稍大的男子直接走到了分管局长面前。

“叶局，你来了。”

简单寒暄之后，陈局长给出警人员简单做了介绍：“这位是民政局分管殡葬的叶局长，剩下两位是他的同事，下面请叶局长给我们做指示。”

叶局长显然也是个直性子，没有过多地客套，单刀直入地说：“在咱们云汐市矿区一直盛行配阴婚的陋习，无奈我们多次派人明察暗访，也没有过结果。这次接到陈局电话，我是既兴奋，又担忧。

“我兴奋的是，我们终于抓住了一点苗头，如果情况属实，我们将以此为契机，全力配合公安部门，敲山震虎，一举将这个陋习铲除。除此之外，我还有点担忧，阴婚交易隐蔽、复杂、涉及面广、打击难度大，所以我叶某在此拜托各位了！”叶局说完，朝所有出警民警深鞠一躬。他的这一举动，也让在场的每一个人压力倍增。

叶局长重新起身，自觉地站在队伍之中，陈局长心领神会，开始给出警民警做细致的分工，一切准备就绪后，十辆警车快速地驶出派出所大院。

云汐市政府大力推行的“村村通”路桥工程，已经让现在的夹沟村旧貌换新颜，警车在片儿警的指挥下，沿着村中的主干道，很快停在了举报人口中的玉米地附近。

片儿警下车沿着泥土小路步行数十米，接着步行至一个土堆前：“应该就是这里。”

“小张，小刘，去看看。”叶局长对身边二人说道。

两人领命，围着土堆先是目测，接着抓起一把泥土捏在手里来回揉搓，最后又用鼻尖嗅了嗅。

“怎么样，什么情况？”叶局长抻长脖子等待答案。

那名被唤作小刘的男子把手中的泥巴随意丢在一边，接着拍了拍手回道：“泥土水分还在，坟包肯定是刚挖不久；从翻出的土层颜色来看，泥土是从最少四米深的地下挖掘而出，按照咱们云汐市的风俗，棺材要埋在四米五的位置，从这点看，符合土葬的习惯。”

见小刘说完，小张补充道：“坟包虽然没有立碑，看起来和一般的土堆无异，但这个位置前有沟，后有树，又与玉米地呈三角对立之势，可谓是风水极佳。我经常跟咱们云汐市的风水先生打交道，他们给人看坟，最喜欢选用这种位置给人下棺。”

“这样看来，这个不起眼的土堆，真的是坟包？”叶局长捏着下巴，不紧不慢地说道。

“应该没错！”

“能不能看出埋了几天了？”

小刘开口说：“现在的土堆还很平，一般要等到下葬七天后才会把它堆成坟包，肯定不超过七天。”

“还好时间不长。”叶局长看向小张，“快给辖区的殡仪馆打电话，看看最近一个月内有没有夹沟村的火葬记录。”

和他对话的小张“嗯”了一声，接着快速拨打了几通电话。

与电话那边短暂地交谈之后，小张肯定地说：“叶局，近一个月该地区都没有火化记录。”

“按照《殡葬管理条例》，就算是没有涉嫌阴婚，光土葬这一条我们也有开棺的权力。”

“我看谁敢动我儿子的坟！”叶局长话音刚落，一个中年男子的声音，如猛兽般从身后传来。

众人循声望去，远处上百名村民手持锄头镰刀正在快速逼近。

“翔哥！这……”参与出警的毛伟彻底傻了眼。

“知道厉害了吧？”郑翔好像早就预料到了这种情形，“出警就是这样，很多人认为法不责众，看吧，今天肯定有人负伤。”

“他们难到真敢打警察？”

“警察？”郑翔苦笑，“你以为在现在这种执法环境下，咱们这身制服还能起到什么作用？陈局长之所以调这么多警力，还让人手一副执法盾牌，就是怕打起来。不过看今天这阵势，打起来的可能性比较大。”

“这……”听郑翔这么一说，还未经历过大风大浪的毛伟有些不知所措。

“对了，”郑翔接着说，“一会儿注意点老人和孩子，宁可咱们受点伤，也别伤了他们，万一落下口舌，你这半辈子的工资也不够赔的。”

毛伟木讷地点了点头，随后他又将手里的盾牌紧了紧，如临大敌般等候即将到来的“暴风骤雨”。

陈局长反应极快，按照他的指示，一辆辆警车堵在路口，筑起了防线。就在人群即将逼近之时，陈局长站在车顶之上，用高音喇叭客气地喊道：“我们接到举报，有人非法贩卖女尸用来配阴婚，我们正在调查此事，希望老乡们不要冲动，配合我们的工作！”

“我配合个屁，今天谁要敢动我孙儿坟，我就死给他看！”

“人家花钱配阴婚，又没杀人放火，关你们警察什么事？”

“扒坟这种缺德事你们警察都干，你们到底有没有良心？”

人群中的谩骂声很是刺耳。

陈局长对叫骂声并没有太在意，而是见缝插针地普法：“配阴婚涉嫌非法买卖尸体，已经触犯了《刑法》！”

“是我买的，你们把我抓起来，不要动我孙儿的坟，我求求你们，我求求你们……”陈世元“扑通”一声跪倒在地。

“翔哥，有人承认了。”毛伟趴在警车另一边，小声说道。

“看来配阴婚是真的了！”郑翔的神色已经变得十分难看。

“我看，老头儿也蛮可怜的。”毛伟望着眼前的一幕有些触动。

“可怜之人必有可恨之处，咱们是执法者，不能同情心泛滥，你同情这老头儿，那坟地里的女尸怎么办？”

听郑翔这么说，毛伟的目光突然变得锐利起来。“翔哥，你说得对！我们是执法者，不能感情用事。”

“一会儿盯住这老头儿，还有那一男一女。”郑翔的目光如鹰隼一般扫过王琴和陈忠良，“听说话的内容，他们分别是死者的父母和爷爷，一般配阴婚不会张扬，他们三个都是主要参与者，不能让他们跑了！”

“擒贼先擒王，明白，翔哥。”

“老乡，请大家稳定住情绪。”陈局长还在吸引对方的注意力，另外一队

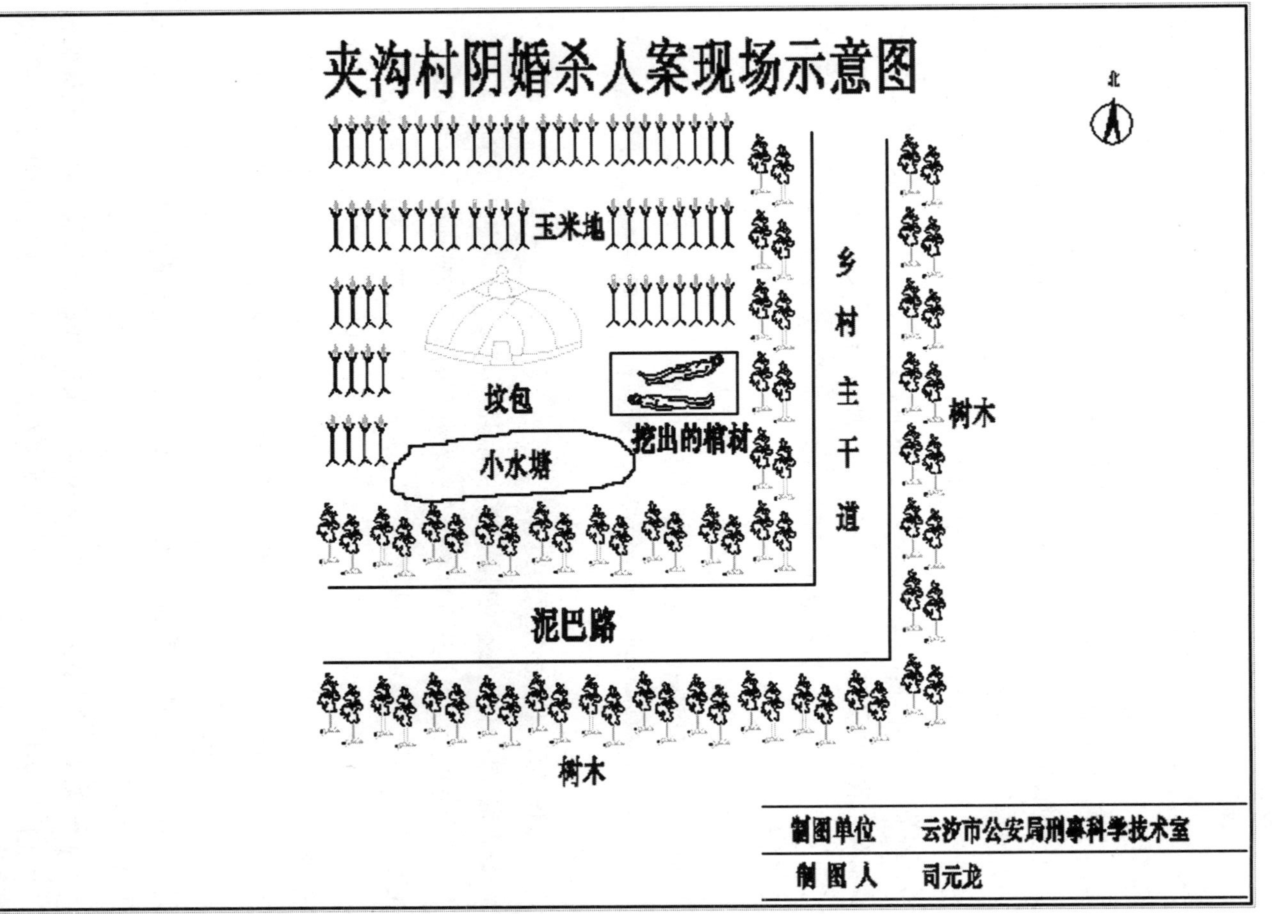
夹沟村阴婚杀人案现场示意图
北
玉米地
坟包
挖出的棺材
小水塘
乡村主干道
树木
泥巴路
树木
制图单位 云汾市公安局刑事科学技术室
制图人 司元龙

人马已经开始悄悄地挖坟。

双方僵持了一段时间后，土坑中的棺材已经抬出。

“警察挖坟了！”这一声叫喊，瞬间让人群骚动起来。陈局长也感觉到了一丝不安，赶忙拿起对讲机喊道：“指挥中心，指挥中心，请求增援，请求增援！”

可还没等对讲机那边回话，腿脚灵活的村民已经爬上警车，冲进了防线。此时，村民的暴动已经无法控制，坟地周围响起叫喊和打砸声。而随着看热闹的人越聚越多，又有更多的毫不相干的人参与进来，好在事情发生在农村，消息闭塞，否则又会是一场可以上新闻头条的群体性事件。

混乱中，陈局长已经被锄头砍得头破血流，警车也被砸得面目全非，他忍着剧痛，龇牙咧嘴地对身边的中年男子说道：“姚所长，一定要看住，千万别让他们点火，这万一油箱爆炸，烧到你我都是小事，要是炸死了村民，我们可没法交代！”

“放心吧，陈局，灭火器还有一瓶，我就是被他们砸死，也不会让他们点火的！”姚所长用身体挡在了一辆已经漏油的警车前。

“大家再坚持一会儿，增援警力马上就到！”陈局长紧握着高音喇叭，大声喊道。

他这一喊，不少凑热闹的路人纷纷散去，起哄的人也跟着跑了不少，现在也只有最初的几十个人还在叫嚣，其中闹得最欢的还是死者的三位亲人。

二十分钟后，十几辆武装特警车拉着刺耳的警报赶到现场，参与闹事的村民纷纷作鸟兽散，能跑的撒腿就跑，不能跑的则一溜烟地钻进了玉米地。

最终在特警的全力围捕中，主要的十几个闹事者均以涉嫌妨碍公务罪被依法传唤。

“今天开眼了吧。”郑翔捂着皮开肉绽的伤口笑着看向毛伟，“这就是目前警察真正的执法环境。”

“翔哥，谢谢你替我挡了一刀。”毛伟把自己的领带拽下，绑在了郑翔的伤口之上。

郑翔微微一笑，说：“没啥，我还有十来年就退休了，你还早，辖区的老百姓还指着你去为他们惩恶扬善。虽然现在在这个地方警察的名声不好听，但你要记住，你穿了这身警服，就要肩负起你的责任，干啥事不要想着能得到多少回报，对得起自己的良心最重要。”

“知道了翔哥！”毛伟眼眶发红，有种说不出的委屈。

郑翔感觉到了毛伟的情绪波动，为了不让初出茅庐的他过早地寒心，郑翔赶忙岔开话题：“你知道我最烦什么人吗？”

“什么人？”

“就是刚才那些起哄的人。”

“呸！”毛伟啐了一口唾沫，“这帮孙子，起哄比谁都欢，可一旦遇到事，跑得比兔子都快。”

郑翔靠着警车，从口袋里摸了一支烟卷点上：“抗日战争为啥打得这么艰难？就是因为有太多像这样的蛀虫，国家给他们吃穿，给他们安稳的生活环境，他们还怨这怨那，我敢打赌，一旦打起仗来，这帮人绝对都是汉奸。”

“翔哥，你伤口又流血了。”

“没事，一会儿救护车就来了，你去看看棺材那边是什么情况。”

毛伟点点头，刚要转身，就听见远处有人喊：“叶局、陈局，尸体挖出来了，一男一女，女子中毒状态明显。”

陈局长捂着还在滴血的额头，快步走到跟前，当看清楚女尸的容貌后，他对身边的民警说道：“抓紧联系刑警大队和技术室。”

四

科室的“死亡电话”响起时，我正在市局内部的微信群里观看着村民和警察激烈对抗的视频，而视频的拍摄者便是参与这次出警任务的民警。

“别玩儿手机了，赶紧收拾家伙出现场。”胖磊推开门朝我喊了一句。

“什么情况？”

“夹沟村，疑似命案。”

“哪里？”

“夹沟村啊，磨磨叽叽的，赶紧的！”

“夹沟村，视频里拍的不就是……”

正当我猜测那场械斗是否和命案有关时，胖磊又站在院子里扯着嗓子喊道：“小龙，能不能快点！”

“来了，来了！”我清了清脑袋，不再去想刚才看到的视频，提起勘查箱走出门。

胖磊口中的夹沟村位于云汐市东南方的矿区。因为煤矿开采污染十分严重，所以一般矿区均远离城市中心。胖磊在导航仪上输入“夹沟村”三个字后，汽车的音响中便传来郭德纲的声音：“此次路线，距离目的地还有88公里，预计一小时二十分钟后到达。”

“唉，这么远。”胖磊抱怨着拧动了点火钥匙。

老贤冷不丁地冒一句：“这个导航不是有林志玲版本的吗，你干吗要用郭德纲？”

胖磊嘿嘿一笑：“这要是开车时把持不住，可不是闹着玩儿的。”

我听着这话题马上就要聊到十八岁以上，赶忙插了句：“哎，磊哥，你听说了吗？”

“听说啥？”胖磊的胖脑袋不停地左右观望后视镜。

“夹沟村的村民今天把我们出警的民警打伤了。”

“什么？打民警？这帮人胆也太肥了吧？”胖磊气得唾沫横飞。

“你没看市局的微信群啊，说是伤了十几个。”

“奶奶的，那个群一天几千条消息，我哪儿有工夫看，对了，你刚才说是在哪里？”

“夹沟村啊。”

“夹沟村？我怎么听着这么耳熟啊。”胖磊从后视镜望向我，我则看向了导航仪，胖磊顺势低头一看，接着在我们毫无准备的情况下，猛地就是一脚刹车。

由于惯性，我一头撞在了前面的座椅靠背上，明哥和老贤也是身子一倾。

“我说磊哥，你到底什么情况？”我揉了揉被撞得生疼的脑门儿问道。

胖磊瞪大眼睛，指了指导航仪：“咱们出警的地方不就是夹沟村吗？难不成咱们的民警在械斗中牺牲了？”

“别乌鸦嘴，不可能的事！”我虽嘴上这么说，可心里却没底，毕竟到现在也没有人告诉我这个命案现场的具体情况。

“我们出现场正是为这件事。”明哥的话平静得没有波澜。

“什么？难不成磊哥说的是真的？”我心中一紧。

明哥摆摆手，说：“不是你们想的那样，我们这次的任务，是解决一具女尸的死因问题，市局成立了‘9·30’专案组，一旦女尸被确定为他杀，估计我们要忙上好一阵子。”

“什么？成立了专案组？难不成是特重大案件？”

“案件倒不大，就是影响恶劣了些，派出所反映有人倒卖女尸配阴婚。”

“阴婚？文明社会还有人干这种勾当？”同样诧异的还有胖磊。

阴婚这种事我虽然没接触过，但是关于它的小说和影视剧我可没少看。历史上最早记录配阴婚的要数曹操。当年曹操最喜爱的儿子曹冲十三岁夭折，曹操便下聘将已死的甄小姐作为曹冲的妻子，把他们合葬在一起。

宋代，阴婚最为盛行。据康与之《昨梦录》记载，凡未婚男女死亡，其父母必托“鬼媒人”说亲，然后进行占卦，卜中得到允婚后，就各替鬼魂做冥衣，举行合婚祭，将男女并骨合葬。这种殉葬冥合的习俗，一直持续到清末。到了民国时期，阴婚依旧颇为流行，不少有钱有势的人家都会给早殇者办这门阴亲。据传，当年蒋介石的弟弟去世后，蒋家就曾托人办过“阴婚”。而新中国成立后，随着人们生活水平的提高，以及大量的普法教育宣传，这种封建陋习基本上得以禁止。我就是想破脑袋也想不到，有朝一日会出勘这样的现场。

明哥随后的一句“抓紧时间”，让胖磊动作麻利地拧开点火钥匙，勘查车按照规划出的路线，飞一般地朝东行驶。

街景在车窗外串成了一条线，半包烟的工夫，胖磊把车停在了一块蓝底白字的招牌旁，招牌上用乳白色油漆工工整整地写着六个大字——夹沟村欢迎您。

感觉到车辆不再前行，我迷迷糊糊地从睡梦中醒来，问：“磊哥，到了吗？”

“还没。”

“那怎么不走了？”

“路太窄，前面会车，先等等。”

胖磊抽空点了支烟倚在座位上解乏，车窗外“轰隆隆”的声响越来越大，我揉了揉眼睛朝车外望去，只见一辆拖车正用钢丝绳拉着面目全非的警车，缓慢地向前行驶。

“他妹的，这帮村民下手也太狠了点，瞅瞅都砸成什么样了，我看也别拉修理厂了，都能直接报废了！”胖磊愤愤地说道。

“我说磊哥，咱应该庆幸，还好咱来得晚，要是砸的是勘查车，这得折进去多少钱？别的不说，你那一组相机镜头最少值30万。”

“小龙，我纠正一下，是56万。”

“好了，你俩别瞎操心了，现场就在前面，抓紧点时间。”

见明哥催促，胖磊回了声：“得嘞！”接着扭动点火钥匙，脚踩离合，挂挡，动作一气呵成。勘查车直行了五六分钟，我便在路边看见了徐大队的桑塔纳轿车，挨着轿车的还有一辆红色公路赛车。

胖磊把车停稳，徐大队推开车门，扶了扶警帽，朝我们走了过来。

“徐大队，现场什么情况？”明哥一下车就直奔主题。

“冷主任。”一声吆喝，徐大队已经走到了跟前，他转头瞥了一眼警戒圈，然后说道，“估计你也听说了，今天辖区派出所接到报警，说有人配阴婚，接着出警就遇到了暴力抗法，现在为首的几个人已经被控制。目前棺柩已经被打开，男尸身份已经核实，名叫陈笑雨，是一名矿工，前几天出了矿难；女尸身份不明，但从面相看，像是中毒死亡。”

“陈笑雨家人有没有说出女尸的来历？”

“暂时还没吐口，正在审讯。”

“行，我先去看看尸体。”

明哥说完，带着我们几个人走进了警戒圈，这是一片位于乡村主干道西侧的玉米地。一口加高的黑漆棺材，一个土坑，一男一女两具尸体，便是整个现场所能看到的全部。

现场破坏较为严重，失去了勘查的必要，明哥穿戴整齐，直接走到了盖着白布的男尸身旁。

“年纪在二十岁左右，头部曾受到物体的剧烈撞击，是不是死于瓦斯突出？”

“冷主任您都神了！”旁边一位负责走访的民警竖起了大拇指。

“徐大队，我有一个想法，不知当讲不当讲。”

“冷主任，咱都这么多年关系了，有什么话不好说的？”

“我刚才扫了一眼女尸，从反映出的尸体特征来看，很有可能是中剧毒而死。”

“冷主任，你的意思……”

“我个人比较倾向于他杀，尸体需要解剖。”

“看来情况还是朝着不好的方向发展了。”徐大队眉头紧锁。

“咱们目前的窘境是，现场只有一具来历不明的女尸，如果男尸家里不吐口，我估计后面的侦查很难进行下去。”

“那怎么办？他家里人都顽固得很，没有一个张嘴说人话的。”

冷启明起身将徐大队拉到一个僻静的地点，小声问道：“领导准备把男尸怎么处理？”

“按照民政局的意思，要拉去火化。”徐大队如实回答。

冷启明脸色难看地说道：“咱们中国人最讲究入土为安，如果把男尸拉去火化了，你认为他家里人还会吐口吗？”

“冷主任，你的意思……”

“我先给你打个预防针，如果他家里人不说出女尸的出处，光指望我们技术室，破案的可能性几乎为零，我希望徐大队能转达我的提议，特事特办，先把男尸土葬，女尸我们转移到殡仪馆直接解剖。”

冷启明并不是在危言耸听，他之所以这么做也是对死者负责，现在政府部门最不缺的就是走极端的领导，一条生命和一个政策，孰轻孰重，不用在这里过多地解释。

“冷主任你放心，你的话我一定带到，换作别人，可能没的商量，不过你的话，市局主要领导肯定能听进去。”

“嗯，既然让我们科室插手，我们就要对这个案件负责任。”

“冷主任，我明白你的意思。”徐大队说完，掏出手机，独自一人走开。冷启明则很有耐心地在一旁等待结果，在他看来，如果这个事情不解决，现场勘查就是再细致也是白搭，俗话说“解铃还须系铃人”，只有先做通了死者家属的思想工作，才能继续调查。

徐大队在一旁叽里呱啦地说了好半天，挂断电话，朝冷启明走来。

“怎么答复的？”

徐大队摆摆手，说：“别提了，我们局领导很理解，就是民政局的那个叶局长有些冥顽不灵。”

“那现在怎么办？”

“嗐，不用管他，市局‘一哥’说了，就按照冷主任说的办，出了什么问题，他拿乌纱帽顶着！”徐大队说得神采飞扬。

“关键时刻，还是咱们公安局给力。”冷启明如释重负。

“冷主任你说得对，换位思考一下，陈笑雨家人大费周章给他配阴婚，图个啥？不就图个入土为安？这要是按照民政局的做法直接把尸体给烧了，难免陈笑雨的家人会走极端。”

冷启明点点头，说：“我担心的也是这个。不过现在咱们领导发话了，那陈笑雨就按照当地风俗土葬，剩下的就交给我们科室来处理。”

“行，就按冷主任说的办。”

五

几分钟后，明哥和徐大队结束了交谈，并肩重新走回棺柩旁。女尸被我和胖磊抬进勘查车，男尸则由徐大队派人看守。

“明哥，你刚才跟徐大队说，这是一起他杀案件，到底真的假的？有几成把握？”胖磊试探性地问了句。

“八成。”

见明哥回答得斩钉截铁，我们所有人都压力倍增。

如果按照明哥的推断真是他杀，那这起案件估计是我工作以来遇到的最为棘手的现场。死者是谁，不清楚；死者是哪里人，不清楚；死者为何被人害死，还是不清楚。而且女尸从头到脚早都被换上了丧服，脸上还化着丧妆，也就是说，不光现场被破坏殆尽，就连尸体都已经被处理过，解剖究竟能得到多少答案，完全是未知的。

明哥见我们三个人还有些疑问，开口解释道：“女尸的口唇、皮肤和静脉血呈红紫色，是中剧毒的表现。尸体有轻微痉挛特征，说明其中毒到死亡的时间很短。除非死者是抱着必死的决心，否则怎么会选择如此剧毒结束自己的生命？而且从女尸的长相来判断，她也就二十岁出头，这种年纪的女孩儿有如此极端想法的并不多。所以我个人偏向是他杀后用尸体配阴婚。”

如果说我们几个刚才还对案件的性质抱有一丝幻想，在听到明哥的解释后，基本上就可以给案件定性了。

明哥接着说：“不出意外，案件的定性应该不会出现偏差，从定罪量刑上看，故意杀人加贩卖尸体绝对是死刑，犯罪者如果不是法盲，就应该知道这样做的后果，所以这个交易链条必定是极为隐蔽的。我们目前的抓手就只有这具女尸，解剖能得到什么样的线索，全部要看咱们是否细心。市局已经成立了近百人的专案组，既然我们科室介入这起案件，就必须拿出一份满意的答卷，再硬的骨头，也要把它给啃了！”

听明哥这么说，我们三个人也受到了感染。胖磊率先表了决心：“就是，明哥说得对，必须给它啃了，再难也不能毁了咱们科室的金字招牌！”

“好，为了确保万无一失，这次解剖工作，需要所有人的配合，小龙，你去把叶茜喊来。”

我“嗯”了一声，朝远处挥了挥手，此时的叶茜正眉头紧锁和徐大队交谈着什么，见我挥手示意，她快步走了过来。

“冷主任。”

“嗯，陈笑雨家里人还没有吐口？”虽然明哥从开始到现在的视线都集中在两具尸体上，但刑警队的动态他也是一本清账。

“我刚才就是跟姑父汇报这件事，一家人到现在油盐不进，就是什么都不说。”叶茜很是焦急。

“传唤多长时间了？”

叶茜抬手看了一眼，说：“大概六个小时，距离二十四个小时还有一会儿。”

“嗯，时间还很充裕，陈笑雨家人的审讯暂时先缓一缓，毕竟我们现在没有一点抓手，等尸体解剖之后我亲自去问问看。”

听明哥这么一说，叶茜仿佛又有了动力，头点得如小鸡啄米一般。

一个小时后，女尸被平放在了殡仪馆的解剖台上，我们行完鞠躬礼后，明哥开始分工。

“叶茜，你负责全程记录。”

“嗯。”

“焦磊，你负责拍照，并在解剖的过程中多加几个录像设备，一定要保证全程无死角。这样方便事后查阅。”

“好的，明哥。”

“小龙、国贤，在解剖的过程中，你们两个注意在自己的领域内收集物证。”

“收到。”

一切安排就绪，明哥先是解开包裹尸体的花布棉被，接着掀掉红盖头，最后脱去了丧服。

“尸表无明显致命伤，颜面樱红，口唇发紫，四肢强直性痉挛，双手在死前呈抓握状，指甲断裂，说明其死亡时很痛苦，中毒死亡。”明哥举起死者的右手仔细观察之后继续说道，“指尖有擦划伤，指甲内藏有大量的灰层残留物，其死亡时双手曾有过剧烈的摩擦。”

在我和胖磊的帮助下，明哥把尸体翻了个身，继续说：“尸斑完全沉积于背部，死后一直处于平躺状态，其指甲内的残留物应该是中毒倒地后，双手抓握地面所形成的。”

“一般性毒药不会形成‘闪电死’特征。”明哥说着用解剖刀划开女尸的血管，暗红色的血液从伤口内慢慢涌出，明哥捏了一滴血珠在手中来回揉搓，大约过了两分钟后，他很肯定地说道，“氰化物中毒。”

“氰化物？”

“对。而且从死者的血液情况来看，其服用量还很大。”

氰化物的危名，我一点也不陌生，它是公认的“毒药之王”。氰化物进入人体后可以析出氰离子，氰离子与细胞线粒体内氧化型细胞色素氧化酶的三价铁结合，阻止氧化酶中的三价铁还原，妨碍细胞正常呼吸，组织细胞不能利用氧，造成组织缺氧，导致机体陷入内窒息状态。氰化物中毒者多数都没有生还的可能，也正是因此，它早已被列入“剧毒化学品管控系统”之中，从它的生产到销售再到使用，全部都严密监控，一旦有人违反规定私自销售或者购买，都会按照《刑法》第一百二十五条以“非法制造、买卖、运输、储存危险物质罪”处以重刑。

当明哥说出“氰化物”三个字时，在场的所有人都心头一紧。案件进展到这里，我们已经掌握了两个罪名，即“故意杀人罪”和“盗窃、侮辱尸体罪”，现在可能还要加上一条“非法制造、买卖、运输、储存危险物质罪”，三条罪名，不管哪一条，都是重刑。如果凶手只是单纯制造一起案件，不会冒这么大的风险，就怕隐藏在暗处的是一个有成熟利益链条的团伙，而这个团伙杀害了多少无辜女性，配了多少阴婚，全都是未知数。百人的专案组都在翘首以待，能否破案的重担，全部压在了我们科室身上，这就好比在赌桌上玩儿“梭哈”，我们要和对面的犯罪分子一把定输赢，稍有闪失，就能输得倾家荡产，正邪之间的较量，我们真的输不起。

为了防止物证交叉感染，明哥重新换了副乳胶手套，他见我们都站在解剖台前默不作声，开口说道：“这次的案件，确实有不小的压力，但从尸体目前的情况看，比我想象的要好得多。”

明哥的一句话，稍稍缓解了解剖室内沉重的气氛。“死者的指甲中还有残留物，说明嫌疑人的手段并不高明，也许他们只是在交易的过程中比较隐蔽，但在尸体的处理上似乎并不是很有经验。”

听明哥这么一说，我们纷纷点头表示赞同。

“距离陈笑雨家人传唤时间结束，还剩下十六个小时，我们还要抓点紧。来吧，各负其责，继续解剖。”

“是！”我们异口同声。

明哥用力挤压刚才被划开的创口，血管中残存的血液再次涌出。

“国贤，提取血样。”

老贤应了一声，拿出带有乳胶头的玻璃管，待吸入的血液高于玻璃管最高刻度一指长时，老贤才小心翼翼地把血液样本放置在物证箱中。

明哥拿起医用棉纱将创口重新擦拭干净，开始了更为细致的解剖观察。

“尸长160厘米，从骨骼以及身体发育情况来判断，死者年龄在二十至二十五岁之间。无腐臭味，推断尸体做过防腐处理，无法推断具体死亡时间。”

明哥掰开死者的嘴巴，用强光手电仔细观察。“口腔内有未愈合创口，死者在被害前曾拔过智齿。”

“左侧乳房有淤血点，小龙，你看看是什么造成的？”

我拿起放大镜仔细看了一眼，很确定地回了句：“是牙印。”

“牙印？”明哥略微沉吟。

“是牙印，对方还有点龅牙。”

“乳房上有牙齿咬痕，难道死者曾经遭受过性侵害？”说着明哥取出一根棉签擦拭女尸下体，很快白色的棉球上便附着了一层淡黄色浓稠液体。

“是精液！”老贤异常兴奋。

明哥没有说话，把棉签交与老贤，接着他手持解剖刀划开了死者的下体。

“处女膜完全破裂，未脱落，阴道口有广泛性撕裂伤，看来死者确实遭受过性侵。”

“强奸后杀人？”叶茜说出了一种可能。

明哥摇摇头，说：“性侵是在死后。”

“什么？难不成……难不成……是奸尸？”叶茜打了个寒战。

明哥面色凝重地解释道：“一般女性在死亡后都会有大小便失禁的情况，但这起案件的尸体很干净，说明尸体曾被清洗过。假如死者是生前被性侵，那么留在阴道内的精液会液化，接着被失禁的小便冲出体外，不会在阴道内残留如此大的量，这是其一。

“其二，死者处女膜完全破裂，如果是在生前，会伴有血液流出，如此一来，血液和精液就难免产生混合，你们看，女尸处女膜不光是新鲜破裂，还有大面积的撕裂伤，但死者的阴道几乎看不到残留血迹，也就是说，她被性侵时，血液循环已经停止，血管中的血液受重力作用，聚集在死者的背部，所以死后性侵的结论，基本可以确定。”

“这帮畜生！”胖磊性子最为耿直，张口便骂道。

明哥摆摆手，示意暂时不要感情用事。胖磊会意，很识趣地没有说话。

明哥调整了呼吸，用力按压死者的腰腹部，当尸斑由于力的作用，颜色变得浅淡时，一条条不显眼的痕迹浮现在我们眼前。

“怎么会有这么多线条状的擦划伤？”我指着臀部以上约15厘米的位置，好奇地问道。

明哥没有说话，手指在尸体表面慢慢地抚摸，突然，明哥停下手中的动作，指着一大片暗红色的区域对胖磊说道：“用细目镜头，给这里拍照，然后放大。”

胖磊眯起眼睛认真观察明哥的指尖位置，接着“咔咔咔”地几次快闪，照片被拍入了相机之中。胖磊把折叠的液晶屏翻开，快速地点击那个画着放大镜符号的圆形按钮。

相片随着每一次的按动，慢慢被放大。

在“嘀嘀嘀”数次声音之后，我这才隐约发现一块块排列整齐的方格状压痕。

“这种痕迹是怎么造成的？”我倍感疑惑。

“手工竹席，我小时候睡过。”明哥直接给出了答案。

要说草席、藤席我倒是能想象出来，但“手工竹席”到底是个什么样子，我大脑里是一点印象都没有。

明哥解释道：“我们云汐市多山，山林里最不缺的就是竹子，我小的时候，几乎家家都会上山砍竹子加工成凉席。制作竹席的工艺极其复杂而且需要足够的耐心，一张竹席要经过砍竹材—削竹条—刮篾—抽丝—蒸煮—编织—修边七道工序，云汐市的山中，多以淡竹为主，这种竹子的竹节比较多，在制作成竹席的过程中，竹节处虽然会被磨平，但是人睡在上面，还会形成明显的压痕。”

“对，我想起来了，我小时候也睡过，光着膀子往上面一躺，全是这种印子。”胖磊也跟着附和。

明哥点点头，接着说：“如果我分析的没错，死者应该是先中毒倒地，在地面上挣扎后死亡。接着尸体受到外力拖拽，在腰部留下线条状擦划伤，最后尸体被平放在了一个铺设有竹席的床板上，在背部形成了不明显的格块状压痕。”

明哥的推断，合情合理，我们均未反驳，他接着又说：“由此我得出三个结论。

“第一，死者被杀的地方有可能在室外。能形成擦划伤，说明地面很不平整，而且从擦划伤口的密集程度来看，死者应该是被拖行了不短的距离，如果是在室内，那房屋的面积必须相当大。

“第二，嫌疑人体力不足。死者身高仅为160厘米，皮下脂肪很薄，体重46公斤，一般成年男性绝对可以将其抱起，而且杀人后拖拽目标太大，耗费时间长，如果凶手有足够的体能，绝对不会选择这种方法。

“第三，死者被害时，凶手为一人。这一点很好理解，如果嫌疑人有帮手，也不会选择拖拽尸体。

“结合以上三点，我们不难想象出，嫌疑人在作案时，很有可能是和死者单独在一起。国贤。”

“明哥，你说。”

“取一个大号的物证盒，我们取出死者的胃内容物看看。”

随着解剖的深入，我们获取的信息也越来越多，就在大家都极力想捋清楚这乱如盘丝的物证关系时，作为领头羊的明哥思维却异常清晰，按照他的说法，凶手在作案时和死者独处，但尸表没有抵抗伤，也就是说，凶手能够得逞，很有可能是基于相互之间的信任。换句话说，凶手和死者或许彼此并不陌生。要想搞清楚氰化物是通过何种方式进入死者腹中，这就需要“胃内容物”给我们答案。

正说着，明哥已经切开了死者的胃部，老贤举着一个大号的汤勺，把胃中淡绿色的液体一勺一勺地装入透明物证盒。

“贤哥，这是什么？”

老贤没有回答，而是直接取出吸管，从物证盒中抽出少量液体滴在载玻片上，接着他大步走到了解剖室的显微镜前。

显微镜的物镜在老贤手中来回拨转几次之后，他的眼睛离开了目镜。

“胃内容物可见茶叶残渣。”

“凶手和嫌疑人没有吃东西，而是在喝茶？”明哥喃喃自语着，在解剖台前来回踱步，“胃内未发现食糜，说明死者距离上一次进食已经接近四个小时，按照一般饮食习惯，早餐在8点钟左右，午餐在12点半前后，而晚餐大约都是在6点往后。早餐和午餐时间间隔短，很难造成胃内容物完全排空的情况，那么死者被害的时间不可能是在午餐时间。而且茶对胃部有刺激作用，很少有人在大清早没进食早饭时就选择喝茶，由此我推断，死者是在晚餐时间前后被害。”

明哥说到这儿，又看了一眼老贤物证盒上的刻度：“死者胃中残留茶水接近300毫升，算上人死后胃部自动流出的水量，其生前饮下的茶水肯定远远大于这个数值，如果嫌疑人从第一杯开始就下毒，那么死者胃中不可能会有这么多残留。也就是说，嫌疑人是在死者饮用多杯以后才开始作案的。

“一般人管喝茶叫‘品茶’，它不像平时补水，可以‘咕咚咕咚’喝掉一瓶。喝茶需要大量时间，而且通常情况下，只有两人谈论某个话题或者某件事情，才会选择喝茶。嫌疑人和死者是因为什么坐在一起喝茶，我们不得而知，但有一点可以确定，他们两人必然相互认识，而且有共同的话题。”

刚才我就隐约感觉到这起案件凶手和嫌疑人之间有着某种联系，现在听明哥这么一分析，我基本确定了这个结论。“果然是熟人作案。”我说道。

明哥“嗯”了一声，说：“可能性很大。”

“熟人将其毒死，然后性侵，接着把尸体卖给别人配阴婚，这也……”叶茜一时间还捋不顺作案人的犯罪动机。

“如果一个人作案还好，最起码我们有了关键物证，怕就怕中间还会出现什么幺蛾子。”胖磊随口的一句话，再次证明他“乌鸦嘴”的名号绝对不是浪得虚名。

解剖结束后，徐大队跟明哥通了个电话，说只要同意给陈笑雨土葬，他的

爷爷陈世元就愿意开口说出女尸的来历，但为了消除开棺给风水造成的影响，陈世元必须亲自给他的孙子重新找一块风水宝地，用于迁坟。市局领导本着特事特办的原则，答应了他的要求。明哥本想着解剖完，直接去会一会这个陈世元，但事已至此，他也只能耐着性子再等一等。

回到科室，我们一刻都不能停歇，从尸体上取下的检材，必须在第一时间进行分类检验。

经过六个小时的奋战，定在凌晨1点的案件碰头会准时召开。

明哥见众人都已落座，开口说道："法医尸体解剖暂时没有新的发现，叶茜，你说说刑警队的调查情况。"

叶茜回了声"好的"，然后翻开笔记本，说："陈笑雨的爷爷陈世元吐口了，女尸是他花费10万元从一个名叫何贵的男子手里购买的，他的真实身份已经查清。何贵，男，1962年11月1日出生，对外身份为'半仙'，以圈坟、看地、帮人操持白事为生。村民和警方的械斗惊动了他，目前人已经潜逃，行动技术支队已经摸清了他的逃跑方向，正在全力追捕。另外，最近三个月失踪人口的报案我们也逐一进行了梳理，暂时没有头绪。刑警队这边暂时就这么多。"

明哥停下笔，看向我："小龙，你来说说。"

"我采集了死者的牙印、手印和足印，通过系统检索，并没有相应的记录。别的没了。"

明哥或许早已料到我会给出这个结论，他轻轻地点了点头，接着把目光对准老贤："国贤，你那边什么情况？"

老贤挠了挠鼻头，很淡定地伸出一个巴掌："有五点。

"第一，死者身上的丧服很新，腈纶材质，做工粗糙，价格低廉，随便一家殡葬店中都可以购买，铺货率很高，没有针对性。

"第二，死者指甲内的残留物检出了石灰岩成分。石灰岩主要是湖海中沉积的碳酸钙，在失去水分以后，紧压胶结起来而形成的岩石。它的矿物成分主要是方解石，还有一些黏土、粉砂等杂质。绝大多数石灰岩的形成与生物作用有关，这种岩石在我们云汐市的山上很常见。

"第三，死者的胃内容物检出氰化钠成分。氰化钠为立方晶系，物理特性表现为白色结晶颗粒或粉末，易潮解，有微弱的苦杏仁气味。剧毒，皮肤伤口接触、吸入、吞食微量均可中毒死亡。易溶于水，易水解生成氰化氢，是一种重要的基本化工原料，用于基本化学合成、电镀、冶金和有机合成医药、农药及金属处理方面。

“第四，死者饮入的茶水中含有大量的茶叶残渣，经过分析成分，其饮入的是我们湾南省的特产——六安瓜片。六安瓜片是唯一无芽无梗的茶叶，由单片生叶制成。去芽不仅保持单片形体，且无青草味；梗在制作过程中已木质化，剔除后，可确保茶味浓而不苦，香而不涩。这种茶叶很少有碎叶，而死者饮入的茶水中，碎末较多，猜测其品质应属于劣质茶。

“第五，死者阴道内提取的精液，检测为男性，基因型为XY，我们的系统中并没有相关的记录，参考前段时间公安部破获的白银地区系列杀人案，我又特意使用Y基因型做了比对。”

老贤顿了顿，接着说：“我们都知道，受精卵在结合时，男性受精卵的X基因型来自母亲，而Y基因型来自父亲，母亲有两条X，而父亲却只有一条Y，所以Y的基因表达相对稳定，例如同一宗族的男性，Y基因型的相似度均可以达到99%，甚至更高。所以我以此为突破口，在DNA系统中，直接检索了嫌疑人的Y基因型，结果发现了这三个人。”

老贤说着把三份户籍资料递给了明哥：“他们三个人为堂兄弟，是一个盗墓团伙，三年前因涉嫌盗窃古墓、非法贩卖文物罪被起诉，老大魏广胜被判处无期徒刑，老二魏明被判处有期徒刑十三年，老三魏树东被判处有期徒刑十年。他们三个人的Y基因型和本案嫌疑人的相似度达到99.9%。因此我有理由怀疑，嫌疑人和这三兄弟祖上应该有亲戚关系。按照中国人同宗族群居的习惯，或许他们住在同一个村也说不定。”

“贤哥，盗墓的三个人是咱们云汐市本地人吗？”我问道。

“是，三个人均居住在寿州县瓦房村。”

“针对国贤的结论，我来补充两点。”明哥放下手中的A4纸开了口，“死者指甲中含有大量的石灰岩，且在生前和嫌疑人有喝茶的行为，结合这两条线索，凶杀地点应该是一个院落。”

“怎么判断是院落？”叶茜对于闹不明白的问题，向来是心直口快。不过她这一问，刚好也问出了我们的心声。

明哥耐心地解释道：“在我们云汐市很多地方，都有上山砸石头铺院子的习惯，这是其一。

“其二，我们已知凶手作案后将尸体拖行了一段距离。又因为尸体背部的擦划痕迹并不明显，说明拖拽时间并不是很长，由此判断，凶杀虽然发生在室外，但这个‘室外’面积不是很大。

“其三，尸体背部有竹席压痕，也就是说，案发地还必须有一张床，那么这个地方应该是一处住所。

“最后，我们再分析一下嫌疑人的犯罪心理，他和死者独处，敢直接在饮品中下毒，所以周围环境不允许陌生人打搅，也就是说，他们独处的地方对于外界是一个封闭的环境，那么第一凶杀现场应该是在一个铺设有山石的院落之中。”

明哥说得轻描淡写，我们却听得目瞪口呆，两个看似不相干的线索，竟然能被他抽丝剥茧找到其中的联系，真是不服不行。

明哥端起茶杯润了润嗓子，又说：“盗墓三兄弟居住在寿州县。而寿州县在古代为南北要冲，是兵家反复争夺的地方。公元383年的淝水之战，就发生在那里。因为特殊的历史背景，那里也是皇权贵族最为聚集的地方。当地居民都有认祖归宗的习惯，我们只要查出他们仨是哪一位老祖宗延续的香火就行，排查族谱或许是一条捷径。”

刚才大气都不敢喘的胖磊，听明哥说完，咂吧着嘴感叹了一句：“十二个小时之前，我这心里还七上八下的，现在终于可以安心出去撸顿串了。”胖磊的这句话，让会议室的气氛瞬间活跃不少。

“暂时先别着急想着吃，接下来有三个重点工作需要刑警队的兄弟们去完成。”

“冷主任您说。”

“第一，何贵一定要尽快抓获，有消息通知我。第二，查清楚嫌疑人的族谱，把符合条件的人员信息全部筛选出来。第三，去监狱提讯魏氏三兄弟，从侧面打听一下，他这一族里，有没有亲戚干着卖尸的勾当。”

七

在云汐市，有一条南北四向的街区，人称“鬼哭狼嚎一条街”。街区之所以会有这个外号，完全要“得益于”那到处闪着彩色霓虹灯的酒吧、夜总会。每当夜幕低垂，几乎所有夜场都会争先恐后地播放着各式舞曲，前来买醉的在街区更是人头攒动、络绎不绝。街区最繁华的地段坐落着一家名为“博乐”的酒吧。这里可以算得上是酒吧中的翘楚，奢华的装修、舒适的环境、亲民的价格，使得这家酒吧几乎是天天爆满。

晚上9点是“鬼哭狼嚎一条街”迎客的黄金时间。乐剑锋戴着一顶鸭舌帽漫无目的地坐在酒吧大厅的沙发上。大厅呈南北走向，分为三个区域，东南角为摆放着多张沙发的等候区，西南角是由弧形吧台围成的收银区，大厅的正北则是由多扇安检门组成的迎宾区。此时，十几名安保人员正在给进入消费区的客人进行安全检查。“嘀嘀嘀”的金属探测仪声在大厅中此起彼伏，嘈杂的声响使得乐剑锋的耳膜有些不适。他用手指掏了掏耳窝，目光却在帽檐的掩护下朝安检区望去。

十分钟，二十分钟，半个小时……时间一分一秒在流逝。虽然乐剑锋不停地改变着自己的坐姿，但他的眼睛始终都是朝着一个方向。失去了尼古丁的刺激，他浑身有些焦躁不安，但职业的敏感性，不允许他在任何一个陌生的场合点燃烟卷，因为他永远不敢保证，自己的烟头会不会成为实验台上的检验样本。他在技术室亲自领教过，如何用一枚烟头分析出抽烟者身体状况。既然有人想让他死，那他就不能给对方留下一点把柄。

“斌哥，来啦。”

保安一句客套话，让乐剑锋似乎闻到了猎物的味道。

男子戴着一条大金链，左拥右抱着两位性感女郎。男子见保安如此识趣，从口袋中掏出几张百元大钞扔了过去。

“赏你们的。”

“谢谢斌哥。”几个五十多岁的保安，冲着还不到四十岁的男子点头哈腰。

“这安检门还要过吗？”

“那自然不用，斌哥您这边请。”保安很识趣地拉开了一道黑色布帘。

“我就喜欢和聪明人做朋友。”男子很是享受这种高人一等的VIP待遇。

“斌哥您慢走！”

“得嘞。”

男子的回话很快淹没在音乐之中，乐剑锋跟着起身，尾随三个青年踏进了安检门。

男子想必是酒吧的常客，对内场的布局驾轻就熟，他刚一露脸，几个“少爷”打扮的男子便笑眯眯地迎上前来。乐剑锋挤在人群中朝对方望去，双方交谈的唇语，被乐剑锋逐字逐句翻译出来。

服务员：“斌哥，您今天晚上几位？”

男子：“就我和两个妞儿。”

服务员：“那斌哥今天晚上有什么吩咐？”

男子：“最近出差刚回来，找两个妞儿解解乏，你去给我安排一个安静的房间。”

服务员：“还是VIP包间吗？”

男子：“你这不是废话吗，我他妈能少你们的钱？”

服务员：“是是是，斌哥自然不差钱，那我就给斌哥安排一个总统套间？”

男子：“你小子，又想拿提成是不是？”

服务员：“斌哥，提成啥的都不重要，您这么大的排面，只有总统套间符合您的气质。”

男子：“你小子说话我咋那么爱听呢，行，就给我开总统套间，钱从我的卡里扣。”

服务员：“好嘞斌哥，三楼888，这边请。”

待众人走进电梯，乐剑锋才慢悠悠地坐在了酒台前，他冲调酒师挥挥手：“一杯‘深水炸弹’，谢谢。”

调酒师客气地把一个蓝色的玻璃酒杯推到乐剑锋面前，接着他从酒柜中拿出两个酒盅在空中不停地晃动，没过多久，泛黄的酒液被倾注在玻璃杯中。“先生，您的酒。”

乐剑锋端起酒杯，道了句“谢谢”，然后很绅士地品尝起来。

“深水炸弹”在酒吧所有酒水中可以算得上是相当烈性，很少有人能像乐剑锋这样如品茶似的饮用。就连调酒师都对面不改色心不跳的乐剑锋产生了极大的兴趣。

乐剑锋发现了对方的异样，嘴角一扬，晃了晃空酒杯：“麻烦，再给我来一杯。”

“哦，好，请问还是‘深水炸弹’吗？”

“对，这次多加点伏特加。”

“先生您确定吗？”

乐剑锋微微一笑：“好这口儿。”

“那好，先生，您稍等。”

调酒师精心调制的第二杯，也没经得住乐剑锋几口吞咽。

紧接着是第三杯、第四杯、第五杯，随着乐剑锋第六杯烈酒下肚，酒吧的DJ踩着节拍走到了打碟机前。

“小伙伴们，现在是酒吧的‘嗨点’，让我们把激情释放出来。”DJ话音一落，酒吧中的灯光瞬间熄灭，唯独还闪着光亮的，只有舞池上那几盏时隐时现的激光灯。DJ的吼叫仿佛一支集结号，引得卡座和包间的客人纷纷走向舞池，包间外的“少爷”也紧随客人身后，围在舞池四周“保驾护航”。

见宾客开始随着舞曲在舞池中扭动身躯，乐剑锋快速闪入了楼梯间。借着上楼的空当，他熟练地抽出手套和口罩。三楼的走廊空荡荡的，虽然光线很是昏暗，但好在每个包间外都有一个注明门牌的小型灯箱。

乐剑锋贴着墙根，快速地走到了总统套房前，房门上安装的是一把球形银锁，他尝试着轻轻扭动，发现门锁已经从内侧锁死。乐剑锋见怪不怪地从舌下掏出一枚回形针拿在手中。

这种A级锁芯对乐剑锋来说自然不用费太大的周折。前后只用了十几秒，门锁便被完全打开了。

乐剑锋再次扭动门锁，只听“吧嗒”一声，锁舌离开了锁框。厚重的木门缓缓地打开了一指的缝隙。

屋内，那名叫斌哥的男子正和两位女郎趴在桌前吞云吐雾，从三个人迷离的眼神中不难分辨，他们吸入肺中的绝不是普通烟草那么简单。

乐剑锋慢慢地闪进屋内，柔软的地毯加上嘈杂的音乐，三个人几乎没有觉察到第四个人的存在。乐剑锋瞅准时机，突然将电源拉下，就在三个人还未有所反应时，“砰砰砰”的三声闷响，三个人彻底地昏睡了过去。

乐剑锋走到男子身旁，蹲下身子仔细翻找，很快，他从男子的内侧口袋翻出了一包白色粉末。乐剑锋打开袋子，在鼻尖嗅了嗅，当确定袋子中是他要找的东西时，他又从腰间抽出一根装有透明液体的塑料试管，用大拇指顶开试管的乳胶瓶盖，接着从袋子中取出少量粉末倒入其中。

乐剑锋按住试管的一端，迅速摇匀，随着两种物质的充分反应，试管中原本无色的试剂缓缓地变成了绿色。

乐剑锋盯着眼前的一幕，深吸了一口气，他将那一袋白色粉末重新放回男子身上，接着迅速地恢复了屋内原貌，离开了酒吧。

八

市局以本案为源头，成立了“9·30”专案组，在人力、物力的保障下，“半仙”何贵很快被抓捕归案。为了防止何贵负隅顽抗，侦查人员收网之前便做了大量的取证工作，其中包括何贵妻儿的口供、银行的存款记录、手机通话记录，甚至其一年的活动轨迹都被标注得一清二楚。

根据掌握的证据，何贵配阴婚的勾当，绝对干过不止一次。为了能在短时间内找到突破口，明哥主动扛起了这次主审的大旗。

“何大仙，请把你的头抬起来。”明哥语气冰冷。

“要杀要剐请便，我什么都不知道。”何贵腰杆挺得笔直，一副随时准备“英勇就义”的模样。

明哥仿佛早已料到对方会是这般嘴脸，不慌不忙地娓娓道来：“你名下的一张银行卡上有26万元，这张卡只存未取。26万元现金一共分十四次存入，十次2万元，四次1万5千元。我们已经打听到了阴婚的市场行情，品相完好的女尸，售价在10万元左右，你一次赚得2万元，如果女尸品相稍差，价格在7万5千元左右，你每次赚得1万5千元。你这个人是出了名的视财如命，铁公鸡一个，就连你的老婆孩子都很难从你身上占到便宜，所以你每次交易完，刚一拿到钱就存进银行，我说得对不对？”

何贵脸部的肌肉微微抽动，嘴巴依旧如同茅坑里的石头：“我不知道你在说什么。”

“哦？那我再给你看一样证据。”明哥冷哼一声，抽出一沓人员资料扔在何贵面前，“我们把你存钱的时间点全部罗列了出来，接着查询了你的手机通话记录，巧的是，你每次存钱的前两天，都有大量的通话，而这些电话号码的机主家里，都有青年男性去世，这个你怎么解释？”

“我……”

“你什么你?！”明哥突然暴怒，“这还只是这两年的交易记录，你之前到底贩卖过多少具女尸，恐怕连你自己都已经忘记了，你赚这些黑心钱，你的良心何在?！”

何贵的额头渗出了汗珠。“警官……我……”

“你什么你?！”明哥呵斥道，“我告诉你，这14起案件足够让你把牢底坐穿，交代得痛快点，我还当你是个人！”

何贵的心理防线如中了弹的玻璃板，碎成了渣，他重重地叹了口气：“这次真是阴沟里翻了船。”

明哥看何贵已经服软，抓紧时间趁热打铁道：“你的上线是谁？女尸都是从哪里来的？”

何贵问明哥要了支烟卷，猛吸了几口：“我只知道对方绰号叫‘三眼’，本人我没有见过，我自从做这一行当，女尸都是从他手里购买的。”

就在明哥刚想接着问时，老贤的短信发了过来：“DNA不吻合，和死者发生性关系的不是何贵。”

明哥看了一眼，把手机重新收好，继续问道：“把你配阴婚的情况从头到尾一字不落地说一遍。”

何贵点点头，说：“配阴婚有个规矩，就算是一百个人等着要尸体，我们这些‘中间商’也不能主动联系上家。‘三眼’是我的上线，我也不能坏了规矩。基本上都是他有了，就打电话给我。我经手的女尸都是卖到矿区，那里的人很有钱，不在乎那10万8万的，所以我对尸体的品相要求很高。

“‘三眼’出售的尸体分为好几个档次，最低档次的缺胳膊少腿，价格在3万元，中等档次的年龄偏大，价格在6万，最高档次的售价在8万。低档次的我不要，另外两个档次我分别加价1万5和2万出售给买家配阴婚。女尸很紧俏，有很多人都在等，有的买家为了能给孩子配阴婚，甘愿等一两个月。所以只要有尸体，根本不愁销路。‘三眼’那边只要一有‘货’，都会第一时间联系我。”

“‘三眼’长什么样子，你形容一下。”

何贵摇摇头，说：“‘三眼’的手机号码经常变，而且我们每次通话，他都用变声软件，虽然我们交易过很多次，但至今我都没见过他本人。”

“不见本人，怎么交易？”

“‘三眼’有一辆牲口车，每次有‘货’了，他都会提前把牲口车停在约定地点，我到地方后直接把钱拴在牲口的脖子上，等他拿到钱，再让牲口车把尸体运过来。”

“什么样的牲口车？”

“就是电视剧里经常放的那种，后面有一个架车。”

“拉车的牲口是什么种类？驴、马还是牛？”

何贵还是不停地摇头：“每次交易都在深夜，而且那牲口还戴着面罩，我只知道是黑色的，不是牛，但到底是马还是驴我也不确定。”

“女尸身上的丧服和丧妆是谁弄的？”

“我不知道，‘三眼’把尸体卖给我时，就全部都弄好了。”

“这起案件的女尸，你们两个是在哪里交易的？”

“在寿州县乔银村的一个破庙里。”

“寿州县？”

“对，我和‘三眼’的交易基本上都在寿州县境内，不过交易的具体地点经常换，我也摸不到头绪。”

明哥若有所思地点点头，接着朝身边的侦查员耳语道：“大致问题我都已经问到了，剩下的细节你们再接着慢慢问。”

侦查员应了声，接替了明哥的位置。

审讯室的房门重新关闭，明哥开始吩咐下一步工作。

“叶茜，立刻通知去监狱调查的同事，让他们问问魏氏兄弟是否知道‘三眼’的情况。”

“好的，冷主任。”

“小龙，给国贤和焦磊打电话，我们现在马上动身去何贵所说的交易地点。”

“明白。”

九

我和明哥坐在刑警队值班室，烟盒中的烟卷刚刚抽完，勘查车那厚重感十足的喇叭声便从院外传来。

为了节省时间，我们来不及升起门禁杆，直接奔出门外。

“在什么位置？”趁明哥拉开安全带的空当，胖磊的手指已经戳在导航仪的输入框中。

“寿州县，乔银村。”

“寿……州……县……乔……银……村……”胖磊边念叨边用拼音输入法把汉字敲到导航仪内。随着一声“开始导航”，勘查车缓缓启动，朝目的地驶去。虽然早已料到地方不好找，但我们还是没有想到竟然这么不好找。一条条蜿蜒崎岖的山路，稀稀拉拉的住处，颇有点“远上寒山石径斜，白云生处有人家”的味道。我们一行人又是用指南针，又是问路，七拐八拐还是弄不清楚方向，于是明哥只能联系当地派出所，找了一个熟悉地形的片儿警帮着带路。

从片儿警口中得知，寿州县的山区相对较为封闭，而且村落之间鲜有沟通，有的村落还没通路，要想进入必须绕道，除非是特别熟悉周围山区环境的人，否则根本问不出具体的路线。

在片儿警的带领下，我们将车开到了一条仅1米宽的路口停下。

“难怪要用牲口车，这里根本不适合大型汽车行驶。”胖磊用力关上了车门，以此发泄心中的不快。

“老弟，你不知道，我们平时出警基本都是靠步行，我这一年都磨坏好几双皮鞋了。”片儿警老刘指了指自己脚上快要开胶的黑皮鞋笑眯眯地回了句。

“不得不说，还是你们辛苦。”胖磊满怀敬意地看了一眼比明哥还大上不少的老刘。

“其实也没啥，我们片儿警干的是芝麻绿豆的小事，你们破的都是大案，我是打心眼儿里佩服你们。”老刘乐呵呵地领着我们走进了山沟。

“老哥，您谦虚了，这片儿警和我们技术警好有一比。”明哥跟在身后接了话。

“哦？冷主任，咋个比法？”

“在我看来，片儿警就像是城墙上的砖石，而我们技术警就是城墙上的修补剂，我们只能暂时堵住漏洞，你们才是预防犯罪的主力军。”

明哥形象的比喻，对老刘来说很是受用，他嘴上不说，心里却乐开了花。“冷主任，您可真会说话。”

“刘老哥，我这可是肺腑之言。”明哥平时没有阿谀奉承的习惯，他不会因为有求于人而变得圆滑。其实我们都知道，在众多警种中，最默默无闻的就是派出所的片儿警，他们平时唠邻里家常，访民间万象，干的都是繁杂琐碎之事。他们不像刑警可以挂满荣誉，不像交警可以被歌功颂德，更不像技术警可以被领导高看一眼；他们只能靠不厌其烦地走街串巷，去完成自己的使命。然而每一起案件的走访调查，都离不开片儿警提供的鲜活情报，他们才是最默默无闻的幕后英雄。

看着明哥如此真诚，老刘感激地冲他抱了抱拳。

脚下的路越来越平整，视线尽头出现稀稀拉拉的几户人家，老刘停下脚步，指了指前方一座不大的四合院儿：“那就是你们要找的破庙，闲置好多年了，平时几乎没人进去。”

沿着老刘的指向，我们快步走到跟前，不得不说，这座破庙果然够破，一间摇摇欲坠的石头房，连着已经倒坍一半的土坯院墙，便是庙宇全部的组成部分。

老刘见大家有些疑惑，开口解释道：“早年为了破除封建迷信，这里就被拆了，庙里原本那些能用的东西也都让村民给搬回了家，山村里几乎没有外来人员，不知道你们要找这里干啥？”

虽然与老刘一路相谈甚欢，但牵扯到办案纪律，我们也不好跟他透露太多。明哥委婉地回了句“案件需要”，老刘便心知肚明地没有继续追问下去。

“泥土灰层地面，鞋印还很清晰呢。”胖磊组装好了相机，指着院内一大片凌乱的印记对我说道。

胖磊正说着，我已经转身爬上了墙头。高度的落差，让我看清楚了印记的所有概貌。“一共有三种痕迹，两种鞋印，一种蹄印。”

紧接着我又掏出手机，调出何贵的鞋印样本，经过仔细比对后，我最终确定：“格块花纹鞋印可以排除，另外一种线条状鞋印应该是‘三眼’所留。”

“能不能确定？”明哥问道。

“线条状鞋印和蹄印有伴生现象，说明鞋印的主人曾牵着牲口进入庙中，除了何贵，就只有‘三眼’了。”

明哥听言，铿锵有力地回了声：“好！”

为了从鞋印上找出“三眼”的体貌特征，我选定了一串较为清晰的足迹开始测量，当一串串数字被我标注出以后，一种不祥的预感随之涌上心头。

“怎么了，小龙？”

“明哥，我怀疑‘三眼’也不是杀人凶手。”

“什么？‘三眼’也不是凶手？小龙，你有没有搞错？”听到这个结果，胖磊已经接近崩溃了。

我点了点头，很确定地回答：“地面上的立体鞋印很清晰，根据计算数值，‘三眼’身高应该在一米八五以上，落足有力，步幅很大，立体足迹比何贵的还要深，分析为男性壮年，他如果是凶手，就死者的体格，他绝对不会使用拖拽的方式移动尸体。”

“奶奶的，难道‘三眼’也是二道贩子？”

“很有可能。”我又火上浇油了一把。

明哥见缝插针问道：“脚印的问题先暂时放在一边，地面的蹄印怎么说？”

“‘三眼’的牲口不是马，也不是驴，更不是牛。”

“那是什么？”

“骡子。”

“骡子？”

“对，确切地说，是马骡子。”

骡子是马和驴交配产下的后代，这个想必很多人都知道。而我说的“马骡子”其实是根据母体的不同所做的更为细致的划分。一般公驴和母马交配，生下的叫“马骡”，而公马和母驴交配，生下的则叫“驴骡”。马骡个儿大，具有驴的负重能力和抵抗能力，又有马的灵活性和奔跑能力，是非常好的役畜，但因其只有63条染色体，所以不能生育，只能通过杂交的形式获得。

因为在中国的很多地方，牲畜仍然是主要的外力输出，而且利用牲畜犯罪、抛尸的案件也不在少数，所以牲畜蹄印也是《足迹学》研究的一大重要领域。

在犯罪现场上，常见的蹄印主要有马、驴、骡、牛和猪等。

马、驴、骡蹄印相似，马蹄印呈大半圆形，比骡、驴蹄印大；骡蹄印呈椭圆形，蹄尖狭窄；驴蹄印呈半圆形，是三种蹄印中最小的一种。

马蹄印由蹄壁、蹄底、蹄支、蹄叉四个部分组成，因为马骡是由公驴和母马交配而来，其从母体得到更多的遗传基因，因此马骡更多地保留了马的一些特征。表现在蹄印上，马骡蹄印不光有马蹄的组成部分，而且还保留着驴蹄的半圆形状。所以从蹄印上分析是马骡，对我来说并没有什么难度。

“小龙，你能不能通过观察骡蹄印找到‘三眼’的骡子？”明哥很关心这个问题。

“‘三眼’的骡子还没有挂掌，说明其生长期还没有超过3年，应该很好认。”

“挂掌是什么？”胖磊有些纳闷儿。

我回道：“挂掌就是在马、牛、骡等牲口的蹄子上钉上铁质蹄形物。蹄子和地面接触，受地面的摩擦、积水的腐蚀，会很快脱落，挂掌主要是为了延缓蹄子的磨损。牲畜刚出生时，蹄子还处于成长期，不能急于挂掌，否则会严重影响蹄子的自然成长，一般都是三岁以后，蹄子发育稳定，方可挂掌。”

明哥听了我的解释，眉头舒展，接着问道：“除此以外，现场还有没有其他发现？”

“暂时就这么多。”

“那好，联系刑警队问问那边的调查情况。”

按照明哥的指示，我紧接着拨打了叶茜的电话，简短地通话后，我向明哥转述了刑警队目前的调查结果：

“魏氏的族谱上有两百多人，根据盗墓三兄弟魏老大的回忆，‘三眼’按辈分应该算他侄子，四十多岁，家就在寿州县，但是具体在哪里他并不清楚，双方平时也没打过交道，只是听说有这么个人，打过几次照面，但因为时间太长，已经没了印象。”

“嗯，行，情况我知道了。”明哥说完便朝着在院外等候的老刘走去。

老刘听到了身后有密集的脚步声传来，他刚一转身，我们已经全都走到了院外。

“冷主任，你们结束了？”老刘问。

“结束了，老哥，辛苦了，让你等这么久。”

“嗐，自家兄弟，不说那客气话。”

“对了老哥，咱们寿州县是不是有很多人养骡子？”

“现在不像以前，那时候没有电，山沟里的交通全部都是靠牲口，但现在不一样了，电动车在我们这儿都普及了，很少有人再去养牲口。而且骡子交配难度大，这些年已经很少见了。”

当冷启明听到“交配”两个字时，忽然受到了启发，他赶忙张口问道：“这骡子交配是不是都要人工干预？”

“那是肯定的，要没有人帮着，根本没办法配出骡子。”

冷启明眼前一亮，接着问道：“那一般给骡子配种，都是在什么地方？”

“要么找兽医，要么就去配种站。”

“那整个寿州县城有多少名兽医，几家配种站？”

“配种站就一家，具体有多少兽医，我也不清楚，不过县卫计委应该有底册。”

“那能不能麻烦老哥再帮着查一查？”

“这个好说。”老刘答应得相当爽快。

听到这儿，我不禁感叹，明哥的破案思路果然犀利。

首先，“三眼”的马骡没有挂掌，年龄不超过三岁，时间跨度不是很大。

其次，骡的交配必须人工干预，且受孕困难，再加上目前骡子比较罕见，所以配种者不可能没有印象。

最后，“三眼”和魏氏兄弟是同宗亲戚，而且通过脚印已经分析出了大致体貌特征和年龄范围，我们只要把魏氏族谱中符合条件的人全部筛选出来，打印成照片，接着再让配种者辨认，应该就可以有所反馈了。

捋清整条破案线索，明哥很快付诸了行动。

通过调查，整个寿州县持有“执业兽医师资格证”的仅有十人，而配种站专门的配种员也只有两人；在卫计委的帮助下，这些人均被召集到了县公安局。

刑警队那边经过细致的走访调查，从魏氏宗谱上一共筛选出符合年龄和体貌的男性共十八人。这些人的户籍照片被叶茜打印出来，全部贴在了墙面上。

为了防止相互干扰，辨认工作逐人逐个进行。

一个小时后，漫长的辨认工作终于告一段落，最终十五人被排除嫌疑。

“还有三个人无法确定，逐一排查，难度也不是很大。”叶茜打了个响指。

虽然案件有了明确的抓手，可明哥丝毫不敢掉以轻心，他表情严肃地说：“叶茜，通知徐大队，多派点人手，分三个组，同时进行抓捕。找到人后，第一时间排查对方家中是否有骡子，如果有，把蹄印拍照，发到小龙的手机上。”

“好的，冷主任！”

刑警做事一向雷厉风行，半个小时后，三个秘密抓捕组集结完毕，当抓捕行动进行到第四十分钟时，两张清晰的骡蹄印照片，发到了我临时组建的微信群中，经过细致辨认，2号抓捕组拍摄的照片被比中。“三眼”也在同一时间落网。

随后，我们又对“三眼”的住处进行了细致的勘查，共起获现金23万元、殡葬用品以及大量废旧衣物。老贤抽取了“三眼”的血液样本，经过比对，与死者阴道中的DNA图谱完全吻合。经查，“三眼”原名叫魏甲兵，1974年1月3日出生，无犯罪前科。

因为“三眼”与“半仙”何贵为上下线关系，而明哥又是何贵的主审，所以“三眼”的审讯自然也由明哥主持。

“‘三眼’，我也不跟你绕弯子，何贵已经全部都交代了，你是想活还是想死，你自己选。”明哥盛气凌人的开场白，让“三眼”有点傻了眼。

“警官，你什么意思？什么叫想活还是想死？”“三眼”冷哼一声，不以为然。

“我没时间跟你开玩笑，想活，就老实交代；想死，你可以什么都不用说。”

“你威胁我？”

“试试看？”

“行，我倒要看看，我什么都不说，你怎么弄死我。”

“没问题，我就喜欢你这种不见棺材不掉泪的。”明哥猛地一拍桌子，“你把耳朵给我竖起来听好了！”

“我们从你家中起获了23万元现金，其中有8万元是连号的新币，这些钱是矿井给遇难者陈笑雨的赔偿款，矿井为了防止遇难者家属翻脸，这些钱从取出到付给遇难者家属，都有监控和文字记录，而现在这些钱出现在你的家里，再加上何贵的口供，你倒卖尸体这件事就休想赖掉了。

“我们查出这具女尸是被人故意毒害的，现在女尸的体内找到了你的精液，所以我有理由怀疑，是你投毒杀人后强奸的。

“如果你不想说，我也懒得听，看看到最后法院是相信你，还是相信我。

“贩卖尸体、强奸、故意杀人，三项罪名加在一起，你觉得你这条命还能保住吗？”

刚才还飞扬跋扈的“三眼”，听明哥这么一说，呼吸都已经变得急促起来。

“怎么？还有话说吗？”

“三眼”猛一抬头，像是盯着怪物一样看着明哥，我能明显地感觉到他眼神中的绝望。

“‘三眼’，”明哥拍了拍他的肩膀，“贩卖尸体罪不至死，不要什么都往身上扛，命没了，赚再多的钱有什么用？”

“我说，我说，我说，我什么都说……”“三眼”的心理防线最终还是被突破了。

“你的上线是谁？”

“我不知道，我真的不知道。”

“你不知道？女尸从哪里来的？”

“我和上线是单线联系，只要有货，他会给我打电话。”

“说一下你的上下线，还有交易的过程。”

“我手下有两个下家，一个是何贵，另外一个叫牛山，何贵只要品相稍微好一点的尸体，牛山是什么都要。

“我的上家也有两个，一个是殡仪馆的运尸员，叫马原，他在拉尸的过程中，如果碰到农村有女人去世，又想卖点钱的，就会直接联系我，帮着处理。但是他的量少，可遇不可求。另外一个就是‘哑巴’。”

“‘哑巴’？”

“‘哑巴’是我单方面对他的称呼，我们两个从来没说过话，我就寻思着给他起了个代号。”

“那如何做交易？”

“有货了他会先给我打电话，等接通以后，确定是我本人的声音后，他用短信通知我见面地点，见面时他只会带一张照片，然后我们看照片议价，一旦价钱谈拢，我就先给他钱，等到晚上，他会发短信告诉我尸体放置的地点，随后我赶车去拉。”

“既然你们见过，那对方的体貌特征你描述一下？”

“他每次见我都戴着黑色口罩，我根本看不见他的长相。不过他给我的感觉应该是个六七十岁的老头儿，走路弓着腰。”

“你出售给下线的尸体，都穿有丧服，这些都是‘哑巴’准备的？”

“不是，我从‘哑巴’那儿买回尸体后，要自己处理一下再卖。”

“怎么处理？”

“先冲洗一遍，再用点福尔马林防腐，接着化上妆穿丧服，最后盖上头巾，裹在棉被里，卖给下家。”

“这么说，女尸身上的所有殡葬物品都是经你手穿戴的？”

“除了麻绳钱，剩下的都是。”

“你说的麻绳钱，是不是捆在死者右脚拴有圆形方孔钱的那条麻绳？”一直保持沉默的老贤忽然开口问道。

“对，那个是‘哑巴’捆的，我也不知道他捆这个是什么意思，我估摸着是辟邪用的，所以我也不敢摘掉。”老贤听完，眉头一紧，仿佛在思考着什么，明哥不紧不慢地点了一支烟卷等待下文，前后半支烟的工夫，老贤俯身和明哥小声交谈了两句，接着离开了审讯室。

待老贤的脚步声消失后，明哥接着问道：“你把最后一次交易的经过仔细说一遍。”

“三眼”双手搓了搓脸颊，长叹了一口气说道：“‘哑巴’平时卖给我的女尸很多都呆头呆脑的，为了不让买家发现，我每次都要化很厚的丧妆掩盖，可唯独最近一次，‘哑巴’送来的是一具穿着黑丝袜的漂亮女尸，我平时一个人住在山沟里，很少见到长得这样水灵的女人，结果给她清理身子的时候，我就没控制住……”

“女尸当时穿的有哪些衣物？”

“上身是蓝西装、白衬衫、粉色胸罩，下身是黑短裙、黑丝袜，还有黑色高跟鞋。”

根据“三眼”的描述，胖磊很快从相机中找到了死者的衣物照片：“是不是这些？”

“三眼”目不转睛地浏览了一遍，很确定地回答：“对，这些都是她的衣服。”

审讯进行到这儿，关于命案的问题已经全部问完，“三眼”涉及的其他犯罪，则由刑警队的侦查员接手。

走出办案区，明哥带着我们开始分拣从“三眼”住处提取的废旧衣物，一群人扒拉了半天，才总算找全了死者当天所穿的全套服装。

衣服被分别装入物证袋后，我们几人又马不停蹄地返回了科室。

“明哥，我正要找你。”科室院墙上厚重的电子门刚刚被打开，老贤就着急忙慌地跑下了楼。

“什么情况？”

老贤递给明哥一份检验报告：“死者脚上捆绑的麻绳为手工搓制，我在绳心的部位提取到了大量的脱落细胞，经过检验，我提取到了男性DNA。DNA图谱在我们的系统中没有记录，但我怀疑，这是‘哑巴’的DNA。”

“不排除这个可能。”

“这些物证袋里装的是什么？”老贤注意到明哥的手中还有物证。

明哥“哦”了一声，接着说：“都是死者的随身衣物，先从衣领上提取一些油脂，看是不是和死者的DNA吻合。”

“行，交给我。”老贤伸出双手将物证袋接过。

“冷主任，‘三眼’不是说这就是死者的衣物吗，干吗还要检验DNA？”叶茜不明白，为何在案件如此紧急的情况下，明哥还要做这种明知结果的工作。

明哥很有耐心地解释道：“咱们办案，不管什么时候都不能先入为主，叶茜，你要记住一点，从人嘴里说出来的东西，永远不可信，我们要让物证自己说话。”

叶茜受益匪浅地点点头：“谢谢冷主任，我记下了。”

一顿饭过后，老贤通过DNA检验证实，我们所提取的衣物就是死者生前所穿的。就在我们都没想清楚这个结论对案件侦办有何作用时，明哥却不慌不忙地翻看着自己的手机。

“明哥，你在干啥？”胖磊忍不住开口问道。

“稍等一会儿，我在查价格。”

“这都啥时候了，明哥咋还有心思购物？”胖磊走到我身边小声嘟囔了一句。我冲胖磊挤了挤眼，示意他保持安静。

很快，明哥收起手机，开口说道：“按照品牌搜索，死者的西装价值2300元，衬衫880元，文胸320元，一字裙360元，高跟鞋650元。全身的衣服加在一起，总价值4510元。由此可见，死者的经济条件非常不错。”

“明哥，就算知道了死者很有钱，好像跟破案也搭不上什么关系啊？”胖磊本以为明哥会给出多么给力的答案，可一听只是个模糊的结论，心里难免有些失望。

明哥一脸轻松，胸有成竹地说：“我们貌似都忽略了一点。”

“哪一点？”

“通过尸体解剖发现，死前在被害前曾拔过智齿。”

“是有这么回事，可这又能说明什么？”

明哥嘴角一扬，解释道：“案件进展到这里，就要从全局去分析。我们先来看整条犯罪线，不管是何贵、‘三眼’，还是‘哑巴’，他们的交易链条都没有离开云汐市，假如‘哑巴’是最终的杀人凶手，他杀人时和死者有过独处交谈，也就是说两人可能熟识，那死者就算不是我们云汐市人，也应该生活在云汐市。”

“嗯，这个可能性很大。”

明哥接着说：“从死者的穿衣打扮看，她应该是一个很懂得享受物质生活的人，既然手中不缺钱，那拔智齿理应不会选择去小的牙科门诊，我们云汐市正规的三甲级牙科医院只有一家，那么我们在这家医院或许能查到死者的身份信息。”

听到这里，我对明哥的评价就一个字，“服”。他的厉害之处就在于，他能把你完全想不到的两个逻辑建立起关联。明哥这种对物证的把握，绝对有神一般的天赋加持，一般人真的是想学都学不来。

有了明哥的假设，查询起来并没有想象中的困难，现如今去三甲级医院看病，使用的都是通用的就诊卡，而办卡时就需要绑定个人信息，我们现在已知死者的长相和大致年龄，只需要在医院系统中把近一段时间内拔过智齿的同龄女性全部筛选出来，对着照片一个个寻找，想核查出死者的身份信息简直是轻而易举。

刑警队的调查结果最终证实了明哥的猜测，云汐市第一牙科医院果真有死者的就诊记录。

经查询，死者名叫袁姗姗，二十一岁，湾南省庆安市人，其身份证登记有两个手机号，一个属地为省城六合市，另一个属地正好就是云汐市。

通过调取袁姗姗在云汐市的通话记录，她的号码只跟一个座机号联系，而这部座机登记地址竟然是云汐市电视台。

当天下午，刑警队就派人前往调查，原来袁姗姗是湾南省广播电视学院的在校学生，她是被学校分配到云汐市电视台实习的，实习期限为半年。据她的带班师傅李金回忆，袁姗姗已经有十多天没有上班，因为实习生本身就是义务工作，所以电视台对他们的管理也相对自由，李金就没有过问。

刑警队走访没有什么实质性的进展，胖磊只能调取电视台全部的视频监控。专案组成员在胖磊的分工下，经过一整夜的努力最终确定，袁姗姗于9月28日从电视台离开，之后便再也没有出现过。

胖磊沿着袁姗姗的出行路线一路视频追踪，最终查出袁姗姗最后消失在寿州县玉山村十字路口的监控画面上。

玉山村三面环山，仅有三十几户人家，而这些住户中只有5家带有院落。

剩下的事情就变得十分简单，刑警队分为五个抓捕组，以“家中有竹席，独居男性老人”为抓捕条件，最终将可疑人员胡茂田抓获，经过检验，尸体上的格块印痕就来自胡茂田家中的竹席；另外，胡茂田的DNA也与麻绳钱中检出的脱落细胞一致。至此，这起轰动整个湾南省的恶性案件，最终交出了一份圆满的答卷。

“1995年，3月6日，晴，神农架《真实记录》剧组帐篷营地。

“今天是个特殊的日子，我终于迎来了人生的重要转折，成了一名父亲。女儿于早上8点整出生，6斤7两，家人打来电话时，我早已喜极而泣，我和爱人等待这一刻已经整整十年，从二十岁的青春懵懂，到而立之后的焦急祈盼，我终于盼到了这一天。母亲让我给女儿起个名字，对于这个姗姗来迟的宝宝，没有比‘姗姗’更适合她的了，我的女儿就叫袁姗姗。

“刚过完年，剧组就已经进山，现在过去了一个多月，我们还是没有发现‘野人’的踪迹，也不知还要等到什么时候，真想早点回去看看爱人和孩子，祝一切顺利。”

以上是袁姗姗出生时，袁世杰写下的一篇日记。

袁世杰是一名电视工作者，从十八岁刚参加工作时，就一直扎根于这一行当。1981年12月31日，中央电视台开播了一档《动物世界》栏目，主旨在于向电视观众介绍大自然中的动物，让观众足不出户就可以了解地球上的各种生命，认识自然对人类的影响。1994年，中央电视台的编委会提议，在《动物世界》的基础上，衍生出一个更符合世界环境与发展理念的杂志性专题栏目——《人与自然》。

这两档节目的推出，把纪录片推向了一个高潮，而袁世杰所在的省台也跟着摩拳擦掌，1995年的春节刚过完，电视台便组建剧组，挺进野人沟。

因为条件有限，袁世杰只能用写日记的方式记录这一段新奇的历程。而他的这本日记，也让袁姗姗从小就对父亲的工作充满了向往。

2013年9月，高中毕业的袁姗姗在父亲的影响下，顺利考入了湾南省广播电视学院新闻系。而她从入学的第一天起，就对“新闻”二字有着自己独到的见解。

大一下半学期，她曾在学院报写过一篇文章——《论新闻的真实性》。

文中她这样写道：

“‘知屋漏者在宇下，知政失者在草野’，新闻只有贴近实际、贴近生活、贴近民众，才会获得全面、客观、真实的信息。”她的理想就是用摄像机去弘扬最可贵的精神，去揭露最丑恶的现象。

三年后，袁姗姗遵从学校分配，带着对新闻工作的理解，前往云汐电视台开启了一个学期的实习之旅，而她的带班老师算是电视台的金牌新闻人，名叫李金。

李金三十岁出头，虽然年纪不大，但在云汐电视台，他的名号可谓是无人不知，无人不晓。他似乎天生就能够对新闻热点先知先觉，他单凭一己之力，就让云汐电视台连续3年坐在全省新闻工作的第一把交椅之上。

依照学校介绍信上的标注，9月27日，是袁姗姗正式报到的日子。说来也巧，当天早上她正在门岗办理实习登记时，一名男子在她身边忽然停住了脚步。

“你是新分来实习的？”男子盯着来访登记簿上“袁姗姗”“实习”几个字，张口问道。

“嗯，我是湾南省广播电视学院2013级新闻系的学生，这是我的学生证。”

“得，台领导已经跟我说了，走，先别着急放行李，跟我一起做个采访。”

“啊？这么快？”

“新闻最讲究的就是时效，对了，我是你未来半年的带班老师，我叫李金，想必你来之前已经知道了。”

“嗯，我的班主任给了我您的联系方式，我正想给您打电话呢，没想到这么巧，刚一来就碰到您了！”袁姗姗早就听学校老师称赞李金精明能干，在新闻系统中算得上是屈指可数的青年才俊，所以袁姗姗一听对方说是自己的带班师傅，连说话的语气都充满了崇敬之情。

李金抬手看了一眼手表：“时间有点赶，你把行李先放在门岗，等采访回来再收拾？”

“没问题。”

袁姗姗用最快的速度把箱子推进保安室，跟在李金身后坐上了采访车。

“写短稿会吗？”车子刚一发动，李金就问道。

“嗯，在学校写过。”

“好，一会儿我们去采访食品药品监督管理局的吴局长，现在全国正在开展打击食品药品安全隐患的‘利剑行动’，我刚刚接到台长通知，食药局早上紧急调集了一百多名执法人员，准备对城区大小菜市场开展突击检查，我们要全程报道此次行动。”

“明白！”袁姗姗一脸的兴奋。

“这次采访分为两部分，我们先去菜市场，拍摄一组他们执法的镜头，接着再给局长做个单独的专访。”

“好嘞。”

“拍摄执法镜头时，不需要你干什么，等我采访局长时，你就在旁边记录，能记多少就记多少，到时候我需要写新闻稿。”

“嗯！”

从电视台到食药局并不是很远，袁姗姗掏出笔记本还没写几行字，便感觉车速明显放慢了下来，伴着转向杆不停的“嘀嗒”声，采访车缓缓地驶入了食药局的大院内。

“吴局，电视台的采访车来了！”门卫如临大敌般，慌忙抓起电话向上汇报。

其间办公楼南侧的窗户上时不时有人探出头来，他们有人歪戴帽子，有人叼着烟卷，各种慵懒的模样。

“集合！”吴局长突然一声喊，大楼内的执法人员鱼贯而出，迅速站成方阵。

“乖乖，这局长一出手，就知有没有。”见队伍已经组得七七八八，李金笑眯眯地推开了车门。

“哟，李大记者亲自来了！”站在方阵前的中年男子大腹便便地走到了李金面前。

“吴局。”李金主动伸出了右手。

“这次咱们的统一行动怕是要辛苦李大记者了。”吴局长仿佛见到亲人一般，笑得花枝乱颤。

“吴局，您哪里的话。”

“得，客套话不说，有情后补。”

“没问题，那咱们现在就开始，吴局您先整队，我们拍两个镜头。”

“好嘞。”吴局长寒暄完毕，站在镜子前整了整衣帽，接着笔直地走到了方阵前。

他铆足了劲，大声说道：“行动之前，提三点要求。第一，保密；第二，时效；第三，全面。保密我在此就不再多说，我相信参与行动的工作人员这点基本的素质还是有的。下面我要着重强调一下时效和全面。

“这次行动是全国开展打击食品药品安全隐患专项行动以来，咱们云汐市组织的最大规模的清查行动，食药问题关系民生，是头等大事，为了彻底铲除社会毒瘤，我们的行动一定要迅速，要打违法者一个措手不及。另外，这次行动必须全面撒网，确保将有毒有害的食品药品彻底根除，不留后患。大家有没有信心？”

“有。”

“好，出发。”

“等一下，吴局。”李金从摄像机镜头前挪开，做了一个“暂停”的手势。

“怎么了李大记者？”

“刚才那个‘好’没有气势，声音可以再洪亮、再大一点。你说‘出发’的时候，最好还要带上一个有威严的动作，这样做片时比较好看。”

“明白，刚才那段掐掉，重来。”

“好，可以开始了。”

吴局长嬉皮笑脸地朝李金做了一个ok的手势后，表情瞬间变得严肃，接着他涨红着脸高喊：“大家有没有信心？”

“有！”

“好，出发！”

“气势还是没有出来。”李金摇摇头。

吴局会意，摆正了姿势，又来一遍。

“大家有没有信心？”

“有！”

“好，出发！”

“ok，过。”

当摄影师跟拍执法人员上车的镜头时，李金把一张面巾纸递到吴局手里：

“擦擦汗。”

“怎么样，刚才够气势不？”

“那是相当地够。”

“那就好，那就好。”

“对了，吴局，这里的镜头结束了，一会儿咱们跟哪个小队出去拍外景？”

“去北城市场吧，那里我昨天晚上就通知人去打扫了，拍出来效果要好一点。”

“也对，如果菜市场拍出来到处脏乱差，估计环卫局陈局长就要骂街了。”

“老陈那家伙，就喝酒来劲，脾气太坏，不敢跟他接触。”

李金掏出手机看了看时间：“吴局，时候不早了，要不咱们现在就去？”

“行，不过采访车就别开了，那上面有你们电视台的台标，我怕围观老百姓又趁机说一些不该说的话，耽误事。”

李金完全明白吴局长口中那个“又”字的含义，他们出去采访，经常能遇到老百姓围追堵截反映问题的情况，往往发生这种事，采访车停也不是，不停也不是。所以吴局既然提出这个要求，李金当然乐得自在，他满口答应道：“就依吴局的意思办。”

吴局长十分满意地点了点头，可当他看到袁姗姗时，忽然又面露难色：“这位也是你们电视台的？”

“对，今天刚来的实习生。叫袁姗姗。”

当吴局长听到“实习生”三个字时，瞬间就对袁姗姗失去了兴趣，他直截了当地说道：“我的车只能坐四个人。”

李金算了算，一个司机，一个吴局，再加上自己和摄像，正好就多了袁姗姗一个人，于是他转身对袁姗姗说道：“小袁，你留在局里，我们去去就来。”

听李金这么说，袁姗姗心里多少有些失望，不过她还是欣然点头。

吴局长也没耽搁，领着李金等人上车扬长而去，偌大的院子中，只留下袁姗姗一人漫无目的地闲逛。

这是她第一次外出采访，虽然和想象中的有着不小的差别，但她只能用“理论和实际存在偏差”去说服自己。

最大的煎熬莫过于等待，袁姗姗看完了院内的宣传画，百无聊赖地又走进门卫室里讨了杯热水，而就在水温刚刚足以入口之时，吴局长的那辆帕萨特轿车竟然开了回来。

“这么快就回来了？”袁姗姗有些不敢相信。

门卫大爷见怪不怪地笑着说道：“这都算慢的。”

李金下车后，环视一周，最终他透过门卫室的玻璃看见了袁姗姗：“小袁，跟我去吴局办公室做专访。”

袁姗姗“哦”了一声，随手把一次性水杯放在桌上：“大爷，别给我扔了，一会儿我出来喝。”

“小姑娘，你是电视台新来的吧？”

“您怎么知道？”

“你还是把水端着吧。”门卫大爷故作神秘地说。

“那……那好吧。”袁姗姗拿起水杯，跟在李金身后，走进了那间相当气派的局长办公室。

接下来长达两个小时的访谈，终于让袁姗姗明白了门卫大爷的用意。而就在访谈还没进行到一半时，几十辆执法车已经陆续返回，执法人员一个个都满腹牢骚地走进各自的办公室。

执法不到一个小时，局长的访谈却用了两个小时，这种本末倒置的采访方式，让袁姗姗有了些反感。

而令袁姗姗更没想到的是，这则新闻竟然在第二天中午就被播报了出来，主持人的新闻稿也让她顿觉无语：

“自全国开展以打击食品药品违法犯罪的‘利剑行动’以来，我市食品药品监督管理局，多次深入一线进行明察暗访，局长吴正更是亲自督促，加大监察力度，就在昨天，吴正局长亲自带队，对我市城区内三十多个菜市场、大药房进行突击检查，通过此次行动，我市食品药品安全问题得到了全面解决，吴局长表示，为了根除食品药品安全的毒瘤，他们还会一如既往地加大打击力度，让人民群众吃上放心菜，用上放心药。”

“这就是咱们昨天的新闻稿？”袁姗姗把打印出来的纸质稿件甩在了李金的办公桌上。

“对，有什么问题？”李金笑眯眯地回问。

“那个吴局长从出门到回来不过半个小时，这样写合适吗？”

“合适。”

“我们新闻工作者，最起码要尊重客观事实，这样失真的报道，我觉得不可取。”

“这样，小袁，你先吃块糖消消气，回头我再慢慢跟你解释。”

“李老师，你怎么还笑得出来。”李金滑稽的表情，把原本还在气头上的袁姗姗弄得哭笑不得。

“你还年轻，有些事情还不懂，等你实习结束了，估计就能无师自通了。”李金从抽屉中拿出一盒“德芙”，“吃点甜食，能让你的心情变好。”

袁姗姗没有驳李金的面子，双手接过巧克力，愤然转身，离开了办公室。

望着袁姗姗的背影，李金仿佛看到了自己十年前刚毕业时的影子。

那时候他也是意气风发，也是带着理想和信念投入新闻工作，也曾跟自己的带班师傅大谈某某新闻该如何报道，他甚至不顾师傅的反对，洋洋洒洒写了一篇关于“房地产黑幕”的报道，文稿中详细记录了房地产公司如何与炒房团相互勾结、抬高房价、买空卖空等重重恶劣行为。

很多人在没有看到李金的这篇文章之前，都还傻傻地认为所谓的“炒房团”就是大量购置房源，然后坐地起价，高价卖出，获得利润的一群人。可殊不知，真正的“炒房团”其实是和开发商狼狈为奸。

一个房地产项目的投资，绝对是天文数字，绝大多数的房地产公司单靠自己，根本无法撑起一个房地产项目，很多房地产公司甚至连拿地的钱都凑不出，更别说建房。所谓“房地产”，房子才是赚钱的根本，但是房地产商手里没钱，又拿什么去建房？有的人会说，不是还有银行吗？可以贷款啊。殊不知银行贷款程序复杂，受到的监管力度大，如果全部指望从银行圈钱，根本不现实。于是手里有大量资金的“炒房团”就有了可乘之机，他们可以一次性购置成百上千套房源，这种批量购买，在房价上自然会有优惠，按照市场行情，如果你能一次性购买一千套，那你购买的房价只是市场价的四成左右，也就是说，均价1万，你4000块便可以购入。

房地产商有了这些钱，再加上银行贷款，就等于有了建房的成本，等房屋落成，房地产商则会使用“饥饿营销”的方式，哄抬房价，最后达到双赢的局面。

李金在文末这样写道：“房地产开发，有了‘炒房团’的加入，可以彻底激活消费者买涨不买跌的心理，而一些刚性购房群体只能为被抬高的房价买单。房地产泡沫的缘由，归根到底是‘不完善的相关政策’‘贪婪的商业银行’‘无德的富人阶层’‘无辜的中华文明’（安家立业是成年标志）所造就。”

文章发表之后，虽然引起了极大的反响，但结局却让李金始料未及，总的来说可归结出四种声音：一是老百姓对官商勾结的斥责，二是房地产部门对电视台的不满，三是商业银行的集体声讨，四是房地产赞助商的“断水断粮”。

最后在台长的训斥下，李金只好删除报道，又交了一份同样字数的保证书。

这就是到头来他为“真实报道”付出的代价。

再拿昨天食药局的行动来说，如果过分地披露，带来的后果可能不堪设想。

要说中国有没有绝对安全的食物，我估计这个问题，要打一个大大的问号。就拿咱们过年常吃的咸鱼腊肉来说，哪一样不是强致癌物？还有街边的啤酒烧烤，快餐店中的各种小吃，哪一样没有非法添加剂？可一旦将这些曝光，除了能带来社会恐慌，李金实在想不出这样的报道会有什么实际意义。就算在短时间内可能会起到一点作用，但时间一过，还是外甥打灯笼——照旧。

面对袁姗姗的质问，李金不想过多地解释什么，因为很多真相对一个初出茅庐的大学生来说太过残酷；一旦如实相告，她可能会因此放弃初衷，甚至会一蹶不振。

在李金看来，社会是个大学堂，有很多东西只能靠袁姗姗慢慢地去领悟，只有头撞南墙，感觉到疼时，她才会深刻地认识到，有些事，不是自己想怎么样就能怎么样。

李金曾沉迷于一部叫《铁齿铜牙纪晓岚》的电视剧不能自拔，其中有一段和珅和纪晓岚的对话，完全改变了他的三观，他甚至还把这段对话手抄了一份，夹在了自己的办公桌上，每每读来，都会让自己有所触动。

这段话源自纪晓岚与和珅在监牢中的促膝长谈。

纪：燕城这帮贪官，把人吃的粮食换成了牲口吃的麸糠和草料，这件事和大人可知道？

和：我知道。

纪：那和大人不觉得惭愧吗？

和：我倍觉欣慰！

纪：为什么？

和：纪先生有所不知啊，这一斤口粮啊，可以换三斤麸糠。这就等于原本能救活一个人的粮食，现在可以救活三个人了！

纪：可麸糠是给牲口吃的，不是给人吃的！

和：哎呀，灾民还算人吗？

纪：你说什么？

和：哎呀，你不要把眼睛瞪那么大！你知道不知道，行将饿死的人已经不是人了！那就是畜生，只要能活着，还什么麸糠啊！那是好东西！草根、树皮、泥土，都可以吃。

纪：此话出自堂堂和大人之口，真是令人震惊！

和：你当然感到震惊，你是一介书生。你只会在书斋里，手捧圣贤书，骂骂当朝者而已。

纪：当朝者不公，自当抨击。

…………

和：纪先生，诶，你见过这个吃观音土活活胀死的人吗？

纪：什么是观音土啊？

和：你看看，你不知道。我再问你，你见过这千里平原，所有树木的树皮都被啃光的情形吗？

纪：哦？

和：易子而食，你当然听说过，那是史书上的四个字而已。我是亲眼见过的呀，这换孩子吃啊，呵呵，那就是锅里的一堆肉啊！

纪：你？

和：你以为我毫无人性，是不是？你以为我只知道贪钱敛财，是不是？我亲自到灾区去过，到那儿一看我心都凉了。我这才知道，不管朝廷发下多少救灾的粮食，永远也不够！如果我不设法变通一下，那你在灾区看到的就不是灾民，而是白骨喽！

纪：这……赈灾的粮款不够，可以向朝廷再请求拨放嘛！

和：朝廷？你知道国库还剩多少银子？你不知道，你根本就不知道。征大小金川，平准噶尔部，眼下国库就是个空壳子了，你知道不知道啊？

纪：可朝廷还是发了赈灾粮款呀，我看了他们的账本，所有的赈灾粮款全都进了这个薛大老板的钱庄。

和：可不能这么说啊，薛大老板可是个神通广大的人，一文钱进去二文钱出来，我这才有足够的钱去救济灾民哪！

纪：我看了他们的账本，大大小小的官员全都在侵吞这救灾的粮款。

和：救民先救官！官都活不了，还救什么民？

纪：荒唐！

和：这是事实！千千万万的灾民哪，谁去发给他们赈灾粮款？是你发，还是我发？还不是得靠那些大大小小的官员？啊？喂饱了他们，他们才肯给我去卖命！

纪：哼，真乃旷古之谬论！贪污受贿居然还有了大道理？

和：这是几十年官宦生涯换来的大道理，这是千千万万血淋淋的事实换来的金道理呀，纪先生！你怎么就不懂呢你？

纪：食君俸，为君分忧。点点滴滴，皆是民脂民膏，和大人。你怎么忍心在这饥民口中去扣出一粒粮食呢？

…………

和：官字怎么写？上下两个口，先要喂饱上面一个口，才能再去喂下面一个口。

纪：宋有包公，明有海瑞，康熙朝有施公，代代清官，愧杀大人也！

和：对对对，清官的确令人敬！可清官也令人畏呀！

纪：和大人，您就是无敬无畏，所以才无法无天了！

和：那我问你，古往今来多少清官，多少贪官？

纪：清官如凤毛麟角，贪官如黄河之沙。

和：对呀，那我不依靠他们，我依靠谁呀？

李金每次读完这段对话，心里都久久不能平静。虽然纪晓岚是清官，一直努力伸张正义，但在遇到现实问题时，却发现好像只有贪官和珅的逻辑才行得通。也许这就是现实的无奈吧。

想到这儿，李金不禁想起了十年前的自己，当年的他就如同纪晓岚一样疾恶如仇，可十年之后，他却觉得自己变成了和珅。产生这种变化的根源，他用了一句话去归结：“理想很丰满，现实很骨感。”

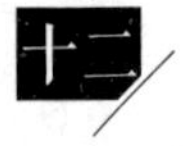

回到宿舍的袁姗姗，心里始终难以释怀，她怎么也没想到电视台的优秀工作者，竟然也是如此功利。在她看来，记者的职责就是要拿着摄像机还原最真实的东西，让老百姓看得到，听得见。如果电视机里整天都充斥着不实的报道，这就已经违背了她的初衷。

“我现在是个实习生，还没有决定权，等到上班以后，我发誓，一定要改变这个状况。”想通了的袁姗姗，心中总算是舒畅了一些。到了下午上班时，她已经完全恢复到了最佳状态。

“哟呵，这自我调节能力还挺强嘛！”李金瞅了一眼精神抖擞的袁姗姗，调侃道。

“嗯，还行吧。”袁姗姗应付了一句。

“这样，下午有一个回访，你要不要去？”

“回访？去哪里？”

“寿州县的一个村子里。”

“该不会又是什么专项行动吧？”袁姗姗苦笑道。

“这个不是。”李金边收拾材料边回道，“好几年前，我曾陪朋友去寿州县游玩，在街上遇到一个中年男子牵着几个智障儿童在讨饭，出于好奇我就跟了上去。结果我发现，这名男子的家中还有好多智障儿童，我觉得这是一个好题材，就表露了我的身份，给他们做了一个专访。”

“然后呢？”

“中年男子叫屈卫华，寿州县农民，四十多岁没有讨到老婆，无儿无女，一次偶然的机会，他在街上发现了一个被人遗弃的智障女孩儿，他觉得孩子怪可怜的，于是就想到了收养，可没承想，收养了一个，就有了第二个，第三个。”

“怎么会有这么多智障儿童？”

“这你就有所不知了，在农村很多地方，都有‘亲上加亲’的说法，近亲结婚会增加后代遗传病的发病率，尤其是在经济落后的农村，青壮年男子找不到媳妇，就只能选择与同村的近亲结合，这就导致有很多智障儿童出生，尤其是在寿州县一带的山沟，这种情况更是普遍。智障儿童无疑增加了抚养负担，这对穷苦村民来说，简直是雪上加霜，一些有良心的家长或许还会接着抚养，但绝大多数家庭都会选择放弃。

“后来很多人都传，屈卫华专门收养这些孩子，于是就有人直接把孩子送到了他的家里，后来屈卫华实在无法负担，就只能在门上挂上招牌，拒绝收养。他本以为这样做，会得到很多人的理解，可没承想，竟然有人趁着天黑把孩子直接丢在他家院外。屈卫华于心不忍，便接着收养起来。他本来经济就窘迫，为了能让这些智障儿童有口饭吃，他只能带着一些有行动能力的孩子上街讨饭，剩下的孩子则让他一个远房亲戚照顾。”

李金长叹了口气，接着说：“当初我去到屈卫华家中看了，确实很惨，于是我就请示台领导，给他做了个三十分钟的专题报道，报道被播出后，很多爱心人士捐款捐物，他所在的村子还把一座废弃的小学腾给了他们。”

“李老师，您这可是做了大善事！”袁姗姗在这一刻突然又感觉到了身为新闻工作者的使命感。

李金笑了笑，不以为意：“为了保持新闻的热度，我基本上是一年要追加一次回访，要不然时间一长，就不会有人再去关注他们了。”

袁姗姗的眼中波光流转，心中莫名地感动：“那些智障儿童能遇到老师您这样的新闻工作者，真是莫大的幸福。”

“你早上不还对我发脾气呢吗？怎么？这么快就对我改变看法啦？”李金半开玩笑地调侃道。

“这不是错怪您了吗，老师您大人有大量，改天我请您吃饭赔罪。”

“算了吧，你一个学生能有几个钱？改天我请你。”

“我虽然没有，但是我爸有啊，老师，这顿必须我请。”

“我去，啃老啊！”

“先啃几年，等翅膀硬了就不啃了。”

“得得得，你请就你请，上车吧，回头时间不赶趟儿了。”

“好嘞。”

十三

采访车左右颠簸了一个小时后，最终赶到了约定地点。

透过车窗，放眼望去，这是一所由五间平房组成的学校，学校院墙上还用红色油漆写着“好好学习，天天向上”八个大字。在学校院墙的中间部位，镶嵌着一扇双开大铁门，此时学校门口处正笔直地站着两名男子。

站在外侧的男子，年纪五十来岁，身高一米七五左右，皮肤黝黑，长着一副“老实人”的面孔。站在里侧的男子略显苍老，估摸已经六十岁出头，身子佝偻，无法辨别容貌。

“李记者，你来了。”袁姗姗等人刚一下车，中年男子便快步迎了上来。

“小袁，我来给你介绍一下，这位就是我刚跟你说的屈卫华，那位是他的远房亲戚胡茂田。她是小袁，我们电视台刚来的实习记者。”

“你好。”袁姗姗主动走到了屈卫华面前伸出了右手。

“你好。”屈卫华把手在身上使劲地搓了搓，这才伸了过去。

松手之后，袁姗姗又把手伸向了胡茂田。

“你好。”对方苍老而带有杂质的声音让袁姗姗感觉对方好像有意和自己保持一定距离。

“老胡的嗓子受过伤，说话很费劲，要不是你来了，他平时连一句话都不说。”李金赶忙在一旁解释。

“没有关系。”袁姗姗收回了右手。

“李记者，大家里面请。”屈卫华礼貌地把众人请进了靠着学校大门的房间。

“老屈，这一年怎么样？”李金刚一坐下，便张口问道。

“多亏了李记者的报道，我们这些年已经不用再为吃的发愁，很多好心人给我们捐款捐物。”

“那就好，那就好。”

“大丫和二丫现在还好吗？”

“二丫还好，大丫就……”屈卫华的脸上掠过一丝伤心的神色。

“怎么了？”

“你也知道，这些孩子都有这样或者那样的病，大丫她……”

“行，我知道了，不开心的事咱们不提。”

“好，不提，不提。”屈卫华如释重负。

“行，我这次来的目的也在电话里跟你说了，和去年一样，就是做个回访。”

“哎，行啊。”

“这样，我们先去孩子生活的地方拍几个外景，接着我再问你几个问题。”

“没问题。”

屈卫华起身将李金几人带进了挂着“宿舍”牌子的房间。

所谓的宿舍，其实就是两间教室打通之后，在四周墙根砌上了土炕，袁姗姗刚一走进去，就闻到一股刺鼻的臊臭味。

李金不以为然，他进门扫视了一周。

“咦，这么多新面孔？”

“对，报道一出，有很多人都把有缺陷的孩子往这儿送。”

“我去年采访的那几个丫头呢，怎么都看不见了？”

“李记者，你也知道，我们这儿生活环境很差，再加上她们本来都有这样那样的疾病，所以……”

“我知道了，不要说了。”李金沉重地点了点头。

“ok，好了！”摄像师已经把机器取下，示意已经拍摄完毕。

“行，老屈，咱们去你屋里，开始专访。”

“哎哎哎。”屈卫华头点得如同小鸡啄米。

考虑到这里环境简陋，城里来的袁姗姗不一定能适应，李金停下脚步，对紧随其后的袁姗姗说道：“小袁，这个回访稿子我熟，你就不用记了，你在院子里随便溜达溜达，我们马上好。”

“好的，李老师。”

“老胡，给李记者他们烧点水。”屈卫华赶忙吩咐了一句。

“好，知道了。”胡茂田的应答声如恐怖片中的鬼魅一般，听得袁姗姗浑身鸡皮疙瘩都起来了。明眼人都能看出来，这个胡茂田虽然对外人总是一副拒人千里之外的模样，但对屈卫华似乎是言听计从。他拎着一个长把水壶，蹒跚着走到院子内的水缸前，用水瓢将水壶装满，接着不紧不慢地走进了厨房。袁姗姗始终注视着胡茂田，直到厨房门关闭，她似乎才感觉到了一丝解脱。难得的空闲，她准备好好地参观一下这所有些沧桑感的学校，可当她刚要抬脚之时，却忽然觉察到有人猛地拽了她一把，这力道源于脚下。

她低头一看，一个蓬头垢面的女孩儿，正趴在地上死死地抓着她的裤子，表情十分狰狞。

“你怎么了？哪里不舒服？”袁姗姗直接把女孩儿抱了起来。

“救……救……我……”女孩儿的口水已经沾在了袁姗姗的耳边。

袁姗姗此时已经顾不上自己那件价值几千元的夹克，她有些不确定刚才听见的话，于是赶忙又问道：“你刚才在说什么？你让我救你？”

女孩儿痴傻地点点头：“救……救……我……”

“干什么呢，又发疯了？”胡茂田一声怒吼，大步走到了袁姗姗跟前。

女孩儿浑身瑟瑟发抖，像是受到了极大的惊吓，她“啊”地叫出声，转身跑进房间，蜷缩在墙角。

“你没事吧？这丫头经常犯病。”胡茂田冷冰冰地问道。

“没……没说什么，没有，什么都没有。”袁姗姗回答得语无伦次。

胡茂田“哦”了一声，算是应答。

“不好意思，我去下洗手间。”袁姗姗想了一个离开的理由。

“好，出门左转就是。”胡茂田刚一说完，袁姗姗便迫不及待地冲出了门。

待袁姗姗走出院子，胡茂田恶狠狠地走到女孩儿身边，紧接着一巴掌便扇了过去。

十四

回去的路上，袁姗姗没有说话，她一直在想一个问题，那个智障女孩儿为什么要求救，是一时的失心疯，还是真的陷入了困境。就在袁姗姗百思不得其解之时，她忽然想起了李金在采访中无意间说的一句话：“我去年采访的那几个小丫头呢，怎么不见了？”而在这个问题上，屈卫华并没有给出正面回答，而胡茂田又总是给人一种阴森的感觉。一想到这儿，袁姗姗心里涌出了一种不祥的预感。

“小袁，怎么了？想什么呢？”李金看出了端倪。

“没……没……没什么，就是感觉有点不舒服。”在没彻底调查清楚之前，袁姗姗还是决定对所有人隐瞒此事。

“也难怪，你刚来实习，可能还不适应整天东奔西走的生活，多跑跑就好了。”

“没有，只是这两天有点特殊情况。”

袁姗姗虽然只是心不在焉地随口一说，但听在李金耳朵里，却让他误认为袁姗姗到了每月的生理期，于是李金回道："要不然你明天就在宿舍里休息一天，反正你是来实习的，来与不来，台里都不会太过问。"

"老师，这合适吗？"

"嗐，怎么不合适，我去年带的那个实习生，我总共就见过两回，第一回是刚来报到，第二回就是填鉴定表。"

"嗯，那谢谢老师。"

"没事，如果感觉身体还没好，休息十天半个月的也没啥。"

袁姗姗"嗯"了一声，没有推辞，她之所以撒谎，是因为她突然想到了一件事：如果那些智障的女孩儿因病去世，殡仪馆应该会有火化证明。所以她准备第二天去殡仪馆一探究竟。

袁姗姗姥姥去世时，她曾协助过整个火化过程，如果智障女孩儿在这里火化，那火化证上肯定会有屈卫华或者胡茂田的名字，只要以此检索，就一定会有记录。

遵照火葬的流程，殡仪馆一般早上最为繁忙，为了避免人多眼杂，袁姗姗选择在下午前往。

"你好，我是云汐市电视台的记者，有件事需要麻烦你一下。"袁姗姗礼貌地将电视台给她制作的工作证递给了前台的年轻小伙儿。

也许是袁姗姗长相可人，小伙子已经有些犯了花痴。

"你好，能留个微信号吗？"小伙子试探性地问道。

"可以，我写给你。"袁姗姗答应得相当爽快。

小伙子飞快地掏出手机，在微信里输入了袁姗姗的手机号码。

"加你了。"

"嗯。"

袁姗姗为了查证，已经顾不上这么多了，她想都没想便点击了确定键。

"要查什么？"小伙子"阴谋得逞"，干活儿也变得卖力起来。

"看看这两个人有没有火化记录。"

"死者还是家属？"

"家属。"

"好嘞！"小伙子噼里啪啦地输入两个人的名字，接着点击了"查询"按钮，"在我们这里没有记录。"

“你确定？”

小伙子为了证明，直接把电脑屏幕翻了过来，那一行“查无此人”的字样袁姗姗看得真真切切。

“对了，寿州县有几个殡仪馆？”袁姗姗紧接着又问。

“就我们一个。”

“在寿州县境内去世的人都是在这里火化？”

“对，必须在这里，这是规定。”

“行，我知道了，那麻烦你了。”

“不客气！记得聊微信啊。”

袁姗姗没时间理会，直接走出了殡仪馆。不知怎的，之前那种不祥的预感更加浓烈起来。

“那些女孩儿活不见人，死不见尸，她们到底去哪儿了？”袁姗姗虽然左思右想，始终是大惑不解，但直觉告诉她，这件事可能很不简单。为了能把这件事调查个水落石出，袁姗姗决定深夜前往，寻根究底。

来不及吃饭的袁姗姗转了几趟公交车，终于在天黑时赶到了村口，为了便于隐藏，她从头到脚穿了一身的黑色。夜晚中的山村，安静得有些可怕，她蹑手蹑脚地溜到学校大门旁，见四下无人，她又沿着墙根绕到了宿舍窗下。

可就在她准备慢慢起身朝屋内望去时，忽然一个黑影不知何时站在了她的身后。

“袁记者？你来干什么？”

这突如其来的嘶哑声，惊得袁姗姗一屁股坐在了地上。

胡茂田微微一笑，露出几颗白牙。接着他抬手将袁姗姗扶了起来：“袁记者，刚才看什么呢？”

被识破的袁姗姗，脸颊“唰”的一下变得绯红，她强装镇定地回了句：“哦，没……没什么，来找件东西。”

这种掩耳盗铃似的谎话，自然骗不了胡茂田，但他并没有点破，而是客气地说道：“这么晚了，有什么东西好找的？要不要进去坐一会儿？”

“哦，不了，我就不打搅孩子们休息了，我这就回去。”袁姗姗说完，转身就要离开。

胡茂田见状，提高了音量：“袁记者，先别着急走嘛，我想和你坐下来聊聊。”

“聊聊？胡师傅，你想和我聊什么？”

胡茂田神秘一笑，说道：“你是不是想知道什么？”

听胡茂田这么说，袁姗姗心里“咯噔”一声，她赶忙回道：“没有，没有，我什么都不想知道。”

胡茂田摇摇头，缓缓地说道：“不，你的眼神告诉我，你想知道。”

袁姗姗没有说话，她在等待对方的下文。

胡茂田指着远处：“我就住在前面的四合院中，如果愿意的话，我们可以去院中详谈。”

“胡师傅，你要和我谈什么事？”

“你想知道的事，关于那些孩子。”

袁姗姗的家庭条件十分殷实，从小就生活在父母羽翼下的她，根本不会耍心眼儿，当胡茂田说到孩子时，袁姗姗已经怦然心动，她赶忙接了一句：“什么？当真？”

“当真。”胡茂田卖了个关子，转而又说，“但是我在开口之前，还想向你求证几个问题。”

“什么问题？”

胡茂田“嘘”了一声：“这里说话不方便，咱们到前面的院子里边喝茶边聊。”

正所谓初生牛犊不怕虎，为了解开心结，袁姗姗想都没想，跟在胡茂田身后走进了院子。

胡茂田的住所并不大，只有两间石屋，院子地面铺满了坑洼不平的山石，在院子中间有一木质凉亭，其内摆放了一张八仙桌，胡茂田走上前去，打开了头顶的小夜灯。

“我这儿只有最便宜的瓜片，喝吗？”

要说喝饮料，袁姗姗还能说个七七八八，但茶对她来说，不管好坏，喝在嘴里都是一个味道，于是她想都没想，便回道：“胡师傅，我怎么都行。”

“呼……”茶水冲泡的声音从她的背后传来，胡茂田把沏好茶的水杯递到袁姗姗手里：“喝吧。”

“哦，谢谢。”袁姗姗把茶端在手中并没有要喝的意思。

胡茂田似乎看穿了袁姗姗的小心思，自顾自地端起水杯，“咕嘟咕嘟”一口气喝完。

袁姗姗就算是再没心眼儿，也知道胡茂田要表达的是什么意思，为了照顾对方的面子，袁姗姗也端起水杯，抿了一口。

“听口音，你不是本地人？”胡茂田又续了一杯，打开了话匣子。

“嗯，我是庆安人，来云汐市实习。”

“你和那个李记者的关系怎么样？”

“我才分到电视台没两天，他是我的带班老师，也是刚接触。”

“昨天那个小女孩儿是不是在你耳边说……救我？”

“对……你都听到了？”

对于袁姗姗这种社会经验如同白纸的大学生，胡茂田根本不需要用什么手段，他又问：“这件事，你和李记者说了吗？”

“我……”袁姗姗一时语塞，想想如果自己说实话，感觉是防着李金老师，如果说谎话，她又编不好合适的理由，所以她只能回答得吞吞吐吐。

胡茂田脸色有些难看：“如果你说了，那我们之间的谈话就到此为止，你可以走了。”

“为什么？”

“不为什么，我就是不想让第三个人知道。”

胡茂田这么说，袁姗姗完全可以理解，她慌忙回道：“没有，我没说，就连今天晚上我来这里，也是我自作主张偷跑过来的，我没有跟任何一个人提起。”

“你没骗我？”胡茂田还是有些不信。

为了打消胡茂田的顾虑，袁姗姗举起右手，信誓旦旦地说道：“我对天发誓，如果我告诉了第三个人，我就是乌龟小狗。”

胡茂田眼珠一转，用舌头舔了舔干裂的嘴唇，尖声回道：“不用发誓了，我相信你。”

“那些智障的小女孩儿到底去了哪里？”袁姗姗问出了最为关心的问题。

“这个事情要从头说起，你先喝点水，听我慢慢说。”

这人一紧张就容易口渴，袁姗姗一路上都提着心吊着胆，既然现在话已说开，她的心情也放松了不少，她双手接过胡茂田递过来的水杯，“咕咚咕咚”连喝了整整一杯。可就算是这样，袁姗姗还是感觉身体有些缺水，于是她又主动向胡茂田讨了一杯，几口喝下。

等到袁姗姗打了个水嗝，胡茂田才张口反问：“你觉得那些智障女孩儿都去了哪里？”

“我……”袁姗姗思考了一会儿，“我不知道。”

“你往最坏的地方想。”

“最坏的地方？被拐卖了？还是……”

胡茂田问：“还是什么？”

“不知道，想不出来。”袁姗姗老实地回了句。

胡茂田看着袁姗姗单纯的模样，微微地摇了摇头：“小姑娘，你真应该学学你的老师。”

“学我老师？你是说李金？”

胡茂田没有否认：“李记者就不喜欢刨根问底，他只采访他关心的内容，节外生枝的事情，他从来都是睁只眼闭只眼。”

袁姗姗嗤之以鼻：“我是一名新闻工作者，揭露真相是我们的使命。”

“是使命重要，还是命重要？”

光线很暗，袁姗姗看不到对方说话时，到底是什么表情。她只是简单地把这句话理解成是胡茂田对新闻理念的试探，于是她想都没想便张口回道：“如果可以查出真相，再大的牺牲也不算什么。”

“这么说，这件事你一定要查个水落石出了？”胡茂田目露寒光。

“那是肯定，就算我实习这半年什么事都不干，我也要查出个真相。”

“好，有志气！”

“嗯，胡师傅你说吧，你放心，有我在，这件事只要有猫腻，我绝对不会善罢甘休。”

“好，我再给你加点水，你喝完再听我慢慢说。”胡茂田说着，直接拿走了袁姗姗握在手中的纸杯。

袁姗姗把这理解为胡茂田的热情，所以根本就没有想到拒绝。

胡茂田只是一个转身的时间，一杯热水重新递到了袁姗姗的手中。

“咦，水怎么有些味道？”袁姗姗耸了耸鼻子，闻出了一些异样。

胡茂田不慌不忙地回道：“水壶用的时间太长，老生茶垢，是茶垢的味道，不行我给你重新烧一壶。”

“不用麻烦了。”已经喝了很多的袁姗姗，早就放松了警惕，为了不驳了对方的面子，她还是硬着头皮喝了下去。

“咕咚，咕咚……”就在茶水入腹的那一瞬间，袁姗姗忽然感觉心脏压抑得难受，几秒钟后，她直挺挺地倒在地上，那种痛苦已经无法用言语去形容。

胡茂田盯着在地上苦苦挣扎的袁姗姗，表情阴冷："天堂有路你不走，地狱无门你却闯进来。你为什么不跟李记者好好学学，人家的一篇报道，能让我一年收入100多万，可你却想坏了我的好事，跟我说什么狗屁新闻精神？"

胡茂田一把将袁姗姗的头发揪起："你不是想知道那些智障女孩儿去哪里了吗？现在我可以告诉你了！都让我嫁出去了！

"不过……

"是给死人！"

第四案
断命馒头
一念深渊

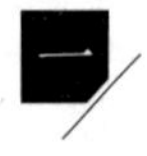

蒋波在他的同学里无疑是个幸运儿，当年高考，学习成绩并不优异的他只考进了一所三本院校，但是一次偶然的考试，彻底改变了他的人生轨迹。

蒋波有个好兄弟名叫宋琦，俩人是大学舍友，头对头睡了四年，用他们自己的话去形容，那是“一起同过窗，一起扛过枪”的“战友”关系。

蒋波和宋琦之所以关系如此之近，主要因为两人无论是家庭条件还是人生态度，都惊人地一致。俗话说，不是一家人，不进一家门，大学四年，两人除了女朋友没有“共用”过以外，其他的都能做到“你中有我，我中有你”。

而这种和平共处的关系，也只持续了四年，大学毕业面临就业问题之时，蒋波这才感觉到其实他和宋琦之间还有着不小的差距，因为他忽略了另外一层关系——亲戚。

宋琦和蒋波的父母虽说都是一水儿的工人阶级，但令蒋波没想到的是，宋琦还隐藏了一个担任云汐市公路局局长的姑父。

刚毕业没半年，蒋波的求职简历已经送出去了几百份，均石沉大海，而宋琦却活得无忧无虑、逍遥自在。因为他的姑父提前透露了一个消息，公路局要公开招聘事业编制工作人员，让他多联系几个同学帮着一起充数，这样按照比例淘汰，他自己就有考进的可能。这种极为私密的消息，宋琦当然只会悄悄告诉几位要好的兄弟。蒋波则是这些兄弟中第一个接到宋琦电话的人。

按照宋琦的要求，蒋波将与其他7位大学同学一起报考，为了保证万无一失，这些人中还必须有人能通过笔试。举个例子，如果宋琦的几个兄弟全在笔试环节落败，那到了面试，宋琦只能孤军奋战，万一遇到个强大的敌手，就算是他的姑父提前打好了招呼，也有前功尽弃的可能。所以为了增加胜算，宋琦自己掏钱，给所有人都购买了一份备考资料。

蒋波从毕业起，每天的生活就是投简历、等消息。百无聊赖之时，他正好收到了宋琦邮寄来的备考资料。他本着为兄弟两肋插刀的信念，用一个月的时间把所有的资料全部认真学习了一遍。

参加省考的人都知道，这种考试一般不会给考生留多少复习时间，一般从报名到笔试，也就两三个星期，好在宋琦一帮人提前得知消息，比其他考生多出了近两个月的复习时间。

4月27日，第一轮笔试结束，宋琦、蒋波成功入围，经过层层筛选，俩人最终杀入了面试环节。宋琦报考的职位只有三个名额，其中两个名额已经内定，玩儿的也是宋琦的套路。

按照宋琦姑父的说法，面试考官都是随机抽取，就算提前打招呼也不能面面俱到。为了保险起见，只能让宋琦和蒋波用尽全力，如果宋琦的分数较高，那皆大欢喜；但万一宋琦失利，就让蒋波直接弃权，这样依然可以保证宋琦能顺利过关。但这样做的前提是，蒋波必须自愿放弃这个职位。

宋琦和蒋波什么关系？那是情比金坚的好哥们儿，宋琦当即就跟姑父拍胸脯保证：“如果蒋波考上，他绝对会让我。”

既然得到了肯定的答案，那只能按照这个套路继续玩儿下去。几人千辛万苦杀到了最后，最终成绩放出，蒋波总分第二，宋琦则排在三名开外。

“蒋波，剩下的我都安排好了，下周体检抽血时我把血样给你换掉，到时候你体检过不去，我就直接能顶上了，这次多谢你了，兄弟。”电话那边，宋琦手舞足蹈，相当地兴奋。

而电话这边的蒋波却说不好心里是个什么滋味，只能魂不守舍地回道：“不……不客气。”

接着两人又寒暄了几句，便结束了通话。

挂掉电话的蒋波，心里突然矛盾起来，吃了近一年的闭门羹，他心里比谁都清楚，一份稳定的工作会改变他后半生的人生轨迹，但一个是兄弟情谊，一个是将来的前程，他该如何抉择，他心里也已经拿不定主意。

“请问我该如何选择？”

无法抉择的蒋波，用了近百字把整件事的大致经过发在了提问网站上。

“楼主你是傻×吗？这年头兄弟情谊值几个钱？”

“我觉得楼主就是一个小学生，问这么幼稚的问题。”

“想想十年后，人家找个工作稳定的老婆，组建个幸福的家庭，你这个兄弟还算个屁？”

…………

网友的回答几乎全都是一边倒，这让蒋波也有点动了杂念。

“书是我自己看的，面试也是我自己答的，我考上的职位，为什么要拱手让给其他人？反正宋琦有他姑父在，今年不行明年再接着考就是。”

蒋波薅了一晚上的树叶，终于做出了决定，他一定要抓住这个可遇不可求的机会。

接下来的事情发展，完全超出了宋琦的预料，蒋波的血液检查结果显示患有传染性疾病，只要蒋波不提出异议，这件事就算是圆满收官，可令宋琦没有想到的是，蒋波竟然自带了一份三甲级医院的化验单，结果显示完全健康。最终，按照程序，蒋波的血样被送到了省一级的指定医院进行复检，检验的结果可想而知。

宋琦和蒋波也因为这件事反目，多年的兄弟成了相见分外眼红的仇人。

而就在蒋波带着憧憬走向新的工作岗位时，他哪里知道，噩梦正在朝他一步步逼近。

宋琦的姑父高岳是蒋波的顶头上司，蒋波是如何入编的，他心里是一本清账，这家伙抢了自己亲戚的饭碗，他自然不会让蒋波好过。

蒋波招考的职位是机关职员，可到了上班的日子，他却莫名其妙地被分配到了边远的检查站。而且从他上班第一天开始，站长就没给过他一分钟的好脸色，蒋波本来还在纳闷儿，当他看到检查站垂直领导栏中“高岳”的大名时，才恍然大悟。

“我是正儿八经的事业编制，高局就是再有本事也不能开除我，这几年先夹着尾巴做人呗，等高局一退休，我看谁还敢给我脸色。”蒋波的想法很是简单，可现实却给了他沉重的一击。

检查站十五六号人，他成了唯一的另类，上班这一年多的时间里，他没有参加过一次单位聚会，也没有一个同事跟他掏心掏肺，大家都像躲瘟神一样躲着他，甚至有人放出话来，谁要是和蒋波走得近，评优提拔全都免谈。

人都是群居动物，这种被人孤立的感觉自然很不好受。而火上浇油的是，他的站长为了讨好高局，开始变着花样折磨他，别人上班都是黑白轮岗班，到了他这里，就全部变成了夜班。别人上班只是喝喝茶、抽抽烟，顺道检查检查；可到了他这里，却有处理不完的材料和公文。

“早知如此，我就不应该来上这个班！”长期受欺压，让蒋波有了辞职的打算。可每每这个时候，他总是在想：“如果自己真辞职了，那岂不是让小人阴谋得逞？狗急了还跳墙呢，既然你们不仁，也别怪我不义。”

被逼急了的蒋波，本着“死猪不怕开水烫”的念头，开始有计划地展开报复。

他所在的检查站，主要职责就是查看过往的货车是否超载。现如今只要是货车，就没有不超载的，这已经是不言而喻的潜规则，每天晚上经过检查站门口的车辆也不例外，但这些车队要么是同事的亲朋好友，要么就是领导的关系户，所以这些车才可以轻松过关。而这些车，就成了蒋波下手的对象。每天晚上经过检查站的关系车，接近上百辆，如果都查，根本不现实。而且蒋波心里清楚，他的同事之所以对他不冷不热，全都是迫于领导的淫威，所以报复同事大可不必；既然要反抗，那肯定是要拿领导的亲戚开刀。

经过一个多月的明察暗访，他发现有一支车队跟站长的关系颇为密切。车队隶属于一个石料厂，老板姓金，绰号“石猴”。因为和“金丝猴”奶糖谐音，道上也有人称呼他为“金石猴”。“石猴”名下共有二十辆“后八轮”货车，每天晚上11点到次日凌晨5点，车队会准时从山上拉运石块返回石料厂。

蒋波推测，“石猴”很有可能和站长是合作关系，而且据说“石猴”经营的石料厂里还有站长不少的股份。

为了证实这一点，蒋波可谓煞费苦心，不过俗话说得好，天下没有不透风的墙，蒋波在下了5000元钱血本以后，终于得到了确切的消息。

“奶奶的，藏得可真够严的啊。”蒋波把一张写满黑体字的信纸用打火机点燃，泛着赤色的火焰越烧越旺，直到信纸化为灰烬，蒋波牙关紧咬，嘴里喃喃自语：“以权谋私，行，看我今天晚上怎么让你下不来台。”

常言说，“屁股再臭还有卫生纸亲近”，蒋波就是再不受人待见，身边也总会有几个小弟围着他转。

打定主意的蒋波，喊来了平时关系不错的两位临时工。晚上11点，当检查站的其他值班人员都睡得昏天黑地时，蒋波三人穿戴整齐，手持停车灯，站在了路口。

出来干活儿前，他特意嘱咐，几人的手机全部关机，并交由他统一保管，他这次的用意很明显，就要仗着自己的执法权，打站长一个措手不及。

11点30分，“石猴”车队的第一辆货车被拦停，蒋波迅速收掉司机的手机，让其把车停靠在路边，紧接着11点50分，第二辆货车以同样的手法被拦停。前后不到三个小时，“石猴”的二十辆货车在路边排起了长龙，蒋波把车钥匙均攥在自己的手中，紧接着拨通了本埠市和云汐市公安局的电话。

有人就纳闷儿了，车辆超载，为何还要公安局介入？要想知道其中的缘由，事情还要从头说起。

蒋波工作的检查站，位于云汐市和本埠市的交界地带，从检查站驾车向东行驶约20公里，便是本埠市的地界。

从湾南省的地图上很容易发现，本埠市的周边层峦叠嶂，有很丰富的石料资源。

石子永远是建筑行业的核心原料，在这个房地产市场发展得如火如荼的年代，只要你手里有石料，就不发愁没有销售市场。供不应求的市场，使得很多人开始铤而走险。而窑村的村民比起其他人，则占据了得天独厚的优势。

窑村的地理位置，正好处于本埠市和云汐市的连接地带，村民既熟悉本埠市的地理环境，又对云汐市的地方性法规有所了解。所以很多窑村人钻了“本埠市交通不便执法困难，而云汐市又无权管辖”的漏洞，他们晚上在本埠市非法开山炸石，然后连夜运送到云汐市境内打成石料销售，形成了一条稳定的产业链。

而“石猴”就是这一行当的始作俑者，窑村大大小小的石料厂，基本上都唯他马首是瞻，只要他敢干，其他人就有了底气，只要他收手，剩下的人也只能坐井观望。

蒋波决定报复前，就已经查询了相关的法律，这种非法开山炸石头的行为，已经触犯了《刑法》，涉嫌“非法采矿罪”。他收司机的手机，一方面是为了防止相互串通，另外一方面也是为了能保证很多绝密信息不被删除。再加上这二十车山石，基本上就是“人赃俱获”。

俗话说，“做事留一线，日后好相见”，蒋波如果能得过且过，他也绝对不会用如此极端的方法去报复。可无奈站长把他逼上了绝路，他也只能破釜沉舟了。蒋波的目的很明确，就是要借此让站长把牢底坐穿，而且为了防止两地市的公安局因管辖问题相互推诿，他干脆直接拨打了两个地市的报警电话，确保万无一失。

“反正光脚的不怕穿鞋的，就算这次扳不倒站长，也够他喝一壶的。”蒋波紧紧地攥着一个装满货车钥匙和手机的布袋，在二十多人的围堵下，忐忑而急切地等着警车的到来。

第一个赶到的是云汐市公安局窑村派出所的民警，当值班民警看到这阵势时，又赶忙拨通了分局值班局长的电话，值班局长听到汇报，知道事关重大，又紧接着联系了市局的治安支队。

二十分钟后，本埠市公安局的相关民警也赶到现场，他们看到如此“壮观”的场面，同样也是一级一级汇报到了市局。前后也就半个多小时，两个地市的四十多名民警把货车和司机团团围在了一起。

在现场得以完全控制后，两地市的公安局领导，来到了一个隐蔽的角落开始磋商。

“邵支，你看这件事怎么办？”最先开口的是云汐市公安局分管危爆的副支队长刘明峰，而他口中的“邵支”则是本埠市治安支队的分管领导。

“刘支，这二十辆货车是从东向西行驶，很显然是在我们本埠市辖区开采石头，然后运往你们云汐市进行加工和销售。在我们市涉嫌非法采矿，在你们市涉嫌非法销售，按理说，我们两家都有管辖权。”

“邵支既然说我们市有管辖权，而且车子也扣在我们云汐市的境内，那我们市接手了怎么样？”

“哎，我说老刘，咱们两个也算是老交情了，这么好的案源，你们说捞走就捞走，不合适吧。”

“那你说怎么办？”

“我们本埠市的情况你也知道，周边都是山，这些非法开采的就跟蛀虫一样，今天这儿掏一点，明天那儿掏一点，我们是防不胜防，你看看咱们市周边的山，一座座都被炸成秃瓢了。”

“可不是嘛。”

“为了打击这帮蛀虫，我们市可算是下了大力气，可收效甚微，我不管，今天有这么好的案源，说什么也不能让你们云汐市带走了。”

“得得得，我还不了解你，我现在就打电话跟局长汇报，不行咱们两个市成立联合专案组，而且这个案子要是查起来，从开矿、运输到出售，估计能涉及上百人，你们本埠市要是单独干，要抽多少警力？你日常的警不出了？”

“行，我也给我们局长打电话，就按你说的办，成立联合专案组。”

两名副支队长，分别选了一个没人的地方，拨通了各自局长的电话，像这种大规模的行动，成立联合专案组是最常用的做法，所以提议得到了局长们的认可。

而这起案件之所以会让两个地市的公安部门垂涎，主要因为两点：一是有充足的人证（司机），二是有确凿的物证（石料），而且公路局的执法人员又在第一时间没收了所有司机的电话，就算是拿不下来口供，这些证据也足够立案追诉。

为了能在最快的时间内有所突破，在场的二十名货车驾驶员被依法传唤，二十辆“后八轮”货车也被开往了一个秘密的停车场封存。

按照“非法采矿罪”的相关条款，开采石料的方数直接关系到后期的定罪量刑，所以这二十车石料到底有多少方数，必须找有相关资质的人员前来测量。

为了能把传唤的那二十四个小时用到实处，第二天中午，专案组就从国土资源厅邀请到了专业人员对查扣的石料进行测量。

可令所有人都没有想到的是，国土资源厅的工作人员在测量的过程中，还在其中四辆货车上找到了四个密封的编织袋。

“这是什么？摸起来硬邦邦的。”在场的侦查员费了九牛二虎之力才将编织袋挪到一片平整的水泥空地上。

“打开不就知道了。”其中一名侦查员喘着粗气回答道。

“对，去拿剪刀来。”

“不用那么麻烦，我钥匙环上有裁纸刀。”

最先缓过劲来的侦查员接过小刀，沿着编织袋封口的下端“咯吱咯吱”地把袋子划开了一个一字形的敞口。随着编织袋被扒开，一股难以形容的刺鼻味道扑面而来。

“什么东西？”

随后，侦查员震惊地发现，袋子里居然有两个人头。

作为警察，最烦躁的事，莫过于在假期接到单位电话。10月4日，我本来计划开车载着老爸老妈好好欣赏一下祖国的大好河山，可谁承想，车刚开到高速路口，明哥的电话就追了过来。

“你还真会掐时间，再晚一分钟，我们就上高速了。”

“窑村大槐树停车场发现四个编织袋，其中一个编织袋中装着两个人头和下肢，另外三个编织袋还没有打开，你和师父、师娘解释一下，估计这个假期要泡汤了。”明哥的话语中略带歉意。

“得，你师父那脾气，还用解释吗？我现在就回去。”挂完电话，我急忙掉转方向盘朝反方向的辅路驶去。

“小龙，什么案件？”开口的是我父亲。

“在停车场的编织袋中发现碎尸，就目前看，已经死亡两人了。”

“死亡两人已经是恶性案件，那要抓紧点时间，赶紧回去。”

“爸，那你们现在想去哪儿？”

“有你妈在，把我们丢在路边，你赶紧去现场。”

正如我父亲所说，死亡两人或者两人以上的案件，为主观恶意极大的案件，这万一是针对不特定对象的报复杀人，那后果绝对不堪设想。所以一旦遇到这种案件，我们必须加班加点和嫌疑人抢时间。虽说心里有些不爽，但我还是不敢怠慢，我把父母丢在了路边的公交站，接着踩足油门朝现场驶去。

窑村位于云汐市的最东边，而我所在的高速口却在云汐市的最南端，就算是超速行驶，没有个把小时也很难到达。

“反正着急也没用，就这么着吧。”一想到这儿，我的心情也放松下来。为了能让大脑在短时间内放空，我选了一首薛之谦的《演员》无限循环着朝目的地驶去。

一个半小时后，在导航的帮助下，我终于找到了那个有两个足球场大小的大槐树停车场。沿着停车场的院墙根行驶半圈后，我将车停在了一辆警车旁边。我刚推门下车，叶茜便朝我挥手：“小龙，这里。”

我对她做了个ok的手势，径直走了过去。

“明哥他们呢？”

“在停车场里面呢，冷主任让我在这里迎你。”

“现场什么情况？”

“昨天晚上，我们市局治安支队和本埠市联合执法，查扣了二十辆涉嫌非法采矿的货车，今天早上国土资源厅的专业人员来测量土方时，在其中四辆车上发现了四个编织袋，现在已经证实，四个袋子中装的全部都是肢解后的尸块。”

“四个编织袋？死了几个人？”

“目前是两个，根据公路局检查站的执法人员蒋波介绍，昨天晚上有多辆运石车从路面经过，他也不确定其他车上还有没有，焦磊老师刚才已经带着十多个人去调监控了。”叶茜说着抬起右手看了一眼时间，“都出去一个多小时了。”

“走，先去看看。”

“嗯。”

换上勘查服后，我和叶茜几步走到了停车场的大槐树下，此时明哥正在把编织袋中的尸块一一取出摆放在铺好的塑料雨布之上。

“这是什么味道？这么刺鼻？”刚一走近，我就感觉到一些不适。

老贤站在一旁开口介绍：“像是某种化学物品的气味，闻起来有氨水的味道，但具体成分是什么，还需要回去化验。”

我点了点头，瞥见雨布上的两具尸体已经拼接完毕，接着开口问道：“明哥，现在尸体是什么情况？”

“四个编织袋，两具老年尸体，嫌疑人在分尸的过程中，只是把头颅、四肢肢解了。1号编织袋中装有两颗头颅和少量下肢；2号、3号编织袋内分别装有躯干部分；剩下的部分则装在4号编织袋中。

“尸块完整，没有缺失，嫌疑人分尸时保留了死者的内衣裤，另外，两名死者的面部都曾被灼烧过，暂时分辨不清长相。”

“分尸毁容？”

“对！”

明哥说着把本来脸面朝下的头颅翻了个个儿，我略微好奇地轻轻一瞄，这一看不要紧，我差点把早饭全部给交代了出来，死者面部的肌肉组织已经完全被烧成焦炭，就连裸露出的颅骨也已经受热发黄。

我强忍不适，张口问道：“贤哥，怎么能烧得这么厉害，什么助燃剂造成的？”

老贤答道：“尸体面部燃烧残留物太少，我只是提取了样本，不敢浪费，所以我暂时也不知道助燃剂是什么。”

明哥接道：“死者的五官肌肉大都已经被烧焦，但耳根、下巴的肌肉组织还保存完好，由此推断，嫌疑人使用的助燃剂不是液体类，因为液体会自上而下流动，可造成低下部位被灼烧。

“排除液体，气体的可能性也不是很大，如果是用气火枪喷射，可能连骨面都会高度碳化。这样看来，助燃剂应该是固体。

“从肌肉组织的碳化程度分析，这种固体还要能在瞬间释放出高热量，我个人推测，应该是火药类助燃剂。当然，我说的火药只是泛指，炸药、起爆药甚至易燃的化学药品都可以，但具体成分还要等国贤的化验结果。”

老贤“嗯”了一声，似乎心里有了谱。

“对了小龙，你去看看编织袋的封口。”

我戴上乳胶手套，回了声“好的”，径直朝四只编织袋走去。

编织袋为纯白色，无任何外观标志，分内外两层，内衬塑料薄膜，这种袋子可以起到很好的防潮作用，在市面上也很常见。

明哥为了方便取出尸块，只是在袋子的中间部位划开一条刀口，而重点的封口部位，则纹丝未动。

我从勘查箱中取出放大镜，仔细观察了封口部位，接着两个专业名词脱口而出：“编纬平行，双线。”这也是痕迹学上的一种惯用称呼。

在痕迹学的研究领域内，有一个很大的分支，叫织物痕迹学。何为织物？最简单的解释，就是所有需要编织的物体。比如手套、毛衣、布料等。

而织物在编织的过程中实际就是一个经纬交织的过程，经度表示的是纵向，纬度则表示的是横向，有些情况，我们可以直接从经纬交织的稠密程度、花样类型，判断出织物的种类。例如，毛衣和手套的经纬交织就有很大的不同。

编织袋的封口其实也是“织物痕迹学”研究的范畴。根据分类，编织袋的封口可以概括成两种，第一种为手工编织，这种封口过程类似于在家里打毛衣，用一根放大数十倍的长针，带入封口线，交叉缝入即可，这种封口受外界影响较大，很容易跑偏，而且编纬的长短宽窄很难达到一致，给人一种参差不齐的感觉。

第二种就是机器编织，这种封口适用于大批量生产。它的好处是，封口速度快，封口密，不会造成漏袋的情况。但机器封口的痕迹不是一成不变的，它会因封口机的种类不一，表现出不同的编纬痕迹。

根据统计，市面上出售的封口机大致可以分为三种。

第一种是半自动封口机，这种机器在封口的过程中需要人工干预，需要人把编织袋放入编孔中，接着再打开开关，编织机从左到右缝制一圈，便完成编织，所形成的编纬痕迹只有一条，痕迹学上叫单线编织。

第二种是全自动封口机，这种就省事得多，编织袋直接放在一个可以移动的托盘上，编织机自动收紧，然后从左到右，接着从右到左同时完成两次编织，所形成的编纬痕迹有两条，痕迹学上称之为双线编织。

第三种是流水线全自动封口机，它和第二种相比只不过是多了一条流水线功能，所编织出来的也是双线。

因为现场的编织袋封口为双线，由此可以推断，嫌疑人封尸所使用的要么是全自动封口机，要么就是流水线全自动封口机，而这两种封口机的价格都不便宜，按照市面上的均价，最普通的全自动封口机也要近万元。

按照正常人的理解，嫌疑人绝对不会为了把尸块封入编织袋而专门花钱购买这种机器，他之所以选择这种封口方法，一定是因为他自身有某种便利的使用条件。

而嫌疑人使用的又是价格较为昂贵的防水编织袋，进而可以分析出，他封口的地方，或许是一个生产、加工不易受潮产品的车间。

但一个地级市里，这种加工车间有上千家，就算是分析出来，也如同大海捞针，所以我只能老实地对明哥说道："嫌疑人使用的是全自动封口机，别的暂时还没头绪。"

明哥"嗯"了一声，接着把法医勘查记录本递给了叶茜："尸体拼接好了，来帮忙记录。"

叶茜欣然接过，做好了记录准备。

明哥俯下身子，蹲在两具尸体中间仔细检验之后说道："1号尸体，女性，尸长156厘米，体重58公斤，根据牙齿以及其他骨骼生长情况来分析，其年龄在六十岁左右；2号尸体，女性，尸长162厘米，体重61公斤，综合分析，年龄在五十五岁左右。小龙，你看一下骨切面，判断嫌疑人使用的是什么分尸工具。"

我拿出放大镜，对准目标位置观察了一番后，得出结论："嫌疑人应该使用的是剁骨刀。"说完，我忽然"咦"了一声。

"怎么了？"老贤把头凑了过来。

我把放大镜放在了两处下肢骨面附近："贤哥你看，这些地方的骨切面上都有乳白色的结块，这是什么？"

老贤透过镜面，也发现了这一细微之处，他小心翼翼地用棉签擦拭后，放在眼前仔细观察："遇热融化，像是动物油脂。"

"乳白色，会不会是猪油？"

"也不一定，很多动物油脂都呈乳白色，常见的还有羊油、牛油、马油等。"

老贤说完，拽掉乳胶手套，把棉签上的油脂涂在手指尖，接着他的食指和拇指慢慢地反复揉搓，过了好一会儿，他把手指放在鼻尖嗅了嗅，然后很肯定地说道："是牛油。"

"我去，这都行？靠鼻子都能闻出来？"

"嗯，我不喜欢吃牛肉，对这种气味十分敏感。"

"好吧，算你狠。"

在我和老贤插科打诨之际，明哥张口问道：

"小龙，尸体的砍切痕迹看清楚了吗？"

"看清楚了，不管是切割方向，还是受力程度，均可以判断是一人分尸。"

明哥刚"嗯"了一声，就听胖磊的喊叫声由远及近从我们身后传来。

我张口问道："磊哥，什么情况？"

"哎哟，哎哟，累死我了，我先喘口气。"胖磊拍着胸口倚在大槐树上歇了好一会儿才开口，"当天晚上一共有三十四辆货车从检查口路过，根据市局专案组成员的介绍，公路局的执法人员蒋波只拦截了'石猴'的二十辆货车，其他的十四辆车均被放行了。

"据蒋波爆料，他们这些做石子生意的，或多或少都和公路局有些交情，为了区分并顺利通过检查站，每个车队都会在车身上涂刷属于自己的标记，你们看'石猴'的二十辆车，车身上全部用荧光漆粉刷了'SH'外加一个数字。"

根据胖磊的提示，我们果然发现"石猴"的货车车身上写有"SH1""SH2"一直到"SH20"的字样。

胖磊接着说："我依照这个特点开始在视频中观察来往车辆。检查站连接本埠市和云汐市的东西路上，有六个监控卡口，通过卡口的高清视频，只有'石猴'车队编号为'SH1''SH3''SH5''SH8'这4辆车上有白色编织袋，其余车辆均没有发现。据货车司机介绍，货车只是从本埠市的山上拉石块到石场，并不知道编织袋的来源。而且他们很肯定，自己从本埠市发车时，车上根本没有编织袋。

"接着我又调取了本埠市山脚下第一个路口的监控视频，结果和司机说的一样，'SH1''SH3''SH5''SH8'四辆车上均没有编织袋，也就是说，装尸的编织袋可能是在车辆行驶的过程中，嫌疑人在某个地方抛到货车上的。而嫌疑人抛尸点的范围，就在本埠市到检查站的这段东西向的公路上。

"为了能确定具体位置，我把公路卡口的监控视频往里缩短，最终排查出了一个疑点较大的地方。"

明哥表情严肃地问："在哪里？"

胖磊掏出手机点开电子地图介绍道："西起文明路十字路口，东到窑村美食街，总长5公里。在这段公路上有一所学校，叫窑村中学，可能是为了方便学生过马路，从学校大门至北侧人行道，有一条过街天桥，在那里抛尸是绝佳的地点。"

明哥打断道："这段路上只有这一处天桥？"

"就这一处。"

明哥喃喃道："编织袋底部有凹陷痕迹，极有可能是高空坠落所致，除了那里，基本上没有符合条件的抛尸点。"

"明哥，你的意思……"

"天桥是室外现场，极易被破坏，先不着急解剖尸体，去天桥要紧。"

在胖磊的带领下，我们一行人直接赶到了窑村中学。站在学校大门朝北望去，有一条横跨南北宽约5米的金属天桥。天桥下方的公路被铁栏杆一分为二，"石猴"的货车在案发当晚由东向西行驶，按照道路规划，假如嫌疑人在此抛尸，那抛尸点只可能在北路的正上方。而我接下来的勘查重点也随之划定在了天桥北端。

不知道大家有没有发现，好像不管在什么地方，过街天桥永远是小商小贩的"必争之地"，尤其是学校门口这种黄金地段，简直是早点摊儿的天堂，从天桥地面沾满的油污就不难窥探一二。

今天是10月4日，正好赶上国庆长假，天桥上并没有人前来打扫，更没有小贩和学生从此经过，虽说这里是室外现场，但物证保存得相对完整，栏杆的浮灰，地面上的油污、鞋印均清晰可见。

很快，天桥东侧栏杆上一大块锃亮的油漆面引起了我的注意，和别处相比，这里显然被人擦拭过。走近观察，油漆面的面积约等于成年人两只袖子的大小，而明哥之前已经测量出每个编织袋重约26公斤，就算是壮年男性，要举起这样一个袋子，也要费很大的力气。假如嫌疑人在天桥抛尸，肯定会在栏杆上形成这种擦划痕迹。

确定了疑点后，我打开了足迹勘查灯，当一束强光均匀地打在地面上时，一排排醒目的油渍鞋印清晰地显现出来。从鞋印上可分辨出，有人曾在天桥上往返走动，且行走范围只是在天桥的北半端，尤其带有擦划痕迹的栏杆下最为密集。

有了这么明显的特征，就已经可以得出结论，于是我收起勘查设备走到众人面前说道："天桥北入口东侧往南4米处极有可能是抛尸点。"

"真的在这里？"叶茜很是惊讶。

我点了点头："天桥南端是学校，北面是庄稼地，很显然，这座天桥是专门为了学生而建造的。案发时正好是国庆长假，而我们发现得又十分及时，所以现场保存得相对完整。"话说一半，我蹲下身子，用白色棉手套擦拭了一下地面，我的手指刚刚与地面接触，手套上就沾上了黑乎乎的油污，我把手指举在众人面前说道，"装尸的编织袋也是纯白色，但我在表面上并没有发现任何油渍，也就是说，假如嫌疑人在此地抛尸，那编织袋并没有接触地面，而是抓握在嫌疑人手里。根据明哥的测量，每袋尸块平均重26公斤，成年人单手抓握困难较大，由此可分析出，嫌疑人在抛尸时，可能并没有一次性将尸块集中在天桥之上，而是抛一袋，接着返回天桥下方再取一袋，如此来回几趟。而巧合的是，我在天桥的地面上发现了大量来回行走的鞋印，并在栏杆上提取到了浮灰擦划痕迹，再根据磊哥所说，这附近没有比天桥更符合条件的抛尸点，所以综合多种情况来看，这里基本可以断定是抛尸地。"

明哥："我同意小龙的观点。"

叶茜问："嫌疑鞋印确定了，嫌疑人的体貌特征有没有推算出来？"

我打开足迹尺，仔细测量后说道："嫌疑人为男性，青壮年，身高在一米七五左右，身体很强壮，脚穿橡胶底皮鞋，鞋子售价在100元左右，经济条件在

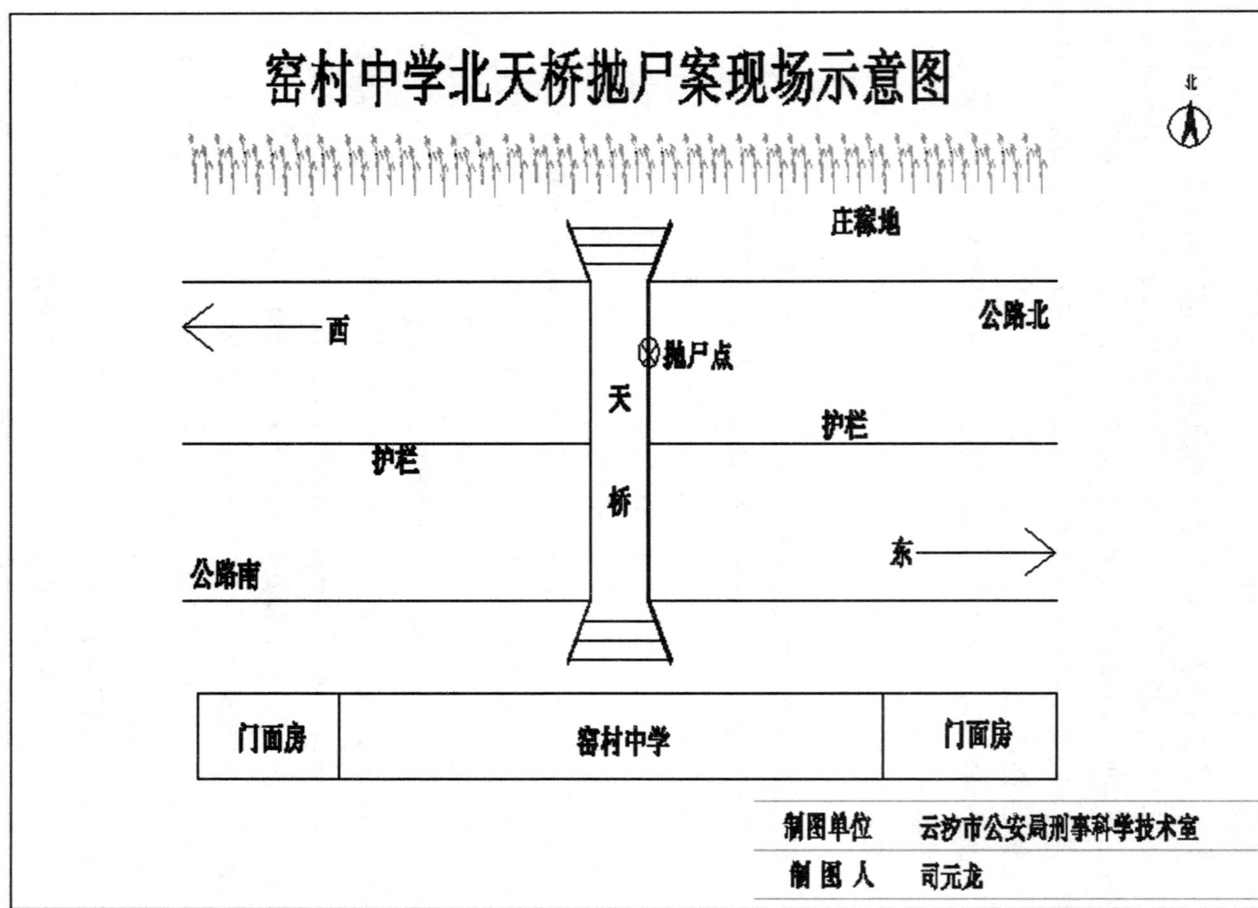
窑村中学北天桥抛尸案现场示意图
北
庄稼地
西
公路北
抛尸点
天
桥
护栏
护栏
公路南
东
门面房
窑村中学
门面房
制图单位 云沙市公安局刑事科学技术室
制图人 司元龙

本地属于中等偏下水平。”

老贤蹲在天桥拐角，指着一堆烟头对我说：“小龙，这些烟头上都有嫌疑人的鞋印，会不会是嫌疑人抽完接着用脚踩灭的？”

“贤哥你说的我刚才就注意到了，烟头上有大量鞋底拧动的痕迹，烟卷是嫌疑人抽的。”说完，我从勘查箱中取出镊子，夹起一只烟头，“黄山香烟，售价7元，烟头处的牙齿咬痕多且集中，唾液斑浸入面积大，嫌疑人习惯用嘴叼着烟卷，而且烟瘾很大。”

老贤：“能不能从烟头痕迹上看出点什么？”

我看了一眼烟头所处的方位，说道：“这里是天桥上行的拐角处，用于学生上下的楼梯入口安装有人工推动的挡板，而天桥的四周护栏均是铁皮围制，这样就形成了一个完全无风的环境，嫌疑人在抽烟时，没有风力的干扰，会形成柱状的烟灰，可我们这个现场并没有发现柱状烟灰，也就是说，嫌疑人在抽烟时虽然没有受到风力的影响，但不代表没有受到其他外力的影响，比如手、嘴唇、牙齿等部位的抖动等。而这些轻微的动作在快速抽烟时，影响并不是很明显，只有嫌疑人在缓慢抽烟时，才会让烟丝一点点地灼烧，形成现在这样的星芒状烟灰痕迹。”

老贤有些不解：“嫌疑人来这里抛尸，还有心思品烟？难不成他在等人？”

“不是等人，是等车。”明哥收起卷尺，“四袋尸块，均被扔在了‘石猴’的货车上，这是为什么？”

胖磊一拍脑门儿：“对啊！难不成这家伙跟‘石猴’有仇？”

明哥摇摇头说道：“我刚才测量了天桥到地面的高度，只比一般的货车高出50厘米，而我们在勘查现场期间，也有几辆货车从天桥下经过，这些车辆无一例外均减速慢行，这个天桥不光是为了方便学生通行，它还起到了限高的作用。”正说着，明哥跺了跺脚，天桥发出沉闷、厚重的金属声响，“全钢架结构，大货车就是想冲卡，也只能是以卵击石。这个设计估计是为了防止那些采石场老板用更大的货车运送石料。”

老贤说：“如果道路上都是大型货车，绝对有极大的安全隐患，看来政府在这里建造天桥绝对经过了深思熟虑。”

明哥说：“我刚才掐表算了下时间，在白天光线很强的情况下，一辆货车从减速到车辆完全从天桥下驶出，总时间约为九十秒，而这个时间要是在视线不清的夜晚，恐怕会更长。

“成年人从天桥下步行至抛尸点，只需三十秒，也就是说，当货车减速驶出天桥时，嫌疑人有足够的时间抛尸。

“嫌疑人抽烟的位置，正好可以看见货车的侧面，而车队的标志也均喷涂在车身两侧，所以我有理由怀疑，嫌疑人在这儿慢条斯理地抽烟，等的不是人，而是车。”

明哥的分析我也很赞同，可奇怪的是，嫌疑人为什么只选择“石猴”的车队？他把尸体抛在车上的目的是什么？就算抛尸时没人在意，可货车一旦行驶到目的地，尸体被人发现也只是时间问题。这种画蛇添足的做法，远不如弃尸荒野来得隐蔽，嫌疑人为何要多此一举？

就在我万分纠结之时，胖磊提出了一个假设：“你们说，嫌疑人会不会是针对‘石猴’，而这两名死者或许就是‘石猴’的亲戚？”

明哥说：“在事情没有调查清楚之前，什么情况都有可能。叶茜，这件事就交给你们刑警队了。”

“好的，冷主任。”

明哥接着说：“嫌疑人既然能把两具尸体运到这儿，就一定有交通工具，小龙，咱们到天桥下端的路面上看看。”

我“嗯”了一声，提起勘查箱，跟在明哥身后下了楼梯。

不得不说，有时候脏乱差对现场勘查确实有一定的帮助，就在我刚走到楼梯口时，一个被挤爆的纸质酸奶瓶引起了我的注意。首先，酸奶瓶所在的位置正好在天桥楼梯与地面的夹角处，应该是有人在下楼梯时，贴着扶手扔下的，位置相对隐蔽，除非是有人故意踩上去，否则来往路人是不会触碰到那里的。其次，从酸奶瓶中喷出的酸奶虽然已经干涸，但表面并没有出现裂纹，时间应该不超过两天。再次，也是最重要的一点，嫌疑人的半只脚印和一条残缺的轮胎印显现在了凝固的酸奶之上。所以我有理由怀疑，酸奶被挤爆的外力，一定是来自嫌疑人。

因此要想推断出嫌疑人的运尸工具，我只能从那半条轮胎印上下手。好在轮胎花纹具有对称性，虽然遗留在现场的轮胎印只有半边，但我依旧可以根据半边轮胎印的测量数值推断出轮胎的类型。

当我利用游标卡尺测出精确数值之后，我得出了我的最终结论：“轮胎宽12厘米，运尸工具是三轮摩托车的可能性很大。”

明哥说："两具尸体，四个编织袋，小的电瓶三轮车装载量没有那么大，估计嫌疑人使用的是汽油动力车。嫌疑人抛尸的时间在半夜12点左右，那时候路上鲜有车辆，如果一辆三轮车驶过，还是比较容易分辨出来的。焦磊。"

"在呢，明哥。"

"你留下来调取附近的监控，看看能不能找到嫌疑人驾驶的三轮车。其他人，跟我去殡仪馆。"

"明白！"众人异口同声地说。

本案的尸体解剖一共可分为两个部分，一个是胸腹部解剖，另外一个则是面部还原。第一项是每具尸体必须经历的环节，而第二项却是这起命案附加的特殊程序。

两名死者的头面部全部被烧焦，要想确定尸源，只有两条路，第一条是筛选失踪人口，第二条就是颅骨复原。

就目前来看，第一条全靠运气，而且工作量很大，因为本案的被害者为老年人，这个年龄段在走失群体中占有很大的比例，如果逐一筛选，绝对是费时费力。

第二条颅骨复原相对第一条要靠谱很多，我们可以先还原出死者的大致容貌，再接着筛选，这样就有了针对性。但复原的前提是，颅骨必须经过"骨肉分离术"。这项技术是法医的基本功，我也曾见明哥操作过几次，那种画面，真是笔墨都难以形容。

而就在明哥集中精力进行第一道工序时，一个细节还是没能逃过他的眼睛："死者颈部有点状横线出血点。"

负责记录的叶茜随口问了句："冷主任，这种伤口是怎么造成的？"

我插了句嘴："会不会是威逼伤？"

明哥把口罩下拉露出嘴巴："是锐器伤所造成，且伤口分布集中，符合威逼伤的特点。"

我之所以能准确地判断出"威逼伤"，这绝对拜"阅尸无数"的明哥所赐。刚上班那会儿，他可没少把带有彩页的法医解剖图谱翻给我看，按照书上的归类，通常情况下，我们在尸体上找到的伤口可以分为三大类：

第一类，威逼损伤。嫌疑人通过直接侵害受害人身体的方式，迫使他听从命令，从而在体表留下肉眼可见的损伤。在实际的案例中，可表现为语言逼迫、持器械逼迫等等。通常情况下，威逼伤多使用锐器，偶尔也有徒手的情况，比如说掐脖子、拽头发等。

第二类，毁证损伤。它是指嫌疑人为了达到破坏被害人面部特征的目的，在人体上形成的损伤。最常见的就是碎尸、焚尸、剥脸、挖眼等。

第三类，欲望损伤。它是指嫌疑人为了满足欲望或者发泄心理而对被害人实施的损伤。就拿大家熟知的“白银连环杀人案”来举例，嫌疑人割阴、挖乳就是典型的欲望损伤。

而很多情况下，一起案件是多种损伤并存，比如这起案件，嫌疑人毁容、分尸的行为则属于毁证损伤。

明哥接着又说：“威逼伤比较集中，均在颈部。嫌疑人曾多次用锐器顶住死者的脖子。”

叶茜不解地问：“冷主任，两名死者这么大年纪，而且从穿着上看，也不像是有钱人，嫌疑人威逼的目的是什么？”

明哥摇摇头：“侵财和性侵应该都可以排除，但有没有其他隐情，暂时不得而知。”

叶茜“嗯”了一声，没有再说话。明哥则手持柳叶刀继续进行解剖。

“从血液凝结以及颜色看，没有中毒迹象。

“内脏器官无明显病变。

“阴道内无分泌物，无死前性行为。”

…………

接下来的一个多小时，均没有发现任何异常情况，直到提取胃内容物时，明哥原本舒展的眉头又拧在了一起。

“死者吃的这是什么？怎么这么大的量？”叶茜望着老贤手中满满一盆糨糊状的白色食糜问道。

明哥没有解释，而是接着切开了另外一具尸体的胃部，让所有人都没想到的是，同样状态的食糜又装了一盆。

待老贤把两具尸体的胃内容物一滴不落地取出之后，明哥随手将柳叶刀扔进消毒池，发出“当啷”一声脆响，他长舒一口气说道：“死亡原因已经知道了，两个人都是急性胃扩张压迫腹腔内的血管，导致器官缺血损伤而死。”

就在叶茜还不知道明哥到底说的是什么意思时，我和老贤齐刷刷地点了点头。如果把明哥的话翻译得简单点，就是说两名死者其实是被活活撑死的。

众所周知，人的胃有两个端口，进口叫贲门，连接食道，出口叫幽门，连接十二指肠。通常情况下，我们吃进的食物从贲门进入胃腔，在胃内充分消化后，经过幽门进入肠道。一旦食物超出胃腔所能容纳的极限，人体就会启动自我保护机制，排出多余的容量，最为常见的就是呕吐。但呕吐只是人体的一种应激性反射，有很多时候，呕吐无法发生，当大量液体或固体积聚在胃内，超过了胃能容纳的极限时，胃壁会因为过度扩张而丧失收缩的能力，此时靠自己已无法自行排出这些内容物，就会造成急性胃扩张。单是急性胃扩张并不会引起死亡，但是极度扩张的胃会压迫腹腔内的血管，引起相应器官缺血，造成损伤。

通常情况下，想要撑死一个人极为困难，但在特殊条件下，撑死的现象也时有发生。尤其人在高度紧张、恐惧之时，很难产生正常的应激反应，许多人常说的“吓尿了”“吓屎了”就是基于这种情况。本案两具尸体上均有多处威逼损伤，面对死亡威胁，受害人被迫吃下大量的食物，导致活活撑死就不足为怪了。

叶茜问：“国贤老师，你看出来胃内容物是什么了吗？”

老贤把视线从显微镜下挪开：“像是馒头渣，具体成分还需要化验。”

明哥说：“治安支队成立了一个打击非法炸山的联合专案组，这起命案正好发生在专案组调查期间，有些方面治安部门[①]的民警比咱们专业，叶茜。”

“冷主任，你说。”

“待会儿尸体解剖结束，你联系一个熟悉情况的专案组成员参加我们的案件分析会。”

“明白！”

---

① 剧毒、危险化学品、爆炸物都属于治安部门管理的范围，只有治安大队的民警才熟知这些危爆物品的使用和管理方法。

四

晚上8点，现场勘查案件分析会准时召开，“‘10·3’非法采矿专案组”的主管民警张珏应邀出席了会议。

明哥先是把案件调查的情况向张珏做了一个简单的介绍，接着便开始今天晚上重点问题的讨论，因为张珏是第一次参加这种会议，所以明哥用比较通俗的说法介绍道：“尸体解剖已经证实，两名死者是吃了大量食物而撑死的。”

四十多岁的张珏听到“撑死”二字先是一愣，然而没过多久便恢复了平静，他并没有刨根问底，只是在笔记本上仔细记录，这也是他参加多年公安工作养成的良好习惯。

明哥说：“死者颅面骨已经处理完毕，明天就可以动身去刑警学院。叶茜，刑警队那边有没有检索到符合条件的失踪人口报案？”

“暂时没有。”

“‘石猴’的关系网有没有失踪人员？”

“也没有。”

“好，回头通知徐大队，让他派两名侦查员，明天跟着小龙一起去刑警学院做颅骨复原。”

“好的，冷主任。”

明哥吩咐完，继续说：“死者的皮肤表面有轻微化学反应痕迹，尸体腐败并不明显，可以确定的是，两名死者的死亡时间不长，但因为外界干扰，无法确定具体的死亡时间。法医方面暂时还没有什么指向性的破案线索。小龙，痕迹检验有没有什么新的情况？”

“我提取了两名死者的指纹和足迹样本在系统中做了比对，无法核实两人的身份，除此以外没有发现。”

“焦磊，说一说视频的情况。”

胖磊回了声“好的”，接着点开了剪切完毕的监控录像：“嫌疑人分4次抛尸，中间有时间间隔。根据视频显示：10月4日凌晨0点05分，‘石猴’编号为‘SH1’的货车出现在天桥西侧文明路与永利路十字路口的监控画面上。”胖磊点击暂停，指着镜头上的白色反光说道，“你们看，这时车上已经被嫌疑人抛掷了第一袋尸块。”

胖磊点击播放，画面恢复流畅："接下来的近十五分钟里，从天桥下驶过三辆货车，均没有发现白色编织袋，而这三辆车恰好也不属于'石猴'的车队。"

视频播放了一会儿，胖磊又"吧嗒"一声，点击了暂停键："第二个编织袋出现，从车身上的银光漆很容易分辨，是编号'SH3'货车。

"下面的两段视频分别记录'SH5''SH8'两辆货车的抛尸时间，从我截取的四段视频上不难看出，嫌疑人只针对'石猴'的货车抛尸，这一点和我们分析的完全一致。"

明哥"嗯"了一声："之前只是推测，而现在从视频上来看，'石猴'的这4辆车在行驶的途中明明有别的货车穿插其中，但嫌疑人均没有选择其他车辆抛尸，其目的性可见一斑。"

胖磊说："我随后又调取了沿路大大小小十几处监控，它们都是安装在窑村中学附近的私人监控。通过观察，整晚都没有三轮车、摩托车之类的车辆出现在学校门口附近。也就是说，嫌疑人是从天桥北边上桥抛尸，这一点也同小龙分析的一致。

"我以栏杆为界，把天桥北段按照地形分为四块，由南向北依次是双车道柏油路、绿化带、人行道、庄稼地。

"天桥所在路段名为文明中路，西边与永利路相交，东边直通窑村美食街，全长5公里。嫌疑人驾驶车辆如果从其中任何一个地方驶入天桥，那在路两端的360度全景覆盖的监控上就一定可以发现。可遗憾的是，不管是在抛尸时间还是在抛尸结束后，均无符合条件的三轮车出现。

"可能是政府部门考虑到安全问题，文明路全程除了较大的十字路口可以拐弯，其余路段均用铁栏杆阻挡，因此嫌疑人不可能来自路的南段，所以公路北段5公里范围内的村庄才是我们下一步要摸排的重点。"

明哥眉头一紧："5公里看似距离不长，但是存在太多的可能性。"

胖磊点点头："说的没错，村庄里四通八达，路通路，路绕路，嫌疑人是不是居住在这个范围内，我也说不准。我这边情况暂时就这么多。"

明哥停下笔，望向老贤："国贤，你有没有什么发现？"

老贤扶了扶眼镜，接着拿出一沓报告："第一份检材是在死者面部提取的燃烧残留物。经过检验，残渣是硝酸铵、木屑、硫黄按照一定比例在高温下炒制的硝铵类炸药。"

“什么？您刚才说的是硝酸铵炸药？”半天没有说话的张珏突然开了口。

老贤点点头：“对，是硝铵类炸药，而且炸药燃烧十分完全，几乎没有原料浪费的情况，能把炸药炒制成这样的水平，也是个行家里手。”

张珏警官可能感觉到自己突然插话有些不妥，于是他抱歉道：“对不起，我只是确认一下，您接着说。”

“没关系。”老贤客气了一句，继续道，“接着，我在两名死者的耳道、口腔、鼻腔以及整个皮肤表面，全部检出了硝酸铵的成分。硝酸铵易潮解，在溶解的过程中大量吸热。本案的尸块上，并没有明显的血迹，我怀疑嫌疑人在肢解尸体的过程中，极有可能是利用了硝酸铵易吸水的特点。”

听老贤这么一说，我忽然眼前一亮：“编织袋，全自动封口机，大量的硝酸铵，也就是说，嫌疑人是在某个生产硝酸铵的厂区里作案的？”

叶茜也紧跟着打了一个响指：“那接下来我们刑警队只要在文明中路北段5公里的范围内，看看有没有生产硝酸铵的厂家，案件或许就能真相大白了。”

“对不起，我能不能打断一下？”当了几十年治安警的张珏终于坐不住了。

“张警官，你说。”

“那个，陈国贤警官，我能不能问一下，您检出的硝酸铵浓度是多少？”

老贤低头看了一眼报告：“硝酸铵含量达99%。”

“哦，我知道了，您继续。”

老贤不知道张警官葫芦里到底卖的什么药，见张珏并没有继续说下去的意思，老贤只能顺着往下说：“烟头上的DNA，基因型为XY，嫌疑人为男性，目前身份信息不明。

“死者胃内食糜遇碘变蓝，说明其中含有大量的淀粉，经过成分分析，胃内容物的主要成分就是水和馒头。

“馒头被咀嚼得很细，按照普通馒头正常的泡发重量来推测，两名死者大约吃下了三十个拳头大小的发面馒头，馒头在水的作用下迅速扩张，最终导致两个人活活被撑死。

“另外，我还在食糜中检出了另外三种物质，分别是二氧化钛、滑石粉、硫酸铝钾。

“第一种，二氧化钛，也叫钛白粉，它是一种白色固体粉末，无毒、不透明、具有最佳白度和光亮度，被认为是目前世界上性能最好的一种白色颜料。

二氧化钛可以作为食品白色素，增加食品的颜色和光亮度。根据医学研究证实，二氧化钛进入机体后可以转运到大脑、心脏等生命重要器官，对心脏、肝、肾、脑等组织造成严重的影响。

“第二种，滑石粉，它也是一种白色粉末，手摸有油腻感，常被混入面粉制品中，起到增白的作用。滑石粉颗粒会引起卵巢肿瘤和肺部肿瘤。

“第三种，硫酸铝钾，也就是我们常说的明矾，它是传统的净水剂，一直被人们广泛使用。明矾可以使面食变得膨胀、柔软，但明矾中含有铝离子，对大脑有伤害，长时间食用容易导致大脑反应迟钝，甚至痴呆。

“根据国家卫生部汇总的《食品中可能违法添加的非食用物质和易滥用的食品添加剂名单》，这三种物质经常被非法添加在面食制品中。咱们云汐市最近一直在开展‘打击食药犯罪’的专项行动，正规生产馒头的商家都被反复抽检过，他们不敢顶风作案，所以我怀疑，嫌疑人购买的这些馒头，肯定是来自家庭小作坊。”

老贤说完，我提出了一种假设：“馒头这种食品隔天就坏，一次性购买这么多，卖馒头的商贩或许能提供点线索？”

“三口之家，拳头大小的馒头，四到六个已经足够，如果是一次性购买三十多个，不会没有印象。”叶茜也跟着附和。

明哥也很认可：“馒头一般都是就近购买，重点摸排卖馒头的摊主，或许是条捷径。国贤，你那里还有没有要说的？”

老贤摇摇头。

一轮下来，只有治安民警张珏始终稳如泰山，明哥见张珏已经把记得密密麻麻的笔记本合上，于是客气道：“张警官，麻烦你再说一说？”

张珏微微一笑：“冷主任，技术性的东西，我不是很懂，但我可以说一说我治安专业方面的东西，或许你们听后可以给案件侦办带来一些帮助。”

“哦？那就麻烦张警官了。”

“冷主任客气。”

张珏没有过多地客套，张口就来：

“首先我来说一下硝酸铵。依照《民用爆炸物品品名表》的标注，硝酸铵为民用爆炸物原材料，属于治安部门的监管范围。

“咱们云汐市，能生产硝酸铵的厂家就只有一个，全称叫湾淮化工有限责任公司，我平时称呼它为‘化工厂’。因硝酸铵可用作肥料，所以在2003年以前并没有被列入爆炸物管控，但随着越来越多的人用它炒制炸药，国家在2003年以后，把硝酸铵列入管制范围，并明令禁止销售给私人。目前只有拿到相应资质的公司才具备购买条件，而且在硝酸铵的销售环节还需要公安局治安管理部门开具购买证。

“作为化工厂，硝酸铵的生产、销售都有着严格的规定，规定细到每袋产品的重量、浓度成分、生产厂家、国家标准号，都要清楚、明白地打印在包装袋上，以备出事后责任调查。

“硝酸铵的生产需要大型的生产车间和设备投入，我们先不管生产资质这些软件问题，动辄几千万、上亿的硬件投入，就不可能存在私人生产的可能。

“湾淮化工不仅在我们云汐市，就是在全省，也只有他们一家具有生产硝酸铵的资质。而湾淮化工只生产浓度在95%以上的固体硝酸铵，这种硝酸铵可用来生产炸药。

“高浓度的硝酸铵，从生产、运输、存储到销售，都有着严格的监管。

“按照硝酸铵生产企业的管理规定，凡是运输硝酸铵的车辆，进入厂区都要空车称重，装货出厂时还要核查载重。比如载运40吨的货车，空车重10吨，那载货出厂时绝对不能超过50吨，就算存在误差，也不允许超过50公斤。

“虽说规定很严格，但是湾淮化工并没有这么做。我们联合专案组在调查非法采矿的炸药来源时，就发现湾淮化工有一个十分严重的管理漏洞。

“湾淮化工只是生产厂，并不具备运输条件，所以产品运送全部都外包给有运输资质的公司去完成。

“也就是在这个环节，我们专案组查出了巨大的问题。

“早些年硝酸铵开放时，购买容易，价格一直不高。到后来受到管制之后，购买受限，价格便一路攀升。化工厂每吨的出厂价在1200元，而黑市上却卖到每吨6000元，就这样还是有价无市。巨大的利润差让很多运输车队开始铤而走险。

“按照规定，运输车辆进入厂区之前都要称重，但由于每天的运输量很大，具有运输资质的车队就那么几家，再加上常年的业务往来，相互之间都彼此熟悉，驾驶员只要给测重员一些小恩小惠，便可蒙混过关。比如10吨的车，装货量40吨，运输车队只要保证出厂的总重量不超过50吨的报警线，他们就会睁一只眼闭一只眼。

“而运输车队为了能偷偷窃取硝酸铵，就想方设法在这个很不起眼的漏洞上大做文章。我们查到的一家运输公司，他们的货车在进厂前，都是使水箱和油箱处于完全放空状态，进入厂区时，空车的总重量就会下降，这样便可以装载更多的硝酸铵。而货车出了厂区，又会把水箱和油箱全部加满，这样一来，每一辆车都可以扣下不少的硝酸铵。而这些看似不起眼的硝酸铵，竟然都成了每个运输公司的巨额利润来源。

“光这么说，各位可能不知道贩卖硝酸铵到底有多赚钱，我给各位计算一下，大家就知道了。按照一般长途货车的水箱300升、油箱150升计算，那么一辆货车单趟就可以私扣近半吨的硝酸铵。

“我们目前已经掌握，与湾淮化工有合作关系的运输公司有三家，最小规模的公司也有三十六辆货车。

“我们就以最小规模的公司来计算，车队每天可以用此方法私扣18吨的硝酸铵，折算成黑市6000元一吨的价格，一天就是10多万的收入。”

“10多万元？”不光是胖磊，我们也被这个数字惊得说不出话。要知道，在云汐市，警察一年的所有收入加一起也不过5万，这些车队光是靠玩儿个手彩，一次性就能进账10万，怎么能不让人惊讶。

张警官接着说：“一个车队的运输周期也就是三到五天，这样算下来，最不景气的车队，每年光靠私自倒卖硝酸铵，也能赚七八百万。”

“七八百万？这可比跑运输来钱快多了。”胖磊喊了句。

“对，所以很多运输公司干到后来，跑运输就是一个幌子，实际上私底下都干着贩卖硝酸铵的勾当。刚才陈国贤警官也说了，硝酸铵、木屑、硫黄按照一定比例炒制就是硝酸铵炸药，这种炸药被广泛地用于开山炸石。

“为了掩人耳目，让人查不到硝酸铵的具体来源，很多商贩会更换原厂包装，而白色无字编织袋就是他们最常用的外包装。”

明哥问：“张警官，照你这么说，嫌疑人可能是在某个私自贩卖硝酸铵的窝点内？”

“硝酸铵贩卖都是密封成袋销售，不会有散落的情况出现，而刚才陈国贤警官说，尸体表面都残留有大量的硝酸铵，这一点在销售环节不会出现，所以我怀疑凶手应该隐藏在某个私炒炸药的窝点内。”

明哥眼睛一亮：“哦？张警官，能跟我们具体说说吗？”

张警官“嗯”了一声，接着说道：“硝酸铵炒制成炸药也是门技术活，这个活可不是谁都能干，它需要有专业经验的人去完成。咱们云汐市对矿山资源的保护相当到位，这样一来与云汐市搭界的本埠市就成了私采的重灾区。

“而本埠市山石的硬度大，如果炒制的炸药质量不合格，就有可能炸不响，形成‘闷炮’。‘闷炮’严重时，能造成山体滑坡，如果倒了霉，炸山者集体被埋的情况也发生过。

“为了避免这种高风险的情况，在我们云汐市就有了专门炒制炸药的窝点，他们以6000元每吨的价格购买硝酸铵，自己炒制，把炒制成的成品再以每吨6500元～7000元的价格出售。

“刚才陈国贤警官提到一个细节，就是凶手使用的硝酸铵炸药燃烧十分完全，所以我有理由怀疑，凶手可能是在某个制药窝点中工作。”

明哥问：“张警官，窑村附近，这种窝点多不多？”

“因为窑村距离本埠市很近，所以这种制药窝点大多分布在窑村的周边，而且隐蔽性极强，一般人很难从外观上发现异常，具体有多少，我们目前也不掌握。”

“行，我知道了，您继续。”

张警官端起水杯，喝了一口：“这个说完了，下面我来推测一下凶手的动机。

“我们专案组已经核实，‘石猴’和公路局检查站的站长是亲戚关系，由于有了这层关系在，‘石猴’的石料厂生意做得很大，他的工厂也是唯一能直接碎石的石料厂。”

张警官见我们都面露疑色，他又开口解释道：“可能各位有所不知，从山上开采下来的石头必须经过碎石机打成指甲盖大小的颗粒才能销售。一套碎石设备每次开机的用电费用极大，所以很多小的石料厂都是等石头聚少成多以后，再开机打碎。

“刚才监控我也看了，当晚的三十四辆石料车，光‘石猴’一家就占了二十辆，因为‘石猴’的开采量巨大，所以他的碎石机几乎每天都开。

“按照碎石机的工作程序，货车司机到达石料厂，会直接把车斗中的石头卸在传送带上，石料被传送带快速送入大型的碎石设备，一车石头十几分钟就能变成石渣。

“大型碎石机的功率很大，尸体被卷入，能绞得连骨头渣都看不见。曾经一个石料厂就发生过类似的事故，一个修理工失足掉进了碎石机，几分钟就成了一摊烂肉。”

听到这里，我已经脊背发凉，这绝对是我有生以来听到的最为完美的灭尸手法。试想，如果不是“石猴”的车队凑巧被拦下，这两具尸体估计早就变成了盖楼的混凝土。

“感谢张警官帮我们解决了两大难题。”明哥客气地扔过去一支烟。

“能为传说中的‘尸案调查科’服务，是我的荣幸。”张警官哈哈一笑。

明哥双手抱拳，表示感谢。

张警官抽了一口烟又说：“我们联合专案组也在寻找炒制炸药的窝点，只要有新的进展，我随时和冷主任汇报。”

“那就太感谢了。”

“我这边没有什么要说的了，冷主任，您这边要是没什么事，我就先回专案组，那边还有些事情要处理。”

明哥起身相送：“行，张警官慢走。”

“冷主任留步。”

明哥也没瞎客套，只是简单地表达了谢意，接着便返回了会议室。

见明哥已经坐稳，我开了口：“依照张警官所说，凶手选择‘石猴’的车队抛尸，完全是为了毁尸灭迹，说明凶手对‘石猴’的情况了如指掌，‘石猴’本身就干着开山炸石头的勾当。我们假设凶手是个私炒炸药的商贩，‘石猴’和他之间会不会有过交易？”

明哥表情严肃：“你说的不无可能，为核实具体情况，咱们接下来还有两个重点工作要推进。

“第一，就是颅骨复原。这项工作交给小龙，明天你带队去刑警学院找赵教授，我已经联系妥当。”

“好的，明哥。”

“第二，就是调查私人馒头作坊。嫌疑人会炒制炸药，而目前掌握的炸药作坊都在窑村附近，那么嫌疑人居住在窑村的可能性就比较大。馒头虽是主食，但在一个村子的范围内，加工手工馒头的作坊也不会太多，叶茜，这个工作就交给你们刑警队去完成。”

“明白。”

“对了，叶茜。”

“怎么了，国贤老师？”

“遇到可疑的馒头作坊，不要惊动，先买几个回来我化验一下，死者胃内的非法添加剂超标严重，具备检验的条件。”

“放心吧，国贤老师。”

五

深夜，天空如泼墨般漆黑，山林中几片树叶在沙沙作响，几分钟后，隐藏在山体中的石门被打开，屋内，乐剑锋倚在一把木质长椅之上，地面上已经堆积了不少的烟头。从他严肃的表情看，似乎正面临极大的压力和挑战。

“咔咔咔”的齿轮声，引起了乐剑锋的注意，他抬头看了一眼手机上的时间，时针和分针刚好都跳到了0点。

“乐哥。”

“丁磊，你一向都是这么准时。”

丁磊捕捉到了一丝不安：“乐哥，你怎么愁眉苦脸的，难道有什么事情发生？”

乐剑锋丢出一支烟，长叹一口气：“看来这件事比我想象的要复杂很多。”

“这怎么说？”

乐剑锋从口袋中掏出三小袋白色粉末，摆在面前的桌子上。

“这个是……”

“海洛因。”

“三袋海洛因？”丁磊有些摸不着头脑。

乐剑锋把燃烧的烟卷架在烟灰缸边缘，接着从口袋中掏出了三根塑料试管。

丁磊屏息凝视，只见乐剑锋将三袋白色粉末分别倒入三根试管之中，试管被分多次摇匀，一分钟后，原本透明的溶液，分别呈现出红、绿、蓝三种颜色。

“乐哥，这是什么情况，原本都是白色的海洛因，怎么都变颜色了？”

乐剑锋重新拿起烟卷，深吸了一口：“之前我也不知道其中的秘密，这还多亏了咱们云汐市技术室的老贤。”

“老贤？乐哥，你是说那个搞检验的陈国贤警官？”

乐剑锋点了点头："说到这儿，不得不提金三角，金三角是位于泰国、缅甸和老挝三国边境地区的一个三角形地带，很多人都以为金三角这个毒窝的名称就是取自地名，其实不然。我和他们打交道这么些年，多少也知道一些别人不知道的情况。

"金三角其实被三支武装军占据，分别是白熊武装军、猎豹武装军以及灰狼武装军。这三支武装军曾为了争夺鸦片产地，连年开战，导致大量的青壮年在战斗中被杀死，多年以来他们的力量此消彼长，让周边的政府军坐收渔翁之利，这三支武装军也意识到，如果再这么打下去，迟早有一天他们所有人都会被正规军一锅儿端。于是三方便达成了停战协议，各霸一方，形成三足鼎立之势，这才是金三角这个地名的真正含义。

"市面上流通的海洛因分为四个档次，分别称作'1号''2号''3号'和'4号'。

"'1号'海洛因是粗吗啡碱；'2号'海洛因是单乙酰吗啡；'3号'海洛因相对要纯一些，有'香港石''棕色糖''白龙珠'等俗称；'4号'海洛因的二乙酰吗啡含量最高可达98%，纯态时为白色粉末。

"而三支武装军都以生产高纯度的'4号'海洛因为主要供货源。按照三方约定，三支武装军都有自己固定的供货渠道，后来我才知道，他们为了防止有人恶意打入自己的渠道，每支武装军都在自己生产的毒品中添加了一种化学物质。这种化学物质在遇到特殊试剂时会产生变色反应。

"当年'行者计划'收网，我被分配到了技术科，鲍黑集团涉及的所有毒品，都是陈国贤经手检验的，我当时按照冷启明主任的要求，给陈国贤打下手，他在分离毒品成分的过程中发现了这一特征。而且据陈国贤所说，这种工艺很复杂，一般人很难发现。听他这么说，我忽然感觉这件事有点蹊跷，于是我又从特殊渠道搞来了其他两支武装军的货，经过检验，结果证实了我的想法，那么多海洛因样本中，只有来自三支武装军的毒品才会有变色反应。

"反应结果显示，白熊武装军的海洛因遇到试剂会产生绿色反应，猎豹为红色，而灰狼则是蓝色。在我国境内出产的海洛因则不会有颜色变化。"

乐剑锋续了一支烟接着说："鲍黑是湾南省的大毒枭，也只有他可以和金三角搭上关系，他被干掉以后，湾南省的海洛因基本上都是来自内陆渠道。再加上这些年来多国政府干预，金三角种植罂粟者越来越少，所以金三角的毒品基本都被欧洲市场买断，能流入国内的更是少之又少。按理说，鲍黑被干掉这么多年了，白熊武装军的货，不可能还会在云汐市这个四线城市销售。”

“什么？云汐市还有金三角的货？”

乐剑锋点点头：“这段时间我跟踪了很多吸毒者，他们之间稍微有些财力的人，吸食的都是白熊武装军的货。虽然高纯度的‘4号’海洛因运到国内会被稀释、掺假，但海洛因中添加的化学物质并没有因此被破坏，我依旧可以用试剂检测出来。”

丁磊眉头紧锁：“鲍黑集团都已经被端掉快两年的时间了，而且鲍黑的货全部被公安局收缴并销毁，难道是公安局收缴的毒品流入市场了？”

“不可能。”乐剑锋一口否定，“当年鲍黑的货从收缴到检验再到销毁，我全程在场，我可以肯定鲍黑的‘家底’全部被处理得一点不剩。”

听到这儿，丁磊突然倒吸一口凉气：“乐哥，难道还有别的渠道？”

乐剑锋重重地点了点头：“我担心的就是这个，这也是我找你来的原因。我这些天一直在思考一个问题，如果事情真如我所料，那这件事可能比我之前想象的要复杂太多。”

“乐哥，你的意思是……”

乐剑锋沉吟了一会儿，说：“鲍黑集团一直和白熊武装军保持贸易往来，正是因为供货量极大，所以白熊武装军才派了猎鹰小队来确保整个毒品交易链条的安全。鲍黑为了讨好小队首领王志强，竟然不惜找人为他代孕七子用于祭祀，两人的关系可见一斑。

“据我猜测，鲍黑估计是嗅到了金三角要减产的消息，所以才会一次性购买5亿元的毒品。按照规矩，鲍黑要先把钱转过去，对方收到钱才会发货，而王志强带领的猎鹰小队，就是确保毒品的安全运输和销售。假如我是买家，我付出了整整5亿元，如果我看不见货，这个交易是否可以顺利达成？”

“那自然不会。”

“好，那咱们来看看目前金三角那边。从鲍黑集团被连窝端掉再到猎鹰小队被集体歼灭，白熊武装军有没有什么大动作？”

“乐哥，你这么说还真是，这一两年好像也没有发现什么异常。”

“假设鲍黑的钱没到位，那白熊武装军不可能心甘情愿把毒品留在国内。可毒品没有运到内地，鲍黑也不可能白白扔了5个亿连一个屁都不放。虽然他自己被枪毙，但还有老婆孩子一大家，5亿元，对谁来说都是一个天文数字。既然交易双方都没有提出异议，那只有一种可能，就是两者之间的交易已经顺利完成了。

“而王志强的猎鹰小队，对白熊武装军来说就是毒品交易的‘赠品’，就算他们全部死在中国，也不会激起白熊武装军的愤怒，也正是因为这样，鲍黑被端掉后，湾南省才会如此太平。”

“我怎么越听越糊涂？”

乐剑锋阴着脸：“我有个大胆的假设。”

“什么假设？”

“我担心你我都成了别人的棋子。”

“棋子？这又从何说起？”

“正常情况下，白熊武装军的货两年前就不应该在湾南省出现，可事实上并非如此，这个货是从哪里来的？

“王志强在临死时，为什么会告诉我毒品埋藏地的坐标？他是真的想置我于死地，还是在帮助某股势力转移视线？

“鲍黑虽然是湾南省的大毒枭，但一次性购入5亿元的毒品，假如他没有靠山，他是从哪里来的自信能吞掉这么大批量的货？还有，为何鲍黑死后，白熊武装军的货还在销售？”

乐剑锋一连串的问题，让丁磊听得直冒冷汗，他跟了乐剑锋那么多年，不可能不知道乐剑锋要表达什么。

“我怀疑鲍黑是棋子，王志强是棋子，你我都是棋子，估计鲍黑集团被灭之后，暗中的操纵者已经嗅到了危险，故意让王志强在死前给我设个局，好让所有人把注意力都集中在我身上，而实际上那5亿的毒品早已在幕后悄悄地销售了。要不是我碰巧知道了其中的秘密，或许咱们一辈子都会被蒙在鼓里。如果我的猜测无误，那个幕后主使，真是给我们所有人都摆了一个迷魂阵。”

“乐哥，那下一步我们该怎么办？”

乐剑锋从口袋中掏出一张写满字的白纸：“这是我在技术室抄下的试剂原料，你去多买一些，我回头多配些检验试剂，等试剂配好后，把咱们手里信得过的兄弟都撒下去，让他们去查，看看咱们云汐市到底有多少人还在吸食白熊武装军的货，多个人就多条寻找上家的线索。”

“明白。”

六

待查的两条线索分开进行。

颅骨复原出的人像经云汐市电视台滚动播出后，收效显著，当天就有疑似死者家属联系了派出所。老贤通过DNA比对，最终确定了两名死者的身份。

郑明英，女，六十二岁，退休。根据她儿子回忆，她是10月1日购买的火车票，准备去女儿家里看外孙，因为她经常独自一人离开，所以她的儿子也就没当回事。直到她的儿子看见电视上的新闻，怎么看怎么感觉照片上的人就是自己的母亲，接着便拨打电话跟姐姐核实，姐弟俩一通话，才发现出了问题，自己的母亲竟然已失踪多日。

李秀兰，女，五十六岁，清洁工人，独居。10月2日在上班时间失踪，当地环卫局的分管领导寻人未果，便联系了李秀兰的女儿，其女儿认为母亲可能是临时有事离开几日，并未在意，直到看见新闻，才感觉事情不妙，急忙报警。

侦查员原本以为两人并无瓜葛，怀疑嫌疑人针对的是不确定性目标，然而随着调查的深入，侦查员发现，六十二岁的郑明英退休之前也是一名清洁工人，并且她和李秀兰还是同事关系，两人已经多年没有联系，且两人年事已高，跟外人很少接触，并没听说她们两人跟谁有过节。

都说办理碎尸案，一旦核实尸源，案件就等于破了一半，可谁承想，本案就是个特例，就算是尸源查清楚，也没有什么实质性的用处。无奈之下，胖磊只能按照明哥的指示，临时组成三十几人的视频侦查小队，沿路调取两人失踪时的海量视频，希望可以找到一些蛛丝马迹。

第一条线索要调查完全还需要些时间，而第二条线索的摸排却比想象中的简单。

窑村虽然有很多人靠开山炸石发了家，但是有钱人毕竟是少数，绝大多数的窑村人还只能靠一亩三分地过活。在窑村，两极分化特别严重，有钱人是豪车豪宅，穷苦人则吃糠咽菜。80%的窑村人平常都以自家种植的稻米为主食。偌大一个窑村，专门卖馒头的店也不过寥寥几家。

叶茜不管三七二十一，每家馒头店都买了点，用于抽检。经过老贤的层层筛选，终于确定了嫌疑人购买的馒头出自一家名为“老孙面坊”的面食店。这家面食店在窑村美食街可以说是颇具规模，主营的面食多达十几种，如馄饨皮、水饺皮、油条、包子、手工面条、死面馒头、发面馒头、锅贴馍、水烙馍等，因为经营的品种多样，所以食客络绎不绝。

叶茜站在店门口，看着蜂拥而至的食客，已经放弃了上去询问的念头。不过这次叶茜多长了个心眼儿，她把馒头店的监控全部拷贝了回来。

两条线索交会，一共调取了几十个G的视频录像。接下来的工作，胖磊成了主导。三十几人的视频侦查小队，在胖磊的统一调度下，连续奋战三日，终于有了重大发现。

“磊哥，有头绪了。”说话的是侦查员小郑。

胖磊闻言，赶忙把头凑了过去。

小郑说：“两名死者失踪时，这辆车均出现在监控画面里，从车身上广告贴纸的位置看，可以认定为同一辆车。”

胖磊前后做了一番对比，最终发现侦查员小郑并没有看错，随后车辆的照片被胖磊处理之后打印了出来。

嫌疑人驾驶的是一辆厢式三轮摩托车，这种车在早年曾是主要的载客工具，它是由三轮摩托和铁质箱体焊接而成，在箱体内还有两排木板可供客人乘坐。由于这种车无牌无证，现如今市区已经完全看不到了，但在云汐市偏远的农村，还是时常可见，尤其在窑村，几乎是随处可见。

车辆种类一确定，车体上的小广告就成了胖磊苦心钻研的目标。

看着密密麻麻的图像处理软件被他用得得心应手，我还以为胖磊能查出什么惊人线索，可到头来，还是空欢喜一场。胖磊“啪嗒啪嗒”敲了一夜键盘，只能看清广告纸上有一个“牛”字，其余的还是无法辨别。

得知这个结果，陪他熬了一夜的我，差点一口老血喷了出来。不过别看胖磊平时大大咧咧，思路却转变得很快，见广告纸没有头绪，他又开始潜心研究馒头店门口的视频。

按照他的说法，嫌疑人如果骑着三轮车去买馒头，这样也能找到踪迹。胖磊虽然底气十足，但现实情况哪儿有他想的那么简单，退一万步来说，就算是找到了嫌疑车辆又能怎样？窑村监控覆盖率那么低，嫌疑人要是驾车钻进乡村土路，那真是一点办法都没有。

我本以为我的想法已经足够糟糕，可谁承想，视频监控的内容更让人绝望。

胖磊以天为单位，把视频均分给视频侦查小队的人一同浏览，根据监控显示，近一个月内，压根儿就没有三轮车在面食店外出现过。

当我们都在纠结嫌疑人是如何瞒天过海之时，明哥却当机立断，把馒头店的老板、老板娘全都传唤到治安大队接受审讯。

依照《刑法》规定，馒头店出售的面点中含有非法添加剂，涉嫌“生产、销售有毒、有害食品罪”，而这条罪名正是治安部门管辖的范畴。

俗话说得好，“没有压力就没有动力”，当馒头店的老板、老板娘分别坐在审讯椅上时，那真是你问什么，人家就回答什么，而且是字字掏心、句句挖肺。

按照老板娘的口供，他们经营的面食店除了零售还有专卖服务。

所谓专卖，就是按照客户的需求进行定制，直接供货上门，客户多以饭店、餐馆以及夜间排档为主。胖磊根据视频分析，并没有发现可疑的零售买家，于是那些专卖客户就成了接下来调查的重点。

好在“专卖客户”都与馒头店保持长期供货关系，店内的账本上记录着所有店面的名称和联系电话。

常言道，“期望越高，失望越大”，当我翻开写着一大串饭店名称的记账本时，我已经有了想死的念头。

叶茜也跟着犯了难：“我去，这么多，最少也有几十家，这要调查到什么时候？”

“这还只是饭店，你想想这里面有多少从业人员，平均每个饭店按两人计算，也有百人以上。”

“小龙，咱们是不是忽略了一个问题？”老贤不紧不慢地在我身后提示道。

“问题？什么问题？”

“一般的家用刀估计没办法分尸吧？”

“那肯定不行，最起码也要剁骨刀啊。”

“那咱们这起案件嫌疑人用的是什么刀？”

“从骨切面上分析，应该是中号剁骨刀。”

“嗯，那就对了。你还记不记得，尸块骨面上留有少量的牛油？”

“牛油？”

“能在分尸的过程中沾染上牛油，是不是可以推断，这把刀经常切牛肉？”

我眼前一亮：“贤哥你这么一说，我倒是还想起一个细节。”

“哦？”

“嫌疑人在分尸的过程中，手法干净利落，对关节处拿捏得相当到位。虽然很多饭店都提供牛肉作为食材，但是如果是那种杂食性饭店，刀切完牛肉再切别的食材，肯定会清洗。若是在分尸的过程中刀面上还留有牛油，那唯一的解释就是，这把刀只切牛肉。”

“只切一种食材，还分牛骨，那是什么店？”叶茜小声地自言自语道。

“这还用想？”胖磊咽了口唾沫，“咱云汐市特产——牛肉汤啊。”

“磊哥，你果然是吃货。”

胖磊捏了捏满是胡楂儿的下巴：“嫌疑人能一次用这么多馒头作案，说明这个店馒头的供应量很大。按照咱们云汐人的饮食习惯，去一般的小饭馆，还是以米饭为主食的多。而以馒头为主食的，也只有那些带汤带水的饭店。比如鸡汤馆、蹄包汤馆、大骨汤馆、牛肉汤馆之类的。”

“磊哥，口水，口水。”

“滚犊子，说正事呢。”胖磊朝我瞥了一眼，继续高谈阔论，“嫌疑人驾驶的三轮车车厢上有‘牛’字，老贤又提取到了牛油，那不是牛肉汤馆是啥？叶茜，本子上有几家牛肉汤馆？”

“一共只有三家。”

“这就好办了，回头把三家牛肉汤馆的店员全部传唤过来，挨个儿放血比对DNA，我就不信他还能飞了不成。”

胖磊的思路，也是案件调查的核心走向。为了不打草惊蛇，二十几名侦查员兵分三路，于次日早上7点，牛肉汤店开门之际，实施抓捕。7点20分，抓捕行动结束，除了一家名为“小马牛肉汤”的店门紧锁外，其余两家均照常营业。

两家店员的血液被提取后，老贤第一时间做了分析比对，经检验，未发现嫌疑人DNA，“小马牛肉汤”的嫌疑逐渐上升。

为了确定这家店究竟是在何时关门停业的，胖磊查阅了派出所的城市监控系统。可让我们所有人都没想到的是，这家店的老板竟然在三天前，被几位警察带上了一辆牌照为“湾C2268警”的桑塔纳警车。

胖磊盯着电脑屏幕有些纳闷儿：“牌照是本埠市的，这家伙难道在本埠市也犯案了？”

“本埠市的警察来我们云汐市能调查什么案件？”明哥眉头紧锁，嘴中喃喃自语。

“难不成是开山炸石？”我提出了一种假设。

“不排除这个可能。”明哥说完，便拿起电话拨通了治安民警张珏的电话。

电话接通，明哥和电话那边简短地通话之后，便按了挂机键。

见明哥已经收起了电话，我赶忙问道：“什么情况？”

“‘湾C2268警’确实是本埠市联合专案组的警车，但具体情况张警官也不是很清楚，我等他一会儿给我回电话。”

众人听明哥这么说，都默默地点了点头，不再说话。

我和胖磊对视一眼，站在走廊里开始吞云吐雾，胖磊的心情好像很不错，接连给我说了十几个荤段子，逗得我咯咯直乐。很快，三支烟掐灭，我和胖磊都过足了烟瘾，再次返回会议室时，明哥的第二次通话已经结束。

胖磊问：“明哥，本埠市那边到底什么情况？”

明哥说：“本埠市抓错人了。”

胖磊很是惊讶：“什么？抓错人了？这怎么说？”

明哥说：“他们在调查案件的过程中，查实了一个专门加工炸药的嫌疑人，绰号‘飞机’，据说这个‘飞机’炒制炸药的手艺很高超，很多人都从他那里购买过成品炸药。根据炸山者的交代，‘飞机’本人在窑村经营一家叫‘小马牛肉汤’的店面，得知这一消息，本埠市直接收网，把店老板给抓了过去，可经过炸山者辨认，店老板并不是‘飞机’，而那个叫‘飞机’的人，很有可能是店老板的伙计，名叫李飞。但李飞已经在半个月前突然辞职，至今下落不明。”

我接着分析：“半个月，也就是9月30日前后，如果李飞是嫌疑人，他完全有作案时间。”

明哥：“就目前看，李飞的嫌疑很大。现在店老板还在本埠市，焦磊，你把嫌疑人驾驶的三轮车照片发到我手机上，我让张警官发给本埠市联合专案组的同事，看看店老板认不认识这辆车。”

胖磊回了句“好的”，然后按照明哥的意思把照片发了过去。

张警官没有耽搁，几分钟后便给了回话，经过店老板的混杂辨认，嫌疑人驾驶的厢式三轮车确定为李飞所有。

坊间流传这样一句话："当所有巧合都集中在一起时，那就是真相！"再狡猾的老鼠，也不可能斗得过精良装备的猫。在行动技术支队的帮助下，李飞的活动范围很快被确定，经过地毯式搜查，一座隐藏在山窝内的水泥厂房浮现在众人的视野之中。

厂房很大，有上千平方米，当特警使用破门器撞开铁皮大门时，厂房内除了一组笨重的封口机，再无他物。

接下来的现场勘查工作分为两步：第一步，检验封口机的编纬痕迹；第二步，在现场找寻微量物证。

虽然厂房被打扫过，但因厂房是依山而建，地面凹凸不平，要想打扫得干干净净绝不可能，假如这里是分尸现场，就不可能不留有血迹。抱着这个想法，老贤几乎用掉了科室库存的所有鲁米诺试剂，最终功夫不负有心人，老贤还是在不起眼的缝隙中抠出了微量凝结血迹。

血液样本经DNA检验，与死者郑明英完全吻合。而封口机的编纬痕迹也与装尸袋一致。至此，本案已取到了完整的证据链，三天后，嫌疑人李飞在福州落网，其在审讯中如实供述了自己杀人分尸的全过程。

七

这起案件要从一个叫李笑天的人说起。

李笑天的一生，平庸而无为，他像很多普通人一样，一辈子的过往只可以用一句话概括："1960年生，2012年死。"

如果非要提及他的一生有何风浪，那我们还要从头道来。

李笑天出身贫农，他的父母为了生计，农闲之时会做些糖馍补贴家用，从小跟着父母走街串巷的李笑天，十一二岁就学会了这门手艺。

李笑天的父亲原本是想让他继承家里的一亩三分地，但从小就走南闯北的他，心思早就跟着脚步变得浮躁，为了摆脱"庄稼汉"的标签，十六岁的李笑天在亲戚的介绍下，在一个国企食堂当了小伙计。

那时候不论什么单位，都流行吃大锅饭，常言说，民以食为天，所以不管在什么单位、什么部门，那个年代，食堂都有着不可撼动的地位。

云汐市在中国的版图上，虽处南北交界之地，但饮食习惯还是更偏向北方，古有“南米北面”之说，所以面食是云汐人碳水化合物的主要来源。当年，李笑天在食堂的主要工作就是跟着师傅做一些家常面点。

早餐：馒头、面疙瘩汤。

中餐：米饭、馒头、大锅菜。

晚餐：馒头、面条、水饺。

虽然偶尔也会变换花样，但多数都不离其宗。尤其是馒头，一天一千个，几乎是雷打不动。

李笑天从小有做面点的基础，可当他跟在大师傅后面学手艺时才发现，原来一个小小的馒头里竟然有这么多学问。

按照大师傅的说法，一个馒头要想做出名堂来，总共要把握四门学问。

第一门，选料。

馒头的主料是面粉，面粉的好坏直接关系到馒头的成败，上好的面粉要从三个方面去鉴别：

一是看色。好的面粉，一般呈乳白或微黄色。若面粉过于白亮，则说明里面可能放了不该放的东西；若贮藏时间长或受了潮，面粉的颜色就会加深。

二是闻味。新鲜的面粉有浓郁的麦香味。面粉如果稍有变质，不可避免地会有一股腐败发霉的味道。

三是手感。好的面粉，流散性好，不易变质。用手抓时，面粉会从手缝中流出，松手后不成团，手感滑爽，轻拍面粉即会四处飞扬。受潮、含水多的面粉，捏而有形，不易散，且内部有发热感，容易发霉结块。

知道了这三个技巧，选料这一关便可顺利通过。

第二门，和面。

在和面之前，还必须提到一样东西——“面头”。

那时候做馒头，不像现在有现成的酵母，一个上好的“面头”是面团发酵的关键。“面头”的制作，虽然是用面团自然发酵，但经验老到的大厨还是能找到其中不为人知的秘密。李笑天的师傅作为整个食堂的核心，做“面头”自然也有他的看家本事。依照他的经验，面团要想在短时间内发酵得又快又好，一个是温度，另外一个就是湿度。湿度在和面的时候已经把握准确，那剩下的就只有温度。他的独门秘术就是，用稻草把锅底烧热，接着焖火、放入笼屉，盖上面团，六个小时后“面头”便能出锅使用了。

把做好的“面头”用水化开，拌入面粉，接下来才是和面。

和面的第一步要控制水温。李笑天的师傅最拿手的就是冷水和面，水温严格控制在25至30摄氏度，这样和出来的面弹牙又筋道。

水温把握好后，接着就是第二步，计算面与水的比例。通常情况下，面粉与水要达到2：1的平衡，而且加水的过程中不能一次把水加足，要遵循“三步加水法”。面粉倒在面板上，中间扒出一个凹塘，将水徐徐倒入，用手慢慢搅动。待水被面粉吸干时，用手反复揉搓，让面粉变成许许多多小面片，又称“雪花面”。这样，既不会因面粉来不及吸水而淌得到处都是，也不会粘得满手满面板都是面糊。而后再朝“雪花面”上洒水，用手搅拌，使之成为一团团疙瘩状的小面团，称“葡萄面”。此时面粉尚未吸足水分，硬度较大，可将面团勒成块，再将面板上的面糊用力擦掉，用手蘸些清水洒在“葡萄面”上，最后再用双手将“葡萄面”揉成光滑的面团。这种方法可使整个和面过程干净、利索，达到“面团光、面板光、手上光”的“三光”效果。

面团揉好后，便是第三门，发面。

发面实际上就是“面头”中的酵母菌在面团内部无氧的环境下，把淀粉转化为糖释放出二氧化碳的过程。发面时，面团会因二氧化碳气体的释放而变得膨胀，面团内部也会因此漏出气孔，变得更有层次。发面的时候，一定要控制好温度，一般以27到30摄氏度为佳。

前三门全部做完，便到了最关键的一门，揉面。

揉面讲究的就是一个力道，在揉搓的过程中加入碱水，动作如同搓衣，揉面一定要达到三个效果：一是要揉出面团酸味，二是要揉掉面团空隙，三是要揉出光滑细腻的状态。

只有面团揉得晶亮，在大火水蒸后，馒头皮才能如婴儿肌肤，口感如甘蔗甜。

做馒头的这四门学问，李笑天从十六岁一直学到了二十二岁。他原本以为，这辈子会跟着师傅一直学下去，可谁承想，一张红头文件，让李笑天与师傅的情分就此结束。

李笑天没上过几年学，不知道师傅口中的政策是个什么东西，他只知道企业的破产让他没了出路，当然同样感到绝望的还有刚上班没几年的余娟。

余娟比李笑天小两岁，是企业的车间工人，因为她为人亲和、心地善良，李笑天对她很有好感。以前没有主动，还是迫于员工之间不能谈恋爱的制度。

现在企业倒闭，双方也到了谈婚论嫁的年纪，于是李笑天托师傅做媒，牵上了这根红线。

余娟也是贫农出身，本人对婚嫁也没有什么要求，而且李笑天是出了名的能干，余娟巴不得能找一个像李笑天一样的男人，于是两人情投意合，当年年底便从民政局领回了红本本。

婚后的日子，俩人也是一点都没耽搁，第二年9月，余娟便给李笑天生了个大胖小子，起名李飞。

有了孩子就等于有了责任，李笑天用多年的积蓄，在市区的城中村买了一个50平方米的门脸干起了老本行——卖馒头。

李笑天跟在师傅身后学艺六年，因为手脚勤快，师傅也是毫无保留地把看家本领倾囊相授，而对于做馒头的技艺，李笑天更是严格遵照师承，丝毫不敢怠慢。也正是因为李笑天的这种执着，周围居民对他制作的馒头都是赞不绝口。有了好的口碑，这生意自然也红火了起来。

李笑天是个孝子，当初家人为了能让他去食堂当伙计，几乎花光了所有积蓄给他走后门。现在他手里有了钱，第一个念头就是解决父母的燃眉之急，他先是把漏雨的祖屋修葺了一下，接着又给两个妹妹寻了个好婆家，这么一折腾，李笑天卖馒头积攒下的积蓄，全部被花销一空。对于李笑天的做法，余娟非但不反对，而且还默默无闻地尽着自己的本分。余娟的善良，不光是对家人，就算是对外人，她也毫不降温。

小两口经营的馒头店分为里外两间，李笑天负责在内屋制作加工，余娟则在外屋摆摊儿售卖，两人的分工很是明确。李笑天整天潜心钻研馒头技艺，对店外的花花世界以及是是非非从来置之不理，而余娟整天守在店外，常与陌生人打交道的她，心思要比李笑天来得细腻。

馒头店门口经过多次改建，修起了一条宽敞的柏油马路，这条路也是云汐市数一数二的“形象工程”。为了保证路面一尘不染，余娟不管什么时候都能看到一群清洁工在店门口的公路上不停地忙活，这些清洁工大部分都和余娟母亲年龄相仿，余娟每每看着她们风餐露宿，心里就不由得想到自己积劳成疾的母亲。如果当年不是家里穷困潦倒，余娟的母亲也不可能被活活累死。她看不得这种场面，于是就和丈夫商议，能不能每天多蒸一锅馒头，免费送给这些栉风沐雨的清洁工。在李笑天心里，余娟一直都是菩萨心肠，对于媳妇的提议他并没有反对，于是他抱着多为孩子积德行善的目的，答应了余娟的要求。

得到了丈夫的首肯，第二天一早，余娟便兴高采烈地把一张写着“清洁工每天可以免费领取一个馒头”的木板挂在了门口。

这一善举，赢得了周围居民的一致好评，这也为馒头店增加了不少的客源。

清洁工作为社会底层的工作人员，经济条件基本都不是很好，对于这种天上掉馅饼的好事，自然是一呼百应。

从起初的一锅馒头要送上半天，到现在一锅馒头瞬间被抢光，中间也就隔了三天。

考虑到成本，余娟每天就准备一锅的量，那些抢到馒头的清洁工对余娟是赞不绝口，可没有抢到馒头的就没有那么好说话。

“我看呀，这家馒头店的老板就是拿咱们打广告。”

“就是，就是，要是真心送，干吗不多做几个？这一路上这么多人，一锅馒头够几个人分？”

“你们呀，人家老板也是一番好意，怎么到你们嘴里就成应该的了？”

清洁工群体中分为了两派，一边是感恩派，另外一边则是搬弄是非派。

令人欣慰的是，感恩派占据了绝大多数，搬弄是非派也只有寥寥几人。但在这为数不多的人中，郑明英和李秀兰姐妹俩那可是杰出的代表。在她们眼里，馒头店就是利用她们清洁工的身份在骗取食客的同情，从而赚取更多的钱。

说到这里，就不得不先说一则曾经很流行的笑话。说是有人问一位美国人、一位日本人、一位中国人：你的邻居特别有钱，你会怎么办？美国人一耸肩：邻居富有和我有什么关系？日本人毕恭毕敬地说：我一定会学习他的长处，争取以后变成像他一样的有钱人。中国人却说：我恨不得一刀杀了他。“气人有，笑人无”，这就是郑明英和李秀兰姐妹心里最真实的写照。

“馒头店的生意这么好，凭什么？还不是打着救助我们清洁工的幌子？奸商、卑鄙！”

郑明英每次看到馒头店生意如此红火，心里的气就不打一处来，这种感觉就好像馒头店在从自己口袋中掏钱一样。为了不让自己憋出毛病，郑明英终于想到了一个“恶心人”的解气方法。

7月1日，早上7点钟，郑明英刚上班，便早早地站在馒头店门口等着领取头锅馒头。可当队伍排到她时，郑明英却把余娟递过来的馒头扔回了笼屉里：“我不要馒头，你给我3毛钱。”

“大姐，您这是……”余娟顿时有些不知所措。

“你们生意人不都精明得很吗？反正你们家馒头天天都能卖光，我今天不饿，馒头你拿去卖给别人，你就按照馒头的标价，给我3毛钱。”

余娟一个贤惠的妇道人家哪里经历过这种事情，她皱着眉头说道：“大姐，咱不能这么论，我这馒头是免费给你的，你怎么能反过来问我要钱啊？”

“我怎么不能问你要钱？你拿我们清洁工打广告，我凭什么不能问你要钱？再说，馒头是你给我的，那就是我的，我现在是把馒头再卖给你，完全合情合理。”

“就是，就是，给我的也换成3毛钱。”郑明英的好姐妹李秀兰也开始上来帮腔。

余娟的眼泪在眼眶中打转：“你们……你们欺负人……”

“爸爸，爸爸，外面那些老马子（云汐市对中老年妇女的恶称）欺负妈妈，你快出来。”五岁的李飞冲着屋内扯着嗓子喊叫。

“你个小兔崽子，你喊谁老马子？”郑明英今天本来就是来找事的，她哪儿能放过任何一个撒气的机会，就算是孩子，她也不愿放过。

“你是老马子，你是老马子！臭不要脸的老马子！”李飞虽然年纪不大，但从小在馒头店里长大，一些顾客的口头语和脏话，他很早就耳濡目染。

郑明英铁青着脸，瞪着还不到1米高的李飞，她想用恶毒的眼神制止李飞的叫骂，可谁知，李飞非但没有理会，反而越骂越大声。她一个成年人，被一个小孩子骂了祖宗十八辈，心里自然是怒气横生，终于，怒火在瞬间爆发，郑明英上前，一把掐住了李飞的脖子，表情如同《还珠格格》里的容嬷嬷那般狰狞。

“你干吗，放开我的孩子！”余娟文弱的哭喊声，对郑明英造不成任何威胁。这时李秀兰也加入了进来，她倒不是想把眼前的母子怎么样，她只是担心事情闹大。所以作为闺密，她必须挺身而出，帮着拉开这场架。

“爸爸，爸爸！”李飞的哭喊声越来越大。

李笑天在关掉鼓风机的那一瞬间忽然听到了儿子的惨叫，他一个箭步冲到外屋，看见自己的老婆哭喊着蹲在地上，自己的儿子则被两名清洁工人死死地抓住脖子。李笑天是个老实人，而老实人都有一个通病，性子都很拙，看着老婆孩子被欺负，他哪里还裹得住火。

“妈的，你给我滚！”李笑天一脚把郑明英从馒头店里踹了出去，旁边的李秀兰也结结实实地挨了一巴掌。前后不到两分钟，李笑天就直接把两个人赶出去了。

不明真相的围观群众，看见两名清洁工人被打倒在地，纷纷义愤填膺地将李笑天一家三口团团围住，十几分钟后，派出所的民警将现场的双方带进了派出所。

当天上午，这场打架事件就已经查得水落石出，虽然民警也很为李笑天感觉不值，但法律只保护弱者，李笑天最后还是过错方。

无奈之下，民警只能一声叹息："就算是对方天大的不对，你也不能动手打人。"

"我去他妈的不能打人，就算是再来一次，我还是得打她两个不要脸的！"李笑天的咆哮引起了郑明英和李秀兰家人的强烈不满，两家人都提出，一定要把李笑天整到牢里蹲几年。

派出所民警在调解无果的情况下，只能带着两名被害人去市局法医中心做了伤情鉴定。

最终郑明英被鉴定为轻伤，李秀兰被鉴定为轻微伤。

按照故意伤害案的立案标准，一旦受害人达到轻伤以上级别，就可以追诉。也就是说，郑明英的这份轻伤鉴定，最少可以让李笑天吃两年牢饭。

好在轻伤害案件，在法律范畴内可以适用调解，如果双方能友好协商，化敌为友，也可以不用追诉。

有了伤情鉴定，郑明英和李秀兰就等于有了尚方宝剑，所以任凭余娟怎么赔不是，两人的态度始终很坚决。

"要想让你男人不坐牢可以，你男人把我打成这样，最少要赔给我10万元，我妹妹李秀兰挨了一巴掌，也得值个1万元，少了这些钱，免谈！"

面对两人的狮子大开口，余娟只能苦苦哀求："我没有这么多钱，我求求你放过我老公。"

"你的馒头店生意那么红火，怎么会没有钱？"

"我们薄利多销，一个馒头累死累活才赚5分钱，一天所有馒头卖完，也就挣几十元。"

"你上坟烧报纸，糊弄鬼呢？"

"真的，我真的不骗你们，我给你们跪下了，我求求你们了，我孩子还小，你们就当可怜可怜我，行吗？"余娟拉着儿子李飞"扑通"跪倒在两人面前。

“不要来这一套，没钱你就让你男人在牢里好好蹲着吧！”郑明英并没有表现出一丝的同情。

“大姐，大姐，我给你们磕头了，我真的没有钱，我们家所有的家当只有那套门面房，我把房子给你们行不行？”余娟的额头渗出了鲜血。

“姐，好了，我看母子俩怪可怜的，我也就挨了一巴掌，我就不要钱了，让她男人给我道个歉就算了。”李秀兰已经有些看不下去。

“瞧你那出息，你不要钱，我要！”郑明英撇撇嘴，“你没钱也行，明天就去把门面房过户给我，我拿到房子就同意调解。”

“我给，我给，谢谢大姐，谢谢大姐。”

郑明英轻蔑地瞥了一眼依旧跪在地上的余娟，嘴里“哼”了一声，便优哉游哉地离开了现场。

三天后，郑明英如愿拿到了房子，双方达成调解协议，李笑天当晚便被释放。

李笑天得知事情的原委之后，埋怨地对余娟说道：“我就是蹲两年大牢，你也不能把房子给抵了，没了房子，我们以后怎么生活？”

“钱没了我们可以再赚，你要是走了，我和孩子可怎么过？”余娟像个犯错的孩子，含着泪水蹲坐在李笑天的面前。

“起来，你起来。”李笑天就算是铁石心肠，看到自己的老婆难受成这样，也再说不出什么。

“爸爸，爸爸。”李飞奶声奶气地扑到了李笑天怀里。

李笑天溺爱地摸了摸李飞的小圆头：“儿子，让你妈起来，房子没了就没了，反正也没花几个钱，都怪我，太冲动，还好只是轻伤，这要是被我一脚踹死了，估计咱一家三口连个团圆的机会都没了。娟，别伤心了，起来吧。”

见李笑天已经变得心平气和，余娟重重地点点头，缓缓地站起身来。

“去给我整两个菜，明天早起蒸馒头咱们上街卖！有手艺还怕吃不上饭咋的？”

“嗯！”余娟破涕为笑，慌忙走进厨房张罗起来。

可随后的一个星期，李笑天才知道现实是多么地残酷。

地点的转换，给李笑天的馒头生意带来了毁灭性的打击，没了店面，再好吃的馒头也不再有人买账。这就好比西餐厅的高档牛排，一旦沦落到街边，它只能被称为铁板烧。现实生活中，很多人认的不是口味，而是品尝美食的环境。

3毛钱一个的手打馒头，在馒头店里，可以相当抢手；但摆在了街巷，却干不过2毛5一个机器做的馒头。电影《大腕》中曾有这样一段经典对白："愿意掏两千美金买房的业主，根本不在乎再多掏两千，什么叫成功人士，你知道吗？成功人士就是买什么东西，都买最贵的，不买最好的！"

道理都一样，愿意去店里买馒头的人，根本不在乎贵出的那5分，但如果摆在路边，那就另当别论了。

李笑天这个人很固执，他不愿意降低馒头的品质，可每个馒头卖2毛5，刨去成本，基本就是在白忙活。

余娟没有劝说自己的男人为了生计失去原则，她反而觉得一个能坚持底线的男人更值得她去珍惜。

可家里的三张嘴始终要吃饭，馒头不挣钱，那只能另寻出路，在走投无路的情况下，余娟当了一名洗碗工，而李笑天则在一个小饭店的后厨当了伙计。

虽然两人的收入很不稳定，但至少可以维持一家人的生活。这样"打游击"的日子，俩人一直熬了六年。

千禧年后，云汐市的房地产行业开始异军突起，李笑天之前的馒头店瞬间变成了最繁华的黄金地段，按照当时的价格，他那个原本只卖5万元的门脸，现在最低价已经翻到了50万，而且一年的租金至少是4万起。

得知这个消息后，李笑天是痛心疾首，一个念头像是魔咒一样吞噬着他的内心，他总是想，如果房子还在，他绝对不会像今天这样遭人冷眼，一年光租金就有4万元，这是他和余娟不吃不喝两年的收入。

打那以后，李笑天每次过得不如意时，都会在心里念叨这件事，这就好比在白纸上涂鸦，时间一长，必定是越描越黑。终于，在一次买醉之后，他把憋藏在心里的怨气发泄到了余娟身上。

在余娟眼里，李笑天曾是一个讲原则、不服输的真汉子，就算这些年过得这么清苦，他也是咬牙坚持，可这一次的毒打，让余娟感到了莫大的失望，她从未想过，自己引以为傲的男人，会像烂泥扶不上墙的醉汉一样对自己拳打脚踢。这一次余娟忍了，为了孩子，她忍得咬牙切齿。

随后的一段日子里，李笑天又换了工作，这次是在一个稍大的饭店中当伙计，而饭店的正对面就是自己馒头店的旧址。李笑天每次下班经过那里时，都有一股莫名的怨气涌上心头。

不知从什么时候开始，李笑天有了喝烂酒的习惯，而每次醉酒都免不了对余娟拳打脚踢。李飞这时才刚上高中，还未成年的他只能用弱小的肩膀去帮着母亲挡住伤痛。

长时间的隐忍，已经让这个善良的女人再也没有了支撑下去的理由。那一天，是李飞把母亲送到了火车站。李飞本是想让母亲逃离苦海，可他没有料到，那次一别，竟然成了他关于母亲的最后一段记忆。

余娟的不辞而别，让李笑天更加苟且偷安，有钱就买醉，没钱捡客人剩下的散酒也能买醉。

李飞从那以后就没再指望任何人，他唯一能依靠的就只有自己。他高中毕业后辍学，他的父亲也在不久后被饭店扫地出门。

刚踏入社会的李飞是两眼一抹黑，市区已经容不下没钱没势的父子俩，老家窑村的村屋，成了他与父亲李笑天最后的遮风挡雨之处。

回到老屋后，李笑天依旧是死性不改，每天醉生梦死。他父亲这副德行也不是一天两天了，李飞早已见怪不怪。为了贴补家用，还不到18岁的李飞，不得不扛起经济的大旗。

可像李飞这种“一没文凭，二没背景，三没钱”的“三无”人员，最多也只能在窑村打打零工，赚点小钱糊口。

出来工作的五年里，他拎过泥兜，当过瓦匠，摆过地摊儿，出过苦力，没有投资的小买卖基本上他都做过，好不容易鼓起的荷包，却因父亲的一场大病花得一干二净。

常年饮酒，让本来就有高血压的李笑天突然脑出血，如果不是李飞发现及时，估计早就见阎王了。东拼西凑花了十几万后，李飞终于让父亲活着出了院，可脑出血带来的后遗症，并没有让李笑天折腾多长时间，在脑出血二次复发后，李笑天终于还是归了西。

李笑天的离世，除了给李飞留下了一大堆债务外，竟连一句像样的话都没留下。为了能早早地将负债还清，李飞依旧不能停下赚钱的脚步。

第二年10月，与李飞同村的马占山在窑村开了一家牛肉汤店，李飞主动去应聘了伙计。因为手脚麻利，老板马占山给他开出了“每月2000元，包吃不包住”的待遇。这么多年来，李飞还是第一次拿到那么高的工资。

马占山的厚爱，让李飞工作起来相当卖力，杀牛、切肉、熬汤，几乎被李飞一人包揽。李飞的勤快，马占山也看在眼里，俩人合作的第一年，马占山就收回了全部成本。第二年，资金宽裕的他，又给李飞连涨三级工资。每年近4万的收入，让李飞很快填平了债务的窟窿。而这一年，李飞已经整整二十七周岁。

就算是在大城市，晚婚晚育的年龄也不过二十七八，李飞生活在农村，如果再不讨个媳妇，估计这名声会随着年龄的增长，越来越坏。看着周围差不多年纪的都结婚生子，李飞何尝不想找个媳妇，可没车没房，谁愿意跟他这样的穷鬼过日子？

李飞刚跑到父亲债务的终点，又得硬着头皮开始人生的起点。

为了能在短时间内赚到更多的钱，他把商机瞄准了窑村中学每天上晚自习的学生头上。

农村的交通没有城市便利，学生乘车的需求，催生了另外一个产业——三轮载客摩托。

李飞算过一笔账，一辆三轮摩托可以载十个学生，每个学生收费2元，一趟就是20元。窑村中学为了缓解晚自习放学的乘车压力，初中和高中的放学时间是错开的，这样李飞每天晚上最少可以拉两趟活儿，一天40元，按照平均每月上课二十天计算，一个月下来就是800元。而且给学生拉活儿，根本不占用时间，李飞全当是吃完晚饭活动筋骨。

于是李飞想都没想，便倒腾了一辆三轮摩托，当起了夜间载客司机。

和别的司机不同的是，李飞做任何事之前都习惯钻研。在他看来，用三轮车拉客，空间的大小决定了乘客的舒适程度，所以为了尽可能大地扩充空间，李飞宁可多花1000元焊接一个顶配车厢。

舒适的乘车环境，也赢得了学生们的一致好评，甚至还有一些李飞的“死忠粉”，情愿多等一会儿也要体验李飞的“豪华版三轮”。络绎不绝的学生，让李飞每天晚上都能多拉一到两趟，别的司机晚上10点之前就可以回家暖被窝，可李飞却每天都要忙到十一二点。

让李飞怎么都没有想到的是，正是因为他每天的起早贪黑，才让他有幸接触了另外一个行当，而这个行当，让他一生的轨迹都发生了巨大转折。

那天是周日的晚上，李飞把学生全都送到家后，便像往常一样去美食街买了一碗热腾腾的烩面，这是除了牛肉汤以外他最中意的美味。

“郑大姐，给我整一碗，多放点辣子。”

店老板忙招呼了一句“好嘞”，接着便开始抓面。

李飞从竹筐中抓了一把蒜瓣儿，独自找了一个没人的座位。他刚想把一粒扒皮蒜扔进嘴里，就听有人站在路口高喊：“车主在不在？这是谁的车？”

“难道是堵路了？”李飞起身，“郑大姐，面一会儿再煮，我去看看咋回事。”

“行，等你回来。”

叫喊声还在继续：“车主在不在？”

李飞循声走到跟前，上下打量着站在车边的中年男子：“大哥，啥事？我这也没堵路啊。”

“我可算找到一辆车了。”中年男子差点就喜极而泣了。

李飞有些纳闷儿：“大哥，你啥意思？”

“兄弟，咱借一步说话。”

“你说借就借？有啥话不能在这儿说？”

男子应许地点了点头，接着从兜里掏出100元钱拍在了李飞手里：“帮我拉趟活儿，干不干？”

“拉什么？从哪儿到哪儿？”

“化肥，从窑村垃圾场拉到窑河湾。”

“大哥，才不到5公里的距离，你这钱给得也太多了。”李飞嘴上这么说，可手里却把钱攥得死死的。

男子不以为意：“我给你你就收着，我这儿着急得很，你要是不忙，咱们现在就去。”

“有钱能使鬼推磨，大哥，上车。”李飞像捡到皮夹子似的兴奋。

中年男子一头钻入了车厢，接着掏出手机，长舒一口气说：“你也真是的，三更半夜给我送货，我找了一条街才找到车。得得得，我知道了。你把货放在窑村垃圾场后面的树林里，我马上就到，钱回头转账给你。”

车厢隔音效果很差，男子的话，李飞听得一清二楚，他心里也犯起了嘀咕：“买个化肥，咋偷偷摸摸的跟买毒品一样？难不成真是毒品？”李飞一想到这里，心里突然一紧，“这他妈大半夜的，别回头把命给搭进去。”

“小伙子，小伙子。”男子的声音从他身后传来。

李飞强装镇定，应道：“咋了大哥？”

男子趴在车厢上用来透光的玻璃孔前说道：“你回头把车开到垃圾站后面

的树林里。”

“啊？去树林里干啥？”李飞明知故问。

“我要的化肥就在树林里。”

“哦。”

“小伙子，我怎么感觉你有点害怕呢？”

“没……没……没啊，哪儿能啊。”

“你放心，我老家就是窑村的。”

“哦？窑村哪儿的啊？”

“窑村篱笆社的，我姓孙。”

“篱笆社孙家可是大户啊，据说出了好多个千万富翁，那个最有钱的叫啥来着……”李飞故意拖长音想试探试探。

“叫孙全德，他还有三个弟弟，都是开山炸石头发家的，他小闺女上周六才回的门儿，按辈分，我管孙全德叫叔。”

要说孙全德，窑村里那是无人不知，无人不晓，他所居住的篱笆社就是最接近本埠市的地方，谈起开山炸石，他绝对是始作俑者，当年就是他带着三个弟弟顶风作案，干的第一票。

这年头谁有钱谁就是爷，孙全德兄弟四个因为干得最早，所以在炸山这一行当有绝对的话语权，篱笆社有不少人都是跟在他后面起的家。在农村，很少有人会去过问你的钱来路正不正，只要你有钱，你就是成功人士，就是人人膜拜的财神爷，村民看你的目光里只有崇拜。所以孙全德的名号在窑村几乎到了如雷贯耳的程度。因此，知道孙全德不奇怪，但他小闺女上周六回门儿，这个消息不是近亲绝对不会知道。孙全德有钱以后，为人便十分低调，家里的红白喜事都不轻易外传，要不是上周六马占山喊李飞接人，他也不知道原来那天是孙全德小闺女出嫁。男子能说出这个细节，这总算让李飞吃了颗定心丸。

“小伙子？”

“嗯？咋了孙大哥？”李飞这次说话的口吻轻松了许多。

“这回你该信我了吧？”

“信……信……信，咋能不信啊！”

“得，我看你小伙子也怪实在，你回头把东西给我送到地儿，等我一个小时，我再给你100元钱，多帮我跑一趟，咋样？”

“成啊，反正我也没啥事。”

闲聊之际，李飞已经把车驶到了约定地点，当他看到满地的编织袋时，悬着的心总算是落下了。

“来，小伙子，帮我搭把手。”

“哎！”

李飞和孙姓男子忙活了十几分钟，总算是把十多个无色编织袋塞进了车厢中。

“孙大哥，车厢坐不下了，要不你跟我挤前头？”

“嗯，行，反正也没多远。”

李飞扭动点火钥匙，把大半座椅让给了对方。“孙大哥，你这是啥化肥啊？咋袋子上什么字都没有啊？”

“就是普通上地的化肥。”男子打着哈哈，明显不想再聊这个话题，李飞也很识相地没有再往下问。

“左转，直走，左转……”

李飞在男子的指挥下，来到一个破旧的院子前。

“把货卸在院子里，你在外面等我一个小时。记住，千万别抽烟。”说这话时，男子的表情相当严肃，口气中甚至还带有一丝警告的味道。

对于男子态度突然的转变，李飞先是一愣神，接着重重地点点头：“孙大哥，你放心，我从来不抽烟。”

男子欣慰地点点头：“不抽烟好，不抽烟好。”

李飞嘿嘿一笑，然后在男人的指挥下，把车上的化肥全部卸在院子中，接着便被客气地请出了院子。

人都有窥视心理，你越是不让看，往往就越想看，李飞也是一样，他蹑手蹑脚地扒着院子的门缝，借着院内一丝昏黄的灯光，看着男子的一举一动。

只见男子把近1吨重的物品全部倒在地上，接着又在小心翼翼地称量其他两种东西，最后将三种东西混合之后，便开始用大号的木锨来回翻动，与此同时，院子中的一口大铁锅被炉火烧得通红，粉末状的木屑被男子倒入其中，翻炒至焦黑，炉火迅速被闷灭，紧接着刚才的混合物也被倒入，继续翻炒，几分钟后，泛黄的成品被装入了刚才的编织袋中。如此反复，院子中的所有物品又被重新包装。

李飞就算再没见过世面，当看到这一幕时，他也完全明白对方在干什么。用硝酸铵炒制炸药，在窑村已经不是什么稀罕事，村里的有钱人，几乎都是靠炸山发的家，可要想干这一行，没有炸药绝对没戏。正规炸药厂的炸药不出售给私人，于是这种土炸药就成了不可或缺的必需品。

因为土炸药爆炸威力小，所以每次炸山的需求量也是水涨船高。遇到松散的石头，每晚一两吨已经足够，要是炸眼打得深，没个五六吨根本拿不下来。

虽说土炸药是供不应求，但炒炸药这活儿，并不是人人都能干。万一有个闪失，连命都能搭进去，这也是为啥炒炸药利润巨大，却很少有人靠这个吃饭。

李飞早就听说干这个来钱快，他自己私下里也研究过炒制炸药的方法。在他看来，土炸药要想炒得好，无外乎两个要点，精确的配比和绝对的温度。

配比这东西是硬性指标，老手都知道，就三样：硝酸铵、木屑和硫黄。这种配比其实和黑火药中的“一硫、二硝、三木炭”有异曲同工之妙。

黑火药中的硝是硝酸钾，硫是硫黄，炭就是木炭。而硝铵炸药中的硝，变成了硝酸铵，硫还是硫黄，而木屑炒黑实际上也就是木炭。

可市面上很难购买到高纯度的硝酸钾，所以硝酸铵就成了不二的替代品。

配方敲定，那剩下的就是温度的控制，如何将三样东西充分融合，这绝对是“只可意会不可言传”的技术活儿。

传统的工艺就是孙姓男子正在操作的流程，这种手法有很多缺陷。一是需要耗费大量的时间和人力；二是由于炒锅容量有限，分批炒制会造成大量的原料浪费；三是硝酸铵反应不完全，容易造成炸药失效。

李飞曾构想过一个既省时省力又不浪费原料的方法。

云汐市盛产深层优质煤，煤炭纯度很高，相比起木屑炒黑，前者绝对是超优质的“炭资源”。而煤炭还有一个好处，可以燃烧放热。摸清楚这个规律，剩下的过程就可以简化成以下的步骤。

准备好硝酸铵；按照比例配好高纯度煤炭；把煤炭加热，拍成粉末；混入硝酸铵翻炒；待温度稍微冷却，加入硫黄等其他配料，接着翻炒；装袋。

这样炒制出来的硝酸铵炸药，只要温度拿捏得准，几乎不会有原料浪费的情况。

但遗憾的是，李飞这种新型的方法，只是停留在理论阶段，因为他压根儿就没有购买硝酸铵的渠道。

而今天对李飞来说，正是个绝佳的机会，如果自己的这个方法可行，那简直是颠覆传统的转折点。想想那么多人靠这个发了家，李飞的激动之情无以言表，他仿佛已经看到了以后“香车美女”的日子。

“小伙子，麻烦进来帮我抬一下。”男子略带疲惫的声音再次从院内传来。

李飞应了声“好嘞”，便卖力地将编织袋再次装车，二十分钟后，李飞把车厢锁死，再次开口问道：“大哥，装完了，送哪里？”

“嗯，我带路，你跟着我走就行。”

“得嘞。”

“小伙子，你是个聪明人。”男子话里有话。

“你放心，大哥，都是窑村人，我知道啥该说，啥不该说。”

“哈哈，你既然能听懂我说啥，那我就不藏着掖着了，小伙子，给我个电话，以后有活儿还找你。”

“没问题啊，×××××××××××。”

“行，我给你打过去。”男子按动了拨号键。

“嗡嗡嗡……”李飞感觉到了振动，“大哥，你全名叫啥，我回头给你备注一下。”

“干我们这行，从来不用真名，别人都喊我‘孙大炮’，你也这么喊我就行。”

“得嘞，‘大炮’哥。”

看着口齿伶俐的李飞，“孙大炮”心里甚至挺喜欢：“对了，小伙子，你叫啥？”

“那个……你就喊我‘飞机’吧。”

八

常言道，“万事开头难”，可当第一次捋顺之后，那第二次、第三次就变得水到渠成。

李飞几乎隔三岔五就要帮“孙大炮”拉一趟活儿，这也让他有幸能弄到硝酸铵来检验自己的想法。

老话说得好，“想得容易做得难”，为了能把理论变成实践，李飞足足交了6000多元的学费。最终功夫不负有心人，实践证明，李飞的方法既简单又方便，而且出货率很高。

开山炸石头的黄金时间是晚上11点半到清晨4点半这五个小时。干夜活儿的最怕“人多嘴杂”，而且现在手机都带摄像功能，一旦有好事者拍个小视频传到网上，难免会引来不小的麻烦。

那么在相同时间内，怎么才能获得最大的收益？一是要取决于手中的炸药量，二是看车队的运输能力。

只要有钱，运输几乎不是什么问题；可炸药量却成了很多老板发财路上的拦路虎。

首先，硝酸铵不是你有钱就买得到的；其次，就算有足够的硝酸铵，专业炒制的人也不能瞬间把它变成炸药。

石料厂老板一般都是先选好炸点，囤足炸药，确定良辰吉日再开山炸石。

在很多人眼里，山上的石头就是堆起来的人民币，而炸药就是唯一能装走人民币的竹筐。

石料厂老板大多心里都有一本清账，这些“金山银山”，能搂走一点是一点，否则哪天一个金钟罩扣下来，大伙儿全都要仰着头喝西北风。

李飞手中有了决胜的法宝，很快就被冠以“稀缺人才”的称号引进这个行当。

李飞没有本钱，没有渠道，有的就是手艺，而恰巧“孙大炮”除了手艺什么都有。就这样，俩人一拍即合，由“孙大炮”购置原料，李飞负责加工。为了最大限度地保证供货量，俩人还共同出资，租用了一间废弃厂房，购买了专业的封包设备。

李飞心里清楚，他干的是黑活儿，虽然每个月的收入是打工的十几倍，但他依旧不能把工作辞掉。试想一个人整天无所事事，而且收入又不菲，很难不引起别人的怀疑。所以他还要按照以前的方式生活。白天在店里做小工，晚上载客拉人，到了深夜才开始炒制炸药。

有了创新技能，“孙大炮”购买的硝酸铵基本上一夜之间就能发生质的转换，这让李飞的腰包如同海绵吸水般，瞬间变得鼓鼓囊囊。

虽然李飞手头暂时宽裕些，但他需要花钱的地方还很多。父亲李笑天的坟地在半山腰，开山时被炸掉了半边，他早就想着要迁坟；窑村的老房子已经摇摇欲坠，修葺也迫在眉睫；最后还有他的终身大事，也需要不菲的开支。

李飞虽然每个月有三四万的收入，但要想填上这个窟窿也非一日之功。他算了一笔账，按照每年结余50万来计算，他最少还要干满两年才能收手。

有句话说得好，“别看现在闹得欢，小心将来拉清单”。炒制炸药虽然来钱快，但风险永远和利益并存。

“孙大炮”整天在李飞耳边念叨一句话，他说：“如果哪天开山炸死人，警察抓到我们，一定要咬死，什么都不能说。”

李飞何尝不是提心吊胆地过日子，他在加工厂最醒目的位置挂了一本日历。每过完一天，他都会勾上一笔，他盘算着，只要勾满两本，自己就金盆洗手。

可令他万万没想到的是，距离日历本勾完还剩下三个月时，他接到了“孙大炮”的电话。

“‘飞机’，快跑吧，孙全德的石料厂出事了，你能跑多远就跑多远，千万别回来！”

“什么？出了什么事？”李飞突然惊醒，但无论他怎么问，“孙大炮”都没有再做回应。

李飞的第一个反应就是“完蛋了”。他曾经在新华书店翻看过这方面的法律条文。他和“孙大炮”干的事，在《刑法》里叫“非法制造、买卖、运输、邮寄、储存枪支、弹药、爆炸物罪”，轻则三年以上十年以下有期徒刑，重则十年以上有期徒刑、无期徒刑或死刑。他还在网上清楚明白地看过一个案例，案件中嫌疑人只是贩卖了1吨硝酸铵炸药，结果被判了无期徒刑。而李飞一天的供货量有时候就能达到十几吨，照这个处罚标准来算，他绝对会被枪毙。

李飞的存款已经有100多万，他眼看就能脱离苦海，可到头来却是竹篮打水一场空，这也应了那句话：“有命赚，没命花。”

挂掉“孙大炮”的电话，李飞再也没了睡意，正所谓“酒能解千愁”，此时没有什么比喝上两口更能解忧的事了。

他从床下扒出一瓶烧酒，像是喝饮料一样，一口一口地灌下肚。

强烈的酒精刺激，让李飞的眼神有些迷离，在半睡半醒中，他想起了自己的父母。

李飞很疼母亲，否则他不会看着母亲被父亲拳打脚踢时，主动送母亲脱离苦海。

李飞很爱父亲，否则他不会在父亲成为酒鬼烂泥时，无怨无悔地伺候父亲这么多年。

一个人的生活，难免会感觉孤独，尤其是受到挫折时，最想念的莫过于父母。

可在他的心里，一直有一块无法愈合的伤疤，那是关于他五岁时的记忆，他记得当年有两个清洁工和父亲打了一架，接着父亲就被抓进了派出所，然后自己家的馒头坊就变成了现在的时装店。

小时候的李飞，对这件事只知皮毛。然而那天晚上，他的思路是那样清晰，他做了一个假设。

“假如那两个清洁工没有来无理取闹，馒头店就不会被抢走，父亲也不会无缘无故地把母亲逼走，而自己更不会沦落到今天这步田地。”

李飞越想越生气：“都怪那两个老不死的清洁工，都怪她们！”

李飞借着酒劲在院子里咆哮：“我过不好，我也不能让这两个老不死的活得快活！”

“孙大炮”订好了第二天逃往海南的机票，他本想带李飞一起逃，可这个提议却被李飞一句“我还有重要的事要办”给拒绝了。“孙大炮”见李飞心意已决，只能孤身潜逃。

李飞要找到当年的两名清洁工再简单不过，她们一个是现在服装店的房东，另一个还在苦哈哈地扫大街。

李飞回想起当年她们冲母亲要馒头的丑态，他忽然想到了周星驰的电影《九品芝麻官》中包龙星吃饼的剧情。

“既然你们这么喜欢吃馒头，那我就让你们吃个够！”

当第一个目标被五花大绑在椅子上时，李飞用刀抵住对方的脖子，只说了一句话：“吃完这些馒头，你就走；吃不完，你就死！”

当外界因素一旦危及生命，只要能求生，所有的问题都不是问题，而就在对方吃掉十五个馒头，喝完三瓶矿泉水时，她的嘴巴就再也没有张开。紧接着第二天，李飞又用同样的方法弄死了第二个目标。

动手之前，他早就已经想好了完美的抛尸方法，常年干炸药生意，他对石料厂的信息了如指掌，虽然孙全德出了事，但这似乎并没有影响其他石料场。因为李飞每天依旧能接到成堆的炸药订单，而这些订单中，“石猴”的石料场就占了2/3。

“石猴”这个人，李飞再了解不过，他也算是李飞的老客户，因为上面有人，所以他的石厂干得很大，几百万的碎石设备连眼都不眨一下就购入了两套。拿准了“石猴”准确的炸山时间，李飞打起了他的主意。

当晚，李飞站在天桥上，看着远不见尽头的路灯，嘴中喃喃：“尸体处理完，所有事情也就有了个了断，不管以后是死是生，最起码这世上再也没了留念。”说完，他点了一支烟，默默地等待车队的靠近。

一支，两支，三支……直到烟盒中的烟卷消失了大半，“石猴”的车队才由远及近，缓缓地朝天桥驶来，他起身走下桥，扛起第一袋尸块，趁着货车减速时，丢了下去。公路减速带的震动，并没有让司机觉察到异样。看着货车一路向西驶出自己的视线，李飞故技重施，接连将剩下的三袋也抛在了“石猴”的货车上。

李飞走下天桥时，心里有了莫名的轻松，这种愉悦并非源于对完美计划的沾沾自喜，而是他终于干了一件他早就想干的事情。

撇清仇恨，李飞每每看到那些为老不尊的场面时，他心里都有一种想弄死对方的冲动。试问，有多少心存善念的人，就是被他们一次次践踏得体无完肤?

和其他人一样，李飞心里一直也想弄清楚一个问题：究竟是老人变坏了，还是坏人变老了?

尸案调查科

一

1990年，凭借梅艳芳的一首《梦里共醉》，当时只有十九岁的丁慧慧成了“不夜城”酒吧的“头牌”。不过驻唱歌手这一行当，并不是丁慧慧的理想职业，但现实生活的艰辛，让她不得不用这种方式延续自己的梦想。

自从做了“头牌”，丁慧慧不用再像以前一样从开场唱到关门，她每天要么点台，要么就直接唱大轴。漂亮的嗓音、熟练的唱功还有压倒式的舞台气场，让酒吧里的很多人都成了丁慧慧的铁杆粉丝。而在这些粉丝中，要说谁最疯狂，排在头号的肯定是绰号“黑鸟”的男子。他是酒吧的股东之一，年过四十，大名很少有人过问，绰号源于他肩膀上的文身。别看“黑鸟”整天挂条大金链子，可他骨子里却是个十足的“文人”，他喜欢琴棋书画，偶尔还能来上几首徐志摩的诗词。当然，最让他心动的还是丁慧慧动人的歌声。

丁慧慧不是傻子，她能看出“黑鸟”对她有意思，可年龄的差距始终是她迈不过去的鸿沟，面对“黑鸟”的强烈追求，丁慧慧已经有了离开酒吧的打算。虽然有些舍不得，但她也不能因此放弃自己的底线。

可令她万万没想到的是，最后一顿散伙饭后，丁慧慧的人生字典中便再也没有了“底线”二字。而帮她打开新世界大门的仅是几支藏有海洛因的烟卷。如果说音乐能感染她的灵魂，那这几支烟卷却足以将她的灵魂撕扯得支离破碎。没过多久，丁慧慧就再也无法离开那淡蓝色的火苗，毒瘾使她最终沦为“黑鸟”胯下的荡妇。她对音乐的追求，对未来的憧憬，在海洛因面前，都化为一摊恶臭的脓水，不能再提，也不愿再提。

丁慧慧做了三年性奴，之后便被“黑鸟”一脚蹬开。因为长期吸食海洛因，已经让她的嗓音变得粗哑，那“二手随身听”似的声线已经很难让她在酒吧中以唱歌糊口。艰难地抉择之后，她只能用张开的双腿，去换取每天那顿必不可少的“白色口粮”。

三年，足足三年，丁慧慧一次次贱卖自己，从当初的一次200元，变成了后来的一次20元。常年吸食毒品，已经让她变得骨瘦如柴，女人若没了身材，就算是挂着一张漂亮的脸蛋，也丝毫提不起男人的兴趣。

入不敷出的日子，让丁慧慧只能强忍着毒瘾带来的折磨，她吸食的次数，也从之前的一天两次，变成了三天一次。

然而祸不单行，丁慧慧在不知不觉中忽然发现身体有了异样，因为身无分文，她只能选择静观其变。几个月后，逐渐隆起的肚子，已经让她知道了结果。

丁慧慧在怀孕期间没有断过毒品，所以这个孩子她不能要，可是面对几千元的打胎费，她只能含泪离开。

“是福不是祸，是祸躲不过，孩子，是妈妈对不起你。”

既然已经无从选择，丁慧慧只希望肚子里的孩子能健康和坚强。

11月10日，怀胎八个月的丁慧慧早产下一名女婴，取名丁当。因为付不起住院费，丁当还没来得及睁开眼睛看一看这个世界，就连同妈妈一起被轰出了医院产房。

丁当虽然是丁慧慧身上掉下来的骨血，但丁慧慧心里清楚，她根本不可能把丁当抚养成人。于是她在怀孕期间就给丁当找好了下家，对方是一对无儿无女的老夫妻。

“女儿，不是妈妈不想养你，是妈妈没有办法给你一个未来，妈妈剩下的时间不多了。”

丁慧慧把老夫妻塞给她的3000元钱死死地攥在手里，含泪透过窗子看了女儿最后一眼，就转身消失在夜幕之中。

压抑不住的痛苦，让她选择继续用毒品去麻醉自己，一个月后，她忽然感觉到血管中的血液如同黏稠的胶水一般。她心里清楚，乳白色的毒液再也无法注入血管，毒瘾的吞噬，让她不得不跨越最后一步雷池。在煎熬中，她最终还是选择将针管刺入了脖颈的动脉血管，也正是这一次的越界让她亲手关闭了通往现实世界的大门。她本以为生命终止便是解脱，可谁承想，恶魔的双手还是没有放过她的女儿。

因为丁慧慧在怀孕期间一直吸食毒品，所以丁当从出生那一刻就注定和毒品脱不了干系。经过多次检查，医生认定，丁当在娘胎里时就对毒品产生了依赖，所以丁当从刚满月起，便在不间断地接受戒毒康复治疗。巨额的医药费，让老两口咬牙坚持了十年。

“你走吧，我们对你已经仁至义尽了，是死是活，就看你自己的造化了。”

就这样，在一次计划好的探亲之旅后，刚满十岁的丁当，被养父扔在了千里之外的站前广场之上。

其实当足不出户的养父提出要带她去云汐市探亲时，丁当就有了不好的预感，直到她眼睁睁地看着养父头也不回地钻入一辆黑车时，她就已经知道了此行的目的。

穷人的孩子早当家，丁当并不埋怨养父，她知道，若不是已经到了走投无路的境地，养父不可能轻易放弃自己。

多年的戒毒治疗，让丁当深知自己的情况，她的“病”可不是养父母口中的感冒发烧，它甚至都不能被称为“病”，它有一个让人畏惧的名字——毒瘾。

其实就连丁当的养父母都不知道，丁当五岁时就已经能辨别是非，她无意间从接受戒毒治疗的其他瘾君子口中，原原本本地听到了自己的真实身世。丁当没有去询问养父母，她极力让自己融入养父母编织出的角色之中。然而十年后，“电影”落下帷幕，丁当还是被打回现实。

丁当没有上户口，是个黑户，在陌生的城市里，除了养父母留下的1000元钱，她几乎一无所有。

好在租住城中村的房屋根本不需要身份证，丁当抽出100元钱，给自己换了两个月的安身之所。

如何赚钱养活自己，成了丁当最大的困扰。

十岁的年龄，有着二十岁的心智，这应该是对丁当最为恰当的形容。三个月后，她拿着一张假身份证成功混入KTV后厨，成了一名洗碗工。

之所以选择KTV，是因为这里可以买到她想要的东西。

被养父母遗弃后，丁当的思想偏离了正常轨道。她被毒瘾折磨了十年，她想，与其让自己饱受折磨，还不如像母亲一样，活一天，吸一天，过一天，爽一天。

丁当只用了一个月便和马仔混得你侬我侬。十岁的她，开始了人生中第一次真正意义上的吸毒。拔掉烟卷的瞬间，那种汗毛孔全部张开的愉悦感，已经无法用笔墨去形容，多年的心瘾，终于在这一刻被满足。

本来就对生活不抱希望的丁当，从那以后沿着母亲的不归路，一步一个脚印“坚实”地走了下去。

从十岁到十三岁短短三年的时间里，丁当因吸食毒品成了禁毒大队的“常客”。但因不够处罚年龄，丁当早就变得麻木，她像条泥鳅一样肆无忌惮地钻着法律的漏洞。虽然她每个月的收入不多，但是她有一个可以搞到毒品的捷径，那就是和熟悉的瘾君子上床。

十三岁正是出水芙蓉的年纪，知道丁当有这个需求，不知道有多少“老牛”都排队等着尝上一口嫩草。

想好事的越多，可供丁当挑选的猎物也就越多。丁当经过逐一筛选，最终确定了十个比较有钱的“老牛”，成为她固定的“货源”。

每天下午下班，丁当必做的一件事就是群发一条微信，内容只有五个字：“哥哥，有货吗？”

如果多人回复，她会挑出离她最近的一位上门。如果没有回复，她则会选择最有可能有货的人试一试。

这一天，群发后过了十分钟，仍然没有人回她。丁当耷拉着脸埋怨：“唉，最近公安局也不知道哪根筋搭错了，天天扫毒，搞得大家一个个拿钱都买不到货，再这么下去，这日子可怎么过？”丁当说完，开始用拇指不停地在手机屏幕上拨弄通讯录，经过多次权衡之后，丁当的指尖停在了一个标注为“亮哥”的头像之上。

丁当认识的亮哥，原名叫武亮，是一个公司的老板。俩人在KTV结缘，后来便厮混在一起。而亮哥在丁当固定的“炮友”中，也算得上是最帅的一个。

选定猎物后，丁当拦了一辆出租车，直奔亮哥的住处——金华苑小区。

亮哥虽然是个老板，但住宿条件真心不怎么样，丁当沿着昏暗的楼梯一路上行，当手机手电筒的亮光照到“402”的门牌时，丁当停下了脚步。她看着门缝里的亮光，“咚咚咚”连敲了三次木门。

“亮哥在家吗？我是丁当。”

叫门声没有回应。

“难不成在家里抽着呢？”

丁当尝试性地推了推门。

“吱呀……”

木门竟然被毫不费劲地打开了。

“亮哥？亮哥？”

丁当试探性地喊了两声，接着蹑手蹑脚地走进屋中，把木门重新关严。就在她刚想走进卧室一探究竟时，客厅桌子上的一袋白色粉末，让她欢喜地尖叫起来：“我×，有货！”

面对如此大的诱惑，丁当已经顾不上那么多，她熟练地从挎包里掏出吸毒工具，把白色粉末小心翼翼地倒出来。

打火机“吧嗒”一声按出火苗，来回熏烤着锡箔纸上的白色颗粒。丁当拿起一根吸管，像婴儿吮吸乳汁般贪婪地将袅袅烟尘吸入肺中。

一张纸烤完，丁当整个人完全瘫软在那里，她感觉自己好像腾云驾雾般飘浮在半空中，时上时下，时快时慢。也不知过了多久，虚幻如同泡影渐渐消散，口干舌燥的她端起桌面上的水杯猛灌一口，回过神来，丁当忽然意识到一个很重要的问题。

“亮哥呢？”

带着疑问，她小心翼翼地推开了卧室的房门。

眼前一位男子正仰面躺在床上，右臂的血管中还插着一支塑料针管。

“亮哥！”

丁当尖叫一声跑上前，紧接着把手指放在了对方的鼻尖上。

“没……没……没气儿了？”

丁当起先有些诧异，但很快恢复了平静，对瘾君子来说，这种场面早已见怪不怪，吸毒者心里都清楚，不管是谁，迟早都会有这么一天。

“唉，死了也算是一种解脱。既然抽了你的货，我也不会坐视不管。”

丁当说着，取了一条干净的床单把亮哥的尸体盖住。

“我联系不到你的家人，就帮你打个报警电话吧，走了，亮哥！”

丁当说完，有些伤感地拿出手机，删除了关于亮哥的所有痕迹。

报警平台响起时，刚上班还不到一周的操亮已经接连出了三十五个警，平均每半小时一次的出警频率，已经让他有些招架不住。

“操，又是什么警？”同一值班组的钱久长总是拿他开玩笑，这也成为高强度工作的一剂调味品。

“钱师兄，你能不能别拿我开涮？”

“谁让你的姓那么‘带感’呢？”

“唉，我也不知道为啥就姓这个，估计老祖宗当年没混好。”论自黑，操亮绝对是一把好手。

“得，赶紧看看又是什么指令？”

“金华苑小区402室，有人吸毒过量死亡。”

“什么？吸毒死亡？”钱久长忽然眉头一紧。

“报警记录上是这么说的。”

“对方的报警电话是多少？”

“是个固话，××××××××。”

钱久长按照原号码拨了过去。

“嘟……嘟……嘟……”

“电话没人接听，八成是公用电话，咱们先去看看再说。”

十几分钟后，两人一上一下踩着台阶来到了报案地点。

“师兄，屋里还亮着灯呢。”

钱久长没有说话，他打开强光手电对准门锁仔细观察。

“师兄？你在干吗？为什么不进去？”

“我参加过市局组织的现场勘查培训班，对于亡人事件不能大意，就目前看，房门没有撬别痕迹，对了，你把单警装备里的手套和鞋套取出来。”

操亮按照钱久长的指示，用力把鞋子塞入鞋套，好奇地问道：“没有撬别痕迹能说明啥？”

“门是开着的，门锁没有撬别痕迹，说明有熟人进入，报警人称有人吸毒死在屋里……”

“师兄，你是说报警人就是那个熟人？”

“不排除这个可能，报警人有意用公用电话报警，说明其肯定知情。”

“师兄说得对，然后呢？”

钱久长摇摇头：“这样的警情我们不能妄加揣测，我进去看看是不是真的有人死亡，如果有的话，还是通知市局刑事技术室过来排查比较稳妥。”

“师兄，我……”

“你留在外面，我一个人进去。”钱久长毫不犹豫地推门而入，屋内腐臭的气味让他下意识地捂住鼻子。

“嗡嗡嗡……”

“苍蝇？不对啊，从接警到现在才过了二十几分钟，怎么可能这么快就招来苍蝇了？”钱久长带着疑惑找到了苍蝇鸣叫发源地。

“嗡嗡嗡……”

“这么多苍蝇？”钱久长仔细回忆着培训班上冷启明主任介绍的那些关于尸蝇的相关知识。他小心翼翼地拉开尸体面部的床单，眼角的乳白色颗粒，让他有些干呕，看清楚现场情况后，他赶忙转身跑出门。

“师兄，怎么了？”

“死者身上出现蝇卵，死亡时间最少有四个小时了。”

“四个小时了？咱们不是十分钟前刚接到的报警吗？”

钱久长面色凝重：“这里面定有蹊跷，你打电话通知刑警队，我来联系冷主任。”

三

最近一段时间，幸运女神好像是来例假一样，好久不见踪影了。这明哥的电话不是在节假日打来，就是在半夜催命。最要命的是，云汐市最近还赶上了百年不遇的厄尔尼诺现象，室外的天气就跟闹着玩儿似的。以往11月份已是深秋，可现在很多市民依旧能半夜穿着裤衩围着大排档胡吃海喝。

走到单元楼口，我搓了搓身上耸起的鸡皮疙瘩。千算万算，没料到老天爷依旧童心未泯，室外气温一小时内下降了近10摄氏度。

“妹的，这是要玩儿死我是吧，你个圈圈叉叉。”

“啥就圈圈叉叉的！”胖磊一脚油门把车停在了我面前。

“又是什么案件？”我拉开车门，把勘查服提前套在身上。

“有人在家中吸毒过量致死，案件性质未定。”

“家里？怎么发现的？”

“根据派出所出警兄弟的介绍，是有人用公用电话匿名报的警。”

一听胖磊提到“匿名报警”几个字，我忽然有了不祥的预感。

我们云汐市是重工业能源城市，高收入矿工群体占有很大的比例，繁重的体力劳动导致很多认识不清的年轻矿工选择用毒品去缓解压力，因此云汐市一直都是毒品交易的重灾区。也正是这个原因，我们经常可以接到“吸毒过量死亡”的现场，但这类现场99%都在室外，在室内被发现的还真不多见。

带着一丝忐忑，我们来到了目的地——金华苑小区。这里曾是云汐市最早成规模的住宅小区，不过随着岁月的变迁，估计用不了多久，这里很快便会成为政府的拆迁对象。

“徐大队，你们也来了？”

“哦，冷主任，我们刚到。”

“现在是什么情况？”

“根据派出所出警同志的介绍，屋内有一具男尸，他们担心事情有蹊跷，为了稳妥起见，还是把你们给喊来，帮着甄别。”

“现场有几个人进去过？”

“就一个叫钱久长的民警进去过，不过他戴了手套，穿了鞋套。”

“看来一年一次的培训班还是有效果的，我们先去看看现场再说。”明哥说完，带着我们直奔中心现场。

402室是一间坐东朝西、两室一厅结构的套房。房门朝西，分为两层，外侧是铁质栏杆，内侧则是老式绿漆木门。进门北方为餐厅，南方则为客厅和阳台，房屋东侧被一条走廊一分为二，一边是卫生间和小卧室，另一边则是厨房和大卧室，根据出警民警的描述，死者就躺在大卧室的双人床上。

这个现场和以往我们出勘的命案现场还不一样，在案件性质还没确定的亡人现场中，我们并不是严格按照命案的勘查顺序进行的。为了确定具体死因，明哥习惯性地拉了拉乳胶手套，率先走进了中心现场。

虽然现在正值11月，但云汐市五天内的平均温度依旧可以达到25摄氏度以上。而这个温度恰好又是苍蝇繁殖的最佳温度，所以明哥刚一推开卧室的房门，成片的尸蝇便在屋内横冲直撞，腐臭气味已经相当明显。

中心现场的陈设很简单，一张东西向的双人床，床尾部是一张电视桌，剩下的则是一组衣柜。

此时尸体正脚东头西的侧躺在双人床的中间位置，其右手臂上的针头深深刺入血管，尸表之上已经有少量的蛆虫在来回蠕动。

明哥眉头一紧，接着举起死者的右手仔细观察，很快死者的左手也被举起："右手的老茧厚于左手，说明死者是右利手，但是你们看——"明哥指着死者的右手塑料针管，"按照正常人的习惯，右利手不可能把针管扎在自己的右手臂上。"

"还有，死者的左手臂很干净，没有一个针眼，右手臂上出现三处针眼，从针眼伤口的愈合程度来看，可以断定是在同一时间所刺，那么就有两种情况：第一，死者是首次尝试用注射的方式吸食毒品，后因身体不适致死；第二，有人故意把毒品注射到死者体内。

"尸体全身痉挛，死前可能受到了极大的刺激，在毒品吸食过量的情况下，可以造成这种尸体现象。

"尸斑沉积于背部，且背部竹席印花完整，没有交叉重叠的情况，说明死后未发生移尸。

"死者头在床尾，脚在床头，正好处于倒置侧躺的状态，其右手完全暴露在第三者的可控范围内。"

明哥说着又检查了死者的鼻腔和口腔："呼吸道有大量白色粉末状颗粒，其很有可能曾吸食过毒品。从死者的五官和身体肌肉组织的发育情况来看，他的毒龄应该不会很长，一天吸食一次，完全可以满足身体的依赖性，就算是老毒鬼，也不可能这边刚吸食完，那边还要接着再给自己注射一针，瘾君子也不会轻易拿自己的性命开玩笑。就目前分析，我的推论是，嫌疑人趁死者刚吸食完毒品处于半昏迷状态下，又给死者补了一针，导致其死亡。"

"利用毒品杀人？"我倒吸一口冷气。

"不排除这个可能。"

"真是命案？"

"就算不是命案，我们也要按照命案的勘查程序进行。"明哥话锋一转，"全部退出现场，从房门开始逐一勘查。"

按照以往的惯例，一般明哥拿不定主意的案件，无一例外均当命案处理，所以当明哥启动命案现场勘查机制时，我们在心里已经把这起案件打上了"命

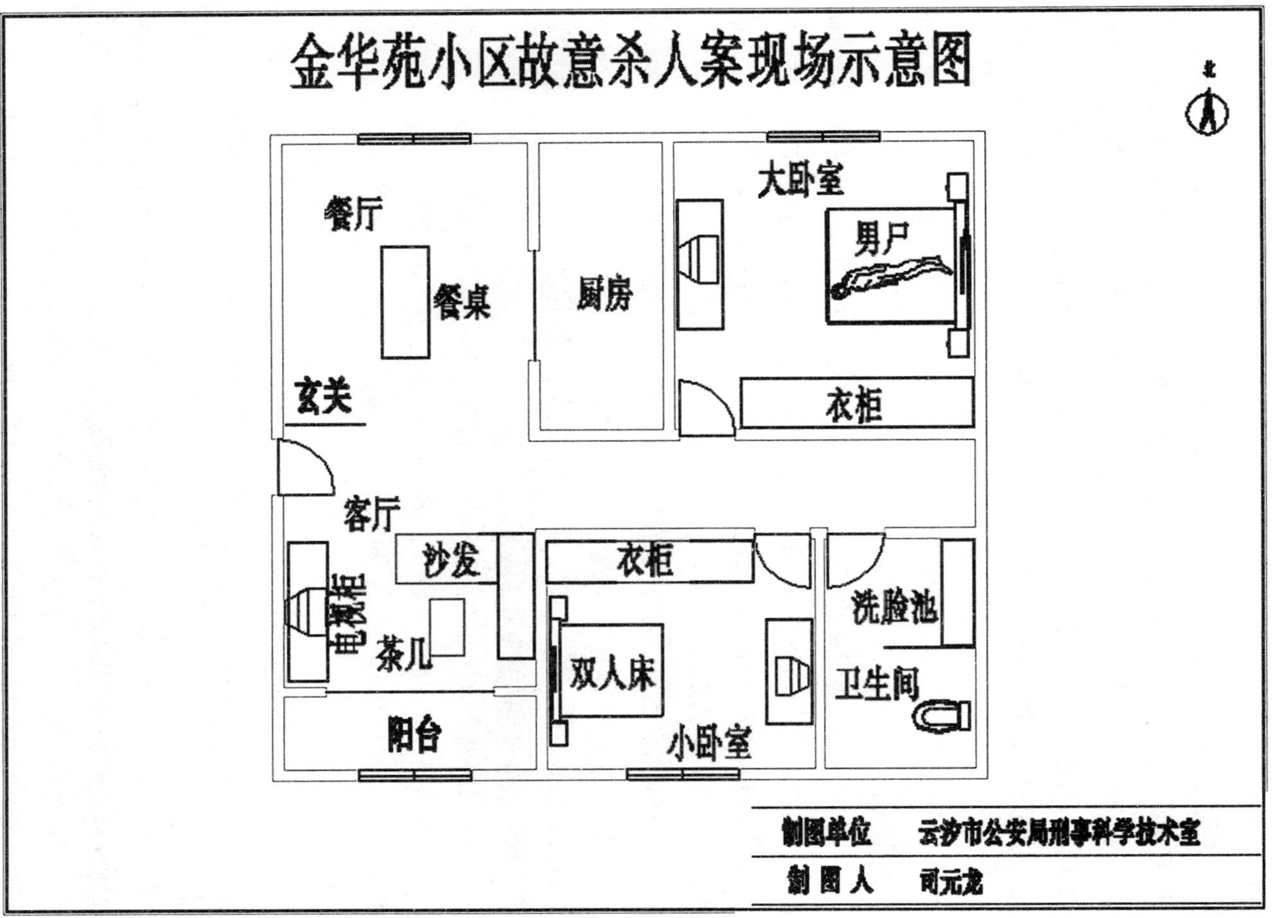
金华苑小区故意杀人案现场示意图
北
餐厅
餐桌
厨房
大卧室
男尸
衣柜
玄关
客厅
沙发
电视柜
茶几
阳台
衣柜
双人床
小卧室
洗脸池
卫生间
制图单位 云沙市公安局刑事科学技术室
制 图 人 司元龙

案”的标签。刑警队和派出所在得知情况后，也开始自行分工展开外围调查。

现场勘查依据程序有条不紊地进行，五个小时之后，明哥主持召开了第一次案件碰头会。

“我先说一下尸体解剖的情况。”明哥翻开了笔记本，“尸体痉挛明显，怀疑死前受过强烈的刺激。根据蛆虫的生长情况推断，死亡时间为11月5日下午14时左右，死者体表除了三处针眼伤口外并无其他外伤。通过器官解剖可以发现，死者的肝脏、肾脏以及心血管系统均出现急性病变，其最终死因是多内脏功能衰竭，符合吸毒过量致死的特点。我这边暂时就这么多，小龙你来说说。”

“好的，明哥。中心现场房门为最老式的木门，由于油漆脱落和木质腐朽，基本上失去了提取指纹的条件。

“房门锁是最为常见的舌锁，用直尺便可以捅开，在微量痕迹采集仪的观察下，门锁和锁芯均没有任何撬别痕迹。不过房门上有一个细节值得一提，我发现，在门内侧安装有五把挂锁，这种锁常用于宾馆房间内，经过测试，五把挂锁均可以正常使用。

“我们假设死者在室内把这五把挂锁全部锁上，嫌疑人就算是有钥匙，也不可能打开，且死者居住在4楼，6层通往楼顶的入口已经被封死了，嫌疑人更没有悬吊入室的可能。因此，其进入室内的方式只能是‘软叫门’，也就是说，嫌疑人和死者极可能相互认识。

“房门勘查完毕，我接着打开足迹灯对准了室内的瓷砖地面。

“虽然瓷砖的釉面有些泛黄，但好在其保留了原有的平整、光滑，在均匀的光线下，鞋印清晰可见。在排除干扰鞋印后，室内有两种鞋印被列为嫌疑对象。

“A组为男士运动鞋鞋印，测量长度，鞋印为43码，根据步幅特征分析，其身高在一米九左右，身材中等，青壮年，走路姿态匀称，无醉酒和残疾的可能。

“B组为女士平底鞋鞋印，37码，推测其身高在一米六五左右，青年，根据步态推断，其进屋时很从容，但离开时却很慌张。

“就在分析两组鞋印的同时，我还有了意外的发现。

“其中很大一部分男士鞋印被女士鞋印叠加，尤其是在门口的位置，男性鞋印被破坏严重，由此可以推断，两人进入室内有先后顺序，分析男士先于女士进入。

“鞋印固定完毕，紧接着便是室内指纹的处理。

“经过粉末刷显，室内所有家具摆设并未发现陌生指纹，且屋内没有财物损失，嫌疑人侵财现象不明显。

“客厅茶几上摆放有一只水杯，水杯中有茶水，杯底水渍并未完全干涸，应该冲泡时间不长，推测是招待之用。

“杯口有女士唇印，杯壁上附着大量指纹，纹线清晰，且边缘平整，指纹面积呈卵圆形，符合女性指纹特征。也就是说，这杯招待茶水，是被后进入的女士饮用的。

“那么问题就来了，室内进入两个人，死者为何就倒了一杯招待茶水？如果一男一女是前后脚进入，死者应该倒两杯茶水才符合逻辑，带着这个疑问，我又重新对水杯进行了处理，在这次的处理过程中，我有了重大的发现。”

说着，我把一张处理过的水杯照片打在投影仪上：“水杯上除了指纹，还有大量的点状痕迹。因为我最先是用磁性粉刷显了水杯，粉末对物证造成了污染，所以我们看到的都是小黑点，可放大之后能很清楚地发现，小黑点的原始状态应该是细小的网格，这种网格呈不规则扭转状态，或许是杯壁上曾沾有液体，这个痕迹才被完整地保留了下来。

“通过痕迹还原当时的情景，应该是某个人戴着棉布手套对水杯进行反复擦拭所遗留的。”

明哥眉头一紧：“水杯被处理过？”

“对！”

胖磊插话：“小龙，我可不可以这样理解，死者倒的这杯茶水，应该是招待那名男子的，而男子杀完人后，女子又接着进入室内，误饮了茶几上的这杯水？”

我点点头：“不排除这个可能，而且我在茶几的拐角处还发现了一个长宽5厘米的透明塑料自封袋，袋子里有少量的白色粉末残留，可能是毒品。我在这个袋子上也找到了女性的指纹。我怀疑这名女性也是吸毒者。”

“别的还有没有什么发现？”明哥记录完毕，见我没有下文，问了一句。

“暂时还没有。”

“焦磊，你那儿呢？”

“小区太破旧，没有像样的视频监控。”

“嗯，国贤，你来说说。”

老贤放下手中的茶杯，把一张A4纸递给了明哥：“根据DNA比对，杯口上的唾液斑是一名叫丁当的女子所留，她曾多次涉嫌吸食毒品被禁毒大队抓获，但因不满14周岁被释放，根据禁毒大队登记的信息，其经常在酒吧、KTV打散工，丁当最后一次被抓距今已经有近一年的时间，她目前在干什么，不得而知。”

“没事，这个交给我们刑警队处理。”

老贤十分赞许地看了叶茜一眼，接着往下说：“我再说说毒品成分。

“我在死者的口鼻中提取到了大量未燃烧完全的白色粉末，经过分析其包含有两种物质，第一种是二乙酰吗啡，也就是我们常说的海洛因。第二种为硅酸盐，它是制作日光灯管的主要成分，也就是说，死者吸入的海洛因中混有大量的玻璃碎片。

“接着我又对死者右臂上的塑料针管进行分析，该针管为最常见的10毫升规格医用针管，用切割工具将针管剖开放在显微镜下观察，可以清晰地发现，针管内之前盛装的溶液接近8毫升刻度。提取残留溶液预处理，注入死者体内的海洛因和水的比例为3：2，浓度已经达到了60%。我们可以粗略估算一下，8毫升水的重量是8克，60%就是4.8克，再算上密度差，针管内的海洛因重量最少也有5克。”

当老贤说出“5克”这个数值时，整个案子的性质就已经尘埃落定，百分之百是故意杀人。

在云汐市，因吸毒过量死亡的现场我们平均每年都要出个十几次，就算是老吸毒鬼，他一天的吸食量也不会超过2克，如果是注射，绝对不能超过1克，否则必死无疑。

这起案件，死者竟然注射了不少于5克，除非他打算自杀，不然绝对不可能犯这种低级的错误。

嫌疑人能一次性注射5克毒品到死者体内，说明他根本不知道如何把握吸食的量，也就是说，嫌疑人可能并不吸毒。

老贤接着说：“我在室内垃圾桶中，共找到了两片锡箔纸和两根吸管，锡箔纸有火机烤制的痕迹，每张锡箔纸上均有海洛因残留，经过分析，成分一模一样。”

“有两张锡箔纸？”明哥在笔记本上着重画了一个圈，说道，“死者吸食一张，那剩下的一张应该是那名女子所吸食的，结合小龙的分析，整个过程应该是：男子A先进入室内，死者用茶水招待了A，接着死者开始吸食毒品，在半昏迷的过程中，A注射海洛因将死者杀害。

“死者能当着A的面吸食毒品，说明A对死者吸食毒品的情况知情，但国贤刚才分析出，A在死者体内注射了近5克的毒品，如果A也是一个吸毒者，不会犯这个低级的错误，那么A不吸毒的可能性比较大。

“一个吸毒者，能当着另外一个不吸毒者的面吸毒，要么两个人的关系非常好，要么A就是毒品的提供者。

“我们管吸毒者叫‘瘾君子’，但吸毒本身并不是什么光彩的事。所以就算是两人的关系相当好，死者也不会轻易透露自己吸毒的事实。由此可以分析，A是毒品提供者的可能性很大。

“死者屋内上了五把挂锁，A能轻易叫开房门，除非他手中有对死者有极大诱惑力的东西，那这个东西除了毒品，绝无二物。A为了杀人，准备了毒品和针管，说明他事先有预谋，也就是说，A在来之前，已经算准了死者并没有毒品可供吸食。而且我们在勘查现场时也发现，死者的钱包里有几千元现金，其不缺少毒资，他唯一缺的就是毒品。”

“冷主任。”

“嗯，叶茜你说。”

“我来的时候调查过，禁毒大队最近都在开展禁毒行动，抓了很多毒贩，很多毒品源头被掐断，现在没货的吸毒者都在排队喝美沙酮。”

“那这样就能解释通了。”明哥接着说，“嫌疑人A可能对禁毒行动知情，他猜准了死者手上没有货，所以才可以轻易地叫开房门。死者急切想获得毒品，当着A的面吸毒并以礼相待，就完全可以解释得通了。”

我补充了一句：“嫌疑人A得手后，丁当恰好也来找死者，其发现茶几上有剩余的毒品，有可能在心瘾的刺激下，并没有进入室内便开始吸食，等吸食完毕之后，这才发现死者已经被害。这样正好能解释，丁当为何进入室内比较从容，离开时鞋印会如此凌乱。从足迹上推测，丁当并不是杀人者，她是报警人的可能性较大。”

明哥点点头：“我同意小龙的观点。”

叶茜补充道：“冷主任，报警人的电话录音我们调取了，听声音，确实是个年轻女子。”

“嗯，刑警队目前调查出什么线索没有？”

“有一条。”叶茜继续说，“我们在死者的钱包中找到了身份证件，经过调查，死者名叫武亮，三十四岁，是一名建筑公司的经理，主要负责一些建筑工地的水电施工；其配偶名叫唐婉婷，是某保险公司的部门经理。两人在一年前分居，我们联系她时，她正在省城出差，此刻正在赶回来的路上。别的情况暂时还没有。”

明哥点上一支烟：“案件已经定性，接下来有三件事需要刑警队去办。

“第一，要摸清楚毒品来源和渠道。

“第二，尽快找到那名叫丁当的女吸毒者。

“第三，调查死者老婆唐婉婷的社会关系，看看她有没有涉案的可能。”

“好的，冷主任，一定尽快落实。”

四

专案会结束没多久，死者的爱人唐婉婷便赶到了刑警队。对于唐婉婷这个人，明哥始终有他的想法，武亮吸毒，唐婉婷不可能不知情，两人“离人未离婚”就是最好的说明。吸毒者，尤其是吸食海洛因的吸毒者，一旦毒瘾上来，几乎是六亲不认，而且海洛因的依赖性很大，一旦接触，几乎终身难以戒除。这样一来，唐婉婷为了摆脱武亮，或许就存在杀人动机。所以为了稳妥起见，对于这样一个关键涉案人，明哥准备亲自讯问。

列好讯问提纲，我们一行人走进了审讯1室。

此时身穿白领制服的唐婉婷正优雅地端坐在软椅之上，三十有二的年纪，浑身上下无时无刻不透露着成熟女人的魅力。

“警官好。”唐婉婷很有礼貌地微微起身。

“嗯，请坐。”明哥说完，转头看向叶茜，示意她开始记录。

“你丈夫武亮在住处被害了，你是否知情？”

“嗯，刚才听门外的警官跟我说了。”唐婉婷回答得很平淡。

“你和武亮现在是什么关系？”

唐婉婷的情绪忽然有了波动：“我现在跟他没有关系！”

“哦？没有关系是从何说起？”

“如果不是他死缠烂打，我们早就离婚了。”唐婉婷对这个问题并没有避讳。

“能不能把你和武亮的事情，从头说一说，毕竟这是一起命案，我们需要知道实情。”

唐婉婷从明哥手中接过一杯热水，她稍微抿了一口，轻轻地点了点头。

“我和武亮是经家人介绍认识的，相亲都讲究个门当户对，刚认识那会儿，他自己开个公司，年收入有个二三十万，我家人感觉他的条件不错，就极力撮合。虽然他不是我喜欢的类型，但我还是接受了。

“2011年8月，我们俩登记结婚，一年以后，我发现我有了身孕，可没想到的是，孩子长到四十多天便自然流产。我当初以为是我自己的身体没有调理好，于是我吃了一段时间的中药，调理了一下身子；一年以后，我们接着试孕，结果还是流产。当时我就慌了，因为担心自己今后无法怀孕，我便跑到省城的妇幼保健院做了系统的检查，检查结果显示，我并没有什么异常。既然不是我的问题，那毛病一定出在武亮身上，于是我提出让武亮去做一个系统的检查，可令我没想到的是，他总是躲躲闪闪，不是找这个理由，就是找那个理由。

“我们都是成年人，而且我在保险公司上班，最擅长的就是察言观色，就算我用笨脑子想，也知道他肯定有事瞒着我。为了查清楚缘由，在一次房事之后，我借着洗澡的空当，把我下面流出的精液装在了事先准备好的塑料盒中。

“我有个同学在医院的检验科工作，第二天，我便悄悄地把武亮的精液样本送给了我同学，化验的结果是，武亮的精子畸形率接近100%。出现这种情况，遗传的可能性往往非常小，我同学就怀疑，武亮是不是服用了什么药物。我当时就否认说：‘我老公平时除了喜欢躲在卫生间抽烟，没有发现他有吃药的习惯。’也正是这句话，让我的同学起了疑心，因为他们检验科有一项对公业务，就是公安局化验酒驾、毒驾。以她的职业敏感度，她当时就怀疑武亮有可能吸毒。

“我听她这么说，脑袋瞬间就蒙了，虽然我矢口否认，但是我同学还是一再坚持让我用试纸测一测。当天我就从她那里带回了两张试纸，一张可以检测冰毒，一张可以检测海洛因。为了确保检查结果准确无误，我同学让我取武亮的晨尿，为此，我还故意将马桶的冲水按钮掰断。当我把试纸插入马桶时，检测海洛因的试纸很快出现两道红杠。看到这个结果，我当时就在卫生间里号啕大哭起来，当武亮冲进来看见我手上的试纸时，这层窗户纸终于被捅破了。”

唐婉婷撩起鬓角，有些伤感：“事实面前，武亮终于跟我坦白，在我们没有认识之前，他就已经染上了毒瘾，是一个工地老板把他拉下水的，他也曾尝试戒掉，但是心瘾太大，只能一次次复吸。

“虽然武亮对我并没有隐瞒，但我还是无法接受他吸毒的事实，照他这个情况吸下去，别说要孩子，就算有再多的钱也不够填他的毒窟窿。我当时的态度很决绝，必须离婚。但武亮坚决反对。

“说真的，我们俩在一起，完全是因为双方父母都看中了彼此的条件，我爸妈看他有钱，他爸妈看我长得还不错，我们两个在一起本身就没有任何感情基础，所以我对他这个人不可能有什么眷恋。

“武亮看我已经死了心，对我完全变了一个态度，他竟然警告我，说我生是他的人，死是他的鬼，要想摆脱他，门儿都没有。

“我当时气不过，就把实情告诉了他的父母。虽然话一说完我就后悔了，可说出去的话，泼出去的水，马蜂窝一旦被捅破，就再也无法收拾。武亮的父亲知道他儿子吸毒，当时就气得昏死过去，要不是抢救及时，估计命早就搭进去了。

“因为这件事，武亮和我就算是结了仇，只要他见到我，不管是什么场合，直接就是一顿拳打脚踢，这一年多的时间里，我被他打过不下十次，其中有好几次都住进了医院。”

明哥问：“你恨不恨他？”

“说真的，之前我是挺恨他，但现在我不恨，相反我还很同情他。”

“同情？”

唐婉婷点点头：“我当初和他分开时，是净身出户，我走之后，他开始变本加厉的吸毒，我们原来的那栋婚房，已经被他变卖了。他唯一的栖身之所就是那栋破旧的老房子。而且他母亲行动不便，父亲又瘫痪在床，本来一个好好的家，就是因为他吸毒，变成了现在这个样子。唉……现在想想，根本不值得。”

“你们现在还有没有联系？”

“他打也打够了，骂也骂绝了，关系都搞成现在这个样子，还有什么好联系的？”

“武亮之前吸食的毒品是从哪里来的，你知不知情？”

“他曾经当着我的面打过电话，我只知道对方外号叫什么‘马四’，别的我就不清楚了。”

“知道武亮吸毒的人有多少？”

“我知道的就只有我和他父母，别的还有谁，我也不是很清楚，毕竟我们两个已经分开这么长时间了。”

“你们两个分开有多久了？”明哥话锋一转，开始在外围打转。

“快一年半了吧……”

“现在武亮已经遇害，你今后有没有什么打算？”

“警官，我怎么感觉你要给我介绍对象啊？”

“难道说你现在已经有了？”明哥的眼睛微微眯成了一条线。

“没有。”唐婉婷摇摇头，“我和武亮的事情还没有彻底结束，我暂时还没有其他的考虑。”

“那如果武亮没有死，而且一直不同意和你离婚呢？难道就一直这样拖着？”

“警官，跟你说实话吧，照他那个吸法，估计也撑不了几年，我等得起。”

“行，今天的问话就到这儿，你先回去吧，有事再通知你。”

看着唐婉婷离开的背影，我有些不解：“明哥，这就让她走了？我老感觉她有些不对劲。”

明哥长叹一口气：“她回答得太从容，估计来之前跟我一样，都已经列好提纲了。”

“对啊，简直对答如流，都不带思考的。”

“武亮死了，她是最大的受益者，没有确凿的证据，她是不会开口的。”

“明哥你是说，她有涉案的嫌疑？”

“感觉像，但又不像。虽然她的回答明显有事前准备的痕迹，但是在一些关键问题上，她并没有避讳，这一点让我很不理解。假如是她买凶杀人，她是不可能有这个自信的。她的态度让我感觉到，就算我们能查出真凶，她好像也能摆脱嫌疑似的。”

“明哥，她是不是门缝儿里瞧人，低估了我们的实力？”胖磊撇撇嘴。

“不，我感觉她更像一个知情的局外人。”

五

根据推测，嫌疑人很有可能是毒品的提供者，或许找到毒品的源头，就可以有所突破，唐婉婷对武亮吸毒的情况到底知情多少，她不说，我们也不可能硬撬开她的嘴，既然案件要从“毒品”上找到突破口，那个吸毒小妹丁当就显得尤为重要。

捋清楚这条线，刑警和禁毒大队组成的联合行动队对全市的娱乐场所开展了一次全方位的清剿，结果一无所获。就在所有人都觉得丁当已经逃离云汐市时，知情人却突然打来电话，说丁当在某小吃街的馄饨摊儿吃馄饨。

有句话说得好，“没有文化，不知道害怕”。当全城的警察都在苦苦寻找她时，她竟然因为吸毒吸“嗨”了，在一家黑宾馆内昏睡了整整两天。

面对抓捕，丁当打着哈欠，一副不耐烦的模样：“哎呀，警官，你们抓我干什么，我年龄不够，你们又不能把我怎么样。”

常年吸食毒品，已经让她的皮肤过早地失水老化，原本只有十三岁的她，看起来竟然比三十多岁的唐婉婷还略显成熟。

“武亮你认不认识？”这次的问话由我主审。

“认识啊，我‘炮友’。”

“他死了，你知不知道？”

“知道。”

“报警电话是你打的？”

“对！”

“承认得这么干脆？”

“我去，就算武亮是我杀的，我也不犯法，跟你们条子兜圈子有意思吗？”

“你看得好透彻。”我微微一笑，扔过去一支烟卷。

“那是，我今年十三岁半，还能潇洒半年，过了十四岁就要收敛一点了。”丁当起身走到我面前，借了个火，“我妈就是吸毒死的，只要吸毒，就他妈没有回头路，武亮的今天，就是我的明天。”

“你认为武亮是怎么死的？”

“还能怎么死的？吸毒吸死的呗，他才多大的瘾，就学人家注射，找死。”

“武亮以前没有注射过毒品？”

“反正我是没见过。”

“你们两个很熟？”

“还好，一个月见个三四次，他有货了，基本上都会告诉我。”

“你们是怎么吸食的？在哪里吸食？”

“用锡箔纸烤烟吸食，基本上都在武亮的家里。”

“武亮家里为什么要安装那么多的挂锁？”

“他担心被警察抓啊，他这个年龄，抓到一次就会被强制戒毒两年。”

“你们吸食的毒品是从谁手里购买的？”

“这个我能不能不说？你们公安局最近搞扫毒行动，我都快要被逼得喝美沙酮了，这次要把我们上线给抓了，以后的日子可怎么过？”

“武亮死了，是被人故意用毒品害死的。我们现在怀疑有人借着给他送毒品的名义，将他杀害，目前对方的动机不明。”

“什么？武亮是被人故意杀死的？警官，你们开什么玩笑？”

“在你昏睡的这几天，我们基本上把全市的吸毒鬼都送进了强制戒毒所，不信你现在就打电话联系联系？”

丁当半信半疑地掏出手机，接连拨出十几个电话，均是关机状态。

“相信了？”

“这……”丁当的脸色已经变得相当不好看。

“在没有搞清楚对方的动机前，我们不知道他还会不会对别的吸毒者下手，所以为防万一，我们只能先把所有的吸毒者都抓进去待一段时间。”

“什么？”丁当发出一声尖叫。

“看过美剧吗？”我反问一句。

“美剧？啥意思？”

丁当再怎么说也只有十三岁，必要时我只能采取一些非常规手段，于是我故意寒着脸说道：“这万一对方是个只杀吸毒者的变态，下一个会不会是你，还真不好说。”

“变……变……变……态杀人？”

“对啊！我们国内也有不少！”

丁当面色煞白，最后的心理防线即将崩溃。

“你看，你今年未满十四周岁，按照法律规定，我们问完话就要放你回去，这万一对方在你家门口等着……”

我本想接着往下编，没想到丁当突然“哇”的一声哭了出来。

“你也真行，都把人家小姑娘说哭了，是不是很有成就感啊？”叶茜使劲在我腿上拧了一把，从牙缝里蹦出这句话。

我强忍着钻心的疼痛小声回了句：“这是工作需要，你以为我想啊？”

“赶紧问，别逗人家了！”

“咳咳，”我干咳两声，“别……别……别哭了。”

“警官，你说那个变态会不会也杀了我？”丁当依旧是泪眼婆娑，一副被吓坏的模样。

“你全力配合我们工作，我们自然会想办法保护你。”

“真的？”

“我说的自然算话。”

“警官，你问，你问什么我说什么。”

“好，还是刚才的问题，你和武亮平时都从谁手里购买毒品？”

“他的名字我不知道，我只知道他叫‘马四’。”

“你们的毒品都是从他手里买的？”

“对。”

“说说你们的交易流程？”

“先电话联系看看有没有货，如果有，就要先把钱用微信或者支付宝转账过去，然后他给我们地址，让我们自己去取货。”

“你们没见过面？”

“没见过，只知道对方是个男的，外号叫‘马四’。”

“你身边有多少人从他那里拿货？”

“百分之七八十都从他那里拿，‘马四’这个人鬼得很，禁毒大队都盯他一年多了，听说还没有头绪呢。”

“你们拿的是哪种货？纯度高不高？售价怎样？”

“‘马四’卖货都是薄利多销，他走的都是地通货（杂质最多的劣质等级），300元1克。”

我把从现场提取的小号塑封袋的照片拿给了丁当：“是不是每次都用这种袋子包装？”

“对，就是这种袋子。”

“你最后一次从‘马四’手里买毒品是什么时候？”

“半个多月前联系过一次，不过现在正在搞扫毒行动，‘马四’手里也没货。”

“嗯，说说你当天去武亮家里的情况。”

“最近很多人手里都没货，我那天下班后，就鬼使神差地想去武亮家里碰碰运气，武亮是一个公司的老总，手里有两个钱，这万一有点存货，我也能跟着凑合两口。我到他们家的时候，大概是凌晨1点。我从门缝里发现，屋里亮着灯，他们家我去过很多次，那里就他一个人住，大半夜开着灯，我断定他是吸多了在家里睡着呢，我本想试着敲敲门，可门竟然被我无意间推开了。刚一进屋，我就发现了客厅茶几上的塑料袋，因为最近货比较紧张，我担心武亮不舍得给我抽，所以就没打招呼，用锡箔纸先烤了一片。”

“你吸食完毒品又干了哪些事？”

“我当时有些迷糊，又有些口渴，我记得我好像喝了一杯水，接着去卫生间洗了把脸，最后走进卧室里才发现武亮已经没气了。”

“你看见武亮时是什么状态？”

“侧躺在床上，右胳膊上插了一根针管，对了，我还给他盖了一条床单。”

“接着发生了什么？”

“发现武亮死了，我有点慌，我认识武亮时，他就一个人住，我也不知道他家里人的联系方式，于是我就想到了报警，毕竟我和他还有点旧情，也不能眼睁睁地看着他发臭。”

“你当时为什么要选择打匿名电话？”

“虽然我年纪不够处理，但我也不想进公安局啊，而且当时头疼得厉害，就是想找地方睡觉。”

“对了，从‘马四’那里购买的毒品包装袋你还有没有？”

“包装袋？”

“对！”

“满的没有，空的一大堆，就在我手提包里。”

“行，把包装袋留下，咱们今天的问话就到这里，你可以回去了。”

“警察叔叔，我就这么回去，会不会……”

“是这样，具体什么时候能破案，我们还没有谱儿，要不你先写一个申请，我帮你联系戒毒所，你先进去待几天，你看行不行？”

“要待多久？不会是两年吧？”

“你年龄不够，法律对你没有强制约束力，我先帮你协调一个月，你看ok不？”

“ok，ok，绝对没问题，谢谢警察叔叔。”

丁当的描述基本和现场物证吻合，也就是说，她并没有说谎，凶手肯定不是她。而且丁当不满14周岁，她就算是想杀掉武亮，也不会想到用毒品这种“奢侈”的方法。估计在她心里，武亮的命远不及那一包毒品重要。

排除了丁当的嫌疑，剩下的戒毒手续交给了刑警队的兄弟，我则带着毒品包装袋赶回了检验室，因为我还有一个问题需要去求证，这个问题关系到整个案件的下一步走向。

在我们痕迹学上，有一个很大的领域，叫“杂类痕迹”，之所以叫这个名字，主要是它的领域涵盖得太多，并不能系统地归类，而塑料自封袋也在“杂类痕迹”的研究范畴。

要想研究塑料自封袋，我们首先要知道它的制作过程。制作塑料袋的原材料是聚乙烯，制作前首先要将废料送入造粒机中经过切割、加热融化、挤出小的塑料颗粒，接着将塑料颗粒加入下料斗中，原材料从料斗中进入螺杆，经过加热，逐渐熔化，塑料熔体在高压下从机头的圆环中挤出形成塑料管，然后在机头鼓风机均匀的吹动下形成薄薄的塑料薄膜，再接下来就是压袋，将印刷好的卷料数百个叠成一摞，最后将塑料袋一头放到裁袋机的刀下，进行裁切就得到了自封袋。

通过还原生产工艺，我们很容易理解，熔融后的液体塑料从模具口挤出并牵引拉伸，这时的材质可塑性强，且移动时会与模具内壁发生摩擦，并将模具内壁的加工痕迹作用于塑料薄膜的表面，形成细微的线条状痕迹。

这种痕迹和加工玻璃时的“玻筋痕迹”很相似，假如塑料包装袋出自一个生产设备，那么在显微镜下，我们可以很容易将这些线条状痕迹完整地拼凑在一块儿。

“马四”用来盛装毒品的小号塑封袋，市场的零售价格在10元钱200个左右，除非他的毒品能像煎饼馃子一样摆摊儿卖，否则200个自封袋最少够他用半年时间。

我目前就要利用这些线条状痕迹，求证一件事：嫌疑人作案使用的毒品，是否也是从“马四”那里购买的。

就在我把现场提取的塑料袋放在对比显微镜下时，我的疑问便立刻有了答案。

经过证实，丁当包里的四个塑料自封袋和武亮被害现场留下的塑料自封袋出自一个生产线。也就是说，嫌疑人的毒品也是从“马四”手里购得的。

这个看似不起眼的结论，其实里面藏着一个“细思极恐”的阴谋。

我们已经认定，嫌疑人A是毒品的提供者，按照丁当的描述，A在作案后，把剩下的毒品扔在了现场，假如他本人是吸毒者，绝对不会这么做，因此他本人对毒品并不感兴趣，结合他的杀人手法，我们基本上可以确定嫌疑人A并不吸毒。而现在也已经证明了A的毒品是从“马四”手里购买的。

试想，一个不吸毒的人，是怎么知道“马四”贩卖毒品的？他又是如何取得了“马四”的信任？

那么，唯一能解释通的是，嫌疑人A可能是通过“马四”的一个熟人和后者建立联系的，而这个人极有可能就是武亮。

最近禁毒大队正在严打，半个月之内“马四”都没有出售过毒品，那么这袋毒品很显然是嫌疑人A提前购买的。按照这个思路走下去，嫌疑人估计很早就在筹划如何置武亮于死地。

值得我们推敲的是，一个不吸毒的嫌疑人，是如何想到利用毒品去作案？他又是如何对武亮的情况如此了解？一般瘾君子对自己的身份都隐藏得很深，除非是迫不得已，否则不会有人拿吸毒这件事去炫耀。

根据多方查证，在武亮的关系网中，知道这件事的要么是圈子里的其他吸毒者，要么就是和武亮最为亲近的父母妻子。

所谓“虎毒不食子”“屁股再臭也不可能挖掉”，武亮是父母身上掉下来的肉，他们一般不会对自己的儿子怎么样。

由此看来，剩下的知情人就只有唐婉婷了。

但令人费解的是，刑警队围绕唐婉婷的社会关系开展了极为细致的调查，并没有发现其身边有一米九左右身高的男性出现；而且在武亮被杀期间，她有绝对的不在场证明。刑警队还对其近半年的通话记录做了研判，也没有发现任何异常，基本可以排除雇凶杀人的可能。

明明分析出来的结论全部指向她，可她却真的像明哥说的那样，像个“局外人”。

11月12日，距离案发已经过去了整整十天，刑警大队、禁毒大队、刑事技术室在一起召开了一个案件研讨会，会议的主要内容，就是如何在短时间内抓到贩毒人员“马四”。

“鲍大队，你们禁毒大队对‘马四’这个人的了解比我们刑警队全面，目前有没有什么好的办法？”徐大队率先开了口。

禁毒大队一把手鲍华揉了揉布满血丝的双眼，长叹一口气：“‘马四’大名马涛，在家里排行老四，上面有三个哥哥，六年前曾经因为吸食毒品被强制戒毒两年，刚被释放出来就涉嫌贩卖毒品，又被判了两年。目前我们掌握的情况是，他在以贩养吸。一年前，我们已经把这货围堵在了大街上，可就在我们准备抓捕时，一群路人在旁边围观，这时他竟然从身上掏出一颗手雷——我亲眼看到了手雷上的制式编号，绝对不是道具；我们担心他引爆手雷炸伤附近的围观群众，只能眼睁睁地看着他离开。

“自从那次以后，‘马四’变得比猴子还精，凡是毒品交易，全部用微信和支付宝转账，我们目前已经掌握了他一百多个账号，无一例外全部用的是假名和假身份证。而且他的账号很少重复使用，要想从这方面下手，几乎行不通。”

“‘马四’的上线咱们掌握了吗？”

“根据现在手头的线索，云汐市的毒品来源主要有两条渠道，第一条是从西边的富阳市流入的‘3号’货，第二条就是从东南边的省城流入的‘2号’货。”

徐大队不解：“‘2号’货？‘3号’货？这两者有什么区别？”

“最本质的区别就是纯度，按照毒贩的称呼，海洛因按照纯度可以分为4种，分别是‘1号’‘2号’‘3号’和‘4号’。

“‘1号’货的成分是粗吗啡碱，也就是鸦片，俗称‘黑糕’。

“‘2号’货的成分是单乙酰吗啡，是鸦片的一次提纯物，外观呈青灰色，俗称‘青皮’。

“‘3号’货的成分是海洛因盐酸盐，是‘2号’货的提纯物，俗称‘面粉’。

“‘4号’货的成分也是海洛因盐酸盐，也叫高纯度海洛因，俗称‘精面’。

“最近几天我们抓了很多‘马四’的下线，从他们手中缴获了很多未吸食的毒品，经过化验基本上可以认定，‘马四’的货其实就是在‘3号’中掺入玻璃粉和石灰粉。也就是说，‘马四’的上线很有可能在富阳市。”

“那‘马四’的上线，富阳市公安局掌握了吗？”

鲍大队点点头：“掌握得不多，虽然有些线索，但是毒品交易网很隐蔽，暂时还不清楚哪条线拴着‘马四’，我们目前只能被动地等富阳市公安局那边的消息。”

鲍大队说完，会议室的气氛瞬间变得沉重起来，可就在大家都认为这个碰头会已经没有什么有“营养”的话题再讨论时，半天不作声的老贤却忽然开了口：“我或许能提供点线索？”

此话一出，全场二十几个人齐刷刷地把目光聚焦在了老贤的身上，估计很多人都在奇怪，禁毒大队都不掌握的情况，整天待在实验室的老贤怎么会有线索。不光是别人，就连我们科室的人都将信将疑。

老贤推了推眼镜，说：“是这样的，我本以为会议会有什么实质性的进展，所以就没有把这个想法提前说出来，可现在来看，我还是觉得有必要再说一下。”

老贤话一说完，鲍大队的脸都绿了，没办法，老贤的性格就是“巷子里拉木头——直来直去”。

徐大队在桌子下拉了拉鲍大队的衣角，示意他别往心里去，鲍大队苦笑着摇摇头，算是回应。

老贤此时正一本正经地翻看他的手机，根本无心观察周围人的小动作，几分钟后，他抬头说道：“正如鲍大队刚才说的，‘马四’贩卖的毒品含有海洛因盐酸盐和玻璃粉、石灰粉等杂质。

“通过测量我得出，海洛因粉末的直径是4微米，也就是0.004毫米；玻璃粉的直径是6微米；石灰粉是5微米。根据数值我可以得出，‘马四’在把玻璃粉和石灰粉混入毒品之前，进行了研磨。

“而一般的研磨机根本不可能把玻璃粉磨到6微米的直径，也就是说，‘马四’在研磨的过程中使用了专业的机器。

“我来之前查询过相关的资料，这种机器俗称超细研磨机，根据功能不同，售价区间在8000至4万不等。我想问一下各位，咱们云汐市有没有地方出售这种精度的研磨机呢？”

“售卖这种专业的研磨仪器，肯定要办理营业执照，我现在就联系工商局，看看他们的系统中有没有登记。”徐大队当即拿出手机，拨通了工商局局长的电话。

经过多次沟通，徐大队很肯定地回答：“工商局那边给我们查询了全省工商管理系统，并没有发现相关登记，也就是说，不光是咱们云汐市，就连整个湾南省都没有卖的。”

老贤依旧不慌不忙：“‘马四’交易毒品时会利用微信和支付宝转账，那网络上的东西，他应该深有了解，这个高精度的研磨机，会不会是他从网上购买的呢？”

“我×，老贤你牛×！”胖磊直接爆了句粗口。

现在很明显了，全省都没有卖，那说不定就是在网上购买的。既然是在网上购买，那收货地址绝对不会乱填，只要让网监的同事帮个忙，要想找到“马四”的落脚点，简直易如反掌。就算是“马四”后来更换了居住地，我们只要摸清楚他曾经落脚在哪里，也不愁找不到关于他的线索。而且高精度的研磨设备体积很大，很容易暴露目标。

七

网上有句恶搞的话：“梦里寻他千百度，蓦然回首，那人却在港口出租屋。”

徐大队按照老贤提出的思路，很快找到了“马四”的落脚点，为了保证抓捕行动的绝对安全，收网时间定在了晚上11点整。就在几十名荷枪实弹的武警悄无声息地把“马四”的住处团团围住之时，人家却跟自己的小情人在床上大战三百回合。

为了提防“马四”的卧室中藏有手雷等爆炸性武器，徐大队下令，在不能保证队员生命安全的情况下，绝对不能轻举妄动。就这样，三十多双眼睛在窗外欣赏了近一个小时“不可描述”的场景之后，画面切换到“鸳鸯戏水”，徐大队一声令下，抓捕队员破门而入，将一丝不挂的“马四”捉拿归案。

这次行动，在“马四”的租住处一共起获制式手雷3枚、仿54式手枪2把、子弹200余发；其中有2枚手雷就放在床头，假如抓捕组直接贸然闯入，后果真的不堪设想。不得不说，很多时候领导的决策，可能直接关系到手下人的身家性命。

在审讯“马四”之前，禁毒大队提供了一套详细的证据材料，“马四”这几年的斑斑劣迹，全部记录在案。明哥在通阅全稿之后，按照计划，开始了第一轮审讯。

“你是谁？禁毒大队来的新人？”明哥还没说话，“马四”便张口反问道。

明哥客气地给他点了一支烟卷：“怎么，你对禁毒大队的人很熟悉？”

“干我们这行的，要知己知彼，连禁毒大队的人都不认识，还搞个啥？”

“实话实说，我不是禁毒大队的人。”

“什么？不是禁毒大队的人？咱丑话说在前面，我‘马四’除了毒，别的可什么都不沾，你们可别想把别的部门的‘屎盆子’扣在我的头上。”

“我没有害你的意思，相反，我还是来帮你的。”

“哈哈，警官，你是不是觉得我‘马四’还是刚出来混的小瘪三儿？帮我？我既然落在你们手里，真的没有想过要活着出去，我估计禁毒大队关于我的资料该有一人多高了吧？”

“确实，我进来之前已经看过关于你贩毒的证据，你的几十个下线全部把你给供了出来，再加上你非法持有枪支弹药，枪毙是够了。”

“哈哈哈，你这个警官真有意思，你说我一个快被枪毙的人，你还跟我谈什么条件？”

“如果我能保住你一条命呢？”

此话一出，“马四”的笑声戛然而止，他见明哥丝毫没有开玩笑的意思，试探性地问道：“警官，你能保住我的命？”

“我也不跟你兜圈子，我是市局刑事技术室的，我们正在办理一起案件，这个案件和你有关，想从你这里了解点事情，如果你提供的线索可以查实，就有重大立功表现，到时候保你一命，也不是不可能。”

“什么？当真？”

“跟公安局打交道，你是‘老猴儿’，你完全明白我话里的分量，你自己考虑吧。”

“马四”没有出声，一口一口地抽着烟卷，心里仿佛在盘算着明哥的话到底是真的还是“坑”。

“你现在就算一句话不说，横竖也是一死，干吗不赌一赌？说不定有奇迹呢？”

“警官，你的话我都懂，但是我‘马四’也是场面人，这万一我的命没保住，还拉另外一个人下水，我心里多少有些过意不去。”

“得，我先把问题抛给你，你觉得接得住你就接，觉得接不住就不用回答。”

“这个可以，这个可以。”“马四”笑嘻嘻地从明哥手里又接过一支烟卷叼上。

“你卖的货能不能注射？”

“那肯定不行，我卖货的时候都跟下家嘱咐过。”

“为什么不能注射？”

“这个是行业秘密，我不能说。”

“行，你不说，我来帮你说，是不是因为货里掺有玻璃粉，注射容易搞出人命？”

“马四”一惊，没有回答。

从“马四”的反应里，明哥已经知道了结果，他接着问：“下家知不知道你的货里有玻璃粉？”

“那肯定不知道。我只是告诉他们货不纯，不能注射而已。如果他们想注射，我还有另外的一种，不过价钱要高一点，500元钱1克。”

“你在货中掺玻璃粉的目的是什么？”

“这是我们行业的潜规则，玻璃粉在吸食的过程中可以刺破毛细血管，让毒品以最快的速度渗入体内，吸起来过瘾。市面上卖的‘面粉’全部都掺有玻璃粉，要不然根本卖不掉。”

“好，我再问你，有没有人一次性从你这儿购买过10克以上的毒品？”

“马四”眼珠一转，很快回答：“有一个。”

“记得那么清楚？”

“我别的不行，就是脑子好使。”

“好，告诉我，你们是怎么交易的？”

“打电话交易，对方好像说是‘亮子’的朋友。”

“‘亮子’是不是叫武亮？”

“对，我的一个老客户。”

“接着呢？”

“我一听是老客户介绍来的，就按照正常流程，给他发了一个支付宝账号，钱到位之后，让他去接的货。”

“在哪里接的货？具体时间。”

“具体时间我记不住了，不过那个接货地点是我临时找的一个破涵洞，就在泗水河闸口附近。”

“你有没有让别的买家去那里交易过？”

“没有，那个地方我也是第一次去，那天正好和女朋友在那附近，所以就选了那里。”

“好，我问完了。”

“什么？问完了？”“马四”有点诧异，“你不是说，要我提供重要线索吗？”

“现在不需要了。”

“什么意思？什么叫不需要了？”

明哥冷哼一声：“我给你机会了，你不把握，这不能怪我。”

“你玩儿我？”

“听过一句话吗？‘生死就在一念之间。’我想我们以后不会再有见面的机会了。”

明哥说完就起身离开，留下目瞪口呆的“马四”，傻傻地坐在审讯椅上。

可能很多人还搞不明白，这么关键的证人，为何草草两句就结束了问话。俗话说，“外行看热闹，内行看门道”，连一向经验老到的“马四”，也被明哥玩儿得团团转。

对于“马四”这种社会毒瘤，明哥打一开始就没有想过给他苟延残喘的机会，要说在审讯上玩儿套路，我还真没见过谁是明哥的对手。

“马四”这种人，对他最有诱惑的条件就是保他一命，然而他这种人对警察本能地不信任，在没有见到实实在在的利益前，只会避重就轻，而明哥就是在这个“轻”里做足了功课。

明哥让老贤计算出案发当天嫌疑人到底购买了多少毒品。为了得到这个具体的克数，老贤从禁毒大队取来了50克毒品样本配置同浓度的溶液。叶茜也按照明哥的指示，重新提讯了丁当，最终得出的结论是，针管中共溶入6.8克海洛因，丁当的吸食量约1.5克，再加上死者武亮吸食的克数，总重量差不多已经达到了10克。按照普通人习惯求整的思维定式，嫌疑人极有可能一次性购买了10克或者以上的量。

可能很多人有所不知，一般的吸毒者基本上不会一次性购买超过10克的毒品，因为按照我们国家的法律规定，持有10克或者10克以上毒品者，可以按照“非法持有毒品罪”定罪量刑。而持有毒品不超过10克，则按照《中华人民共和国治安管理处罚法》进行处罚。也就是说，“10克”是个分界线，超过这个数，触犯的是《刑法》，低于这个数，只是个普通的治安案件，前后两者相差近三年的刑期。

瘾君子购买毒品，只图个消遣，谁也不想把自己给搭进去，也只有不吸毒的人才会犯这种低级错误。而这个人便是我们这起案件的嫌疑人。

若要让“马四”回忆他卖过多少次毒品，他指定没有印象；可对10克以上的特殊交易，他绝对不会那么容易忘记。这也是为什么，明哥刚一提问，“马四”立刻就说出来了。

既然有，那就证明我们的推论没有偏差，接下来只要找到交易地点，案件就不会断了线索。所以当“马四”说出涵洞时，他对明哥来说，就已经失去了利用的价值。

八

深夜，木屋周围万籁俱寂，刚要入睡的乐剑锋忽然被一阵铃声惊醒，那是一条手游私信的推送声。乐剑锋一个鲤鱼打挺从床上坐起，接着快速地进入游戏终端，私信箱中有一条未读信息，内容是一串代码。

乐剑锋把代码复制重新排列，接着一串汉字被翻译出来——速至7号接头点。

“丁磊选在最隐蔽的7号点见面？难道有重大发现？”

乐剑锋套上一件黑色的皮衣，带着一丝期许没入了黑暗。

30公里的路程，乐剑锋更换了多辆交通工具，在摸黑钻了最后十几亩玉米地后，来到了一座水泥坟包前。只见他用脚沿着坟包一圈使劲地跺了跺脚，就在这时，其中的一块水泥石板发出了清脆的“咚咚”声。乐剑锋环顾四周，确定无人后，他掀开石板钻了进去。在艰难地爬过一条狭窄的小道后，道路尽头变得宽敞起来，一间可以容纳四人的墓穴成了他和丁磊的秘密接头点。

远处的墓穴散发着微弱的亮光，乐剑锋见状加快了脚步，可能是墓穴中的人察觉到了外界的声响，一道石门被缓缓推开。墓室光亮随着门缝渐渐变得明亮，淡黄色的烛光打在乐剑锋的脸上，照清了他的容貌。

“乐哥。”

“进去再说。”

丁磊点了点头，把乐剑锋引进墓室，接着重新将石门关紧。

“调查得怎么样？”乐剑锋直奔主题。

丁磊面露苦色：“一个好消息，一个坏消息，你先听哪一个？”

乐剑锋“啐”了一声，把嘴中的泥巴吐出：“这里虽然是一座被掏空的坟地，但不管怎么说也不是啥喜庆的地方，那就先听听好消息，冲冲晦气。”乐剑锋说着抽出一支烟卷甩给丁磊。

丁磊将烟点燃，叼在口中，吞云吐雾了几次后，他说道：“这次还多亏了云汐市公安局。”

“哦？这怎么说？”

“前段时间发生了一起命案，冷启明主任带着技术科对现场进行了勘查，嫌疑人是利用毒品杀的人。云汐市公安局为了查清涉案人，开展了一次大规模的扫毒行动，这次行动抓了不少瘾君子，其中绝大多数吸毒者都被‘拔出萝卜带出泥’，大部分人的情况我们都不掌握，要不是这次行动，一般人还真难把他们给挖出来。”

“这些瘾君子都怎么处理的？”

“吸食海洛因的均被强制戒毒，吸食冰毒的被送进了拘留所。”

“嗯，这么一来，确实省了我们不少事，你调查出了什么结果？”

“我和十几个信得过的手下，暗中对这些瘾君子经常去的酒吧、KTV以及吸毒场所进行了调查，还真让我们查出了一些线索。”丁磊说着从口袋中掏出一张写满身份信息的白纸，“这上面一共有十五个人的信息，他们在云汐市都是能提上台面的人物，我在他们的落脚点都找到了少量的海洛因，经过试剂检验，他们吸食的都是白熊武装军的货。”

“有这么多？看来这就是你要说的坏消息？”

丁磊长叹一声，重重地点了点头："乐哥，你之前的猜测很有可能是真的，如果不去调查我还不知道，原来白熊武装军的毒品铺货量那么大，而且这还仅仅是咱们云汐市，如果这些货在整个湾南省放开出售，就算有5亿的量，估计也卖不了多久就能售罄。"

"5亿元的高纯度'4号'，哪儿有那么容易卖完？你不要悲观，咱们还有时间。对了，毒品上线查清楚了吗？"

丁磊摇摇头："所有人都被抓进了局子，这些人的问话笔录只有公安局掌握，所以……"

"行，剩下的我去办。"

众所周知，河流闸口主要是用来防洪、排涝、控制水位的。但很多人可能又不知道，由于闸口处经常提闸，水中的微小生物随着水流，容易堆积在闸口两侧及附近，因此在闸口位置，经常会出现鱼群集中的情况。

对于闸口这样的钓鱼圣地，云汐市的垂钓爱好者怎么会轻易放过？再加上现在社交软件的普及，泗水河闸口，一到周末，几乎都找不到下竿的位置。一些姗姗来迟的钓客，为了能过把瘾，不惜铤而走险，蹲坐在陡峭的河堤上甩钩放线。前后不到两年，已经有五人被咬钩的鲤鱼硬生生地拖下了水，为此，云汐市河道管理处两次易主，刚上任的马处长，为了保住自己的乌纱帽，先是耗巨资修建栏杆，接着又在闸口的四个拐角安装了监控，为的就是万一有人落水，管理处有视频为证，可以撇清责任。

当胖磊站在闸口，看到这个贴心的设计时，他兴奋得差点就要找马处长滚床单。按照明哥的指示，我们此行兵分两路，由胖磊去调取闸口位置的所有视频监控，剩下的人则一起寻找"马四"口中的那个涵洞。

"我还以为就一个，哪里知道这么多？"叶茜看着望不到边的洞口，眉头紧锁。

"你是不是傻？"

"司元龙，你说谁呢？"

"废话，当然是说你呢，人家都说胸大无脑，你是又不大，又无脑。"

“司——元——龙！你再说一遍！”

“得得得，说你两句还发火了，你前天把我腿掐的，到现在还紫呢，我说啥了！”

“没时间跟你磨嘴皮子，快说，哪个涵洞是？”

我用手一指：“那儿，那儿，那两个中的一个。”

“这么肯定？”

“当然，‘马四’卖毒品总要找一个买家能发现的位置吧，那肯定是越显眼越好，难不成还要跟买家捉迷藏啊？肯定是越早出手越好啊！”

“原来如此。”

“小龙，你先下去看看。”明哥指着那两个中的一个，对我说道。

闸口附近的一排涵洞，是早年云汐市某化工厂为了排放污水所修建的，后因环境污染过于严重，政府强行将涵洞用水泥封死。堵住涵洞就是为了防止工厂再次排放污水，所以主要目的达到了，没有必要全部填实。因此在靠近河口内部的涵洞，都保留了不短的一段距离。泗水河水位上涨，在涵洞中留下不少的泥沙，因此，只要有人进入涵洞，肯定会留下清晰的鞋印。也正是因此，我未费吹灰之力便在第二个涵洞中找到了嫌疑人的鞋印。

有了鞋印，那就足以证明这个购买毒品的男子就是杀害武亮的凶手。

剩下的工作就再简单不过了，只需要胖磊逐一排查闸口位置的视频监控，看看有没有符合特征的男性出现即可。

因为无法确定嫌疑人具体的购毒时间，胖磊只能以天为单位，紧急调取30人组成视频侦查小组，逐一排查。不得不说，这种毫无技术含量的办法，也是最行之有效的手段。

第二天一早，一张清晰的视频截图被胖磊用图像处理软件给整了出来。

“明哥，接下来该怎么办？”

“你们有没有注意到这个人的着装？”

在明哥的提醒下，我上下打量了照片上西装革履的男子。

“西装？这能说明啥？”胖磊有些不解。

“左边胸口，是不是有反光？”

“对啊，好像是有点。”胖磊对光线的敏感性比我们任何人都要强，所以他说有，那就一定没错。

得到肯定答案，明哥继续分析：“西装很正式，左边的反光应该是某种佩戴物，他应该是从事某种很体面的职业。死者武亮是建筑公司的小老板，跟他打交道最多的就是工地工人，按理说，两人应该不会有什么交集才对，他的杀人动机是什么？”

“明哥，你的意思是……”

“我一直觉得唐婉婷有问题，我们现在已经掌握了嫌疑人的长相，我觉得有必要梳理一下她的关系网。”

“可是我们刑警队已经梳理了好几遍了，基本上没有疑点。”

“我们假设嫌疑人和唐婉婷有关联，他会因为什么，帮唐婉婷杀人？”

叶茜仔细想了想：“唐婉婷虽然说是保险公司的部门经理，但一年也就五六万元钱的收入，如果排除买凶杀人，那剩下的貌似就只有‘情’字了。”

“嗯，叶茜分析得没错，假如嫌疑人和唐婉婷是一对秘密恋人，他为了能和唐在一起，出手杀害武亮就变得合情合理。”

“如果只是一般关系，就算是杀死武亮，也不一定能保证在一起，所以他和唐婉婷的关系肯定不一般。”

“睡过。”老贤冷不丁的一句话，直戳要害。

“贤哥，还是你看得透彻！”胖磊对老贤竖起大拇指。

“偷不到腥的猫，不会为腥味疯狂。”

“我×，贤哥，真看不出你还这么有文采。”

“对了叶茜，唐婉婷有没有宾馆住宿记录？”

“查过了，很干净。”

“回去通知徐大队，让他找领导批一张搜查证，我们去唐婉婷家里走一趟。”

十

春晓名居，35号楼，2201室。这里是唐婉婷租住了一年半的地方，40平方米的单身公寓，家居摆设一目了然，从进门时的拖鞋，到卫生间的摆设，基本看不到有另外一个人居住的影子，搜查一圈无果后，胖磊在唐婉婷的见证下，打开了她的台式电脑。

用胖磊的话形容，电脑“比小孩儿的屁股蛋儿还干净”，除了一个因特网图标外，其他的都是些系统快捷方式。

“除了上网看看新闻，电脑我几乎不用。”唐婉婷在一旁解释道。

胖磊本想着能看看QQ聊天记录啥的，可翻了半天C盘，没有任何头绪。

按照顺序，他又打开了D盘和E盘。

可就在胖磊双击打开“照片”文件夹时，他的表情突然变得严肃起来。

“唐婉婷，你这些照片是谁给你照的？”

“单位同事啊！”

“男的女的？”

“当然是女的。”

“女的？”胖磊本来就不大的眼睛挤在了一起，那表情好像在说：“小样儿，敢骗你胖爷？”

“对，是女的，我们公司组织出去游玩时拍的。”

“用什么相机拍的？”

“就是普通的卡片机，桌子上那个就是。”

“叶茜，用U盘把这些照片全部拷走，那个相机也给她打个扣押单子，一并带走。”

“警官，你拷贝我私人照片干什么？”唐婉婷有些不悦。

胖磊举起手中的搜查证：“我告诉你，我们有正规手续，这是在依法办事，武亮的死到底跟你有没有关系，我想很快就会有答案！”

半个小时后，我们一行人返回科室。

我有些不解地问：“磊哥，你到底发现啥了？这不都是一些唐婉婷的单人照吗？”

“你这肉眼凡胎，当然看不出里面的猫腻。”

“得得得，你牛×，我倒要看看你能翻出什么花儿来。”

“怎么？不相信你哥我的实力？”胖磊说着把一张唐婉婷站立的照片拖到了桌面上，他接着用笔点了点照片上地面的位置，“看见没，这是什么？”

“我去，你是不是傻？这不是影子吗？”

“好，很好，我接下来就用这个影子计算出拍摄者的身高。”

“噗！”我一口水喷到了地上，“什么？这半截影子还没有小拇指长，你要计算拍摄者的身高？”

“一条金黄山！敢不敢赌一把？”

“别一条，算出来，我给你两条！”

“这是你说的！”

“君子一言，快马一鞭。”

“好，不过你要给我跑一趟腿。”胖磊指着照片上的建筑物说道，“这个地方我带儿子去过，是寿州县的城楼，你去帮我测量一下城砖的平均长度。”

“没问题，这点小事我都不用去，城楼派出所有我一个小师弟在，我给他打个电话，让他跑个腿就行。”

“好，数值给我，一个小时后给你答案。”胖磊一本正经地在白纸上列出了公式。只见他一会儿用游标卡尺在照片上测量，一会儿又来回翻弄手机，忙得不亦乐乎。

三支烟抽完后，胖磊用笔在白纸上狠狠地画了一个圈，圈中被他用水笔写了一个数值，“约1.91米”。

“拍摄者的身高在1.91米，和你推断出的嫌疑人身高相近，唐婉婷撒了谎。”

“真的假的？我怎么知道会不会是你随便报出的一个数值？你是怎么算出来的？”

胖磊好像早就料到我会来这一招，他自信地甩了甩头发，指着照片拉开腔调：“照片的右下角有具体的拍摄日期和时间，我又校对了相机的北京时间，并没有偏差，所以从这上面我们可以看出，照片拍摄时间为11月1日上午10点01分。

“从照片的成像上看，拍摄者是顺着光线，由东向西拍摄，唐婉婷恰好和他站在一条直线上。

“从照片左下角露出的半截影子，可以看出拍摄者处于直立状态。

“这些都是前提，我们接下来代入数字。

“第一，焦距。焦距就是焦点到面镜的中心点之间的距离。在咱们这里，就是拍摄者手持相机与唐婉婷的直线距离。我在观察相机的时候发现，卡片机是处于自动对焦状态，这种状态下，焦距是固定值，我们已知这个数值为A。

“第二，墙砖的长度。从照片上我们可以清晰地看出，地面上的影子尖端，到唐婉婷的距离是六块整墙砖，我们已知这个数值为B。

“第三，太阳高度角。所谓太阳高度角是指太阳光的入射方向和地平面之间的夹角，我们已经知道了具体的拍摄时间和地点，通过专业的天气软件，就可以找到拍摄时太阳高度角的具体度数，我们已知这个度数为C。

“知道了ABC三个数值，我们再了解一下影子的形成原理。它是由于物体遮住了光的传播，不能穿过不透明物体而形成的较暗区域，影子其实是一种光学现象。”

胖磊说完，在白纸上画了一个直角三角形，他接着又在三角形右边不远的地方画了一条竖线。

直角三角形的高，被他标注上了“拍摄者身高”的字样，三角形的底边则被标上了“拍摄者影子长度”的字样。

那条孤零零的竖线，旁边写了三个字“唐婉婷”，竖线与三角形底边的空白距离，注明了“墙砖”，三角形的垂直高到竖线的总距离被命名为“焦距”。

三角形的顶角，被标注为“太阳高度角”。

图一画完，胖磊继续解释：“我们用焦距A减去空白墙砖距离B，得到的就是三角形的底边长度，也就是拍摄者的影子长，直角三角形，已知一个底边，又知道一个角的度数，利用三角形中的正切函数，列出公式就是tanC=（A-B）/拍摄者身高，利用这个公式，套入数值，计算出拍摄者的身高约为1米91。”

“磊哥，真是不服不行，愿赌服输，回头我就把两条金黄山放你桌子上。”

胖磊惬意地端起水杯抿了一口：“寿州县古城楼我去过，县政府为了防止有人私自偷取古城墙砖，监控几乎是360度无死角拍摄，而且还都是高清远红外摄像，拍摄时间距今不到半个月，当时的监控肯定有保留，唐婉婷到底有没有撒谎，调取监控看一看便知。”

依据胖磊的思路，我们果然在视频中发现了唐婉婷和一名男子亲昵的画面，而这名男子，也正是泗水河闸口上那名西装革履的男子。

有了嫌疑目标，胖磊开始逐一排查案发当晚金华苑小区附近的所有视频监控，最终，男人落入了我们的视线，其在案发前曾在小区附近出现过，而且根据视频延展，胖磊还发现了其在作案前的三个小时内曾去过某大药房。

我和胖磊紧接着又把大药房的视频录像调取分析，令我们没想到的是，男子结账时竟然用的是医保卡。

结合收银台的结账时间，我们很快查清了男子的身份：沐云轩，男，三十四岁，国企员工，离异。二十四小时后，该男子被成功抓获。

十一

1997年7月1日，中华人民共和国对香港恢复行使主权，这一历史性的事件，对国内外都有着重要的历史意义。

对于国内，香港回归是“一国两制”伟大构想的成功实践，同时为澳门问题的解决以及澳门的回归提供了实践的范本，最终也为解决台湾问题，实现中国完全统一留下了一笔宝贵的财富。而对于国外，香港的顺利回归不仅是给西方大国以有力的回击，而且香港回归的成功实践也为世界许多国家和地区解决类似问题提供了实例，对世界政治发展具有重大意义。

正是因为这件事情的意义重大，所以在回归当天，那是举国欢腾。

云汐市十二中作为市属重点中学，几乎任何事情都要走在全市其他中小学的前列，学校校长李方，为了能起到先锋表率作用，主动向教育局请缨，要在回归当天，组织学校师生开展一场别开生面的庆祝活动。虽然其他学校的一把手对李方这种拍马屁的行径十分唾弃，可没有办法，教育局的一把手，就是喜欢这种舒服上天的感觉。

为了保证活动的顺利展开，教育局还组织市区的多所中小学一把手在一起开会，要从各个学校抽调“形象好、气质佳”的学生到十二中进行系统训练，一定要确保在回归当天吹响口号，打出亮点。

会议一散，其他学校的校长没有一个不骂街的。

抽调学生集中训练，耽误功课不说，这来回路上要是出点什么差错，学生家长还不闹翻天？虽然大家都知道困难重重，但教育局局长的指令还要照办。

为了不耽误“学霸”们的功课，其他校长一合计，这个彩排的重任就落在了“没人管、没人问”的“学渣”们身上。

不管哪个学校，“学渣”都爱臭美，你要看那些头发梳得如狗舔过一般的学生，指定都是教室最后一排的“山大王”，所以绝对符合“形象好、气质佳”这一条。

而且选择“学渣”，也不用为耽误学生学习而感到内疚，相反把班级里的“学渣”全部清理走，还能给班级创造更安静的学习环境，这简直就是一石三鸟。

5月1日，劳动节一过，五所市属学校四百多位“学渣”齐聚十二中，看着方阵中那些“站没站相、坐没坐相”的学生，李方差点就要气昏在主席台上。

“妈的，盛校长这帮孙子，是要玩儿死我是吧！”

“李校长，您先消消气，要不把这些学生都退回去？”学校的教导主任试探性地问道。

“退个屁，我要是把学生赶回去，盛校长肯定会在局长面前吹凉风，到时候我这脸还往哪儿搁？”

“那这……”

“给他们一天时间，把校服给我洗干净，黄毛该染黑的染黑，长发该剪短的剪短，要是谁不听，都给我赶回去上课。”

“好的，校长。”

教导主任拿起话筒，仔仔细细地把校长李方的话做了传达。

对“学渣”们来说，教导主任的话，99.99%都是放屁，只有那句“要是谁不听，都赶回去上课”最具有杀伤力。能奉旨出来浪两个月，这简直是天上掉馅饼的事，几乎没有一个“学渣”愿意放弃这个千载难逢的好机会。

沐云轩，十八中高一（一）班的“文艺学渣”，他和别的“混混学渣”不同，总喜欢留一头长发，背着心爱的木吉他闯天下。每天第二节课后的大课间，他总会找一个人最多的地方，不厌其烦地弹奏那首《同桌的你》，弹到后来，很多人都怀疑沐云轩是不是在和同桌谈恋爱，可一打听才知道，这货平时坐的是讲台。

有人问：“喂，沐云轩，你为什么只弹这首歌？”

每当这时，他总会甩起飘逸的长发，回一句这辈子最矫情的话：“为心中那一点点不灭的梦想。”

估计真正的答案，也只有教他吉他的表哥心知肚明。

“云轩，一首《同桌的你》，弹一百多遍都弹不顺，你还是别学了。”

“我这快一米九的大高个儿，现在不打好基础，以后去大学怎么泡妞儿？”

“就你这成绩，还想上大学？”

“本科没希望，上个大专还不行啊？”

“得，我把《同桌的你》教会，其他的曲子你自己悟，我真没时间跟你瞎捣乱。”

“得嘞，就咱这悟性，一首歌搞定，其他歌还不是分分钟的事？”

沐云轩吹完牛以后才发现，自己果真败给了“悟性”，于是乎《同桌的你》就成了他唯一必唱、主打兼大轴的曲目。

当天从十二中开完会回家，沐云轩就失眠了，他在“剪掉长发”和“回去上课”之间无法抉择。

如果“剪掉长发”，就意味着自己在弹吉他时少了一丝飘逸和潇洒。

但“回去上课”，自己就失去了一个展现自我的平台，而且他能明显地感觉到，他们学校的学生好像对他的《同桌的你》已经有些厌倦，每次弹奏，他都感觉自己像个傻×一样，在自娱自乐。

“我要为了艺术，牺牲一把！”

打定主意的他，在第二天一早走进了理发店。当看到那一头飘逸的长发一撮一撮地掉落时，沐云轩的眼泪在眼眶中打转，他仿佛真真切切地感受到了“为艺术献身的痛”。

当天下午两点半，十二中的操场上人满为患，四百四十八名学生，八人一组，整整齐齐地排成五十六组，每一组代表着一个民族，象征着“五十六个星座，五十六枝花，五十六族兄弟姐妹是一家”，更深层的寓意是“全国上下欢迎香港回归祖国怀抱”。

整齐划一的队形，让教导员连点名的机会都没有。她只是扫了一眼，便对校长说：“全部到齐。”

校长李方满意地点点头：“按照计划进行。”

就这样，以“我们爱祖国，我们爱香港，香港回归，民心所向”为主题的大规模游行活动彩排，正式拉开序幕。

参与训练的学生，为了加班加点完成各种动作，按照要求，上午只有大课间才能休息，对于这一群在十二中训练的外校生，十二中的上课学生基本上都成了看戏的吃瓜群众。

众多的围观看客，让沐云轩热血沸腾，就连训练时他都幻想着，要是能在这么多人面前弹奏一首《同桌的你》，将是多大的荣耀。

苦苦煎熬，沐云轩终于等到了二十分钟的大课间，他迫不及待地背起自己的吉他，走上主席台。他习惯性地做了一个甩头的动作，开始弹奏那首已经炉火纯青的《同桌的你》。

不得不说，沐云轩是“文艺学渣”的一股清泉，这次“登台演出”可谓顺应了天时、地利、人和。四百多号人，累得要死要活，全都瘫软在主席台下；

还有上千名十二中本校生，聚集在操场周围好奇地打量着那四百多张陌生的面孔。

当沐云轩的琴弦刚一拨动，所有人的目光就有了一个统一的焦点。

“明天你是否会想起，昨天你写的日记，明天你是否还惦记，曾经最爱哭的你……”沐云轩唱得投入，唱得深情，仿佛他自己就是老狼，而今天就是他人生中的第一场校园演唱会。

有句话说得好，“书读百遍，其义自现”，这“歌唱百变”，其“义”也一样能“现”。

不得不说，沐云轩已经把这首歌唱到了一个境界，一个让所有学生都刮目相看的境界。

如果用一句话去形容那天的场景，莫过于“掌声淹没了琴声，背影捕获了芳心”。

上午刚刚结束训练，沐云轩就收到了一张粉色的信纸，纸上只写了一句话：“曲终未必人散，有情自会重逢。”

沐云轩感觉自己的心脏都快要跳出来了，不管是学唱歌，还是学弹吉他，其实他的终极目标就是泡妞儿。无奈的是，他的个子太高，学校的妹子又少，他弹了半个学期，都没有一个女生上钩，其实他做梦都在幻想一个画面，画面里一个妹子静静地坐在他身边，一脸花痴地听着他唱完那首《同桌的你》，而这一刻，梦想可能就要照进现实。

“奶奶的，果然是来对地方了！”沐云轩把那张还散发着香水味道的信纸小心地收好，心里一直猜测着信纸的主人到底是个什么样的妹子。

沐云轩并不知道，操场的角落有两个女生一直目不转睛地看着他的一举一动。

“唐婉婷，我看绝对有戏。”

“真的假的？”

“你没看他那花痴的样子？”

“就你嘴贫。”

“哎，我就闹不明白了，你长得又漂亮，身材又好，那么多人追你，你怎么偏偏看上这根电线杆子？那么高的个儿，难看死了。”

“喜欢一个人，不一定是看长相，你知道我想说什么。”

“那要是这么说，我完全可以理解，他的歌唱得确实好听，这不得不承认。”

“我觉得他唱得比老狼还好。”

“哎哟我去，今天真是太阳打西边出来了，平时有人说老狼一句坏话，你都跟人顶半天，今天倒好，为了一个男孩儿，把偶像都卖了。”

“没有，说真的，我觉得他比老狼还要理解那首歌。”

“算了，你的世界我不懂，不过作为闺密我要提醒你一句，你的如意郎君就要走出校门口了，你是追还是不追？”

“我想勇敢一次，当然要追！”

“得，我帮你！”女孩儿拍了拍手，撒开腿朝校门口跑去。

就这样，刚准备上公交车的沐云轩，被一把拉了下来。

“你是谁？你拉我干吗？”沐云轩一转头看见一个男人模样的女人，心里顿时凉了半截。

“信纸都收了，你说我拉你干吗？”

“咯噔！”沐云轩仿佛被一桶冰水浇得透心凉，他结结巴巴地问道：“信……信……信纸是你的？”

“别那么多废话，跟我走一趟。”

“我晕死，信纸要是你写的，我还给你就是了。”

“哎，我说，你是不是爷们儿，长得跟电线杆子似的，胆子那么小。”

这句话直接戳到了沐云轩的软肋：“你说谁胆小？走就走！”

“女汉子”撇撇嘴，慢悠悠地将沐云轩带进了一个胡同。

“人我给你带来了，你们俩聊，我走了。”

“女汉子”转身之际，沐云轩这才发现，原来胡同里还有一个女孩儿。

“我×，正点！”

“你好。”

“真是从前面看想犯罪，从后面看也想犯罪。”沐云轩的内心激起千层浪，连女孩儿的示好都完全忽略了。

“你……你好！”唐婉婷提高了嗓门。

“哦……哦，你……你……你好！”沐云轩忽然回过神来，有些不好意思地挠挠头。

这个故意掩饰尴尬的举动，在唐婉婷的眼里却成了“大男孩儿俏皮的娇羞”。

“信，是我写的。”

“我×，正点，风骚！”沐云轩感觉一股热血已经冲到了天灵盖儿，一时间他已经无法用词语去形容自己内心的喜悦。

“同学，同学，你怎么了？”

唐婉婷逐渐清晰的声音，让沐云轩慢慢冷静下来。

“你好，我叫沐云轩，十八中高一（一）班的。”

“你好，我叫唐婉婷，十二中高一（四）班的。”

“好巧，我们都是高一的。”

“嗯，是蛮巧的。”

“那个……”

“你是……”

两人不约而同地开了口。

“你说。”

“要不你先说？”

“女士优先，你说吧。”

“嗯。”唐婉婷腼腆地点了点头，“那首《同桌的你》，你唱得比老狼好听。”

“谢谢，可能是我对这首歌的理解和老狼有些不同。”

“你是怎么理解的？”

“对我来说，这不单单是一首歌，还是一种情怀，是一种回忆，是一种向往，是一种青春的冲动。”

听到沐云轩的回答，唐婉婷惊呆了，她虽然不知道对方到底要表达什么意思，但她就是感觉沐云轩这个人很有境界，这种境界是同龄人无法达到的高度，这种高度，也只有《意林》杂志上那些大师才配拥有。

“我能再听你弹奏一遍吗？”唐婉婷感觉自己好像提出了一个极为“过分”的要求。

“很乐意为你单曲循环。”

“谢谢。”唐婉婷激动得差点落泪，在别人眼里，沐云轩可能就是一个普普通通的男孩儿，而在唐婉婷的心里，他却是带着自己的偶像光环。“单曲循环”是多么大的荣幸，沐云轩的地位在他说出这四个字时，又一次在唐婉婷心里得到升华。

晚饭之后，两个人相约在泗水河边。

沐云轩动人的琴弦仿佛拨动了河面，伴着月光，唐婉婷沉浸在歌声中如痴如醉。

一遍，两遍，三遍，两人之间的距离也一次，两次，三次地缩短。

终于，唐婉婷的那句“曲终未必人散，有情自会重逢”变成了现实。

回家的路上，两个人已经十指相握，难分你我。

“我×，老子终于脱单了！”沐云轩的喊叫声，差点把出租屋的房顶掀翻。

“原来这就是喜欢一个人的感觉。”唐婉婷也静静地躺在自己的床上，回味着这一天的奇妙经历。

7月1日，香港顺利回到了祖国的怀抱，唐婉婷也顺利地被沐云轩骗入了自己的怀抱。

人们都说，恋爱中的女生智商为零，其实并不是没有道理。

究其原因，就是女生在恋爱时可以幻想好多好多事情，或浪漫，或甜蜜，或温馨。

而男生在恋爱时头脑却异常清醒，因为他们只会朝着一个目标进发，那就是如何把“只在外面蹭蹭”变成“我会对你负责任”。

香港回归以后，沐云轩返回了自己的学校，距离的隔阂让两个人只能聚少离多。

俗话说，“小别胜新婚”，两个人每次的私会，都是一幅“你侬我侬，忒煞情多”的画面。

这种经常离别的爱情，曾被人定义为“弹簧爱情”。

弹簧我们都知道，拉得越长，弹力越大，所谓“弹簧爱情”也是这个道理。

你要说每天都黏在一起，还真不一定能发生点什么。

但要是十天半个月见一次，那效果来得绝对热烈。

这也是为啥电影上老放那种桥段，男女主角在阔别多年再次相会时，都会发生点“不可描述”的情节。

长期的“弹簧爱情”最容易冲破底线，这是在多年实践中得到的真理。

而这一真理，也在沐云轩和唐婉婷身上得到了印证。

高三下半学期，每个学校的毕业班都进入了冲刺阶段，这时候老师的全部注意力都放在了“上进”学生的身上，对于那些自暴自弃的“学渣”，老师也只能放任自流。

“高三了，再不下手就没有机会了。”

“高三了，分开以后他还会爱我吗？”

高考倒计时还有十五天，云汐市所有高中全面停课，这也成了沐云轩和唐婉婷最后的半个月。

对离别的惧怕与感情的不舍，让唐婉婷听信了沐云轩编织的谎言，她借口在同学家留宿，当晚却留在了沐云轩的出租屋。

晚上12点，原本睡在地上的沐云轩，把唐婉婷压在了身下。

“云轩，你……”唐婉婷浑身在瑟瑟发抖。

“婉婷，你不爱我吗？”

“不是说好结婚的吗？”

“女人的第一次，会刻骨铭心，我想让自己永远活在你的心里，行吗？”

“我……”

“爱一个人很容易，一辈子爱一个人却很难，我能做到，难道你不行吗？”

“云轩……”受到感染的唐婉婷一把将他搂在怀中。

唐婉婷的反应仿佛是一个信号，一个让他可以下手的信号。

深吻之后，两个人的衣服被一件件褪去，凌晨2点，唐婉婷完成了从女孩儿到女人的蜕变。

“云轩，你以后会不会不要我了？”唐婉婷像是一只惊弓之鸟，依偎在沐云轩的怀中。

“怎么会？除非我死了。”

面对如此深情的回答，唐婉婷的脸上有了一丝血色，她把抱着沐云轩的手臂又使劲地紧了紧，直到感受到对方的体温，她才放心地睡去。

高考结束，估分填志愿时，沐云轩选择了一所外省的大专，唐婉婷本想“嫁鸡随鸡嫁狗随狗”，可她的提议却遭到了沐云轩的强烈反对。

“你的成绩比我好，你要是上大专就废了，你不能为了我放弃前途。”

“你为了我连命都可以不要，我为什么不能为你放弃前途？”

“婉婷，咱们这又不是生离死别，现在交通工具那么发达，咱们上高中时不也是半个多月才见一面吗？高中三年我们都忍过来了，再忍四年其实也没什么。”

“可是，我不想和你分开。”

“你想想，我们上高中时还有家长拦着，到了大学，我要是想见你，我一星期跑一趟。”

唐婉婷哽咽道：“那你不是很辛苦？”

“为了你，我连命都可以不要，这点辛苦算什么？”

“云轩……”

“现在的离别，为的是以后的相聚，只要我们彼此牵挂着对方，物理上的距离不会撼动我们的爱情。”

“嗯！一定不会！”唐婉婷红着眼圈，使劲地点了点头。

两个月后，沐云轩如愿收到了外省一所大专院校的录取通知书，唐婉婷则留在省内上了一所普通二本。

刚开学的日子，沐云轩几乎把所有的生活费都花在了打电话上。

而对唐婉婷来说，和沐云轩煲电话粥几乎成了她大学生活中不可或缺的组成部分。

可没过多久，经济上的巨大负担，让沐云轩渐渐地减少了通话时间。

从起初的每天三个小时，到后来每天两个小时，一个小时，半个小时，十分钟，两分钟。

上千公里的距离，短暂的通话，感情得不到宣泄的沐云轩，渐渐地对这段异地恋有些疲惫了。

大二下半学期的一次醉酒，让胡小倩肆无忌惮地闯入了沐云轩的生活。

胡小倩每天晚上“解锁”的各种姿势，让沐云轩天天欲仙欲死。在踏了半年的两只船后，沐云轩终于翻船了。那天唐婉婷悄悄地来到了沐云轩的大学，在他室友的告知下，唐婉婷推开了小旅馆的木门。

“沐云轩，你个王八蛋，你竟然背着我干出这种事?！你不是说可以为我去死的吗？现在呢？我本来是想给你一个惊喜，你却还给我一个惊吓！”

“沐云轩，你他妈这是什么情况？这女的是谁？你是不是把老娘当婊子了？我×你妈！”

一个无语的男人，两个咆哮的女人，十几个旅馆中的吃瓜群众，把这幅狗血画面演绎得精彩绝伦。

一天以后，沐云轩恢复了单身。

强烈的落差，让他重新拿起吉他，一遍又一遍地翻唱着那首《同桌的你》，那种感觉，好像自己被无情抛弃一样落寞。

好就好在，大专不像是本科，三年制的学期，还包括一年的实习。

这所大专院校的实习，说白了就是去一些工厂给人当流水线工人。沐云轩不远千里前来上学，第一是为了体验一下外省妹子的滋味，第二就是为了混上一张毕业证。

来上学之前，沐云轩的大舅就已经给他打通关系，只要毕业证一到手，就可以回家里的国企上班。

“与其当流水线工人，还不如回国企上班。”

在给班主任塞了两条软中华之后，沐云轩返回家乡，开启了独自一人的跟班儿生活。

沐云轩大舅给他介绍的企业主要生产太阳能电池板，一般大专院校的学生毕业，要经过车间工人、车间管理员、产品经理、市场总监四道门槛。

不过“朝廷有人好做官”，有了大舅的帮助，沐云轩直接跳过了“车间工人”这一环节，他在实习期间就已经穿西服、打领带，跟着自己的师傅人模狗样地训斥员工。

俗话说，“跟好学好，跟叫花子学讨”，有了大舅撑腰，沐云轩的脾气也变得越发暴躁。

“看什么看？你还不服了？告诉你，你们生产的这些产品，有一半都是被我大舅买走的，我要是不监管严一点，怎么跟我大舅交代？”

“你，你，你，做的不合格，给我拿去重做！”

诸如此类的话，几乎每天都在生产车间无限循环，很多车间工人都对这位“实习生”敢怒不敢言。

可天有不测风云，没过多久，沐云轩的大舅因为涉嫌行贿，被判处有期徒刑五年，趾高气扬的沐云轩没叫唤几年，就被打成了蔫黄瓜。

沐云轩平时玩儿得有点过，这下没有大舅撑起的保护伞，他的前途也只能止步于产品经理了。

他本以为这是他人生中最大的坎儿，可令他万万没想到的是，这才只是个开始。

2006年，经人介绍，他和兄弟企业的一名女员工走进了婚姻的殿堂。

2007年，老婆怀孕，在做B超确定孕周时，他才发现，这颗种子竟然提前一个多月就已经种下了。事实面前，他的老婆终于承认，孩子的亲生父亲是经理老王。

接连的打击，让沐云轩彻底败给了现实，他开始有些怀疑自己的人生，这也让他看不清以后的方向。

拿到离婚证那天晚上，他把自己关在KTV里喝得烂醉，手里的麦克风一遍一遍不停地传出："谁娶了多愁善感的你，谁看了你的日记，谁把你的长发盘起，谁给你做的嫁衣……"

没有了学生时代的木吉他，沐云轩却更加懂得了这首歌的意义。

渐渐地，醉意让他开始分不清虚幻和现实，青春校园里，他和唐婉婷手拉手的画面，不停地在他的眼前回放。

"唐婉婷，对不起。"

"唐婉婷，你在哪里……"

呢喃之中，沐云轩深深地陷入了回忆。

醒酒之后，沐云轩变得异常清醒，他疯狂地搜寻着关于唐婉婷的所有消息。

好就好在，他们俩之间还有共同的纽带，就是那个曾经把他拉下公交车的"女汉子"——姚丁。

如果贸然前往，沐云轩多少会觉得有些尴尬，要想知道更多关于唐婉婷的消息，从她的闺密下手，那绝对是捷径中的捷径。

沐云轩费了九牛二虎之力，找了十八般借口终于把姚丁约了出来。

"哇，真是女大十八变，姚丁，你现在绝对是女神级的。"

"别废话，找我出来有什么事？"虽然姚丁外表有了巨大的变化，这男人的性格还是一点都没变。

"好吧，我想知道关于唐婉婷的一些消息。"

"你想干什么？"

"我只是觉得很对不起她，想知道她过得好不好，我没有打搅她生活的意思。"

"哎哟喂，看你这西装革履的，是不是日子发达了，这思想境界也提高了？"

"姚丁，你听我说，我知道我以前做的事很王八蛋，但谁没犯过错？你放心，我绝对不会打搅唐婉婷的生活，我就想知道她过得好还是不好。"

“你真的想知道？”

“想。”

“好，那我告诉你，唐婉婷过得不好，非常不好。”

沐云轩心口忽然一紧：“唐婉婷怎么了？她怎么了？”

姚丁盯着沐云轩半天没有说话。

“你说啊，她怎么了？是生病了，还是遇到麻烦了？你快说啊……”

“唉！”姚丁长叹一口气，“看来你是真的关心她。”

“她到底怎么了？”

“唐婉婷现在在保险公司上班，嫁给了一个公司小老板，怀了两次孕都流产了，她的丈夫打那以后就开始对她拳打脚踢，现在她和丈夫分居了，我只知道这么多。”

“那他们俩离婚没有？”

“没有，我也劝唐婉婷离了得了，可她丈夫死活不同意，两个人现在就这么僵着，据说她丈夫三天两头地打她。”

“妈的！”沐云轩一拳砸在桌子上，“打女人！怎么这么不要脸！”

“你跟我想的一样，我本想替婉婷出手，可她就是不说她丈夫在哪里。”

“她丈夫叫什么名字？你把你能知道的信息都告诉我。”

“叫武亮，他们没结婚前，我们经常一起吃饭，我这里有他的手机号码，我还知道他爸叫武刚，他妈叫秋念菊，别的我就不知道了。”

“武亮、武刚……”

“我说沐云轩，你替我教训他一顿就得了，千万别搞过头了，我这要不是肚子里有宝宝，我也跟你一起去。”

“你有宝宝了？几个月了？”

“大的三岁了，这是小家伙，才两个月。”

“那你一定要注意身体，武亮的事情就交给我，等我消息。”

“嗯，沐云轩，这次一定要像个爷们儿！”

“放心，肯定。”

对沐云轩这样三十四五岁的成年人来说，早就已经过了脑子一热的年纪，就目前的形势来分析，他和唐婉婷或许还真有死灰复燃的可能。

“知己知彼，才能百战百胜！”

沐云轩现在的身份是产品经理，也是公司接触面最广的一个职位，有时候为了获取敌对公司的资料，不得不采取一些非常规手段。或许有很多人还不知道，虽然在中国“私家侦探”还不合法，但是在地下的秘密交易中，它已经占有了举足轻重的位置。

沐云轩经常和这一行当打交道，当天晚上，他就找到了云汐市这一行的鼻祖，谈妥了5000元的费用后，对方约定在一个月后告诉其结果。

在等待消息的一个月中，沐云轩如坐针毡，他一直在考虑一个问题，唐婉婷和武亮之间的矛盾，是否足以让他们两个人分道扬镳？他最怕的就是他们俩只是“两口子的小矛盾”。

比约定时间提前一周，私家侦探就主动与他约见了。

“你是我们侦探所的老客户，为了能搜集最全面的资料，耽误了点时间，抱歉。”

“不耽误，不耽误，说好的一个月，这都提前了。”

“行，那我们就开门见山了。”对方拿出了一沓资料，递了过去，在沐云轩阅读的过程中，对方主动介绍起具体情况：

“武亮，男，三十六岁，自己开了一个建筑外包公司，多年前开始吸食海洛因，他的老婆叫唐婉婷，在市保险公司上班，两个人没有孩子，结婚时的婚房在惠利草原小区，目前这栋房子已经被出售。武亮现在独居在金华苑小区的老房子里，他老婆租住在春晓名居小区的一套单身公寓中。两个人分居，但没分户口。

“另外，我们还查出，武亮的毒品全部来自一个叫‘马四’的毒贩，黑道白道都在找这个人，我们也掌握了些信息，这次就当是赠品，我也一并给你打印在纸上了。”

“行，麻烦你们了！”

“不客气，有机会再合作。”

“吸毒，吸毒，武亮这孙子吸毒！”沐云轩如释重负。

“他们已经不可能了，是该我出手了。”

在姚丁的帮助下，沐云轩成功地约到了唐婉婷。就在两人四目相对的那一瞬间，沐云轩已经断定，唐婉婷心里绝对还有他的位置。

“怎么会是你？”

“婉婷，你别走！”沐云轩一把拉住了对方。

“松手，你给我松手！”

“婉婷，我知道我错了，我知道我对不起你，这些年我也得到了惩罚，你过得苦，我心里清楚，我求你再给我一次机会。”

“求我？当年你口口声声说，可以为我去死，但是你做了什么？要不是我省吃俭用攒了一个月的生活费，屁颠屁颠地跑到学校去见你，我还真不知道你在学校还有一个女人，你让我怎么相信你？”

“你对我还有恨？”

“恨！恨之入骨！”

“好，好，好，有恨好，有恨说明你心里还有我，如果在你心里，连恨都没有了，那我们就真的不可能了。”

“可能？我们有什么可能？我是有丈夫的！”

“丈夫？谁？武亮？那个瘾君子？”

“你是怎么知道的？你听谁说的？”

“这个包间里就我们两个人，我们的话，没有第三个人知道。”

“沐云轩，你回答我的问题，你是怎么知道的？你听谁说的？”

“我找过姚丁。”

“编，接着编，我当年就是信了你那套鬼话，才傻到高中时就把自己给了你！我告诉你，武亮的事除了我还有他父母以外，没有任何一个人知道，包括姚丁！”

“我不光知道武亮吸毒，还知道他把你们的婚房都卖掉了，还有就是因为他吸毒，你足足流产了两次！”沐云轩咬牙切齿地讲完了这番话。

“你……你怎么都知道？你到底是怎么知道的？你说，你说啊！”

“我从姚丁那里知道了关于你的只言片语，然后我又去找了私家侦探。”

“沐云轩，你个王八蛋，你找私家侦探调查我！”

“婉婷！”沐云轩突然跪在了她面前。

“你……你干什么，你快起来！”

“婉婷，我们俩相处过那么久，你应该知道我的脾气，我这个人把面子看得比命还重，但是为了你，我可以什么都不要。”

“你起来，你倒是起来啊！”

“我知道，我错过了一次，我真的不想再错过这一次，如果你过得很好，我绝对不会破坏你的生活，但是你现在过成这样，我就不能袖手旁观，我们才三十几岁，以后的路还很长，我们还有可能。婉婷，我求求你，求求你再给我一次机会！”

“你起来，起来吧。”唐婉婷的语气已经渐渐地趋于平静。

沐云轩乘胜追击：“你答应给我一次机会了？”

“云轩，我们都已经是成年人了，能不能别再搞小孩子那一套，别说一次，我给你十次你又能怎么样？”

“武亮都是老毒鬼了，你干吗不跟他离婚？”

“你以为我不想？但是他不同意我怎么办？”

“这还不简单，打电话举报他吸毒，让公安局把他抓起来，而且我查过，夫妻双方有一方吸毒，另一方就可以起诉离婚。”

“你这样说，说明你不了解武亮的为人。他是个亡命徒，吸毒罪不至死，但他如果从公安局出来，绝对会杀了我！”

“这……”

“所以，谢谢你的好意，这些年我们经历了，也都成长了，谁都有可能犯错。我觉得我们可以试着先从朋友做起。”

“谢谢，谢谢你还愿意和我做朋友。”

“虽然我可以原谅你，但是我还是不希望你就这样闯入我的生活，我们都是失败者，起码要有尊严地活着。”

“我懂，除非你可以真正地接受我，否则我情愿当你身边的过客。”

“谢谢。”唐婉婷撩起了鬓角的长发，“那我们今天就到这里吧，有些事情，希望你能帮我保密。”

“嗯，放心。”

十三

回到家里的沐云轩，辗转反侧难以入眠，和学生时代相比，唐婉婷更加丰满、端庄了，那种成熟女人的魅力，让沐云轩心中的欲火久久难以消退。他像一只闻到腥味的猫，焦急地想闯进那扇窗，一饱口腹之欲。

他想了很久，但唐婉婷看得更透，武亮就算是被抓，也没有任何实际意义，现在唯一能解决问题的，就只有让武亮从这个世界上消失。

不过沐云轩并不是傻子，如果让他为了唐婉婷去杀人，他绝对不会干这样的蠢事。

对离婚多年的他来说，目前最重要的就是怎么再次捅破这层窗户纸，尝到荤腥，才是首先要解决的个人问题。

就在他苦思不解之际，幸福却悄然降临。

那天晚上沐云轩刚一下班就接到了姚丁的电话："唐婉婷被客户骚扰了，刚才她躲在卫生间给我打电话求救呢，我怀着孕，老公不让我出去，你快去找她！"

"在哪里？几个人？"

"在帝豪KTV315房间，对方就一个人。"

"好，我马上就去。"

沐云轩在身上揣了一把菜刀，便狂奔而去。

推开包间房门，一位年过五十的男人，正眼神迷离地拍打着卫生间的房门："妹子，你今天晚上要是跟我睡了，那单子我签了。开门，快开开门啊！"

"我睡你妈×！"沐云轩一把将男子拎起。

"你是谁？你干吗的？"

"我是谁？敢动老子的女人，看我不砍了你！"沐云轩凶神恶煞地举起手中的菜刀。

"云轩，住手！"唐婉婷从卫生间走了出来。

"婉婷，你有没有事？"

唐婉婷语气低沉道："老黄，你走吧，今天晚上的事，我就当没发生过！"

"哎哎哎，行行行，只要不伤害我，单子我签。"

男子的妥协并未让沐云轩消气，他依旧攥紧对方的衣领。

"放开他，让他走！"

沐云轩上下打量了一眼衣着整齐的唐婉婷，骂骂咧咧地松开了手："给我滚！"

男子弓身狼狈而出。

“谢谢你！”惊魂未定的唐婉婷坐在沙发上端起水杯猛灌了一口。

“婉婷，你天天就跟这些人打交道？”

“他是我的客户，我得指着他们吃饭。”

“吃饭？这样的饭有什么吃头？”沐云轩一把将她手中的水杯夺走，使劲摔在了地上。

“怎么，难不成你养我?！”

“我他妈就养你了怎么着?！”沐云轩带着怒气，一把将唐婉婷搂在怀里，“十八年前你是我的女人，十八年后我要让你重新做我的女人！”

“云轩……”

随着唐婉婷略带醉意的一声喊叫，沐云轩的欲火瞬间被点燃，他一把撕开唐婉婷的黑色丝袜，包间里很快传来了两人缠绵的呻吟。

那一夜，对他们来说，是那么地幸福和短暂，KTV的“战火”刚一平息，爱的火种又烧到了沐云轩的家中，一次，两次，三次……就连他们自己都记不清到底有多少来回，直到双方都感觉到精疲力竭，这场激情澎湃的“战争”才落下帷幕。

清晨的阳光，最先唤醒了沉睡中的唐婉婷，她睁开双眼，直勾勾地看着房顶的天花板。

“怎么了？想什么呢？”沐云轩的睡意也在日光中消散。

“忘了这一夜，好吗？”

“什么？你说什么？为什么要忘？你是我的女人！”

“不，只要还没离婚，我依旧是武亮的女人。”

“武亮，武亮，又是那个该死的吸毒鬼！”

“武亮是该死，就是因为他，我的两个孩子没了；就是因为他，我的家没了；还是因为他，我什么都没了。我无时无刻不在盼着他死，我有时候做梦都在想，他要是吸毒能吸死该多好！”

“妈的，这狗日的，要真能吸死就省心了！”

“我要是能弄到毒品，我绝对会一针打进武亮的血管，那些吸毒鬼，到最后都是这个下场！”

“打进血管？”沐云轩忽然没有再接话。

唐婉婷起身走进卫生间，洗漱穿戴整齐：“昨天晚上的事情忘了吧，以后没事不要再联系我了。”

“婉婷你……”

“还是朋友！”

唐婉婷走后，沐云轩像是着了魔一样，不停地重复着四个字：“打入血管……”

尝到荤腥的他，绝对不甘心只能吃上一口，要想拿到“免费券”，必须付出一些代价。

唐婉婷无意间的一句话，瞬间激起了沐云轩的灵感：“武亮本身就是吸毒鬼，如果能制造他吸毒死亡的假象，那这张‘免费券’就能十拿九稳了。”注射吸毒的危害，沐云轩曾在电视上看过，按照他的想法，就算是弄不死武亮，最少也能让他死得快一点。

他有毒贩的联系方式，搞到毒品并不是难事，可难就难在如何取得武亮的信任。

常年做产品经理这一行当，让沐云轩养成了未雨绸缪的习惯，既然要在毒品上下功夫，他必须先弄到毒品才可以。

他按照私家侦探提供的信息，拨通了“马四”的电话。电话刚接通时，“马四”并不承认自己卖货，直到沐云轩自称是武亮朋友时，对方才打消了疑虑。

他没有买过毒品，为了图一个“十全十美”的“好兆头”，他一次性买了10克。

而就在他说出购买数量时，“马四”有了些警惕：“兄弟，你刚玩儿不久吧？”

“刚被带上路，才玩儿一两次。”

“才玩儿就买这么多？”

“关键朋友玩儿这个的多，不光是我自己玩儿。”

“哦，那要照你这么说，我就知道了。回头我给你发一个支付宝账号，你先把钱转过来，我再告诉你取货的地点。”

“好嘞！”

按照“马四”的流程，沐云轩顺利地完成了计划的第一步。为了能掌握武亮确切的消息，沐云轩又找来了私家侦探，开启了最贵的“套餐”——“24小时跟踪模式”。

沐云轩之所以有这么大的动力，最重要的原因，还是他与唐婉婷的关系有些回暖。他没想到的是，自从那次翻云覆雨之后，唐婉婷竟然主动通过姚丁约了他几次。

虽然都是一些陪着散心、陪着吃饭的消遣，但至少证明一点，唐婉婷现在急需一个男人来依靠。

沐云轩现在的心情就如同饥肠辘辘之时，有人突然给了他一碗极其鲜美的参汤，当他想接着来第二碗时，服务员却告诉他：“你面前有块玻璃墙，你只要砸碎它，里面所有的食物都是你的。”

对沐云轩来说，如果他看到的是砖石墙，他可能会掉头就走，可当他看见是玻璃墙时，他就想抱着侥幸心理试一试。虽然玻璃都是透明的，但防弹玻璃兴许会比砖石墙更能让人头破血流。

人有时候就是这样，极容易为外界条件所迷惑，他们总会在心里告诉自己“倒霉的不一定是我”。

尝到甜头的沐云轩更是如此，每当他想到和唐婉婷在床上翻云覆雨的画面，他就恨不得一刀扎进武亮的心脏。不得不说，沐云轩彻底中了唐婉婷的爱情毒药，一种比毒品还毒的毒药。

几天后，私家侦探给他来了电话。

“兄弟，最近几天你不要给我们付钱了。”

“什么意思？”

“从前天开始，武亮就已经宅在家里足不出户，咱们都是老客户，他在家里，我们就没办法打探到什么消息了，所以‘无功不受禄’啊。”

“他怎么了？难道是生病了？还是……”

“不是，主要是因为最近云汐市开始扫毒，毒品紧俏，很多吸毒鬼一到这个时候就基本上足不出户，估计武亮也是，在家里‘熬瘾’呢。”

“‘熬瘾’是什么意思？”

“就是在家里躺着，吸毒鬼都知道，如果毒瘾犯了，最好哪里都不要去，越是活动，毒瘾发作得就越快。如果实在熬不过去，就要去喝美沙酮，但美沙酮可不是谁想喝就能喝的，只有被公安局‘处理’过，并且自愿戒毒，才能去购买。换句话说，这些人都是备了案的。”

“武亮是什么情况？”

“我们查过，他虽然吸食了不少年的海洛因，但是从来没有被‘处理’过，他没有资格去买美沙酮，只能在家里干熬，估计要熬到禁毒行动的风刮完。按照我们推测，没个十天半个月行动不可能结束，所以我们不能白拿你的钱。”

“哎呀，老哥，你们真是良心公司。”

“哪里，干我们这一行，信誉最重要。”

“行，等有需要我再联系你。”

沐云轩挂掉电话，紧接着又拨通了“马四”的手机。

“大哥，最近有没有货？”

“一个月之内，不要跟我联系，最近风声紧。”

“大哥，真的没有货吗？我那几个兄弟都快吃人了。”

“忍着，最少要半个月！”

“嘟嘟嘟嘟……”

沐云轩挂断电话以后，激动得差点落泪：“妈的，机会终于来了！”

动手的日子，选在了他阳历生日那天，一大早，他在家里摆上供果，拜了关二爷后，便劲装出了门。

按照原定计划，杀人时间是定在午夜，因为他觉得晚上人少，天又黑，不容易被人发现。可他仔细一想，这万一武亮不开门，自己不就白忙活了一趟？他这次是抱着“只许成功，不许失败”的决心来的，如果无功而返，他真的很难保证自己下一次还能有勇气出门。

“估计只有让武亮看清楚我的长相和毒品，他才会给我开门，所以作案时间必须在白天。”

想通这一点，武亮绕了一大圈，跑到另一个行政区的大药房购买了针头和手套。

一切准备就绪，他选择了一天之中阳光最好的中午，来到了武亮的家中。

“咚咚咚。”敲击木门的声响和他紧张的心跳几乎达到了共振。

“谁？”门那边显得十分警惕。

“送面粉。”

“你说什么？”

“‘马四’，面粉。”

沐云轩刚报出两个关键词，就听见门那边丁零当啷的响声。

很快，门被拉开了一条缝，但缝隙之间还拴着五条拇指粗的链条。

沐云轩透过门缝，只能看见对方的半边脸，他试探性地喊道：“‘亮子’，是你吗？”

“你是谁？”

“‘马四’的跑客仔。”

“跑客仔？我怎么从来没听过？”

沐云轩冷笑一声：“要是什么都被你知道，我们还做什么生意？马老大最近被盯上了，所以让我来派货。”

“你们怎么知道我的地址？”

“呵呵，如果不是对你们知根知底，我们敢卖东西给你们？这万一你们是‘条子’，我们不是死定了？”

“那我怎么知道你是不是‘条子’？”

“确实，强制戒毒两年，也不是谁都受得住，尤其像你这种不缺钱的主儿。”沐云轩说着拿出了一个塑料自封袋打开，“你可以先闻闻味道。”

武亮隔着门缝，深吸一口气：“味道对，是‘马四’的货。多少钱1克？”

“虽然最近风声紧，老大还是让我们不要涨价，300元1克。”

当武亮听到对方的报价时，心里的石头彻底落了地，他是“马四”的常客，“马四”卖的货有两种，一种是“吸货”，一种是“针货”。两种货的味道不同，价钱也差异很大。“吸货”行情价300元，“针货”要卖到500到800元，既然对方能准确地对上货的成色和价格，那绝对是行内人。况且吸毒者那么多，警察也不会为了他一个人费那么大周折。

想明白后，武亮放心大胆地去掉了门口的挂锁。

“请进。”

沐云轩抖了抖西装，昂首挺胸迈着大步走了进去。

武亮见对方已经在客厅落座，他又着急忙慌地把门锁重新挂上。

“你准备买多少？”

“给我来5克。”武亮报出了自己经常购买的克数。

“我这里有10克，你确定只买5克？我告诉你，最近可是严打，货紧俏得很。”

当武亮听到对方说出这句话时，警惕心顿时又上升了。只要是吸毒圈里的人都知道，一次购买10克算是非法持有毒品，可是要被判刑的，他作为吸毒者都知道的事，他一个贩毒的不会不清楚。

武亮借故去卫生间打电话，想跟“马四”核实此事，可无奈对方手机关机。就在他纠结该怎么办时，忽然灵光一现，想出了一个绝妙的办法。

不管对方是不是警察，这人已经进来，自己想跑也是没有机会了。而且最近几天毒瘾发作，已经让他生不如死，如果再不弄两口，他真不知道后面的日子还能怎么过。

所以综合这两个方面的原因，他想先抽上一口，等过了瘾，再把剩下的一起买下来，这样就不用担心触犯刑法的问题。

“兄弟，你看这样行不行。”

“嗯？怎么说？”

“我给你加300元钱的跑腿费，你能不能等我先抽上一口，我这毒瘾发作得难受。”

“300元？”

“500，我给你加500！”

“行，反正中午也就你这一趟，我等你。”

“谢谢兄弟，谢谢兄弟！”武亮热情地倒了一杯水放在桌面上，“兄弟，喝水。”

“嗯，先放那里。”

“那个……”武亮搓了搓手，贪婪地看着对方手里的粉包，“能不能先给我搞点？”

“钱！”

“钱我有，钱我有。”武亮冲进卧室，掏出一沓百元大钞。

沐云轩佯装满意地点点头，接着把粉包扔在了桌面上：“请享用。”

得到许可的武亮像饿狗扑食一般，将粉包一把抓住，接着快步返回卧室。

沐云轩则站在门口看着武亮的一举一动。

几分钟后，过足毒瘾的武亮渐渐地昏睡在床上。

“机会来了！”

沐云轩快速掏出手套，把自封袋中的白色粉末小心翼翼地倒入一次性塑料针管，接着他又抽取少许自来水，把两者混合摇匀。

在几次尝试之后，乳白色的液体被注入了武亮的体内。

沐云轩眼睁睁地看着武亮在床上不停地颤抖和抽搐，前后不到半小时，武亮就彻底没了呼吸。

杀死武亮之后，沐云轩把他触碰过的地方全部擦拭了一遍，接着他把剩下的毒品扔在桌子上，便离开了那里。

这件事，沐云轩做得悄无声息，除了他自己知道以外，他不曾向任何人透露。按理说，这应该是跟唐婉婷邀功的最好机会，可他并没有告诉唐婉婷的打算。因为他不想让唐婉婷知道他是一个为了达到目的可以不择手段的人。

就在沐云轩幻想着以后可以和唐婉婷正儿八经地享受"鱼水之欢"时，他却再也联系不到令他魂牵梦绕的唐婉婷了。

任何人都有不可告人的一面，唐婉婷也是。

自从她与沐云轩分手时，她就已经不再相信爱情，她非常能理解那些"拜金女"为何会跟比自己爸爸年纪还大的男人上床。其实人追求的目的不一样，看待事物的角度也就不一样。

这就好比你口渴，你的眼里只有水；你饥饿，你的眼里只有食物一样。缺什么补什么，这是人的本能。至于使用什么途径获得，只能因人而异。

唐婉婷的精明之处就在于，她并没有失去底线，自从感情这扇窗被关闭之后，她的追求就只有物质享受了。

所以她相亲时，最看中的就是对方的物质条件，于是综合各方面考虑，她最终选择了武亮。

得知武亮吸毒后，她没有生气，相反还有点窃喜；她的第一反应就是，如果武亮死了，那他剩下的财产就可以划归到自己的名下了。

武亮吸毒被发现后，曾主动向唐婉婷提出离婚，但被她严词拒绝。她不为别的，就是因为武亮手里还有一块堪比黄金的土地。

如果现在离婚，按照《婚姻法》，她只能得到原先的地价，算起来最多也就百八十万。可武亮曾经跟她说过，那块地已经有人相中，过两年开发，到时候最起码是上亿的分成。

上亿的分成，唐婉婷自然不会轻易放弃。而武亮也不是傻子，自从和唐婉婷结婚后，他就深刻地感觉到了对方的物质和拜金。他心里清楚，自己和这个女人之间已经没有感情，她现在等的不过是几年后的那块肥肉。

武亮打心眼儿里恶心这样的女人，所以两个人几乎是两天一小吵，三天一大吵。

俗话说家丑不可外扬，但令武亮没想到的是，唐婉婷竟然把他吸毒的事情告诉了他的父母。

这件事绝对触碰了他的逆鳞，武亮一气之下，将唐婉婷赶出了家门。

而对唐婉婷来说，她这样做的目的很简单，她就是想博得公公婆婆的同情，把屎盆子全部扣在武亮身上。因为按照正常的思维，吸毒鬼绝对不会和“好人”画上等号。

唐婉婷没有想到武亮能做得这么绝，为了扳回一局，她选择出售婚房，因为在结婚时，房产证上写的是唐婉婷的名字。

房款到手后，她又去婆婆那里参了一本，说武亮吸毒把家财败光，现在又把婚房给卖了。因为自己的儿子吸毒，所以不管武亮怎么解释，老两口始终认为儿媳妇的话真实可靠。

从那以后，气急败坏的武亮只要见到唐婉婷，绝对免不了一顿暴打。

打着打着，周围的所有人都觉得唐婉婷变成了被凌辱的羔羊。

武亮的母亲觉得对不起唐婉婷，给了她20万，让她先找个安身之所。

从那以后，唐婉婷就过上了等着分钱的日子。

直到沐云轩的出现，她的整个计划才全部改变。

那天姚丁给她打电话，说沐云轩现在很关心她时，她第一个感觉是恶心，但紧接着又变成了欣喜。

她恶心的是，她完全了解沐云轩的为人，如果把沐云轩比喻为陈世美转世，绝对不为过。

而她欣喜的是，她的另外一个设想或许可以尝试一次。

“如果武亮死了，那自己完全不用再分一半，公公婆婆那里还有上千万的存款，到时候肯定都是我的。”

想的虽然好，但想要武亮死哪儿有那么简单。所以唐婉婷也只是把它停留在幻想层。

但沐云轩的出现，让她有了把梦想照进现实的冲动。

她背地里找人调查过沐云轩，得知他被戴了绿帽子还是光棍儿一条时，她对自己的计划充满了信心。

要想做得神不知鬼不觉，她和沐云轩之间绝对不能有任何瓜葛，否则一旦暴露，她难逃嫌疑，这是其一。

其二，要想让沐云轩为她卖命，必须让他尝到甜头，但这个甜头还不能那么轻易让他吃到，只有这样，才能让他天天去想。

其三，要在不经意间透露一点消息，而且不能点透，蜻蜓点水后，剩下的事情让他自己去参悟。

想通了这三点，唐婉婷便开始付诸行动。

姚丁在计划中充当了她的传话员，这样她自己就可以撇清关系。

“KTV骚扰风波”也是她自编自演的苦情戏。

“激情一夜”算是唐婉婷给沐云轩的一点甜头。

后来的主动相约，只不过是这场行动的催化剂。

唐婉婷把自己变成烤鸭，无时无刻不在给沐云轩传递着美味的信号，她急切地等待着，希望沐云轩能冲破武亮这个阻碍，狠狠地咬上自己一口。

当然，她不会傻到坐以待毙，等沐云轩真的付诸行动时，就是她“三十六计走为上策”的时刻了。

唐婉婷知道，要想让沐云轩这样的人牺牲，绝对要沉住气，她已经做好了打持久战的准备。

可没想到幸福来得如此突然，半个月还没过，警察就已经找上了门，虽然她已经兴奋得无以言表，但她还是要做戏做全套。

她不能把沐云轩供出来，否则一旦把自己牵扯进来，只能越描越黑。

沐云轩动手时，并没有告诉她，无外乎就是怕落个把柄在她手里，这样一来，唐婉婷反而落了个自在。

武亮死后，唐婉婷的心始终悬着，虽然她很有自信警察不会怀疑到她的身上，但她还是想亲眼看着沐云轩被抓才会安心。

祈盼警察抓人，知道情况又不能说出口。等待，让唐婉婷备受煎熬。

直到有一天，一群警察找到她的住处，拿走了沐云轩给她拍的照片时，她才隐约地感觉到这种煎熬可能就要到达尽头了。

送走了警察，她站在小区广场上，长舒了一口气。

广场舞的音乐在此时响起，那是一首她很喜欢的口水歌，名叫《爱情买卖》。

尸案调查科

朱少兵早年不得志时，总是喜欢抱怨自己没有落个好爹。他出生于单亲家庭，从小父母离异，由父亲带大，然而在他眼里，母亲之所以狠心甩下自己，跟他父亲懦弱的性格有很大关系。

他父亲名叫朱文，瓦匠出身，家境贫寒，用他母亲的话来说，“家里穷得都抽裆”。可能很多人不知道“抽裆”到底是穷到什么地步，其实这里还有个说道。时间倒退三十年，农村人过冬都是靠着一条老棉裤，而棉裤穿时间长了，就容易变得松垮，所以老棉裤的脚筒必须用布条勒死，否则容易灌风。但有些人家里穷得连根布条都拿不出来，到冬天只能让风顺着裤管往上蹿，冷风灌入，腿裆冻得抽搐，“抽裆”由此而来。

朱文的家境虽然没有穷到真“抽裆”的地步，但也基本上八九不离十。

人穷志短，马瘦毛长，朱文的父亲从小就教育他，遇到事情一定要小心谨慎，千万不能得罪人。

他父亲的人生观，几乎影响了他的一生。

因为太穷，朱文从小就不敢跟人争论，得过且过，就算有人在他头上拉屎，他都能一忍再忍。

长大后的他跟在师傅后面学做泥瓦匠，别人干一天得50元钱，到了朱文这里，一天就给30元，这20元钱的差价是他师傅有意起了孬心，可时间一长，他师傅发现他是个尿包，这种做法也就理所应当地变成了“潜规则”。

1985年，二十五岁的朱文经人介绍认识了隔壁村的冯娟。

冯娟比他大五岁，用农村的话来形容，就是长得“可带劲”了，而且手里也有钱，出手相当阔绰。

介绍人王婶子说：“这姑娘早年在外地打工，只顾挣钱，耽误了婚龄，现在回村就想找个老实人，踏踏实实过日子。而且人家说了，只要你同意，她出钱在城里买洋楼，不在这破农村住。”

“婶子，人家条件这么好，为啥相中我了呢？”

“人家都说傻人有傻福，可不就是这个理吗，人家就看上你了咋整？”

“哎，对了，她是在哪里打的工啊？”

“叫啥‘莞’来着，对了，广东东莞。”

“哦，要是那里能挣钱，我也想去试试，在家里当泥瓦工养不活自己。”

“哎，你这人怎么死脑筋呢，谁让你养活了，人家养你！”

“那哪儿成，让一个女人养着，在村里不遭人闲话？”

“你都二十五岁了，还是光棍儿一条，你还差别人的一两句闲话？”

“婶子，我……”

“指望你当瓦匠，得什么时候才能娶到媳妇？你就知足吧！”

“我……”

“你什么你，回头结婚了就搬到城里住，谁会在你耳边扇风？你要是不反对，这门亲事我就替你定下了。”

“婶子……”

“就这么定了，我现在就给人家回话去……”

“那……”

“那什么那，就这么说定了。”

“那……好吧……”

就这样，两个人简单地操办酒席之后，朱文就带着身上仅有的1000元钱，跟冯娟搬进了城里。

婚后第三年，儿子朱少兵呱呱落地，一家三口终于凑齐，朱文主动挑起养家糊口的重担，可冯娟并没有像介绍人说的那样和他老老实实过日子。

孩子刚上小学，冯娟就时常跟楼上的邻居赵占柱眉来眼去、暗送秋波，就连儿子朱少兵都发现母亲有问题，可是朱文就是视而不见。

朱文不是傻子，他不可能没有发现冯娟的异常，他甚至都知道自己的老婆跟别人睡了，可没有办法，赵占柱是个屠夫，身强力壮，而且比他年轻。

这要是真的打起来，肯定妥妥地吃亏，其实伤了自己他倒不在意，这万一伤了孩子，该怎么办？

而且这件事他调查得清清楚楚，是冯娟主动勾了人家的魂儿。朱文和冯娟结婚的头一个月，朱文就已经知道她是什么货色了。

朱文在此之前没有碰过女人，是冯娟让他完成了蜕变，可欢愉之后随之而来的却是命根子上的点点红斑，经医院诊断，他染上了梅毒。

虽然冯娟矢口否认，但朱文心里清楚，冯娟在外地所谓的“打工”，绝对不是什么正经差事。

现在生米已经煮成熟饭，多说无益，朱文只能默默地承受着这一切。

为了传宗接代，俩人治了一年多，症状才有所缓解，这其中的痛苦，简直无法去形容，换成其他人，估计早就爆发了，但是朱文却忍了下来。

这种忍让，在冯娟眼里就是懦夫的表现。对冯娟来说，她这辈子玩儿的男人，可能比朱文见过的还多，这就好比富人吃惯了山珍海味，总想弄点萝卜白菜，可咸菜疙瘩吃腻歪了，还是觉得生猛海鲜比较过瘾。

所以朱文只能给冯娟一种“家”的幻想，但给不了她心里的满足。

对冯娟来说，没有家时，总想找个老实人来依靠；可有了家以后，又不甘于独守空房的寂寞。

所以潘金莲找上了西门庆，所以冯娟也找上了邻居赵占柱。

这就是冯娟撇下八岁的儿子和赵占柱私奔的主要原因。

“爸，妈跟人跑了，你为什么不把她追回来？”

“大人的事情，小孩儿不要掺和，你不懂。”

“我不懂？是不是因为你打不过那个赵占柱？”

“你听谁说的？”

“听我妈说的，她说你是个尿包！”

“小兔崽子，你再给我说一遍？”

“尿包！尿包！你去把妈妈给追回来，给我追回来！”

朱文还没有从夺妻之痛中缓过劲来，被儿子这么一说，他立马火冒三丈，扒掉儿子的裤子就是一顿暴打。

他打得很用力，他就是想让儿子长长记性，可让他没想到的是，儿子从那次被打以后，开始变得沉默寡言。

朱少兵那次屁股被打得皮开肉绽，以致他被同学嘲笑了整整一个月。

从小因为母亲，朱少兵打心眼儿里看不起父亲，他觉得母亲说得没错，他的父亲就是一个懦夫。

“难怪电影里都说，懦夫只会打老婆和孩子。现在母亲走了，他就只会打我这个儿子。”

强烈的心理暗示，让这种情绪呈几何级数增长，最终让朱少兵觉得他已经和父亲没有了共同语言。

小时候的朱少兵虽然对父亲很失望，但是也只是心里想想、嘴上说说。可等到长大以后，朱少兵才真真切切地领教到，父亲到底尿成了什么样。

2000年，朱少兵居住的筒子楼拆迁，当邻居们都漫天要价时，只有他父亲规规矩矩地按照对方提出的条件签了合同。2002年交房后，筒子楼里的所有邻居到手都是两套安置房，住一套租一套；可到了他们家，只拿到一套房不说，还是在地理位置最差的顶楼。

当时毕业在家的朱少兵和父亲大吵了一架。他觉得，如果父亲可以像其他人一样活得有底气些，自己以后起码可以少奋斗十几年，可现在倒好，一切都要从头开始。

“大不了我搬出去住，房子留给你！”朱文也觉得自己被骗了，可当初开发商明明是说，搬迁条件都是一样的，谁知道一到交房就完全变了个模样。可这又能怪谁呢？就像他当初能一而再再而三地原谅冯娟一样。

“你的房子，我不住，我要住就住自己的。”朱少兵丢下这句话，便开始了自己十五年的打工生涯。

也许是上天眷顾这个男孩儿，朱少兵的打工之路并没有什么坎坷。他先是跟船当了几年船员，积攒了一些资金以后，他又做了第一批“水狗”（专门卖水货和做代购的群体）。

2010年电商异军突起，已经掌握大量水货渠道的朱少兵和几个朋友一起开了一个网店，经过五年的苦心经营，他现在月入10万已经不是问题。有了钱的朱少兵，在广东安了家。

朱少兵之所以能做得顺风顺水，和他的父亲朱文有很大关系，当年朱少兵正要大展宏图之时，要不是父亲抵押了房子拿来贷款，估计就没有他今天的这般成就。

也正是因为这件事，两个人的关系才有所缓和，朱少兵虽然还没有平时对父亲嘘寒问暖的习惯，但最少逢年过节还是要通上一回电话。

这一天，距离新年还有不到一个星期，因为快递公司放假，所以电商也基本处于休整期。

从2014年开始，每年到了这个时候，朱少兵都会带着老婆孩子回到云汐市的家乡，尝一尝令他无比想念的牛肉汤。

1月15日，距离大年三十还有五天，提前和父亲约好的朱少兵带着老婆孩子走出了火车站。

“咦？老爸怎么没有来接站？”朱少兵有些纳闷儿。

“会不会记错时间了？”他老婆补了一句。

“估计有可能，反正离得也不远，咱们自己打车回去。”

“那要不要给老爸打个电话说一声？万一他在来的路上呢？”

“嗯，有道理。”朱少兵听取了老婆的建议，拨打了父亲的手机。

“嘟……嘟……嘟……嘟……”

几次长音之后，朱少兵收起手机，说：“没人接。”

“没人接？你不是说，你的手机号码被他设置成特别提醒了吗？怎么会没人接？”

“我也纳闷儿了，以前只要我一打电话，老爸绝对是第一时间接听，今天到底是怎么了？”

“你爸有没有心脏病之类的疾病？”

“不知道，我一年才回一次家，他有病也不跟我说。”

“难不成……”

“不好，得赶紧回家看看！”

出租车一路狂飙，朱少兵的手机也已经打得发烫，可依旧是无人接听。

而就在朱少兵用钥匙打开房门时，屋内的惨状让他的脸上瞬间没有了血色。

科室的“死亡电话”响起时，我和胖磊正在筹划过年前要买哪些年货。

“咸鱼、香肠、腊肉、酱鸭、火腿……”

我边念叨，胖磊边记在纸上。

这些常备年货都是父亲的最爱，明哥、胖磊、老贤作为父亲的关门弟子，每年大年三十之前，都要组团去我家里看看父亲和母亲。

为了把钱花在刀刃上，每到这个时候，胖磊都会让我统计还缺哪些年货，到时候他们哥儿仨一起去置办。

胖磊刚停下笔准备接电话，明哥就推门走了进来：“不用记了，收拾东西，出现场。”

“什么情况？”

“南陵小区发生命案，一名五十多岁的男子在家中被杀。赶紧收拾东西出发。”

“明白。”

与案发现场南陵小区相对的小区叫北陵公寓，位于云汐市市中心的西南边，距离科室的直线距离不超过5公里，两个小区为同一个开发商所建，以一条柏油马路为分界，路南“脏乱差”的为南陵，路北“优静美”的为北陵，二者之所以差距如此之大，主要是因为路北要花钱，路南为拆迁户。

然而南陵小区的名声远远不止于此，想当年派出所组织统一清查时，竟然在小区里当场抓获违法人员三十六人，公安部A级逃犯两人，各类刑事案件网上通缉逃犯十三人。要知道，南陵小区可只有十栋单元楼，用辖区派出所片儿警的话来说：“除了常住人口，基本没啥好人。”

因为案件紧急，胖磊开车一路狂飙，当勘查车行驶到小区大门口时，我们终于领教到了这个小区彪悍的民风。

“我说老人家，能不能让让？”胖磊从车窗里探出头来，客气地对机动车道上一群打牌的老人说道。

“对3，你出。”

“我出对5。”

“要不起。”

“大爷，前面出命案了，能不能让一让？”胖磊提高了嗓门。

“喊个××喊，怎么，开警车了不起？”

“哎，你……”胖磊刚想推门下去理论，被明哥一把拉住。

胖磊在明哥的劝阻下没有出声，可老头子却不依不饶：“那个开车的胖子，你是正式民警还是临时工？你刚才对我喊什么喊？你信不信我一会儿睡到车底下，让你前半辈子白干？”

“大爷，前面出命案了，我们要办案。”平时脾气火暴的胖磊，面对这种情况，也只能无奈。

“出命案关我什么事？又不是我家出命案！”

“你……”

“你什么你，你们公安局天天来查小区，你看看我们这房子还租给谁？你们公安局不是整天在新闻里喊，‘为人民服务，为人民服务’，你们服务个啥了？”

“就是，就是，我们这帮拆迁户，全指望房租，你们天天搅和，还让不让我们活了？”老头子的一句话，瞬间点燃了周围小区老头儿老太太的“热情”，黑压压的几十个人，说着就围了过来。

“明哥，这……”

“下车，换上勘查服。”

“可这还有好一段距离呢，咱们这么多设备咋办？”

“你先换再说。”

“哦！”

车外叽叽喳喳的人群已经把我们团团围住，虽然派出所和刑警队的民警都来解围，可始终无济于事。

几分钟后，明哥抖了抖自己的白大褂，围观的人好像发现了他与其他警察着装的不同。

“各位，对不起，我是法医，活人的事不归我管，既然大家不让我们走，那这辆车子就停在这儿，一会儿尸体抬出来，还请各位多多担待。”

明哥说完，提起勘查箱就准备冲出人群。

“哎，哎，哎！别走，别走！你把车停在我们家门口是怎么回事？”一个老年男子一个箭步冲到了明哥面前。

“那请问，我该停在谁家门口？”明哥用冰冷的眼神环视一周。围观的人纷纷侧目，不敢与他对视。

“我管你停在谁家门口，你这拉尸体的车绝对不能停在这儿！”

“行，我给你两分钟时间，如果这些人还在这儿堵着，我可不会管你这么多。”

男子赶忙转身，张开膀子，像赶小鸡似的对人群喊道："散了，散了，人家是法医，又不是警察，都起什么哄？赶紧都回家带孩子去！"

见人群已经集中在路的一边，胖磊一头钻进车内，扭动了点火钥匙。

"我的妈呀，这些人都是什么素质?！"

"没有教育，谈何素质？不能怪他们。"

明哥的一句话，让车厢里瞬间安静下来。

车轮重新转动，两名年轻民警徒步在前面带路，勘查车从小区北门，七拐八拐来到了一栋最为偏僻的单元楼，徐大队已经安排人在楼门口拉出了一条警戒带。

"冷主任。"

"徐大队，现场什么情况？"

"6楼东户，死者叫朱文，男，五十七岁，今天早上9点钟，他儿子一家三口从广州返乡过年，可回到家里，就发现朱文被人捆绑在一把木头椅子上，整个脖子都被划开了。"

明哥并没有太大的反应，接着问："现在掌握了哪些情况？"

"朱文的社会关系正在走访，根据他儿子朱少兵回忆，他们最后一次通电话是在1月12日的晚上，今天是15号，这么算的话，朱文被杀也就是这两天的事。"

"好，勘查完现场再碰。"

"徐大队，叶茜呢？"临上楼之前，我发现好像少了一个人。

"出差回来的路上，估计一会儿就到。"

"吱——呀——"

话音刚落，车胎摩擦地面的声响让我的耳朵备受煎熬。

"到了，到了！"叶茜喘着粗气朝我们挥手。

"给你五分钟，抓紧时间换衣服。"

"好的，冷主任。"

按照勘查顺序，我先是绕着楼梯观察了一遍外围现场。这是一栋坐南朝北砖混式结构的6层楼房，每层分为东西两户，房门均朝北。楼顶为全封闭构造，无法攀登。

沿着楼梯一路上行，一直到中心现场，都未发现任何有价值的物证。

中心现场的房门为棕红色铁皮防盗门，房门的锁芯和猫眼均未发现撬别痕迹。

房门指纹刷显完毕，我推门走进了室内。

案发现场是最普通的两室一厅套房，可能是因为房主经济条件的原因，屋内并没有过多的家具摆设。

进门为南北向的客餐厅，靠房屋北边的位置为餐厅，一张八仙桌、一把椅子便是餐厅的全部配置。而南侧的客厅更是简单，除了一把长条木椅和一台老旧的电视机外再无他物。

一条狭窄的东西走廊，把五间房屋分为两块，走廊北边为厨房、储藏室和卫生间，走廊南侧则为东西两间卧室。

此时客厅正中的一把靠背木椅之上捆绑了一具男性尸体，死者仰面向上，气管已经完全被切开，视线所及的范围之内，到处喷满了血迹。

“这老头儿家里看起来也不像是有钱的样儿，凶手也有点太丧心病狂了吧？”胖磊来之前就在猜测是不是侵财性案件，而他之所以这么定性，也并非无端猜测。

捆绑杀人的案例，我们不止一次见过。假如凶手跟死者之间有仇恨，不会多此一举将死者捆绑后杀害；而恰恰那些绑架侵财类的案件，凶手最喜欢用这种手法，其目的就是给受害人造成威胁，从而可以成功地套取银行卡密码。

不过最近几年，我们科室经历的案件，从来就没有按套路出过牌，所以我也不敢肯定嫌疑人的具体动机到底是什么。

“我看……还是等勘查完现场再说吧，磊哥，你说呢？”

“成，判断案件性质，明哥最在行。”

二十分钟后，现场痕检工作初步告一段落，明哥和老贤踩着我搭建的“板桥通道”走到了尸体面前。

“小龙，你这边有没有发现什么情况？”

“现场我只是初步看了一下，排除干扰痕迹，地面只有两种鞋印，一种为死者所留，另外一种血足迹可以判定为嫌疑人所留；走廊南侧的卧室有一个抽屉呈打开状，漆面柜门上发现了三枚指纹，抽屉的衣物有明显的翻动痕迹，嫌疑人有侵财的行为。

“室内房门完好，楼顶被封死，室内窗户均呈关闭状，没有发现撬别痕迹，嫌疑人的进门方式为软叫门。

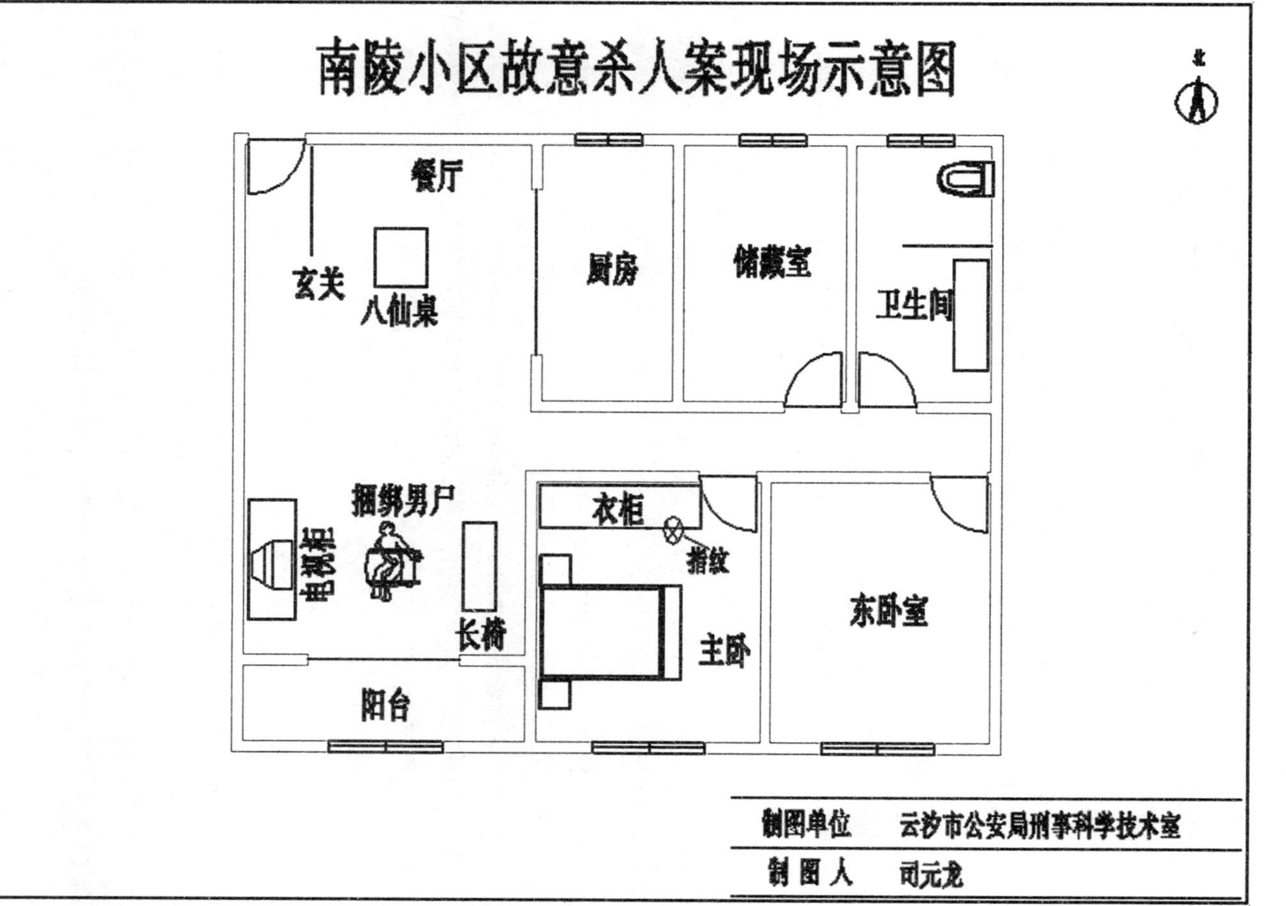
南陵小区故意杀人案现场示意图
北
餐厅
玄关
八仙桌
厨房
储藏室
卫生间
捆绑男尸
电视柜
长椅
衣柜
指纹
主卧
东卧室
阳台
制图单位　云沙市公安局刑事科学技术室
制图人　司元龙

“卫生间有淡色血迹，水龙头把手上有血指纹，地面有血鞋印，嫌疑人杀人后有冲洗行为。

“死者的脖颈处为锐器伤，而室内仅有一把菜刀，菜刀表面光滑，锈渍完整，未发现任何血污，嫌疑人杀人使用的刀具，应该是随身携带的。”

“从鞋印能不能分析出嫌疑人的体貌特征？”

“不能。”

“不能？”叶茜十分诧异，毕竟这是痕迹检验员最为基础的初级技能。

“嫌疑人的步幅特征不符合正常人的行走姿态，我还要回去仔细分析一下原因。”

“好，我知道了。”

明哥绕到尸体身后，开始自上而下地观察。

“头部有钝器打击伤，深度不足以致命，通过凹陷伤口分析，击打的钝器为小号的平头锤。

“死者脸部有多处流柱状血迹，血迹呈段状断裂，裂纹比较密集，有少量脱落现象。由此可以判断，死者先是被嫌疑人用钝器击昏，接着用绳索捆绑，钝器伤口的血迹沿着脸部流淌，干涸后，死者苏醒，在说话时，带动面部肌肉，导致血柱受张力而断裂。而密集的裂纹，恰好说明干燥的血痕受到了不止一次的张力作用，也就是说，死者苏醒后可能和嫌疑人有较长时间的交谈。”

“冷主任，你看这一地的烟头，会不会……”

明哥掰开死者衣服上已经结痂的血迹：“烟灰融入血迹之中，死者在死前有吸烟的行为，但嫌疑人有没有抽烟，还需要回去化验。”

“不用那么麻烦，从烟头种类就能看出来。”因为烟头痕迹属于痕迹学的范畴，所以我在勘查地面时，就已经注意到了其中的细微差别。

我继续说：“室内烟头有两种，一种有严重的牙齿咬痕，一种并未发现明显痕迹，死者双手被捆绑，吸烟时只能用牙来固定，带有齿痕的很显然为死者所留，那剩下一种就有可能是嫌疑人所吸。”

“那这么看，咱们这起案件，有鞋印，有指纹，有DNA，基本上该有的都有了！”叶茜的紧张感已经没有刚进入现场时那般强烈。

“看来是个好的开始。”明哥接着掰开死者的颈部，白色的喉管突然之间被弹了出来，在弹力的带动下，几滴内脏血迹刚好甩在了胖磊的相机镜片上。

“啊……这……”

就在胖磊刚要咆哮之际，明哥伸手扭掉了胖磊看得比命还重要的相机镜头。

“明哥……轻点……明哥……轻点……”

“内脏血迹呈现半固体状态，死亡时间没超过四十八个小时，尸斑沉积于身体下部，勒痕没有发生重叠和位移的现象，死者被害前并没有激烈的反抗。

“颈部切口偏向左侧，说明刀面的第一着力点在左侧，嫌疑人是右利手。椅背后有足迹，嫌疑人当时是站在死者身后，右手持刀，一刀划开了死者的脖子。

“颈部切面整齐，伤口大而深，嫌疑人使用的刀具应该远宽于颈部截面长度，推测有30厘米以上。

“内部食道和气管被割断，而创口边缘深度并不明显，从创口的两个端点连线至伤口最深处，正好是个弧形，由此可以分析出，嫌疑人使用的刀具并非呈直线形，而是弧面刃口。根据受力原理，直线形的刀具最适合捅刺，而弧面的刀具则适合切割，从嫌疑人选择的工具上来看，他在杀人之前很有可能有过细致的谋划。”

“冷主任，能不能分析出是什么刀具？”

“从伤口长度以及深度来看，我个人偏向于屠夫用刀。”

“屠夫用刀？那是什么刀？”

“就是肉摊儿上的切肉刀，又叫杀猪刀。”

受到侮辱的叶茜翻着白眼盯着我，那眼神恨不得把我当成猪给宰了。

明哥没有在意我们两人之间的小动作，继续分析：“绳索没有磨损，应该是新购买的。”

说完，他的目光继续搜索，紧接着，一团白色毛巾被捡起：“有牙齿咬痕，很显然，嫌疑人曾用这个毛巾堵住死者的嘴巴。”明哥拿出放大镜，仔细观察，“毛巾没有浸水的痕迹，也是新的。”

“新的毛巾，新的绳索，还有作案用的刀具，这么看来，嫌疑人作案之前有细致的预谋？他的主观动机到底是杀人还是侵财？”

就在我犯难之际，明哥很肯定地给出了答案：“杀人。”

“杀人？可死者屋内有财物损失啊。”

“嫌疑人是将死者打昏后捆绑，死者已经失去了行动能力，如果嫌疑人只是侵财，应该不会杀人才是，唯一能解释通的就是，嫌疑人的第一动机就是杀人，而在杀人的过程中附加侵财的行为。”

“明哥，要是照你这么说还真是，室内虽然有翻动的痕迹，但是只有主卧室的一个抽屉被打开，其他家具面上并没有指纹，嫌疑人的针对性很强，估计是在威逼的过程中，死者说出了财物的储藏地点。”

“完全有这种可能。”

老贤说道：“明哥，室内全部看过了，不管是厨房的碗筷，还是洗漱用品，均为一人生活起居的配置，这屋里应该只有死者一个人居住。”

“行，国贤，小龙，室内的物证抓紧时间处理；焦磊、叶茜，我们三个去殡仪馆解剖尸体，争取晚上8点之前可以开碰头会。”

“明白！”

合理的分工代表着高效率，吃完晚饭，第一次案件碰头会准时召开。

明哥首先介绍：“死者的胃内容物接近排空，残渣中有油条成分，其应该是早饭后四个小时内被杀，结合尸斑以及血液凝结情况来看，死者的具体死亡时间在1月14日11时左右。

“除头部钝器伤以及颈部锐器伤外，死者体表无任何抵抗、威逼伤等。国贤，死者的胃内容物中有没有检测出毒药或者致幻剂的成分？”

“没有。”

明哥点点头，继续说道：“死者锐器伤口位于喉结的中上位置，嫌疑人作案的过程中，有可能是先控制死者的头部，接着再一刀毙命。”

“控制死者的头部？”

“对。除非是死者自愿，否则嫌疑人在作案的过程中，人会有本能的缩脖反应，这就好比寒冷天气，很多人都喜欢将下巴下压，减少皮肤裸露是一个道理。现在室外气温零下5摄氏度，金属的导热性很强，嫌疑人将刀架在死者的脖子上，就算死者不胆怯，温度的差异也会让他本能地缩住脖子。这样，嫌疑人下刀的位置就会偏下，而不会像现在在喉结偏上方这么多。能把伤口切割成这个样子，必须让死者抬高脖子。”

“明哥，会不会嫌疑人突然之间将死者杀害，其并没有反应过来？”

“不会，创口很深，在死者喉结的上方，可以发现多处‘Z’字形的试刀痕迹，也就是说，嫌疑人使用的刀具，曾不止一次接触过死者的脖颈。”

“贤哥，你在现场地面上有没有发现死者的毛发？”

“没有。”

“小龙，有什么问题？”

“明哥，你那儿还有什么要说的？”

“暂时没有。”

“要不接下来我先说说我的情况？”

“好，可以。”

“我先说指纹。

“经过刷显，现场三个物体上找到了嫌疑人的指纹。第一个就是我最早发现的，卧室的抽屉上。这上面留下的是三枚并联指肚纹线，三枚指纹并非排列在一条直线上，从左到右分别为斗形纹、箕形纹、斗形纹。纹线高低差异的主要原因是手指长短的不同，除特殊情况外，绝大多数成年人的手指长短规律应该是：拇指最短，小指其次，食指再次之，接着是无名指，最长为中指。

“现场的抽屉的打开方式是：嫌疑人用手指拉开，其并联手指接触到了抽屉底部的矩形油漆层，从而留下了三枚残缺指纹，其中最左边的指纹相对清晰，中间指纹残缺严重，最右边的指纹也相对清晰。有了纹线和高低顺序，剩下的就要分析指纹在五个指头上的分布规律。

“拇指印：面积最大，所表现出的纹线也最粗，捺印出的指纹上面较窄，中间较宽，两侧呈圆弧形。中心花纹位于指印的中下部位。纹线的粗细程度与掌纹类似，但其间距较小，纹线弯曲度较大，结构形态更为稳定，由于拇指使用频率高，且在抓取大件物体时，为主要施力指，所以常存在脱皮、伤疤等特点。另外，拇指的中心纹线，多出现斗形纹，其中环形斗和螺形斗占据较高的比例。

“食指印：面积在五指中居中，与拇指比偏小，花纹中心多位于印痕的上部，捺印出的指纹呈上尖下长圆的状态。纹线较拇指稍细。花纹多朝内上方偏缺，中心花纹偏向内侧，纹形多出现斗形纹，其中螺形斗出现频率较高。

“中指印：面积与食指相近，稍微长于食指和环指，外观呈长柱形。捺印出的指纹上圆下方，近似于长方形。中心花纹略向内上方偏缺，中心花纹多偏向内侧。中心纹线，多为箕形纹。

“环指印：留痕面积居中，与中指相近，捺印出的指纹多呈上宽下窄的大头长圆形，花纹中心的位置偏高，头部多倾向于内侧，指尖纹线距离花纹中心较远，现场中极少出现侧面印痕。中心纹线多出现斗形纹。

“小指印：留痕面积在五指中最小，纹线最细密，呈上尖下长圆状，现场中，小指多与其他指印同时出现，很少单独留痕。

“结合以上两点，我可以判断出，这三枚指纹分别为嫌疑人的右手食指、中指、环指的指肚纹线。

“随后，我在卫生间内也刷显到了指纹，结合上述分析判断，遗留的为嫌疑人的右手少量拇指、食指、中指、环指以及小指纹线。

“接着就是我发现指纹的最后一个客体——死者南侧地面上的‘娇子’烟盒，这次我提取到的是嫌疑人右手五指的全部纹线。”

“怎么都是右手？”叶茜张口问道。

“我暂时不回答你，你往后听，还有。”我喝了一口浓茶接着说道，“指纹说完了，我来说说捆绑嫌疑人的绳子。”

“绳子截面直径0.5厘米，绿色塑料材质，这种绳子任何一家劳保店都有，并没有指向性。而这里最值得我注意的是，绳子的捆绑方式和打结方式。

“磊哥，麻烦你把原始照片调出来。”

“嗯，好的。”

胖磊按照我的要求，在几百张现场照片中找出了三张打在了会议室的投影仪上。

“明哥，你们看照片。死者身上的绳索被捆绑得十分凌乱，纵横交错，没有一点规律，通过测量绳索的总长度，得出的数值刚好约为50米，按照市场价2元钱一米，嫌疑人买绳索就花了100元。

“我刚才在检验室内做了一个实验，捆绑一个成年人，这种塑料绳别说50米，5米都绰绰有余。嫌疑人把死者捆成了粽子，这明显是不自信的表现，他在作案的过程中，十分担心死者会挣脱，而死者已经年近六十岁，身体也并非很强壮，他不自信的原因是什么？”

说完，我又换了一张椅子后背绳索打结的照片，说：“你们看，不光死者身上被绕了很多圈，就连打结处也是，这个绳结打得我根本看不懂，毫无规律可言，基本上就是胡乱绕了一圈又一圈，圈圈叠加而成，我仔细数了一下，嫌疑一共绕了十二次，直到绳索用完为止。

“第三张是绳结端口的细目照片，在放大十倍之后，可以清晰地看到其中一个端口有明显的凹陷痕迹，经过比对显微镜的测量和分析，这些凹陷排列组合成的图形是牙印。

“综合这几点，我还原出了嫌疑人捆绑绳结的过程，他是用牙齿咬着一个端口，接着用另外一只手在不停地套绳索，一圈一圈，直到把剩下的绳索用完。

“嫌疑人用右手开抽屉，用右手拿烟盒，那么我有理由怀疑，他在捆绑死者的时候，也只是用了右手。”

“不用怀疑。”明哥打断了我，“如果是用左手，那么绳结的端口会因为力的作用偏向左边，而咱们这起现场恰好相反，所以嫌疑人一定是用的右手。”

“都是在用右手，那他的左手在干吗？”叶茜一时间还没有明白我想表达的意思。

“我怀疑嫌疑人的左手残疾，而且是那种功能性完全丧失的残疾。”

“啊？”

“我同意小龙的观点，如果嫌疑人的左手功能部分健全，不会选择用嘴巴辅助捆绑绳结。”

胖磊说道：“明哥，那我就闹不明白一点了，你刚才说死者的致命伤在喉结上方，怀疑嫌疑人控制其头部，让其仰面向上。可嫌疑人左手功能性丧失，他怎么能完全控制住死者的头部？”

“会不会佩戴的假手？”叶茜提出了一个假设。

“不会。”明哥摇摇头，“嫌疑人右手功能没有损伤，又是右利手，他用单手完全可以自理生活，这种情况佩戴假肢，非但不会给生活带来便利，相反还会造成负担，一般只有右手残疾，左手无法完全自理时，才会选择佩戴假肢辅助。而且假肢控制头部，形成的是点力，人的头骨为球体，点力与弧面形成不了绝对的控制，所以按照我的推测，他佩戴假肢的可能性并不是很大。”

“原来是这样。”

明哥继续说：“排除被控制，那剩下的就只有自愿了。我在观察死者创口时，也发现了一些无法解释的情况，那些‘Z’字形的皮肤伤口，有几处斜向右下方，呈直线，无间断，是嫌疑人试刀所形成，试刀伤能呈一条直线，说明死者并没有想反抗，否则稍微一动，整个伤口就会错开，从这一点也不难看出，嫌疑人在作案时，死者有意在配合。”

我有些纳闷儿："配合？难道死者是自愿被杀？"

"嫌疑人为作案准备了大量的工具，最少前期他并没有想过死者会配合，一定是在作案的过程中发生了什么，但具体经过我们暂时不得而知。"

"嗯，那只能先放一放。"

明哥点了一支烟："小龙，你接着说。"

"好，那我再说一说鞋印。

"现场只有一种嫌疑鞋印，由此也能判断凶手为一人。鞋印根据客体不同分为灰尘鞋印和血鞋印。通过鞋底花纹分析，嫌疑人穿的是泡沫塑料底材质的鞋子，这种鞋子的售价一般在50元以下。

"鞋底花纹的磨损程度相当严重，说明鞋子已经穿了很长时间，除此以外，我还在嫌疑人左脚鞋底的鞋掌位置发现了一条波浪形的断裂纹，这种特殊的痕迹只有鞋底在经常对折的情况下才会形成。"

"鞋底对折？那是一种什么状态？"

"踮脚或者下跪都能形成鞋底脚前掌对折的情况。"

"踮脚我倒是能理解，可下跪怎么解释？"

"云汐市有很多农村烧土炕，吃饭睡觉都在炕上，有的人讲究，吃饭时会把鞋脱了，但不讲究的人就会跪在炕上，在鞋底形成这种特征。"

"哦，原来如此。"叶茜打了个响指，"如此廉价的鞋子嫌疑人还穿那么久，他的经济条件并不是很好，再加上小龙的分析，那他会不会是咱们云汐市农村的人？"

"不排除，但也不确定。"我回答得模棱两可。

"不过也是，就算是，排查的范围也太大了。"

"但令我很苦恼的是，我只在嫌疑人左脚鞋印上发现了这个特征，而右脚就完全没有。"

"难道嫌疑人习惯跪着一只脚？"

"不是那么简单。"说着我调出了嫌疑人两只鞋底花纹的照片，"两只鞋底的磨损特征一对比，差别相当明显，左鞋不管是在后跟，还是在前脚掌，磨损特征都相当严重，可右鞋基本上没有什么明显的磨损特征。同样是穿在两只脚上的鞋子，为何相差如此之大？咱们再来看看嫌疑人的步幅特征。"

说着我调出了一串成趟血足迹照片："这样一看，就相当明显了，左脚的一串足迹很自然，右脚就显得很机械。

“我们都知道，每个人的脚都是由趾骨、跖骨、楔骨、足舟骨、距骨、骰骨、跟骨等二十六块骨头构成的支架，在其掌侧的深层、浅层有固定数目的肌肉和筋膜，表层被覆盖较厚的皮肤，共同构成脚掌的形态。在多个人体构造的组织协调作用下，脚步的起落都是一个极为连贯的动作。人行走运动时，为了取得向前行走的推力，靠肌肉的力量促使全脚自后跟起，逐渐脱离地面，最后在离地的前脚尖处会形成起脚痕迹。脚在落地的过程中，最先接触地面的后跟部位也会形成落脚痕迹。起落脚痕迹是判断鞋印局部特征的重要标志，可我们这起案件的现场鞋印，嫌疑人只有左鞋印有起落脚特征，右鞋印根本看不出。灰尘足迹看得并不是很明显，但是血足迹就相当清晰，嫌疑人的右鞋印的形成机理，就如同盖戳一样，无任何连贯性可言。

“除此以外，还有左右脚的受力差别也很大，从鞋印的清晰程度不难看出，行走的过程中，左脚受力较大，而右脚受力相对较小。这一点从步幅特征中反映得也相当明显。

“结合以上的特征，我有一个大胆的猜测。”

“你是说嫌疑人右腿有残疾？”明哥已经听出了我要表达的意思。

“对，而且是脚步功能性丧失的残疾，但嫌疑人在现场又遗留有鞋印，我怀疑他的右脚佩戴有假肢。”

“假肢？”

“但是我只是猜测，并不能确定，这一点还需要做一个侦查实验去佐证，如果携带假肢者的步幅以及步法特征与嫌疑人的完全吻合，那基本上就能证明我的猜测。”

“行，会后我帮你联系残联，看看他们能不能帮着想想办法。”

我点点头继续说：“最后我要说的就是现场的烟盒。常抽烟的人都知道，烟盒的包装可以分为软盒和硬盒两种。而在硬盒包装外侧会有一串钢码，钢码由七个阿拉伯数字组成，分别代表了生产香烟的机器型号、机台号、班次、生产日期、销售区域，有了钢码，这些信息均可以从烟草部门查询到。”

“好，一会儿把钢码交给叶茜，让刑警队的兄弟们去联系一下烟草局。”

“没问题，冷主任。”

“我的发现目前就这么多。”

“焦磊，你那儿有没有？”

“整个南陵小区没有一个管用的摄像头，我这儿暂时没有发现。”

“国贤，你说说看。”

老贤“嗯”了一声，抽出检验报告：“我在室内提取了五种检材。

“第一种，血迹。均检验出死者的DNA。

“第二种，白色毛巾。我在毛巾上检出死者的唾液斑，这条毛巾应该是嫌疑人用来堵住死者嘴巴的。毛巾的材质为粗棉纤维，十分廉价，最多3元钱一条。铺货量很大，没有任何指向性。

“第三种，带有齿印的烟头。这种烟头一共十枚，均检出死者的DNA。

“第四种，圆柱状烟头。这种烟头一共八枚，没有检出任何结果。”

听到这个结果，我完全纳了闷儿：“没有检出任何结果是什么意思？”

“嫌疑人有一种特殊的吸烟习惯。”老贤说着，打开了一张图片，“这张是我开始检验前拍的物证照片，全都是未燃尽的烟卷部分，一共有八枚，和圆柱状烟头的数量刚好吻合。

“这八枚烟头上能看到明显的唾液斑痕迹，而且我在这上面也提取到了男性的DNA，这说明嫌疑人习惯抽烟时掐掉烟头。”

“掐掉烟头？这是什么习惯？”

明哥接了我的话头：“这么说，嫌疑人的年纪应该不小，估计要在四十岁以上。”

“这种习惯能推断出年龄？”

“嗯。”明哥抽出一支烟卷，“早年我们国家因为技术跟不上，生产的烟卷基本上都不带过滤嘴，直到20世纪80年代，过滤嘴烟卷才渐渐普及。我们国家的烟草部门为了推广‘吸烟有害健康’的理念，20世纪90年代基本上不再生产无过滤嘴的香烟。

“嫌疑人有掐掉过滤嘴的习惯，说明他可能是抽无过滤嘴烟卷形成的烟瘾，我们假设他从十六岁开始抽烟，那他也应该是20世纪70年代出生的人，这么一算，年龄最少也已经四十岁了。”

胖磊听言，竖起大拇指：“我真是服了你了，这都行！”

明哥不以为意：“叶茜，你那边还有什么要说的？”

“死者外围走访情况还在继续，并没有反馈出什么线索。另外，死者的儿子朱少兵精神受到了刺激，现在在医院还没有清醒，等他情绪稳定以后，还需要给他做一份问话笔录。”

“好，接下来有几个问题需要我们去解决。

“我们现在已经可以确定嫌疑人左手残疾，他作案时带有大量的工具，其很有可能随身携带有背包、手提包之类的容具。焦磊，你结合死者的死亡时间，看看小区周围有没有符合特征的人群。”

“明白。”

“小龙，侦查实验必须抓紧时间，我们要确定嫌疑人是否为假肢携带者，而且我们要根据其行走特征，还原嫌疑人走路的姿态，如果步行姿态异于常人，第一时间和你磊哥对接。”

“收到。”

“叶茜，你们刑警队那边要继续走访，看看死者圈子里有没有符合特征的相关人员；烟盒钢码的事，抓紧联系烟草局。”

“嗯。”

“还有，死者的儿子醒后通知我，我亲自问问看。”

“明白。”

四

明哥安排的四项工作，最先开展的只有我的侦查实验，这也是近两年来我做过的最为烦琐的实验。可能有的人很不理解，不就是为了证实嫌疑人是否佩戴假肢，找个人踩一下不就完了？外行人哪里知道这里面的复杂程度。

首先，我要确定嫌疑人大致的年龄范围，只有知道了嫌疑人的年龄层，我们才可以确定选取哪一年龄段的实验者。

虽然明哥之前根据嫌疑人的抽烟习惯，推测出了其年龄在四十岁以上，但这仅仅是推测。人是相对独立的个体，每个人的行为习惯都有他的复杂性和多样性。比如，对于有健身习惯的人群，痕迹学上的很多计算公式就不能套用。所以要得出准确结论，推测只是划定一个范围，佐证还需要找到科学依据。

本案件中，确定年龄只能从足迹特征上下手。作为正常人的步行足迹，我们只要选取成趟鞋印的一段，测量步长、步角、步宽的数值，套用公式便可以计算出大致年龄。而这个案子，嫌疑人的鞋印不能形成特定的规律，我只能选取鞋印上的部分特征来分析，而痕迹学上研究最为成熟的要数鞋底磨损特征。

众所周知，人在成长的过程中，腿部肌肉的作用力是呈弧线形发展的。从青年到壮年这一阶段，行走的特点是行步利落、运步相对稳健，且弹跳力强。由于脚的前掌要比后跟面积大许多，当肌力作用在前脚掌时会比作用在全脚面行走起来利落的多。

当人步入中老年之后，腿部肌肉的作用力逐步向后转移，这时前脚掌的支撑力也随之变小，支撑住人体的就是脚后跟。所以中老年人运步迟缓，弹跳力弱，行走稳度降低。

相关表现为：人在青年阶段所穿的鞋，大拇趾部位磨损较严重，随着年龄增长，拇趾部位的磨损由明显到逐渐不明显，而老年以后，拇趾部位的鞋底花纹几乎不会再发生磨损。青壮年时期作用力重心在前掌，中老年阶段作用力重心向后移，这使得拇趾部位的磨损轻重与穿鞋人的年龄阶段变化形成了一定的规律。

同时，人不管是在青年、中年还是老年，行走时鞋子的起落脚部位和角度都基本不变。所以足迹中起脚和落脚部位是相对稳定的，它反映出的位置、角度与年龄变化关系不大。

因此，本起案件的鞋底磨损特征虽然明显，但我们只要找准可以反映出嫌疑人年龄段的局部特征，就可以很容易地判断出嫌疑人的大致年龄范围。

选准了实验者的年龄段，还有一个最为关键的步骤，那就是确定足部假肢的种类。

市面上常见的假肢可以分为两大类：一种是外骨骼式假肢，也叫壳式假肢，它形似肢体外形，并以此承担假肢外力，结构简单，易拆解，重量轻，但表面坚硬笨重，容易造成接触皮肤组织磨损。另一种是内骨骼式假肢，它是以类似骨骼的管状物为支撑，佩戴时便于与截肢面固定，可包裹海绵，覆盖人造皮，外观好，能够调整肢体曲线，很多时候可以以假乱真，但结构复杂，价钱也相对较高。

两种假肢根据佩戴者是否保留膝关节，又可以分为全式假肢（截肢面在膝关节以上）以及半式假肢（截肢面在膝关节以下）。

内骨骼假肢不管是全式还是半式，由于其是整体构造，在关节处设计有灵活的转动轴，所以穿戴这样的假肢行走，其鞋印的步态、步幅特征与正常人大体相同。

而壳式假肢的全式和半式差别就相对要大。“半壳”因为保留了膝关节，所以在步行的过程中形成鞋印相对完整、流畅，而佩戴“全壳”步行，脚印显得笨重和机械。

结合以上情况，我最终把实验者确定在三十五岁至五十岁之间，佩戴壳式假肢的男性人群。

实验共分为两大组，年龄相差以五岁为界，假肢种类以“半壳”和“全壳”区分。

即三十五岁、四十岁、四十五岁、五十岁的“半壳”式假肢组，以及三十五岁、四十岁、四十五岁、五十岁的“全壳”式假肢组。

每个年龄段选三个人，步行100米，取中间段20米鞋印作为参照。

经过细致比对，我最终得出结论，嫌疑人是一位四十五岁上下，佩戴“半壳”式假肢的男性。

当这个结论被我打印在A4纸上时，我已经蔫头耷脑、有气无力了。

如果嫌疑人佩戴的是“全壳”式假肢，其走路时因为膝关节不灵活，步态和正常人会有明显的差异，而“半壳”式假肢要想从走路姿势上看到差别，可能性并不是很大。要是在夏天，把监控视频放大，或许还有点希望；但是在冬天，衣服本来穿得就比较笨重，要想看出区别，简直比登天还难。

胖磊见我无精打采地走进他的办公室，赶忙张口问道：“你这是咋了？怎么跟霜打的茄子似的？”

“忙活了两天，动用了市政府、区政府、市局、分局的层层关系，结果得出的结论根本就没有任何用处。”

“唉，谁说不是呢，南陵小区方圆1公里就没有一个能用的视频监控，我现在只能把小区主干道上的视频调取出来。但是这条路上到处人来人往，四五十岁背包的平均几秒钟就有一个，咱们现在一点指向性的东西都没有，就算嫌疑人在监控视频里出现过，我也认不出是谁啊。而且，小区附近还有几条没有监控覆盖的小路，这万一嫌疑人从小路进入现场，那我这边就基本上没戏了。”

“视频没头绪，实验没头绪，那剩下就只有看刑警队那边怎么样了。”

“别想了，我半个小时前就从明哥那里知道了走访情况。

“死者朱文在小区里就是个老实人，自己单住，也没有多余的房子出租，他基本上不与别人打交道，十几年前靠打点零工过日子，后来他儿子发达了，生活来源有了保障，也就结束了打工生活。这些年，他每天早上6点起床晨练，吃完早饭就在小区里看别人打牌，下午和周围邻居下象棋，晚上去打太极，接着吃晚饭睡觉。一年三百六十五天，天天如此。刑警队调取了他的手机通话记录，除了10086，就是他儿子的手机号。而且他半年内只有十次通话，其中六次是诈骗电话，剩下的四次全部是打给他儿子。”

“社会关系这么简单？”

“这哪儿叫简单，根本就是没有好吗？我快进浏览了主干道路口的视频监控，朱文每天只会出门两次，早上6点出，8点晨练完，在小区路口买菜回家；晚上7点出，8点半回，剩下的时间全都待在小区里。你想想，这种人能得罪谁？”

“难不成嫌疑人和死者并不认识，他是随机作案？”

“这个我也想到了，但刑警队梳理了全国两年内的所有重大刑事案件，就基本上没有这种作案手法的。你说嫌疑人初次作案，怎么会选择这种既没钱又老实的人下手？”

“难不成是练胆的？”

“练你妹啊，你是不是被叶茜给传染了，好歹也是痕迹检验工程师，怎么张口就来？”

“唉，这么看，这起案件基本上是无解了……”

“急什么，不是还有烟盒钢码呢吗？万一能查出来嫌疑人是在哪个烟摊儿上买的烟，咱们不就能顺藤摸瓜找到点线索吗？”

“我的磊哥，你好歹也是高级物证摄像师，能不能有点常识？烟摊儿一天要卖多少烟，就算咱们找到烟卷销售的区域，你觉得老板能回忆出来什么？还有，烟卷要是嫌疑人提早买的，或者成条买的，又咋办？你要调取多久的视频？这万一小摊位周围就没有监控又咋办？”

“你不能总把事情往坏处想。”

“哥，咱们这些年遇到的案子，哪一件能顺顺利利地破案？”

“呃……”

“一定是咱们忽略了什么。”

“对，还有死者的儿子，他还没醒呢，你想想，死者是单独居住，他老婆呢？他们为什么不生活在一起？会不会有什么我们没有掌握的隐情？”

“唉，但愿如此……”

五

一天后，烟盒钢码信息最先反馈，按照烟草局的调查结果，他们只查到了烟卷的销售区域，在江蜀省蜀州市娄桥区果园路，再具体的消息就没有记录了。

胖磊按照地址，打开了电子地图，果园路全长14公里，靠近工业园区，密密麻麻的超市不计其数，就这还没算上路边摊儿。

四条线索，已经断了三条，现在唯一的希望只能寄托在死者的儿子身上。

1月20日，大年三十，医院大厅里早已冷冷清清，住院部只有几位值班护士还在忙碌。

胖磊正在用手机看春晚直播，我们科室四个人围在一起，感受着不同的过年气氛。

“明哥，你给师父打电话了吗？”老贤平时闷不作声，但心思绝对是兄弟三个中最细腻的一位。

“打了。”

“师父怎么说？”

“师父说，破不了案就别去见他。”

“嘿嘿，师父他老人家这倔脾气还跟以前一样。”胖磊笑得花枝乱颤。

“哎，我说磊哥，你手能不能别抖，马上到小品了。”

“还小品呢，马上年都过完了。”

“刑警队那边还没有头绪？”明哥坐在走廊的地面上，转头看向我。

“徐大队带着叶茜还有几个侦查员去蜀州市都好几天了，没有任何线索。”

胖磊长叹一口气：“那条路上几十个零售店，光调监控就要忙活一阵子，也难为他们了。”

“明哥，如果死者的儿子提供不了有价值的线索怎么办？”

“那只能从小区里想办法了。”

“小区里？复勘现场？”

“复勘意义不大，现场的物证很明显，该提取的我们基本上都没有落下。我这几天翻看卷宗，也有几个问题想不通，所以没有拿到死者儿子的口供，我暂时没有从小区下手调查的计划。”

“问题？什么问题？”听到这儿，我们都朝明哥身边围了过去。

“第一，死者的伤口很深，嫌疑人明显要置朱文于死地，是多大的仇恨，能让嫌疑人在断手断脚的情况下还想着作案？

“第二，嫌疑人在作案前准备了大量的工具，而且做了精心的计划，假如是一个背着背包的陌生人，他是如何让死者那么轻易地给他开门？

“第三，嫌疑人的作案计划能够成功实施，说明他可以预料到死者会按照他的意思去做，他从哪里来的自信？

“第四，嫌疑人左臂功能性缺失，他第一次击打死者头部时，用的是大号平头锤，这种锤子手柄长35厘米，口袋里肯定放不下，他从单手拿出锤子到击打死者，中间会有很长的时间跨度，这么看来，嫌疑人绝对不是冒充送快递、收物业费这种偶然性叫门，他很有可能是被死者请进了屋里。

“第五，死者被害前没有和任何人通过电话，也没有和小区的邻居发生矛盾。他每天早上6点至11点，下午14点至21点，均不在家。按照其生活习惯，其只有11点至14点这三个小时的时间会在室内午休，而嫌疑人恰好就选在这个时间段作案，说明他对死者的生活习惯相当了解。

“所以综合来看，这起案件绝对是熟人作案。”

听到这里，我已经完全明白了明哥的意思，在我们平常的调查中，所谓关系网基本上可以分为两种，第一种就是纯粹的亲朋好友，有来有往；第二种就是辐射网。

何为辐射网？比如周围邻居、打过照面的熟人、有事没事说上两句但又没有深交的朋友等。纯粹的关系网很好排查，但后者就相对难发现。

刑警队已经围绕死者的社会关系排查了个底朝天，还是没有任何发现，那剩下的就只有“辐射网”还没有清查。

根据我们目前掌握的情况，死者每天的生活基本上是三点一线，早上晨练，晚上打太极，剩下的时间在小区打牌或者下象棋。

晨练和打太极均在室外，一般在这种情况接触到的人分为两种：第一种，浅交。相互之间仅限于寒暄两句，如果不住一个小区，不可能会把死者的情况摸得那么清楚。第二种，深交。相互之间能达到什么都说的地步，这种情况，刑警队肯定会排查出来。

排除前两种，如果把嫌疑人的范围划定在小区内的住客，貌似一切就能完全解释通。但这种假设的前提是，死者身上没有其他的隐情，所以明哥要等朱少兵清醒。

作为死者的儿子，其父亲的事情他肯定最了解，也只有他才可以帮助我们排除一些我们不掌握的情况，一旦从死者身上找不出矛盾点，那南陵小区内和死者经常接触的人就要被列为重点的排查对象。

“明哥，你觉得嫌疑人住在小区内的可能性大不大？”

“我不确定，但这种可能性也并非不存在，我已经通知辖区派出所，让他们按照户口底册对小区住户逐一排查，看看小区里有没有人曾去过江蜀省蜀州市娄桥区。”

“对啊，现场烟盒上提取到了嫌疑人的指纹，很显然这烟是他买的，而烟卷的销售区域又在外地，一旦有人曾去过那个地方，那这个人的嫌疑就最大，我们现在又掌握了嫌疑人的DNA，只要有嫌疑对象，让贤哥一比对，基本上就能确定嫌疑了啊。”我越说越激动。

“也有可能排除嫌疑。”老贤不紧不慢地将一盆冷水泼了过来。

“国贤说的也正是我担心的，我总觉得这起案件没有我们想象的那么简单。”

明哥的一句话让原本已经有些轻松的气氛又变得沉重起来。

已经有了些意识的朱少兵并没有像护士说的那样很快苏醒。十个小时已经悄然流逝，为了不耽误每一分钟的破案时间，这一夜，注定要在医院的走廊上度过。

不知过了多久，胖磊的手机里已经传来倒计时的声响。

“10、9、8、7、6、5、4、3、2、1。”

新年的钟声敲响，走廊的玻璃窗上浮现了朵朵绚烂的烟火，“嘣——叭——嘣——叭”的爆裂声，让我们感受到了年的味道。

“叮咚。”

我的手机振动了一下，是叶茜发来的一条微信。

“小龙，新年快乐。”

“新年快乐。”我回道。

“还在医院？”

“嗯，你呢？”

“在大街上。”

“这么晚，你在大街上干吗？”

“我们这里下雪了，想出来走走。”

“你是不是有什么心事？”

“没有，就是想出来走走。”

“你喜欢下雪？”

“嗯，你呢？”

“我也喜欢。”

“小龙，你知道雪在我心里代表什么吗？”

“什么？”

“纯洁，美丽，干净，浪漫。”

“你最偏爱哪一个？”

“浪漫。”

“浪漫……让我想起了白雪公主。”

“嗯，还有白马王子。”

“还有那段爱情童话。”

（微笑脸表情。）

（调皮脸表情。）

“小龙。”

“嗯？怎么了？”

“你那边能看见夜空中的月亮吗？”

“月亮？”

“嗯，虽然我这边下着雪，但是还是能看见好大的月亮。你那边呢？”

“没有。”

“那你看见了什么？”

“雾霾。”

“滚。”

六

三个月的时间转瞬即逝，乐剑锋终于等到了行动的黄金时间，而他此行的目的地正是他再熟悉不过的云汐市刑事科学技术室。一年的任职经历，让乐剑锋对技术室的办案程序了如指掌。按照规定，只要是技术室接手的案件，从接案到结案，技术室都要备份整个案卷的资料。

技术室的勘查结论，虽然在很多时候可以直接指导破案，但技术室提供的证据仅仅是证据链条中的一部分，除此之外还有很多口供、书证、视听证据等，刑警队只有把所有证据搜集齐全才会形成案件卷宗，而这个期限，平均下来差不多是三个月。

当案件卷宗的材料收集齐全以后，技术室会在案件起诉之前，将卷宗扫描成电子档永久备存，这些档案资料是以后重新鉴定的重要依据。在技术室，这项工作都是由司元龙负责。所以要想看到最完整的卷宗，必须等三个月以后。

乐剑锋，一个具有专业素养的卧底，不可能打无准备之仗，虽然其他参与部门也会留下卷宗档案，但对乐剑锋来说，最得心应手的还是他熟悉的技术室。因为他知道，技术室一旦遇到命案，就成了一座空城。技术室大院中装有多少监控，哪里是监控死角，他心里更是一本清账。

行动选在了大年夜，乐剑锋轻车熟路地潜入了技术室的办公楼内，在打开房门的一瞬间，眼前的一幕让他的鼻子突然一酸。办公室内，原封不动地保留着他离开时的样子，从干净整洁的桌面不难看出，那张原本属于他的办公桌每天都有人清洁打扫。

乐剑锋看了看桌边那套司元龙送给他的《福尔摩斯探案集》，心里有说不出的滋味。但乐剑锋心里清楚，卧底这条路，一旦踏出第一步，就永远没有回头的余地。这也是他的宿命。在没遇上司元龙之前，乐剑锋做事从不会如此优柔寡断，但在技术室的一年，确实给乐剑锋留下了最难忘的记忆。

就在乐剑锋愣神之际，他的手机传来了丁磊的消息。简短的代码告知他一切安全。

乐剑锋收起手机，走到了司元龙的电脑桌前，伴着开机音乐的响起，一串由特殊字符组成的密码被输入了对话框。这个密码看似复杂，但对乐剑锋来说，早就烂熟于心。他毫不费力地进入了那个写有“卷宗档案”的加密文件夹，“武亮被杀案”的所有资料被乐剑锋调阅出来。

这份命案卷宗显示为办结状态，涉案的所有材料都整齐地编排在PDF文档中，乐剑锋快速提取了全部涉案吸毒者的问话笔录，结合丁磊给出的人员信息，一个绰号叫“马四”的贩毒者引起了乐剑锋的注意。

可当他把卷宗材料拉到末尾时，一句“因贩卖毒品罪，被判处死刑，立即执行”又让乐剑锋陷入了绝望。

“看来，留给我的时间真的不多了。”

大年初一早上9点，换班的护士唤醒了躺在走廊长椅上昏睡的我们。

“警官，朱少兵醒了。”

“醒了？”

明哥半眯的眼睛立刻睁开，他起身使劲搓了搓脸颊，快步走到了病房内。

“警……官……”朱少兵艰难地起身。

“你刚恢复，不要乱动。”明哥赶忙按住了对方。

“没事，之前是心脏供血不足，容易休克，老毛病了，缓过来就行了。”

“关于你父亲的案子……”

朱少兵痛心疾首：“我真闹不明白，我父亲那么老实一个人，是谁对他下这么狠的手，他到底得罪谁了?!”

旁边的女人劝说道：“少兵，你别这样，爸都走了，你的情绪可千万不能激动，这些警察为了等你醒过来，年都没过，在走廊里冻了一晚上了！”

“我老婆说的是真的？”

“案件紧急，我们还需要你帮助排除一些干扰。”

“谢谢，谢谢，你们一定要为我父亲做主，求求你们，我求求你们……”

“你放心，这起案件既然交到我们手里，我必须给你一个满意答复。”明哥向来都是这么自信。

“谢谢。”

“两位，客套话我们就到这里。朱少兵，我问你，你母亲呢？”

“我上小学的时候就跟别的男的跑了，一晃都一二十年了。”

“具体原因是什么？”

“我父亲是个老实人，平时不敢跟人红脸，我母亲嫌弃他没出息，就跟一个屠夫好上了。”

“屠夫？叫什么？多大年纪？”

“叫赵占柱，比我父亲小，现在算，也就四五十岁，以前是在菜市街卖肉的，现在不知道在干什么。”

“你母亲这么多年都没有联系过你？”

“给我打过电话，不过我没有认她。”

“赵占柱现在还跟你母亲在一起？”

“不了，我母亲现在一个人。”

“你父亲和赵占柱之间有没有矛盾？”

“不清楚，我一年只回家一趟，他们之间有没有矛盾，我真不清楚。”

“你母亲现在能不能联系到他？”

“按理说应该可以。”

“除此之外，你有没有听说你父亲还得罪过什么人？”

“绝对没有！他的脾气我清楚得很，人家指着他的鼻子骂，他都不敢回一句，他能跟谁有矛盾？”

“你父亲身上有没有财物？”

“有一张银行卡，密码是他的生日，这张卡是我给他办的，是给他打生活费用的。”

“卡号是多少？”

“我手机里有，警官稍等。”朱少兵点开手机相册，“工商银行卡，卡号是××××××××××××××××××××。”

“卡上还有现金余额吗？”

“应该还有1万多。”

“卡是用谁的身份证办理的？”

“是我的。”

“银行卡有没有绑定手机？”

“绑了我的手机号。”

“能不能麻烦看一眼短信，有没有提示钱被取走？”

朱少兵点点头，点开了那写着“99+”红字的短信图标：“手机关了好几天，都是来电提示，稍等。”

1页，2页，3页，他的手指在不停地下滑，几分钟后，他的拇指突然停在了一条短信上。

“钱被取走了，一共五笔，每笔2000。”

“什么时间取的？”

“1月19日上午8点05分。”

“大年二十九的早上？”明哥眉头一紧，“对了，卡里的余额还有多少？”

“38.5元。”

“行，我们今天的问话就到这里，有需要再联系你。”

刚走出医院，明哥就电话联系了徐大队长。

“现在有个急活儿需要处理，死者银行卡里的钱被嫌疑人取走了。”

“真的？”

“对，我回头把卡号发给你，你抓紧时间对接银联中心，看看这张卡的取款地点在什么地方。”

“好的！”

“你那边情况怎么样了？”

“该取的视频都取了，正在回来的路上，不出意外下午可以到单位。”

“行，等你们回来我们再一起开个会，还有几项工作需要你们刑警队办。”

“没问题。”

“这就好办了，嫌疑人取的钱全部是整数，很显然是在ATM机上操作的，咱们只要调取机器上的针眼监控，就能知道嫌疑人的长相了。”胖磊已经开始手舞足蹈。

“磊哥，你就不怕出什么幺蛾子？”

“呃……”

“现在谁不知道ATM机上有监控？”

“看不见正脸，给个背影也行啊，最起码有个盼头。”

“呃……你还真容易满足。”

明哥抬手看了看表：“排查需要时间，先去刑警队休息一会儿。”

刚吃完午饭，徐大队便带着叶茜一行人赶回了单位。

“焦磊老师，取钱人的视频截图已经传过来了，你看看有没有见过这个人。”叶茜翻开相册，把手机递给了胖磊。

“这……是个小孩儿？”

“对，看面相也就十来岁。”

“妈的，这个老狐狸，找个小孩儿去取钱！”胖磊气得已经开始骂街。

“钱是在哪里被取走的？”明哥张口问。

“北京市通州区的一个农业银行的ATM机上。”

“怎么又跑北京去了？”胖磊简直快要抓狂。

“也正是因此，我们就没在江蜀省再耗下去，想回来听听冷主任的意思，要不要再去北京一趟。”

“暂时不需要。”明哥回答得很肯定，“案件发生在咱们云汐市，取钱是在北京，相隔这么远，嫌疑人还能想到找小孩儿去取钱，他的反侦查意识不是一般地强，就算咱们去北京，也不一定有什么好的结果。”

“那下一步该怎么办？”

“等徐大队吃完午饭，咱们开个会。”

“好的，冷主任。”

四个人，半条烟，与会人员全部落座，徐大队和明哥相互寒暄之后，会议由明哥主持。

“朱少兵的笔录提到了一个叫赵占柱的人，十几年前骗走了朱文的老婆冯娟，夺妻之恨不共戴天，这个人的情况要落实清楚，看看死者和他之间有没有什么我们不掌握的隐情。”

“嗯！”徐大队攥紧笔认真记录。

明哥接着说：“焦磊，取款的那个小孩儿，你在咱们云汐市的监控上有没有发现？”

“没有！”

“行，我知道了。”明哥话锋一转，“徐大队，除此之外，我觉得我们目前的工作重心要放在南陵小区的摸排上。”

“小区摸排？这个工作我们早就做了，并没有什么特别的情况。”

“这次摸排和之前的有些不同。”

“哦？怎么个不同法？”

明哥伸出手掌：“这次要从五个方面着手调查。”

徐大队倒吸一口冷气，有些不可思议："五个方面？"

"对。

"第一，我之前已经联系辖区派出所，让他帮着查看小区住户有没有人去过江蜀省蜀州市，这项工作到目前还没有反馈，需要派一组人跟进。

"第二，全方面排查小区的常住户和租住户，以及相关亲朋好友，看看有没有左手和右腿同时残疾的人。

"第三，嫌疑人左手残疾，不具备打牌的条件，派一组人逐一询问小区里喜欢下象棋的人群，看看他们知不知道附近小区有没有符合这种体貌特征的人。

"第四，案发时间，正好与小区住户打牌散场的时间段差不多重合，那个点，小区人员分散，不像打牌时那么密集。而且嫌疑人左手和右脚残疾，他上楼应该十分费劲，死者居住在6楼，他步行至案发现场，需要很长一段时间，这么长的时间里，不会没有人看到。

"第五，嫌疑人作案准备了大量的工具，他肯定随身携带了背包之类的。小区中到处都有空置房屋租住，假如小区里出现一个背包的陌生人，估计会有人上前搭讪，所以有房出租的这些常住户，也要列为重点的排查范围。"

"冷主任，还是你安排得细致。"徐大队是打心眼儿里佩服。

"下一步要辛苦刑警队的兄弟了，只有先掌握嫌疑人的体貌特征，咱们接下来的工作才好开展。"

"行，没问题，我现在就按照你说的去办，争取在晚饭之前把五项工作全部见底。"

由于工作内容的复杂程度不同，信息反馈的速度也不一样。

第一个反馈回来的是"象棋走访组"，结果是"无异常"。

一个小时后，"派出所和刑警队联合调查组"也没有发现有住户曾去过江蜀省。

下午4时，"小区重点摸排组"反馈，小区内没有符合嫌疑人体貌特征的相关人员。

下午5时，朱文楼下的邻居反映，在案发当天自己买菜回家时，曾发现有个陌生人从他身后走过，接着朝6楼缓慢步行，由于是背对着他，他没有看清楚对方的长相，只知道对方背了一个白色的编织袋。

紧接着"房东调查组"也反馈，案发之前一个多星期，经常看到一个身背白色编织袋的男性在小区中捡破烂儿，而自从案发之后，就再也没有见过了。

胖磊根据这一特征，在案发前后的视频监控中查找了一番，但并没有发现相关的影像资料。于是他又拉大了时间范围，最终在案发前五天的监控中，发现了一名身背白色编织袋的中年男性，从监控上可以明显看出，其左臂在行走的过程中，基本垂直于地面，没有摆臂特征，而他在行走的过程中，重心明显朝左脚偏移。

胖磊费了九牛二虎之力，终于搞出了一张清晰的视频截图。

经小区常住人口辨认，这个人就是那名捡破烂儿的男子，另外还有人反映，曾见过这名男子在民生体育馆的废旧报亭内过夜。

民生体育馆距离南陵小区直线距离不超过1公里，也是死者早晚锻炼的场所，按照目击者的指引，我们在体育馆最西边的废旧场馆内，找到了这间面积只有七八平方米的铁皮报亭。

依照体育馆安保人员介绍，报亭地理位置过于偏僻，换了好几拨老板，都无法盈利，现在只能空置在那里。

报亭呈六角形，铁皮门并没有上锁，推门进入，室内的垃圾已经成堆，地面上发黑的被褥证明这里曾经有人起居。

“你们看！”老贤用镊子夹起了一根喇叭状的烟卷，“和嫌疑人的吸烟方式一模一样。”

“看墙角，全部是烟卷，这个人在这里住了不短的时间。”

“垃圾堆里还有成条烟卷的外包装，一、二、三、四，一共有四条。”

“还有那么多烟盒，这下好办了！”叶茜欢呼雀跃，“通过成条烟外包装上的喷码可以直接查到烟的具体销售店面，报亭中一共发现了四条外包装，如果是嫌疑人一次性购买，那就很有针对性，毕竟一次性买这么多烟的人并不多。”

我说道：“不用假设了，所有烟盒上的钢码基本上都是按照顺序排列，也就是说，这些烟卷是从一个生产线上成批出厂的，而且这些钢码都和咱们现场发现的那盒烟一致。嫌疑人曾在这里长期生活过。”

明哥吩咐道：“焦磊，调取周围的视频监控，嫌疑人既然起居在这里，那作案后不可能不回来，争取把他作案后的路线给排查出来。”

“明白！”

通过调取体育馆的视频监控，我们果然在案发当天发现了嫌疑人的踪影，监控画面显示，嫌疑人在作案后，回到住处，轻装上阵，打了一辆出租车，直接朝火车站驶去。

胖磊调取了售票窗口的监控，结合时间点和购票信息，终于核实了嫌疑人购票时的身份信息：“吴军，男，四十三岁，云汐市瓦楼村人。”

按照购票系统显示的信息，吴军当天购买的是一张前往江蜀省蜀州市的车票。

得知这一消息，我们科室所有人和刑警队组成联合侦查组，前往当地组织调查走访。

调查组以“嫌疑人一次性购买四条以上白沙烟卷”为契机，对烟卷销售区域的所有店面展开细致摸排。

经过一天的努力，线索很快有了反馈：“在娄桥区果园路有一家叫‘金三胖’的便利店，其老板金伟介绍，一个多月前，曾有一名男子在他的店里一次性购买了五条白沙，而且这名男子他很面熟，经过去店里买东西，可能就住在便利店附近。”

得知情况后，胖磊调取了便利店周围两个月内的公安城市监控，根据店主提供的大致时间，我们果然发现了嫌疑人的影像资料。

沿着监控设备一路追踪，我们终于发现了嫌疑人居住的小区——果园路安居苑。

而就在我们刚要联系辖区派出所帮忙时，一个江蜀省蜀州市的固定电话打到了老贤的手机上。

“是陈国贤警官吗？”对方操着“标准”的“普通发”。

“是，你是……”

“我们是江蜀省蜀州市刑警支队刑事技术室的民警，我姓张。”

“你好，有何贵干？”

“就在昨天，我们市娄桥区果园路安居苑小区内发生一起命案，死亡三人，经过现场勘查，凶手名叫吴军，他在杀死两个人后自杀，我把他的DNA录入系统时，发现与你们的一起案件有重合信息，所以我想问一下你们那边的情况。”

“我们现在就在安居苑小区门口，吴军也是我们市一起命案的嫌疑人。”

“什么？他还杀了人？”

“对，算上他自己，一共四个人。”

九

20世纪70年代初，吴军出生在一个贫农家庭，这个家到底有多“贫”，用吴军自己的话来说，就是大姑娘都不敢多看一眼，怕流了口水后营养不良。

吴军在家排行老小，上有三个哥哥，全都是分家产的主儿，兄弟四个按照年龄依次婚配，等吴军娶媳妇时，他爹娘只剩下了5亩水田和一栋小瓦房。这个条件可算是愁坏了同村的媒婆。

“我都跑坏八双鞋了，就是没姑娘愿意，你说咋整？”

“那你说人家都要啥条件？”

“现在都流行‘三子’。”

“‘三子’是个啥？”

“房子、车子、票子。”

“难不成凑不齐这三样，还就讨不到媳妇了？”

“能，隔壁村你刘婶家的胖丫，你愿不愿意要？”

“她肥得跟老母猪似的，娶回来5亩地的粮食都不够她一个人吃的。”

“对呀，其实有句话，婶子不知道当讲不当讲。”

“我说婶子，你还跟我客气什么？”

“不是婶子说，你看这方圆30里，跟你差不多年纪的女娃娃基本上都没啥姿色好的了，我估计再过一年，胖丫都有人要，咱们农村男娃那么多，能找个合适的，太难了。”

“唉，谁说不是呢，我爹妈都愁死了。”

“对了，你今年多大了？”

“虚岁二十整。”

“那敢情好，年纪不大，其实你还不如去闯两年，家里的田让你爹妈种，这万一闯出个名堂，回头婶子就能给你介绍个水灵的；就算退一万步，你混不出人模狗样，到时候再找个胖丫那样的，你也算是死心了不是？”

“好像是这个理，俺爹妈现在年纪也不大，5亩地他们应该应付得过来。”

“对啊，你李叔家的小儿子比你还大一岁呢，人家现在不是在城里干得风生水起的，我年初还准备给他张罗一个呢，可人家说自己还小，死活不愿意找，你说这孩子。”

“哎，我说婶儿，村里可都传，说你和李叔是老相好，说他那小儿子是你的私生子，到底有没有这么一说？”

“你个小兔崽子，拿你婶儿开涮，看我回头不收拾你！”

“哎哎哎，婶儿，你咋说生气就生气呢？我这不开个玩笑嘛，咱这村里，谁不知道婶子疼我？”吴军说着嬉皮笑脸地从身后拿出一个竹篮子，“婶子，给，这是我孝敬你的。”

“啥东西？”

“你掀开看看。”

“你小子，就喜欢拿婶儿说笑，我不要。”

“你可别后悔，这可是我攒了半年的鸭蛋，一百多个呢。”

“鸭蛋？这可是好东西。”

“那是，孝敬婶子的哪儿能用孬货？”

“算你小子有良心。”

“我听婶子的，出去拼两年，回头还要麻烦婶子呢。”

“行，包在我身上。”

吴军当晚把媒婆的意思原原本本地传达给了爹娘，虽然在父母眼里，他早已到了谈婚论嫁的年纪，但现在这个社会一天一个样儿，他们不得不同意了儿子的提议。

吴军居住的村落位于山间，要想坐上去城里的汽车，首先要翻越一个山头，接着再步行5里山路，最终才能到达车站。

说是车站，其实就是一个用废旧木头搭建的小凉亭，整个车站一天就两班车，上午8点一班，下午3点一班，为了能赶早，吴军5点便起床翻山越岭，一路挥汗，跑到车站时，已经过去了两个半小时。

土生土长的山民都知道，早上树林中的氧气不足，长时间的运动很容易引起窒息，所以除非迫不得已，否则山里人没有起早的习惯。也正是因为这种习惯，上午这趟车从头到尾也拉不了多少人，这眼看就要到发车时间，坐车的乘客用一只手都数得过来。

大山的阻隔，让山里人相互没有打招呼的习惯，吴军从旅行包里掏出早上母亲烙的锅贴馍。“唉，也不知道这次一走，啥时候才能吃上。”他边念叨，边把馍馍一口一口地塞进嘴里，馍馍回味的甘甜，被他细细地留在舌尖，从他离开家的那一刻起，他就已经在心中默默发誓，不混得出人头地，愧见乡亲父老。所以他不知道自己这趟出去要几年，那种无法用言语形容的“家味”，他还是想让它消失得慢一些。

“快点上车，时间过了不等人！”吴军刚饮了口水把卡在喉咙里的馍馍送下，紧接着就听见一个女人的咆哮。

他循声望去，一位穿着时尚的中年女子已经打开了驾驶室的车门。

“这开车的脾气咋这么差？”

“一看穿衣打扮就是城里人，狂什么狂。”

“就是，就是，那么有本事，别来咱山里开小巴车啊。”

“开车之前指不定是干什么的呢！”

面对女司机的蛮横，赶早的乘客纷纷抱怨。

“吵什么吵？要坐就坐，不坐就走！”女司机用力带上了车门，小巴车随后发出了“嗡嗡嗡”的启动声。

眼看车轮转动，嘈杂的人群立刻变得安静，众人纷纷背起竹篓，拥到车门前。

“扑哧！”小巴车的气门被关闭了。“有没有素质？排队上车！今天要是不把队排好，我绝对不开车！”

面对女司机的咆哮，一群人纷纷妥协，自觉排起了长龙。

“这娘们儿，绝对吃错药了！”吴军骂骂咧咧地站在队尾等待上车。

“扑哧。”车门重新打开，乘客按照顺序上车后将2元钱扔进了司机事先准备好的塑料盒内。

那个年代穿梭在山区的交通工具以小巴车居多，这种车的设计可不能和现在的投币公交相提并论。那时候绝大多数的车都还要配置一个售票员，但是到了山区，因为乘车人员较少，司机的收入本来就不多，再配个售票员，那就基本上等于白干，所以为了节省开支，跑山区专线的小巴车，驾驶、售票基本上都是由司机一人完成。

当最后一位乘客上车时，女司机把钱盒塞在驾驶室的座椅下方，然后拧动了点火钥匙，朝下个站口驶去。

按照路线规划，整个山区路线分为十一个站口，均以途经的山头命名，小巴车的终点站为城郊的换乘中心，乘客要想进城，还必须在那里转乘其他的小巴车。

门头山站，此次路线的第6站，不管是从前往后，还是从后往前，这个站的地理位置都处于所有站点的中间位置。

此时，两名男子正跺着脚，在站牌后的木头桩前焦急地等待着。

“钱哥，你说咱为啥要选在白天干？这也太暴露了！”开口说话的人叫杨顺，曾因盗窃多次入狱，他与钱明光是狱友，因为两人的老家均在山里，所以走得特别近。最近两人准备南下经商，可无奈手无盘缠，于是两人一拍即合，准备“干一票”，弄点路费。

钱明光曾是系列盗窃案的主犯，组织和策划能力极强，所以整个计划由他亲自设计和实施，面对杨顺的疑问，他这样解释道：“在咱们山区，每家每户相隔太远，‘溜莽子’（盗窃）太累，没有‘点炮’（抢劫）来得快，咱这山里，一个个都穷得叮当响，要是去山民家里‘点炮’，估计忙活一天也见不到几个子儿。”

“嗯，是这个理。”

“所以，要想弄到钱，就要抓住要害。”钱明光指着公交站牌，“坐一趟车，2元钱，像咱见过世面的觉得没啥，可在山民心里，这2元钱可是一家四口一天三顿的花销。没有经济收入的人，他们宁愿选择走路，也不会花这冤枉钱。”

“有道理。”

“我这几天都在观察，凡是坐车的人，基本上都是去城里做买卖的山民，他们身上都有钱，绝对能抢到货。”

“可这早上坐车的人少，咱不如晚上干，抢的岂不是更多？”

“咱就两个人，要是在晚上干，这万一有人反抗，那就糟了，人少好控制。”

“就怕被人认出来。”

“这个简单。”钱明光指了指地面，“抓点土灰在脸上蹭蹭，再戴上斗笠，保证没事。”

“钱哥，干这个你是权威，你说没事，指定没事。”

俩人正在攀谈之际，载着十几个人的小巴车左右摇晃地停在了“门头山站”的木牌前。

钱明光带头先上车，杨顺猫着腰绕到了驾驶室的门前。

“都别动，抢劫！”随着钱明光一声狂吼，杨顺按照计划把女司机一把拽下了车。

“妈的，怎么这么倒霉，遇上了打劫的？”坐在第一排的吴军心里无比烦躁，他本想着反抗一下，可对方一上车就把刀架在了他的脖子上。

感受着脖颈的冰凉，吴军只能“大丈夫能屈能伸”。

几分钟后，杨顺气喘吁吁地上了车：“钱哥！”

“嗯，司机绑好了？”

“妥了，被我捆在了树林里，嘴巴也堵住了。”

“好，干活儿！”

杨顺会意，从腰间掏出了一把砍刀，对着车上所有的人凶神恶煞地狂号：“把钱都给我拿出来，要不然我可就不客气了！”

“你！把钱拿出来！”钱明光的刀缓缓地在吴军的脖子上划出一条血口。

“妈的，这两个人不会是亡命徒吧！他奶奶的，我今天不能折在这里啊！”几经挣扎后，吴军最终妥协了，他把自己的布包打开，从里面抽出了两沓钞票，说：“我身上只有200元！”

“顺子，过来搜身，看看还有没有！”

“得嘞！”

顺子收起砍刀，翻遍了吴军身上所有可能藏钱的地方，就连裤裆都没有放过。

“钱哥，他身上除了几个钢镚儿，一分钱也没有了！”

“嗯，够实诚，钢镚儿给他留着，下一个！”

按照劫匪的要求，吴军双手抱头蜷缩在座位拐角，他这才发现，一车人竟然没有一人反抗，其中不乏壮年劳力。

“妈的，自己没有开一个好头儿啊！”

随着吴军一声暗骂，结果可想而知。

“钱哥，差不多了。”顺子抖了抖布袋。

“走，下车。”

看着俩人已经钻入树林，车厢里瞬间哀号一片。

“我的血汗钱啊……”

“这可怎么办啊？我一家子可就指着这点钱呢……”

“那可是我治病的钱，这让我怎么活啊……”

吴军已经懒得再听这些人抱怨，他用力推开车门。

“小伙子，你这是干啥去？”不知谁问了一句。

“哭有什么用，刚才都干啥去了？！我去把人家司机给放回来！”

吴军愤恨地走下车，嘴里骂骂咧咧：“妈的，刚才要不是被这帮人挤到最后，我也不会坐在最前面（小巴车前排最颠簸，一般乘客都喜欢选中间靠后的位置），不坐在最前面，劫道的也不可能第一个就把刀架在我的脖子上，要不然，我非跟这俩货干一架，不就两把砍刀吗？！老子才没有放在眼里！”

吴军越说越气，被抢走的200元钱可是家里卖了一只羊的全部收入，本指着能像花生种子似的钱生钱，200变2000，2000变2万，这下倒好，“种子”都被抢了。

“要是这么回家，还不被村里人笑死？可不回家又咋办？身无分文……”百感交集的他，踩着杂草往山林中走去。

“不要，不要……”

女人惊慌的喊叫声逐渐清晰。

“妈的，我不想害你，给我弄一下就成！”

对话间，吴军已经走到了跟前，视线内，那名叫“顺子”的抢劫犯，已经把女司机的裤子褪去大半。

“两位大哥！”吴军高喊一声，“你们是求财，对一个弱女子下手，有点太不厚道！”

“哎，你妈的，找死是不是？”钱明光提着砍刀走到了吴军跟前。

面对威胁，吴军没有退缩，他捡起一块山石：“×你妈的，今天老子就跟你们死磕了，给我放开那女的！”

“乖乖，你这小身板，还想跟我们斗？老子今天就当着你的面，把这女的给干了。”顺子脱掉裤子，“叫你英雄救美，叫你英雄救美！”

“呜……呜……呜……”

女司机拼命地反抗，但因双手被捆绑，始终无济于事。

“你们这帮畜生！”

吴军举起砖头扔了过去。

喊叫声引来了所有乘客下车围观，但始终无一人敢上前阻拦。

“有种！”钱明光扔掉砍刀，从腰间掏出一把火枪对准了吴军的方向。

“妈的，非逼老子弄你！”钱明光二话没说，扣动了扳机。

“砰！”子弹沿着吴军的裤裆穿了过去，他能清晰地感觉到一股热流在大腿之间穿梭。

“妈的，打偏了！”

就在对方想开第二枪时，吴军迅速地闪到了树后。

“开车的，对不起了，对方有枪，我干不过！”

“还有谁敢多管闲事？”钱明光环视一周，众人纷纷作鸟兽散。

于是顺子继续摧残着女司机，山林中回荡着女司机的惨叫声。

吴军通过余光看见了女司机那张写满绝望的脸。

“好了，差不多了，再不走，一会儿来人了！”

“马上，钱哥，马上就好！”

“你妹的，真是狗改不了吃屎！”

“这好不容易看见个中意的，不弄一次不亏了！”

“得得得，赶紧的吧！”

“哗啦啦啦……”

“哗啦啦啦……”

几分钟后，山林里传来树叶被快速碾轧的声响，吴军歪头一看，两名抢劫犯早已逃之夭夭。确定安全之后，吴军缓缓地起身，走到捆绑女司机的那棵树下。

“开车的，不是我见死不救，是我真的没办法，要怪只能怪你拉了一车尿包！”吴军边念叨，边将绳子解开。

重获自由的女司机仿佛什么事都没有发生过，她面无表情地提起裤子朝不远处的小巴车走去。

“哎，开车的，你没事吧?！”

女司机瞥了他一眼，没有说话。

“他妹的，真是好心当了驴肝肺，刚才那一枪，差点把老子的命根子打掉，这女的竟然还这个表情。”吴军瞬间感觉有些不值。

女司机没有说话，径直走进了驾驶室。

“开车了，还要去城里的抓紧上车。”

此言一出，站在车外的乘客纷纷钻入车内，其中当然也包括吴军。

“你，下去！”

“你在说我？”吴军有些不可思议。

“对，下车！”女司机说着从椅垫下掏出10元钱揉成团扔出车外，“按照规定，5倍赔偿，滚！”

“你什么意思？我刚才差点可连命都没有了！”

“没什么意思，就是不想带你！”

“你……”

“你要不下车，这车我就不开了。”女司机说完，把车熄了火。

“小伙子，你就下去吧，我们这一车人等着有事呢。”一个声音劝说道。

“对啊，对啊，咱总不能因为你一个人耽误一车人吧？”

“你刚才站得那么近，把人家开车的看了个遍，要是我，我也不带你。”

“哈哈哈哈哈……”

“妈的，你们这帮人，也不怕遭报应！”吴军寡不敌众，叫骂了一句，走下了车。

“扑哧……”小巴车的气门重新关闭，伴着一股呛人的汽车尾气，车轮再次在崎岖的盘山路上高低起伏。

吴军愣愣地看着小巴远去的方向，心里有说不出的滋味。

“这他娘的到底是怎么了？我招谁惹谁了？路见不平拔刀相助还有错了？看来还是我娘说得对，别他娘的瞎管闲事！”

就在吴军抱怨着徒步前行时，他的耳边突然传来“轰隆隆”的巨响，他抬头一看，刚才的小巴车已经冲出护栏，滚下了山崖。

“什么?!”

吴军不敢相信眼前的一切，作为土生土长的山里人，他深知山崖的高度，更无比清楚小巴车坠落后的结果。

公路拐弯处的防撞栏很高，除非是加足油门故意碰撞，否则轻微的剐蹭不可能会坠下山崖。

回想着刚才女司机的一举一动，他感觉到自己的汗毛瞬间都竖起来了。

“她早就想带着一车人同归于尽？”

“她赶我下车，其实是放我一马？”

想通了的吴军，心中是百感交集、五味杂陈。

那时候没有手机，吴军也不知道如何是好，他蹲坐在小巴车坠落的拐弯处，希望能碰见从此经过的行人想想办法。

十分钟，二十分钟，半个小时……

吴军抽完了一包烟，终于等来了一个从城里回山的三轮车，开车的师傅姓刘。

“咋的了？”刘师傅被拦下。

“车掉下去了，车！”三轮车“突突突”的排气声，不得不让吴军提高嗓门。

“车？什么车？”刘师傅熄了火，世界瞬间安静下来。

“一辆小巴车掉下去了，还有一车人！”吴军指着望不到底的山崖。

“我的乖乖，这摔下去还活个啥？”

“老乡，这咋办？”

“咋办？在山里最怕遇到这事，这万一还有活的，就是见死不救，要遭报应的！”

“对啊，万一有活的呢？”

“来，小伙子，你搭把手帮我掉个头，我载你去城里找公安局，他们指定有办法。”

“哎，哎，哎……”

就这样，吴军搭了一趟顺风车，来到了关桥派出所，派出所民警问明来意之后，接着又汇报给了分局，二十分钟后，一支由消防官兵、医生、警察组成的救援队赶到了事发地点。

第一组先遣队在下山一个小时后传来了确切消息，车上十六个人无一生还。

绝处逢生的吴军，在救援即将完成时，录完了一份口供，便离开了派出所。

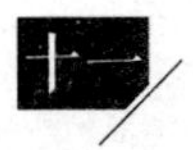

十一

在经历这件事后，吴军感觉自己整个人生观都发生了改变，他为自己能在关键时刻挺身而出感到庆幸，虽然村里很多人都喜欢说他“狗拿耗子多管闲事”，而如今他却能理直气壮地回一句“鼠目寸光”。

救援持续了一整天，吴军也因此在派出所混了一日三餐，想想刚才所长夹给他的鸡腿，他知道自己不能再回忆过去，如何解决明天的一日三餐，才是他现在要面对的困难。

他把口袋中仅有的10元钱掏出捋平，接着整整齐齐地叠成了长条塞进了内衣的口袋里。除非是万不得已，否则他不会花掉这张钞票，因为这10元钱对他来说有了特殊的意义。

自己算是身无分文了。下一步该咋办？吴军抬头看了看让人头晕目眩的路灯。

“小伙子，能不能给点？”

在吴军惆怅之际，一位衣衫褴褛的老年男子，猫着腰站在他身边。

“老火（山里人对老人的称呼），你知道哪里能找到活儿吗？”

“你也是从山里来的？”乞讨老人收起了要钱的瓷碗，挺直了腰杆。

“可不是吗，刚来，还遇到了劫道的，钱都被抢了。”

“我刚才听你喊我‘老火’，我就知道了。”老人上下打量着吴军，“小伙子身体有没有什么毛病？”

“没有，壮实得很。”

“家里条件咋样？”

“我光棍儿一条，连媳妇都没娶呢，就是想赚点钱，回去好讨个老婆。”

“家里爹娘都健在？”

“在是在，年纪大了，不中用了。”

“弟兄几个啊？”

“四个，上面三个哥哥，都成家了。”

“你这出来，跟你家里人说干啥了没？”

“就说是出来闯闯，具体干啥没细说。”

“身上没钱了？”

“一分钱都没了。”

“那你晚上住哪儿？”

“我也不知道呢，实在不行，只能睡大街。”

“小伙子，你信不信我？”

“老火，你啥意思？”

“你把身份证拿给我看下，我现在就能给你介绍个活儿干。”

“当真？”

“你我都是山里人，我还能骗你不成？”

“是什么活儿？”

“当然是赚钱的活儿，你先把身份证给我。”

“谢谢老火。”吴军想都没想，便把自己的身份证递了过去。

老人接过他的第一代身份证仔细地核对一遍：“放心吧，小伙子，跟我来。”

吴军“哎”了一声，跟在了乞讨老人的身后。

“我跟你说，小伙子，别看我在城里是个要饭的，但是我人脉可广着呢。”

“是是是，老火，您一看就不是一般人。”

“对了，你要是出远门，你家里人不会反对吧？”

“放心吧老火，我跟我爹妈都说了，‘混不出人样儿，就当你们没生这个儿子’，只要能赚到钱，去哪里都行。”

“那就好，那就好。”

吴军随着老人的脚步七拐八拐走进了一栋单元楼，四周漆黑一片，他也不知道这是哪里，他甚至连自己上到了几层都没个数。

老人终于停下脚步，“咚咚咚”敲响了一扇木门。

“谁？”门那边略显警惕。

“我，‘鼓佬’。”

听老人报上名号，木门很快被打开，一位三十多岁的中年男子出现在了门缝中。

“介绍一下，这是我给你们找的，吴军。”

“这么年轻？”

“你先别管年轻不年轻，咱们进去再说。”

“哎，‘鼓佬’请。”这时房门被完全打开。

老人带着吴军一前一后地走进屋内。

这是一个两室一厅的套房，除了开门的男人外，屋内还有一个和他差不多年纪的男人在喝啤酒、吃卤菜。

“黄凯，郑钧，你看他行不行？”

“‘鼓佬’，不是我说，他也太年轻了，二十啷当岁，干不起。”

“两位大哥，年轻好啊，我身体棒得很，什么都能干！”吴军就算是再傻，也明白了对方的意思，为了能讨一口饭吃，他赶忙“王婆卖瓜”。

“吴军，你先进屋坐一会儿，我跟他们两个说道说道。”

“哎，行，麻烦老火了。”

说完，老人把吴军推进了一间卧室，顺带锁上了房门。

“‘鼓佬’，你有没有搞错啦，我们要的是中年男人，最少也要跟我们差不多大啦，你弄个这么年轻的来，那怎么可以？”

“我跟你讲，三十多岁的男人，哪个不是有家有业，这要是被你们弄走了，家里还不找翻天？你觉得用这样的人，你们的生意能做安稳吗？”

“这个……”

“这万一要是人家报警，你们还不是吃不了兜着走?！”

“‘鼓佬’好像讲得很有道理啦……”

“这个人底子我问得清清楚楚，山里人，光棍儿一条，无牵无挂，你们就是就地把他给弄死，也不会有人找来，你们既然让我帮着找人，那就要绝对安全。”

“嗯，安全肯定是要放在第一位啦……”

“其实你们就要个丐头，年纪也不是问题，有些手段我还是跟你们学的，不需要我多说了吧。”

“哎呀，‘鼓佬’不愧是我们丐圈里的佼佼者，看问题就是透彻啦……”

“别拍我马屁，一码归一码，1000元钱，再加一个丐娃。”

“行，‘鼓佬’放心，我们临走之前，肯定会把小孩子送到你手里，听说我们联系的那个人，已经在贵州山村里得手了，还是个女娃娃呢。”

“女娃？”

“对啦，到时候养大了，‘鼓佬’还能爽一下呢，多好，哈哈哈哈。”

“鼓佬”打了个冷战：“奶奶的，你们那边的人心真狠，今天算是领教了。”

“行啦，我们都是一根绳子上的蚂蚱，就不用五十步笑百步了，这人我们收下了，三天后，1000元，一个娃，保证交到你手上。”

“得，云汐市火车站，到时候我等你们消息。”

送走“鼓佬”，两人开始窃窃私语：

“‘鼓佬’说得对，要是弄个拖家带口的准出事。”

“其实也好办，弄点硫酸洒在脸上就看不出年龄了。”

“说到狠，还是你小子心狠手辣。”

其中一个男子往卧室瞟了一眼，说：“这家伙现在怎么办？”

“先关在屋里，等跟‘鼓佬’的交易成了以后，喊车来带走。”

房间内的交谈声，吴军听得清清楚楚，他就是脑子再笨，也知道自己上了那个乞丐老火的贼船。他现在被锁在房间里，窗子焊有栏杆，单元楼的四周几乎没有什么建筑物，他终于体会到了什么叫“叫天天不应，叫地地不灵”。越是危急时刻，就越要保持清醒，他告诉自己，他是经历过生死的人，一定要冷静，冷静。

“啪嗒、啪嗒……”皮鞋敲打地面的声音越来越清晰，他赶忙侧身躺在床上，佯装休息。

“嗒、嗒、嗒。”门锁被拧了三圈，黄凯拉开门走进屋内。“喂，小伙子，起来了。”

“啊？”吴军假装睡眼惺忪地起身。

“和‘鼓佬’说好了，你以后跟着我们干。”

“哎，谢谢大哥，谢谢大哥。”

“晚上吃饭了没？”

“还没。”

“行，客厅有卤菜和啤酒，出来搞一点。”

“成，那我就不客气了。”吴军搓搓手，笑嘻嘻地走出了卧室。

“我叫黄凯，他叫郑钧，我们都比你大，以后喊我们哥就行。”

“哎，凯哥，钧哥。”

“嗯，你先在这里住两天，等我们办完事就走。”

“行，我以后就跟着你们了。”吴军点头哈腰之际，瞥了一眼房门，当他看见木门上的三把挂锁时，心已经凉了半截。

十二

酒足饭饱之后，吴军还是被锁进了刚才的卧室内，和刚进门有所不同的是，黄凯把他的随身物品全部扣在了另外一间卧室内。

一间屋，两个卧室，三个男人，均无睡意。

吴军一直在想着如何逃走，而黄凯和郑钧也在窃窃私语。

“这家伙有点奇怪。”开口的是脑子最为灵光的郑钧。

“奇怪？”

“他从头到尾都没有问要跟着我们干什么，而且对我们言听计从，你说奇怪不奇怪？”

“这么说好像是有点，难道‘鼓佬’那里出了问题？”

“不可能，他在丐圈里是出了名的老狐狸，出去打听打听都知道，‘鼓佬’寻的丐头到现在还没有一个出过事的。”

“那这小子到底问题出在哪里？”

“刚才吃饭时，我看到他的眼睛一直朝门口观望。”

“难不成是想逃走？”

“不排除这个可能。”

“难道……他听见我们刚才说的话了？”

“我觉得极有可能，卧室都是木门，隔音效果不是很好。”

“那怎么办？”

“假装不知道，小心看着，等和‘鼓佬’的交易一搞定，咱们就强行把他绑上车。”

“对，反正不让他出去，怎么都好弄。”

“哎，现在找个丐头，太难了。”

“对啊，丐娃好搞，到偏远山村抱一个就成，丐头着实伤脑筋。”

“没有丐头，抱一群丐娃也是扯淡，咱两个以后可就指着他养着了，一定要看好。”

“有我呢，放心吧。”

吴军躺在床上，辗转反侧，一夜未眠，第二天一早，黄凯推门送饭时，吴军已经从对方的脸上读出了不友好的信号。

“我该怎么办？该怎么办？照这样下去，我怎么也不可能逃走。”

万分焦急当中，一米阳光洒进屋内，忽然，他像是瞬间通了电般，一个绝妙的计划立刻浮现。

他像是抓住了救命稻草一般，扑向窗前，楼下的行人成了他最后的希望。

为了能引起行人的注意，他拿出那张10元纸币，接着咬破手指，写了“救命”两个血字，纸币被团成团，吴军看准了行人，一把扔了下去。

捡起钱币的是一位三十多岁的中年男子，男子能明显感觉到纸币是从高空坠落的，他抬头四处观望，正好和吴军对视。

吴军激动地双拳紧握，用手势示意对方打开纸币。

对方读懂了吴军的意思，快速打开纸团，“救命”两个字占满了整张纸币。

对方再次抬头，吴军双手作揖，请求对方救他一命。

对方把纸币小心折好，放回了口袋，接着消失在了吴军的视线内。

目送对方离开，吴军靠在窗边长舒一口气：“看来自己这次是有救了。”

那10元钱是女司机临走前给他的，他对这张钱币寄予了生的希望，所以他坚信这张纸币能给他带来好运。

一个小时，两个小时，三个小时……他时刻都在等待公安局的人破门而入将他解救的场景。可令他不曾想到的是，一天后，他等来的是一辆改变他命运的厢式货车。与他同行的还有屋内的两名男子，黄凯和郑钧。

和前两天的和和气气相比，今天的二人只能用“凶神恶煞”来形容。

吴军被五花大绑捆在车厢内，嘴巴上被强行裹上了厚厚的口罩。吴军想过很多种下场，什么“当鸭子”“当苦力”“被割肾”，可想来想去，他都没有料到自己今后活得还不如一只畜生。

很多人不知道，在咱们生活的社会中，除了“三百六十行正道”，还有“五十二行偏门”，偷、抢、骗等作奸犯科之事全部归为“偏门”。且每个“偏门”都有自成一派的规矩，而吴军被拉入的，就是“五十二偏门”中的“丐门”。

“丐门”干的就是乞讨的营生，很多人对这一门并不陌生，毕竟在武侠小说中，丐帮也算是中原第一大帮。可小说归小说，“偏门”中的“丐门”可没有什么江湖义气可言。这一门的精髓，就是利用人们的同情心来骗取金钱，说白了，这一门玩儿的还是一个“骗”字，但是在“骗”之前有一个重要的前提，那就是必须博得人们的同情。

要想博得同情，第一要素就是“惨”。这种“惨”可以分为三种：第一种，过得惨。第二种，生得惨。第三种，生得惨加过得更惨。

“过得惨”无非是一些“父母身患顽疾”“自己病魔缠身”的老梗，再配上一些图片和医院的治疗单，这种属于最为低等的“惨”。

“生得惨”多见的有天生残疾、小儿麻痹或者四肢不全等，这种视觉上的冲击很容易打动来往行人，但这种“惨”有一个弊端，属于一次性消费，很多行人第一次见可能会扔点钱，但是见多了就容易麻木。

当以上两种都不可取时，那“惨”的上等之选就是“生得惨加过得更惨”。

试想，一个天生残疾之人，带着一群嗷嗷待哺的娃娃，从你面前经过时，你会怎么想？当娃娃拽着你的衣裤哭喊着说“阿姨，我饿”，你又做何反应？根据“丐门”从业者的调查结果，往往这种情况，很多人会主动掏钱买心安，而且基本上都是5元、10元地拿。

也正是因此，“丐门”的乞讨者，都潜移默化地形成了一个思维定式。

一个乞讨的方队必须着重体现出“生得惨、过得更惨”的宗旨。

“过得惨”无外乎就是弄几个小娃娃。在没有计划生育政策的西南部，只要有钱，“领养”几个娃娃根本不是什么问题。而“生得惨”却是最难解决的头号问题。

首先，“生得惨”的人本来就难找。其次，就算是找到了，也没有那么合适的，这万一连吃喝拉撒都不能自理，找回来无外乎就是多了一个被伺候的主儿。

所以为了能找到像样的“生得惨”，很多“丐门”的组织者，就会托人寻找下线，把完整的人变成他们想要的模样。最常见的办法，就是砍掉双手或双脚。

伤口愈合之后，这种经过后期加工的“生得惨”又被称为“丐头”，是乞讨小队中的必备核心人物，“丐头”确立好后，再弄几个随乞的“丐娃”，这一支乞讨小队就算是完美无缺了。

为了防止被本地人认出，“丐门”中的人都遵循“异地交换”原则，即本省的人交换到外省去乞讨；交换的条件是，“丐头”对“丐头”，“丐娃”对“丐娃”，“丐头”换“丐娃”减钱，“丐娃”换“丐头”加钱。加钱的多少，按照双方约定俗成的规矩。说到这里，可能大家已经完全明白，吴军在这个行当里，就是被“鼓佬”选中的“丐头”。

厢式货车一路摇晃，车门被关得密不透风，除了车厢里忽明忽暗的两处烟火星外，吴军再也分不清白天黑夜，他只是隐约记得，那名叫黄凯的男子在他口渴之时，给他灌了一口苦涩的矿泉水，接着他就像得了重感冒一样昏睡了过去，等他再次醒来时，他的左手关节处被细铁丝紧紧地拧住，阻塞的血管让他的左手犹如葡萄皮般发紫。

肿胀、麻木、刺痛，说不出的难受，他在一间空荡的瓦房内无助地哀号，他第一次感觉到了“叫破喉咙也没有人理”的滋味。

十三

众所周知，人体内的各种组织都需要氧及相关营养，而这些全都需要血液来运输，当人体的血液被阻隔不流通后，组织便会坏死。如果是在无意识的情况下，或许感觉不会那么强烈，可一旦让你体会这个过程，那绝对比死还难受。因为血液循环会经过全身各个器官，最终形成回路，而一旦循环被大面积阻隔，那带来的痛苦会波及全身每一个细胞，这种感觉绝对比“万箭穿心”来得还强烈。

大面积组织坏死需要很长的一段时间，吴军曾想用自杀来了结这一切，可墙壁上的软包，嘴巴里的牙套，加上被控制的手脚，他就是连自杀都成了奢望。

“难道这就是我的下场？早知道这样，我还不如跟车一起摔下山崖，那样还能死得痛快些！

“为什么？为什么那个男人明明看到了我，他却没有报警？!

“如果不是他，我不会有这个下场！

“不行，我要活下来，我一定要活下来。

“我吴军发誓，只要我活着，这个仇我一定要报！他跟车上的那些贱人都一样，全都该死！

“啊！我要杀了你！

“我要杀了你！”

…………

“他是不是疯了？”黄凯嗑着瓜子对着监控屏幕说道。

“要是你，你也疯，这他妈是人受的罪吗？”郑钧笑眯眯地抽着烟卷。

“对了，丐娃找到几个了？”

“四个，差不多齐了，等这家伙熬完这三个月，就可以干活儿了。”

“地点选好了？”

“这次咱们去蜀州，当地的‘丐门掌柜’我都打好招呼了，那里人流量多，一天1000元起，去掉给他们每天200元的费用，咱兄弟俩一年弄个三四十万很轻松。”

“他妈的，难怪我们村子里都是干这行的，现在老牛×的工人一个月也不过一两百。”

“好在‘丐门’讲究师承，咱兄弟俩要不是磕头认过祖师爷，也不可能被带进这么赚钱的行当。”

“这多亏了我叔，我从小就看他混江湖，当时听他说起‘丐门’的时候，我还以为让我去要饭，他妹的，还好当初耐着性子听他说完了。”

“得得得，别跟我提你叔，咱之前那个丐头就是被他硬拽走的，要不然咱能费这么大劲去找‘鼓佬’？”

“你看看，你看看，咱也要念人的好不是？”

“念个屁，要不是这次走运，咱兄弟就去喝西北风了！”

“得得得，不提了，一提你就叫唤，货买了吗？”

“买了。”郑钧从口袋里掏出一小包白色粉末，“上好的货，等他扛不住了，给他抽两口。”

“得，你办事我放心。”

一个半月后，吴军的左手和右脚均被截肢，在等待伤口愈合的日子里，吸毒成了他每天必不可少的“精神食粮”，为了能每天抽上一口，他不得不沦为黄凯和郑钧的摇钱人偶。

乞讨的日子里，一首歌曾让他无限循环了近十年，这首歌是路边流浪歌手的成名曲，他不知道歌曲到底叫什么名字，他只知道每次听到这首歌，他都会泪流满面，时间长了，他也会跟着记忆哼唱：“离家的孩子流浪在外边，没有那好衣裳也没有好烟，好不容易找份工作辛勤把活儿干，心里头淌着泪脸上流着汗。离家的孩子夜里又难眠，想起了那远方的爹娘泪流满面，春天已百花开秋天落叶黄，冬天已下雪了，您千万别着凉，月儿圆呀月儿圆，月儿圆呀又过了一年，不是这孩子我心中无挂牵，异乡的生活实在是难……”

一首歌哼完，吴军除了会想起自己的爹娘，他还会无比清晰地记住另一个人，那个让他做鬼都不会放过的男人。

因为心中藏着仇恨，所以吴军始终想着能获取一点自由，在和黄凯二人相处的日子里，他很注意培养相互间的感情。俗话说，“人心都是肉长的”，黄凯兄弟俩就算是再铁石心肠，经过十多年的相处，也多少会有一些情感夹杂其中。

吴军的任劳任怨，成功取得了两个人的信任，黄凯还帮他配了假肢，方便他没事的时候出去溜达溜达。

那有人要问了，吴军为何不报警？他心里何尝不想，但没有办法，自己已经被控制了十几年，所有的证据早已消失，被拐骗来的丐娃从小就被黄凯兄弟二人同化，就算是报警，没有证据，警察也无能为力。

相反自己吸毒却是事实，报警的最终结果很有可能是黄凯二人相安无事，而他会被强制戒毒。

这个下场吴军知道，黄凯兄弟也清楚，所以他们彼此都很放心。

吴军多次外出，均无事发生，这让黄凯兄弟放松了警惕，虽然自由的空间比以前宽松了很多，但是吴军心里清楚，自己一旦有过分之举，复仇计划很有可能付诸东流。

多年的苦难让他学会了隐忍，他在等着机会像气球一样越变越大，一旦球体被撑破，那就是他的最佳时机。

又过了两年，黄凯兄弟已经对吴军彻底放了心，他的活动范围也从之前的蜀州省内，变成了后来的全国通行。

毕竟“丐门”这一行当，干的都是伤天害理之事，时间长了，总要有松手的时候。早些年，很多长大的丐娃，都会被卖到黑煤窑当一辈子苦力；而现在的丐娃，多少都会有一个相对自由的生活环境。有的跟着“丐门”组织者换着花样赚钱，有的一辈子讨饭。相比之前来说，多少有了一些“人性化”。

而作为丐头，常年的吸食毒品加肢体残害，很少有人能挺过六十岁的关口，“丐门”本着“人性化”的原则，丐头一旦到了五十岁，就会得到一大笔钱，是选择自己单干，还是退隐养老，全凭丐头自愿。

吴军虽然距离五十岁大关还有不少的年头，但因为他从业较早，所以按理说，他也快到了退隐的时限。

再加上丐娃一个个长大，黄凯兄弟二人已经开始转变经营模式，利用丐娃卖花、卖唱来细水长流，所以对吴军的监管又放松了一层。

“机会终于让我等来了。”

吴军手里捏着一张通往家乡云汐市的火车票泪眼婆娑。

他等这一天等得太久了，离家时，父母已经年过七旬，现在二老估计早已入土，所以他对家乡没有太多的留恋，他现在只有一个念头，一定要找到当年那个男人，他想亲自问一问，为何那天要见死不救。

十四

作为四线城市，云汐市的变化并不是很大，吴军走出车站，凭着记忆隐约找到了地方，但二十年前的破旧单元楼，现如今已经变成了参天大厦，几经打听才知道，附近的所有住户，全部搬迁到了南陵小区之中。

为了掩人耳目，吴军装扮成拾荒者，整天在小区中转悠，虽然已经过去了近二十年，但对方的那张脸，一直印在他的记忆深处，他随时都可以清晰地回忆出对方脸上的每一条皱纹。

功夫不负有心人，在小区转悠了三天之后，吴军终于锁定了一个人，这个人虽然面相已经变得苍老，但他的眼神和轮廓还是出卖了他。

锁定目标后，吴军又用了四天时间，搞清楚了对方从早到晚的作息规律，为了保证对方不脱离自己的视线，他干脆在对方锻炼的地方安了家。

“时机已经成熟，就在今天吧！”

吴军在深思熟虑之后，选在过年前动手。

因为吴军曾找机会和对方在小区里下过几次象棋，所以他很容易就敲开了对方的房门，就在对方热情招待之际，吴军从随身的编织袋中掏出锤子，将对方击昏，接着他又按照事先的计划，把对方五花大绑在木椅之上。

三支烟过后，男人缓缓地睁开眼睛。

“醒了？”

男人的视线逐渐清晰，当意识到自己被控制时，他惊慌失措地用力挣扎。

吴军说：“没用的，今天我是来找你算总账的，所以不用挣扎。”

男人被塞住的嘴巴发出“呜呜呜”的声响。

“你还记得我吗？”吴军把自己的脸贴近对方的眼睛。

“呜呜呜……”男人拼命地摇摇头。

“你不用这么紧张，你可以想起来，当年有人在楼上向你扔了10元钱，上面用血写着‘救命’两个字，这事你不会不记得吧？”

听吴军这么一说，男人忽然安静下来。

“怎么？想起来了？”

吴军嘿嘿一笑："没错，我就是当年眼巴巴地等着你救的那个可怜人，当年就是因为你的冷漠，我变成了现在这个样子。"吴军撸起袖管，"我的左手、右脚，全都被砍了，我在大街上像条狗一样，乞讨了近二十年，二十年啊！我他妈这辈子都被你毁了！"

面对吴军的咆哮，男人缓缓地低下了头，许久之后，他再次与吴军对视，他的下巴指向了电视柜的方向。

吴军循着他的视线，竟然在电视柜的玻璃下方，发现了那张曾经让他寄予希望的10元纸币。当年用血写下的"救命"二字已经变成了深褐色。

"呜呜呜……"男人抻了抻脖子。

吴军会意，一把将对方口中的毛巾拽出。

男人流露出五内俱焚的痛楚："兄弟，是老哥对不住你，因为始终心存愧疚，所以这张纸币我一直保留到现在，这已经成为我的一块心病，既然你今天来了，我心里也舒服了，今天你要杀要剐，悉听尊便。"

看着对方如此决绝，吴军多少有些惊讶，但这种感觉转瞬即逝，几十年的仇恨，绝对不可能因此而化解，他冷哼一声："这些年，我只想问你一句，你当年为什么不救我？"

"因为穷。"

"穷？"

男人长叹一口气："说来可能你不相信，我十五岁之前没有尝过肉味。从小到大，爹妈跟我说得最多的一句话就是'我们是穷人，千万不能惹事，一旦出了事，没人会给穷人撑腰'。这句话从小就扎进了我的骨头，我胆小，我怕事，老婆跟别的男人上床，我不敢言语；房子被人坑了，我更不敢吱声。因为穷，我丧失了做人的勇气，虽然当年我很同情你，但是我更担心我自己。"

"我也穷过，我能理解你的感受。"吴军习惯性地掏出了烟盒。

"兄弟，能不能给我来一支？"

吴军欣然抽出一支，帮他点上。

"当年要不是因为家里穷，我讨不到媳妇，也不会走出大山来城里打拼。"

"你的手脚是怎么被砍的？"

"我被人带到外地乞讨，手脚就是被他们砍的。"吴军轻描淡写地回了一句。

“对不住……”

吴军没有接话，他不可能接受对方的道歉，这二十年的种种，就算是十万句“对不起”也不能弥补。

屋内瞬间安静下来，男人的烟瘾很大，一支接着一支，直到一盒烟抽完，吴军缓缓地开了口：“不管你怎么道歉，我这辈子已经被毁了，有些事情不是你一句‘对不起’就能被原谅的，错了就是错了，你必须为自己的错付出代价。”

“你想怎么样？”

“我今天会杀了你。”

“行。”

见对方回答得如此干脆，吴军有些诧异：“你难道真这么心甘情愿被我杀？”

“唉！我窝囊了一辈子，也该硬气一回，你说得对，错了就是错了，没有理由，只希望兄弟能给我个痛快！”

吴军应了声“好”，接着从编织袋中抽出了屠刀。

“兄弟，等一下。”

“嗯？怎么？反悔了？”

“没有。”男人微微一笑，“我卧室的抽屉中有一张银行卡，密码写在卡的背面，里面有1万多元钱，你拿去吧，回头记得给我烧点纸钱就成。”

吴军摇摇头：“我不要钱，我今天只想要你的命，不过你也别想着让我给你烧钱，咱们两个很快会在下面见到。”

刀已经逼近了男人的脖颈，他把脖子伸长，等待吴军动手的那一刻。

“来吧，给个痛快！”

吴军几次试刀之后，高喊一声：“老兄！走了！”接着一刀划开了男人脖颈。

浓郁的血腥味冲击着吴军的鼻腔，看着满地的鲜血，他第一次有了一种解脱的快感。

十几分钟后，当他准备踏出房门时，他还是拿走了那张银行卡。他的下个目标就是黄凯和郑钧，一旦得手，最苦的还是那些他从小带到大的丐娃，虽然他们已经被洗脑，但总归是一群没有自理能力的孩子，1万元，多少可以解决一些实际问题。

从云汐市返程，吴军“解决”得相当顺利，他在临行前把四名丐娃中最大的“瓜子”拉到身边：“你黄叔和郑叔已经走了，你们不会再见面了。”

“他们去哪里了？”

“去一个你们永远都找不到的地方，马上我也要跟着他们一起走了。”

“吴叔，你们不要我们了吗？”“瓜子”泪眼婆娑。

吴军没有回答，而是从口袋中掏出一个布包：“这里有5000元现金加一张银行卡，你带着‘毛蛋’他们走吧，走得越远越好，千万别回来。”

“吴叔，到底怎么了？”

“不要问，你不需要知道，你和‘毛蛋’兄弟几个从今天起自由了，记住，有手有脚，不要再讨饭，今天晚上有班去北京的火车，你们去那里吧，都说那里是祖国的心脏，总会有你们兄弟几个的栖身地。”

“吴叔……”

“走！”

吴军将“瓜子”四人丢弃在火车站，独自离开了。

天桥的流浪歌者抱着吉他，途经的吴军掏出了那张带血的10元纸币扔进了纸盒中。

“能点首歌吗？”吴军问。

“行，什么歌？”

“我不知道歌名，我可以哼两句。”

“嗯，哼来听听。”

吴军清了清嗓门，面对围观的人群大声唱了出来：

“离家的孩子流浪在外边，没有那好衣裳也没有好烟，好不容易找份工作辛勤把活儿干，心里头淌着泪脸上流着汗。离家的孩子夜里又难眠，想起那远方的爹娘泪流满面……”

第七案 残阳之愿

翻开柳家家谱，从上到下十几代人，都可以用“德高望重”来形容。柳家的祖先开族之时便拜鲁班为师祖，传承木匠技艺。早年的中国，不管是住房还是家具，基本上都以木结构为主，一个技艺超群的木匠，无论什么时候都大受欢迎。俗话说得好，“师傅领进门，修行在个人”，柳家的木匠活儿，传到柳文元手中时，基本已是家道中落。倒不是柳文元对木匠这行有所厌倦，主要是砖瓦房的兴起以及更多木质替代品的发明，已经让越来越多的木匠步履维艰，所以一大家子只指望这门手艺过活，已经成为奢望。

柳文元和其他木匠一样，一直在寻求转型的机会，幸运的是，他命中注定会遇到贵人。

这个贵人叫吴明，谐音“无命”。因出生卦象是“天煞孤星”，道人为了冲邪，才点了这么个名字。吴明是当地方圆百里有名的“灯爷”。何为“灯爷”？这其中的门道还需要再跟各位唠唠。

在没有火葬制度之前，中国一直奉行“入土为安”，这死人下葬，除了要找阴阳先生看坟圈地外，这带路的“灯爷”也是必不可少。按照人死点灯的风俗，一旦家里有人去世，就要立即去请“灯爷”帮着起冥灯。从人死到下葬这段时日，灯火要不熄不灭。

这看似点灯的小事，其实里面大有说道。

点灯前要了解死者生前事。如果死者为家中老者，含笑九泉，那就要选大号灯芯，以灯比照生前英名，让孝子贤孙以礼叩拜。而一旦死者死于顽疾，口含戾气，灯芯以细长为准，而且亮度要拿捏得极为精准，以“忽明忽暗”为佳，这都要考验“灯爷”的手上功夫。

说完灯芯，还要谈一谈灯油。冥灯点得好与坏，灯油起着至关重要的作用。人死到下葬，一般要停尸三天，这一碗灯油必须烧满“三天三夜”，分毫不差，据说有的“灯爷”能把灯油拿捏到“死后灯亮，下葬灯熄”的极致。为了能把握灯油的燃时，这配制灯油的燃料就成了“灯爷”绝不外传的秘方。

讲完了“灯”，剩下的则是“人”。

“灯爷”吃的是死人饭，因此，只要是从事“灯爷”这一行当，还必须会通灵，人死后若是灯火不稳，冥灯早熄，定会给死者家人带来灾祸，“灯爷”既然吃了这碗饭，就要冒着折阳寿的风险，使人逢凶化吉。

所以，这看似不起眼的行当，却蕴含着莫大的玄机。

吴明做了四十年“灯爷”，经他领路带走的亡魂快要逼近五位数，无一例“灭灯”。所以他的名号，在十里八乡绝对如雷贯耳。

可遗憾的是，“灯爷”这一行当和木匠差不多，也逐渐走向了衰败。

那是一次同村人的葬礼上，柳文元作为上亲（和死者关系比较近的亲戚）和吴明坐在了一桌负责陪酒。

两人推杯换盏，越聊越投机，在死者下葬之后，二人又私约在小酒馆继续酣谈。

“唉，现在懂规矩的人越来越少了。”吴明端起酒杯灌了一口，抹了一把嘴角的酒渍，“咱老祖宗最讲究入土为安，想当年咱‘点灯’这一行当，辉煌了几百年，可他娘的到了我这一代，都快糊不了口了。”

“吴兄，谁说不是，我从小跟父亲学木匠，几十年如一日，本想着能靠手艺造一座堪比‘滕王阁’的木楼，可现在倒好，我也只能沦落到做一些桌椅板凳过活。”

“唉，也难怪，现在兵荒马乱的，能填饱肚子就算不错了，这眼看大清就要没了，咱这些手艺人多少比普通人强点。”

“对啊！咱多少有个手艺保底。”

吴明放下酒杯，深视一眼：“柳兄，有句话，我不知当讲不当讲。”

“当讲，当讲。你我兄弟二人有何不当讲？”柳文元也是个直性子。

“好，那我就直说了。”

“洗耳恭听。”

“你是吃活人饭，我是吃死人饭，既然咱俩现在都吃不下去了，能不能吃一碗饭？”

“吃一碗饭？吴兄此言何意？”

“既然给活人盖不了房，你有没有想过给死人做屋？”

“你的意思……”

“咱兄弟俩开一家棺材铺咋样？丧葬这一行我熟，你有木工手艺，只要咱俩联手，这方圆百里之内，最少能有你我兄弟二人的立足根本。”

“做棺材？这……”

“你可以算一笔账，如果我去拉活儿，一年最少可以保证做二十口棺材，按照每口棺材30两来算，一年就是600两。”

“多少？600两？”

“对，你说做一口棺材的成本要多少？”

柳文元伸出一只手掌：“最多5两。”

“刨去100两，再去掉平时花销100两，咱兄弟每年赚400两应该不成问题。”

“咕咚。”柳文元深咽了一口口水。

“柳兄，你意下如何？”

“现在既然已经不流行讲规矩，那只有先填饱肚子再说，行，我干了。”

“好！”吴明把酒盅斟满，“我明天去寻一个极阴之地，棺材铺就开在那里。”

“为何要开在极阴之地？”

“棺材为阴物，见不得光，否则死后亡魂不得安宁，对你我子孙均有影响。”

“吴兄，我只是个木匠，这魂鬼之事还要您多把把关。”

“放心，有我在，你只管做，剩下的全部交给我就成。”

“哎，有吴兄这句话，我就放心了。”

那次酒足饭饱后没多久，“斗方山棺材铺”很快开门迎客。

棺材铺以山得名，坐落于山阴之处，开业之际，订单便源源不断，柳文元迫不得已，只能把自己的小儿子拉来做学徒，从那以后，柳家的木匠技艺便开始重新分支，从柳文元往后的三代人，均以打“材”为生。

1985年，全国推行火葬，这让原本盛装遗体的棺材，变成了四四方方的骨灰盒。这一政策，直接让柳家的棺材生意受到了致命的打击。柳生作为柳家的第三代传人，亲眼见证了棺材生意从红红火火变成冷冷清清。

中国老百姓被封建思想侵蚀多年，除非是迫不得已，否则不会有多少人愿意吃“棺材”这口饭，所以不管在什么地方，方圆几十里之内，棺材铺基本上都是“蝎子拉屎——独（毒）一份儿”。虽然政策上说，要严管殡葬棺材行业，但往前数个十年，附近居民办白事，哪家不是柳生给打的棺材？柳生的棺材铺也因各方“私人情感”，变成了“QS”免检地带。

斗方山新上任的乡长，按辈分还要管柳生叫一声叔，他们家所有老人办白事，都是柳生帮着张罗，两个人的关系相当亲近。既然棺材生意不好做，乡长大笔一挥，给柳生谋了个看林的差事。批文下来，柳生签了名，盖了印，从那以后，柳生每月拿着固定的工资，成了斗方山的正式看门人。

柳生原本的计划是拿着政府的工资过日子，有一搭没一搭地打几口棺材当补助，一辈子这样混混就过去了，可谁承想，无心插柳柳成荫，这座他“奉旨”守护的山头，竟然能摇身一变，成了他发财致富的金山。

在政府的干预下，火葬成了压倒性政策，然而大多数上年纪的老人，都还想入土为安，住在农村还好，家里有田，只要村里不揭发，偷偷摸摸地埋在地里就算完事。可是对于无土无地的城里人，这就成了一个无法解决的难题。

一些城里的老年人去世，通常只有两个选择：一是火葬后埋进公墓，二是去农村买一块安身之所。前者不必赘述，后者却有一个很大的弊端：土地归国家所有，而且农村多以田地为主，换句话说，谁也不能保证你购买的地会出现什么幺蛾子。这万一几十年后，农村修个公路、挖个池塘什么的，把祖坟刨开，也只能自认倒霉。

当农村稀有土地被买卖得所剩无几时，很多城里人便把目光对准山头。

云汐市政府早已下文，明令禁止开山采石，这样就间接保证了祖先葬在山里不会被轻易打搅。虽然云汐市多山，但适合下葬的山头也是屈指可数。

其中最大的为罗山，与北京的八宝山旗鼓相当，退而求其次则为小罗山。这两座山均为土山，山体多为黄土，无巨岩，适合挖墓下葬，可遗憾的是，这两座山是政府明文规定的墓地，只有经过火葬场这一环节，才有资格进入。

除去这两座，云汐市剩下的土山中，斗方山算是能排上名号的。一是斗方山山体较大，坡度小，土壤松软，适合下葬；二是此地交通便利，山体易攀登，适宜扫墓。基于这两点，就有人打起了这方面的主意。

周荔波便是柳生的第一个合伙人。

周荔波在云汐市经营了一家殡葬店面，他深知土葬背后的巨大利润，于是他多方打听，主动找到柳生，想让他行个方便，把遗体偷偷埋在山上，并承诺五五分成，且棺材也从柳生这里购买。

依照当时的行情，一个坟位2万，一口棺材最少要1万，土葬一人，柳生最少有2万元入手，这种好事，他当然是来者不拒。

一拍即合之后，柳生抱着“帮人入土为安乃善举”的心态，和多家殡葬商店干起了“土葬”的买卖。前后不到三年，斗方山已经“尸满为患”，山上适合埋人的土地已经所剩无几。虽然当地有关部门也曾问过，但最终都以“下次一定要注意”收场。

“照这样干下去，最多只剩下十几个坟位。”对着自己所画的墓葬图计算坟位，已经成了柳生每天必做的事情。

整个斗方山，哪里能埋，哪里不能埋，在他心里是一本清账。

这一来是为了算算自己还能有多少收入，二来就是不能因此得罪了人。试想，如果应了别人的活儿，尸体抬来了，山上没地可埋，于情于理都说不过去。

所以他必须做到心中有数。

隔三岔五地上山巡视一番，已经成了他的一种习惯。

4月4日，清明节过后，柳生按照往年的惯例上山清理垃圾，而就在经过后山的一片地时，他的眉毛瞬间拧在了一起。

“这里的土怎么被翻过？”

为了确定自己没看错，柳生猫下腰，抓起一把黄土在手中搓了搓：“红泥都翻出来了，坑已经挖了1米开外，这是什么情况？

“难不成有人没打招呼在我的山头埋人？”

柳生愤怒之余拨通了一个电话：“‘大头’，咱们山头最近有人来过？我怀疑山上被人私挖了一个坟位。”“大头”是和柳生常年合作的劳工，专门负责下葬挖坑。

“没有啊，我不知道这事啊。”

“跟你搭伙的几个兄弟知不知道？”

“我们几个最近都在一起干农活儿，我不知道，他们肯定也不清楚。”

“得，那就这样吧。”

柳生挂掉电话，下山扛来了锄头。

“呸，呸！”两口唾沫被擦在了手掌心，“我今天倒要看看，谁敢在我柳生的山头私自埋人！”

“嘿！

“嘿！

“嘿！”

…………

没过多久，柳生感觉锄头尖端好像碰到了什么软物，他慌忙扒开松散的黄土，一条军绿色的棉被裸露出来。

“果然有人！”

柳生一把将尸体拽出，就在他想跳起来骂街时，第二条、第三条棉被也露了出来。

柳生“咕咚”咽下一口唾沫：“三……三……三……三个人？”

“这怎么办？”

惊慌失措中，他选择给他的乡长亲戚打了个电话，这些年他能在斗方山干得顺风顺水，全都靠乡长打点关系；当然，乡长也没少从柳生这儿拿到好处。

“叔，啥情况？”

“出大事了。”

“大事？什么大事？你找个没人的地儿细说。”对方的声音已经有些颤抖。

柳生接着用极为详尽的语言，把早上发生的事一五一十地叙述了出来。

听到最后，乡长长舒一口气：“叔，我劝你还是报警，这万一是杀人犯偷埋的，可就真的出大事了。”

“可这山上私埋了那么多人，到时候公安局找我麻烦咋整？”

“你放心，这不归公安局管，到时候公安局问你，你把刚才对我说的话原原本本地说一遍就行了，不用担心，有我呢。”

“哎，有你这句话我就放心了，我也觉得事有蹊跷，还是报警为妙。”

“对，就算不是杀人案，有公安局参与，也能找到下家不是？要知道，现在一块地可涨到10万了，可不能便宜了别人。”

“你说得对，我这就报警！”

清明假期刚刚结束，我本想沐浴着春风，好好地睡个午觉。可谁知，裤子才拉到屁股，就被胖磊一声狼嚎给惊了一跳。

“你喊啥？”

“喊你！”

“喊我干啥？”

“喊你扫墓！”

我刚把裤子重新提上，胖磊便推门走到了我面前。

“什么情况？”

“来活儿了！”

“不会吧，这刚上班第一天就这么衰？”

“刚接到的电话，有人在斗方山偷埋了三具尸体。”

“什么？三具？这么大的案子？”

“暂时还不确定是不是命案，情况紧急，赶紧收拾家伙。”

“明白！”

斗方山在云汐市是一座名不见经传的小土山，就连“活地图”胖磊都打听了好一圈才知道具体位置，沿着GPS规划的路线，勘查车一路飞驰，当里程数从35.4公里缩减到1.4公里时，胖磊一脚踩下了刹车。

“什么情况？怎么没有路了？地图上貌似标注了一条可以上山的路啊？”

“你没看见砌墙的砖头吗？肯定是有人故意把路给封了。”

“我去，这难不成还要绕山一圈？”

“没事，反正山体也不大，正好可以看看外围情况。”

胖磊对我撇撇嘴：“这种山看着不大，等跑起来你就知道了。”

“小龙，注意看有几条上山的路线。”

“好的，明哥。”

胖磊重新发动汽车，掉转方向，找寻下一个可以上山的道口。

这车一跑起来，果真应了胖磊的话，前前后后折腾了近二十分钟，才算找到了一条蜿蜒崎岖的双向两车道。

明哥指着车载导航仪上的蓝色光点，说："按照地图上显示，我们现在所在的位置是下山口，而刚才被封的路口应该是上山口。如此看来，这座斗方山很有可能只有这一个入口。"

我已经听懂了明哥的弦外之音，趁着胖磊驾车减速爬坡之际，我摇开车窗朝外望去。

"看见啥了？有没有监控摄像头？"胖磊着急忙慌地问道。

我重新缩回脖子："连根电线都看不见，更别说监控了，不过这里树林的覆盖面积真是大，到处都是鸟窝。"

"你妹的，你还真有心情。"

"是你不会欣赏生活。"

胖磊点了一支烟，按照重新规划的路线朝墓地集中的山阴之处驶去。

很多人对"山阴"这个名词很陌生，其实翻译成白话就是"山北"。古代方位称呼"山南水北"则为阳，反之"山北水南"则为阴。"贵阳"指"贵山之阳"，即在贵山之南；"淮阴"指"淮水之阴"，即在淮水之南。诸如此类。

我为何称"山阴"而不是"山北"，其实这里面也有说道。

当胖磊驾车沿着山体绕行一圈时，我就已经发现了斗方山一个显著的特征，山的北面，漫山遍野全是坟圈，很显然这里是一座墓山。作为埋葬逝者的地方，我们云汐市人喜欢称之为"阴地"，来到这里，习惯以"阴阳"称呼，以示对死者的尊重。

勘查车一路颠簸，明哥在给徐大队打了一遍电话后，才最终确定了具体方位——山阴最拐角的一片土坡。

"冷主任，你们来了。"车刚停稳，徐大队就迎了上来。

"什么情况？"

"报警人叫柳生，是斗方山的守林人，住在上山路口的铁皮房内，他今天一早巡山时，发现这里的土有挖掘的痕迹，好奇之下，他就用锄头刨开了土坑，结果在坑里找到了三具被棉被包裹的尸体，接着就报了警。"

"坑里是不是只有三具尸体？"

"你们没来，我们也不敢轻举妄动，具体坑里还有没有，我也不是很清楚。"

“行，我们勘查完现场再碰。”

现场位于山体的缓坡上，从停车位置步行至此，大约需要二十分钟的时间，从警戒圈的范围来计算，中心现场是一块长约6米、宽约4米的露天泥土地。周围被树木环抱，若不是有人引路，想找到这里还真不是一般的困难。

此时的现场已经被挖开一个半月形的土坑，坑的西侧一个捆绑着的棉被包裹被拉出，从棉被中露出的双脚不难看出，这里面裹的是一具尸体。除此以外，还有两个相同造型的棉被还虚掩在泥土地中，没有被挖出。

明哥环视了一圈，说：“小龙，抓紧时间处理土坑周围的痕迹物证。”

“明白。”我应了一声。

山体周围多是硬土和山石，再加上一地的松针，要想在这种地面上留下脚印，何其困难。而好就好在地下深层多为软土，嫌疑人在挖坑的过程中，极易留下泥片立体鞋印，这也是明哥让我先行处理的原因。

“这串鞋印能不能确定是嫌疑人所留？”胖磊蹲在我面前，对着一串由于太阳暴晒已经有些龟裂的泥土足迹问道。

“排除干扰鞋印，就只剩下这一种，而且鞋印在土坑的覆盖面上分布较多，是嫌疑人留下的可能性极大。”

“能不能分析出踩了有多长时间了？”

我扫了一眼土坑：“嫌疑人挖坑的深度最少应该有2米，而且这附近树木覆盖率较高，树根本身就有积水性，从2米处翻出的土壤含有大量水分，所以这种泥土足迹和直接裸露在外的还不一样，要判断其形成时间，还要分析土壤中的水分子占多大比例。”

“大致时间能不能推算出来？”

我小心地捏取一块，在手中揉搓。“从泥土的硬度来看，最少也有三天了。”

“三天？那就是清明节放假之前，4月1日左右？”

“应该差不多。”我回答得很不确定。

“小龙，你看这里也有。”开口的是最后赶来的叶茜。

“我去，你怎么一惊一乍的？什么时候来的？”我抬头与她对视。

“昨天忙了个抢劫案，忙活到半夜，一睡醒就没见姑父他们，听值班同事说，这里发生了命案，就急忙赶了过来。”

“我说，你也够拼命的。不过暂时是不是命案还不好确定，我们先按照命

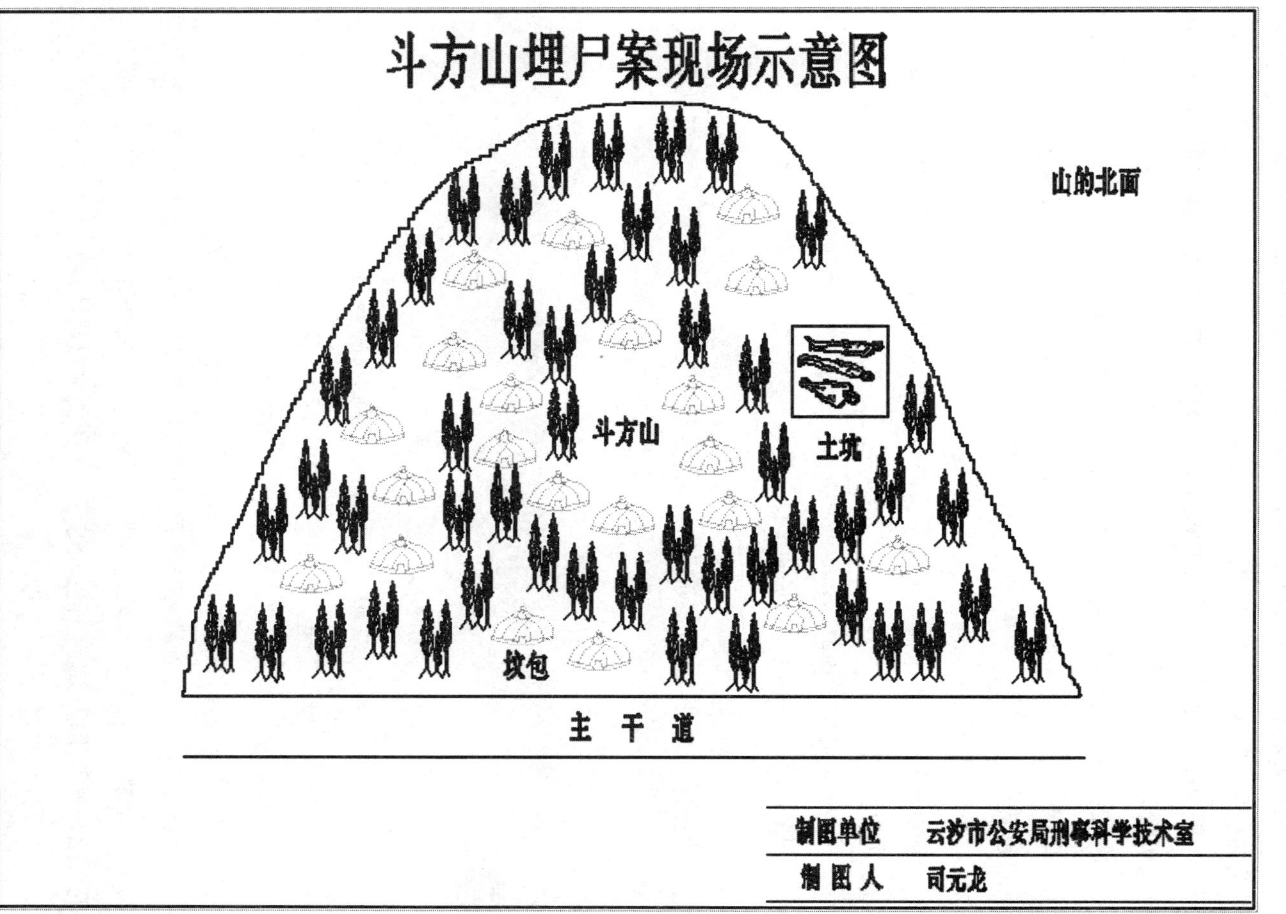
斗方山埋尸案现场示意图
山的北面
斗方山
土坑
坟包
主 干 道
制图单位 云沙市公安局刑事科学技术室
制图人 司元龙

案的现场勘查程序走。”

简单寒暄之后，我顺着叶茜的指向，发现了星星点点的几块泥片：“这是往树林里走了？难不成是‘方便’去了？”

叶茜是个急性子，一听到树林中可能会留下物证，迈开脚撒欢儿似的朝树林深处探寻。

我和胖磊紧随其后，前后也不过二三十米距离的地面上，竟然散落着五六个发霉的山果，果子约半个拳头大小，呈青紫色，每颗果子都被咬成了苹果手机的标志。

“小龙，能不能确定这些是不是嫌疑人啃的？”

我指着其中一颗被踩烂的果子，说：“喏，嫌疑人的鞋印都留在上面，基本上可以确定。”

“你不是说他可能去‘方便’了吗，怎么来这里摘起果子了？”

“挖坑是个体力活儿，需要大量的水分补给，我猜他是口渴了。”

“呃……是这样。”

“磊哥，你去喊老贤，我把附近的物证提取一下，明哥他们就可以动手挖坑了。”

“得嘞。”

我和老贤勘查结束，明哥喊来了几个刑警队的年轻小伙儿帮着刨坑。经过一小时的努力，最终确定，坑中掩埋的尸体为三具，均用军绿色棉被包裹，为了防止棉被脱落，整个棉被外侧还绕有多道绳结。

明哥用解剖刀将绳索挑开，三具身穿寿衣的尸体从棉被中分离开来。

“两女一男，推测年纪都在七十岁以上。”看到眼前的场景，我开始疑惑起来。试想，如果是故意杀人案件，嫌疑人怎么还会有心思给死者穿上寿衣？而且三名死者年事已高，嫌疑人对老人下手的动机是什么？

“磊哥，你看这情况，像不像命案？”我小声嘀咕了一句。

胖磊摇摇头：“我看不像。”

“你也觉得不像？”

“我只是猜测。小龙，你觉得会不会是这种可能……”胖磊说。

“什么可能？”我问。

胖磊瞄了一眼：“从三名死者的面相看，都差不多是七老八十的人了，按理说已经到了入土的年纪，会不会这三名老人不想被火葬，然后被家人偷埋在了这里？”

“嗯，是有这个可能，不过如果是家里人干的，最起码要弄个棺材吧，就这么把人埋了，是不是有点太那啥了？”

“要是家里困难，买不起棺材呢？”

“就算买不起棺材，最起码也要立个坟包吧？”

“好像也对，连坟头都没有，貌似还真有点说不过去。”

我与胖磊窃窃私语之际，明哥已经把三具尸体平放在了一块开阔的地面上，他吩咐老贤在一旁记录，开始观察尸表。

“1号女尸，尸长158厘米，从牙齿磨耗程度来分析，年龄八十岁左右，尸表无明显外伤，尸斑沉积于背部，较明显，可见潜层血管网。腰部、足部出现三期褥疮。

“2号女尸，尸长162厘米，年龄七十五岁左右，尸表无明显外伤，尸斑也是沉积于背部，可见潜层血管网。出现二期褥疮。

“3号男尸，尸长175厘米，年龄八十岁左右，尸表无外伤，尸斑沉积于背部，潜层血管网清晰。出现三期褥疮。”

当听见“褥疮”两个字时，我的左眼不由得跳动了一下，因为这个名词或许会给案件定性提供有力的佐证。

“褥疮”又称压力性溃疡，是由于局部组织长期受压，发生持续缺血、缺氧、营养不良而致组织溃烂坏死。皮肤压疮在康复治疗、护理中是一个普遍性问题。据有有关部门统计，每年约有六万人死于压疮合并征。

褥疮在国内被分为四期：第一期，瘀血红润期，骨隆突处的皮肤完整伴有压之不褪色的局限性红斑；第二期，炎性浸润期，表现为一个浅的开放性溃疡，伴有粉红色的创面；第三期，浅度溃疡期，全层皮肤组织缺失，可见皮下脂肪暴露，但骨头、肌腱、肌肉未外露，有腐肉存在；第四期，坏死溃疡期，全层组织缺失，伴有骨、肌腱或肌肉外露。

从发病机理不难看出，“褥疮”只会出现在长期卧床、失去行动能力者的身上。

我们从坑中挖出的三具尸体，身上都有不同程度的褥疮，从而可以证明这三个人应该是常年卧床。冰冻三尺非一日之寒，要想形成二期以上的褥疮，最少要卧床五年。

试想，死者是三名卧床不起的老年人，如果是凶杀案，嫌疑人的动机是什么？依照普通人的思维，根本解释不通，因此，在我看来，这起案件极有可能像胖磊说的那样，是不是哪家老人想土葬，又赶上个不孝子，所以才闹出了这么一场乌龙？

可就在我心里的巨石刚刚落下时，明哥却毅然决然地说道："徐大队，你派几个人保护现场，剩下的人跟我去殡仪馆，解剖尸体。"

"什么？"

"解剖？"

我和胖磊同时发声。

"冷主任，难不成这是命案？"叶茜也有些诧异。

"可能性很大。"明哥没有否认。

"这……这……这怎么可能是命案呢？"叶茜同样问出了我们的心声。

"三具尸体虽然体表无外伤，并且通过'褥疮'分析，三个人还有可能常年卧床不起，乍一看，嫌疑人的杀人动机不明显；可实际上则不然，因为这个案件我还有几个疑点解不开。

"第一，三名死者身上都穿着寿衣，刚才我在检查尸表时发现，寿衣均卡在关节部位，并没有穿戴到位，也就是说，嫌疑人给三个人穿寿衣时，已经发生尸僵。如果是其家人安排后事，为何要等这么长的时间？

"第二，尸体表面腐败情况惊人地相似。由此推断，三个人的死亡时间也应该不分伯仲，而三个人的身体状况有很大的差异，怎么可能会在同一时间死亡？

"第三，死者身上的寿衣，不管从材质、款式还是面料看均相同，很有可能是出自同一家寿衣店，嫌疑人为何要一次性购买三件寿衣？

"第四，包裹尸体的棉被以及寿衣上含有大量的水渍，怀疑为液化水；尸表皮肤紧致，尸斑清晰，肉眼可识别潜层血管网。由此可以判断，三具尸体均被冷冻过，这么做的目的是什么？"

明哥提出的四个问题，确实让我们哑口无言。单是三名死者在同一时间死亡这一点，就能让天平朝命案的方向倾斜不少，如果是自然死亡，不会那么巧合，唯一可能的就是人工干预。换言之，就是故意杀人。

在疑点没有排除前，明哥果断启用命案现场勘查机制，我们按照程序把原始现场细致勘查完毕后，所有人都集中在了殡仪馆。

三名死者的衣服鞋帽被分类装在了物证袋中，尸体则分别放在了三张解剖床上。

明哥一人持刀，第一步将三名死者的心脏取出，切开少量的心肌，放在了显微镜下观察："心肌组织间出现了很大的缝隙，说明组织里曾出现过冰晶，冰晶造成了肌肉纤维束的破裂。"

我们在场的所有人，除了叶茜是一头雾水，估计其他人都知道里面的缘由。

观察心肌组织缝隙，是判断尸体是否被冷冻的一个重要依据。

我们都知道，人体组织是由57%的水、20%的蛋白质、15%的脂肪、5%的无机盐、2%的碳水化合物以及1%的维生素组成。从百分比不难看出，水在人体中占有绝大部分的比例，当温度下降到0摄氏度以下，就达到了水的冰点，其就会由液体转化为固体。

人体内的水大都是存在于血液当中，而心脏作为疏导血液的主要器官，其含水量相对较大。当心脏中的水分结为冰晶时，体积就会变大，从而造成心肌出现明显缝隙。

"心肌缝隙过大，三具尸体曾被缓慢地冷冻了很长一段时间。"

"缓慢冷冻过？什么意思？"

明哥解释道："心肌缝隙的大小跟冰晶的大小有直接的关系，而冰晶的大小跟冷冻过程的快慢又有着紧密的联系。如果在液态氮或者液态氧这样的物质里快速冷冻，水分由于迅速上冻，冰晶颗粒小，心肌缝隙也会跟着变小。如果是在缓慢冷冻的情况下，水分易融合成大颗粒，这种情况下，冰晶就会大得多，心肌裂缝也会随之变大。

"从咱们这起案件来看，三名死者的心肌缝隙很大，且大小相同，也就是说，三名死者可能是在同一个冷冻室内冷冻，而且这个冷冻室的冷冻效果，有点像咱们家用的冰箱。”

“能同时装下三具尸体，难不成是冷库？”叶茜提出一个假设。

“不排除这个可能。”

我看叶茜好像在仔细思考什么，直接打断道：“咱们云汐市菜市场、冰棒厂最不缺的就是冷库，要是只有这一条线索，恐怕很难找到突破口。”

“嗯，说得有道理。”

明哥把三名死者的内脏重新分装，接着又拿出开颅电锯，打开了三名死者的颅腔，他指着三个天灵盖上的骨裂线解释道：“人的脑部含有大量的水分，冷冻后体积增大，会造成颅骨撑裂的现象，三个人头上密集的骨裂线也能证明被冷冻了很长的时间。”

说完，他又把尸体翻了身，指着鲜红的尸斑说道：“冰冻尸体因低温下氧合血红蛋白难以解离，故尸斑一般呈鲜红色。若死者在死亡后不久，尸斑形成前被放入尸体冷藏箱中，因循环温度低于0摄氏度，流动的血液凝结成固体，就很难形成尸斑。

“现场的三具尸体，尸斑全部形成，均集中于背部，说明他们在死亡时处于平躺状态，且死后过了很长一段时间才被移动到低温环境。”

“明哥，尸表无外伤，会不会是中毒而死？”

“如果是中毒，死者应该会反映出具体的中毒特征，我刚才在观察死者内脏时，已经大致知道了死因。”

“什么死因？”

“心血管疾病引起的心脏功能衰竭。”

“什么？病死的？”

明哥眉头紧锁：“没有解剖之前，情况还没有这么明朗，现在解剖进行了大半，我又有点担心。”

“担心？担心不是命案？”

明哥点了点头：“目前我想到了一种情况也解释得通。假设三名死者不是在同一时间死亡，A死亡后，被放置在了低温环境中，接着B和C死后也是相同的情况，由于死亡后被冷藏，所以正常的尸体腐败特征停滞，当三具尸体被一起掩埋时，腐败重新出现，错使我判断死亡时间是同一时刻。”

“难不成不是命案？”

明哥又仔细地观察了一遍三名死者的内脏器官：“死因很明确，应该就是心脏功能衰竭而死，这种病在老年人当中很常见，我个人倾向于病死，国贤。”

“在。”

“死者的胃内容物都有什么？”

老贤拿出三个塑料盒：“都是一些流食汤水，我已经用了一些毒化试剂，均未检测出明显的毒物。”

“回去再用仪器分析一下，看看有没有什么发现。”

“好的。”

明哥说完，长叹一口气，开始自言自语：“如果死亡有先后，那一切就能解释通。但为何嫌疑人要把三具尸体全部冷藏？目的是什么？还有，既然是病死，他为何要将三具尸体偷偷掩埋？还是解释不通！”

我们科室经历过不少大大小小的案件，但我还是头一次见明哥露出如此为难的神色。

五

四个小时后，解剖工作告一段落，按照明哥的吩咐，除了明显的物证要分析外，一切等他和老贤的检验结果。目前重中之重，并不是如何开展调查，而是要判断“案”与“非案”，解决定性的问题。

晚上10点，明哥把所有人集结，令我意外的是，他还特意给叶茜打了个电话，这个不经意的动作，似乎在传达着一个不好的讯息。

“我来说下尸体解剖的情况。”明哥神色凝重，“通过牙齿磨损和耻骨联合面基本确定了三名死者的确切年龄。1号女性死者八十二岁以上，2号女性死者七十四岁以上，3号男性死者八十岁以上。

“三人均患有高血压、心脏病以及常见的心血管疾病，并且处于常年卧床状态。

“经过确定三名死者心肌缝隙的大小，我基本可以判断，三名死者为同一时间被冷冻，也就是说，他们还是有被同时杀害的可能，具体死因由国贤告诉大家。”

“是毒死的。”老贤不紧不慢地说。

“什么？毒死的？用的什么毒药？为什么一点中毒的迹象都没有？”震惊之余，我一连抛出好几个问题。

“没有中毒症状，是因为三名死者吃下的东西，我们也经常吃，只是剂量不一样而已。”

“能不能别卖关子？”胖磊已经有些迫不及待。

老贤翻开检验报告：“我从三名死者的胃内容物中提取到了大量的猪甲状腺素。”

“猪甲状腺素？那是什么东西？能吃死人？”

老贤耐心地解释道：“猪的甲状腺位于颈前部下方，呈深红色，一般重13克左右。甲状腺素中四碘甲状腺原氨酸和三碘甲状腺原氨酸的化学性质十分稳定，需要600摄氏度的高温才可以破坏，一般的煎炒烹炸都无济于事。人体一旦摄入大量的甲状腺素，会增加体内绝大多数细胞的氧化率，产热量增加，皮肤下小动脉管舒张，故会发热多汗，同时神经系统兴奋性增强，会出现狂躁不安甚至抽搐症状。除此之外，心血管系统的活性也随之增强，心跳明显加快，会出现心悸等症状。另外，过多摄入甲状腺素还会破坏人体内分泌平衡，干扰下丘脑的正常机能，可以使内脏各个器官平衡失调，出现中毒症状。

“一般屠夫在卖肉时，会先把甲状腺给去掉，就算一些粗心的屠夫把这事给忘了，误食一个甲状腺也不可能出现中毒症状。而我在三名死者胃内容物中化验出的甲状腺素含量高达30%，这个量别说是老年人，就是一般的年轻小伙儿也招架不住。

“而且我计算过，要想达到如此高的浓度，最少需要十个猪的甲状腺一起熬制，这种情况，嫌疑人的主观故意就相当明显了。”

明哥接过了话茬儿：“高浓度的甲状腺素，诱使三名死者突发心血管疾病，最终超出身体负荷，导致死亡。所以，咱们这起案件基本可以定性为他杀案件。”

“真是命案！”我简直是一头雾水，因为我实在闹不明白，嫌疑人毒害三名无辜老者的动机何在。

“案件性质已经确定，接下来有几个方面的工作还要开展。”明哥的一句话，将我的思绪又拉了回来。

“叶茜，通知刑警队，梳理符合条件的失踪人口。”

“明白。”

“小龙、焦磊、国贤，你们今天晚上务必将自己手头的物证处理完毕，明天一早复勘现场。”

“好的！”

经过一夜的努力，大致的物证基本上被分析得七七八八，但一些细节还要在复勘现场之前弄明白：

在初勘现场时我发现了一个细节，在斗方山的山体上覆盖有厚厚的松针，如果嫌疑人是先将尸体运上山，接着再挖坑，那势必会在棉被上沾有大量的松针，而实际情况恰恰相反。这就证明了一点，嫌疑人是先挖的坑，再运送的尸体。

那么在他挖坑期间，这些尸体应该放置在他的运尸工具之上，按照常理推断，这个运尸工具必须具有一定的封闭性，否则很难保证过往的行人不会发现。

以此为前提，两轮车几乎不可能，三轮车装载能力和爬坡能力都很差，也基本可以排除在外，那剩下的就只有四轮车。

白天人多眼杂，嫌疑人夜晚埋尸的可行性最大，四轮车在夜间行驶，车的前灯不可能不开，而上山的路就只有一条，路口的位置是守林人柳生的住处。案发现场平时鲜有人来，尤其是在晚上；试想在夜深人静之时，有一辆汽车从路边驶过，他或许会有些印象。所以我们一致同意，在复勘现场之前先给柳生做一份详细的问话笔录。

讯问地点就定在了柳生的住处。这是一栋沿路的小平房，推门进入，便是柳生的栖身之所，平房有一扇连接院子的后门。

“您还有做棺材的手艺？”明哥站在院子中看着一口还未上漆的棺材板问道。

“嗯，对，干了好些年了！”年近花甲的柳生随口应了声。

“这平时都是哪些人过来定制棺材？”

“都……都……都是些熟人。”

“熟人？”

“警官，您问这个是什么意思？我怎么听不明白？”

“没事，我就是听好多寿衣店的老板都夸您。”

“夸我？”

“对，夸您做棺材寿衣好，还能负责土葬一条龙服务。”

柳生听言，心里“咯噔”一声。

“怎么，不说话了？”

“警官，我不知道您说的是什么意思。”

“没什么，就是给你提个醒，回头问你什么说什么就成，千万不要有所隐瞒。我想，我这句话你应该听得懂。”

“哎哎，放心吧警官，放心吧。一定照实说，一定照实说。”

明哥转身，冲我挤了挤眼：“小龙，给他做笔录。”

“好嘞！”

看到这儿，估计很多人已经瞅出猫腻，在讯问之前，我们已经暗访了很多家寿衣花圈店，干殡葬这一行的人，对柳生相当熟悉，熟悉的原因，主要还是其可以提供土葬服务，而埋葬的地点就是他守护的那座斗方山。虽然国家现在推行火葬政策，但是私自土葬只是违反地方政策，并不会受到《刑法》等法律的约束。所以就算可以查实，公安局也拿柳生没有任何办法。而这一条恰好可以作为柳生的一个把柄，这样我们就不用担心在讯问的过程中他会故意遮遮掩掩了。毕竟这起案件，就目前的侦破条件来看，破案的难度不是一般的大。

“你能不能说说，你是怎么发现那块地有问题的？”我和叶茜把柳生引进平房，开始了问话。

“警官，我可什么都说，你们千万不要为难我，我这把年纪了，禁不住大风浪。”

“我们只关心案件，别的不属于我们的管辖范围。”

我的回答，算是给柳生吃了一颗定心丸，他开口回道：“既然话都说到这份儿上了，我也不隐瞒，这山上的土地很多都是留着给人土葬用的，我作为守林人，守这座山半辈子，哪块地什么情况，我心里有一本清账。每年清明节后，我都会上山打扫炮仗纸，也就是在清理的过程中，才发现后山的地方有人动过。”

“案发现场平时有没有人去？”

“没有。”柳生摇摇头，“那里是块缓坡，地底下到处都是树根，人埋进去，就成了树肥，所以稍微懂行的阴阳先生，都不会选择让死者在那里下葬。那片地方一共有六个坟位，到现在都空着。”

“你这房子的隔音效果怎么样？”

“不怎么好，外面放个炮仗，都听得清清楚楚。”

“到了晚上，有没有人会到山上扫墓？”

“没，天一黑，基本就没人会上山了。”

“山上有几条上山的路？”

“就我门口这一条。”

“假如晚上有车从你的平房前经过，会不会引起你的注意？”

“我上了年纪，睡眠也不好，要是真有车从我门前经过，我指定能留意到。”

我若有所思地点点头，接着问：“那你最近几天有没有夜里不在平房里的时候？”

柳生眯起眼睛，仔细回忆：“清明节上坟的人多，很多人从我这儿买纸钱，所以那三天我都在，清明节前基本没什么事……”说着，他起身拽掉了挂在墙上的日历仔细翻看，“有了，3月29日、30日两天晚上我不在。”

“干什么去了？”

“出去进货了，两天晚上都是商家招待的，多喝了几杯。”

“几点至几点？”

“因为我不光要纸钱，还要定制一些纸人啥的，这些东西不让明目张胆地卖，我只能晚上去进货，我一般天黑就出门，到后半夜商家用车连人带货给我送回来。”

“天黑……”我打开手机，看了一眼最近的日落时间，“晚上7点出门，12点回来，是不是差不多在这个时间段？”

“八九不离十。”

“别的时间你都在自己的房子里？”

“基本都在。”

“对了！”

“警官你说……”

“我看山上种了很多果树，上面结的果子能吃吗？”

“泡酒还行，生吃又苦又酸，反正我从来不吃。”

“行，那今天就到这里，有什么情况我们再联系你。”

“哎，好的警官。”

勘查车重新发动，柳生的笔录在所有人手中传阅。

“小龙、国贤，你们能不能判断嫌疑人具体的埋尸时间？”

“我刚才在问笔录时，注意观察了柳生说话时的神态，一些比较敏感的问题他都已经交代，说明这份口供里的水分应该不多。

“埋尸现场没有坟地，一般人很少去，排除干扰鞋印，那我在现场提取的足迹应该就是嫌疑人所留。云汐市最近一段时间的平均气温在15摄氏度上下，根据泥土鞋印龟裂的程度来看，最少已经过了四天的时间，算上发案当天，我个人倾向于3月31日晚至4月1日凌晨这段时间。”

“国贤呢？”

“依照嫌疑人啃食果子上的菌丝生长情况来分析，基本上可以和小龙的结论吻合。”

“3月31日下午6点往后可差不多？”因为胖磊要结合时间点调取监控，所以需要一个确切的时间。

“抛尸肯定要等路面交警都下班，我感觉应该是在晚上9点往后。”

“嗯，有道理。”

此时明哥缓缓地开了口：“掩埋尸体的坑位，没有两个小时不可能挖好，这是其一。

“其二，从山脚下到埋尸现场，步行爬坡最少需要二十分钟，三具尸体全部扛上山，又是一个小时，再算上填土半个小时，整个埋尸过程需要三个半小时的时间。

“其三，嫌疑人能选择在这里埋尸，说明对这里的情况肯定熟悉，从市区到斗方山有一条必经之路，属于国道，有很多大货车，交警要晚上11点钟以后才会下岗。如果我是嫌疑人，我肯定会选在11点以后抛尸。4月份，云汐市的白天变长，早上5点钟天基本就开始变亮，前后放宽半个小时，我觉得嫌疑人抛尸的具体时间应该在晚上11点半至次日的4点半这五个小时之内。”

胖磊听完，嘴巴张得足足能塞下一个鸡蛋。

“磊哥，你倒是记啊！”

“就知道催，这就记。”

明哥看了一眼手表，说：“搞快点，还能赶回去吃午饭呢。”

“对对对，吃午饭。”还是这句话最对胖磊胃口。

勘查车一路上行，转弯，直行，再转弯，最终来到目的地。

和派出所负责保护现场的民警简单交接之后，复勘计划立刻启动。

这次复勘必须搞清楚以下几个问题：

第一，嫌疑人使用的运尸工具是什么。

第二，嫌疑人的挖坑工具是什么。

第三，嫌疑人具体的体貌特征。

第四，现场遗留的其他物证提取。

第五，现场周围的监控录像分布情况。

初勘现场时，我们已经推断嫌疑人驾驶的应该是某种封闭式的四轮车，但具体是轿车、越野车还是小货车，依旧不得而知。要想解决这个问题，则必须从轮胎痕迹上下手。好在案发现场地处偏僻，山路高低起伏，且路面还是泥土路，排除了警车和勘查车的痕迹后，路面上只剩下一种可疑的轮胎痕迹。

痕迹呈波浪形，宽约12厘米，比照特征点测量周长约1.1米，得出半径约17.5厘米（圆的周长=2π×半径），结合这两个数值，基本可以判断出嫌疑人驾驶的应该是四轮小轿车。

解决了第一个问题，我们一行人步行上山，来到了被警戒带包围的土坑前。

“从土坑边缘痕迹可以分辨，嫌疑人携带的工具有铁锹和锄头。这两种工具随处可以买到，不具备特定性。”

第二个问题并不难，接着我又把注意力集中在了现场的一组泥土鞋印上。

在胖磊的帮助下，所有可以测量的数字均被我记下，套用公式之后，我很快得出结论：“嫌疑人的身高在一米七五以上，男性，中等身材，青壮年，从鞋底的磨损特征来看，年龄应该在三十五岁左右。”

“还有没有什么发现？”明哥问。

“有！磊哥，你把现场的原始照片调一张出来。”

胖磊点点头，开始翻阅相机。

“停，就这一张。”

胖磊松开手，相机的液晶屏上，显示出了一张被捆绑的棉被照片。

“放大，放大，再放大，尤其是绳结处。”

图片已经很清晰，我指着有点像“X”的绳结说道：“我们痕迹学上囊括了五十余种绳结的打法，三名死者身上的这种结，叫‘双渔人结’，是‘渔人结’的升级版，是把两条绳子的绳端绑在一起，是垂降时非常安全的一种绳结。长期从事渔业、水运的人，经常抛锚，或者往河流中抛撒网兜，这种绳结既方便又安全，所以长期从事渔业的人，都喜欢打这种结。”

我示意胖磊收起相机，接着道：“单靠绳结来推断，多少还有点牵强。”说着，我拿出物证卡，放在三处足迹跟前，“这是我在观察立体鞋印时发现的一个细节特征。这三处均为双脚足迹，脚尖外展，脚跟延长线成60度夹角，鞋印前掌部分下压明显，嫌疑人当时的动作，应该是两脚分开，脚尖外展，呈半蹲状态。”

“这恰好是长期从事渔业、水运人员的常用动作。众所周知，船舶在水面上行驶，经常会遇到风浪，导致船体摇摆不定，这个动作可以有效地控制身体的平衡度，保证在船上不会被晃倒。

“嫌疑人在现场留下这三对鞋印，可能是在埋尸的过程中受到了惊吓，从而表现出的下意识动作。”

“也对，大半夜在这坟地里，不被吓着才怪。”胖磊环视一周，给了一个完美的解释。

“照小龙这么说，嫌疑人的确有可能从事和渔业、水运有关的工作？”

“泗水河是咱云汐市的母亲河，靠河吃饭的人何止几千几万，就算老贤能检测出DNA，那也不知要比对到什么时候呢。”胖磊的神补刀，道出了现实的窘境。

“小龙，你这边工作结束了没有？”明哥又问。

“差不多了。”

“好，现在集中精力，配合国贤，看看能不能在现场找到其他物证。”

“明白！”

第二次专案会，在当天下午6点钟准时召开，会议由明哥主持。

“叶茜，你那边有没有什么线索？”

“我们梳理了近三年内的失踪人口报案，没有一个吻合，现在尸源不清，刑警队这边没有情况。”

“小龙，你那边呢？”

“除了目前掌握的这些，别的没有。”

“焦磊？”

“距离斗方山最近的监控都在300米开外，还是主干道，晚上的轿车是一辆接一辆，没有具体的细节特征，监控视频无用武之地。”

“国贤呢？”

“有个问题解释不通。我在现场的多颗果子上，均提取到了同一种DNA，男性，系统中没有记录，我们可以确定其为嫌疑人所留。

“接着我又提取了三名死者的DNA，我发现他们四人之间的DNA信息完全不同，也就是说，他们根本没有任何血缘关系，你们说，嫌疑人的作案动机到底是什么？”

“贤哥，你这么一说，我还回忆起一个疏漏。”

“小龙，什么疏漏？”

“三名死者脚上所穿的寿鞋。”

“寿鞋？”

“对，三双寿鞋均为40码，男性死者穿着小，另外两名死者穿着大。从这一点不难看出，嫌疑人好像对三人的鞋码并不了解。如果三名老人在没有卧床之前就和嫌疑人生活在一起，他不会不知道鞋码，唯一解释得通的理由是，嫌疑人接触到死者时，三人就已经卧床，常年卧床，不需要穿鞋子，所以他不知道鞋码也正常。

“我们再换个思路，从三位老人的衣着上看，不像是有钱人，所以财杀的可能性不大，另外仇杀、情杀的可能性均很小。所以我们可以大胆地假设，嫌疑人会不会是三位老人的看护者，为了摆脱负担，所以才杀害三位老人？”

明哥摇了摇头：“既然是看护，那他应该有雇主，他把三位老人杀死，他如何向雇主交差？而且他作为一个看护，杀人之后，还自己掩埋，也说不过去。从现场情况分析，嫌疑人应该和三名死者有一定的感情，否则不会在死后还要为其购买寿衣，也就是说，四个人或许共同生活过一段时间。

“一名青壮年男性，三位素不相识的老人，是何种情况才会让四个人生活在一起？”

就在我们疑惑之时，叶茜弱弱地说了句：“会不会是敬老院？”

叶茜的“神回复”，让我想起了每年局里组织去敬老院慰问的活动，其中有不少敬老院里都住着无儿无女的孤寡老人，如果嫌疑人是某个敬老院的黑心看护，那这一切就能解释通了。

“我们全市敬老院的花名册在民政部门均有记录，叶茜，回头让徐大队组织人员调查一下，看有没有符合条件的敬老院，尤其是私立的。”

“好的，冷主任。”

“小龙、国贤、焦磊，你们要把自己手头的物证处理穷尽，不要有任何疏漏。”

“明白。”

云汐市相关部门对敬老院的管理以2010年为界，可以分为两个阶段。2010年以前，基本是“散养”，2010年以后才开始“圈养”。也就是说，所有公立以及私立的敬老院，只有在2010年之后才有详细的档案可查，在此之前，基本无从查起。刑警队分四个走访组，足足翻了两天的档案，竟然没有查到任何有价值的线索。

“难不成三名死者在2010年以前就被带走了？”我翻阅完所有的调查记录，好奇地问道。

“从嫌疑人埋尸到案发，已经过去了近四天，但尸体的腐败迹象并不是很明显，说明冷冻的时间并不是很长。”明哥扫了一眼走访结果，捏着下巴若有所思，“难不成嫌疑人自己抚养了三位老人近六年的时间？”

“明哥，你的意思是说，嫌疑人有可能失去了抚养能力，才选择杀害三名死者，而并不是甩包袱？”

“不排除这种可能性。”

“那无外乎破产、失业、没有经济来源等，可这有点太泛泛了。”

“物证现在处理得怎么样？”

“磊哥那里没有进展，贤哥那边也是一样，我正要去取死者的随身衣物，看看能不能有所发现。”

“行，回头我再翻阅一遍卷宗，你那边有什么情况，及时通知我。”

“知道了，明哥。”

结束了对话，我走进老贤的实验室，把死者的衣服分类打包。

“我这里有死者的袜子、秋衣、秋裤、毛衣、寿衣。”老贤逐一清点，“差不多就这些东西，你再核对一遍，没有问题，在移交单上签字。”

虽然我们在同一科室，但是物证的移交和接收都要严格按照物证管理规定处置。不同的研究领域对物证的处置方式不尽相同。举个例子，夏天遗留在室内的汗液指纹，既涉及痕迹检验学，又关系到DNA检验，一个物证，庭审时也会出具两份检验报告，如果不做好移交记录，很容易被律师抓到把柄。

物证移交时，必须确定“三性”：一、物证的完整性，即非消耗型物证（烟头、血液等）不能有大面积损毁；二、物证的原始性，即物证不能受到二次或多次污染；三、物证的保全性，即物证在移交时，必须做过相应的保护处理，比如要装在特定的物证袋或者物证盒中，等等。接收者在确定以上特性之后，才会在移交单上签名画押。

对于死者的贴身衣物，在痕迹学领域上，主要还是要从两个方面去分析：第一，观察衣服褶皱痕迹；第二，观察毛衣的编织痕迹。

褶皱痕迹在一些暴力案件中，往往可以起到至关重要的作用，比如强奸杀人案或者抢劫杀人案，嫌疑人和死者之间很可能有暴力冲突，一旦有撕扯，就很容易在衣服上反映出相应的痕迹。通过这种痕迹，一来可以确定案件的具体性质，二来可以帮助办案人分析作案动机。

而毛衣的编织痕迹，往往也可以反映出一些细节特征。很多打过毛衣的人都知道，毛衣的针法有很多花样，比如常见的挑针、绕针等，不同人在手打毛衣时，会表现出自己特定的针法和编纬，如果找出其中的规律，那毛衣就有一定的特定性。如果是机器编织，也可以根据编纬的排列以及款式判断机器型号和生产厂家。

可就在我准备着手分析时，从死者袜子中掉落的一张纸片引起了我的注意。

我用镊子夹起，仔细观察：这是一张浸水后阴干的报纸碎片，长宽约4厘米。为了确定这张纸片不是后期的污染物，我又翻阅了胖磊相机中的所有照片，经过寻找，我终于在2号女尸的足部特征照片上隐约发现了纸片的漏出部分。

后经老贤证实，其在检验的过程中对这张报纸碎片也有模糊的印象，而且我们科室所有人均没有看报纸的习惯，那这样一来，这张报纸碎片就很有可能是从嫌疑人那里粘连过来的。

之前我们已经判断，死者曾被冷冻过，且衣物上有大面积的液化潮湿痕迹，嫌疑人把尸体从低温环境中取出，放在了某个地方，穿上寿衣。而死者潮湿的脚面，正好接触到了报纸，嫌疑人并未注意，在给死者穿袜的过程中，将粘在脚面上的报纸穿入了袜子中。

我的推论得到了明哥的认可，与此同时一条新的侦查线索被他开辟出来。

明哥将报纸碎片上的所有文字全部打成电子文档，以文档为关键字，从“互联网检索”“报社文档检索”两条途径开展侦查。

互联网搜索并没有得到反馈，刑警队分成多组，对全市大大小小的报社展开摸排。

经过文档检索，最终确定，死者脚上的报纸碎片，为云汐市第十中学的校周报，2017年3月28日版。报纸是该中学委托一私人印刷厂印制的，按照班级征订，每周共发行一百份。第十中学，算上高中正好有五十个班，每个班级征订量为两份。

印刷厂每次印刷均没有遗留，印刷完毕，直接运送到学校保安室。

因为报纸的印刷时间并不长，所以为了搞清楚这一百份报纸的流向，云汐市第十中学便成了调查的重点。

“请问你们学校的这种校周报是如何分配的？”明哥在学校领导的陪同下，找来了该校的保安队长刘强。

“哦，报社每周一把报纸送到我们保安岗亭，我们遇到班主任了，就给两份。”

“每次分发的报纸是否有剩余？”

“不会，基本上都是给班主任，因为校报上刊登的都是学生们的作文，我们平时也不看，留着也没用。”

“保安岗亭是否有监控？”

“嗯，有，监控全覆盖。”

“焦磊，你查下3月28日分发报纸的监控。”

“好的，明哥。”胖磊领命出门。

明哥话锋一转：“王校长，能不能麻烦您现在通知一下所有班级的班主任，我们要统计一下，这版校周报现在有多少份还在校园里。”

“这个好办，这种报纸都是班主任收着，我让教务处组织人挨个儿收一下就知道了。”

“嗯，那麻烦您了。”

两项工作在同一时间展开，一百份报纸经过胖磊核对后，确定分五十次，每次两份，分发给了班主任老师；同时教务处的赵处长抱着九十八份报纸来到了保安岗亭。

“怎么少了两份？”王校长有些意外。

“姚老师把报纸带回家给孩子看了。”

“这个老姚，每次都是他，铁公鸡一只不说，学校里能用的，基本上就没有他不拿的！”王校长有些气急败坏。

“都是老教师了，也不能说得太重。”赵处长显得有些无奈。

“你去把他叫来，我要问问他这两份报纸他弄哪里去了！”

“行，他就在办公室，我马上去叫。”

学校内部的事情我们也不好插手太多，明哥带着我们坐在木椅上焦急地等待结果。

十几分钟后，一名年过五十岁的老年教师慢悠悠地来到了岗亭。

“老姚，上周的校报你是不是拿回家了？”王校长开门见山道。

“对，拿回去给孙子孙女看看，让他们从小就学习学习，在王校长的英明领导下，咱们学校学生的写作水平有多高！”

“你什么意思？”

“我什么意思？咱们是一起进的学校，你现在是校长，我还是个破班主任，这都快到退休的年纪了，连个高级教师都没评上，要不是你捣的鬼，我能混得这么惨？”

“老姚，我跟你解释了多少遍，评高级教师不光依据工作年限，还要依据教师的授课水平！”

“姓王的，你就是在说我教书教得不行喽？”

“我没时间跟你扯这个，我就是来问你报纸的事情。”

“寒碜人，两份报纸是我拿的，多少钱，我赔给你！”

“对不起，姚老师是吧？我们是市公安局的，请借一步说话！”明哥掏出警官证，结束了这场无休止的争吵。

“公……公……公安局的？”老姚明显有些紧张。

“请到里屋来，我们有几件事想问问你。”明哥礼貌性地做了一个“请”的手势。

“有什么事不能在外面说？还……还……非要去屋里？”老姚用求助的目光扫了一眼王校长。

“没事，就问个简单的问题，跟你没关系。”王校长本着“你不仁我不能不义”的态度，还是应了老姚的请求。

“行，那就进去说。”明哥带着我们随老姚鱼贯而入，房门被关闭的瞬间，老姚有点坐立不安。

“您以前是不是被处理过？”明哥看出了猫腻。

“打麻将被拘留过。”

“最近又打了？”

“打……没……没打。”

“不用紧张，我们不是来问你这事的。”

“那是……”

“还是那两份校周报的事，你仔细回忆一下，这两份报纸现在在哪里？”

“这……”

“怎么？不能说？”

“我……”老姚面露难色。

“如果你不说，那咱们再聊聊打麻将的事？”胖磊阴阳怪气地插了句。

“使不得，使不得！”

“不就两份报纸吗，有什么不能说的？”

“那各位警官，能不能帮我保密？”

“只要不违反原则，可以。”

“说话算数？”

“我是领导，我说到做到。”

老姚蹑手蹑脚地贴在门上听了听，确定门那边没人偷听后，有些难为情地回道：“学校花坛最近新买了一些绿植，我看着不错，就用报纸卷了几株种在自己家的花池中。我把绿植种好了，报纸就被我随手扔了。”

“你家在哪里？花池的具体位置是哪里？”

“我住在港口一路89号，花池就在我家院子外面，如果我没记错的话，报纸就被我随手放在了花池边上。”

“带路，现在去你家。”

老姚被明哥的气场给震慑住，乖乖地跟我们上勘查车，在老姚“左转、左转、左转”的指引下，我们一行人终于来到了他的住处。

这是一座坐南朝北的沿路四合院，西侧院墙连接着一个用红砖垒成的半圆形花池，从里面种植的植被看，老姚绝对不止一次干过这样的事。

“当时报纸应该就被我扔在这附近了。”老姚站在花池边朝路的方向比画。

“这条主干道是通往哪里的？”明哥指着脚下的水泥路问道。

“往前是港口，往南就上了新滨路。”

“港口？”

“对啊，我们这里的住户，很多都是港口的渔民，而且这条路，是通往港口的必经之路。”

听老姚这么说，案发现场的细节开始一一浮现。

我之前已经分析过，嫌疑人有可能是从事渔业、水运的相关人员，现在又出现了港口的线索，孤证有些牵强，但双重证据均有所指，那就很能说明问题了。

明哥当机立断：“小龙，联系叶茜，发布协查通报，把三名死者的照片张贴在港口最醒目的位置，对提供直接线索的，给予现金奖励。”

“明白。”

九

有句话怎么说来着，“希望越大，失望越大”。就在我们想着线索应该会很快浮出水面时，现实却给了我们无情的打击：悬赏一直加到了5万，依旧是杳无音信。

我和叶茜抱着一摞还未发下去的悬赏通报站在河岸边。

“会不会是推断有错误？”叶茜擦了一把额头的汗水。

“应该不会，嫌疑人吃‘水活儿’的可能性很大。”

“可问题是这都三天了，往来的船舶也发得差不多了，为啥还是一点消息都没有？”

“我也纳闷儿呢，按理说不会啊。”

“哼……哼……哼……”

这两天在河岸听惯了汽笛声，这突如其来的猪叫显得格外地另类。

好奇之余，我和叶茜转身望去，视野中，五六名壮汉正笑嘻嘻地扛着整猪整羊朝一艘货船上送。

“你这是干啥的？”我举起警官证，拦停了一个拎着公鸡的中年男子。

男子扫了一眼：“哦，你好警官。”

“你好，你们这是……”我收起证件，继续刚才的话题。

“哦，准备跑长活儿，按咱们船夫的规矩，买点猪羊家禽祭河神。”

“长活儿？”

“长活儿就是长途运输的意思，像我们这条船，一来一回都要一个多月的时间。”

出于好奇，我又问出了关于“祭河神”的问题：“这猪羊家禽难不成杀了直接扔河里？”

“嗐，那都是早些年老一代人干的事了，那时候船只都是木结构，不禁撞，所以要杀点猪羊祭拜；现在船都牢固得很，咱这说是祭拜，其实就是走个表面程序。”

“哦？表面程序？”看到对方牙齿上的烟垢，我礼貌地让了一支烟过去。

男子没有客气，点燃后叼在嘴上，说：“就是图个心安罢了，猪羊家禽在开船之前宰了，将血洒进河里，就当是祭拜了。”

“那肉呢？”

“自己吃啊！这来回一趟，省着吃还不够呢。”

“那么长时间，不怕坏了？”

“货船上都配有冷藏室啊，怎么可能坏呢。”

“冷藏室？”

“对啊，别说猪羊，装三四个人都不成问题。”

“真的？”

“你这警官真好笑，怎么一提到装人，这么兴奋？”

“大哥，能不能带我上船看看冷藏室？”

“行啊！”

男人在前面带路，我和叶茜登上甲板，接着下到了船舱内。猫腰走了一会儿后，我们三个人站在了一扇装有“轮把锁”的银色金属门前。

“这就是了，要打开吗？”

“嗯！”

男人用力转动“轮把锁”，只听“咔吧”一声，锁舌离开了锁扣，冷藏室的门被打开的同时，一阵刺骨的寒流袭遍我的全身。

“正常温度都在零下10摄氏度左右，我们跑船的每艘船上都有，这一来一回个把月的肉餐，全部要靠它了！”男人指着有20多平方米的冷藏室打趣道。

“这造型，有点像冷库啊。”

“对，就是缩小版的冷库。”

我掏出手机拍了一张室内照：“行了大哥，把门关上吧。”

“别的还要不要看？”

“不了，就这都耽误你开船了。”

“嗐，还早，这猪羊还没宰呢。”

“对了大哥，我想问一下，有哪些船会安装这种冷藏室？”

“我们船民基本上都是以船为家，要么航运，要么下船采购，平时很少去过问别的事。像我们这种远航货船基本上都有，至于别的船有没有，我还真的不知道。”

“哦，那行，谢谢你了大哥。”

“对了，你们是警察，都是国家干部，你可以去问海事局啊，他们就是管船的，他们肯定知道。”

“对啊！”我和叶茜相视一眼。

“谢谢大哥，祝你一路平安！”

“好嘞，小兄弟，那我就不送了！”

下了货船，我直接拨通了明哥的电话，简单介绍情况后，明哥果断地从单位开了一封介绍信，从港口接走我和叶茜，直奔云汐市海事局。

办理了会面手续后，接待我们的是负责船舶验收的于科长。

“是这样的，”明哥接过对方递过来的茶水，开门见山道，“我们正在调查一起案件，想向您了解一些情况。”

“完全可以，不知道各位警官需要知道什么？”于科长答应得相当爽快。

“小龙，把照片给于科长看看。”

“好。”

我点开相册，把手机递给了于科长。

“这个是……”

“这是我在货船上拍的冷藏室的照片。”

“哦，我说怎么这么眼熟。”

“请问于科长，在咱们泗水河上跑的船，有哪些是带这种冷藏室的？”明哥接过了话茬儿。

“哦，那您可问对人了，我平时是搞船只验收的，就类似于车管所审车的工作。”于科长接过明哥递的烟卷，“在泗水河上航运的船只有五种，采砂船、短途货运船、长途货运船、观光船还有餐饮船。采砂船、观光船没有冷藏室，短途货运船一般配置个冰箱就成，据我们掌握的情况，也只有长途货运船和餐饮船会配备有冷藏室。”

“那咱们海事局登记的这两种船只分别有多少艘？”

“餐饮船只有十八艘，长途货运船要多很多，有一百多艘。”

不光是我，估计明哥也被这么庞大的数字惊了一下。

“这些船都在正常使用吗？”明哥接着问。

“过年时我们才把全部船只的档案梳理了一遍，你们稍等。”于科长说着打开了电脑，双击海事局内部使用的工作系统，输入关键词后，一串信息显示出来。

“餐饮船都在正常使用，航运船有十艘需要整改，另外还有五艘要强制报废。”

“强制报废？”

“对，就跟汽车一样，到了年限如果再航运肯定出问题，对于这种连修理的必要都没有的船，按照规定必须报废。”

“对了，于科长，一般要强制报废的船都停在哪里？”

“哦，就在泗水河拐弯处的一个港口。”

“这五艘船有没有报废呢？”

“暂时还没有，报废需要一系列的手续，等上面批文下来，船主签字画押，才能报废。”

“于科长，能不能麻烦您帮我们联系一下这五艘报废船的船主？”

“让他们到哪里集合？”

“到海事局的会议室就行，我们想取个血样。”

“行，没问题。”

俗话说，“县官不如现管”，找船主还是海事局靠谱，几通电话后，五名船主陆续到来。

“于科，难不成这么快批文就下来了？”

“我船里的东西还没搬完呢。”

“对啊，我的也是。”

“再宽限几天呗。”

于科长举手打断，他把目光对准了半天没吱声的一名男子：“罗军，你怎么不说话？”

“老于，你又不是不知道，船我早就转给别人了，你怎么每次都打电话通知我过来？”

“我管你转给谁了，船主登记的是你，你就必须到场。”

“得得得，我不跟你争，我那兄弟本来就跟我不对付，这万一他来海事局堵我，你说我咋办？”

“你活该，谁让你骗人钱的？”

“哎，这怎么叫骗呢？这是周瑜打黄盖——一个愿打一个愿挨。”

“得了吧你，就你那点花花肠子我还不清楚？拿个快报废的船，骗自己兄弟几十万，你干的那些亏心事，让我也跟着受牵连。”

“怎么？最近还来呢？”

“不了，消停一个多月了。”

“那就成，老于，今天来是不是签字报废船的？拿来，我第一个签，省得夜长梦多。”

“你想得美，你不把你的那点破事扯清楚，就别想着船能正常报废了。”

“什么叫破事，我们有合同，白纸黑字签得清清楚楚，谁跟他扯？”

“得得得，当着这么多人的面，我不跟你掰扯，今天不是我找你们，是这几位警官找你们！”

因为我们都穿着便装，所以在于科长介绍之前，几位船主并不知道我们的身份，经他这么介绍，几位船主顿时有种情况不妙的反应。

“于科长，那我们开始了？”

“好的冷主任，您请便。”

“大家好，我们是云汐市公安局的，这是我的警官证。”明哥亮明身份后，直奔主题，“这次来，是有两件事要麻烦大家：第一，案件需要，我们要提取各位的血样；第二，就是想请这位叫罗军的同志借一步说话。”

因为案件的侦办迫在眉睫，所以明哥的态度很强硬，再加上于科长这个强有力的后盾，采血的工作进行得很顺利。

紧接着，罗军被带进了办公室。

“警官，你们找我什么事？”

“你的船转让给谁了？”

“我一个社会上的朋友，叫江川。”

“他现在人呢？”

“不知道，我已经有一年多没跟他联系了。”

“江川有没有什么亲人？”

“没有，他就一个孤儿，从小在福利院长大。”

“他平时就一个人住？”

“不是，他家里还赡养着三个老人，两个奶奶，一个爷爷。”

“当真？”也许是幸福来得太突然，我惊呼出来。

“这有什么好撒谎的？我去过他家里，三个老人都常年卧床，他家有三张疗养床，老人吃喝拉撒全在床上。”

罗军口中的“疗养床”我父亲也曾躺过一段时间，这种床下方连接一个排便池，对常年卧床的老人来说，算是解决了一个大难题，但唯一的缺点是，粪便清理起来十分麻烦。

“能不能带我们去江川的住处看看？”明哥提出了一个要求。

“哦，他早就不住房子了，这一两年他都住在我转给他的那艘货船上。”

“那就带我们去船上看看。”

“别，各位警官，您就饶了我吧，我现在是真害怕见到他，船就停在港口，船身上喷着‘江川号’的那艘就是。”

有了明确的指引，我们很快找到了那艘已经锈迹斑斑的大型货船。

在海事局工作人员的帮助下，我们顺利地登上了船只，打开舱门，里面已空无一人，老贤走进厨房，分别在碗筷、冷藏室内取了五组样本。

经过细致的比对，样本中分别检出了嫌疑人和其中两名死者的DNA。

有了这份铁证，本案终于可以成功告破，嫌疑人江川也于七十二小时后被成功抓获。

十

这件事要从1981年5月，云汐市公安局秘密开展的“捕狼”专项行动说起。

20世纪80年代，算是云汐市经济腾飞的转折点，城市地层下的“黑金”（煤炭），让云汐市民率先在改革初期的春风中挺起了腰杆，当全国大多数老百姓还在为能吃上一顿肉沾沾自喜时，云汐市市民已经在考虑下一顿要不要吃点“青头”（青菜）刮刮油腻。

丰富的煤炭资源，刺激了矿业的发展，但由于科技的落后，很多矿井还不能做到机械一体化。当“科学技术是第一生产力”的口号还只是个构想时，拔地而起的矿井只能向“人力”索要“生产力”。纵览中国历史上下五千年，只要提到劳力，那指定是和“男人”画上等号，这一点在采矿时尤为突出。

“负责采矿的工人一律不得使用女工。”这是每个矿井心照不宣的规定。

之所以这样规定，一来是因为采矿是个体力活儿，一般女人根本吃不消；二来是因为女性有生理期，矿主也不敢冒险让女性走进黢黑的井底，不怕一万，就怕万一，若真是出现什么纰漏，轻则赔偿不说，重则可能面临关停的风险。

如雨后春笋般的矿井直接面临的难题是“人力”的短缺，这就导致男人在云汐市民眼中都有着举足轻重的地位。甚至云汐市很长一段时间还盛传这样一句话：“女娃败光光，男娃奔小康。”在很多人心中“男孩儿”已经是脱贫的一种途径。

但自古讲究阴阳调和，不可能每户人家的新生儿都是男娃，再加上刚刚兴起的“计划生育”，这就催生了一种肮脏的交易——“置亲”。

“置”可以有两种含义：“买”或者“换”，“亲”则特指儿童。

在矿区，有些家庭为了能让生活有所改善，用女孩儿换男孩儿或者花钱购买男孩儿的事比比皆是，俗话说得好：“没有文化，不知道害怕。”正是因为这种畸形的诉求，让干“置亲”行当的人越来越多。

在那个连电灯都还没有完全进户的年代，对这种“周瑜打黄盖”的秘密交易，公安局掌握的信息真是少之又少。好在矿井属于国有企业，对矿工的身份核实较为严格，正是这一点，让嗅觉敏锐的云汐市公安局，从户籍制度上找到了突破口。

根据掌握的资料，云汐市平均每年有数十名儿童的户口会出现异常，排除偷生、超生，剩下的那些就成了重点的排查目标。

由于条件的限制，那时候很多人根本不知道什么叫“DNA”，检验血型成了当时判断是否亲生的主要手段。检验的结果并没有逃出办案民警的猜想，在强大的威压下，几户家庭终于交代了自己“置亲”的犯罪事实。

随着走访人员的增多，一名绰号为“狼头”的男子进入了警方的视线。为了捋清楚“狼头”的整个交易链条，云汐市公安局刑警支队抽调了五十余名干警成立专案组，秘密执行代号为“捕狼”的打拐专项行动。

经过一个多月的努力，“狼头”在交易时被抓获，专案组成员突击审讯，在云汐市找到了经其“置换”的儿童。按照“狼头”提供的模糊线索，专案组和儿童拐骗地警方强强联手，保证所有拐骗儿童顺利回到了原来的家中。当所有人都以为这次行动会有一个完美的收官时，“狼头”所在的看守所中一名狱友又检举揭发了“狼头”拐卖儿童的一条线索，专案组人员顺藤摸瓜，果然在一户人家中解救了一名一岁多的男童。但由于时间较长，“狼头”只能大概回忆出男童被拐所在地的区县，专案组成员奔赴线索地，联合当地警方组织寻人近一个月，最后却无功而返。最终，男童被寄养在云汐市彩虹福利院中，这也成了此次行动唯一的遗憾。

江川，是男孩儿被拐后取的新名字，他的到来给彩虹福利院增添了不少生机。

彩虹福利院作为市民政部门的下设单位，主要就是收留一些孤寡老人和残障儿童。

不知道大家有没有发现这样的怪现象，在中国的很多地方，习惯养小不尊老。虽然孔圣人把“孝、悌、忠、信、礼、义、廉、耻”列为做人之根本，并把“孝”摆在了首位，但到了许多人身上，“孝”字就显得尤为淡漠。

这一点从福利院的人口分布上也能看出一二。

彩虹福利院总面积不到600平方米，由十三间平房圈筑而成，其中对门的两间为福利院的办公室，剩下十间住着孤寡老人，供儿童居住的平房只有一间。

按照每间平房居住五个人来计算，福利院共收养老人四十余名，而儿童只有江川和另外一名有着先天智力障碍的小军。

那些孤寡老人绝大多数并非无儿无女，相反，90%以上都是儿孙满堂，但为何老人们的晚年都沦落到这种地步，用最冠冕堂皇的一句话来说，就是“家家有本难念的经”。

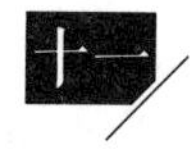

江川进入福利院时，已经可以顺着墙根蹒跚学步，聪明伶俐的他，成了福利院众多老人眼里的开心果。江川从小就不认生，一个星期的相处之后，“川娃”这个小名就成了他在老人嘴里的昵称。

“川娃，来，奶奶抱抱。”

“够了够了，该轮到爷爷抱了。”

“去去去，还没轮到我呢。”

“哎哎哎，该我了该我了。”

每天几十位老人坐在院子中围着江川打转，已经成了福利院中必不可少的一道风景线。就连福利院院长老冯都笑嘻嘻地说：“这些老家伙（相互熟络的老人之间的昵称）多少年都没有这么开心过了。”

院长老冯是个真善人，已经五十多岁的他，对待老年人群体有着特殊的感情。老冯的父亲战死沙场，是他的母亲含辛茹苦将他抚养成人，他是家中的长子，下有弟妹三人，生活清贫。老冯的母亲是个勤快人，靠一人之力把兄妹四人拉扯大，但常年的积劳成疾让她不到六十岁便卧病在床，长期卧床需要舒筋活血，老冯在母亲的床边，一跪就是十年，无怨无悔。

“咱娘是笑着离开的，你们三个放心吧。”灵堂之中，老冯的话铿锵有力，字正腔圆。他之所以这么有底气，就是因为他没让母亲受一点委屈，他对得起自己的良心。

也正是因此，彩虹福利院才收养了这么多的孤寡老人。老冯心里有一本清账，福利院中的四十多名老家伙，除了极个别的以外，大都是子孙满堂。按照规定，这些老人根本不符合收养政策，可老冯狠不下这个心，因为他知道，福利院已经是老人最后的希望，如果他不收，这些老人很有可能就会沦落到自生自灭的地步。

在老冯心里，有件事他一直过不去，那是三年前的一天下午3点，两名中年男子把一位近八十岁的老太太送进了福利院。

手续办好后，老太太拉住两人：“你们就这么走了？”

“你好好在这儿待着，我们会来看你的。”

“在家里都懒得看我一眼，把我送到了这里，你们会看我？”

“娘，你这说的是什么话，我们怎么可能不来看你？”

“别喊我娘，我没有你们这样的儿子！”

“娘，你别喊，小心让人听到。”

“听到？我又没做亏心事，我凭什么害怕别人听到？”

“老二，你别说话，我来劝劝娘。”

“手续都办好了，我又不是傻子，你们兄弟俩以后怎么样，我问不着，既然事情已经走到这一步，有一件事我们必须算清楚。”

“娘，还有什么事？”

“什么事？把你们的房钱给我，一人1000元。”

“房钱？什么房钱？”

“你们每人在我的肚子里住了10个月，这个账你们认不认？”

老人的一句话，把两人彻底镇住了。

“我不问你多要，一个月100元，你们两个人，每人要给我1000元。以后我是生是死，都与你们无关。”

“大哥，这……”

“咱们先走，娘在气头上，反正手续已经办了，过几天再来。”

“行，就按大哥说的办。”

两个人窃窃私语之后，把嘴里还在念叨“不孝”的老人狠心丢在了福利院。

这位老人叫陈芳，从那天起，直到她一年后离世，都再也没能见到两个儿子一面。

当天，老冯就站在窗外目睹了整个过程，他没有去揭穿，因为他知道，如果自己闯进去，老人很有可能连一年都活不下去。

这种事情，几乎年年月月都在发生，他无法改变，他唯一能做的就是尽力让老人把彩虹福利院当成自己的家。

每到年关，老冯都会自掏腰包杀头猪给老人们改善一下伙食，这已经成了多年不变的传统。正是因为老冯的善心，福利院的老人都没有拿他当外人，老冯也整天以“老家伙”称呼他们。

虽然老冯尽最大的努力改变了老人们的生活层面，但思想上，他却有些无能为力。

一群老人围在一起，永恒不变的只有一个话题，“自己为何来到这里”。这种揭伤疤的话题越聊越沉重，以至一些老人一提到这事，眼泪就抑制不住地流。

谁都不是傻子，但凡儿女孝顺一点，老人的晚年也不会这样度过。

在江川来之前，福利院的气氛一直是死气沉沉的，但自从小家伙走进了老人的生活圈后，一切就变得鲜活起来。

虽然江川从小被拐卖，但童年过得比同龄的小朋友都要幸福，记得刚会跑时，每天挨门挨户讨要零食，已经成了江川对童年最美好的回忆。

日子平平淡淡地过，十五年转瞬即逝，因为身份的特殊性，江川一直未能入学，在他的心里，福利院就是他的家。

院长老冯本已到了退休的年纪，但在多名老人的联名上书下，他还是被返聘了回来，这么多年，彩虹福利院除了房屋破旧了一些，一切都还保留着原来的模样。

在老冯眼里，江川是个懂事的孩子，从七八岁时，他就已经知道帮着护工照看卧床不起的老人。挨屋地嘘寒问暖、端水送饭，已经成为江川无师自通的事情。

“川娃，你父母那边有着落了没有？”一天夜里，老冯把刚刚成年的江川喊进了办公室。

“几天前，警察打电话过来，要给我采集什么血液来着，我没干！”

“为啥不干？不想回家了？”

“家？这里不就是我的家？”

“你的身世，我一直没有瞒你，就是希望你有朝一日能回到亲生父母那里。”

“十五年了，回去又能咋样？”江川眼中透着一种空洞，以及他这个年龄原本不该有的成熟。

“那以后你准备咋办？想过没有？”

“我……”

“没有想过？”

“没有。”江川实话实说。

“我今天找你来正好有一件事。”

“冯爸，什么事？”江川对老冯一直是这个称呼。

“你吴姨马上要去外地带孩子，福利院正好缺一个护工，你今年已经十六岁了，虽然还是个孩子，但在我心里，护工的活儿，你再适合不过，我想征求你的意见。”

“我当然愿意！”江川欣喜若狂。

“行，既然你愿意，我就跟上面申请，正好借这个机会，看看能不能特事特办，把你的户口给解决了。这样你还可以待在福利院，上面也会给你一份工资，假如真的能解决掉你的户口，那真是‘一箭三雕’的好事。”

“嗯，谢谢冯爸，我就想待在这里，哪里也不想去。”

“行，既然你同意，我就去办，有川娃在，我绝对放心。”

江川对福利院的感情，老冯是看在眼里的，所以当天晚上的对话只不过是走走过场，他心里清楚，江川绝对不会说出一个“不”字。

凭着多年的关系，老冯得偿所愿，除了江川的户口办理需要一段时间外，其他的进展都相当顺利。

没过多久，江川在老冯拿来的合同上签字画押，换来了一个名正言顺的身份和一张红色的银行存折。

有了任命，江川再也不能把自己当成孩子了，照顾老人成了他的职责。和别的护工不同的是，江川从小在这里长大，和老人们有着深厚的感情，在他眼里，这里的每一位老人，都是他的至亲。

这就好比电视中经常播放的一幕画面，破壳而出的丑小鸭，管第一眼看到的动物都叫妈妈。

江川也是一样，自从他记事起，福利院的爷爷奶奶们就给了他最不可缺少的关爱，这种爱不光伴随着他的成长，甚至影响了他的整个人生。

十二

每天早上6点起床，蹬着三轮去买早饭；7点钟打热水，7点半把食物分发给老人；9点钟把行动不便的老人推至院子中，然后帮着食堂阿姨招呼午饭……周而复始，江川把老人们照顾得无微不至。

那些从小看着江川长大的老人，把称呼从“川娃”改成了“川孩儿”。看似一字之差，其实代表的是一种情感的寄托。在他们眼里，江川早已经是自己的孩子。

时间如白驹过隙，一转眼到了21世纪，那是2000年春节的除夕，电视机中《难忘今宵》的曲目演唱完毕，江川便起身把坐在活动室的老人们挨个儿送回屋，当轮到陶奶时，她却说要等一等。江川应许，直到百十平方米的活动中心只剩下他们两个人。

“陶奶，咱们该回家了，时候不早了。”江川在她的耳边低声细语。

“川孩儿，你把门关上。”陶奶虽然已经将近九十岁，但依旧耳聪目明。

“奶，关门干啥？你不睡觉了？”

“睡，等你听我把话说完，我就睡。”

江川看拗不过她，应了她的要求，转身将门关实，接着又折返到陶奶的身旁。

“奶，你说吧。”

陶奶吃力地把干瘪的右手伸入袖中，忽然，一阵布条撕裂的闷声从她的袖管中传来，没过多久，陶奶的右手颤颤巍巍地抽出，拳头紧握。

“奶，你拿的是啥？”好奇是年轻人的天性，所以江川本能地问出了口。

陶奶脸上浮现出一丝自豪，接着缓缓地将手打开，她的手心静静地躺着一块翠绿翠绿的石头，比鹌鹑蛋大一号，椭圆，极具质感。

“好漂亮的石球。”

“川孩儿，这可不是普通的石球，这是我爷爷当年在慈禧老佛爷面前做工匠时，老佛爷赏赐的一块翡翠原石，叫帝王翠。”

“帝王翠？那是啥？”江川从小到大基本没怎么出过福利院，所以对翡翠是何物一头雾水。

“我告诉你，如果把它换成钱，能盖一个比这儿还大的福利院。”

“什么？那么贵？”江川有些吃惊。

“对，我家里的四个孩子，就是以为我把这块翡翠丢了，才把我扔在了福利院十几年。”

“现在不是正好找到了吗？”

“不是找到了，是一直都在我这里，我把它缝在了我最破的一件衣服上，我当时还在想，如果能有一个孩子给我洗次衣服，那这块翡翠就算是给他了，可是……一次都没有。”

“奶，伤心的事咱不提，时候不早了，咱回去睡觉。”江川感觉她的情绪有些不对，慌忙相劝。

“时候是不早了。”陶奶望向窗外，“我昨天晚上做梦，梦到了我那死去多年的老头子，他要来接我了。”

“奶，不能瞎说，你身体好着呢，没事还能出来溜达溜达。”

“川孩儿，”陶奶把江川拉在身边，用手轻轻地抚摸着他的脸颊，“这几年，真是苦了你了。”

“奶，瞧你说的，我从小在这里长大，你们都是我的亲人，而且冯爸还给我开工资，一点也不辛苦，我很满足了。”

陶奶摇摇头：“你冯爸是个好人，但他也快干不动了，你还年轻，总不能围着我们这些老骨头过一辈子。”

“那怎么不可以？这里是我的家啊。”

“川孩儿，你没接触过社会，你不懂得人心。”陶奶把翡翠塞在江川手中，“这个你拿着。”

“奶，你这是干什么？这么贵的东西，我不能要。”

“川孩儿，你记住，这里的每一个老家伙都拿你当自己的孩子，我的路快到头了，你的路还很长，你要是不收，你奶我死不瞑目。”

“奶，你……”

“快，给我装起来，等你走投无路的时候，就把它给卖了。”

“奶……”江川泪眼婆娑。

“川孩儿听话，这是奶的最后一个心愿，现在了了，这世上我也就没什么留恋了。”

“奶……”江川已经哭出了声。在福利院这么多年，这样的场景他不知经历了多少次，他此刻已经真切地感受到陶奶大限将至。

福利院中的耄耋老人，之所以还能坚强地活下去，是因为他们心中还有一些很小的心愿，他们并不是对这个世界还有多少留念，最重要的原因是他们的儿女此刻还活在这个世界上。

陶奶没有见到大年初二的太阳，他的儿女披麻戴孝地将尸体运回了家，路上喇叭唢呐、鞭炮纸钱、孝子贤孙、哭声震天，这些在江川眼中，显得那么扎眼。

江川把陶奶的铺盖揭掉，倒入酒精，在福利院屋后的水泥池中点燃，一捆黄纸，三个响头，这个简单的送别仪式，江川这些年已经重复了十几次。

翡翠的冰凉寒入江川的骨髓，他把握住的手又紧了紧，从十几岁时的伤心欲绝，到现在的冷淡平静，一个“孝”字，让江川看尽了人情冷暖、世态炎凉。

2002年的第一场雪，比以往时候来得更冷一些。江川此刻的心情，用一个词来概括就是“雪上加霜”。年过古稀的院长老冯因病住院；彩虹福利院房舍破旧，需要拆除重修。

这就导致江川直接面临两大问题：第一，老冯年事已高，不可能再重新回到院长的位置上，江川是老冯找人签的用人合同，新院长愿不愿意再雇用他，还要打个问号。第二，福利院要拆迁，剩下的二十多个老人该何去何从？

作为福利院唯一的护工，江川多次和上级部门协商，最终得到了解决方案：由政府出资，将老人先寄养在私人敬老院，等新的福利院建好，再将老人们重新安排入住。至于江川的护工工作是否保留，还需要看福利院建成之后，领导的想法。

这个答复看似合情合理，但暗藏玄机。本身就很傻很天真的江川，哪里能看出这里面的弯弯绕绕。

江川把二十几个老人全部安排妥当，给多家私人敬老院的负责人留下了自己的号码，并千叮咛万嘱咐，一旦有情况，及时联系他。

嘱托得到了应许，二十多岁的江川，怀着一颗感恩的心，第一次走进了这个纷繁复杂的社会。

从事护工工作多年，让他有了一身好力气，在码头当搬运工，成了他的第一份工作。

每天100多元的工资，着实让他成了高收入人群。

“嘿，哥们儿，来支烟。”说话的人叫罗军，和江川一个工种，出手大方，为人客气，与很多人都处得来。

“军哥，我不抽烟。”江川礼貌地把烟卷推了回去。

“对对对，瞧我这脑子。”罗军把烟盒装入口袋，“你叫啥来着？”

“军哥，你贵人多忘事啊，我叫江川。”

“对对对，小川。”

“嗯！”

“我看你干活儿挺出力气的，以前做什么的？”

“哦，我在福利院做护工。”

“护工？那一个月能开几个钱？”

“不多，五六百吧。”

“哦，那确实有点少。”罗军欲言又止，“谈对象了没？”

“暂时还没有……”

“我看你小伙儿长得还算标致，要不哥给你介绍一个？”

“我就一个‘光杆儿司令’，谁能看上我？”

“嗐，不试试哪里知道，等我好消息吧。”

江川微微一笑，并没有把这件事放在心上，可令他没想到的是，原本他认为的玩笑却变成了现实。

十三

一个星期后，罗军真的给他介绍了一个当地的女孩儿，说是他的远房表亲，长相标致，江川一眼就相中了对方。可无奈的是，女孩儿并没有像影视剧里那么崇高，接触了没两次，就提出了要10万元的彩礼。

江川没怎么接触过社会，但不代表他不懂社会，他心里清楚，这种看重物质的女性，并不是他养得起的。

要么说人都是感情动物，虽然红线没搭上，但在江川心里，罗军的举动，让原本在这个社会上就没有亲人的江川，感觉到了情义的珍贵。

而罗军本身就是自来熟，假如让他去泰国做个手术，回来就可能是第二个王熙凤。面对江川的“敞开心扉”，罗军当然“有求必应”，多次推杯换盏之后，涉世未深的江川把罗军当成了最够意思的兄弟。

一年以后，新的福利院建成，和之前的彩虹福利院相比，如今的更具规模，各方面环境均焕然一新，当然，也包括院长和护工。

江川原本以为一年以后，自己可以重新过上以前的日子，可他哪里知道，福利院也是事业单位，之前落魄的彩虹福利院还好说，现如今要想再踏进半步，何其困难。

被拒之门外的江川如同被赶出家门的孩子，失魂落魄的他选择和罗军不醉不归。

“小川，你今天这是咋了？”

“福利院不要我了。”

“嗐，我以为多大点事呢，一个月1000多元钱还不够寒碜人的呢！”

“我在那里干，不是为了钱。”

“你小子喝多了吧？在这个社会，没钱你能干啥？连个媳妇都娶不上。”

罗军的一句话，又勾起了他相亲时痛苦的回忆。

“我跟你说，咱们男人生下来就是受罪的料，有了钱，就有了一切。来，小川，哥陪你走一个。”

江川抬手撞杯，一口闷下3两白酒。

“我×，干了？得，我兄弟今天心里不痛快，当哥哥的陪你。”罗军第二次举杯，一口干完。

“军哥，你告诉我，在云汐市，干什么最赚钱？”

罗军放下筷子，扬扬得意：“小川，这话你可算是问对人了，你哥我在云汐市也算是有头有脸的人物，黑道白道七十二行都曾经涉猎过，要说在咱们这地界，最赚钱的只有两样——”罗军说着，神气活现地竖起两根手指，“‘黑活儿’和‘水活儿’。”

“‘黑活儿’怎么讲？‘水活儿’又怎么说？”

罗军拿起筷子在桌面上敲了敲，夹起一颗花生米扔在嘴里，咂吧两口说道：“‘黑活儿’就是吃煤炭的饭，‘水活儿’就是靠咱身后的母亲河。”

江川摆摆手，对罗军的故弄玄虚不以为然。

罗军则不厌其烦地继续说道：“煤炭现在在咱云汐，基本上算是垄断行业，那些煤贩子是一个比一个狠，靠咱们的实力，要想玩儿‘黑活儿’，简直比登天还难。但是‘水活儿’不一样，我在码头混了这么多年，多少有些人脉。”罗军说着从口袋中掏出钱包，抽出一张证件扔在桌子上。

江川定睛一看，证件上赫然写着“货运船只驾驶证”几个大字。

“军哥，这个你都有？怎么以前没听你说过？”

罗军用筷子头敲敲日期：“兄弟，我可没瞒着你，才办下来没几天。”

“你真会开船？”

“开船？那哪儿能难倒我，我们家以前是靠航运发家的，要不是我父亲嗜赌如命，我怎么可能沦落到去当搬运工？”

“现在不是挺好？”

罗军摇摇头：“咱们在码头累死累活，一天也就挣100多元，一年也就3万元打顶，但是你知道一条货船一年能赚多少吗？”

“多少？”

罗军神秘兮兮地伸出一根手指。

“难不成是100万？”

罗军微闭双眼，使劲点点头：“只多不少。”

“真的假的？”

“我给你算一笔账，咱们云汐市的优质煤基本上都是走水运，按照1吨60元的运费计算，1000吨的简易货船，单趟运费就是6万，泗水河没有拐弯，驾船不需要太高的技术，只要有证就成。在船上，唯一的支出就是货船的油钱、船员的工资还有船只保养。

“煤炭送到地方以后，船也不会跑空，还可以把燃烧后的煤渣运回来送到水泥厂。这样，运煤渣的钱就可以填补平常开销，来回一趟赚个5万元运费基本不成问题。

“按照目前跑得最多的航线来算，一来一回也就二十多天。一年三百六十五天，咬上牙跑个十八九趟，100多万轻松到手。”

罗军喝得有些微醺，他打了一个酒嗝，继续说：“兄弟，你知道搞货运的难度在哪里吗？

“第一是人脉，要想有稳定的货源，煤矿必须有人，这好弄，咱云汐市这么多煤矿，只要稍微托个熟人，这事情都能搞定。难就难在海事局的人脉，要跑航运，不搞定他们肯定不行。这在别人看来比较困难，但是根本难不倒我，我家祖祖辈辈都是靠河吃饭的，关系硬得很。

“现在唯一能绊住我的就是第二条——钱！”

罗军说到痛处，开始自斟自饮：“我现在海事局的关系有了，货船驾驶证有了，唯一缺的就是‘孔方兄’。我打听过，一条二手的千吨简易货船，最少值200万，就算我再托人找关系，没150万也拿不下。”

“150万哪！”罗军苦笑一声，“我不吃不喝五十年才能攒这么多！”

“确实是个不小的数目！”两人碰杯后，江川感叹了一声。

“想想都觉得亏，别人是提着成麻袋的现金，撞破脑袋，找不到关系，我们是有关系没钱！”

“那找人合作，强强联合不就成了。”

罗军气得把筷子一摔：“这个点子要行得通，我还说这么多屁话干吗？有钱人不是傻子，谁愿意相信一个破搬运工能有那么大本事？都是势利眼。”

“军哥，你消消火！”江川又给他斟满一杯。

“三十年河东三十年河西，别看老子现在是搬运工，将来什么样还不一定呢！”

“过一天算一天，想那么多干吗，喝酒，喝酒。”

罗军把江川举起的酒杯按了下去，说：“我不可能得过且过，从明天开始，我就把我认识的搬运工全部组织起来，咱们拧成一股绳，这样咱们才有竞争的优势，你想过没有，货船跑运输，客户最看重的是什么？”

“最看重的？”江川也有点喝多了，一时间没明白对方的意思。

“时间！”

“有道理！”

“千吨船运的基本都是煤，咱们搬运工只能靠短途的小货船度日，你想想，一旦码头三天没有搬运工，是什么局面？”

“那船老板不是疯了？”

“对啊，人一少，搬运费指定涨价，我现在要的就是这个效果。”

“这样……好吗……”

“咱出苦力的，都太实在，而且心还特别散，所以搬运费才一直提不上去。你知道在外国一个搬运工能赚多少钱吗？一天100美元，快1000人民币！”

“这么多？”

“你才知道！”罗军小酌一口，“算上你，我现在已经纠集了三十八个弟兄，都是体力好的把式，咱三十八个好汉要是能拧在一起，你说说咱一天能赚多少吧！”

“军哥，你绝对不是个凡角！”

两瓶酒下肚，江川对于罗军是打心眼儿里佩服，别的不说，最起码人家这不服输的劲，江川就觉得自己应该好好学习。

十四

酒过三巡，菜过五味，江川躺在自己的床上，脑海中不断回忆起今天晚上罗军的只言片语。

“货船，150万，一年赚100万……”这几个关键词，最终被他提炼出来。

俗话说，“日有所思，夜有所梦”，酣睡中的他梦见自己站在“江川号”货船的甲板上，视线远处的夕阳，明艳耀眼，美景让人如痴如醉。

睡意渐淡，意识逐渐清醒，而梦中的画面却还是让他留恋不已。模糊的视线突然锁定在了房梁之上，那里正是翡翠的藏匿之所。

“对了，陶奶的帝王翠！”

江川欣喜之余，从床上一跃而起，他蹬着窗框，小心地把那块椭圆形的石头拿在手中。

灯光的映射下，江川的瞳孔很快被翠绿色塞满。

“不行，这是陶奶的遗物，我不能卖。”

理智最终还是战胜了贪念，江川小心翼翼地将翡翠放回原处，继续躺在板床上，等待迎接新一天的太阳。

酒醒之后的罗军没有食言，第二天一早，他就带着三十几号人集体罢工，受到这一小股力量的影响，越来越多的搬运工参与其中，最后规模发展到了近百号人，眼看队伍增长不再明显，罗军把所有人集中起来，开始宣传自己的理念。

这番话的精髓可以总结为三点：第一，抬高标准，统一运价，杜绝港口乱压价的情况；第二，把搬运工编号，按顺序派活儿，改变工人抢活儿的局面，让体力不好者每天也能保证有养家的收入；第三，入伙者要同心同德，任何一个人受到不公正待遇，其他人必须鼎力相助。

要么说罗军最擅长的就是“拉拢人心”，这三条理念，既保证了港口搬运工的良心运作，又提高了众人的待遇，尤其对那些上了年纪的苦力更是照顾有加，所以此话一出，立马俘获了一帮“迷工”。

人们都说，“改革的道路上铺满荆棘”，罗军也是一样，人心刚刚被拉拢过来的第二天，就遭到了几名社会闲散人员的追砍，好在江川及时出手，否则后果不堪设想。

事后想到从脑后擦过的砍刀，罗军是一阵后怕。但他坚信“富贵险中求”，被砍之后，非但没有打消他的气势，反而使得他热情更加高涨，他的情绪，又间接鼓舞了参与进来的搬运工。

这种适得其反的结果，让多位船主只能放弃，毕竟雇人追砍搬运工也是一笔不小的支出。

一个月后，罗军正式坐稳了港口搬运工的第一把交椅。

时间一长，他自己也借势做起了送货生意，每年近10万的收入已经远超港口的其他人。但在他心里，这些远远不够，他自诩是有理想的人，拥有一艘自己的货船，这才是他的终极目标。所以虽然他手里比以前富裕很多，但生活依旧节俭。

同样要勒紧裤腰带的还有江川，新福利院建成的第二年夏天，他接到了一个陌生号码的来电。

"喂，你是哪位？"

"哦，我是敬爱老年公寓的，我姓王。"

敬爱老年公寓是云汐市最大的一家私营敬老院，江川对那里并不陌生，对方自报家门时，他已经知道了对方的身份。"王院长，你好，请问有什么事吗？"

"哦，是这样的，之前彩虹敬老院拆迁，不是有五名老人寄宿在我这里吗？现在新福利院建成，有两名老人已经被接走，现在还剩三人在我这里。"

"什么？还剩三人？为啥不全部接走？"

"这个……"

"剩的三人叫啥？"

"田淑芬、刘文娟、李闰土。"

当江川听到这三个名字时，已经彻底明白了其中的缘由。一般生活在福利院的老人可以分为四种：第一种，腿脚方便，能联系到儿女亲朋；第二种，常年卧床，能联系上家人；第三种，腿脚方便，无依无靠；最后一种，常年卧床，孤苦伶仃。

前三种福利院都还能应付，唯独最后一种，除了江川口里的"冯爸"，估计没有几家福利院会主动接收，而王院长报出的这三个人，当年是老冯顶着巨大的压力才接收入院的，现在院长易主，三个人自然成了包袱，能甩则甩。

考虑清楚了缘由，江川接着问道："王院长，你们那边是什么意思？"

"是这样……"对方沉吟一会儿后接着说，"我们已经联系了新彩虹福利院，但是沟通无果，我们是私营敬老院，所以……"

"每个月多少钱？"

"他们三个人都是常年卧床，需要特护，每人每个月2000，三个人就是

6000元。”

“6000元？”

“对，而且这还是看在我们熟悉的分儿上给的最低价，你如果去市面上找护工，就这三位老人的情况，4000一个人都不一定有人愿意做。”

“这……”

“我跟你冯爸关系不错，新来的院长跟你冯爸简直不能比，他压根儿就没想过接收这三位老人。但我这个敬老院是多人合股，我一个人说了也不算，老人已经在这里住了将近两年，我自己也垫了不少钱，我是实在没有办法才找你商量，而且三位老人整天念叨你的名字，我这才给你打的电话。”

“王院长，我知道你也很为难，这样，能不能给我一个月的时间，我现在住的那房子太小，等我换一套大点的房子，三位老人从小看着我长大，这个孝我不能不尽，我把他们接回来赡养。”

“你一个人？行吗？”

“行！”

对方见江川回答得斩钉截铁，如释重负地回道：“嗯，那就按照你说的办，三位老人这一个月的费用算在我们敬老院头上。”

“那真是太感谢王院长了。”

“哪里，不客气。”

挂了电话的第三天，江川在距离港口最近的位置租下了一个小型四合院，接着又去医疗用品店选了三张多功能医用床，这样一来是解决了三位老人的住宿空间问题，二来也解决了老人们躺在床上如何“方便”的最大难题。

做完这一切，江川几乎花完了这两年手头的所有积蓄。虽然他和三位老人没有血缘关系，但骨子里的那种亲情还是无法斩断。“孝道”是江川一辈子遵循的准则，所以这件事他绝对不会袖手旁观。

十五

一个月后，江川如约从敬老院把老人接回了新家。

“川孩儿……”

躺在新床上的三位老人，几度哽咽。

“田奶，刘奶，李爷，你们这是干啥？”

“我们三个老东西让你受累了。”

“这说的是哪里话，我小的时候，你们把啥好吃的都留给我，现在轮到我给你们养老送终了。”

“川孩儿，你……”

“看，新床。”江川岔开话题，“以后躺在床上都能上厕所，方便着呢。”

“唉，都怪我们这几个老不死的命太硬，早知道这种情况，当年还不如死在彩虹福利院呢。”

“田奶，你别说了，川孩儿现在在码头做事，能挣钱，不用担心，等我赚了钱，将来还准备买艘货船，干大生意。”

“瞧瞧，我说什么来着，我从小看川孩儿就是本事人。”

“老李，你假牙都快笑出来了。”

“哈哈……”

江川的美好宏图，让屋内的气氛瞬间缓和了不少。人一上了年纪，缺的就是一个寄托，孤寡老人更是如此。江川的到来，刚好弥补了这个空缺，所以三位老人找不出任何不留下的理由。

码头搬运的工作简单而忙碌，江川的收入也从之前的每月3000元，一跃翻到了近5000元，按照当时的标准，江川一个人能顶两个公务员，但他每月依旧入不敷出。

随着老人岁数的逐年增长，再加上常年的卧床不起，随之而来的并发症也越来越多，为了缓解病痛，每个月的药物支出就要近4000元，再加上每个月1000多元的房租水电，江川的手里已经很长时间没有余粮了。

虽然经济拮据，江川在老人面前依旧表现得相当大方，他心里清楚，一旦让老人知道现实的窘况，他们绝对会毫不犹豫地选择轻生。

江川至今还记得多年前的一件事。

当年彩虹福利院接收了一位七十多岁的老人，子女办理完入院手续后，转身便离开了。老人从入院的第一天就沉默不语，直到一周以后，她把江川喊到了身边。

“能不能帮我一个忙？”

“奶，啥忙？你说。”

老人拿出纸笔，工工整整地写了几个楷书：“猪靥、半夏、陈皮。”

“奶，这是啥？”

“治病用的中药，你去给我抓一服。”

“哎，成。”

江川想都没想，便按照药方抓来了三味中药。

老人收到药后，小心翼翼地收入柜中，接下来的一周，他又让江川重复抓了四服。

五服药凑齐，老人独自一人在院中熬药，不让任何人靠近，直至汤药被她饮入腹中。

当天下午，老人口吐白沫，在院中咽气了。

院长老冯了解情况后，先是找到了开药的中医，中医取出药渣证实，药炉中只有猪靥，并无半夏和陈皮，猪靥是猪的甲状腺，过量服用可以致死。单从这一点就完全可以证实，老人让江川分五次购买中药，分明是有了寻死的念头。接着老冯通知老人的亲属，经过多方调查，老人一双儿女有赡养能力，但不尽赡养义务，他们把老人强行送至福利院，这正是老人寻死的主要原因。老人的家属曾想胡搅蛮缠，好在公安局的介入平息了事端，但这一次的经历，却让江川永远无法释怀。

他曾一次又一次地想，如果自己没有去买那服中药，就能让老人保住性命。

这段痛苦的回忆，江川也曾告诉过老冯，老冯的回答很直接：“老人没了依托，活着比死了更难受。”

也正是因为这句话，江川对待家里三位老人才格外地小心谨慎。

但随着开销越来越大，江川总担心有一天“纸里包不住火”，于是他想到了罗军，那个曾经豪言要买货船的人。

“还差多少？”夜晚的大排档上，江川开门见山。

“什么还差多少？”

“买货船的钱。”

“这个数！”罗军苦笑着伸出一根手指。

“我帮你补上！”

罗军一口啤酒喷在了桌面上，剧烈的咳嗽声持续了半晌没有停歇。江川仿佛置身事外，淡定地坐在一旁。

许久之后，缓过劲来的罗军涨红着脸说：“小川，我竖一根手指，你以为我说的是1元钱哪？是100万！”

“我知道！”

“你知道？你有啊？”

“现在没有，但是以后会有！”

“以后？十年，二十年，还是五十年？你就吹吧你！”

“十天！”

“十天？”罗军几乎喊出声来，“小川，不带你这么吹牛的！你有几个子儿，我还能不清楚?！”

“你先别管我吹不吹，钱凑齐能不能搞来船？”

“当然能，我早就找好卖家了，开了五年的新船，148万甩卖。”

“成，亲兄弟明算账，148万一人一半，十天后，我凑齐74万，你那一半你自己想办法，要不要合伙，我听你的想法。”

“小川，你真没开玩笑？”

“你看我像开玩笑的样子吗？”

罗军兴奋得手舞足蹈：“好，就按照你说的办，十天后只要见到钱，咱俩就提船去！”

江川点了点头，把喝剩的啤酒瓶拍在了桌面上，起身离开。

这些年，随着网络的普及，江川也多少了解了陶奶那件遗物的价值。

1克近万元的价格，难怪会让陶奶的四个儿女争得头破血流，而这块帝王翠足足110克，折算成总价，最少可以卖到100万。江川也打听到云汐市珠宝城就可以收购，所以晚上小酌时，他回答得相当有底气。

不管买不买船，帝王翠都已经到了不卖不行的地步。

这100万他只有两个选择：一是握在手里，给三位老人养老送终；二是拿出去投资，走良性循环。

江川在码头做了多年的搬运工，深知航运的利润，再加上有罗军的人脉，他很自然地把赌注押在了第二个选择上。

找到罗军前，江川已经打定主意，他想先用帝王翠换取本钱，等自己努力几年之后，再把帝王翠赎回来，陶奶的遗物绝不能就这样被他给糟蹋了。

一周之后，沉甸甸的104万现金被他装在了一个旅行包里带回了家，江川取出30万存在一张卡上，剩下的74万他拍了一张照片，用手机彩信给罗军发了过去。

短信刚刚发送成功，罗军的电话就打了进来。

“你小子是不是去抢银行了？从哪里来这么多钱？”

“你放心，这钱绝对干净。”

“不行，你不说出这钱的来历，我可不敢拿去买船。”罗军在这个问题上没有丝毫的让步。

“军哥，咱俩这么多年关系，你还不信任我吗？”

“这不是信不信的问题，关键是我太了解你，这么多钱靠你赚根本赚不来，买船是大买卖，咱只有这一次机会，万一搞砸了，就一辈子翻不了身了。”罗军一股脑儿倒出了苦衷。

江川长叹一口气，仿佛做了巨大的妥协：“好吧，我告诉你，我把家里的传家宝给卖掉了。”

“传家宝？什么东西？我怎么从来没有听你说过？”

“不是真到用钱的时候，我也不会拿出去卖，所以……”

“家里那三位老人留给你的？”江川住的地方，罗军不止一次去过，所以对那里的情况很了解。

“这个……算是吧……”

“原来如此。”罗军松了一口气，“难怪你会赡养那三个老人，原来是他们手里有宝贝啊，你今天要不说，我还真以为你小子脑子坏掉了呢。”

江川心有不悦，但没有表现得特别明显，只是“哦”了一声，算是回答。

兴奋之中的罗军，没有察觉出异样，电话那头他手舞足蹈地回道：“兄弟已经抢先一步，我这个当哥的也不能掉队了，买船的钱我还差一点，这两天就能凑齐，到时候我给你电话。”

结束通话的罗军，脸上瞬间变了个模样，刚才对话的轻松愉悦和现在的愁眉苦脸形成了鲜明的对比。他口口声声说“买船的钱还差一点”，可“这一点”却是整整40万。

人们常说，生活中不能没有目标，可目标虽然是人生的指路灯塔，但也绝对不能脱离实际。跑船是罗军梦寐以求的生活不假，然而这个愿望却明显超出了他的能力范围。

为了能在短时间内凑齐欠款，他只能“揠苗助长”，用自己的所有家当做抵押，借来了50万的高利贷。

钱的事一解决，罗军便迫不及待地带着江川找到卖家，俗话说，“外行看热闹，内行看门道”，罗军和江川很显然属于前者。看着接近九成新的千吨货船，俩人喜上眉梢地“一手交钱，一手交货”了。

船只和汽车一样，都属于不动产，所有者只能有一个署名，因为罗军和海事局关系近，经过俩人协商，船主由罗军担任，船只以“江川号”命名，为了“亲兄弟，明算账”，两人还在公证处的公证下，签署了一纸合约。

万事俱备，“江川号”第一单生意定在了农历八月初八的8点准时开张。伴着一挂万响的鞭炮，“江川号”肩负使命，缓缓地离开了停靠的码头。

俗话说，“人算不如天算”“隔行如隔山”，罗军之前虽然对跑船信心满满，可真干起来才发现，他对这一行想得太过简单。

第一难，人工。千吨货船的航行周期都以半个月起算，标配六个水手，两个驾驶员，刨去罗军和江川，船上还要招录六个人。吃“水活儿”的工人都是以天算工资，水手每天200元，驾驶员每天300元，按照最短的航线半个月来算，光人员工资就要花去21000元。

第二难，损耗。说到损耗，那排在第一位的肯定是油耗，简易千吨货船的一般油耗在每天250升左右，按照柴油每升6元计算，每天行驶的最低油费都在1500元，光油费这一项，半个月又要干掉22500元。剩下的还有船只维修、船员补给等，只要上了船，处处都要花钱。

第三难，关系。运输的整个流程包括进货、运货、交货、返货，每个环节都涉及大量的人际关系网。进货时，要打通煤矿；运货时，要疏通海事局；交货时，要照顾好下家企业；返货时，要联系多家厂商。可以说任何一个环节出了差错，这趟船就等于白干。

“江川号”试运营了三个月，看着卡上仅剩的20万元，罗军就像是泄了气的皮球，每个月纯利润7万，在江川这里已经乐开了花，可他哪里知道，这些钱分到罗军手里，也只够填补高利贷的利息。

“如果照这样干下去，什么时候才能还完本金？”罗军是哑巴吃黄连，有苦说不出。

现实生活中不乏一种人，他们总是把事情想得太过简单，一旦遇到困难，第一个念头不是想着如何解决，而是喜欢抱怨当初头脑发热，罗军就是这种人的典型代表。

咬牙干了一年之后，依旧两手空空的罗军有了退出的念头，虽然江川极力劝阻，但罗军去意已决。几次交涉之后，江川只能放弃了劝说的想法。

罗军的股份被折合成60万现金。

“船主我给你保留着，你什么时候想回来就回来。”虽然两个人已经分道扬镳，但江川依旧没有着急过户，他自认了解罗军，他还希望能等到罗军回心转意的那天。可他哪里知道，罗军那次走得是毅然决然。

“江川号”在离开罗军的初期受到了很大的影响，但江川骨子里就是有股不服输的劲头，他不光靠自己的努力把航运重新拉回了正轨，还自学考取了船舶驾驶证。

就在一切都将向着好的方向发展时，江川却在百米冲刺即将到达终点那一刻，着实地摔了一个大跟头。

那是一次满载优质煤炭的远程航线，往返一趟需要40天的时间，家里的三位老人，江川已经全托给了保姆。上家全额付款，这趟活儿，刨去所有成本，他可以赚近10万元，就在他美滋滋地站在甲板上欣赏夕阳时，“江川号”像是突然停电的机组，搁浅在河中央，纹丝不动。

为了防止船只侧翻，四名水手赶忙抛下船锚。待船只停稳，江川冲进驾驶室和正要夺门而出的驾驶员“铁头”撞了个满怀。

“铁哥，怎么了？”“铁头”比江川年长不少，所以平时江川都以哥尊称。

“这种情况我也极少遇到，油和电都在正常数值，怎么会突然失去动力呢？”

江川有些慌了神：“铁哥，你是老驾驶员，你也不清楚？”

“小川你别着急，我下去看看再说。”“铁头”说着，抓起工具箱朝船舱内走去，江川则紧随其后。

伴着浓烈刺鼻的气味，“铁头”熟练地钻进了船只的“腹部”。只见他手持一根铁棍，“叮叮当当”地敲打着机组，靠回音来判断故障源头。

江川似懂非懂地跟在身后，屏息凝神，希望“铁头”能尽早解决难题。

“咚咚咚……”这几次的回声和刚才的相比多了些沉闷，“铁头”打开手电，对准几处不起眼的焊接处照着。

灯光照射下的“铁头”，表情十分难看，江川小心翼翼地问道：“有……有什么问题吗？”

“铁头”挠了挠头，长叹一声：“小川，这船你接手几年了？”

因为远航的驾驶员大都是临时聘用的，所以“铁头”对船只的过去并不是很了解。江川是个直性子，并没有隐瞒：“这是我接的二手船，我接手才三年不到。”

“多少钱接的？”

“148万。”

“你被坑了！”

“什么？我被坑了？”

“铁头”重重地点点头，接着打开手电，对准两处焊接裂缝，说：“这就是停船的原因，发动机组出了故障。”

“发动机组？”

“对！”“铁头”关闭手电，“千吨级别的发动机组都是完整一体的，一旦出现裂缝，基本上这船就只能宣布退役了，你的船船体还比较新，发动机组基本可以排除使用受损，如果我猜得没错的话，这条船可能之前出过事故，而你不知道。”

“出过事故？这……”

江川语塞之时，第一个想到了罗军。

“难怪他那么着急退出，原来他早就知道！”

在江川喃喃自语之时，“铁头”接着说：“这种机组出现故障的船一旦被海事局的人检修出来，基本过不了年审，我看你只能花高价请黑市修理工来处理了。”

见江川没有反应，“铁头”又提高了嗓门：“小川，想什么呢？”

“哦，没什么。”江川回过神，“花高价就花高价吧，这万一被查到，估计以后就别想跑船了。”

打定主意后，“铁头”拨通了一串号码，最终双方以15万的价格谈拢维修。

船只在三天后重新起航，因为延误了运送时间，这次交易让江川失去了一个重要的客源。而大客户和大客户之间往往都有着千丝万缕的联系，江川这一次的失误，让他尝到了上层“多米诺效应”的可怕。

连续一个多月没有接到大单，这让江川陷入了深度的绝望。他曾多次联系罗军，起先罗军还和他解释两句，可到最后，江川甚至连对方的电话都打不通了。

罗军自知以前牛皮吹破了天，其实他对船根本是一窍不通，发动机组出现问题，他当然看不出来。可江川却不这么认为，他深信罗军是内行，罗军的突然离开更是知道内幕的着实见证。

因为这件事，两个人的关系彻底决裂。没了大客户的江川，生意远不如以前，他只能拿出手里的所有积蓄，勉强维持船只的运营。可令他没想到的是，长途航运对他来说已经是个填不满的无底洞，为了精简开支，他只好辞掉水手和驾驶员，自己开船跑起了短途运输。

刨去所有开销，短途的收入只是稍微比搬运工强上一些，一个月4000元的保姆房，江川已经无力支出，船只上空出的水手休息室，刚好可以容纳三位老人，以船为家，成了江川最后的退路。

俗话说，“墙倒众人推，破鼓万人捶”，“江川号”出过大事故的消息不胫而走，这件事情惊动了嗅觉敏锐的海事部门。

一次突击检查之后，“江川号”的检验单上，被盖上了“强制报废”的印章。这对江川来说，无疑是晴天霹雳。

因为这件事，他多次和海事部门沟通。罗军、海事局、江川三方，曾不止一次坐在一起协商，罗军称不知道船只曾出过事故；海事局称按照规定，船只必须报废；江川对罗军存在质疑，对海事局的决定不服。这样的结果，就算是讨论一万遍，也不可能有什么进展。

船只被迫停在指定的港口，经过这么一折腾，江川手头上的钱已经所剩无几。

对江川来说，就算一切回到原点，大不了从头再来，但他船上的那三位老人不行。江川心里清楚，他赚的钱不仅仅是有价证券，它还是三位老人生命延续的必需品。随着年龄的增长，三位老人对药物的依赖越来越大，每个月6000元的药物维持一旦停下，就意味着老人的生命可能走到尽头。

老人们虽然年事已高，但心里却透如明镜，他们感觉出了江川的变化，在病痛和现实环境的抉择中，三位老人都有了寻死的想法。

“川孩儿，你就送我们走吧，这些年苦了你了。”

老人们的苦苦哀求，让江川悲痛欲绝。也许很多人无法了解他的内心，从小被拐卖，没了家的江川把福利院的每一位老人都当成了自己的亲人，“隔代溺爱”让这种情感比父母之情来得还要浓烈。

百善孝为先，他心里清楚，没有了药物的维持，三位老人活着比死了更难受。深夜痛苦的呻吟，每天像针扎似的刺入江川的内心。

经济的拮据，让江川想要重操旧业。但令他没有想到的是，码头搬运的工作均被私营公司承包，机械代替了人力，使得过剩的劳动力丢掉了饭碗。江川只能无功而返。

在无奈、痛苦、绝望中，江川不得不选择走最后一步，他想到了猪靥，那服可以悄无生息带走人生命的中药。

“奶，爷，川孩儿对不起你们。”江川悲痛欲绝，将盛满中药的汤碗放在了三位老人床前，接着他不忍地离开了房间。

再次进入房间时，屋内已经听不见一丝呼吸声。

江川含泪把三位老人的尸体仔细清洗后，送进了船舱的冷库。

江川心里清楚，上年纪的老人都渴望“入土为安”，他现在没有能力让老人们走得体面，只能暂时将尸体冷藏，用剩余的时间去争取最后的尊严。

“打散工糊口”“寻找罗军”“和海事局交涉”，成了江川雷打不动的三件事。

前后交涉了近半年之久，说法没有讨到，却等来了“强制报废”的最后通牒。

那天，江川如行尸走肉般游荡在回船的路上，迎面而来的风沙，让他睁不开双眼，忽然，他的脚尖感受到了一次轻微的撞击，低头望去，那是一份卷成筒状的报纸。

江川弯腰捡起，弹掉灰尘，一篇名为《父亲母亲》的作文被完整地铺开。

开头这样写道：“如果说，母爱如水，那么，父爱是山。如果说，母爱是涓涓小溪，那么，父爱就是滚滚流云。是啊，父亲的爱，就像大山一样，高大而坚定。父亲的爱，每一点、每一滴都值得我们细细品味……”

文章只有不到800字，江川直到走进船舱还不舍得看完，他没有体会过作文里的“父爱母爱”，在他的记忆里，所有的爱都来自福利院，来自那些和他没有血缘关系的老人。

“天地之性，人为贵；人之行，莫大于孝。”在江川的头脑里，“孝”乃人性，是做人之根本。

他原本想给三位老人风光大葬，以报答他们的恩情，可残酷的现实，让他已经快要无家可归。

斗方山是云汐市知名的“土葬圣地”，江川手头阔绰时，曾不止一次去那里看过坟，他的手机里还留有守陵人的号码。在电话中得知他最近不在的消息后，江川才放心地选定了偷埋的日子。

“爷，奶……”江川跪在冷藏室中，“川孩儿支持不下去了，川孩儿没有能力给你们风光大葬，只能让你们入土为安。”

“不要怪川孩儿！”“砰！”

“不要怪川孩儿！”“砰！”

“不要怪川孩儿！”“砰！”

接连的三个响头，让江川的额头渗出了血珠。大礼行毕，江川买来孝服，将三位老人清洗干净，装入了一辆借来的面包车。

那天夜里，天空像一块洗净了的蓝黑色粗布，月光如碎银，无处不可照及，山林在月光下变成一片墨色。江川的面包车在山林中缓慢行驶，看着后视镜中三位老人的遗体，江川心里堵得难受。夜幕下，江川把三位老人缓缓地送入坑中，他跪在坑旁泣不成声：

“爷，奶，川孩儿就把你们送到这儿了，如果有来世，我还要在你们身边尽孝。爷，奶，一路保重！”

…………

案件调查结束后，市政府组成联合调查组，对全市范围内的公私型福利院进行彻底摸排整治，经多方查证，彩虹福利院新院长存在明显不作为，其行为导致了严重的后果，调查组固定证据后将其移交司法部门处理。

尾声

案件成功告破，司元龙又回归了以往平静的生活，叶茜和乐剑锋的相继离开，已经让司元龙变成孤家寡人。那是周一上午，按照司元龙以往上班的安排，这一天是雷打不动的清洁日，可当司元龙拿起抹布擦拭电脑屏幕上的灰尘时，电脑主机箱突然发出“嘀嘀嘀”的声响，紧接着液晶屏从黑色瞬间变成蓝色，一串奇怪的字符在屏幕上不停地闪烁起来。

司元龙有些疑惑地盯着那一串数字，若有所思。

因为常年使用电脑比对痕迹，所以司元龙的电脑水平也相当高超，屏幕上闪烁的数字，绝对不是电脑中毒的症状。猛然间，司元龙灵光一现，他紧接着掏出了一本写满代码的黑色笔记本。

“2501……

“1723……

“8446……”

…………

司元龙一边念，一边用指尖按压书面找寻代码，很快，“刑事勘查箱”几个汉字被他拼凑出来。司元龙抓起自己的勘查箱，将勘查工具一一取出，也就在这时，他突然发现，在勘查箱的夹层中，有三张A4纸，纸上写满了密密麻麻的计算公式。

“这不是阿乐在古堡杀人案中计算水流时间的草稿纸吗？”司元龙疑惑地看着纸上的内容。

一遍，两遍，三遍……司元龙左右思量，并没有发现任何异常，就在他准备放弃时，第一页第三行一个数字的倾斜方向，让他有所警觉。俗话说，万事开头难，一旦找到第一个，第二个、第三个、第四个就易如反掌了。

“这些数字均符合左手书写特征。”司元龙一边判断，一边将数字重新誊抄到一张纸上。

数字重新排列，又是一个密码，司元龙按照笔记本上的代码，将它翻译出来：“江城小区内有一间安全屋，你想要的答案，就在屋中。对了，房门是超C级锁芯，应该难不倒你这个痕迹检验师。”

（全书完）

图书在版编目（CIP）数据

尸案调查科. 第二季. 2，一念深渊 / 九滴水著.--
长沙：湖南文艺出版社，2018.5（2024.12重印）
ISBN 978-7-5404-8493-4

Ⅰ.①尸… Ⅱ.①九… Ⅲ.①推理小说—中国—当代
Ⅳ.①I247.5

中国版本图书馆CIP数据核字（2017）第321182号

上架建议：推理小说

SHI' AN DIAOCHAKE. DI–ER JI. 2，YINIAN SHENYUAN
尸案调查科. 第二季. 2，一念深渊

著　　者：九滴水
出 版 人：陈新文
责任编辑：薛　健　刘诗哲
监　　制：毛闽峰
策划编辑：张园园　陈　鹏
文案编辑：孙　鹤
营销编辑：刘　珣　焦亚楠
封面设计：Violet　潘雪琴
版式设计：李　洁
出　　版：湖南文艺出版社
（长沙市雨花区东二环一段508号　邮编：410014）
网　　址：www.hnwy.net
印　　刷：三河市鑫金马印装有限公司
经　　销：新华书店
开　　本：700 mm × 980 mm　1/16
字　　数：452 千字
印　　张：26.75
版　　次：2018 年 5 月第 1 版
印　　次：2024 年 12 月第 5 次印刷
书　　号：ISBN 978-7-5404-8493-4
定　　价：52.80 元

若有质量问题，请致电质量监督电话：010-59096394
团购电话：010-59320018

特殊罪案调查组

\>>>>>>>>>>>>>>>>>>

刑事科学技术室痕迹检验师九滴水全新推理系列

“特殊罪案调查组”系列

聚焦横跨多年的悬案、难案

证据虽一时失声，但不会永久沉默

冲出疑障，悬案重启